Unterwegs in die Welt von morgen

Utopische Geschichten
und Science-fiction-Romane

Verlag Das Beste
Stuttgart · Zürich · Wien

Die Texte in diesem Buch
erscheinen mit Genehmigung der Verleger

117

PRINTED IN GERMANY
ISBN 3 87070 353 9

DAS DING AUS EINER ANDEREN WELT

von ALAN DEAN FOSTER

Ins Deutsche übertragen von Heinz Nagel

Mit Filmfotos

1

IN DER schlimmsten Wüste, die die Erde hat, wird es nie heiß. Sie prahlt nicht mit hochaufgetürmten Sanddünen wie die Sahara oder mit Meilen über Meilen von unfruchtbarem Kies wie die Gobi. Die Winde, die dieses leere Land quälen, lassen jene, die über den Rub al Khali fegen, wie ein Frühlingslüftchen erscheinen.

Hier gibt es keine giftigen Schlangen oder Echsen, weil es nichts gibt, das sie vergiften könnten. An den Hängen des Vinson-Massivs könnte kein einsamer Wolf sein Leben fristen. Selbst die Insekten meiden diesen Ort. Die Vögel an ihren Gestaden suchen sich ihre Nahrung im Meer statt auf dem feindseligen Land. Hier leben Seehunde, die andere Seehunde verzehren, gibt es mikroskopisch kleinen Krill, der die größten Säuger der Welt ernährt. Doch bedarf es riesiger Flächen, um auch nur einen einzigen Käfer am Leben zu erhalten.

Ein Berg mit Namen Erebus ist in ewiges Eis gehüllt, doch in ihm brennen die Feuer der Hölle. Andernorts wird das Land selbst unter dem massiven Eis zerdrückt, das bis zu drei Meilen dick ist.

In diesem gefrorenen Ödland, diesem ausgezehrten Skelett eines Kontinents, der keinem anderen gleicht, hat nur ein Geschöpf die Chance, die Winter zu überleben. Es nennt sich Mensch und ist wie die Tauchspinne gezwungen, seine Nahrung auf dem Rücken zu tragen.

Manchmal importiert der Mensch neben der Wärme, der Nahrung und der Unterkunft noch andere Dinge in die Antarktis, die für einen unparteiischen Beobachter nicht sofort erkennbar sind. Manche dieser Dinge sind wohltuend: der Wunsch zu studieren und zu lernen beispielsweise, der ihn überhaupt in dieses leere Ödland treibt. Andere Erscheinungen können persönlicher und gefährlich sein: Verfolgungswahn, Furcht vor freien Plätzen oder das Gefühl extremer Einsamkeit. Sie können im Bewußtsein der stabilsten Wissenschaftler und Techniker als blinde Passagiere mitreisen, ohne willkommen zu sein.

Gewöhnlich bleiben diese Gefühle verborgen, verschlossen hinter der Notwendigkeit, sich darauf zu konzentrieren, Winde zu überleben, die mit hundertsechzig Kilometern in der Stunde wehen, und Temperaturen von sechzig Grad unter Null auszuhalten.

Wenn der Wind hart über die Antarktis fegt, wird das Universum auf einfache Stoffe zurückgeführt. Himmel, Land, Horizont – sie hören auf zu existieren. Die Unterschiede sterben, während die Welt zu einer bösartigen, homogenen Sahne zerschmilzt.

Aus jener wirbelnden, verwirrenden Weiße kam ein Geräusch, das unregelmäßige Summen einer riesigen Biene. Sie bahnte sich ihren Weg durch das hartnäckige Stöhnen des Windes und war zu nahe am Boden.

Der Pilot ließ einen Fluch vom Stapel, während er mit dem Steuerknüppel kämpfte. Der Helikopter bäumte sich auf, um an Höhe zu gewinnen. Wangen und Kinn des Mannes waren mit Bartstoppeln bedeckt. Seine Augen waren blutunterlaufen und blickten wild drein.

Er hätte nicht gehen dürfen, geschweige denn bei diesem Wetter ein Fahrzeug durch die wilden Lüfte lenken. Etwas nicht Sichtbares trieb ihn, zwang ihn. Ein Schrecken aus jüngster Zeit. Er war stärker als sein gesunder Menschenverstand und alles rationale Denken.

In den Augen des Piloten leuchtete nicht das Licht der Vernunft. Nur Mord. Mord und Verzweiflung.

Sein Begleiter war größer, neigte zur Korpulenz. Normalerweise lebte er im Umkreis eines Mikroskops und verfaßte langatmige Abhandlungen über das Wesen von Kreaturen, die zu klein waren, als daß man sie mit dem bloßen Auge sehen konnte. Aber jetzt jagte er keine Mikroben. Sein Verhalten war alles andere als gefaßt. In seiner Stimme war keine Spur von wissenschaftlicher Distanz, als er dem Piloten die Richtung zurief, während er durch einen abgewetzten Zeiss-Feldstecher starrte. Auf seinen Schenkeln lag ein großkalibriges Jagdgewehr, dessen vierfaches Zielfernrohr eine Parodie der „eleganten" Instrumente war, mit denen er gewöhnlich arbeitete.

Er ließ das Glas sinken und spähte mit zusammengekniffenen Augen in den Schneesturm. Dann trat er die Tür des Helikopters auf und hakte sie in der Halterung ein, damit sie offenblieb. Der Pilot knurrte etwas, und sein Begleiter reagierte darauf, indem er die Waffe anhob. Er vergewisserte sich, daß sie geladen war. Die zwei Männer argumentierten wild, wie Kinder, die um ein Spielzeug stritten. Aber in ihren Stimmen war nichts Verspieltes, und in ihren Augen spiegelte sich keine Unschuld.

Der Wind packte die Maschine und schleuderte sie zur Seite. Der Pilot verwünschte das Wetter und gab sich Mühe, den Helikopter wieder geradezurichten. Unter ihnen, ein Stück weiter vorn, drehte sich ein Hund herum, um den Helikopter anzuknurren. Er war eine Kreuzung aus einem Husky und einem Malamute, wirkte aber trotzdem auf der kalten weißen Fläche ebenso deplaziert wie jedes andere Säugetier. Er sprang in dem Augenblick nach vorn, als eine Kugel an seinen Hinterbeinen explodierte. Dann verschluckte der Wind das Geräusch des Schusses.

Der Hubschrauber kippte in dem Wirbel wild gewordener Luft zur Seite und flog weiterhin zu dicht am Boden. Ein Fluglehrer hätte sofort empfohlen, seinem Piloten den Flugschein zu entziehen. Doch der Pilot scherte sich den Teufel darum, was jemand vielleicht denken mochte, der ihm zusah. Er dachte überhaupt nicht mehr an Dinge wie Flugscheine; das einzige, was ihn im Leben noch bewegte, war der Gedanke an Mord.

Ein zweiter Schuß verfehlte sein Ziel und traf nichts als den Himmel. Der Pilot schlug seinem Freund mit der Faust auf die Schulter und fuhr ihn an, doch besser zu zielen.

Schwer keuchend jagte der Hund eine Eiskuppe hinauf. Plötzlich fand er sich einem fremden Gebilde gegenüber. Die Tafel war vom Wetter arg mitgenommen, aber sie stand immer noch, weil die Stützen, die sie trugen, in Eis so hart wie Stahl eingebettet waren. Die Tafel bewegte sich nur leicht im Wind. Sie trug die Aufschrift:

NATIONAL SCIENCE FOUNDATION – OUTPOST NO. 31
UNITED STATES OF AMERICA

Ein weiterer Schuß verfehlte sowohl die Tafel als auch den Hund. Der Hund riß sich zusammen und galoppierte auf der anderen Seite der Kuppe hinunter, rannte halb und fiel halb durch den weichen Schnee, der mit Eispartikeln gesprenkelt war.

DAS einfache rechteckige Metallgebäude war fast unter den Schneewächten begraben, gleichsam eine Leiche, die regelmäßig im Winter begraben und im Sommer wieder exhumiert wird. Nicht weit davon ragte ein hoher Turm in den Wind, und eine Vielzahl von Drähten sorgte dafür, daß sein unvermeidliches Schwanken auf ein Minimum reduziert wurde. Instrumente starrten in verschiedenen Richtungen und zu unterschiedlichen Zwecken aus seinem Dach und prüften Windgeschwindigkeit, Niederschläge (die selten waren), Druck, Temperatur und eine Unzahl anderer meteorologischer Phänomene, die nirgendwo auf der Erde ihresgleichen hatten.

In unterschiedlichen Abständen vom Zentralgebäude, das wie eine stählerne Falle in der Mitte der Anlage lauerte, standen verschiedene Baracken. Die Solidität ihrer Bauweise hing von ihrer Wichtigkeit ab. Einige bestanden aus Metall und waren zusammengeschweißt oder -genietet. Andere waren nur provisorisch aus Wellblech und Brettern zusammengeschustert. Nirgends war Beton zu sehen. Im Klima der Antarktis verwandelte sich Beton schnell zu Sand und Kies zurück.

Wege aus Holzplanken, die regelmäßig vom Schnee freigefegt wurden, verbanden die einzelnen Bauwerke. Das Holz wirkte in einem Land, wo die einzigen Bäume lange begraben und in Fossilien verwandelt in der Tiefe lagen, höchst unpassend. Haltetaue liefen paarweise von Bau zu Bau und markierten die Wege; sie sangen mit Stimmbändern aus Hanf ihre ewigen Lieder im Wind. Und die vielfarbigen Wimpel knatterten dazu. Sie markierten auch die häufig verborgenen Orte von irgendwelchen Versuchen.

Hinter einer schrägen Windschutzanlage, die auf den in der Nähe liegenden tiefsten Punkt der Welt hinwies, kauerten untätig zwei Helikopter. Das angesammelte Eis machte ihre Rotorblätter schwer und unbeweglich, und ihre durchsichtigen Plastikkuppeln schimmerten. Ein mächtiger Bulldozer stand in der Nähe, und die schützende Persenning flatterte in dem Orkan.

Ein großer roter Ballon tanzte am Ende eines Ankertaus. Am anderen Ende des Taus hing eine kleine Schachtel aus Metall, bereit, jeden Ort aufzusuchen, an den der Ballon sie trug; sie rief schon jetzt ihre Pieplaute einem automatischen Aufnahmegerät im Inneren des Hauptgebäudes zu.

Norris hielt die Leine fest und sah auf die Uhr. Er ähnelte den glazialen Vorsprüngen, die gelegentlich die Monotonie des Terrains rings um die Station durchbrachen. Das paßte gut, galten seine Interessen doch in erster Linie den Felsen und Wegen, auf denen sie sich bewegten, und dem, was sich unter ihnen bewegte. Ganz besonders interessierte er sich für die schwarze, feucht-klebrige Substanz, die das Lebenselixier der modernen Welt war. Sie war der Hauptgrund für seine Anwesenheit auf der Station, obwohl er häufig auch bei den allgemeinen Untersuchungen und Forschungen mithalf; daher auch sein Herumhantieren mit dem Wetterballon.

Er versuchte nicht länger im Freien zu bleiben, als unbedingt notwendig war. Eigentlich hätte er wegen seines wenig stabilen Herzens überhaupt nicht hiersein dürfen. Aber seine Intelligenz und wiederholte Bitten hatten den Widerstand derjenigen gebrochen, die solche Einsätze einteilten.

Bennings war froh, daß Norris ihm half. Der Meteorologe hatte Dutzende von roten Ballons und ihre piependen Passagiere hinaufgeschickt, aber es war immer leichter, wenn jemand den Ballon hielt, während man selbst die letzte Feinabstimmung vornahm. Bei seinem letzten Einsatz hatte er den Fehler gemacht, im Spätherbst allein hinauszugehen, nur um zu sehen, wie sein Ballon elegant am Himmel davonsegelte, während das Instrumentenpaket immer noch auf dem Boden lag.

Zwanzig Meter von ihnen entfernt arbeitete ein kräftig gebauter Mann an einem Schneemobil. Er hatte die Abdeckplane weggeschoben und kratzte jetzt mit einem speziellen Plastikschaber das Eis von seinen Flanken. Das war notwendig, um an die Eingeweide der Maschine heranzukommen, die einer Überprüfung bedurften.

Childs' Kindheit lag lange zurück, aber er konnte sich immer noch wie ein Kind freuen. Er liebte drei Dinge: Maschinen, Gesangsgruppen, die ebensoviel tanzten wie sangen (und oft besser), und eine Frau in weiter Ferne. Er war in Detroit aufgewachsen, und so kam ihm die Antarktis nicht so verlassen und unwirtlich vor wie den meisten anderen.

Ein vertrautes, aber unerwartetes Geräusch, ein Summen in der Ferne, ließ ihn herumfahren und neugierig nach links blicken. Der Pelzbesatz seiner Kapuze kitzelte ihn am Mund. Er spuckte aus. Sein Auswurf gefror sofort.

Norris blickte von seiner Uhr auf und starrte neugierig in dieselbe Richtung. Bennings tat es ihm gleich und vergaß den Wetterballon einen Augenblick lang. Das laute Pfeifen näherte sich ihnen schnell. Bennings runzelte die Stirn, worauf das Eis in seinem Bart zersprang.

Aus dem fernen Polsterfutter aus Eispartikeln kam ein Helikopter. Er hätte bei diesem Wetter überhaupt nicht draußen sein dürfen, jedenfalls hatte er in der Nähe der Station nichts zu suchen, denn hier erwartete man in den nächsten Monaten keine Gesellschaft. Einmal sackte er so tief herunter, daß die Landekufen den Schnee vom Kamm des kleinen Hügels fegten.

Ein Mann lehnte sich rechts aus dem Cockpit, anscheinend ohne irgendeinen Gedanken an die eigene Sicherheit, während die Maschine in dem peitschenden Wind tanzte. Er feuerte mit einem Gewehr auf einen kleinen, sich schnell bewegenden Gegenstand – einen Hund.

Norris sah nach rechts und stellte fest, daß Childs seinen Blick ungläubig erwiderte. Keiner der beiden Männer sagte etwas. Es gab keine Worte, die den Wahnsinn erklären konnten, und keine Zeit, sie auszusprechen, wenn es sie gegeben hätte.

Der Motor des Helikopters begann leiser zu werden, während sein unsichtbarer Pilot damit beschäftigt war, die Maschine zu landen. Sie flog viel zu schnell. Einmal prallten die Kufen vom harten Eis ab, wobei beide verbogen wurden. Die Maschine machte einen Satz nach vorn, gerade über den flüchtenden Hund hinweg, der scharf nach rechts abbog, um dem Verfolger auszuweichen.

Ein zweites Mal hüpfte die Maschine, und es schien, als würde sie jetzt zum Stillstand kommen. Aber der Wind packte sie und drängte sie gefährlich zur Seite. Sie kippte um. Norris, Bennings und Childs suchten alle Deckung, versuchten sich im Schnee einzugraben, als die Rotorblätter wie Zahnstocher abknickten. Die Fragmente der stählernen Blätter schossen unberechenbar durch die Luft. Eines der Blätter pfiff gefährlich nahe an Norris' Kopf vorbei und hätte ihn fast enthauptet.

Der Mann mit dem Gewehr schaffte es, herauszuspringen und sich hochzurappeln. Er blutete an der Stirn und hinkte mit einem Bein, während er zu zielen versuchte.

Hinter ihm drang plötzlich Wärme in das Reich der Kälte ein, als die Treibstofftanks platzten und der Hubschrauber einen Feuerball in den Wind spie. Darüber – und bereits vergessen – schwebte ein roter Ballon.

Norris und Bennings richteten sich vorsichtig auf und starrten auf die in Flammen gehüllten Überreste des Helikopters.

Weniger als ein Dutzend Männer waren unter Dach geblieben. Ein paar hatten Karten gespielt. Andere überwachten ihre jeweiligen Instrumente, bereiteten das Mittagessen zu oder ruhten sich in ihren Schlafkammern aus. Der Knall der Explosion zerriß ihre tägliche Routine.

Der Hund erreichte Norris und Bennings, als sie sich durch den Schnee zu dem immer noch in Flammen stehenden Wrack hinarbeiteten. Gleichzeitig entdeckte sie der einzige Überlebende des Hubschraubers und schrie ihnen etwas in einer fremden Sprache zu. Er lud seine Waffe neu, während er sie anschrie.

Die zwei Wissenschaftler sahen einander an.

„Erkennst du eine Markierung?" schrie Norris, so laut er konnte, um sich im Sturm Gehör zu verschaffen.

Bennings schüttelte den Kopf und rief dem blutenden Überlebenden zu: „He! Was war denn los? Was ist mit Ihrem Kumpel?"

Er deutete auf die brennende Maschine.

Ohne ein Zeichen des Verständnisses von sich zu geben, fuchtelte der Mann zornig mit seiner Waffe herum. Er schrie die ganze Zeit, und das Blut begann ihm im Gesicht zu gefrieren und dabei ein Auge zu verkleben.

Norris blieb stehen. Der Hund stand auf den Hinterbeinen, tappte mit der Pfote nach Bennings und leckte ihm die Hand ab. Sein Wimmern klang verängstigt.

„Mein Guter", begann der Meteorologe, „was ist denn? Dein Herrchen ..."

Der Mann aus dem Helikopter hob das Jagdgewehr und feuerte auf sie.

Bennings taumelte erschrocken zurück, der Hund brach neben ihm zusammen. Norris wurde ebenso starr wie das Land unter seinen Stiefeln und sah den heranrahenden Wahnsinnigen mit aufgerissenem Mund an.

„Was zum ...“

Wieder krachte die Waffe. Der Mann taumelte auf sie zu, versuchte zu zielen und schrie Unverständliches. Das Blut rann ihm immer noch in die Augen. Blut und noch etwas.

Eis und Schnee flogen himmelwärts, als sich eine Kugel nach der anderen rings um die zwei benommenen Wissenschaftler in den Boden bohrte. Eine weitere klatschte gegen die Hüfte des Hundes und riß ihn herum. Er heulte schmerzerfüllt auf.

Childs starrte das windzerzauste Bild ungläubig an, bis die Waffe sich auf ihn zu richten schien. Da tauchte er hinter dem Aufbau des Schneemobils unter.

Ein Schuß traf Bennings. Immer noch benommen, den offensichtlich wahnsinnigen Angreifer anstarrend, fiel er zur Seite. Fluchend beugte Norris sich hinunter, packte den Parka seines Freundes an beiden Schultern und begann, ihn zum Hauptgebäude zu zerren. Eine Blutspur hinterlassend, kroch der Hund hinter ihnen her.

Der Fremde war jetzt ganz nahe. Die Mündung seines Gewehrs sah so groß wie ein Eisenbahntunnel aus. Aber plötzlich hörten die Schüsse auf.

Immer noch vor sich hin fluchend, blieb der Mann stehen und versuchte verzweifelt, seine Waffe nachzuladen. Patronen fielen ihm aus den Jackentaschen in den Schnee. Er bückte sich, wühlte in dem weißen Pulver herum und schob sie, eine nach der anderen, ins Magazin.

Im Inneren der Anlage herrschte totale Verwirrung. Ihre Bewohner verstanden es, mit Winden von Orkanstärke und eisiger Kälte fertig zu werden, mit Energieausfällen und knappen Rationen auszukommen. Sie waren jedoch nicht darauf vorbereitet, mit Mördern umzugehen.

Einige der Männer fingen an, sich für draußen anzukleiden, mit Parkas, Daunenwesten, warmen Handschuhen. Sie wollten hinausgehen und Norris und Bennings helfen. Ein paar, die das Drama zu hypnotisieren schien, das sich draußen auf dem Eis abspielte, starrten durch die beschlagenen Scheiben, als blickten sie auf einen der Fernseher des Lagers.

Aus dem Erholungsraum war das Geräusch zerspringenden Glases zu hören. Es bedurfte sicher einiger Schläge mit dem Gewehrkolben, um die dicken Isolierscheiben zu zerbrechen. Dann schob sich der

Lauf einer 44er, gestützt von zwei Händen, durch die plötzlich entstandene Lücke.

Draußen rückte der Eindringling Norris und Bennings näher. Er hatte es inzwischen endlich geschafft, das Gewehr nachzuladen. Jetzt hob er es und zielte unsicher.

Ein Schuß peitschte durch die Luft, etwas tiefer als jeder der bisherigen Schüsse. Der Kopf des Mannes zuckte nach hinten, und sein Karabiner feuerte auf eine Wolke. Er fiel auf die Knie und stürzte dann mit dem Gesicht voran in den Schnee.

Norris stoppte seine verzweifelte Flucht. Sein Herz schlug wie wild. Er ließ Bennings' Parka los. Der Meteorologe griff nach seiner Wunde und starrte fasziniert den plötzlich reglosen Angreifer an. Der verletzte Hund lag ganz in der Nähe und wimmerte vor Schmerz. Weiter draußen, in der weißen Hölle, stemmte sich Childs vorsichtig hoch, um über sein Schneemobil hinwegzuspähen.

Nun war wieder das einzige Geräusch das Klagen des ewigen Windes.

Im Inneren des Baus waren die wirr durcheinanderrufenden Stimmen verstummt. Männer, die gerade noch dabeigewesen waren, ihre Parkas anzulegen, hörten auf, Schnallen zu schließen und an Reißverschlüssen zu zerren. Alle Blicke waren von der Szene draußen zum Leiter der Station gewandert.

Garry klappte die Zylindertrommel seiner Magnum auf, entnahm ihr die einzige verbrauchte Patrone und schloß die Waffe dann wieder. Dann legte er den Sicherungshebel um und schob die Magnum in das Halfter am Gürtel.

Erst jetzt wurde dem Stationsleiter bewußt, daß er das Zentrum der Aufmerksamkeit war. Als ehemaliger Soldat trug er die Waffe mehr aus Gewohnheit als aus Notwendigkeit. Manchmal waren alte Angewohnheiten ganz nützlich.

„Hört auf, mich anzustarren! Fuchs, Palmer, Clark" – er deutete mit einer Kopfbewegung nach draußen –, „ihr seid schon halb angezogen. Geht hinaus und löscht das Feuer!"

„Wozu die Mühe?" Palmer war von ständigem Widerspruchsgeist erfüllt. Er wischte sich das lange blonde Haar aus dem Gesicht. „Dort draußen ist sonst nichts Brennbares. Ich habe genügend Abstürze gesehen, um zu wissen, daß der Pilot nicht die leiseste Chance hatte."

„Tu's trotzdem", sagte Garry kurz angebunden. „Vielleicht finden wir in dem Wrack etwas Nützliches."

„Was zum Beispiel?" fragte Palmer streitsüchtig.

„Eine Erklärung, beispielsweise. Und jetzt los!" Seine Aufmerksamkeit wandte sich dem jüngsten Mann im Raum zu. „Sanders, sieh zu, ob du eine Ersatzscheibe für das Fenster findest!"

„Das ist die Aufgabe von Childs", kam schnell die Antwort. „Ich bin für die Funkgeräte zuständig, nicht für Reparaturen."

„Childs ist dort draußen. Vielleicht verletzt."

„Mierda del toro!" stieß Sanders hervor, verließ aber den Raum, um dem Befehl nachzukommen.

Der Schneebläser brachte die Flammen schnell zum Ersticken. Aber im verbrannten Cockpit des Helikopters fanden sie keine Erklärungen und auch nicht mehr viel von dem Piloten. Der größere Teil des Interesses der Männer richtete sich daher auf die Anlage.

Im Erholungsraum hatte sich der Rest der Männer um die Leiche des Berserkers, der sie alle mit dem Karabiner bedroht hatte, versammelt. Er hatte ein sauberes Loch mitten in der Stirn. Ein oder zwei Männer murmelten leise, daß Garry auf einen weniger lebenswichtigen Körperteil hätte zielen können. Bennings und Norris hätten von der Reklamation freilich nicht viel gehalten.

Garry durchsuchte unterdessen die Taschen des Mannes unter dem dicken Winteroverall. Er fand eine abgewetzte schwarze Brieftasche mit Bildern von einer Frau, die von drei lächelnden Kindern umgeben war, und von einem Haus, außerdem etwas Papiergeld, ein paar fremdartige Kreditkarten und andere persönliche Dinge, von denen einige zu erkennen, andere nicht zu erkennen waren, und als Wichtigstes einen offiziell aussehenden Ausweis.

Garry studierte ihn. „Norwegisch", verkündete er dann. „Er hieß Jan Bolen. Fragt mich nicht, wie man das ausspricht!"

Fuchs stand neben der großen Reliefkarte der Antarktis, die eine ganze Wand beherrschte. Er war, abgesehen von Clark und Sanders, das jüngste Mitglied der Gruppe. Sanders war für die Funkstation zuständig, Clark für die Hunde, aber manchmal fühlte Fuchs sich ihnen trotz seiner umfangreichen Ausbildung unterlegen. Dieses Land war gegenüber solchen Männern freundlicher als gegenüber sensiblen Hilfsbiologen.

Die Leiche lag über zwei Kartentischen, die man schnell zusammengeschoben hatte. Fuchs war der einzige, dessen Aufmerksamkeit etwas anderem galt.

„Sanae liegt auf der anderen Seite des Kontinents", erklärte er dem Stationschef. „Im Hubschrauber können die ganz bestimmt nicht so weit geflogen sein. Aber sie haben einen Stützpunkt in der Nähe. In letzter Zeit gebaut, wenn ich mich richtig erinnere."

„Wie weit entfernt?" fragte Garry.

Fuchs studierte die Landkarte und benutzte seinen Daumen, um die Entfernung abzuschätzen. „Ich würde sagen, etwa achtzig Kilometer im Südwesten."

Garry versuchte nicht, seine Überraschung zu verbergen. „So weit? Bei dem Wetter ist das aber verdammt weit für einen Hubschrauber."

Hinter ihnen fügte Sanders vorsichtig das schwere neue Glas in die Öffnung ein, die der Stationsleiter verursacht hatte.

Garry wandte seine Aufmerksamkeit jetzt Childs zu. Norris saß neben ihm. Die beiden Männer hatten sich seit dem Angriff etwas beruhigt. Childs pickte sich immer noch Eisstücke aus dem Bart.

„Wie geht's dir denn jetzt, Childs?"

Der Mechaniker blickte zu ihm auf. „Besser als Bennings."

Garry knurrte etwas Unverständliches und sah dabei Norris an. Sie machten sich alle Sorgen um Bennings.

„Hast du etwas von dem aufgeschnappt, was der geschrien hat?"

Childs grinste schief. „Sehe ich für dich jetzt wie ein Norweger aus? Du bist wohl zu oft im Schnee draußen gewesen. Sicher habe ich aufgeschnappt, was er gesagt hat. Er hat gesagt: ‚*Tru de menge, halt de foggen.*' Hilft das weiter?"

Garry lächelte nicht, sondern wandte sich dem Geophysiker zu. „Und du?"

„Ja, ich hab schon was mitgekriegt", murmelte Norris zornig. „Ich hab mitgekriegt, daß er mir den Arsch in Stücke schießen wollte. Das war gar nicht so schwer zu kapieren."

Der Stationschef nickte nur und blickte dann besorgt auf die Leiche, die auf dem Tisch lag. Sie würde ihm keine Antworten mehr geben können.

Alle mochten Copper. Der Arzt schien mit seinem dauernden väterlichen Grinsen und seinem Tonfall aus dem Mittleren Westen überhaupt nicht in die Station zu passen. Er gehörte irgendwo nach Indiana hin, wo er kleine Mädchen behandeln konnte, die die Masern hatten, oder Jungen, die vom Baum gefallen waren und sich die Knie aufgeschürft hatten. Eigentlich sollte er für eine Norman-Rockwell-Illustration Modell stehen, die eine Zeitschrift für Bezieher mittlerer Einkommen schmückte.

Statt dessen übte er sein Gewerbe hier am tiefsten Punkt der Erde aus. Er hatte sich freiwillig für den Posten gemeldet, denn unter diesem belanglosen Äußeren schlug das Herz eines abenteuerlustigen Mannes. Und die anderen waren froh, daß er da war.

Im Augenblick war er mit Bennings' ausgestrecktem Bein beschäftigt. In einer Ecke der Krankenstation war Clark, der Hundepfleger, mit der Hüfte des verwundeten Hundes – „Husky", wie sie ihn getauft hatten – beschäftigt. Die Station mußte den medizinischen Bedürfnissen sowohl von Hunden als auch Menschen genügen. Keinem machte die Anwesenheit des anderen etwas aus, und Clark und Copper halfen einander häufig bei etwas komplizierteren Fällen.

Der Meteorologe stieß ein „Autsch!" aus, als der Arzt die Nadel bewegte. Copper sah ihn tadelnd an.

„Komm du mir nicht mit ‚Autsch', Bennings! Sei wenigstens so mutig wie der Hund. Zwei lausige Stiche. Die Kugel hat dich ja bloß gestreift. Ein Wunder, daß sie dir überhaupt die Haut geritzt hat."

„Ja, nun, angefühlt hat es sich nicht so."

Die Nadel stach ein letztes Mal zu, und Bennings verdrehte theatralisch die Augen. Copper verknotete seinen Faden und half dem noch etwas benommenen Bennings vom Tisch. Der Meteorologe zitterte immer noch, aber das war nicht auf die Wunde zurückzuführen.

„Jesus, was, zum Teufel, haben die bloß gemacht?" murmelte er. „So tief zu fliegen – bei dem Wetter. Auf einen Hund zu schießen – auf uns ..."

Er schüttelte langsam den Kopf; er konnte dem Wahnsinn, der sich in einen sonst völlig normalen Tag hineingedrängt hatte, keinen Sinn abgewinnen.

Copper hob die Schultern, legte die Nadel in den Sterilisator zurück und schaltete das Gerät ein. Es summte leise.

„Budenkoller vielleicht."

„Ist das eine ärztliche Diagnose?"

„Ungeheuer komisch. Ich meine, wenn man Leute längere Zeit auf engem Raum zusammensperrt und sich dann ein Streit entwickelt, der zu hitzig wird ... Wahrscheinlich werden wir nie herausfinden, was die Ursache war."

„Garry wird das schon." Bennings schien überzeugt. „Wenn ich ihn richtig kenne, dann findet er heraus, was hier los war. Das muß man dem Mann lassen, der läßt nicht so leicht locker." Er blickte auf sein zusammengeflicktes Bein und erinnerte sich wieder daran, wie er in die Mündung der Jagdflinte geblickt hatte. Und mit leiser Stimme fügte er hinzu: „Und ein verdammt guter Schütze ist er auch."

Ein scharfes Kläffen ließ die zwei Männer sich umwenden. Clark versuchte, das verletzte Tier zu beruhigen, während er um Verzeihung heischend die anderen ansah. „Ich werde eine Weile hiersein. Die Kugel sitzt ziemlich tief. Ich muß sie ganz vorsichtig herausholen, um ihm sein Bein zu retten. Sagt mir Bescheid, wenn es etwas Neues gibt, ja?"

Copper nickte und stützte Bennings, als sie die Krankenstation verließen. Hinter ihnen winselte der Hund weiter, während Clark seine Lampe näher heranzog und fortfuhr, nach der Kugel zu suchen.

Blair lehnte am Eingang zur Funkkabine und fuhr sich mit der Hand über die Stirn. Als er seine Hand ansah, war sie schmutzig und mit Schweiß bedeckt. Man war immer schmutzig in der Station; schließlich stand die Dusche nur zweimal die Woche zur Verfügung. Komisch eigentlich. Da stand man auf dreißig Prozent allen Süßwassers, das es auf der Erde gab, und mußte das Wasser zum Duschen rationieren, weil es zuviel Energie kostete.

Diese verdammte Unterbrechung! Er mußte zwei Aufsätze fertigstellen und die zwei üblichen Wochenberichte schreiben, ganz zu schweigen von einem halben Dutzend laufender Experimente im Freien, die es zu überprüfen galt. Seit man ihnen damals die Budgets zusammengestrichen hatte, stand ihm nur noch Fuchs als Helfer zur Verfügung, wenn auch Bennings und Norris immer sehr hilfsbereit gewesen waren. Aber sie mußten sich natürlich auch um ihre eigenen Arbeiten kümmern.

Er kaute auf seiner nicht angezündeten Zigarette herum und starrte Sanders an, der an den Knöpfen und Skalen drehte. Aus einem Lautsprecher an der Decke krachten Störgeräusche. Blair hatte sich diesen auf- und abschwellenden Lärm jetzt zehn Minuten lang angehört. Einfach zu schwacher Empfang, dachte er verstimmt.

Schließlich drehte Sanders sich zu ihm herum und meinte gelangweilt: „Klappt nicht. Selbst wenn ich Norwegisch sprechen könnte, selbst wenn ich die verdammten Frequenzen wüßte."

„Nun, sieh einfach zu, daß du jemanden erwischst!" Blair war über den Angriff ebenso verärgert wie alle anderen. „Irgendeinen. Probier's noch mal mit McMurdo. Wir müssen diese Schweinerei melden, ehe uns ein anderer zuvorkommt, sonst haben wir es am Ende noch mit einem internationalen Zwischenfall zu tun. Und du weißt ganz genau, was das bedeutet. Arbeitsunterbrechung, weil jeder davonrennt, um Erklärungen abzugeben."

„Würde mich nicht stören."

Sanders war vor ein paar Monaten einundzwanzig geworden. Niemand in der Station schien zu wissen, wie er zu seiner Position gekommen oder weshalb er überhaupt hier war. Wahrscheinlich hatte der Posten in den Anzeigen sehr romantisch ausgesehen. Sechs Monate fern der Bilder und Geräusche (ganz zu schweigen der Wärme) von Los Angeles hatten die Betrachtungsweise des Fernmeldemannes jedoch verändert, und er gab sich auch gar keine Mühe, seine Unzufriedenheit zu verbergen. Jedem, der es hören wollte, sagte er, wie man ihn hereingelegt hatte.

Aber jetzt machte er den Job ein Jahr lang. Da war nichts mit Wein und Weib und sehr wenig mit Gesang. Jedenfalls war überhaupt nichts Romantisches dabei. Das Mädchen, das er mit der Wahl dieses Postens hatte beeindrucken wollen, lag im Augenblick wahrscheinlich irgendwo in Santa Monica am Strand, trank Wein und kuschelte sich in die Arme eines anderen.

Der bevorstehende Winter würde Sanders mehr belasten als die meisten anderen.

„Versuch es noch einmal mit McMurdo!"

Sanders' Stimme klang beleidigt. „Was meinst du wohl, wen ich dauernd anpeile? Hör zu, ich hab seit zwei Wochen keine von diesen Scheißstationen erwischt. Ich bezweifle, daß es auf dem ganzen Kontinent irgend jemanden gibt, der mit einem anderen redet. Eigentlich solltest du ja wissen, was bei einem Sturm wie dem da los ist."

Blair wandte sich von dem jüngeren Mann ab und blickte zu dem schmalen Fenster hinüber, das auf der anderen Seite des Korridors hoch oben in die Wand eingelassen war. Hinter dem beschlagenen Glas konnte er nichts als aufgewirbelten Schnee sehen. Die untere Hälfte des Fensters war bereits vom Schnee zugedeckt. Noch einen Monat, und es würde völlig verschwunden sein.

„Ja", murmelte er resigniert. „Ich weiß."

2

DAS grollende Poltern klang gedämpft und gleichmäßig; ein Geräusch ganz ähnlich dem Wind, der draußen um die Station heulte; aber es war weicher. Es kam von einem der vielen Korridore, die die zahlreichen Räume und Lager der Anlage miteinander verbanden.

Es bewegte sich langsam auf den Gemeinschaftsraum zu. Das Gehör nahm es zur Kenntnis, aber keiner der versammelten Männer machte sich die Mühe, sich darum zu kümmern. Das Geräusch war ihnen allen bekannt und kein Anlaß zu Unruhe.

Nauls kam unter einer der Türen elegant zum Stillstand und stützte sich gegen den Türrahmen. Seine Beine bewegten sich abwechselnd, während er auf seinen Rollschuhen das Gleichgewicht zu halten suchte und die anderen anstarrte.

„Ich hab's gehört." Sein Blick wanderte zu der Leiche hin, die immer noch auf den Kartentischen lag. „Aber was soll das Ganze?"

„Das weiß noch niemand", erklärte Fuchs. „Hast du eine Ahnung?"

„Sicher." Der Koch grinste den jungen Biologen an. „Vielleicht hat Norwegen uns den Krieg erklärt."

Palmer war nicht viel älter als Nauls. Er hatte es endlich geschafft, sein Haar zu bändigen. Es hing ihm jetzt, von einem Gummiband zusammengehalten, über den Rücken. Er lächelte über das, was der Koch gesagt hatte, und zündete sich einen Joint an.

Palmer hatte ein komisches Lächeln an sich. Auf Maschinen verstand er sich wie kein anderer, und ein schlechter Pilot war er auch nicht. Aber manchmal hatte er im Umgang mit anderen Menschen Schwierigkeiten. Es gab da ein paar Episoden aus einer etwas radikalen Vergangenheit (größtenteils in den sechziger Jahren), die ihn gelegentlich verfolgten.

Er inhalierte tief und ließ dann seinen Blick zu Garry hinüberwandern. Die zwei waren in gesellschaftlicher Hinsicht Gegenpole, kamen aber gut miteinander aus. Wenn man auf so engem Raum wie dieser Station zusammenlebte, mußte man miteinander auskommen. Bei Garry und Palmer ging das, weil keiner den anderen besonders ernst nahm.

„Ich hab mich schon gefragt, wann El Capitán wohl 'ne Chance kriegen würde, mal seinen Ballermann zu gebrauchen."

Garry wies ihn mit einem strengen Blick in seine Grenzen und wandte sich Fuchs zu. Der Biologe studierte immer noch die große Karte.

„Seit wann haben die denn ihre Station dort? Du hast doch gemeint, daß die gar nicht lange bleiben würden."

Fuchs wandte sich von der Karte ab und wühlte in einem Karteikasten. Dann zog er eine Karte heraus. „Hier steht: etwa acht Wochen."

Dr. Copper kam jetzt in den Raum. Bennings ging dicht hinter ihm. Sein Hinken war stärker, als die Wunde es verlangte.

Garry blickte nachdenklich. „Relativ neu. Acht Wochen. Das reicht nicht, um durchzudrehen."

„Quatsch, Junge!" Nauls stampfte mit den Rollschuhen auf den Boden, so daß die Räder durchdrehten. „Fünf Minuten reichen aus, um einen hier verrückt zu machen, wenn man nicht bei der Ankunft verdammt normal ist."

„Verdammt normal", echote Palmer. Ein verklärter Ausdruck begann sich über sein Gesicht auszubreiten. Garry war das gleichgültig. Palmer tat seine Arbeit.

„Ich meine", fuhr Nauls fort und warf einen Blick auf die Überreste der tabaklosen Zigarette, „Palmer ist schon seit dem ersten Tag so gewesen."

Palmers Lächeln wurde breiter, und er zeigte dem Koch einen Vogel.

„Es hängt von der Persönlichkeit ab." Coppers Tonfall klang ernster als der des Kochs, obwohl er das gleiche empfand. „Manchmal können persönliche Konflikte in Verbindung mit den Problemen, die durch die Isoliertheit und Eingeschlossenheit entstehen, eine erstaunlich schnelle Wirkung zeigen."

Garry dachte kurz nach und meinte dann, an Fuchs gewandt: „Hast du etwas herausgefunden, wie viele es sind?"

Fuchs warf einen weiteren Blick auf die halb herausgezogene Karte. „Wenn das hier der letzte Stand ist, haben die anscheinend mit sechs angefangen. Also sind vier im Lager."

„Das muß nicht unbedingt stimmen", sagte Copper leise. Alle sahen jetzt den Arzt an.

„Und was heißt das, Doc?" wollte Bennings wissen.

„Das heißt, daß wir nicht wissen, wann oder warum unsere zwei Besucher durchgedreht sind und ob sie vielleicht noch Gleichgesinnte hatten. Aber selbst wenn sie ganz allein waren, hätten zwei so verrückte Burschen" – damit deutete er vielsagend auf die reglose Leiche auf dem Kartentisch – „in ihrer Nachbarschaft eine Menge Unheil anrichten können, ehe sie zu uns kamen. Und das könnte auch ein Grund sein, weshalb Sanders ihr Camp nicht über Funk erreicht."

„Vielleicht hören die bloß ihre eigenen Sender ab", meinte Norris.

Copper schüttelte den Kopf. „Jeder gebildete Europäer spricht ein wenig Englisch. Ich denke, die würden sich wenigstens melden."

Garry sah zum Tisch hinüber. „*Er* hat kein Englisch gesprochen."

„Das war der Streß", meinte Copper. „In solchen Situationen können Menschen gewöhnlich nur in ihrer Muttersprache denken."

Der Stationsleiter wandte sich ab und murmelte unglücklich: „Wenn es stimmt, daß sie ihr eigenes Lager verwüstet haben, dann können wir nicht viel machen."

„O doch! Das können wir", konterte der Arzt. „Ich würde mich gern einmal dort drüben umsehen. Vielleicht kann ich jemandem helfen. Vielleicht finde ich sogar eine Erklärung."

„Bei dem Wetter?"

Der Arzt wandte sich an den Mann, der hinter ihm stand. „Bennings? Wie steht's mit dem Wetter?"

Der Meteorologe überlegte. „Ich würde mir gern die Instrumente noch einmal ansehen, aber nach den letzten Daten müßte der Wind in den nächsten paar Stunden eine Spur schwächer werden."

„Eine Spur?" Garry sah ihn streng an.

Bennings hob die Schultern. „Hör zu, Chef, hier unten das Wetter vorherzusagen, das ist doch die reinste Lotterie! Aber nach den letzten Informationen vermute ich, daß es besser wird."

„Und was hältst du von dem, was der Doc gesagt hat?"

„Ich selber hätte keine Lust." Bennings trat an die Karte, die an der Wand befestigt war. „Aber zu schaffen müßte es sein. Selbst wenn man den Wind berücksichtigt, schätze ich weniger als eine Stunde, um hinzukommen."

Garry überlegte. Er hielt nicht viel von der Idee. Trotzdem wollte er unbedingt eine Erklärung, ehe das Wetter wieder schlechter wurde und die offiziellen Anfragen einsetzten. Außerdem konnten, wie Copper angedeutet hatte, vielleicht Verletzte in der norwegischen Station sein, die Hilfe brauchten. Und mit was für einer Reaktion würde er wohl zu rechnen haben, wenn er keine Anstalten machte, ihnen zu helfen?

Palmer zog noch mal an seinem Joint. „Also, Doc. Ich nehm dich mit, wenn ..."

Garry unterbrach ihn scharf. „Vergiß es, Palmer!" Er wandte sich Copper zu, der geduldig auf seine Entscheidung wartete. „Doc, du machst mich schwach."

„Nur, wenn ich dir 'ne Spritze gebe."

„Kannst mich mal." Der Stationsleiter wandte sich ab, um sein Lächeln zu verbergen. „Norris, hol Macready!"

Einige im Raum lachten. Norris grinste. „Macready fährt bestimmt nirgendwohin", meinte er. „Der liegt bis zum Frühjahr in seiner Klappe. Wer behauptet eigentlich, daß Menschen keinen Winterschlaf halten?"

„Macready, die Schlafmütze", fügte Bennings hinzu.

Garry blickte gelangweilt drein. „Geh und hol ihn!"

„Du bist der Boß, Boß." Norris ging auf die Tür zu. „Außerdem ist er wahrscheinlich besoffen. Am Ende muß doch Palmer fahren."

Norris brauchte einige Minuten, um sich darauf vorzubereiten, ins Freie zu gehen. Mit fünfundsechzig Pfund zusätzlicher Kleidung beladen, schlurfte er schließlich auf die Außentür zu. Der Wind peitschte ihm ins Gesicht, als er die Tür öffnete. Instinktiv hielt er die Lippen einen Spalt geöffnet, damit sie nicht durch den Speichel in seinem Mund aneinanderklebten. Eispartikel klapperten gegen seine Schneebrille.

Vielleicht hatte Bennings recht. Als er die Treppe hinaufging, hatte er tatsächlich den Eindruck, der Wind hätte etwas nachgelassen.

Natürlich hatten sie bis jetzt noch keinen echten Wintersturm erlebt. Das, was sie jetzt umgab, war relativ mildes Herbstwetter.

Sein Ziel war eine Hütte, die etwa hundert Meter vom Hauptkomplex entfernt und mit einem hölzernen Steg und Haltetauen mit diesem verbunden war. Hundert Meter zu Fuß in der Antarktis kommen einem wie hundert Kilometer vor, selbst wenn man ein sichtbares Ziel vor Augen hat.

Norris kam die Treppe hoch, die ins Hauptgebäude hinunterführte, und machte sich auf den Weg, wobei seine durch Handschuhe geschützten Hände leicht über die vertraute Glätte des Halteseiles glitten. Ein paar Eiszapfen hingen an dem Seil und brachen ab, als seine Finger sie berührten. Er benutzte das Seil nicht nur, um sich zu orientieren, sondern auch, um sich den sanften Abhang hinaufzuziehen. Seine Arme mußten den Beinen Hilfestellung leisten, die die Tendenz hatten, in den Streik zu treten, wenn sie der bitteren Kälte auch nur kurze Zeit ausgesetzt waren.

Im Inneren der Hütte, die mit doppelten Wänden und einem Elektroofen ausgestattet war, herrschte eine ziemliche Wärme. Macready hielt seine Umgebung so tropisch, wie die Vorschriften es erlaubten. Er haßte die Kälte, haßte sie sogar noch mehr als Sanders. Das Isoliertsein machte ihm nichts aus. Und die Bezahlung war wahrhaft atemberaubend, das kam als mildernder Umstand hinzu. Er holte Eiswürfel aus dem kleinen Kühlschrank und ließ sie ins Glas fallen. Bernsteinfarbene Flüssigkeit füllte es.

„Läufer auf g vier", sagte eine ruhige Stimme, die nicht die seine war.

Er nippte an dem Whisky und ging zu dem Tisch hinüber, auf dem das Spiel stand. Ein großer Vera-Cruz-Sombrero in bunten Farben hing ihm um den Hals und tanzte leicht auf seinem Rücken. Er bückte sich, um der nackten Glühbirne auszuweichen, die von der Decke baumelte.

Die Hütte war klein, sehr individualistisch eingerichtet und unordentlich. Garry bezeichnete sie als einen Schweinestall. Macready zog die Formulierung „bewohnt" vor. Der Stationsleiter ließ den Punkt auf sich beruhen. Macready tat seine Arbeit. Meistens.

Ein paar große Plakate von südländischen Orten gaben dem Inneren der Hütte Farbe. Neapel, Rio, Jamaika, Acapulco – eine Blondine und zwei Rothaarige. In der Hütte herrschte eine Hitze, daß einem der Schweiß ausbrechen konnte.

Das elektronische Schachbrett auf dem Tisch war größer als ein Durchschnittsmodell. Macready setzte sich und lachte glucksend über den ungeschickten Zug seines Gegners. „Du bist ein armer kleiner Hurensohn. Du fängst an zu verlieren, nicht wahr?"

Er überlegte einen Augenblick und tippte dann seinen Zug ein. Die Maschine reagierte sofort.

„Bauer nimmt Dame auf c vier." Die elektronisch bewegten Figuren zitterten leicht, wenn sie über das Brett schlurften.

Macreadys Grinsen verblaßte langsam, als er die neue Anordnung überprüfte.

Jemand klopfte an die Tür. Er ignorierte das Geräusch, dachte über seinen nächsten Zug nach und gab schließlich die Anweisung ein.

Wieder bewegten sich die Figuren.

„Turm auf d sechs", sagte die ausdruckslose Stimme aus dem Lautsprecher des Schachbretts. „Schach!"

Das Klopfen wurde jetzt eindringlicher. Macready biß die Zähne zusammen und funkelte das Schachbrett mit bösen Blicken an. Er beugte sich vor und öffnete eine kleine Klappe neben dem eigentlichen Spielfeld. Farbige Stromkreise starrten ihn an, als er die Überreste seines Drinks über sie schüttete.

Aus der Maschine waren ein paar knackende Laute zu hören, dann sprühten ein paar Funken, und etwas Rauch stieg auf.

„Läufer auf Bauer drei nimmt Turm auf Dame fünf König auf Läufer zwei Bauer auf Bauer sechs auf Bauer sieben auf Bauer acht auf Bauer neun auf Bauer auf Bauerizzzfissstt ..."

Macready hörte zu, bis das Geschnatter aufhörte, dann stand er auf und stolperte zur Tür, wobei er angewidert vor sich hin murmelte. „Das Schwein schummelt! Verdammte Programmierung! Ich sollte mir mein Geld auszahlen lassen ..."

Vorsichtig öffnete er die Tür einen Spalt.

Norris schob sich durch die Tür an ihm vorbei, wobei ihm eine Schneefontäne folgte. „Warum, zum Teufel, hast du nicht aufgemacht?"

Macready sagte nichts, sondern deutete auf das immer noch rauchende Schachbrett. „Haben wir Ersatzmodule für diese Schachdinger im Lager?"

„Woher soll ich denn das wissen? Zieh dich an!"

Plötzlich war das Schachspiel vergessen. Macready musterte seinen Besucher argwöhnisch. „Wozu denn?"

„Wozu glaubst du wohl?"

„O nein!" Er wich vor Norris zurück. „Kommt nicht in Frage. Keine Chance."

„Garry sagt . . ."

„Mir ist scheißegal, was Garry sagt."

Draußen heulte der Wind. Für Macready klang es, als wäre er hungrig.

CHILDS hatte eine der großen Lötlampen herausgeholt und hielt sie dicht an seinen Körper, während er das Eis von den Rotorblättern und der Maschinenverkleidung des Helikopters schmolz. Von allen Arbeiten, die man draußen zu verrichten hatte, war das Freischmelzen von Maschinen eine der angenehmsten. Wenigstens konnte man sich dabei selbst ein wenig wärmen.

Der Wind heulte und pfiff um ihn herum. Er sah zum Himmel hinauf. Trotz Bennings' Versicherungen beneidete er den armen Teufel, der mit dem Hubschrauber aufsteigen mußte, keineswegs. Wenn Copper nicht darauf bestand, würde ohnehin niemand starten. Childs lächelte. Normalerweise geschah das, was der alte Doc Copper wollte. Denn wenn er einmal etwas vorschlug, konnte keiner von den anderen Typen sich drücken, ohne ziemlich albern auszusehen.

Er wandte sich wieder dem fast enteisten Helikopter zu und schnitt gefrorenes Wasser von seinen Landekufen.

DIE kleine Ansammlung dickbekleideter Männer, die sich durch den schmalen Korridor auf die Landestelle des Helikopters zubewegte, erinnerte an eine Gruppe wandernder Bären. Sie fingen bereits zu schwitzen an, obwohl sie spezialabsorbierende Thermounterkleidung trugen. Ihre Kleider waren jedoch so präpariert, daß sie bei fünfzig Grad minus angenehm waren, nicht bei zweiundzwanzig Grad minus.

Dr. Copper trug eine kleine Arzttasche. Sie bestand aus Metall und

Formplastik und war groß genug, um so ziemlich alles, inklusive einer tragbaren Chirurgiestation, mitzuführen. Copper hatte die Tasche persönlich schwarz gespritzt. Er war ein Traditionalist.

Macready studierte eine Flugkarte, die auf ein Plastikblatt gedruckt war, und brummte pausenlos vor sich hin.

„Wahnsinn! Das ist einfach verrückt! Ich weiß nicht mal, ob ich diesen Platz bei klarem Wetter finden könnte ..."

„Hör zu meckern auf, Macready!" befahl Garry. „Je schneller du hinkommst, desto schneller bist du wieder hier."

„*Wenn* wir hinkommen", erregte sich der Pilot. „Es ist gegen die Vorschrift, um diese Jahreszeit aufzusteigen. Eigentlich darf ich bis zum Frühling nicht mehr fliegen. Ich werde Protest einlegen. In den Vorschriften heißt es, daß ich bei dem Wetter nicht aufzusteigen brauche."

„Die Vorschriften kannst du vergessen", sagte Copper. „Aus den Akten geht hervor, daß in dieser norwegischen Station sechs Leute sind. Zwei Verrückte von den sechs ... Da sind vielleicht vier, die auf den Bäuchen herumkriechen und um Hilfe beten, zurückgeblieben. Die Antarktis ist wie der Ozean, Mac. Das erste Gesetz des Meeres sagt, daß man einem Berufskollegen, der Schwierigkeiten hat, hilft, ehe man an etwas anderes denkt."

„Es macht mir ja nichts aus, ihnen zu helfen", erwiderte Macready. „Ich will ja bloß nicht gemeinsam mit ihnen herumkriechen, wenn wir schließlich dort sind."

Garry funkelte ihn an. „Wenn du nicht bereit bist, gelegentlich in schlechtem Wetter einen Risikoflug zu machen, warum, zum Teufel, hast du dich dann freiwillig für diesen Posten gemeldet?"

Macready lächelte und machte eine vielsagende reibende Bewegung mit Daumen und Zeigefinger. „Aus demselben Grund wie die meisten von uns. Aber wenn ich tot bin, kann ich es nicht ausgeben."

„Schau, Macready, wenn du weiterhin meckerst, dann fliegt eben Palmer. Er hat sich bereits angeboten."

Macready starrte den Stationsleiter ungläubig an. „Wovon redest du? Palmer? Der hat vielleicht zwei Monate Ausbildung auf diesen Hubschraubern gehabt. Bei gutem Wetter."

„Vier", verbesserte ihn Palmer von ganz hinten in der Gruppe. „Mich stört es nicht, wenn ich einen kleinen Schubs abkriege."

„Einen kleinen Schubs!“ Macready schüttelte den Kopf. „Verdammt, wenn du high bist, macht es dir nicht einmal etwas aus, wenn die Welt untergeht. Aber vielleicht interessiert sich der Doc nicht so dafür, glücklich zu sterben, wie du, du Junkie.“

„Dann flieg ihn eben du und halt's Maul!“ konterte Palmer.

„Aah!“ Macready machte eine wütende Handbewegung und drehte sich zu Bennings herum. „Wie ist es denn dort draußen? Fünfundvierzig Knoten?“

„Sechzehn“, erklärte der Meteorologe.

„Sechzehn für wie lange? Das kann man um diese Jahreszeit nicht sagen. In fünf Minuten können es fünfzig sein.“

Bennings nickte friedlich. „Möglich.“

„Also – was machen wir?“ Copper blieb vor der Tür stehen, die nach draußen führte. Das Brausen des Windes dröhnte sogar durch die doppelt isolierte Wand.

„Du machst jetzt die Tür auf“, sagte Macready, dem nichts mehr einfiel, „sofern du nicht durch sie hindurchgehen willst.“

Childs erwartete sie draußen und war Copper dabei behilflich, ins Cockpit des Hubschraubers zu steigen. Der Arzt verstaute seine Tasche vorsichtig hinter dem Sitz.

Außerhalb der Plexiglaskuppel begann der Schnee bereits, ihnen die Sicht zu nehmen.

Macready schob sich neben ihm hinein und begann Schalter umzulegen und die Skalen zu studieren. Die eine Skala, auf die er gar nicht sah, gab die augenblickliche Außentemperatur an. Sobald sie einmal unter Null fiel, war es ihm gleichgültig, was sie anzeigte. Und da sie immer auf unter Null stand, war das das einzige Instrument, das er gewöhnlich ignorieren konnte.

Er zog sich den Kinnriemen des Sombreros fest, der jetzt über seinem Polarparka hing und überhaupt nicht zum Rest seiner Ausrüstung paßte. Childs hatte bereits mit der Vorwärmung begonnen. Ein guter Mechaniker, dieser Childs. Macready hatte Vertrauen zu ihm. Die Maschine war jetzt dreißig Minuten vorgewärmt. Eigentlich sollte sie anspringen.

Er drückte auf den Zündknopf. Einen Augenblick lang kämpften die Rotoren gegen das frische Eis, dann begannen sie zu kreisen. Die Maschine kam mit beruhigender Gleichmäßigkeit auf Touren.

„Festhalten, Doc!“ sagte er zu seinem Passagier. Er zog am Knüppel. Der Hubschrauber hob sich in die Lüfte, kippte einen Augenblick zur Seite und begann dann mit gleichmäßigem Tempo in den Himmel aufzusteigen. Macready jagte die Maschine in nordöstlicher Richtung über die weiße Landschaft. Sie lehnte sich gegen den Wind, kämpfte gegen den Orkan an, wie ein Lachs, der stromaufwärts zurückkehrt. Macready war zu sehr mit dem Knüppel und den anderen Geräten beschäftigt, um auch nur auf die Idee zu kommen, sich zu übergeben.

Der Arzt lehnte sich in seinen Sitz zurück, überprüfte seine Sitzgurte noch einmal und studierte das unter ihnen vorbeiziehende Terrain. Der Flug schien ihm Spaß zu machen. Macready verfluchte ihn, allerdings lautlos.

Einige Augenpaare sahen durch die im Augenblick unbeschlagenen Scheiben des Aufenthaltsraums, während der Helikopter in der Ferne zu einem Punkt zusammenschrumpfte und dann verschwand.

Clark stützte die Handflächen gegen das Glas. Seine Haut und die Außenwelt trennten drei Schichten dickes Spezialglas und zwei Schichten angewärmter Luft dazwischen. Trotzdem fühlte das Glas sich kalt an.

„Mac ist also tatsächlich gestartet, hm?“ Bennings spürte sein Bein und mußte an sich halten, nicht zu kratzen. „Copper hat sich freiwillig gemeldet, in dem norwegischen Camp nach Verwundeten Ausschau zu halten, und Garry war einverstanden.“

„Wir hätten die Hunde nehmen können“, sagte Clark, ein wenig beleidigt, daß man ihn nicht einmal in Betracht gezogen hatte. „Bei dem Wind wäre das sicherer gewesen.“

„Sicherer schon“, pflichtete Bennings ihm bei, „aber zehnmal so langsam. Wir müssen jetzt jeden Tag mit einem größeren Sturm rechnen. So sind sie in ein paar Stunden wieder zurück.“

Husky trottete in den Raum. Ein dicker Verband polsterte die Hüfte, in die die Kugel eingedrungen war. Er tappte zufrieden zwischen den Tischen und Stühlen herum und humpelte kaum noch.

DAS ist Wahnsinn, dachte Macready bei sich, als er den Helikopter über einen Eiskamm hinweghob. Der Motor protestierte, aber nur ein oder zwei Sekunden lang. Durch den Schnee konnte man ein paar Felsbrocken erkennen. Vergrabene Findlinge, dachte Macready.

Komisch, daß man Heimweh nach etwas so Gewöhnlichem wie Gras bekommen konnte. Er grinste. Natürlich nicht nach dem Gras, das Palmer und Childs importierten.

Der Orkan hatte seit dem Start erheblich nachgelassen, und er mußte zugeben, daß das Fliegen fast angenehm geworden war. Langsam sah es so aus, als würden sie es ohne Probleme schaffen.

Die Cockpitheizung des Helikopters winselte. Macready hatte sie auf die höchste Stufe gestellt. Für ihn war das die einzige Einstellstufe, die sie besaß. Copper war es unangenehm warm, aber er sagte nichts. Er würde den überheizten Zustand ertragen, wenn es den Piloten glücklich machte.

Macready sah auf die Plastikkarte hinüber, die in der Halterung an der Konsole steckte. „Jetzt sollten wir gleich da sein, Doc, wenn die Koordinaten stimmen, die Fuchs und Bennings uns gegeben haben."

„Es wird genau dort sein, wo es sein soll." Plötzlich wies er durch die Plastikkuppel nach unten. „Da – was ist das?"

Direkt vor ihnen war Rauch zu sehen, und er stieg ganz bestimmt nicht aus einem Kamin auf. Es gab eine dichte Rauchsäule in der Mitte und ein paar kleinere ringsherum. Zu viele. Der Wind ließ den Rauch im antarktischen Abend tanzen und sich kräuseln. Bald würde die Sonne ganz verschwinden, und dann würde die lange Südpolarnacht hereinbrechen.

Macready umkreiste das halb im Schnee vergrabene Camp. Aus der Nähe schien der Rauch ungewöhnlich dick, fast wie Teer. Nichts bewegte sich.

„Wo sollen wir landen, Doc?"

Copper lehnte sich nach rechts und starrte durch die Kuppel. „Wähl du dir einen Punkt aus, Mac! So, wie das hier aussieht, glaube ich nicht, daß es sehr darauf ankommt."

Der schwächer gewordene Wind bereitete Macready keine Schwierigkeiten, als er den Helikopter vorsichtig aufsetzte. Er schaltete den Motor ab und auf Vorwärmung um, womit er verhinderte, daß dieser vereiste. Die Rotorblätter verlangsamten ihre Umdrehungen, und ihr beruhigendes Pfeifen ging langsam in dem klagenden Wind unter.

Macready entriegelte die Cockpittür und kletterte ins Freie. Sein erster Blick galt dem Himmel. Abgesehen von ein paar schnell vorüberziehenden Wolken, strahlte er kobaltblau. Doch niemand konnte sagen, wie lange das gute Wetter anhalten würde. Sie würden sich beeilen müssen.

Sie stapften zum Camp hinüber. Direkt vor ihnen ragte ein großes Metallgebäude auf. Es war voll gähnender Löcher, die offenbar nicht Bestandteil der ursprünglichen Konstruktion waren. Macready suchte, konnte aber kein intaktes Fenster finden. Im Schnee blitzten die Glassplitter wie Diamanten. Rauch stieg von der Oberfläche auf. Es sah so aus, als stünde der Boden selbst in Flammen.

Einzelne Ausrüstungsgegenstände verbrannten und schmolzen sich in das Eis hinein. Etwas Brennendes pfiff an ihnen vorbei, und die beiden Männer duckten sich instinktiv, obwohl Feuer hier gewöhnlich als willkommener Freund betrachtet wurde. Aber Gewohnheiten sind meistens stärker als die Vernunft.

Copper sagte nichts, sondern starrte nur um sich. Macready war unfähig, einen Gedanken zu fassen. Das hier sah aus wie Karthago nach dem letzten Punischen Krieg.

Das war es nicht, was sie erwartet hatten. Nicht diese totale Verwüstung. Macready drehte sich um, ging zum Helikopter zurück und steckte nachdenklich den Zündschlüssel in die Hosentasche. Schließlich spürten sie die Stelle auf, von der die Flammen ausgingen, und begriffen jetzt auch, weshalb die Rauchsäule so ungewöhnlich groß war. Sie erhob sich von etwas, das wie ein improvisierter Scheiterhaufen aussah. Bücher, Reifen, Möbel, Bauholz – alles, was brennbar war, war vor dem Hauptgebäude aufgehäuft und in Brand gesteckt worden. Unter den Überresten des Brennmaterials waren die verkohlten Überreste von einigen Hunden und wenigstens einem Menschen zu erkennen.

Ein kleiner Benzinkanister lag umgestürzt in der Nähe. Der Deckel fehlte. Eine größere Treibstofftrommel lag daneben. Macready überprüfte zuerst den kleineren Behälter und dann den größeren. Beide waren leer.

Er blickte nach links. War das nur der Wind, der in seinen Ohren flüsterte? Er tauschte einen Blick mit Copper aus. Das Gesicht des Arztes war blaß, und das kam nicht von der Kälte.

Macready machte einen weiteren Abstecher zum Helikopter und öffnete die Tür. Die Schrotflinte glitt aus ihrer Halterung hinter dem Pilotensitz. Er vergewisserte sich, daß sie geladen war, holte eine

Schachtel mit Munition aus dem Fach darunter und steckte sie in die Tasche. Dann eilte er zu Copper zurück.

Der Arzt blickte scharf auf die Waffe, aber er erhob keine Einwände. Angesichts der Gewalt, die dieses Camp in Stücke gerissen hatte, wog sie als Gegenwaffe ohnehin nicht schwer.

Sie gingen auf das Gebäude in der Mitte zu, besser gesagt auf das, was davon übriggeblieben war. Immer noch flog glühende Asche an ihnen vorbei. Ein Stück blieb an Macreadys Ärmel hängen, und er wischte es geistesabwesend weg.

Die Tür war nicht versperrt. Macready drehte den Schließknopf, trat zurück und benutzte den Lauf seiner Waffe, um die Tür nach innen zu schieben. Sie bewegte sich leicht und schwang gegen die Innenwand.

Vor ihnen lag ein langer pechschwarzer Korridor. Hinter der Tür war ein Schalter. Copper knipste ihn an, ohne daß etwas geschah. Er zog eine Taschenlampe heraus und richtete ihren Lichtkegel auf den Korridor. „Jemand da?"

Keine Antwort. Der Scheinwerferkegel tastete über die Wände und den Boden und zeigte ihnen einen Tunnel, der sich in der Konstruktion wenig von dem in ihrem eigenen Camp unterschied. Copper sah zu dem Piloten hinüber, und der hob die Schultern.

„Du mußt sagen, wie's weitergeht, Doc."

Copper nickte und trat ein. Macready folgte ihm und stellte sich neben den Älteren.

Sie kamen nur langsam vorwärts, weil der Korridor mit Trümmern übersät war. Umgekippte Stühle, lose Drähte und Kanister mit Benzin und anderen Flüssigkeiten behinderten ihr Vorankommen. Einmal wäre Macready fast auf die Nase gefallen, als einer seiner Füße sich in einem implodierten Fernseher verfing.

Copper zuckte zusammen und warf dem Piloten dann einen verweisenden Blick zu.

„Ich bin jetzt schon vorsichtig. Passiert nicht wieder. Paß nur auf, wo du die Taschenlampe hinhältst!"

Copper nickte und versuchte, den Scheinwerferkegel gleichmäßig auf den Boden zu richten. Im Gang war es ebenso kalt wie draußen. „Die Heizung hier ist schon seit einer Weile abgeschaltet", sagte er.

Macready nickte, und seine Augen versuchten die Finsternis vor ihnen zu durchdringen. „Wenn da noch jemand am Leben geblieben ist, dann wäre der schon vor Tagen erfroren."

„Das muß nicht sein. Bloß weil dieses Stück hier offen und nicht geheizt ist, braucht nicht das ganze Camp so kalt zu sein. Deine Hütte zum Beispiel hat ja auch eine eigene Heizung."

„Schon. Aber wenn der Generator ausfällt, bin ich in ein paar Stunden eine Eistorte."

„Nun, vielleicht haben sie tragbare Propanheizgeräte."

Macready sah ihn säuerlich an. „Bist ein lieber Kerl, Doc. So ein verdammter Optimist."

Copper gab keine Antwort, sondern ließ weiterhin den Lichtkegel über den Boden und die Wände wandern. Über ihnen heulte der Wind.

Macready blieb stehen. „Hast du etwas gehört?"

Copper strengte sich an. „Ja, ich denke schon." Er nahm die Lampe in die andere Hand. „Ein mechanisches Geräusch."

Sie folgten dem schwachen Geräusch, das sich bald als ein hörbares Zischen erwies. Als sie den Korridor weiter hinuntergingen, war das Zischen als Rauschen eines Funkgerätes zu erkennen.

Am Ende des Korridors versperrte ihnen eine Tür den Weg. Das Rauschen und Knattern kam von der anderen Seite.

Copper ließ den Lichtkegel über die Überreste einer Tür wandern. Jemand hatte sie auseinandergenommen. Aus ihrer Mitte ragte eine Axt, deren Schneide sich tief im Holz eingegraben hatte.

Macready stellte die Waffe beiseite, packte die Axt mit beiden Händen und zerrte daran, bis er sie herausgerissen hatte. Die Schneidkante war dunkel verfärbt. Er studierte sie kurz und warf dann Copper einen nach Bestätigung heischenden Blick zu.

Der Arzt sagte nichts, und das reichte Macready aus. Es war nicht viel Blut an der Axt, aber das, was da war, war zu einer braunen Kruste gefroren.

Er stellte die Axt ab und griff wieder nach seiner Schrotflinte, hielt sie jetzt jedoch ein wenig fester, während er den Türknopf herumdrehte.

Die Tür ging nach innen auf, aber nur ein paar Zentimeter. Der Pilot lehnte sich mit einer Schulter dagegen und schob, aber die Tür ging nicht weiter auf.

„Da ist etwas auf der anderen Seite", sagte er leise zu Copper. Er schob sein Gesicht an den schmalen Spalt. „Jemand da?"

Keine Antwort. Copper stellte sich neben Macready und rief: „Wir sind Amerikaner!"

„Wir sind gekommen, um euch zu helfen", erklärte Macready. Er schluckte, dann fügte er hinzu: „Wir sind allein!"

Immer noch keine Antwort. Er richtete sich auf und drückte kräftiger gegen die Tür.

Ein Ächzen war zu hören. „Ich glaube, jetzt hat sie sich ein Stückchen bewegt", sagte er zu dem Arzt. „Hilf mal!"

Copper stemmte sich gemeinsam mit Macready gegen die Tür. Der gefrorene Boden des Korridors bot ihren Stiefeln wenig Halt. Aber indem sie abwechselnd gegen die Tür hämmerten und dann wieder drückten, schafften sie es, sie bei jedem Versuch ein oder zwei Zentimeter weiter nach innen zu schieben.

Schließlich hatten sie sie weit genug offen, daß Macready den Kopf hineinstecken konnte.

„Gib mir die Lampe!"

Copper reichte sie ihm, und der Pilot richtete den Lichtkegel nach innen. Die elektronischen Störgeräusche waren jetzt laut.

„Siehst du was?"

„Ja." Im Lichtschein waren Reihen elektronischer Geräte zu erkennen. Die meisten zerschlagen. Das gleichmäßige Summen schien von einer Konsole herzurühren. „Funksprechanlage", sagte er zu dem Arzt. „Sieht ganz wie Sanders' Bude aus." Er gab Copper die Lampe zurück, zwängte sich in die Öffnung und drückte. Wieder ließ sich die Tür ein paar Zentimeter bewegen.

Copper folgte ihm und ließ den Lichtkegel in dem kleinen Raum herumwandern. Der Wind blies unerwartet kalt in ihre Gesichter. Copper lehnte sich zurück und entdeckte die Löcher in der Decke.

Eine Laterne stand auf einem Tisch in der Ecke. Macready holte ein Streichholz heraus, riß es vorsichtig an und hielt die Flamme an die Laterne, während er am Kontrollknopf drehte. Das Gas fing sofort Feuer und bildete einen kleinen Lichtkreis.

Er hob die Laterne und drehte sie langsam im Kreis. Das weiche Licht erfaßte den Kopf eines Mannes, der über der Rückenlehne eines Drehstuhls zu sehen war.

„Hey, Schwede", rief er der Gestalt zu, „alles klar bei dir?"

Der Stuhl schaukelte leicht in der Brise, die von der Decke hereinblies. Die beiden Männer schoben sich langsam an den Fremden heran. Macready streckte einen Arm aus, hielt den Arzt einen Meter vor dem Sessel an und stieß mit dem Gewehrlauf dagegen.

„Schwede?"

Coppers Blick wanderte zu dem Arm, der auf der einen Armlehne des Sessels lag. Eine dünne rote Linie führte von ihm herunter, ein gefrorener karminroter Faden, der in einer Pfütze geronnenen Blutes auf dem Holzboden endete.

Macready stieß den Stuhl noch einmal an und ging dann um ihn herum. Copper kam von der anderen Seite.

Der Mann in dem Sessel war leicht gekleidet, zu leicht für die eisige Temperatur in dem Raum. Seine Augen standen offen, starrten etwas an, das jenseits ihres Sichtbereichs lag. Sein Mund war aufgerissen erstarrt. Er schien während des Schreiens zu Stein geworden zu sein.

Macready besah sich die steife Leiche genauer. Die Kehle war ihr aufgeschlitzt worden, ebenso beide Handgelenke. Im Schoß des Mannes lag ein altmodisches Rasiermesser; es wirkte hier inmitten von so viel Technik wie eine Antiquität. Aber seine Arbeit hatte es getan.

Macready griff an der Leiche mit den aufgerissenen Augen vorbei und legte einen Schalter um. Das gleichmäßige Summen des Funkgeräts verstummte.

An der anderen Wand war eine Tür, die ebenfalls von der anderen Seite blockiert wurde. Macready warf sich mit einer Schulter dagegen. Er hielt inne, um Atem zu holen, und sah, wie sein Begleiter entsetzt die Leiche und die zahlreichen Schnitte anstarrte.

„Mein Gott", murmelte der Arzt wie im Selbstgespräch, „was, zum Teufel, ist hier passiert?"

„Komm schon, Copper!" knurrte Macready ungeduldig. „Die hier geht auch nicht auf."

„Was?" Der Arzt starrte den Piloten ausdruckslos an und erwachte dann plötzlich aus seiner Benommenheit. Er half Macready. Gemeinsam warfen sie sich gegen das neue Hindernis, bis es sich genügend bewegt hatte, um sie hindurchzulassen.

Auf der anderen Seite war ein Aktenschrank gegen die Tür gestellt worden. Dahinter wieder tiefe Dunkelheit. Der Wind war stärker geworden.

Copper knipste die Taschenlampe aus und nahm die Laterne von Macready, so daß letzterer seine Schrotflinte mit beiden Händen umfassen konnte. Er hielt die Laterne hoch. Man konnte eine Reihe hölzerner Stufen sehen, die nach unten führten.

„Hey, Schweden!" schrie Macready in die Finsternis und fing an, die Treppe hinunterzusteigen.

„Das sind keine Schweden!" korrigierte Copper ihn gereizt. „Das sind Norweger, Macre –"

Etwas fegte aus der Dunkelheit heran und klatschte ihm ins Gesicht.

3

DIE Laterne entfiel seiner Hand und hüpfte die Treppenstufen hinunter wie ein Irrlicht. Copper stolperte und spürte, wie er stürzte, während er nach etwas schlug, das ihm um den Kopf huschte. Macready lehnte sich gegen eine Mauer und zog seine Taschenlampe heraus. Er hielt sie in der einen und die Schrotflinte in der anderen Hand und versuchte auszumachen, wer oder was sie hier angriff.

Copper hatte inzwischen das Gleichgewicht wiedergewonnen und seinen Angreifer überwältigt. Er hielt ihn in die Höhe – ließ das zerknitterte Papier in der Brise flattern, die es in den Treppenschacht geweht hatte.

Macready hob es auf. Die Bildunterschrift war in norwegischer Sprache. „Die Norwegerin des Monats. Harmlos." Er wollte das Blatt schon wegwerfen, überlegte es sich aber anders und steckte es ein, um es später genauer zu inspizieren.

Copper richtete verlegen seine Kleidung her und ging die letzten paar Stufen hinunter, um die immer noch brennende Laterne aufzuheben. Dort wartete er, bis Macready nachgekommen war. Gemeinsam betraten sie den unterirdischen Korridor.

Die Stützbalken, die die Decke trugen, bestanden aus Holz. Sie waren von dem ständigen Druck des sie umgebenden Eises verbogen und verzerrt. Und die Feuersbrunst hatte ebenfalls zu der Zerstörung beigetragen und die Konstruktion ins Wanken gebracht. Sie konnten hören, wie es rings um sie ächzte, während sie durch den Tunnel gingen. Immer wieder fielen Eisstücke herunter und landeten auf ihrem Haar oder kitzelten ihre Wangen.

Ein zerbrochener Balken lag schräg vor ihnen, versperrte den Tunnel. Er schwelte noch. Macready duckte sich, um sich vorsichtig unter dem Balken durchzuwinden, berührte ihn dabei aber leicht. Von der gewölbten Decke rieselten Bruchstücke auf ihn herunter. „Aufpassen, Doc!"

Copper duckte sich und kroch unter dem Balken hindurch. Er ächzte, schaffte es aber. Sie setzten ihren Weg fort.

„He!"

„Mac? Stimmt was nicht?" Copper wirbelte herum und richtete den Lichtstrahl auf seinen Begleiter.

Macready suchte die Wand hinter sich ab. „Ich bin gegen etwas gestoßen. Hat sich nicht wie Holz angefühlt. Ich dachte, es hätte sich bewegt." Er schnitt eine Grimasse.

Der Arm ragte am Rand einer in die Korridorwand eingelassenen Stahltür heraus. Der Ellbogen war einen knappen Meter vom Boden entfernt. Die Tür war geschlossen. Finger umklammerten einen kleinen Schweißbrenner.

Copper beugte sich vor und untersuchte das eingeklemmte Glied.

„Vorsichtig, Doc!" warnte Macready. „Vielleicht ist das Gas noch eingeschaltet."

„Das glaube ich nicht." Copper deutete auf den Schalter des Schweißbrenners. „Der Schalter steht auf Ein, doch ich rieche nichts." Er leckte einen Finger ab und hielt ihn unter die Düse des Brenners. „Nichts. Vor langer Zeit ausgebrannt oder ausgelaufen."

Macready versuchte die Tür zu öffnen. Sie war nicht versperrt, und im Gegensatz zu den zwei anderen, bei denen sie Gewalt hatten anwenden müssen, ließ diese sich leicht öffnen.

Der Arm fiel zu Boden. Die Tür hatte ihn nicht nur abgetrennt, sondern auch festgehalten. Von seinem ehemaligen Besitzer war nichts zu sehen.

Macready reichte es jetzt. Er drehte sich um, hustete und hatte das Gefühl, sein Magen würde in ihm Riesenrad spielen. Das Tanzen eines vom Wind hin und her geschleuderten Helikopters machte ihm nichts aus, aber das ...

Copper spähte in den neuen Gang und hielt die Laterne hoch. „Wir wollen sehen, wo der hinführt."

Nach wenigen Schritten erreichten sie eine weitere Tür. Das Holz war in Augenhöhe in norwegischer Sprache beschriftet. Macready hielt seine Waffe schußbereit und versetzte der Tür einen Tritt.

Die Türen zumindest wurden immer kooperativer. Diese hier schwang gehorsam auf und kam ächzend zum Stillstand. Dutzende von Papieren flatterten hinter der Tür in dem Raum herum; sie wurden vom Wind herumgewirbelt, der durch große Löcher im Dach hereinblies. Es war schwer festzustellen, wozu der Raum ursprünglich gedient hatte, weil er sich ihnen in einem völlig chaotischen Zustand darbot.

Macready ließ den Lichtkegel seiner Taschenlampe über das Durcheinander wandern.

„Labor", verkündete Copper, als er zerbrochene Schalen und zersprungene Reagenzgläser sah.

Ein Mikroskop lag auf dem Boden in der Nähe einer zersplitterten Werkbank. Geräte waren wild verstreut, als hätte ein Tornado gewütet.

„He, sieh dir das an, Doc!"

Copper drehte sich um. Macreadys Lichtkegel hatte einen grauen Metallbehälter erfaßt, der an einer Wand befestigt war. Eine unzerbrochene Linse wies auf den Boden.

„Tragbare Videokamera."

Copper blickte zu der Kamera hin und arbeitete sich dann durch das Durcheinander auf einen umgestürzten Aktenschrank zu. Man hatte seine Schubladen herausgerissen. Papiere flogen durch die Luft oder lagen unter Gewichten oder umgestürzten Gerätschaften auf dem Arbeitstisch in der Mitte. Er wühlte darin herum und suchte, mehr von Hoffnung als echter Erwartung erfüllt, nach irgendeinem Hinweis, der vielleicht doch eine Erklärung liefern könnte, wie es zu der Katastrophe gekommen war.

Macready fuhr fort, die Videokamera zu untersuchen. Er wünschte, Sanders wäre jetzt bei ihnen. „Was gefunden?" fragte er, ohne sich umzudrehen.

Copper schüttelte bedauernd den Kopf. „Leider alles in Norwegisch." Er zog ein paar Blätter heraus und sah sie in dem matten Licht mit zusammengekniffenen Augen an. „Nein, hier sind ein paar in Deutsch."

„Und?"

„Ich verstehe ein wenig Deutsch."

Macready drehte sich zu ihm herum und fragte interessiert: „Ja? Was steht denn da?"

Der Arzt fuhr fort, die Papiere zu mustern. Seine Lippen bewegten sich. „... allgegenwärtig glazi..." Er unterbrach sich und blickte enttäuscht auf. „Eine Arbeit über die Bewegung von Bodenverwerfungen. Tut mir leid."

„Wunderbar!" sagte Macready sarkastisch. „Das hilft uns bestimmt weiter."

Copper ordnete die Blätter sorgfältig zu einem Stapel.

Der Pilot runzelte die Stirn. „Was machst du denn jetzt? Im Stützpunkt kann doch auch keiner das Zeug lesen."

„Ich weiß." Er griff nach einem Packen Papier, der in einer roten Plastikhülle steckte. „Aber das könnte wichtiges Material sein. Sieht so aus, als wären sechs Leute dafür gestorben. Wir können es ebensogut mitnehmen, ehe es weggeweht wird. Im umgekehrten Fall würde ich auch wollen, daß ein anderer Wissenschaftler dasselbe mit unseren Sachen tut."

„Gut", meinte Macready ungeduldig. „Aber es wird spät. Beeil dich! Ich seh mir die letzten paar Räume an."

Er drehte sich um und ging hinaus. Copper fuhr fort, Papiere einzusammeln. Vielleicht würde ein norwegisches Büro oder eine Universität etwas damit anfangen können.

Unter alldem Durcheinander lag ein Taschenrecorder. Ein paar Kassetten waren über den Boden verstreut. Er hob eine auf. Sie trug eine Markierung von Hand. Wenn es sich nicht um eine private Sammlung handelte, befanden sich auf der Kassette wahrscheinlich wissenschaftliche Notizen und nicht Musik.

Etwas hinter ihm ... Er wirbelte herum. Nein. Nichts. Ruhig Blut, Copper! sagte er sich. Hier ist es selbst für Gespenster zu kalt. Er legte eines der Bänder in den Recorder und drückte an den Knöpfen herum.

Macready bahnte sich unterdessen einen Weg in einen anderen Raum und wurde von einem Regen von Splittern und Eisbrocken begrüßt. Brummend wischte er sich das Zeug von seinem Parka und richtete den Lichtstrahl nach oben. Auch hier war die Decke durchlöchert. Er senkte seine Lampe wieder und fing an, sich umzusehen.

Copper fand die Starttaste. Eine norwegische Stimme sprach gleichmäßig und völlig emotionsfrei. Er drückte auf schnellen Vorlauf. Die Stimme blieb dieselbe, ebenso der Tonfall.

Ein Ruf aus der Ferne. Macready!

„Copper, komm her!"

Was nun? fragte er sich. Hatte er vielleicht den Besitzer des Arms gefunden, den sie in der Halle entdeckt hatten? Er schaltete das Tonbandgerät aus und rannte aus dem Raum.

Macready war nicht weit gegangen. Copper mußte sich durch die schmale Öffnung zwängen, die in den nächsten Raum führte, und bekam ebenfalls eine kleine Lawine ab wie vorher der Pilot.

„Vorsichtig!" warnte Macready und wies zur Decke hoch. „Die kracht gleich ein."

Der Arzt wischte sich das Zeug vom Arm und trat neben seinen Begleiter. Macready stand neben einem riesigen Eisblock. Copper war kein Geologe, aber er hatte Norris oft genug geholfen, um zu wissen, daß diese Masse hier aus altem Eis bestand, nicht aus neu gebildetem Oberflächenmaterial.

Automatisch nahm sein ordnungsliebender Verstand ein paar Schätzungen vor. Der Block war etwa fünf Meter lang, zwei breit und vielleicht einen Meter zwanzig hoch. Er lag auf dem Boden. Die Ränder zeigten Spuren einer kürzlichen Schmelze, einen Vorgang, den die eisigen Temperaturen, die das Lager jetzt erfüllten, zum Stillstand gebracht hatten.

Abgesehen von seiner Größe war der Eisblock nicht sonderlich bemerkenswert. „Ein Eisblock", sagte er zu Macready. „Na und?"

Macready beugte sich über den Block und richtete seine Taschenlampe darauf. „Schau dir das an!"

Copper trat näher. Die mittlere Partie des Blocks war aufgetaut oder herausgekratzt worden. Es sah aus, als hätte jemand versucht, den Block in eine riesige gefrorene Badewanne zu verwandeln.

„Was hältst du davon?"

Copper schüttelte verwirrt den Kopf. „Keine Ahnung, Mac. Ich verstehe wirklich nichts von Glaziologie. Noch etwas hier?"

„Weiß ich noch nicht." Macready wandte sich von dem Block ab und suchte mit seiner Taschenlampe herum, bis der Lichtkegel auf einen großen Metallschrank fiel, der an einer Wand stand. Bei näherer Untersuchung entdeckte er ein paar Polaroidabzüge, die auf die Türen geklebt waren. Sie sahen sie sich genauer an. Die Bilder zeigten Männer bei der Arbeit und in ihrer Freizeit in der Station.

„Wenigstens etwas, das intakt ist", murmelte er.

Er stellte das Gewehr vorsichtig zur Seite und nahm die Taschenlampe in den Mund, um den Schrank mit beiden Händen zu öffnen.

Der Riegel funktionierte sofort, aber die Türen wollten sich nicht öffnen lassen. Verklemmt, entschied er. Vielleicht zugefroren. Er zog noch einmal daran. Staub wirbelte oben vom Schrank. Etwas ächzte über ihnen.

Copper trat einen Schritt zurück und blickte besorgt zur Decke hoch. „Aufpassen, Mac!"

Macready stellte sich in Positur, warf einen Blick zu der wenig stabilen Decke hoch und zog kräftig – zu kräftig. Die Türen flogen auf. Er taumelte rückwärts und hatte Mühe, das Gleichgewicht zu halten.

Große Brocken Isoliermaterial und Holz fielen von der Decke. Macready hustete und schlug nach dem Staub, während er zum Schrank zurückeilte.

Der Inhalt war enttäuschend. Einige der Regale waren leer. Andere enthielten kleine wissenschaftliche Instrumente, ein paar programmierbare Rechner, Kästen mit Diapositiven, ein paar noch intakte Glasgefäße und ein paar Reagenzgläser.

Der Lichtkegel seiner Taschenlampe fiel auf eine große Fotografie, die auf die Innenseite der einen Tür geklebt war. Fünf Männer zeigte das Bild. Sie standen Arm in Arm da. Alle grinsten und hielten Gläser hoch. Es war eine Außenaufnahme, irgendwo außerhalb des Camps aufgenommen. Vor den Männern im Schnee lag der Eisblock. Das Foto ließ ihn größer erscheinen. Vielleicht ist einiges von dem Eis abgeschmolzen, dachte Macready. Er war offenbar für die Kamera aufgebaut, wenn auch aus dem Foto nicht zu erkennen war, ob die Männer dem Eisblock oder einander zuprosteten.

Er sah über seine Schulter auf den Eisblock, dann wieder auf das Foto, dann erneut auf den Eisblock. Er hatte keinerlei Zweifel, daß der Block auf dem Bild und der, der hier eineinhalb Meter von ihm entfernt lag, ein und derselbe waren. Vorsichtig löste er den Klebestreifen von dem Foto, schob es in die Tasche und schloß dann die Türen des Schrankes wieder.

Während er das tat, fielen erneut Brocken von der Decke – Holz, Verputz, Isoliermaterial und noch etwas. Etwas Kaltes, das aber noch weich war.

Macready schrie, Copper stöhnte.

Der Leiche fehlte ein Arm, aber sie war schwer genug, um Macready zu Boden zu werfen.

DAS Heulen war melodisch. Es erfüllte den größten Teil der amerikanischen Station und erreichte den Aufenthaltsraum über die Verbindungskorridore und die in ihm angebrachten Lautsprecher.

Neben einem der Kartentische spitzte der verletzte Husky die Ohren. Das Heulen verdichtete sich zu Versen, und als es in menschliche Sprache übergegangen war, wandte der Hund seine Aufmerksamkeit etwas anderem zu.

In der Nähe tanzte ein Lichtball über einen Videoschirm, aber im Augenblick waren keine Interessenten im Raum, und der Hund trottete nur gelangweilt vorbei.

Am lautesten war das Heulen in der Küche. Das Geplärr kam aus einem Kassettenrecorder, der auf einem Regal über dem mehrflammigen Herd vibrierte. Nauls rollte auf seinen Rollschuhen vorbei und trat die Tür des riesigen Gefrierschranks mit den kreisenden Stahlrädern zu. Der große Brocken Corned beef, den er aus dem Eisschrank geholt hatte, krachte auf den großen Fleischerblock. Töpfe und Pfannen dampften, und es roch nach Pfeffer und Lorbeerblättern.

Nauls rollte elegant von einem Arbeitsplatz zum anderen, meistens im Takt der Musik. Er nahm einen Löffel, um den Inhalt eines Topfes abzuschmecken, runzelte die Stirn, fügte aus einer Flasche etwas hinzu und kostete noch einmal. Diesmal lächelte er.

Er war stolz auf seine Arbeit. Die Station konnte ohne ihre Wissenschaftler funktionieren, ohne die Hubschrauberpiloten oder Mechaniker, ohne Garry, aber ohne Nauls' Talente würde sie nicht mehr lange existieren. Nauls durfte jeden im Lager ungestraft beleidigen. Seine Kochkunst bot mehr als einen Ausgleich für seine vielen Beleidigungen.

Trotzdem gab es gelegentlich Einwände wegen seiner Rücksichtslosigkeiten.

Garry blickte zur offenen Tür herein und schnitt eine Grimasse. „Dreh das Gedudel doch leiser, Nauls! Das hört man ja im ganzen Camp."

„Dann würde ich eben die Lautsprecher im Flur und im Aufenthaltsraum abschalten."

„Das ist mehr Mühe, als das Ganze wert ist", meinte der Stationsleiter. „Spiel den Mist, wenn es schon sein muß, aber mach ihn leiser!"

Nauls rümpfte verächtlich die Nase. „Es gibt einfach Leute, die keinen Sinn für Kultur haben."

Garrys Fingernägel tippten auf den Türrahmen. „Warren Zevon ist nicht Kultur, Nauls. Beethoven ist Kultur, Janáček ist Kultur. Vaughan Williams ist Kultur."

„So? Wenn ich diese Antarktis-Symphonie auch nur ein einziges Mal aus deinem Zimmer plärren höre, verliere ich den Verstand. Wenn du dieses Zeug hören willst, brauchst du bloß die Fenster aufzumachen. Kultur hängt einfach vom Standpunkt ab, den man hat."

„Nun, Taubheit aber nicht. Mach leiser!"

„*Oui, Monsieur!* Wird gemacht."

Er rollte ans Stereogerät und drehte den Lautstärkeknopf etwas. Ein wenig.

Garry schüttelte den Kopf und gab auf. Er ging weiter. Die Funkstation war als nächstes auf seiner Liste. Es überraschte ihn keineswegs, Sanders in seiner Station zu finden. Ebensowenig überraschte es ihn, daß der Funker, in seinem Sessel zurückgelehnt, tief schlief. Die Kopfhörer hatte er noch übergestülpt.

Garry schlich auf Zehenspitzen um den Stuhl herum und studierte die Konsole kurz, ehe er sich einen bestimmten Drehknopf aussuchte. Er drehte ihn ganz nach rechts.

Heftiges Brummen ließ den Funker ruckartig auffahren. Er griff sich an die Ohren und riß die Kopfhörer herunter. „He, Mann!" Als er sah, daß es der Stationsleiter war, dämpfte sich seine Empörung etwas. „Davon kann man ja taub werden."

„Das ist nicht lauter als Nauls' Stereo. Du mußt deine Ohren einmal nachstimmen lassen."

„Ich höre verdammt gut, Chef."

„Hast du schon jemanden erreicht?"

Sanders tat so, als spräche er zu einem Kind. „Wir sind Tausende von Kilometern von irgend jemandem entfernt, Mann. Bei dem Wetter dort draußen kann man nichts empfangen." Er machte eine weit ausholende Bewegung. „Wenn Bennings recht hat, wird's noch wesentlich schlimmer, ehe es wieder besser wird. Wenn wir freilich einen geostationären Satelliten innerhalb unserer Reichweite hätten, wäre es leicht."

„Nun, den haben wir nicht", erinnerte ihn Garry und seufzte resigniert. „Halt dich ran! Versuch's weiter, und sag mir sofort Bescheid, wenn du McMurdo oder sonst jemanden erwischst!"

„Die Russkis auch?"

„*Irgend*einen. Wir müssen nach draußen mitteilen, was hier vorgeht."

Die einzelnen Wohnkammern lagen alle am selben Korridor, einem Gang, der breiter als die meisten anderen Gänge der Station war. Husky trottete neugierig den leeren Gang hinunter, und die Zunge hing ihm träge aus dem Mund.

Eine einzige Tür zu seiner Linken stand offen. Der Hund blieb stehen und sah hinein. Das Licht war schwach, und man konnte raschelnde Geräusche hören. Beiläufig sah sich das Tier im Korridor um. Er war immer noch leer. Dasselbe galt für den Gang weiter vorn. Er drehte sich um und trottete in den Raum. Eine undeutliche Stimme begrüßte ihn überrascht.

„He, wer kommt denn da?"

Einen Augenblick lang war nichts zu hören, dann das unerwartete Geräusch zerbrechenden Glases. Halb erstickte Geräusche kamen aus dem Raum, als wäre eine Balgerei im Gange. Die Tür wurde zugeschlagen. Dann war es im Korridor wieder still.

FUCHS war verrückt. Von den anderen hätten die meisten das bestätigt. Der Biologieassistent war feinfühlig, interessiert, freundlich und unaufdringlich – aber verrückt. Wer würde auch sonst in der Antarktis joggen? Man joggt in Los Angeles, trotz des Smogs, in den Bergen rings um Denver, trotz der Höhe, am Strand südlich von Miami, selbst im Central Park von New York. Aber in der Antarktis läßt man es bleiben.

Nun, Fuchs hatte, seit er erwachsen war, gejoggt, und verdammt wollte er sein, wenn ihn ein wenig unfreundliches Wetter dazu bringen würde, die Routine eines ganzen Lebens zu unterbrechen.

So hüllte er sich jeden Morgen, bevor er mit der Arbeit begann, in dicke Kleidung, setzte sich eine Schneebrille auf und joggte rund ums Camp, wobei er sich, soweit verfügbar, der Haltetaue bediente und, wo es keine gab, irgendwelche vertraute Landmarken im Auge behielt.

Garry hatte überlegt, es ihm zu verbieten, aber Fuchs war hartnäkkig. Und der Stationsleiter mußte gezwungenermaßen zugeben, daß in den Vorschriften nichts stand, was das Joggen ausdrücklich verbot.

„Das macht mich wach", beharrte Fuchs nach wie vor, trotz des Gelächters seiner Kollegen. „Das bringt das Blut in Bewegung."

„Bloß nicht in dein Gehirn", hatte Palmer gespottet.

Garry brachte es einfach nicht übers Herz, dem Biologen Anweisung zu erteilen, mit dem Joggen aufzuhören. Im Camp gab es ohnehin wenig genug an Unterhaltung. Wenn Fuchs sich amüsieren wollte, indem er jeden Morgen versuchte zu erfrieren, nun, dann stand ihm das frei.

Die einzige Konzession an die Realität, zu der der Biologieassistent bereit war, bestand darin, daß er anstelle seiner Laufschuhe Winterstiefel benutzte. Das verlangsamte zwar sein Tempo, tat aber seiner Begeisterung keineswegs Abbruch.

Jetzt blieb er keuchend stehen, und der Atem gefror vor seinem Gesicht. Warme Luft stieg in der Nähe aus einem Entlüftungsrohr auf. Er stand über der Küche.

Die meisten Bauten des Camps waren unter dem Schnee begraben. Man hatte sie von Anfang an in den gefrorenen Boden eingebaut und sie damit dem hitzeabsaugenden Zugriff des ständigen Windes entzogen.

Treppen führten nach unten, nach Hause sozusagen.

Fuchs entriegelte eine Dachklappe, sah sich um und blickte die Leiter hinunter. Der Korridor war leer, niemand beobachtete ihn. Er nahm Befehlspose an.

„Tauchen, tauchen!" murmelte er und gab hornähnliche Töne von sich. Dann zog er die Luke hinter sich zu und hetzte die Leiter hinunter. Er trabte den Korridor entlang. Zu seiner Rechten sah er Clark aus einem der Lagerräume kommen. Er schob einen Schubkarren vor sich her, der mit etwas gefüllt war, das wie braune Kieselsteine aussah.

Der Hundepfleger winkte dem Biologen freundlich zu und ging weiter, eine Spur von getrockneter Hundenahrung hinter sich lassend.

Der unterirdische Hundepferch war ganz in der Nähe. Während Fuchs in der Ferne entschwand, entriegelte Clark die Pferchtür. Als er den Schubkarren hineinschob, begannen die Schlittenhunde nach ihm und seiner Ladung zu springen, so daß das trockene Zeug nach allen Seiten davonflog. Sie japsten und bellten wie wild.

Schlittenhunde haben miserable Tischmanieren, überlegte Clark. Sie schnappten nacheinander, nicht um sich weh zu tun, sondern um die Hackordnung wiederherzustellen, ehe sie sich vollstopften.

Manchmal gab Nauls Clark Küchenabfälle, damit er sie unter die Trockennahrung mischte. Dann ging es besonders laut im Pferch zu.

„Ruhig doch, ruhig!" schrie er sie an. „Was seid ihr doch verfressen!"

Er inspizierte die Tiere, als sie sich zum Fressen niederließen, und vergewisserte sich, daß keines irgendwelche Spuren einer Infektion oder Krankheit aufwies; er prüfte auch ihre Zähne, ob etwas abgesplittert war oder sich Zahnstein gebildet hatte.

Die Männer, mit denen er arbeitete, waren in Ordnung, aber seine Hunde mochte er lieber. Sie waren immer freundlich und voll Zuneigung für ihn, taten ihre Arbeit, ohne zu zögern, wenn man das von ihnen verlangte, und machten ihm nur selten Schwierigkeiten. Dafür hatten die Schlittenhunde Clark die höchste Ehre zuerkannt, die sie zu vergeben hatten. Sie sahen in ihm einen der Ihren. Er war der Leithund.

Außerdem brachte er das Fressen.

Der Lagerraum, in dem die Treibstofftanks untergebracht waren, war älter als der Rest der Station. Die Stützen aus Holz und Stahl, die das Dach trugen, begannen brüchig zu werden. Die Antarktis war ebenso für Holz und Metall eine schwere Last wie für die Männer, die dort überleben mußten. In der Nähe hatte man Rohre und Betonblöcke aufgestapelt. Es handelte sich um Beton einer besonderen Art, dessen Zusammensetzung die Gewähr bot, daß er der Kälte widerstand, ohne zu zerspringen. Die Blöcke waren so ausgestattet, daß man sie ohne Mörtel zusammenfügen konnte.

Hinter anderen Türen gab es weitere kleine Räume, angefüllt mit zusätzlichen Elektronikgeräten, zusätzlichem Installationsmaterial und allem, was man sich denken konnte. Es gab nämlich keinen Metallwarenladen ein oder zwei Straßen von Outpost 31 entfernt. Vor den Männern lagen sechs Monate Polarwinter. Sie mußten darauf eingerichtet sein, alles, was den Geist aufgab, ohne Hilfe von außen zu ersetzen.

Childs summte vor sich hin, als er das Hauptlager betrat. Er blieb vor einer Tür stehen, die sich ganz in der Nähe der mächtigen horizontalen Treibstofftanks befand. An der Tür gab es sechs Schlösser unterschiedlicher Art. Zwei davon waren Kombinationsschlösser, andere erforderten Schlüssel und eines eine Magnetstange. Er öffnete jedes einzelne Schloß vorsichtig.

Der kleine Raum hinter der Tür war ungewöhnlich warm. Hitze strömte aus einem kleinen Strahler, der wie ein Gemälde aus Arizona wirkte. Helle, leicht purpurfarbene Fluoreszenzlampen strahlten von der Decke. Der Raum roch nach den Weiden von Wisconsin und der Küste von Mendocino.

Childs grinste väterlich, während er die Reihen gesunder Pflanzen inspizierte, die aus den Hydroponiktanks wuchsen. Sie hatten schmale grüne Blätter mit zackigen Rändern. Einige von ihnen waren fast so groß wie der Mechaniker selbst.

Er plauderte mit ihnen, während er aus einer Plastikkanne Nährstoffe in die Tanks goß. „Wie geht's denn meinen Brüdern und Schwestern heute? Anscheinend geht es allen ganz gut."

Er kniete nieder, um die Skalen zu überprüfen, die die Bodenfeuchtigkeit und den pH-Wert anzeigten, prüfte die Thermometer an der Wand und regulierte ein wenig die Wärme. Durch das kleine Oberlicht kam nur wenig Helligkeit herein.

Der Mechaniker wandte sich einem Bandgerät zu, wählte aus dem Stapel, der daneben lag, eine ziemlich abgegriffene Kassette und schaltete das Gerät ein.

„Was haltet ihr denn von Al Green, ihr Kleinen, hm?" Er drückte auf einen Knopf.

Eine hohe, klagende Stimme erfüllte den kleinen Raum.

„IIIIII cried out ...", sang die Stimme mitleiderregend.

Was für eine Vergeudung, daß dieser Mann aufhören und Priester werden mußte, dachte Childs traurig. Nun, wenn einen der Ruf erreicht, muß man sich melden. Aber singen konnte der Mann. Jammerschade!

Ein neues Geräusch drang an sein Ohr, übertönte die Musik. Ein gleichmäßiges Hecheln. Er wirbelte herum. Es war nur ihr neuer Besucher, der Hund, den die verrückten Norweger umzubringen versucht hatten.

Jetzt legte das Tier den Kopf zur Seite und schien ihn fragend zu mustern. Dem Mechaniker fiel etwas auf, und er runzelte die Stirn. Der Verband war von der Hüfte des Hundes verschwunden. Wahrscheinlich an einer Wand oder einem Möbelstück abgeschabt, überlegte Childs.

Er bewegte sich langsam auf den Hund zu und machte mit beiden Händen Bewegungen, die ihn verscheuchen sollten.

„Hau ab, du Biest! Verschwinde hier! Abhauen sollst du!" Er schlug nach seiner feuchten Nase.

Der Hund beäugte ihn tadelnd, wandte sich dann jedoch ab und trottete davon.

Childs widmete sich wieder seinem Garten und brummte halblaut: „Hier reinzukommen und meine Babys anzupinkeln. Diese verdammten Hunde! Nicht einmal hier läßt einen das Viehzeug in Ruhe."

Er schloß die Tür sorgfältig hinter sich und beugte sich wieder über seine sprießenden Pflanzen. „Ihr seid meine Babys."

Al Green wechselte zum nächsten Lied über.

„Bald seid ihr alle richtig gewachsen. Dann seid ihr alle hübsch und grün und gesund. Und dann genehmigen ich und meine Babys uns einen langen, großen Joint."

BLAIRS Blick konzentrierte sich ganz auf die Karte, die er trug, während er den Korridor hinunterschlenderte. Fast wäre er gestürzt, als seine Füße sich in etwas verfingen.

„Was, zum Teufel ..." Er beugte sich hinab und hob einen zerfetzten, schmutzigen Verbandstoff auf. „Mist!" murmelte er und sah sich nach dem Besitzer des Verbandes um.

Aber Husky war nirgends zu sehen.

Das muß ich Clark sagen, dachte er, als er seinen Weg fortsetzte, sonst blutet uns der Hund die ganze Bude voll. Aber infizieren würde er sich schon nicht. Im Camp hielten sich Bakterien nicht sehr lange, und solche, die sich beim Menschen einnisteten, starben schnell, wenn sie nach draußen kamen. Es war gar nicht so leicht, in der Antarktis krank zu werden, solange man aufpaßte, daß man sich nicht erkältete.

Der Generator dröhnte gleichmäßig in der unteren Etage und sorgte dafür, daß Männer und Maschinen einsatzfähig blieben; er kämpfte mit Licht und Wärme gegen die beständige Kälte.

Palmer überprüfte den Antriebsmechanismus und versuchte, im voraus mögliche Defekte zu lokalisieren. Normale Wartung. Das summende Geräusch veränderte seine Tonlage, und er runzelte die Stirn, bis er den Kopf etwas herumdrehte und merkte, daß das Geräusch von draußen kam. Das waren die Rotorblätter des Helikopters, die gegen den Wind ankämpften.

Ein lautes Krachen war in der Nähe zu hören. Schraubenzieher und andere Werkzeuge rollten über den Boden, als der Werkzeugkasten auf die Bodenplanken knallte. Husky war auf Palmers Arbeitstisch gesprungen und hatte den Werkzeugkasten umgeworfen. Jetzt stand der Hund keuchend auf dem Tisch und versuchte, durch das schmale Fenster dicht unter der Decke hinauszuspähen; er legte die Vorderpfoten auf den schmalen Sims.

Palmer fluchte leise, stand auf und fing an, seine Werkzeuge einzusammeln. Er legte sie sorgfältig in den Kasten zurück. Dann schrie er zur offenen Tür hinüber: „He, Clark! Wirst du wohl diesen verdammten Hund einsperren? Wenn er gesund genug ist, um auf Tische zu springen, dann ist er garantiert auch gesund genug, daß man ihn zu seinen Vettern sperrt!" Als keine Antwort kam, nahm er sich einen Schraubenschlüssel und fing an, damit auf ein Rohr zu trommeln, das zum Hundepferch führte. „He, Clark!"

Der Hund ignorierte ihn völlig, kratzte am Fenster und starrte zu dem Helikopter hinaus.

Der Hubschrauber schwankte noch etwas im Wind und kam schließlich neben der zweiten Maschine und dem Bulldozer zum Stillstand. Childs und Sanders erwarteten ihn schon.

Als das gleichmäßige Geräusch der Rotoren verstummt war, rannten sie auf die Maschine zu, gegen den Wind gebeugt, Drähte hinter sich herzerrend. Childs warf einen Karabinerhaken in die Öse, die am hinteren Teil des Helikopters angeschweißt war, während Sanders dasselbe in der Nähe des Cockpits tat.

Macready war bereits ausgestiegen und half ihnen.

„Was habt ihr denn gefunden?“ brüllte Childs ihm durch den Orkan zu.

Der Wind wurde jetzt wieder stärker.

Macready schien ihn nicht zu hören. Childs hakte einen weiteren Haltedraht ein, diesmal an der Seite des Helikopters. Der Draht sang im Wind.

„He, Mac! Ich hab dich gefragt, was ...“

Er verstummte, als Macready sich zu ihm herumdrehte. Der verängstigte Ausdruck reichte Childs aus.

„Später“, murmelte Macready.

Childs starrte das Gesicht seines Freundes an und nickte bloß.

4

Die gesamten Wissenschaftler der Station hatten sich in Garrys Raum versammelt. Das Büro des Stationsleiters war etwas größer als die anderen, trotzdem war die Atmosphäre drückend.

Ursprünglich hatten sie befürchtet, man würde das norwegische Videoband nicht über die Monitore des Camps abspielen können, weil die amerikanischen Stationen eine andere Frequenz als die europäischen benutzten. Die Sorge hatte sich als begründet erwiesen. Beim ersten Versuch hatte der Bildschirm nur ein intensives Geflimmer und Rauschen von sich gegeben. Aber Sanders konnte das Band dann doch über die hochkomplizierte Videoanlage der Station abspielen. Das Ergebnis war nicht gerade perfekt, aber zumindest konnte man es sehen. Das Bild war körnig und schwach, und es gab keinen Ton.

Wer auch immer die Videokamera bedient hatte, war nicht gerade ein Profi. Das Bild tanzte und kippte immer wieder und war gelegentlich überbelichtet, manchmal auch unterbelichtet. Es gab zahlreiche Aufnahmen des norwegischen Teams bei der Arbeit, dann eine Serie, wie sie auf dem Eis Fußball spielten, und Aufnahmen vom Koch, wie er Mahlzeiten zubereitete, und von Männern beim Schachspielen –

kurzum Alltagsleben. Lange Partien, die einen beim Zusehen langweilten.

Norris achtete kaum auf den Monitor. Seine Aufmerksamkeit galt statt dessen dem dicken Bündel Notizen, das Copper ins Lager geschleppt hatte. „Anscheinend haben die eine ganze Menge Zeit an einem Platz etwa sechs Kilometer nordöstlich ihrer Anlage verbracht."

Blair musterte ihn fragend. „Seit wann kannst du denn Norwegisch?"

Norris lächelte dünn. Er tippte auf das oberste Blatt. „Hier sind Landkarten. Die Notizen sind in Norwegisch, aber die Topographie ist dieselbe. Eine Konturlinie ist in jeder Sprache eine Konturlinie. Und die Mathematik ist natürlich auch dieselbe."

„Oh – stimmt", sagte Blair ein wenig kleinlaut.

„Irgendein Hinweis, was die eigentlich gemacht haben?" fragte der Stationsleiter.

Macready drehte an dem Videomonitor und versuchte das Bild zu verbessern, was aber kläglich mißlang.

„Eine Menge Handbücher und Bilder überall", erklärte Norris. „Hinweise auf Eisbohrungen, Seismologie, Glaziologie, Mikrobenbiologie. Derselbe Mist, wie wir ihn auch treiben."

Plötzlich hallte Gesang aus dem Lautsprecher des Monitors, und die Szene auf dem Bildschirm wechselte von Innenaufnahmen in einem Labor auf eine schwankende Gruppe nackter Norweger, die eine Tafel vor sich hielten und in eisigem Wetter vor ihrem Camp standen. Einige hielten irgendwelche Sachen in den Händen, wie zeitgenössische Künstler sie abzubilden pflegten. Die Tafel selbst war unleserlich; höchstwahrscheinlich stand nichts von bleibendem wissenschaftlichem Wert darauf.

Bennings wandte sich vom Bildschirm ab und murmelte verärgert: „Wieviel von dem Quatsch kommt denn noch?"

„Wenn Sanders recht hat", erklärte Macready, „dann noch etwa neun Stunden."

Der Meteorologe schüttelte den Kopf. In dem Raum war es heiß, und er hatte noch Wichtiges zu tun. „Daraus erfahren wir doch nichts."

Copper nickte etwas widerstrebend. „Wahrscheinlich hast du

recht. Verrückte denken gewöhnlich nicht daran, die Videokamera auf sich selbst zu richten, während sie dabei sind durchzudrehen." Er blickte zu dem Stationsleiter hinüber.

„Gut, Mac. Mach Schluß!"

Der Pilot schaltete die Videoanlage und den Fernseher ab. Garry sah zu dem Arzt hinüber. „Habt ihr beiden sonst etwas gefunden?"

„Vielleicht", erwiderte Copper und nickte Macready zu, der ein kleines, ziemlich zerbeultes Tonbandgerät aus der Tasche zog und es dem Arzt reichte. „Macready und ich haben uns auf dem Rückflug ein paar von diesen Kassetten angehört. Ich möchte, daß ihr euch das hier zu Gemüte führt."

Eine skandinavische Stimme füllte den Raum. Sie war ausdruckslos, sprach ruhig, methodisch; man konnte trotz der fremden Sprache die Langeweile erkennen.

Norris seufzte. „Das ist genauso wie das Band, das wir eben alle angestarrt haben. Notizen und Unsinn."

„Was erwartet ihr denn von uns?" wollte Bennings wissen.

Macready machte eine Handbewegung, die zur Geduld mahnte. „Hört nur zu! Wir haben dasselbe wie ihr gedacht – zuerst."

Copper drückte auf die Taste mit dem Vorlauf und sah dabei auf den Bandzähler, während die Maschine quietschte. Bei 5-0-1 hielt er die Kassette an und drückte zum zweitenmal auf *Play*. Wieder war die ruhige Stimme zu hören. Doch dann folgte ein dumpfes, lautes und häßliches Geräusch, so, als wäre in der Ferne etwas explodiert. Das Innenmikrofon des Gerätes war nicht besonders groß, aber das scharfe Krachen aus dem Lautsprecher war deutlich. Der Explosion folgte ein pochendes Geräusch. Rufe waren zu hören, einige in der Nähe, einige weiter entfernt. Das Echo von Geräten, die umgekippt wurden, von zerbrechendem Glas. Eilige Schritte, die zuerst lauter und dann wieder leiser wurden, als die Betreffenden sich von dem Recorder entfernten. Etwas machte Sssannk, und die Lautstärke nahm zu, als hätte jemand nach dem Recorder geschlagen und ihn gegen etwas Hartes geschleudert. Füße ganz in der Nähe. Sie hallten auf den hölzernen Bohlen.

Ein heftiges Gurgeln übertönte alles, dann hörte man ein lautes Zischen, wie von einem Boiler, der abgeschaltet wird. Männer schrien und wüteten in Norwegisch. Danach ein durchdringendes

Kreischen, daß sich Norris die Nackenhaare sträubten. Explosionen, wie Schüsse in der Ferne. Wieder das scheußliche Kreischen, diesmal lauter, vermischt mit dem Heulen verwirrter, in Panik geratener Männer.

Copper bemerkte die grimmigen Mienen der umstehenden Männer. Ihm bereitete die Wirkung, die das Band auf sie hatte, keinerlei Befriedigung.

Das Band war am Ende angelangt. Er schaltete das Gerät ab und musterte stumm seine Kollegen.

„Das ist's?" fragte Fuchs leise.

Copper schüttelte den Kopf. „Nein, auf der zweiten Hälfte geht das eine ganze Weile so weiter. Was haltet ihr davon, Leute? Weder Macready noch ich konnten dem irgendeinen Sinn abgewinnen."

„Das könnte alles mögliche sein", meinte Garry. „Wenn Menschen isoliert sind, unterliegen sie manchmal einem Druck, den die Psychoboys nicht immer vorhersehen können. Es könnte die Folge von einem Streit sein, der außer Kontrolle geriet. Eine Kleinigkeit – wer mehr Tore geschossen hat, wem ein Magazin gehört ... Wie sollen wir das wissen? Die Leute waren nicht sehr lange hier. Gewöhnlich tauchen ernsthafte Differenzen in einer Mannschaft in den ersten zwei Monaten oder erst am Ende eines Jahres auf."

Copper nickte. „Aber gewöhnlich führen diese Differenzen nicht zu Mord."

„Vielleicht sind sie nicht nur durchgedreht", meinte Norris. „Vielleicht gibt es noch eine andere Ursache. Vielleicht haben sie irgendwas Seltsames gegessen ..." Er sah zu Copper hinüber. „Was meinst du denn, Doc? Könnte es sein, daß sie sich eine Lebensmittelvergiftung zugezogen haben und deshalb so verrückt geworden sind?"

Der Arzt dachte über Norris' Theorie nach. „Unmöglich ist das nicht." Sein Blick wanderte zu dem jetzt verstummten Tonbandgerät. Er erinnerte sich an die Schreie und die Panik, die es vermittelt hatte. „Viele Männer experimentieren während ihrer Einsätze mit leichten Drogen herum. Die Zeit eignet sich gut für solche Experimente. Es gibt praktisch niemanden, der sie verhaften kann. Denkt an Palmer!"

Fuchs verteidigte den abwesenden Piloten. „Palmer ist von all dem Zeug, das er in den sechziger Jahren genommen hat, immer noch ein wenig durchgedreht. Heutzutage nimmt er nichts Stärkeres – zumindest, soweit mir bekannt ist."

„Ich weiß, daß er nichts Starkes nimmt", sagte der Arzt besänftigend. „Das geht aus den monatlichen Untersuchungen hervor. Keiner von uns nimmt gefährliches Zeug. Aber nur, weil wir das nicht tun, kann man noch lange nicht ausschließen, daß diese Norweger sich etwas Kräftigeres zugelegt haben. Wenn man Zeit und Lust hat und ein wenig von Chemie versteht, kann man sich in einem ganz einfachen Labor alle möglichen Nettigkeiten zusammenbrauen."

„Was, zum Beispiel?" fragte Norris in gespielter Begeisterung.

Das führte bei einigen zu leichtem Gelächter, etwas, was schon seit einer Stunde in dem Raum nicht mehr gehört worden war. Copper lächelte mit ihnen, aber nur einen Augenblick lang. Dann wurde seine Miene wieder ernst. „Da ist noch etwas, was ihr sehen solltet."

Er verließ Garrys Büro, und die anderen folgten ihm neugierig.

Der tragbare Operationstisch blitzte in der Mitte der Krankenstation. Macready und Copper gingen in eine Ecke und hoben zu zweit einen Plastiksack in die Höhe. Sein Inhalt wurde ohne großes Zeremoniell auf den Tisch gekippt.

„Neben den Papieren, den Videobändern und den Kassetten haben wir noch das gefunden", erklärte Copper.

Das scheußliche Etwas auf dem Tisch war einmal ein Mensch gewesen. Er war halb verkohlt und zerstückelt, aber das war es nicht, was die Aufmerksamkeit der Zuschauer auf sich zog.

Was von den Hosen und Schuhen übriggeblieben war, war der Länge nach aufgerissen, so als wären die Beine und Füße plötzlich fünfmal zu groß für sie geworden und hätten daher die Nähte gesprengt. Der Oberkörper war eine fast unkenntliche, knorrige Masse aus unregelmäßig verformtem Protoplasmabrei. Der Kopf war seltsam verformt und wirkte größer als normal; doch der Ort, an dem er sich befand, war viel beunruhigender als sein Aussehen. Er schien aus dem Leib herauszuwachsen; auf den Schultern, oder dort, wo die Schultern hätten sein sollen, saß nichts. Eigenartige Gliedmaßen, die an lose Sehnen erinnerten, hatten sich wie weißes Tauwerk um den Kadaver geschlungen. Die Enden standen an den Seiten in seltsamen Winkeln ab, steif und so hart wie Plastik. Sie erinnerten Copper an Schlingpflanzen, die außen an Gewächshäusern emporkriechen, nur daß die Farbe nicht stimmte. Eines der Gewächse schlang sich einige Male um das linke Bein der Leiche. Ein zweites Gewächs hatte sich fest um den deplazierten Schädel gewunden.

Farbenfroh prangten inmitten der klebrigen Masse der Brustpartie Fragmente eines Hemds; es erinnerte an Federn, die aus Teer herausragen.

Fuchs wandte sich einen Augenblick ab, aber keiner übergab sich. Keiner von ihnen, nicht einmal der meistens ungerührte Garry, konnte sich dem grotesken Bild ganz entziehen; aber die Leiche war zu weit von jedem Menschsein entfernt, um eine persönliche Betroffenheit auszulösen. Sie war ein Musterexemplar wie Norris' Felsproben oder Blairs Reagenzgläser voll Bakterien.

„Ich weiß, daß alles ziemlich übel verbrannt war", murmelte Copper schließlich in das lastende Schweigen hinein, „aber hätte ein Feuer das alles anrichten können? Bei hohen Temperaturen verbrennen Menschenkörper. Sie – schmelzen nicht."

Von Übelkeit erfüllt, aber fasziniert, stocherte Blair an den sehnenartigen Gewächsen und dem klebrigen, an Asphalt erinnernden Zeug herum.

Etwas von der Flüssigkeit tropfte auf seine Finger, und er wischte sich hastig die Hände am Hosenbein ab.

„Seltsam, nicht wahr?" fragte Copper.

Blair schnitt eine Grimasse. „Ich weiß nicht, was ich sagen soll. So etwas habe ich noch nie gesehen. Hoffentlich sehe ich es auch nie wieder."

„Ich möchte, daß du und Fuchs mir bei der Autopsie von dem da und von dem Mann helft, den Garry heute morgen erschießen mußte."

„Wenn du darauf bestehst, Doc." Der Biologe blickte unzufrieden drein. „Aber freiwillig melde ich mich nicht."

„Du brauchst dich nicht freiwillig zu melden", teilte Garry ihm lakonisch mit. „Ich kann es auch offiziell machen." Er deutete mit einer Kopfbewegung auf den Kadaver. „Das ist deine Abteilung."

„Ich bin nicht sicher, ob das in irgendeine Abteilung gehört", erwiderte der Biologe, der sich immer noch die Finger abwischte.

Das verdammte Zeug war klebrig wie Leim. Er wandte sich um, um die notwendigen Vorbereitungen zu treffen. Blair hatte Copper schon früher assistiert: Outpost Nummer 31 war nicht groß genug, um sich eine Krankenschwester leisten zu können; aber diesmal hätte er sich am liebsten selbst krank gemeldet.

„Falls es dich tröstet, Blair", meinte der Arzt, „ich freue mich auch nicht gerade darauf. Aber es muß gemacht werden."

„Ja, ich weiß." Blair holte Schalen aus seinem Schrank. „Wir wollen also nicht mehr darüber reden, sondern es tun. Je früher wir anfangen, desto schneller haben wir es hinter uns."

Fuchs war der einzige, der sich vielleicht freiwillig zur Hilfe hätte melden können. Blair untersuchte den Leichnam sehr sorgfältig, und an die Stelle seiner ursprünglichen Empfindlichkeit war jetzt plötzlich wachsendes Interesse getreten.

IM AUFENTHALTSRAUM herrschte wie üblich einiger Betrieb. Im Gegensatz zu den Wissenschaftlern verfügte das Wartungspersonal über ein beträchtliches Maß an Freizeit. Man brauchte sie nur in Notfällen, während die normalen Prüfvorgänge gewöhnlich nur vier oder fünf Stunden pro Tag in Anspruch nahmen. Den Rest ihrer Zeit verbrachten sie in einer Wildheit, die man nur begreifen konnte, wenn man völlig isoliert war.

Winzige Holzfiguren drehten sich auf Metallstangen, die von Nauls und Clark wütend manipuliert wurden. Das Fußballspiel, mit dem sie sich beschäftigten, war schon ziemlich mitgenommen, die Farbe abgekratzt, die Beine von enttäuschten Tritten verbogen, und einigen der Drehstangen fehlten die Gummigriffe.

Der Hundepfleger und der Koch lieferten sich ein kitzliges Spiel.

Sanders ruhte in einer Ecke auf einem der alten, ziemlich mitgenommenen, aber höchst komfortablen Sofas. Er blätterte in einer alten Ausgabe des *Playboy,* pfiff gelegentlich anerkennend vor sich hin und wünschte sich, wie gewöhnlich, er wäre irgendwo anders. An einem Tisch mit ein paar Stühlen saßen Bennings, Norris und Garry, der Stationsleiter. Sie waren mit einem Spiel speckiger Karten beschäftigt.

„Kaufe zwei", sagte Garry und legte zwei Karten mit dem Gesicht nach unten auf den Tisch.

Bennings gab ihm gehorsam zwei, dann eine Norris und drei sich selbst. Garry studierte die neuen Karten, stellte fest, daß er jetzt ein

As, eine Vier, eine Zwei, einen König und eine Königin hatte. Grandios.

Etwas stieß ihn unter dem Tisch an und ging dann weiter, um Bennings zu belästigen. Danach zu schließen, wie der Meteorologe auf die Störung reagierte, hatte er auch nichts Besseres als Garry gezogen.

Er sah zu dem hitzigen Fußballspiel hinüber. „Clark, würdest du diesen Köter zu den anderen stecken, wo er hingehört! Wir versuchen hier, Poker zu spielen."

Clark wechselte mit Nauls einen wissenden Blick, ging hinüber und neigte sich hinab, um unter den Tisch zu sehen.

„Schon gut, Junge", sagte er besänftigend zu Husky, „es ist schon gut. Niemand tut dir etwas. Komm jetzt!"

Er griff unter den Tisch und packte das Tier am Kragen. Es ließ sich den Griff geduldig gefallen.

Clark zerrte den Hund sachte unter dem Tisch hervor und ging mit ihm auf die Tür zu. Als sie an Bennings vorbeikamen, sah der Hundepfleger ihm in die Karten. „Gegen Pokerspielen ist ja nichts einzuwenden – aber in der Hand sollte man schon etwas haben."

Bennings gab ein ziemlich rüpelhaftes Geräusch von sich und warf mit seinen Karten nach Clark, der sich duckte und zur Tür hinausrannte, wobei der Hund neben ihm hertrottete.

DAS Labor war größer als die meisten Räume, die nicht Lagerzwekken dienten, und war – im Gegensatz zu den meistens keineswegs pfleglich behandelten Einrichtungsgegenständen des Aufenthaltsraumes – recht gut ausgestattet. Unter hellen Fluoreszenzröhren blitzten Reagenzgläser und Schalen. Der Edelstahlausguß blitzte silbern. Selbst der Boden war relativ sauber.

Copper arbeitete an dem Tisch in der Mitte. Seine Handschuhe waren dunkelrot gefärbt. Die zweite Leiche lag, mit einem weißen Laken bedeckt, in der Nähe und wartete darauf, daß sie an der Reihe war.

Im Augenblick arbeitete Copper am Leichnam des zum Berserker gewordenen Gewehrschützen, der am Morgen in der Station eingedrungen war und Bennings und Norris angegriffen hatte.

Blair stand über ein Mikroskop gebeugt da und studierte etwas auf einem Deckglas, während Fuchs sorgfältig ein neues präparierte. Der Biologieassistent handhabte sein Skalpell und die Pinzette mit der Hingabe eines Uhrmachers.

Copper wischte sich mit dem Arm den Schweiß von der Stirn und wandte sich von der Leiche ab, die in der warmen Luft des Labors bereits zu riechen anfing. Er zog die mit Blut bedeckten Handschuhe herunter und warf sie in den Wäschekorb.

„An dem da ist alles in Ordnung", verkündete er seinen zwei Kollegen. „Physiologisch jedenfalls."

Er holte müde Luft und sah Blair an. „Schon etwas gefunden?"

„Bis jetzt nicht."

„Nichts Toxisches?"

Blair trat einen Schritt von dem Okular zurück, durch das er geblickt hatte, und sah den Arzt blinzelnd an. „Keine Drogen, kein Alkohol, keine feindseligen Darmbakterien, nichts. Alles, was du ausgegraben hast, ist völlig normal."

Copper kniff die Lippen zusammen und nickte. Er zog eine Schublade auf und entnahm ihr ein sauberes Paar chirurgischer Einweghandschuhe.

Sein Blick wanderte zu der seltsam verformten humanoiden Masse hinüber, die unter dem weißen Laken lag.

„Fuchs, laß die Gläser einen Augenblick und hilf mir hier! Wir wollen die Leichen vertauschen."

„DU BIST jetzt bald wieder gesund genug, um lästig zu werden, Junge", sagte Clark zu Husky, während er ihn durch den langen, kalten Tunnel zum Hundepferch führte.

Nachdem er ihn aus dem Aufenthaltsraum entfernt hatte, hatte der Hundepfleger dem Tier sorgfältig an der Hüfte einen neuen Verband angelegt.

„Du mußt begreifen, daß du für die meisten von den Burschen hier bloß ein Stück von der Maschinerie des Camps bist. Und Maschinen dürfen die Aktivitäten im Camp nicht stören, besonders nicht das Kartenspielen."

Er kraulte den Hund zwischen den Ohren. Der leckte ihm die Hand.

„Ich mag dich. Vielleicht können wir dich hierbehalten. Ich glaube nicht, daß die norwegische Regierung Einwände hätte. Du mußt bloß lernen, bei deinen Kameraden zu bleiben."

Er öffnete die Tür zum Pferch und führte Husky hinein.

Der Pferch war in Wirklichkeit ein Kasten aus Metall von etwa sechs Meter Länge und rund eineinhalb Meter Breite. Er war nicht besonders gut beleuchtet und roch ziemlich streng, obwohl am anderen Ende eine Hundetür angebracht war, die zu einer Rampe nach draußen führte. Die Hunde benutzten sie auch. Trotzdem roch es in dem Raum. Aber den Hundepfleger störte der Hundedunst nicht. Er war daran gewöhnt.

Einige der Schlittenhunde schliefen zusammengerollt und dicht beieinander, weil ihnen das zusätzlich Wärme verschaffte. Der Pferch war geheizt, aber nicht in gleichem Maße wie die restliche Station. Zuviel Wärme wäre für die Tiere ungesund gewesen.

Zwei von ihnen leckten an dem Stück einer Metalltrommel, das ihnen als Wassertrog diente. Ein anderer knabberte an dem Haufen getrockneter Nahrung, die der Pfleger vor kurzem in den Pferch geworfen hatte.

Andere standen auf, als er hereinkam, streckten sich träge und rieben sich an seinen Beinen. Zwei beschnüffelten neugierig ihren neuen Gefährten.

Clark tätschelte Husky den Kopf und begrüßte einige der anderen Hunde.

„Nanook, Erzengel, darf ich ... Nun, eines Tages finden wir schon einen Namen für dich, Kumpel." Er schob den neuen Hund vor. „Jetzt freunde dich mit ihnen an!"

Er redete auf die anderen ein, als sie sich langsam um ihn zu sammeln begannen.

„Lobo, Buck – ihr anderen, seid nett zu eurem Besucher, hört ihr?"

Er tätschelte den Neuankömmling noch einmal beruhigend und drehte sich dann um, ging hinaus und schloß die Tür hinter sich ab. Dann blieb er stehen und lauschte. Von der anderen Seite der Tür war kein Knurren oder Brummen zu hören. Er ging, denn er war jetzt überzeugt, daß das neue Tier sich erfolgreich seiner neuen Umgebung anpassen würde und diese umgekehrt ihm. Schlittenhunde waren sehr anpassungsfähig.

CHILDS lag in seinem Zimmer im Bett und starrte auf den kleinen Fernseher, der an die Wand geschraubt war. Auf dem Bildschirm versuchte eine Hausfrau, den Preis einer neuen Wasch-/Trockenkombination zu erraten. Der Ansager und die Zuhörer gaben sich redliche Mühe, das Ganze wie eine Frage von Leben und Tod darzustellen.

Childs interessierte sich nicht für Quizsendungen, aber die hier war anders. Jeder konnte Videobänder bestellen, die dann auf der Liste erschienen, die die regelmäßigen Versorgungsflüge aus den Staaten brachten. Die meisten Männer bestellten Fußballspiele und Spielfilme. Childs verlangte immer diese Quizsendungen, was den Angestellten in der Nachschubabteilung in Wellington verblüffte. Aber er bekam seine Bänder.

Jeder im Stützpunkt nahm an, daß seine besondere Vorliebe etwas mit Nostalgie zu tun hatte, und tatsächlich hatte Childs sich dieses Quiz schon in Detroit regelmäßig angesehen. Er sah es sich an, weil derjenige, der die Teilnehmer aus dem Zuhörersaal auswählte, stets Mädchen aussuchte, die bildschön waren.

Childs bereitete es mehr Vergnügen, ihnen dabei zuzusehen, wie sie Stereogeräte und Kameras und Reisen auf die Bermudas gewannen, als wenn er sich die müden Schauspielerinnen ansah, die die Pornobänder bevölkerten. Das hier waren echte Frauen; die spielten nicht. Es machte ihm Freude, den hübschen Frauen aus Phoenix und New York und Muncie zuzusehen, wie sie vergnügt und mit echter Freude auf der Bühne herumhüpften – viel mehr Freude, als ihm das Ächzen und Stöhnen dreißigjähriger Blondinen bedeutete, die so taten, als wären sie achtzehn. Die Dame, die augenblicklich auf dem Bildschirm zu sehen war, hatte die Wasch-/Trockenkombination gewonnen und hüpfte vergnügt über die Bühne, um ihren Preis entgegenzunehmen. Childs richtete sich auf und griff nach vorn, um den Videorecorder abzuschalten. Dieses Band hatte er bereits gesehen. Zeit, sich etwas anderem zuzuwenden. Er ließ den Blick an der Schachtel mit den Bändern nach unten wandern, wählte ein anderes Band aus und schob es in das Gerät. Dann drückte er mit dem Daumen den *Play*-Knopf.

Diesmal ging es darum, übergroße Würfel über einen Würfeltisch zu rollen und dabei Geld oder eine Auswahl von Waren zu gewinnen. Die dunkelhäutige Dame mit den geschmeidigen Bewegungen, die im Augenblick vergnügt mit dem Geld der Fernsehstation spielte, erinnerte ihn an eine heiße Augustnacht.

Childs lehnte sich gegen das Kopfteil seines Betts und fragte sich, weshalb all diese hübschen Damen eigentlich schon verheiratet waren.

Palmer hatte sich auf der Pritsche gegenüber ausgestreckt und las. Das Geräusch aus dem Fernseher störte ihn nicht. Es gab nicht viel, das ihn störte, wenn er seinen Joint rauchte. Er wechselte sich mit Childs in der Arbeit in ihrer halb geheimen kleinen Farm ab. Die Ernte der letzten Saison war besonders gut gewesen. Würziger Rauch erfüllte den Raum.

Childs winkte ihm, und Palmer reichte ihm den Joint hinüber. Der Mechaniker zog ein paarmal und blickte wieder auf den Bildschirm, während Palmer sich der geistigen Anregung hingab, die die gesammelten Werke des berühmten Philosophen Gilbert Shelton boten.

MACREADY saß allein im Pub und starrte den Fernsehschirm an, der dort angebracht war. Er nippte an dem Drink, den er sich selbst gemixt hatte.

Der Pub war in Wirklichkeit ein großer Container aus Metall. Man hatte eine Seite weggeschnitten und das Innere des Containers mit Regalen und Flaschenhaltern dekoriert. Die elegante Getränkeliste – ein Produkt der talentierten Kalligraphie Norris' – verzeichnete zwölf verschiedene Biersorten aus aller Welt. Und außerdem gab es auch noch Flaschen mit dunkleren, gehaltvolleren Flüssigkeiten.

Macready wischte sich die Lippen und trank einen Schluck.

Er zwang sich, jeden Zoll der Videobänder anzusehen, die er und Copper aus dem norwegischen Camp geborgen hatten. Bis jetzt war der Inhalt unverändert langweilig gewesen. Szenen der üblichen alltäglichen Aktivitäten in einer solchen Station. Und was am schlimmsten war – der Kameramann war einfach miserabel. Die Bilder neigten meist zur Unschärfe und tanzten, so daß seine Augen bald tränten und sein Kopf zu schmerzen begann.

Gerade die Gleichförmigkeit der Bänder war es, die ihn beunruhigte und die dafür sorgte, daß er nicht lockerließ. Es gab auf keinem einzigen der Bänder etwas, das auch nur darauf hindeutete, daß irgendeiner der bei der Arbeit oder in der Freizeit abgebildeten Männer am Rande eines Nervenzusammenbruches stand. Sie alle schienen völlig normal.

Und die Tatsache, daß er von dem, was sie sagten, kein Wort verstehen konnte, änderte nicht das geringste.

Natürlich war es möglich, daß sich ein solcher Zusammenbruch ganz plötzlich einstellte, ohne daß sich äußerlich vorher irgend etwas ankündigte. Copper hatte das ausdrücklich erwähnt, als der Pilot ihn befragt hatte. Ebenso war schon vorher darüber gesprochen worden, daß ein Kandidat für die Klapsmühle höchstwahrscheinlich seine Symptome nicht gerade vor der Kamera zur Schau stellen würde. Aber Macready starrte weiter mit schmerzenden Augen auf den Bildschirm, in der Hoffnung, etwas zu entdecken, das ihn weiterführte, irgendeinen Hinweis darauf zu bekommen, was die gemächliche Tagesroutine in der norwegischen Forschungsstation gestört haben könnte. Es war harte Arbeit. Er hatte bereits seinen dritten Drink vor sich stehen.

BLAIR kauerte über dem Mikroskop. Er schob ein neues Deckglas ein, untersuchte es sorgfältig und runzelte die Stirn. Plötzlich richtete er sich auf, rieb sich die Lider und drückte das rechte Auge ein zweitesmal gegen das Okular. „Doc! Komm mal her!"

Copper ging zu ihm hinüber und nahm den Platz des Biologen hinter dem Instrument ein, während Blair zur Seite trat. Der Doktor blickte lange auf das Glas, richtete sich dann auf und hob die Schultern. „Das verstehe ich nicht. Was soll das sein?" fragte er und deutete auf das Mikroskop.

Anstelle einer Antwort schob Blair sich an ihm vorbei und ging zu der übel zugerichteten Leiche, die jetzt auf dem Tisch in der Mitte lag. Während Copper ihm folgte, benutzte Fuchs die Gelegenheit, ins Mikroskop zu sehen.

Blair wies auf eines der steifen, sehnenähnlichen Gewächse, die aus der dunklen Masse und dem teilweise verfärbten Fleisch hervorstachen, und deutete dann wieder auf das Mikroskop. „Das ist Gewebe von einem dieser sehnenähnlichen Stäbe."

„Womit hast du es denn eingefärbt?"

„Mit nichts." Er sah zu seinem Assistenten hinüber.

Fuchs blickte zu den beiden herüber. Das, was er durch das Okular sah, verwirrte ihn ebenso wie seine Kollegen. „Was, in aller Welt, ist das für eine Zellstruktur?"

„Genau, was ich sage", meinte Blair grimmig.

„Du hast eine Frage gestellt, nichts gesagt."

„Kann das nicht auf dasselbe hinauslaufen?"

Copper unterbrach die zwei Wissenschaftler. „Ich kann dir nicht folgen, Blair. Was willst du sagen?"

„Daß ich nicht sicher bin, ob es irgendeine Art von Zellstruktur ist – im biologischen Sinne."

„Wenn es eine Gewebeprobe ist, muß es eine Zellstruktur sein", sagte Copper.

„Muß es das?"

„Wenn nicht, dann ist das Material nicht organisch."

„Ist es das?"

„Es gibt kein organisches Material ohne jede Zellstruktur", fügte der Arzt verzweifelt hinzu.

„Nein?"

Copper gab auf. „Hör zu, ich verstehe eigentlich gar nichts davon, Blair. Ich bin ein ganz gewöhnlicher Allgemeinarzt. Ich gebe mir die größte Mühe, Kaputtes zu reparieren, nicht Exotisches zu entziffern. Hören wir für heute auf. Ich bin dieser Schnippelei müde."

„Ich auch", fügte Fuchs aus ganzem Herzen hinzu.

Copper knöpfte seinen Mantel auf, der nicht länger sauber und weiß war. Er warf ihn auf dem Weg zur Tür in den Wäschekorb. Fuchs folgte ihm und warf seine Handschuhe in den Korb. Sein Labormantel war noch relativ sauber.

Blair blieb im Labor, er kehrte an seinen Schreibtisch zurück, um einen letzten Blick durch das Mikroskop zu werfen. Das seltsame Muster unter dem Okular hatte sich nicht verändert, hatte sich nicht in etwas Beruhigendes, Vertrautes verwandelt. Coppers Verwirrung war verständlich.

Der Biologe war selbst ziemlich durcheinander.

ES WAR etwas wärmer geworden, und der wirbelnde Schnee schmolz ein wenig schneller, wenn er auf etwas Warmes traf. Er peitschte über die Station und gegen die Wellblechwände der Schuppen.

Im Hauptkomplex sorgten Monitore dafür, daß die Korridore und Zimmer angenehm warm und feucht blieben. Der Luftbefeuchter war eine zwingende Notwendigkeit. Es war ein Paradoxon, daß die Luft der Antarktis trotz der Allgegenwart gefrorenen Wassers beißend trokken war. Hautaustrocknung war ein dauerndes Problem, und Copper verteilte die ganze Zeit etwas dagegen.

Nach jedem Duschen ölten sich die Männer ebenso gründlich ein, wie sie ihre Maschinen ölten, weil das heiße Wasser die Körperöle wegwusch, die sich nur langsam wieder aufbauten. Alle klagten über Schuppen, die fast ein ernsthaftes Problem darstellten.

Die Wanduhren im Camp zeigten vier Uhr dreißig an. Die Korridore und Lagerräume waren nur von Nachtlichtern beleuchtet, ebenso der leere Aufenthaltsraum und die verlassene Küche. Hinter geschlossenen Türen war leises Schnarchen zu hören. In dem weißen Land stellte der Schlaf sich leicht ein.

Nur ein Raum der Station war immer noch besetzt. Ebenso benommen wie entschlossen saß Macready in dem kleinen Pub und starrte auf den Fernsehschirm. Inzwischen war er bei dem letzten der norwegischen Videobänder angelangt.

Im Augenblick sah er nur mit einem Auge auf den Bildschirm, während er einen unregelmäßig geformten fleischfarbenen Ballon aufblies. Dieses mysteriöse Objekt nahm bald die ungefähren Umrisse einer lebensgroßen Frau an. Macreadys Puste war schwach, und so hatte er einige Schwierigkeiten. Die Kurven seiner Polyäthylen-Gespielin veränderten sich unter seinem unregelmäßigen Atem. Irgend etwas auf dem Band erregte seine Aufmerksamkeit, und er hielt plötzlich inne. Während er den Stopfen mit einer Hand zudrückte, griff er mit der anderen nach dem Gerät und drückte auf den Rücklaufknopf. Bilder rasten in der umgekehrten Richtung zurück. Dann drückte er wieder auf *Play*. Mit zusammengekniffenen Augen sah er auf den Bildschirm.

Da waren die Norweger wieder. Sie arbeiteten vor einem blassen Himmel. Kein wehender Schnee verdunkelte das Bild. Sie waren für schwere Arbeit im Freien gekleidet.

Während er auf den Schirm blickte, trennten sie sich voneinander und schwärmten aus. Einen Augenblick lang zeigte das Bild den Himmel, als der Kameramann seine Position wechselte. Dann sah man das Forscherteam auf einem flachen, vom Wind angenagten Stück Eis stehen. Ihre Arme waren ausgestreckt, als versuchten sie, etwas abzumessen. Zwischen ihren ausgestreckten Armen war ein riesiger, dunkler Fleck im Eis zu sehen.

Das war es, was Macreadys nachlassende Aufmerksamkeit auf sich gezogen hatte. Der dunkle Fleck schien unter der Eisfläche zu liegen, nicht auf ihr.

Das Bild wurde schwarz und erwachte dann erneut zum Leben. Er konnte die Norweger im Hintergrund murmeln hören. Der Ort hatte sich nicht verändert, aber Zeit war verstrichen. Im Hintergrund war der Himmel jetzt blau und nicht mehr weiß. Man konnte sehen, wie sich die Norweger um das dunkle, ziemlich ovale Gebilde bewegten. Sie hatten seine Umrisse deutlich mit kleinen Flaggen markiert, die auf Eissonden steckten.

Wieder verblaßte die Szene. Als das Bild wiederkehrte, sah Macready drei Männer mit Eisbohrern, die in einem kleinen Dreieck über die Mitte des dunklen Ovals Löcher bohrten. Die Kamera schwankte, als sie näher herangeführt wurde.

Schwarz, dann wieder ein Bild. Die Kamera schoß jetzt nach unten in ein großes Loch im Eis. Etwas Dunkles, Metallisches war auf dem Grund zu sehen.

Macready beugte sich vor, er war jetzt mehr als nur etwas neugierig.

Die nächsten Bilder zeigten die Männer, die die Bohrer dazu benutzten, an verschiedenen Punkten kleine, weit verstreute Löcher ins Eis zu bohren, wobei sie neue Flaggen als Positionsmarkierungen anbrachten. Andere arbeiteten auf Händen und Knien mit kleinen Schachteln.

Macready runzelte die Stirn und murmelte im Selbstgespräch: „Decanit vielleicht? Oder eine Thermitladung?"

Als das Bild wieder klar wurde, hingen die kleinen Fähnchen schlaff von ihren Stäben. Das Bild war aus größerer Entfernung aufgenommen, nirgends war ein Norweger zu sehen. Einige kleine Explosionen warfen Wolken von pulverisiertem Eis in die Höhe und bestätigten die Vermutung des Piloten, was die knienden Männer wohl getan haben mochten, während sie den Blick auf das Oval verdeckten.

Plötzlich sprang das Bild wie wild. Etwas polterte über den Monitor. Dann schien die Kamera durch die Luft geschleudert zu werden, als eine mächtige Explosion die Baßtöne des winzigen Lautsprechers strapazierte.

Ein erschrockener Macready sprang vom Stuhl hoch. Plötzlich war er hellwach.

„Was, in ..."

Das Band lief weiter. Das Bild war jetzt ziemlich verzerrt und zeigte nur eine weiße Fläche. Sonst lief nur eine ausgezackte, dunkle Linie über das ganze Bild.

Macready brauchte ein paar Sekunden, um zu erkennen, daß diese Linie einen Sprung im Kameraobjektiv darstellte. Er vergaß seine luftgefüllte Begleiterin und drückte auf den Rückspulknopf.

IM HUNDEPFERCH war es ebenso still wie im übrigen Camp; vielleicht ruhiger, denn keiner der Schlittenhunde schnarchte. Sie schliefen nicht alle. Ein paar lungerten träge in ihren Ecken herum, an ihre Artgenossen gelehnt – leckten sich die Pfoten, gähnten, rieben sich den Rücken am harten Boden oder starrten einfach durch halb geschlossene Augen ins Leere.

Nur einer von ihnen war hellwach. Der Verband fehlte wieder an der Hüfte von Husky. Er studierte seine schlafenden Gefährten eindringlich.

Nachdem er das einige Minuten lang getan hatte, trottete er zu einer Gruppe von fünf Hunden, setzte sich vor sie hin und fuhr mit seiner uncharakteristisch intensiven Beobachtung fort. Langsam wurde den fünf Hunden bewußt – daß da etwas war. Einer stöhnte. Sie begannen aufzuwachen, spürten, daß etwas Fremdartiges in ihrer Mitte war. Ein unsicheres, jammerndes Winseln kam von einem zweiten Tier, das sich jetzt aufrichtete.

Aber nichts von alldem veränderte die Haltung des neuesten Insassen des Hundepferchs. Er saß weiterhin reglos da und starrte die anderen an. Sein Rücken war außergewöhnlich starr. Er hechelte auch nicht.

Und da war noch etwas. Die anderen Hunde spürten es nur als etwas Unangenehmes, als starren Blick des Fremden, als etwas, das nicht ganz stimmte. Ein Mensch hätte es sofort bemerkt.

Der neue Hund besaß keine Pupillen mehr. Die Augen waren zu glanzlosen schwarzen Kugeln geworden.

Verwirrt fingen einige Hunde, die diesem starren Blick ausgesetzt waren, an, in dem Pferch auf und ab zu laufen. Im Augenblick waren sie noch mehr verwirrt als verängstigt. Einige begannen, den Neuankömmling anzuknurren.

Der neue Hund blieb immer noch wie festgefroren an seinem Platz sitzen. Das Knurren, das ihn umgab, begann lauter zu werden. Einige der anderen Hunde erwachten und schlossen sich dem Murren an. Sie begannen instinktiv, den Fremden zu umkreisen. Aus dem Brummen wurde ein zorniges Knurren. Dieser Neuankömmling reagierte nicht so, wie ein richtiger Hund reagieren sollte. Die Abwesenheit jeder Art von Reaktion begann die anderen Bewohner des Pferchs wütend zu machen. Einer bellte Husky an, dann ein zweiter. Sie umkreisten ihn jetzt schneller. Ihr Knurren wurde erregter. Dann blieben drei der Tiere stehen, als hätten sie denselben Gedanken gefaßt.

Sie sprangen Husky gleichzeitig an.

EIN faszinierter und völlig konzentrierter Macready sah sich gerade das Band unmittelbar vor der heftigen Explosion und dem anschließenden Zerspringen des Kameraobjektivs an, als der Lärm aus dem Zwinger zu ihm drang. Widerstrebend löste er sich vom Monitor und stelzte hinaus.

In dem verlassenen Korridor herrschte Stille, sah man von dem Lärm ab, den die Hunde machten. Vor einer der Kammern blieb er stehen. Die Tür war nicht abgesperrt, und so trat er ein.

Clark lag unter dicken Decken auf dem Rücken und schnarchte. Macready zögerte, lauschte. Irgendwie klangen die Hunde jetzt noch erregter als vorher, als er das Pub verlassen hatte.

„Clark! He, Clark!"

Keine Reaktion. Macready trat näher ans Bett heran und neigte sich hinunter, um den Hundepfleger am Arm zu packen. Verärgert drehte Clark sich zur Seite und zog sich die Decken höher. Macready griff nach der Nase des Hundepflegers und drückte sie zu. Jetzt fuhr Clark in die Höhe. Er blinzelte den Eindringling an, war aber noch zu benommen, um wirklich böse zu werden.

„Was soll das denn, Mac? Was ist los?"

„Hörst du das nicht?" Macready deutete mit dem Finger auf die Tür. Der Lärm aus dem Zwinger war jetzt deutlich zu hören. „Dog-City dreht durch. Ich war noch wach, und es hat mich nicht gestört, aber wenn du zuläßt, daß diese Köter jeden aufwecken, werden die anderen Hundefutter aus dir machen. Kümmere dich darum!"

„Nun – zum Teufel ..."

Clark schwang seine Beine aus dem Bett, beugte sich vor und rieb sich dann die Augen, als Macready im Korridor verschwand.

Nachdem sich Macready seiner Verantwortung entledigt hatte, wollte er eiligst wieder an sein Videoband zurückkehren.

Clark mochte seine Tiere, aber manchmal konnten einem selbst die besten Gespanne auf die Nerven gehen. Ein Streit, welcher Hund die Führung übernehmen würde, oder eine Auseinandersetzung beim Fressen oder über sonst irgendwas konnte sie wild machen. Das machte ihm nichts aus, und es überraschte ihn auch nicht, wenn es dazu kam. So waren eben Schlittenhunde. Aber mußten sie das um fünf Uhr morgens unter Beweis stellen? Er würde natürlich Ruhe schaffen müssen, und nicht nur, weil der Lärm jemand im Schlaf stören könnte.

Die Hunde waren wertvoll. Childs, Palmer und Macready kümmerten sich um ihre Maschinen. Clark oblag es, sich um seine vierbeinigen Maschinen zu kümmern.

Die Temperatur im Korridor wurde während der Schlafperioden automatisch abgesenkt. Sein noch bettwarmer Körper protestierte dagegen, so früh herausgerissen zu werden. Man konnte den Wind pfeifen hören.

Schläfrig und verstimmt bog er um eine Ecke des Korridors, von der aus man den Zwinger sehen konnte. Der Lärm war jetzt lauter geworden, viel lauter, als er es erwartet hatte. Er eilte auf die Tür zu und zog den Riegel auf. „Was zum Teufel ..."

In dem Augenblick, als die Tür sich öffnete, flog ihm etwas gegen die Brust, und zwar so kräftig, daß er rückwärts taumelte und mit den Armen umherruderte, um das Gleichgewicht zu halten. Er fühlte sich wie damals an dem Sommernachmittag, als Childs ihn beim Eisballspielen versehentlich angerempelt hatte. Der Atem wurde ihm aus der Lunge gepreßt.

Die zwei Hunde, die mit ihm kollidiert waren, richteten sich langsam auf und schleppten sich in den Zwinger zurück. Sie wimmerten. Von drinnen kam ein Brüllen, das geradewegs aus der Hölle zu stammen schien – eine groteske Symphonie aus Bellen, Knurren und Wimmern.

Und einem Kreischen, das nicht von dieser Welt war.

5

Macready war in der Küche. Er hatte, bevor er ins Pub und zu dem Videogerät zurückkehrte, einen Umweg gemacht, dort den großen Kühlschrank geöffnet und ihm einige Dosen mit Bier entnommen, um die Vorräte der Bar zu ergänzen. Plötzlich hörte er das Heulen aus der Ferne.

Einen Augenblick lang stand er wie gebannt da, ob der gespenstischen Laute erstarrt; er konnte nur lauschen. Dann drehte er sich um und rannte aus der Küche, vergaß sogar, die Kühlschranktür zu schließen. Er benutzte eine der Bierdosen dazu, den Glasdeckel des Feueralarms im Korridor einzuschlagen, und griff hinein und zog den Hebel, ohne auf die Glasscherben zu achten, die noch an der Fassung hingen. Im ganzen Camp begannen Glocken zu schrillen. Ein erschreckend lautes Geräusch in den isolierten Korridoren.

Macready und Norris folgten dem Stationsleiter und Clark zum Hundepferch. Macready trug eine Schrotflinte aus der kleinen Waffenkammer, während Garry seine Magnum in der Hand hielt. Keiner von ihnen war völlig angezogen. Clark trug eine Feueraxt.

„Ich weiß nicht, was, zum Teufel, dort drinnen los ist", sagte er, während sie rannten, „aber es klingt unheimlich und böse, was immer es auch ist. Und es ist ganz sicher kein Hund."

„Wieso bist du da so sicher?" wollte Garry wissen.

Clarks Stimme klang beinahe würdig, als er antwortete: „Ich habe den größten Teil meines Lebens mit Tieren gearbeitet, Chef. Noch nie hat ein Hund ein solches Geräusch von sich gegeben."

Weit hinter ihnen füllte sich der Korridor vor den Schlafkammern schnell mit der restlichen Belegschaft der Station. Männer rempelten einander halbnackt an, stießen gegen Türen und hüpften auf einem Bein herum, während sie versuchten, das andere hastig in das entsprechende Hosenbein zu stecken. Füße wurden in Schuhe geschoben, ohne Rücksicht auf mögliche Abschürfungen an den Fersen. Die friedliche Nacht hatte sich in einen konfusen Morgen verwandelt.

Childs kämpfte mit seiner Gürtelschnalle, die sich nicht schließen lassen wollte. Er war immer noch nicht ganz wach. „Was will Mac?" rief er Bennings zu.

Bennings wirbelte herum und verschwand im Korridor, ehe Childs ihm noch eine Frage stellen konnte.

Inzwischen näherten sich Clark und seine bewaffneten Begleiter der Tür zum Hundepferch. Nachdem die zwei Hunde ihm entgegengeflogen waren, hatte sich der Hundepfleger instinktiv gegen die Tür geworfen und sie wieder abgesperrt.

Garry musterte ihn fragend.

„Ich wußte nicht, was ich sonst hätte machen sollen", erklärte der Hundepfleger. „Jedenfalls wollte ich nichts allein tun."

Die zwei Hunde, die man ausgesperrt hatte, bellten hysterisch und sprangen immer wieder an der Stahltür hoch, in dem verzweifelten Versuch, hineinzukommen und am Kampf teilhaben zu können. Einer von ihnen blutete stark, aber das kam nicht von dem Zusammenstoß mit Clark.

Garry griff nach der Türklinke, zögerte dann aber. „Wie willst du denn vorgehen? Das ist ja deine Zuständigkeit, Clark."

„Ich bin nicht sicher, ob das noch die Zuständigkeit von irgendeinem ist", erwiderte Clark. „Kümmere du dich mit Norris um die zwei da!" Er deutete auf die ungeduldigen Hunde. „Macready und ich stellen uns neben die Tür. Wenn nichts herauskommt, gehen wir hinein."

Garry überlegte kurz und nickte dann. Norris und er packten jeder einen Hund am Genick und zerrten sie von der Tür weg. Macready bezog rechts vom Eingang Position. Er machte seine Waffe schußbereit und blickte gespannt auf die Tür. Wo, zum Teufel, war Childs?

Clark stellte sich auf die andere Seite und griff nach dem Türverschluß. Er sah zu dem Piloten hinüber.

„Fertig?"

Mac dachte an eine sarkastische Erwiderung, schluckte sie aber hinunter und nickte zustimmend.

Der Hundepfleger warf den zwei anderen einen Blick zu, sah dann aber, daß sie zu sehr damit beschäftigt waren, die wütenden Hunde unter Kontrolle zu halten, um etwas sagen zu können.

Clark atmete tief durch und legte den Riegel um. Die schwere Tür schwang nach außen. Der Lärm drinnen war ohrenbetäubend. Als sich nichts zeigte, nickte er Macready zu. Die zwei Männer traten Seite an Seite in den Pferch.

Die Innenbeleuchtung war zerbrochen. Es war unerwartet dunkel. Macready klemmte sich die Waffe unter den Arm und knipste eine Taschenlampe an, aber ehe er damit in den Raum hineinleuchten konnte, traf ihn etwas von hinten und warf ihn um.

In dem Augenblick, in dem die zwei Männer durch den Eingang verschwunden waren, hatten sich die zwei Hunde von Norris und Garry losgerissen. Norris, der den Umgang mit etwas so Kräftigem wie einem Schlittenhund nicht gewöhnt war, war zu Boden gestürzt. Einer der Hunde war Macready gegen die Beine gelaufen und hatte ihn ebenfalls zu Fall gebracht.

„Mac! Mac, wo bist du?" schrie Clark.

Der Lärmpegel hatte, seit sie die Tür geöffnet hatten, eher noch zugenommen.

„Hier, verdammt!"

Der Pilot lag auf dem Boden und tastete nach seiner Taschenlampe. Sie war weggerollt, als er gestürzt war, lag aber ganz in der Nähe und leuchtete dank dem massiven Gehäuse aus Flugzeugaluminium immer noch.

Jetzt richtete Macready sich auf, hob seine Waffe und ließ den Lichtkegel wandern. Clark trat schnell neben ihn. Aus dem schwach beleuchteten Korridor fiel nur wenig Licht herein. Macready bewegte seine Taschenlampe und versuchte sich zu orientieren. Auf der anderen Seite des Pferchs war eine wogende Masse aus blitzenden Zähnen zu erkennen. Und in das Knurren mischte sich wieder der schrille, bis auf die Knochen gehende Kreischton. Etwas warf in periodischen Abständen Hunde mit beträchtlicher Gewalt aus dem Haufen heraus, aber jedesmal, wenn sie weggeschleudert wurden, rappelten sie sich wieder auf und rannten zurück, um den Kampf fortzuführen.

Der Lichtstrahl bewegte sich und beleuchtete etwas anderes. Etwas, das kein Hund war. Irgendein Ding. Oder – war es ein Hund? Das war unmöglich festzustellen, weil es im einen Augenblick einige

Aspekte eines Hundes zu besitzen schien. Als das Licht dann aber wieder auf das Ding fiel, sah es völlig anders aus. Seine Umrisse schienen sich vor ihren Augen zu verändern.

Macready kniff die Augen zusammen. Spielte ihm das schwache Licht einen Streich? Er gab sich Mühe, seinen Blick auf das zu konzentrieren, was in der einen Sekunde ein Hund war und in der nächsten keiner.

Eine Stimme hallte gebieterisch hinter ihm.

„Was ist hier los, verdammt?" brüllte Garry.

„Hier ist etwas bei den Hunden ... Irgendein Tier!" Er hob die Flinte und zielte auf das Gewühl in der Ecke. „Ich schieße jetzt."

„Nein, warte! Du triffst unsere Tiere!" warnte ihn Clark.

Macready zögerte. „Dann tu etwas anderes!"

Clark bahnte sich einen Weg in das wogende Durcheinander und begann, einen Hund nach dem anderen am Kragen zu packen und beiseite zu werfen. Als er einige weggeschafft hatte, fing er an, seine Feueraxt zu schwingen und auf die gurgelnde, zischende Silhouette einzuhacken, die die Hunde angriffen.

Aus der Dunkelheit schob sich jetzt ein dickes, borstiges, dunkles Bein hervor. Es sah aus wie etwas, das von einer Spinne geborgt war oder vielleicht von einem Krebs.

Es schlang sich um die Axt, riß daran und schmetterte Clark gegen die Mauer. Aber irgendwie schaffte es der Hundepfleger, die Waffe nicht loszulassen.

Inzwischen traf der Rest der Station ein. Sie versuchten, sich hinter Garry in den Eingang zu zwängen, um einen Blick auf das Chaos werfen zu können.

Macready bildete sich ein, er könne das Ding jetzt deutlich sehen. Verdammt sollte er sein, wenn er noch länger auf Clark hörte. Einige Schüsse peitschten aus seiner Schrotflinte und erzeugten ohrenbetäubenden Lärm in dem engen Raum. Ein Geschoß, das ganz aus Pelz bestand, wurde nach ihm geschleudert und ließ ihn zu Boden gehen. Wieder rollte die Taschenlampe weg.

Als Macready zu Boden ging, schaltete Garry sich ein. Er hielt die Magnum mit beiden Händen und feuerte in die Richtung, aus der all das Kreischen und Stöhnen kam. Ein Hund, den die Kugel getroffen hatte, kläffte. Macready kroch an den Knöcheln des Stationschefs vorbei und versuchte, seine Taschenlampe aufzuheben. „Clark, wo bist du? Clark!"

Aber der Hundepfleger gab keine Antwort. Er war kräftig gegen die Wand geprallt. Außerdem war es in jedem Fall schwierig, in dem Pferch jetzt noch etwas zu hören. Das Zischen, das irre Bellen der Hunde und die regelmäßigen Schüsse aus Garrys Pistole übertönten alles.

Childs kam einen Nebenkorridor heruntergerannt. Er zog einen großen Tank auf einem zweirädrigen Karren hinter sich her. Vom Oberteil des Tanks führten zwei Schläuche zu einem schweren Schneidbrenner.

Er blieb vor dem Pferch stehen und rief den Männern drinnen zu: „Was ist dort drinnen los?"

„Childs, bist du das?"

Das war Macreadys Stimme.

„Ja, das bin ich, Mac. Was, zum Teufel, ist hier los?"

„Hast du den Brenner mitgebracht? Schau, daß du hier reinkommst!"

Childs zögerte nicht. Er öffnete zwei Hähne an der Oberseite des Tanks, schaltete dann das pistolenähnliche Gerät selbst ein und rannte, Schläuche hinter sich herziehend, in den Raum. Die anderen Männer machten ihm Platz.

Drinnen herrschte immer noch Überfüllung. Er stieß gegen Garry, stieß ihn beinahe um. „Tut mir leid, Chef. Ich kann noch nicht deutlich sehen."

„Kümmere dich nicht um mich!" herrschte der Stationschef ihn an und versuchte, in fast völliger Dunkelheit nachzuladen.

„Childs!" heulte Macready.

„Komm ja schon, verdammt! Wo bist du?"

„Hier!" Macready gab mit seiner Taschenlampe ein Zeichen und richtete den Lichtkegel dann auf den jetzt kleiner gewordenen Haufen kämpfender Schlittenhunde. „Dort drüben in der Ecke ist es! Brenn es nieder!"

„Und was ist mit den Hunden?" Der Mechaniker zögerte noch.

„Zum Teufel mit den Hunden! Brenn es nieder!"

Childs drückte auf einen Knopf. Blaue Flammen schossen aus der Spitze des Gerätes. Er zielte grimmig auf das Gewirr aus Hundeleibern und öffnete weit ein Ventil. Flammen schossen quer durch den Raum und mitten in das Durcheinander. Die Hunde trennten sich sofort. Ein Schrecken, der noch elementarer war, lähmte einen Augenblick lang ihre Furcht und ihren Zorn auf das, was sie angriffen, was auch immer es sein mochte. Sie teilten sich und strebten instinktiv der offenen Tür des Pferchs zu.

Ein Teil des Holzbodens begann jetzt zu brennen. Etwas miaute, kreischte und kratzte an der hinteren Mauer, zu groß, um die Hundetür passieren zu können.

„Wir brennen!" schrie Childs beunruhigt.

„Nicht aufhören!" befahl Macready und feuerte immer wieder mit seiner Schrotflinte in die Flammen hinein.

Garry schloß sich ihm an und jagte den ganzen Inhalt eines Magazins in die Hinterwand des Hundepferchs. Dann befahl er, während er zum drittenmal nachlud, ruhig: „Feuerlöscher!"

Das war für die Männer bestimmt, die sich hinter ihm gesammelt hatten.

Macready war die Munition ausgegangen. Er stand neben Childs und half ihm dabei, die zwei Schläuche hochzuhalten, damit nie-

mand darauf trat. Sein Gesichtsausdruck hatte fast etwas Dämonisches.

„So ist es gut. So ist's gut! Nicht aufhören, Childs! Brenn das Ding nieder, verbrenn es!"

Der Mechaniker richtete die Flammen direkt auf die Hinterwand. Das Zischen erfüllte den ganzen Raum und war jetzt ausgeprägter, seit die Hunde weggerannt waren.

Draußen im Korridor jagte der Rest der Mannschaft den Hunden nach und besprühte sie mit chemischen Löschmitteln. Der Gestank nach angesengtem Pelz erfüllte die Luft. Hunde und Männer drohten in dem Rauch und dem Chemikaliendunst zu ersticken.

Norris führte ein paar Männer in den Pferch, worauf sie begannen, den Boden zu besprühen, um ein Ausbreiten der Flammen zu verhindern. Nach einer kleinen Ewigkeit wurden das Kreischen und Heulen leiser. Ein letztes Zischen war zu hören, dann herrschte, abgesehen vom Zischen des Schneidbrenners, Stille.

Macready stand neben dem Mechaniker und schlug ihm mit der Faust immer wieder auf eine Schulter. Seine Augen glänzten wild. „Das war's, Mann! Brenn es, brenn es in die Hölle, brenn es ..."

Childs schaltete den Schneidbrenner ab. Seine Stimme klang leise: „Das war's, Mann. Jetzt ist es vorbei."

Macready starrte ihn an. Er atmete schwer und hatte immer noch die Fäuste geballt.

Childs packte den Piloten am Arm und drückte zu. „Jetzt ist es *vorbei*, Mac."

Er legte den Schneidbrenner hin und ging um den Piloten herum. Da saß ein Körper, lehnte an der Wand.

„He, Clark!" Childs starrte dem Hundepfleger ins Gesicht. Clarks Augen waren geöffnet, blickten starr vor sich hin, aber der Mann ließ nicht erkennen, daß er Childs wahrgenommen hatte.

Der Mechaniker drehte sich herum und rief besorgt in den Korridor: „He, holt schnell Doc Copper. Schnell!"

Garry stand neben ihm. Er beugte sich hinab und richtete seine Taschenlampe auf das Gesicht des Hundepflegers. „Er scheint unter Schock zu stehen."

Childs stand auf und blickte in die Ecke, auf die er seine Flammen gerichtet hatte. „Da hat er Gesellschaft ..."

AM MORGEN füllte sich der Aufenthaltsraum langsam mit erschöpften Männern. Ihre Gesichter spiegelten die Nachwirkungen ihrer Ängste und des wenigen Schlafes. Es wurde nicht viel gesprochen. Da war nichts von den sonst üblichen Hänseleien zu hören. Man unterhielt sich nur im Flüsterton und deutete immer wieder auf die Mitte des Raums.

Blair starrte stumm auf die verbrannten Kadaver auf dem Tisch in der Mitte. Dort lagen zwei unglückliche Hunde und noch etwas anderes.

Die Körper waren wie siamesische Zwillinge miteinander verbunden, in einer unlösbaren Umarmung, die nichts mit Liebe zu tun hatte.

Das eine Tier trug die Überreste von Clarks Verband und war auch sonst leicht als ihr norwegischer Besucher zu erkennen. Er war viel größer als sein Gefährte, größer, als ein Husky sein durfte, und es gab Aspekte an ihm, die alles andere als hundeähnlich waren.

Von den Hüften bis zur Brust war der Torso aufgesprungen wie eine alte Gipswand und hatte sich an den Rändern abgeschält. Es sah so aus, als wäre etwas in der Leibeshöhle des Tieres explodiert und hätte versucht, sich einen Weg nach draußen zu bahnen.

Eine Art organisches Seilwerk hatte sich um die beiden Kadaver geschlungen und verband ihr Fleisch miteinander. Diese tentakelartigen Gewächse erinnerten auf unangenehme Weise an die Leiche des verformten Norwegers, die Copper, Blair und Fuchs seziert hatten.

Clark saß auf einem Stuhl an der Wand. Seine Augen waren immer noch glasig. Copper hatte ihm ein Beruhigungsmittel gegeben, und der Hundepfleger begann langsam aus seinem Schock zu erwachen. Nauls stand neben ihm und redete leise und geduldig auf seinen Freund ein.

Childs stand in der Nähe und sog an einem Joint. Er versuchte sich zu entspannen, schaffte es aber nicht. Das, was er rauchte, bereitete ihm kein Vergnügen, nicht an diesem Morgen. Seine Augen blickten gebannt zu Boden.

Als er das Ding, das hier auf dem Tisch lag, im Pferch niedergebrannt hatte, hatte es einen schrecklichen Schrei ausgestoßen, und dieses unmenschliche Geräusch konnte er einfach nicht aus seinem Kopf bekommen.

Die verbrannten Kadaver zweier weiterer Hunde lagen mitten im Zimmer auf dem Boden, dicht neben dem Tisch mit der grausigen Last. Zumindest sahen sie wie Hunde aus. Blair wandte seinen Blick wieder von ihnen ab und ließ ihn zu dem unheimlichen Etwas hinüberwandern, das da auf dem Tisch lag. Sein Gesicht ließ wachsende Besorgnis erkennen.

Er drehte sich um und drückte auf einen Knopf an der Wand, der den Aufenthaltsraum mit der Krankenstation verband. „Fuchs?"

Die Antwort ließ eine Weile auf sich warten. „Ja. Bist du das, Blair?"

„Ja. Wie läuft's denn?"

Der Biologieassistent wandte sich um und blickte zum Operationstisch hinüber. Auf ihm lagen noch drei Hunde. Alle waren unter Betäubung und ziemlich zugerichtet. Aber sie lebten noch. „Langsam. Ich bin kein Veterinär."

„Das ist Clark auch nicht." Blair blickte zu dem Hundepfleger hinüber, der immer noch benommen auf seinem Stuhl saß. „So, wie der aussieht, kann er dir nicht helfen."

„Ich weiß." Der jüngere Mann kaute auf seiner Unterlippe herum. „Ich tue, was ich kann."

„Gut. Bis bald."

„He, ist euch schon etwas eingefallen?"

„Bis jetzt noch nicht. Tschüs!"

„Tschüs!"

Fuchs fing an, neue Binden aufzurollen. Einer der Hunde auf dem Tisch stieß ein klagendes Geräusch aus.

„Ganz ruhig, Junge! Wir flicken dich, so schnell es geht, wieder zusammen. Ich kümmere mich gleich um dein Bein." Er ging auf den Tisch zu.

Nauls klopfte Clark auf eine Schulter und lächelte. Er versuchte dem anderen Mann Mut zu machen. „He, Mann, jetzt ist alles wieder in Ordnung. Es ist tot. Es ist vorbei." Er deutete auf den Kartentisch. „Siehst du's? Jetzt brauchst du dir keine Sorgen mehr zu machen."

Clarks Kopf drehte sich langsam herum, und er lächelte den Koch verträumt an. „Ich weiß. Childs hat es getötet. Ich hab's gesehen. Letzte Nacht, nicht wahr?"

Nauls atmete erleichtert auf. „Richtig. Du hast's erfaßt."

Wenn Clarks Zeitbegriffe wieder stimmten, dann war das ein sicheres Zeichen dafür, daß er durchkommen würde. Zumindest hatte Copper das gesagt. Er hoffte es inbrünstig, denn er mochte den Hundepfleger; er war nicht so versnobt wie einige der Wissenschaftler.

Nauls blickte zu dem Seniorbiologen hinüber. „Was ist mit diesen Hunden passiert, Blair?" Er deutete auf den Kartentisch und die verzerrten Kadaver darauf.

Der Wissenschaftler erwiderte den Blick und sah dann zum Tisch hinüber. „Das mußt du mir sagen, Nauls. Ich weiß es nicht."

Der kleine Arbeitsraum war mit Karteikästen, Bändern, kleinen Werkzeugen und offenen Plastikbehältern, in denen Gesteinsproben lagen, angefüllt. Norris saß an dem einzigen Arbeitstisch, den es in dem Raum gab. Eine Lampe hing über ihm, und ihr biegsamer Hals aus Metall war so gebogen, daß das meiste Licht auf ihn fiel, was ihr das Aussehen einer stählernen Kobra verlieh. Der Lichtkegel beleuchtete die Landkarten, die der Geophysiker sortierte. Die meisten Eintragungen auf den Landkarten waren in norwegischer Sprache, einige auch in Englisch.

Endlich fand er das Blatt, das er gesucht hatte. Er legte es über eine der norwegischen Karten und benutzte einen schwarzen Markierstift, um auf beiden identische Eintragungen zu machen.

„Hier", erklärte er zuversichtlich. „Dort haben sie den größten Teil ihrer Zeit verbracht. Ich habe es mit den Notizen überprüft. Man kann ja die Monate erkennen. Die haben meistens Zahlenangaben gemacht."

Er fuhr fort, kleine Pfeile und Punkte auf die Karte zu kritzeln.

Macready, der bisher Norris über die Schulter gesehen hatte, sah sich um, als er ein Geräusch hörte. Bennings hatte den Kopf zur Tür hereingesteckt.

„Nun?" fragte ihn Macready.

„Draußen ist's ziemlich eklig, Mac. Fünfunddreißig Knoten."

„Meinst du, es wird nachlassen?"

„Schwer zu sagen. Ich würd mich nicht darauf verlassen. Aber etwas Gutes hat das."

„Was denn?"

„Es ist nicht viel Schnee in der Luft. Es ist ziemlich klar, und du solltest keine Vereisungsprobleme bekommen. Aber schönes Flugwetter würde ich es nicht gerade nennen."

Macready drehte sich um und sah Norris wieder über die Schulter. „Zum Teufel damit! Ich fliege jedenfalls. Ich nehm mir Palmer mit, falls wir irgendwo Schwierigkeiten kriegen."

Sein Blick konzentrierte sich auf die untere der zwei Karten, die mit den englischen Markierungen.

„Bist du sicher, daß wir es finden, Norris?"

Der Geophysiker nickte und stand dann auf. „Die Koordinaten stimmen auf beiden Karten überein. Wir finden es schon." Er fing an, die Karten einzurollen, und knipste die Lampe aus.

Garry betrat den Aufenthaltsraum und sah einen Augenblick zu dem immer noch benommenen Clark und dem um ihn bemühten Nauls hinüber. Dann ging er auf Blair zu und musterte die ineinander verschlungenen Tierkadaver. Der Stationsleiter trug ein frisches Hemd und hatte sich gerade rasiert. Die Magnum steckte gesäubert und frisch geladen im Halfter, das er am Gürtel trug. „Was hast du denn rausgefunden, Blair?"

„Nicht viel, abgesehen davon, daß ich langsam verrückt werde." Er zupfte an den Überresten des Verbandes herum, die immer noch am Bein des Hundes hingen. „Es war jedenfalls ganz bestimmt nichts Neues, das von draußen hereinkam." Er sah zu Clark hinüber. „Ich bin sicher, daß der Pferch abgesperrt war, als Clark es fand. Wir haben die Hundetür von außen überprüft. Sie war immer noch von innen verriegelt."

„Dann muß es der neue Hund gewesen sein. Der norwegische Hund." Garry schüttelte langsam den Kopf. Man merkte ihm die Verärgerung an. „Ich begreife das einfach nicht. Es war doch bloß ein Hund."

Von der anderen Seite des Raums hallte ein scharfes, spöttisches Lachen herüber. Childs' Stimme war ohne jeden Humor. „Das war kein Hund, Chef. Dazu brauche ich kein Diplom, um mir das zusammenzureimen."

„Das Band, das Macready uns am Morgen gezeigt hat", murmelte Blair leise.

„Da habe ich nicht viel rausgekriegt."

„Ich hab ihn gebeten, er soll den Platz ausfindig machen, wo die gearbeitet haben", fuhr der Biologe fort. „Dort, wo dieses komische Oval im Eis war, wo ihre Videokamera bei der Explosion zerbrochen ist. Er nimmt Palmer mit. Norris hat sich freiwillig erboten mitzufliegen. Ist es dir recht?"

„Sicher, wenn du meinst, daß es Sinn hat."

„Verdammt will ich sein, wenn mir sonst etwas einfällt."

„Du meinst, daß da eine Verbindung besteht?"

„Vielleicht." Er drehte sich um und starrte den Tisch an und das Rätsel, das auf ihm lag. „Jedenfalls, wie ich schon sagte, sonst weiß ich keinen Rat. Du?"

Der Stationschef versuchte, den aller Vernunft widersprechenden Vorkommnissen einen Sinn abzugewinnen, konnte aber auch nur niedergeschlagen den Kopf schütteln.

DER Wind peitschte über die weiße Schneewüste. Der Hubschrauber hüpfte und schwankte, und nur Erfahrung und Entschlossenheit hinderten die Männer im Inneren der Kabine daran, es ihm gleichzutun.

Macready kämpfte mit den Kontrollgeräten, während sie sich vom Luftstrom tragen ließen. Er versuchte, so dicht wie möglich über dem Boden zu bleiben, um nichts zu übersehen, gleichzeitig aber mußte er sich bemühen, genügend Manövrierraum zu haben, um ausweichen zu können, falls ein nach unten gerichteter Windstoß die Maschine packen sollte. Es war harte Arbeit, und man durfte keinen Augenblick in der Konzentration nachlassen.

Der Sturm war schnell vorübergezogen, aber die kristallklare Luft war trügerisch. Soweit es Macready betraf, lag der einzige Unterschied zum Schneesturm darin, daß man wenigstens das Vergnügen hatte zu sehen, wo man wahrscheinlich abstürzen würde.

Palmer saß auf dem Sessel des Copiloten, während Norris ihnen von hinten über die Schultern sah. Der Geophysiker deutete auf die Karte aus Plastik, die an die Konsole geklebt war. „Einer der Plätze sollte direkt hier drüben sein. Der, den wir suchen, liegt ein paar hundert Meter weiter südlich."

„Ich weiß." Macready zog am Knüppel, und der Helikopter kippte nach unten. Unmittelbar vor ihnen ragte eine hohe weiße Wand auf.

Norris musterte sie mit professionellem Blick. Die Symmetrie der

Formation deutete darauf hin, daß sie nicht nur durch Naturkräfte entstanden war, die üblicherweise Berge entstehen ließen. Vielleicht markierte die Wand eine kleinere Falte oder einen Lavatunnel. Ebensogut aber war es möglich, daß überhaupt kein Gestein darunter war, daß es sich um einen fossilen Druckkamm aus schierem Eis handelte.

Der Helikopter wurde hochgezogen, und sie flogen über die Wand hinweg. Auf der anderen Seite dehnte sich eine flache glaziale Ebene bis zu den hohen Bergen in der Ferne. Und genau in der Mitte der weißen Ebene war – wie ein riesiger Tintenklecks – ein riesengroßer schwarzer Krater zu sehen.

DAS Labor war voll toter Hunde. Sie lagen in einer Reihe da, jeder mit einer kleinen Marke am Bein. Clark hatte schließlich wieder genügend Gewalt über seine Sinne bekommen, um sich an der unangenehmen Arbeit beteiligen zu können, aber am Ende wurde seine Trauer zu groß, und er mußte den Raum verlassen. Jedes der toten Tiere hatte einen Namen, und jedes war ein enger Freund gewesen.

Fuchs bereitete neue Deckgläser vor, die Blair unter dem Mikroskop studierte. Zwei Zellen waren im Okular zu erkennen. Sie waren aktiv, weder im Ruhezustand noch tot. Eine sah ganz normal aus – die andere alles andere als normal.

Im Augenblick waren die beiden durch einen dünnen Protoplasmastrom verbunden. Material aus der größeren Zelle, die lang und dünn war, floß in die kleinere, kugelförmige Zelle. Dabei schwoll die kleinere Zelle sichtbar an, bis die Zellwand an drei Stellen aufplatzte. In dem Augenblick nahm die kleinere Zelle eine eher abgeflachte Form ähnlich der anderen an, und drei neue Materialströme begannen aus ihrer Mitte nach außen zu fließen. Keine der Zellen schien dabei an Masse verloren zu haben.

Blair hob den Kopf vom Mikroskop und blickte mit gerunzelter Stirn auf die Uhr. Sie hatte eine Stoppuhrfunktion. Er schaltete sie ab. Höchst verblüffend, dachte er.

DER Helikopter hüpfte ein paarmal, als Macready ihn aufsetzte, aber das schien weder der Maschine noch ihren Insassen etwas auszumachen. Das Dröhnen der Rotoren wurde leiser, und schließlich kamen sie ganz zum Stillstand. Er zog sich die Schneebrille über die Augen und trat auf die Eisfläche hinaus. Norris und Palmer folgten dicht hinter ihm.

Bis zum Kraterrand waren es nur wenige Schritte. Macready blieb stehen, um einen Brocken aus grauem Metall beiseite zu schieben. Dabei zerbrach das Material in einzelne Fragmente. Ein weiteres Stück war so groß, daß sie darum herumgehen mußten.

Das riesige Loch war mehr als fünf Meter tief. Beträchtlich tiefer. Der Grund des Kraters war von angekohltem, geschwärztem Metall bedeckt. Alles war grau oder schwarz. Die Metallfragmente waren glanzlos, so stumpf wie Antimon, aber trotzdem glatt. Macready wußte nicht, was er von einer polierten Oberfläche halten sollte, die das Licht nicht reflektierte.

Das Eis rings um den Kraterrand war so glatt wie Glas und erst in letzter Zeit von dem frisch darüber wehenden Schnee wieder etwas aufgerauht. Was nicht weggesprengt worden oder verdunstet war, war geschmolzen.

Die Umrisse des Loches ließen vermuten, daß sich eine große Kugel in ihm befunden hatte.

Macready sah Norris an und sagte nichts. Nur Palmer gab sich keine Mühe, seine Gefühle zu verbergen. „Mann! Was auch immer das war, das war *riesig*!"

„Seht euch das an!"

Macready trat nach links und hob etwas vom Eis auf. Seine Begleiter drängten sich um ihn.

„Erkennt ihr es?" fragte er sie.

Palmer schüttelte den Kopf, aber Norris nickte schnell.

„Das sieht nach den Überresten eines mittelgroßen Thermitkanisters aus. Militärische Standardausrüstung. Die NATO benutzt dasselbe Zeug wie wir."

„Ja." Macready schleppte es zum Helikopter hinüber. Der Anfang einer wachsenden Sammlung. Sie entfernten sich voneinander und begannen, den Krater zu umkreisen.

Es gab nicht viele Bruchstücke. Das meiste, was an Überresten vorlag, war zu groß, als daß man es hätte tragen können. Eine feine graue Aschenschicht, die sich vom Mittelpunkt des Lochs ausbreitete, lag über dem Eis. Norris kniete nieder und holte ein paar kleine

Plastikröhrchen aus der Tasche. Mit Hilfe eines kleinen Schabers nahm er Proben vom Eis und dem Pulver vom Kraterrand.

Für die zwei Piloten gab es nicht viel mehr zu tun, als auf den Wissenschaftler zu warten. Palmer staunte immer noch über die Größe des Kraters. Gletschereis so weit im Süden war so massiv wie Felsgestein. Eine Thermitladung würde jedenfalls nicht ausreichen, um eine solche Kluft in die Eisfläche zu reißen.

Macready war es schließlich leid, auf und ab zu gehen. Er trat neben Norris und beugte sich über ihn. Der Geophysiker untersuchte gerade ein kleines Metallstück. Er hatte eine Kassette mit winzigen Röhrchen mit Reagenzien neben sich gestellt. Auf der Deckelinnenseite klebte eine engbedruckte Tabelle. Einige Wörter waren in englischer Sprache, die anderen wirkten höchst kompliziert. Die Symbole waren ihm völlig fremd.

Während Macready ihm zusah, träufelte Norris ein wenig rote Flüssigkeit aus einem der Röhrchen auf das Bruchstück. Nichts geschah, und die Flüssigkeit rann in den Schnee. Der Inhalt eines zweiten Röhrchens führte zu demselben Ergebnis. Ein kräftiger Geruch stieg von der Flüssigkeit auf, und Macreadys Nase zuckte.

Norris blickte zu ihm auf. „Zuerst dachte ich, es handle sich um eine Magnesiumlegierung. Leicht genug wäre es. Mehr als leicht genug." Er wischte den grauen Splitter über das Eis und dann seinen Stiefel. „Ich habe noch nie Metall mit einem so niedrigen spezifischen Gewicht gesehen. In mancher Hinsicht erinnert es an metallisches Lithium, aber das ist verrückt. Man kann solches Zeug nicht wie normales Metall bearbeiten. Wenigstens hat man mich das so gelehrt."

Er schob bedächtig das letzte Röhrchen in der Kassette an Ort und Stelle zurück. „Das war konzentrierte Schwefelsäure. Aber die hatte auch nicht mehr Wirkung auf das Zeug, als es Wasser gehabt hätte." Er tippte das Fragment mit dem behandschuhten Finger an. „Und doch zerfällt einiges davon zu Staub, wenn man es nur anbläst."

„Du weißt also nicht, was es ist?" fragte Macready.

Norris schüttelte den Kopf. „Nicht die leiseste Ahnung. Irgendeine Legierung. Ich wünschte, ich hätte mich mehr um Metallurgie gekümmert. Aber ich wette zwei Jahre Sonderurlaub, daß dieses Zeug einmalig ist."

Er wandte sich um und blickte angewidert auf das leere Loch. „Und diese armen, blöden Teufel mußten es hochjagen."

„Nimm's ihnen nicht übel, Norris", sagte Macready. „Ich bin sicher, die haben ihre Sprengladungen vorsichtig angebracht. Die wollten wahrscheinlich bloß genügend Eis aufbrechen, um besser graben zu können."

„Ja, wahrscheinlich."

Aber sehr verständnisvoll klang Norris nicht.

Macready nahm den Splitter und sah ihn an. „Ein Teil davon zerfällt zu Staub, aber das hier leistet selbst starker Säure Widerstand. Wie, zum Teufel, haben die es dann in die Luft gejagt?"

„Etwas in dem Metall oder etwas, das sich während der Explosion verflüchtigt hat, muß chemisch mit dem Thermit reagiert haben. Vielleicht war es auch die Hitze. Ich weiß es nicht." Norris nahm Macready die Probe wieder ab, schob sie in ein Plastikröhrchen und schrieb etwas auf.

Macready richtete sich auf und sah zum Horizont hinüber. „In dieser Gegend hat es vorübergehend eine Menge Camps gegeben. Könnte doch sein, daß eine Gruppe – die Sowjets oder die Australier oder sonst jemand – hier für kurze Zeit eine Station gegraben hat und dann einfach wieder verduftet ist, ohne alles mitzunehmen."

„Was denn, zum Beispiel?"

„Na ja, die großen Tanks, zum Beispiel, in denen wir den Treibstoff für die Hubschrauber und den Traktor aufbewahren." Er deutete zum Krater hinüber. „Könnte es sein, daß irgendeine Gruppe das hiergelassen hat? Und dann hat das Thermit den restlichen Treibstoff hochgejagt."

Das war reine Spekulation, und das wußte Macready, und Norris wußte es auch.

„Tut mir leid, Mac", wandte der Geophysiker ein. „Zuallererst einmal stimmt die Form des Kraters nicht. Außerdem ist das hier Gletschereis, nicht junges Eis. Man versenkt einen Lagertank nicht so tief im massiven Eis. Außerdem sind Propan und Benzin und überhaupt jede Art von Treibstoff in allen Stationen streng rationiert. Niemand würde hier wieder abziehen und eine Menge wertvollen Treibstoffs zurücklassen. Kostet viel zuviel, ihn hierherzuschaffen."

„Vielleicht hatten sie vor, wieder zurückzukommen?"

„Vielleicht. Aber ich glaube es nicht.“ Norris hob ein paar Eissplitter auf. „Das hier zeigt keinerlei Spuren, daß in letzter Zeit darauf irgendwie getreten wurde. Und das wäre der Fall, wenn jemand einen Stützpunkt hier gehabt hätte. Zumindest würde es Kufenspuren geben, selbst wenn sie bloß ein paar Wellblechbaracken aufgestellt hätten. Natürlich können wir das überprüfen, wenn wir wieder mit McMurdo Verbindung haben. Dort gibt es Aufzeichnungen über alles, was hier unten gebaut wird.“

„Und was ist, wenn die Sowjets oder eine der osteuropäischen Gruppen, so wie das rumänisch-ostdeutsche Team, hier eine Geheimoperation durchgeführt haben?“

„Komm schon, Mac!“ wies ihn Norris zurecht. „Es gibt eine Menge Eis, das genauso interessant wie das hier ist und viel näher bei ihren Stationen liegt.“

„Ja.“ Der Pilot trat gegen das Eis, daß ein paar Splitter wegflogen. „Aber vielleicht gibt es dort kein Öl.“

Norris überlegte einen Augenblick. „*Das* wäre natürlich eine Möglichkeit.“

Er starrte Macready an.

Nach ein paar Augenblicken grinste der Pilot. „Gut, ich geb es auf. Ich glaube auch nicht an all das.“ Sein Ausdruck wurde wieder ernst. „Was hältst du also davon?“

„Du weißt verdammt genau, was wir beide davon halten.“

„Und du meinst nicht, daß es sich um eine neue Art von Testfahrzeug gehandelt hat?“

Norris schüttelte den Kopf. „Nein, und zwar zum größten Teil aus denselben Gründen. Dieses Eis hier ist zu alt und zu gleichmäßig. Diese Region ist durch seismische Aktivitäten seit langer Zeit nach oben geschoben worden, nicht in die entgegengesetzte Richtung.“ Er hob eine weitere Eisprobe auf. „Es ist immer ziemlich schwierig, auf den ersten Blick mit Sicherheit etwas zu sagen, aber ich würde meinen, daß dieses Eis, in dem das Ding da begraben war, über hunderttausend Jahre alt ist.“

Hinter ihnen ertönte ein Ruf, und beide Männer sahen sich um. Palmer winkte ihnen zu.

Was hat der jetzt gefunden? überlegte Norris.

Er und Macready gingen zu dem jüngeren Mann hinüber.

Palmer stand vielleicht fünfzig Meter vom Kraterrand entfernt. Vor seinen Füßen war ein großer, rechteckiger Brocken Eis herausgeschnitten worden. Die Vertiefung war etwa fünf Meter lang, zwei breit und etwa einen Meter zwanzig tief, schätzte Norris. Die drei Männer starrten stumm in das Loch.

Dort unten war nichts außer Eis. Der Schnee wirbelte wie weiße Fäden um ihre Stiefel.

6

UM DIESE Jahreszeit kam die Nacht schnell über den unteren Teil der Welt. Einige der Männer im Aufenthaltsraum hatten sich um den großen Fernsehmonitor versammelt. Dort lief gerade das Band mit den Norwegern ab, wie sie das geheimnisvolle Objekt fanden, von dem Norris und Macready zumindest anzunehmen bereit waren, daß es sich um ein Fahrzeug unbekannten Ursprungs und unbekannten Typs handelte.

Plötzlich schienen die Landschaft auf dem Bildschirm und die Bewegungen der Norweger nicht mehr so selbstverständlich. Das Videoband war nicht länger eine langweilige Aufzeichnung alltäglicher, ganz gewöhnlicher Vorgänge. Es hatte jetzt eine neue Dimension hinzugewonnen, die weit das bloße historische Interesse überstieg. Etwas, das man nicht greifen konnte und das doch für die Männer, die die flackernden, unscharfen Bilder anstarrten, sehr real war.

Es war zugegen.

Macready saß stumm vor einem neuen Schachspiel, aber seine Gedanken waren anderswo – irgendwo zwischen dem Glas Scotch, das vor ihm auf dem Tisch stand, und ganz privaten Empfindungen.

Clark hatte sich von dem Schock erholt, den er am vergangenen Tag erlitten hatte. Er saß ganz allein auf einem Stuhl in der Ecke und blätterte in einer Zeitschrift, die man aus dem norwegischen Camp geborgen hatte. Es handelte sich keineswegs um ein wissenschaftliches Magazin, trotzdem fand der Hundepfleger die Serie von Hochglanzfotos interessant, weil sie seine Gedanken von anderen, weniger angenehmen Dingen, die er kürzlich gesehen hatte, ablenkten. Er blätterte wieder eine Seite um; seine freie Hand spielte dabei mit einem Stück des seltsamen Metalls, das das Untersuchungsteam von dem Schauplatz der Explosion mitgebracht hatte.

Schließlich wandte Childs sich von der Gruppe ab, die das Geschehen auf dem Bildschirm beobachtete, und ging zu Macready hinüber.

Der Pilot blickte geistesabwesend auf. „He, Childs!" Er deutete gleichgültig auf sein Schachbrett. „Hast du Lust?"

Der Mechaniker schüttelte den Kopf. „Ich kann nicht Schach spielen."

„Ich bring es dir bei. Mit der Zeit wird es langweilig, gegen eine Maschine zu spielen."

„Nicht jetzt", sagte Childs ungeduldig. „Gut, Mac, jetzt kannst du es mir noch einmal erzählen. Vor Tausenden von Jahren stürzt also dieses Raketenschiff ab. Stimmt's?"

„Es hatte wahrscheinlich gar keine Raketen bei sich, nach dem, was Norris mir sagt."

„Gut. Meinetwegen. Ist mir egal. Dieses Schiff stürzt also hier auf dem Eis ab, und die ..."

Macreadys Gedanken waren ganz woanders.

„Macready!"

Der Pilot blinzelte und richtete sich in seinem Sessel auf. „Schau, das sind doch alles nur Vermutungen. Ebensogut könnte das ein Stück einer sowjetischen Anlage gewesen sein oder sonstwas. Irgendein geheimes Experiment, das die durchführten."

„Garry hast du es aber anders erzählt."

„Er wollte meine Meinung hören. Und mehr ist es in diesem Augenblick nicht. Und Norris denkt genauso."

„Gut. Weiter!"

Macready seufzte und fing an, ausführlich die Theorie darzulegen, über die er und der Geophysiker auf dem Rückflug vom Krater diskutiert hatten.

ES WAR schwer, sich an dem täglichen Leben des Camps zu beteiligen, wenn man den größten Teil seiner Zeit in einem Raum verbringen mußte. Nicht, daß Nauls die Isoliertheit etwas ausgemacht hätte; so konnte er sich wenigstens ganz seiner Musik hingeben.

Im Augenblick waren seine Träumereien verdrängt. Er mußte sich auf das Kochen konzentrieren und suchte gerade wild in dem großen Vorratsschrank herum.

„Wo ist denn mein Stahltopf, verdammt noch mal? Hier findet man doch nie etwas, wenn man es braucht!"

Er schlug die Schranktür zu und fing an, auf den Regalen herumzusuchen. Dabei entdeckte er etwas in der Abfallkiste. Neugierig gemacht, ging er hinüber, um es sich anzusehen. Als er erkannte, was es war, schlug seine Neugierde in Ekel um.

Die trieben die ganze Zeit ihre Witze mit ihm. Der gute alte Nauls, mit dem konnte man es ja machen. Jeder im Camp wußte, daß er in seiner Küche auf peinliche Sauberkeit achtete.

Er griff in die Abfallkiste und zog die schmutzigen, zerrissenen langen Unterhosen heraus. Jemand würde sich zu dieser Unverschämtheit bekennen müssen. Nichts gegen Streiche, aber hier ging es um Hygiene.

„...UND so ist es abgestürzt", erklärte Macready Childs. „Und dieser Bursche, dieser Pilot oder was er war, wird herausgeworfen oder steigt aus und erfriert. Und dann, hunderttausend Jahre später, kommen die Norweger angeschlichen, finden ihn und scharren ihn heraus und jagen dabei aus Versehen sein Schiff in die Luft."

Childs verzog das Gesicht. „Ich kann den Quatsch einfach nicht glauben." Er sah sich nach Verbündeten um. „Glaubst du diesen Quatsch, Blair?"

Der Biologe war so in Gedanken versunken, daß er keine Antwort gab. Die Zellstruktur und die Struktur der Legierung waren in seinen Gedanken ineinander übergegangen und machten ihn noch konfuser als zuvor.

„Ich bleibe lieber bei deiner Theorie von dem sowjetischen Camp", meinte Childs, an Macready gewandt. „Was diesen großen Eisblock angeht, den die herausgeschnitten haben, so hat der vielleicht Beweismaterial enthalten. Etwas mit kyrillischer Schrift oder so. Deshalb haben die sich solche Mühe gegeben, an das größere Ding ranzukommen. Vielleicht ist es hochgegangen, weil eine Mine dranhing."

Macready sah den Mechaniker herausfordernd an. „Sicher. Und dann haben sie es unter zwanzig Fuß Gletschereis vergraben. Aber wir werden es ja bald wissen. Garry sieht in den Aufzeichnungen nach, um festzustellen, ob die Russen in der Vergangenheit in dieser Gegend tätig waren. Und sobald Sanders durchkommt, fragen wir noch bei McMurdo nach. Aber ich würde mich an deiner Stelle nicht darauf verlassen. Norris sagt, in Eis, das so alt und so fest ist, kann man nichts vergraben, ohne irgendwelche Hinweise zu hinterlassen, daß man gegraben hat. Und wir haben nicht einmal eine Schaufelspur gefunden, nur das, was die Norweger zurückgelassen haben."

Der Joint hing Palmer locker im Mundwinkel. Er hatte ihn nicht angezündet.

Er war ohnehin bereits ziemlich high. Ein netter Zustand, wenn man sich mit der Möglichkeit auseinandersetzen mußte, daß bloß ein paar Meilen von einem entfernt ein antikes Raumschiff zu Staub explodiert war. Außerdem erleichterte Palmer dieser entspannte Zustand seine persönlichen Untersuchungen.

Norris und Blair waren nicht die einzigen in der Station, die zu ernsthaften Forschungen fähig waren; ganz gewiß nicht. Palmer hatte noch ein paar Nummern des *National Enquirer* und des *Star* durchzulesen.

Er sah zu dem spöttisch dreinblickenden Mechaniker auf. „So ist das die ganze Zeit. Die fallen wie Fliegen vom Himmel. Die Regierung weiß da genau Bescheid. Die feurigen Wagen der Götter, Mann. Denen gehört praktisch ganz Südamerika. Ich meine, schließlich haben die den Inkas alles beigebracht, was sie wußten. Bildest du dir denn ein, daß diese kleinen Indianer Sacsayhuamán gebaut haben? Glaubst du vielleicht, die hätten zehn Tonnen schwere Steinblöcke huckepack herumgeschleppt?"

Childs sah ihn angewidert an. „Jemand sollte dir mal einen zehn Tonnen schweren Steinblock auf den Kopf hauen, Mann. Dann würdest du vielleicht wieder klarer denken." Er deutete auf den Stapel Klatschblätter. „Dieser Scheiß, den du da liest, ist ja nicht gerade *Scientific American,* das weißt du doch."

Palmer fuchtelte dem Mechaniker mit einer Handvoll knalliger Schlagzeilen vor dem Gesicht herum. „In den feinen Zeitschriften wird das alles unterdrückt. Die Regierung will nicht, daß die Leute Bescheid wissen. Du mußt einmal Däniken lesen. Hast du je etwas von Däniken gelesen, hm? Dann siehst du die Dinge anders. Die beobachten uns schon seit Jahren." Er drehte die Augen himmelwärts, und seine Stimme klang gespielt verängstigt. „Wahrscheinlich sind die dort droben und beobachten uns in diesem Augenblick."

„Wenn die nach Musterexemplaren Ausschau halten, hoffe ich nur, daß sie dich mitnehmen", konterte Childs. „Dann belästigen sie uns nie wieder."

Einige der anderen Männer lachten.

Clark rutschte tiefer auf seinem Stuhl und schob die Zeitschrift, die er gerade ansah, etwas zur Seite. Eine Seite fiel hinunter. „Jesus", hauchte er, „warum haben diese Burschen bloß Norwegen verlassen?"

Ein rollendes Geräusch wurde draußen im Korridor hörbar. Nauls hielt sich am Türrahmen fest und schwang sich ins Zimmer, wobei seine Rollschuhe mit einem quietschenden Geräusch zum Stillstand kamen. Er hielt die ziemlich zerschlissene lange Unterhose wie eine Kriegserklärung hoch.

„Wer von euch Drecksäcken hat mir diese schmutzige Unterwäsche in meine saubere Abfallkiste geworfen?"

Er schmiß das Corpus delicti in den Raum. Es breitete sich wie eine Decke über Macreadys Schachfiguren aus.

„Ich will meine Küche *sauber!*" wütete der Koch. „Keimfrei. Ihr Dreckskerle laßt das bleiben! Das nächste Mal, wenn ich so etwas in meiner Küche finde, koche ich es euch ins Abendessen."

Ohne irgend jemandem Gelegenheit zu einer Antwort zu geben, wirbelte er herum und rollte davon.

Macready nahm die eigenartig zerfetzte Unterhose von seinen Schachfiguren und knüllte sie zu einem Ball zusammen.

Childs ignorierte das kurze Zwischenspiel und fuhr fort, auf und ab zu gehen. Ihn interessierte weder die Unterhose noch Nauls' Klage. Es war bestenfalls ein schlechter Scherz gewesen, und seine Unterwäsche war es nicht. „Also komm schon, Macready! Probieren wir es noch einmal! Diese Norwegertypen kommen, finden ihn und graben ihn aus."

Macready warf das Stoffbündel durch den Raum. Es landete in einer kleinen Abfalltonne. Er lächelte in sich hinein. An sich zog er Basketball dem Schachspiel vor, aber es war nicht so leicht, in der Antarktis dafür eine Spielfläche vorzubereiten. Nicht, daß er es nicht versucht hätte. Wenn man im Sommerwetter die Arme überhaupt bewegen konnte, stellte man schnell fest, daß der Ball auf Schnee nicht besonders gut hüpfte.

Unter der dünnen Schneeschicht war Eis, was das Spiel zwar viel spannender, aber auch sehr viel gefährlicher machte. Schach war da wesentlich sicherer.

Er rieb sich die Stelle, die ihn an seinen Beinbruch vom letzten Jahr erinnerte.

„Ja", meinte er geistesabwesend an Childs gewandt, „die graben ihn aus und schaffen ihn in ihren Stützpunkt. Dort wird er aufgetaut, wacht auf und jagt denen einen riesigen Schrecken ein. Und schon ist die schönste Prügelei im Gange."

„Gut, gut. Schon gut!" Childs biß sich begeistert am letzten Teil der Erklärung des Piloten fest. Sein Gesichtsausdruck wirkte jetzt triumphierend. „Jetzt sag mir nur noch eines, Mac. Nur eines! Wie kommt es, daß dieser Kerl nach Tausenden von Jahren, in denen er wie ein eingefrorenes Rindersteak herumliegt, wieder aufwacht? Kannst du mir das erklären?"

Die Eindringlichkeit des Mechanikers ärgerte Macready fast ebenso wie die vielen Löcher, die seine Theorie hatte. „Das weiß ich doch nicht! Bin ich Einstein? Er ist einfach anders als wir. Weil er aus dem Weltraum kommt. Weil es ihm Spaß macht, hunderttausend Jahre auf Eis zu liegen. Vielleicht hatte er einfach genug vom Pilotenberuf und sich zu einem kleinen Nickerchen hingelegt. Was willst du denn von mir? Frag doch Blair! Der ist der Mann mit dem Gehirn. Ich bin ja bloß ein kleiner Flieger."

Childs drehte sich um und meinte fast unfreundlich zu dem Biologen: „Blair, wie steht's? Glaubst du den Quatsch?"

Blair starrte vor sich hin, sah aber etwas völlig anderes als die andere Wand. Etwas, das keine Substanz hatte. Er sprach zu sich, gerade laut genug, daß jeder ihn hören konnte. „Es war hier. Hat den Hund erwischt. Es war hier in diesem Lager. Deshalb haben die ihn gejagt. Deshalb drehten sie durch. Die haben gar nicht auf Bennings und Norris geschossen. Die haben bloß versucht, den Hund zu treffen. Es war ihnen völlig egal, ob sie dabei jemand anderen trafen. Bloß den Hund, bloß den Hund wollten sie treffen ..."

Plötzlich war es in dem Aufenthaltsraum ganz still. Blairs Monolog hatte alle anderen Gespräche zum Verstummen gebracht. Selbst Clark hatte von seiner Zeitschrift aufgeblickt.

„Und?" meinte Garry schließlich von seinem Platz aus. „Na und? Jetzt ist es vorbei, erledigt."

Blair drehte sich zu ihm um und erwiderte nichts. Er brauchte nichts zu sagen. Seine Miene sprach Bände.

„Nun?" fragte Bennings gereizt. „Oder etwa nicht?"

Blair stand auf. Seine Augen schienen in den Raum zurückzukehren, aber seine Stimme klang immer noch gedämpft: „Kommt alle mit! Ich muß euch etwas zeigen und habe euch einiges zu sagen."

Langsam verließen sie, einer nach dem anderen, den Aufenthaltsraum. Sie redeten leise miteinander.

„Und ich meine wirklich *alle*", verkündete Blair an der Tür. „Hol mal einer Nauls! Das Essen kann warten."

Als sie das Labor betraten, knipste der Biologe methodisch sämtliche Lichtschalter an.

Dann trat er an den Tisch in der Mitte und zog die Decke weg, die das bedeckte, was auf ihm lag. Einige der Männer drängten sich näher heran, andere nahmen sich Stühle. Sie hatten das auf dem Tisch schon gesehen.

Die zwei ineinander verschlungenen Hunde waren beim zweitenmal auch nicht hübscher anzusehen. Sie strahlten Kälte aus. Bis vor ein paar Minuten waren sie in der Kühltruhe des Labors gewesen. Doch trotz der Kälte und Blairs Behandlung fingen sie bereits zu riechen an.

„Was auch immer dieser norwegische Hund war, es – es war imstande, sich selbst zu verdoppeln", verkündete ihnen Blair ernst. „Ganz zu schweigen, daß es auch imstande war, seine Form zu verändern. Unser Besucher" – und dabei wies er auf die größere Masse, die auf der linken Tischseite lag – „war kein Hund mehr. Als er unser Tier angriff, begann sich das, was von ihm Besitz ergriffen hatte, anzugliedern."

Er deutete auf die sehnenähnlichen Gebilde, die um die beiden Kadaver gewunden waren. „Ich glaube, daß diese Gebilde ein Teil des Prozesses sind. Wenn ich sage: ‚Besitz von einem anderen Hund ergreifen', dann meine ich das im biologischen Sinne. Im technischen Sinne ist an diesem Vorgang nichts Geheimnisvolles oder Übernatürliches. Es handelt sich um eine rein mechanische Methode. In bezug auf die Einzelheiten können wir im Augenblick nur Theorien aufstellen. Ich verfüge auch nicht annähernd über die Voraussetzungen, um mehr als das zu tun. Meiner Ansicht nach versucht das ursprüngliche Ding eine gewisse Menge seiner eigenen DNS in die Zellen des Lebewesens zu injizieren, das es zu kontrollieren wünscht."

Er hob ein klebriges Hundebein in die Höhe, das Teil des norwegischen Tieres gewesen war. „Das zum Beispiel ist keineswegs vom Hund. Es sieht wie Hund aus, aber die Zellstruktur weist überhaupt keine Ähnlichkeit mit der normalen Zellstruktur eines Hundes auf. Die Zellwände sind wie in dem ursprünglichen Geschöpf."

Er fuchtelte mit dem Hundebein wie mit einem grausigen Zeigestab herum. „Sie sind unglaublich flexibel. Von den Mustern in der DNS gesteuert, können sie sich jedem Muster anpassen, das das Geschöpf wünscht, vorausgesetzt, es kann sich vorher eine DNS-‚Blaupause' zum Kopieren beschaffen. In diesem Fall Hunde-DNS. Wenn mir jemand ein gutes Elektronenmikroskop bringt, dann bin ich in ein paar Stunden nicht mehr auf Vermutungen angewiesen. Dann werde ich das beweisen. Das, worauf es ankommt, ist DNS zum Kopieren. Offensichtlich ist dieses Ding nicht imstande, ein lebendes Geschöpf aus dem Nichts zu verdoppeln. Es braucht die in den Zellkernen des zu übernehmenden Lebewesens enthaltene Kontrollinformation, um damit zu verschmelzen. Zum Glück haben wir es erwischt, ehe es Zeit hatte, diesen Vorgang abzuschließen."

„Welchen Vorgang?" murmelte Nauls.

Blair wies auf die Überreste des Schlittenhundes. „Die Kontrolle über unser Tier zu übernehmen." Seine Hand ruhte auf dem fellbedeckten Schädel. „Der Verschmelzvorgang, der in den Gehirnzellen stattfindet, ist besonders schnell und heimtückisch. Wie ich schon sagte, ich habe hier nicht die richtigen Instrumente für diese Arbeit, aber nach allem, was ich bis jetzt gesehen habe, enthält das Gehirngewebe jenes Lebewesens" – dabei wies er auf den aufgedunsenen Kadaver des norwegischen Hundes – „einige der verrücktesten synaptischen Verbindungen, die sich je ein Biologe ausgemalt hat. Kombinationen und Verbindungen, die überhaupt nichts mit der hündischen Entwicklung zu tun haben. Ihr seht also, das ursprüngliche Geschöpf ist nicht nur imstande, die Kontrolle über existierende Zellstrukturen und Muster zu übernehmen, es kann auch nach eigenen Bedürfnissen neue erzeugen."

Copper blickte mit gerunzelter Stirn auf den Tisch. „Ein Körper ist nur dafür gebaut, eine bestimmte Menge an Zellmaterial zu ernähren. Wenn durch die Invasion dieses Geschöpfes nicht nur die existierenden Strukturen übernommen, sondern auch neue Materie geschaffen wird – wie wird dann das Lebenserhaltungssystem des Körpers mit der zusätzlichen Belastung fertig?"

Blairs Stimme blieb gleichmäßig, belehrend: „Wie du ganz richtig sagst, ist der Körper nur dafür gebaut, eine bestimmte Menge organischen Materials am Leben und in Funktion zu halten. Teile des Gehirns dieses Hundes sind beispielsweise von neuen Strukturen blockiert worden. Das mit Sauerstoff angereicherte Blut ist in neue Bahnen gelenkt worden."

„Mit anderen Worten", sagte Copper leise, „ein Teil seines Gehirns ist abgeschaltet worden?"

Blair nickte. „Gewisse Zerebralbereiche waren tot, ehe dieses Tier starb. Sie sind durch neue Aktivitäten an einem anderen Ort verdrängt worden."

„Welche Bereiche sind getö – abgeschaltet worden?"

„Das ist schwer zu sagen. Die parasitische Invasion hatte massive Ausmaße. Einige jener Bereiche, die Teile des Gedächtnisses, die Intelligenz und im besonderen die Individualität kontrollieren. Bei einem Hund ist das natürlich schwer zu sagen, ob er nun tot oder lebendig ist." Sein Blick wanderte wieder zu den ineinander verschlungenen Kadavern. „Ich nehme an, daß der ganze Vorgang etwa eine Stunde in Anspruch genommen hätte, vielleicht auch länger. Ich kann das natürlich nicht mit Gewißheit sagen. Es gibt in der ganzen Literatur nichts Vergleichbares."

„Und am Ende dieser Stunde?" fragte Garry gezielt.

Der Biologe sah zu ihm hinüber. „Die Leitungen, die Verbindungsmaterial liefern – diese sehnenähnlichen Gebilde –, wären verschwunden. Dann hätten wir es wieder mit zwei ganz normal aussehenden Hunden zu tun gehabt. Nur daß sie nicht mehr normal, sondern nur noch dem Aussehen nach Hunde gewesen wären."

„Das nehm ich dir ab", pflichtete Palmer ihm bei. „Das Ding im Eis, das die Norweger ausgegraben haben, war ganz bestimmt *kein* Hund."

„Natürlich nicht." Blair versuchte, seine Ungeduld zu zügeln. Diese Männer sind keine Wissenschaftler, erinnerte er sich – mit Ausnahme von Bennings, Norris und Fuchs. „Allein schon die Größe der fehlenden Partie des ausgegrabenen Eisblocks deutet auf ein viel größeres Geschöpf hin", erklärte er. „Wieviel größer, können wir leider nicht sagen. Wie ich schon sagte, die veränderte Zellstruktur ist bemerkenswert flexibel. Sie ist zu beträchtlicher Expansion oder Kontraktion fähig."

„Was meinst du, was geschehen ist?" fragte ihn Garry.

Der Biologe dachte nach. „Wann auch immer das ursprüngliche Ding aufgetaut und wiederbelebt wurde – nun, da war es ganz bestimmt desorientiert. Wenn sein Erinnerungsvermögen intakt war, muß es erkannt haben, daß es in seinem ursprünglichen Zustand in unserer Atmosphäre nicht lange überleben konnte. Und als das unglaublich anpassungsfähige Geschöpf, das es war, versuchte es, etwas zu werden, das dazu imstande war."

Wieder deutete er auf die Masse auf dem Tisch. „Ehe die Norweger das Ding töten konnten, konnte es sich irgendwie an diesen Hund heranmachen."

„Was willst du damit sagen: ‚An den Hund heranmachen'?" fragte Clark.

Blair versuchte geduldig zu bleiben. „Ich habe versucht, es einfach darzustellen, aber das ist vielleicht unmöglich. Dieses Ding war eine Lebensform, die imstande war, die Kontrolle über jedes Geschöpf zu übernehmen, dessen es habhaft werden konnte. Diese Vorstellung ist atemberaubend. Auf der Erde ist der einzige Analogiefall, der mir im Augenblick in den Sinn kommt, die Flechte, und dabei handelt es sich in Wirklichkeit gar nicht um ein individuelles Geschöpf, sondern um eine Verbindung von zwei sehr verschiedenen Arten – von Algen und Pilzen. Aber das, womit wir es hier zu tun haben, ist viel komplizierter, vollständiger und ganz bestimmt nicht im geringsten symbiotisch. Es handelt sich um einen Eindringling. Und er benimmt sich wie ein echter Parasit und übernimmt zum eigenen Nutzen die völlige Kontrolle über den Wirt. Soweit ich bisher feststellen konnte, gibt es überhaupt keine gegenseitige Unterstützung. Ich – ich will keineswegs behaupten, daß ich selbst alles verstehe."

„Du sagst also", unterbrach ihn Childs und deutete skeptisch auf den norwegischen Eindringling auf dem Tisch, „daß aus dem Biest im Eis, das diese Burschen herausgepickt haben, dieser Hund wurde?"

Blair nickte. „Und es gab keinen Grund – für das Ding –, mit seinem Tun aufzuhören. Wie wir hier sehen können, versuchte es, auch die Kontrolle über einen unserer Hunde zu übernehmen. Ich sehe noch nicht, wo seine Grenzen liegen könnten. Es hätte so viele Hunde werden können, wie es wollte, ohne dabei die Kontrolle über seinen ursprünglichen Körper aufzugeben. Es gehört nicht viel organisches Material dazu, die DNS zu ändern, obwohl ich in bezug auf die anderen Veränderungen nicht sicher bin. Eine Zelle genügt. Das DNS-Muster des neuen Wirts wird unwiderruflich verändert. Und so weiter und so weiter. Und jedes Lebewesen, das es übernimmt, wird ein Duplikat des ursprünglichen Dings."

„Hast du etwa von Childs' Gras geraucht, Blair?" murmelte Norris.

Blair schlug mit der Faust auf den Tisch. „Ich weiß ganz genau, daß das schwer zu akzeptieren ist. Ich weiß, daß es schwierig ist, sich einen Feind auszumalen, den man nicht sehen kann. Aber wenn dieses Zeug in euer System eindringt, dann ist in etwa einer Stunde ..."

„Dann übernimmt es dich", führte Fuchs den Satz für ihn zu Ende.

„Noch mehr. Man wird nicht nur ein Teil von ihm. Das Ich ist dahin, ausgelöscht, für immer zur Seite geschoben von einem neuen Satz von Zellinstruktionen. Es behält vom Original nur das, was es braucht, so, wie es die Erinnerungsmuster des norwegischen Hundes dazu benutzte, sicherzustellen, daß es sich in hundeähnlicher Art verhielt."

„Es hat mir die Hand geleckt", murmelte Norris, „während diese Burschen im Helikopter es verfolgten. Es kam auf mich zu und hat mir die Hand geleckt und um Hilfe gewinselt."

Blair nickte. „Sicher hat es das getan. Es macht alles, was ihm nützlich ist. Dieser Organismus ist in hohem Maße effizient, keineswegs verschwenderisch. Raffiniert. Für meinen Geschmack viel zu raffiniert."

„Und worin liegt das Problem?" wollte Garry wissen. Er wies auf die zwei Kadaver, die keineswegs bedrohlich wirkend auf dem Tisch lagen. „Der Schneidbrenner hat es ja ganz schön geröstet."

Der Biologe wandte sich um und starrte auf die hundeähnlichen

Gestalten. „Es gibt immer noch einige Zellaktivität. Im klinischen Sinne ist es noch nicht ganz tot."

Clark machte einen Satz nach hinten und stolperte über eine Abfalltonne.

Die Reaktion der übrigen Männer war ähnlich, wenn auch nicht so extrem.

„Beruhigt euch!" sagte Blair und verbarg die Andeutung eines Lächelns.

„Du hast gesagt, eine Zelle würde ausreichen, um die Kontrolle zu übernehmen", murmelte Norris, ohne die plötzlich wieder bösartig wirkenden Kadaver aus den Augen zu lassen.

„Um ein Muster zu injizieren, ja", räumte Blair ein, „aber nicht, um den Übernahmevorgang einzuleiten. Das erfordert eine viel größere Quantität an Protoplasmamaterial. Zum Beispiel die Sehnengebilde, die für den Vorgang so wichtig scheinen. Sie bestehen aus Millionen von Zellen."

Aber die Männer traten trotzdem beunruhigt von einem Fuß auf den anderen, hatten Angst.

„Schaut", versuchte Blair sie zu beruhigen, „wenn es irgendeine Gefahr gäbe, glaubt ihr dann, daß ich hier stehen und dieses Ding anfassen würde?"

Die Männer entspannten sich ein wenig.

Blair blickte auf die zwei Kadaver. „Aber ich finde trotzdem, daß jegliche Zellaktivität – und wäre sie noch so belanglos – zuviel ist."

„Was empfiehlst du?" fragte ihn Garry.

Blair sah seinen Assistenten an. Sie hatten vorher schon über die Möglichkeiten gesprochen, als Blair die minimale verbliebene Zellaktivität festgestellt hatte. Trotzdem weiteten sich Fuchs' Augen, als er am Gesichtsausdruck seines Vorgesetzten erkannte, welche Wahl dieser getroffen hatte.

„Das darfst du nicht. Das darfst du nicht tun!" schrie Fuchs in die Nacht hinaus.

Draußen war es sehr finster. Der Wind hatte nachgelassen, und es hing kein Schnee in der Luft, der das Bild der vermummten Männer, die jetzt ins Freie stapften, hätte verdecken können. Was sie vorhatten, war klar.

Macready und Copper warfen die zwei Hundekadaver auf eine

vom Schnee freigeschaufelte Stelle. Childs kippte den Kanister um, den er trug, und überschüttete die zwei Kadaver mit Benzin. Der Benzingeruch hing scharf in der völlig sauberen Luft.

„Das geht doch nicht!" argumentierte Fuchs hitzig mit seinen Begleitern. „Ihr könnt nicht diese letzten Überreste verbrennen!" Er war vor Enttäuschung und Wut außer sich. Er wußte nicht, was er tun sollte.

Childs stellte den Kanister beiseite und griff nach dem Schneidbrenner, während Macready den Inhalt eines zweiten Kanisters über die Kadaver goß. Sie würden so gründlich vorgehen wie nur möglich.

Der Pilot trat zurück und warf den Kanister dem anderen nach. Die leeren Behälter hallten laut durch die Finsternis, als sie aufeinanderprallten.

„Anzünden!" sagte er zu Childs.

Der Mechaniker schaltete den Schneidbrenner ein.

Fuchs setzte sich in Bewegung. Plötzlich war er fest entschlossen.

„Nein, ich werde das nicht zulassen!"

Childs rang einen Augenblick lang mit ihm und stieß ihn dann beiseite. Copper hielt den erzürnten Fuchs auf und setzte sich rittlings auf seine Brust.

„Beruhige dich doch, Fuchs! Der Befehl ist eindeutig", fügte er etwas freundlicher hinzu. „Es ist notwendig."

In dem schwachen Licht war plötzlich ein lautes Brausen zu hören, als der Schneidbrenner ansprang. Ohne zu zögern, richtete Childs den Flammenstrahl auf die Kadaver. Sie explodierten eindrucksvoll, als das Feuer sie berührte.

Schnee schmolz rings um die Kadaver, die heftig brannten. Der Mechaniker richtete den Schneidbrenner immer noch auf sie, als das Benzin bereits Feuer gefangen hatte.

Fuchs lag im Schnee und wandte angewidert das Gesicht ab. „Ich kann es einfach nicht glauben. Die größte biologische Entdeckung seit Jahrhunderten, und wir verbrennen sie einfach bis auf die letzte Zelle. Wir werden als die größten Idioten in der Geschichte der Wissenschaft in die Bücher eingehen."

„Vergiß die Geschichte!" sagte Macready lakonisch und blickte auf die brennenden Kadaver. „Ich würde lieber als unwissender Idiot in die Geschichte eingehen denn als aufgeklärter Zombie."

Er sah sich über die Schulter nach dem Biologieassistenten um. Sein Gesichtsausdruck war grimmig.

„Ich hätte wohl von dir keine wissenschaftliche Einstellung erwarten sollen, Macready. Aber daß Blair und Norris auch so denken ..." Fuchs blickte auf den Mann, der ihm auf der Brust saß, und sein Gesichtsausdruck war beleidigt. „Und du auch, Doc. Und du nennst dich Wissenschaftler?"

„Nein, ich nenne mich Arzt, obwohl ich selbst auch ein paar Forschungsprojekte habe. Aber meine Hauptsorge hat der Gesundheit der Männer in dieser Station zu gelten. Und deshalb war ich mit Blairs Entscheidung einverstanden, dieses Ding bis auf den letzten Rest zu zerstören."

Er stand auf, trat zur Seite und war dem jüngeren Mann beim Aufstehen behilflich. Fuchs wischte sich die Eispartikel vom Rücken und den Hosenbeinen und sagte nichts.

„Tut mir leid, Fuchs", fuhr der Arzt fort. „Manchmal muß man sich damit zufriedengeben, zu wissen, daß Kobragift tödlich ist. Es ist nicht immer sehr effizient, die Schlange von Angesicht zu Angesicht zu studieren. Man muß das, was man vielleicht lernen könnte, gegen die Gefahr aufwiegen, der man sich aussetzt."

Childs hatte endlich den Schneidbrenner abgeschaltet. Die Kadaver brannten noch einige Minuten lichterloh.

Als sie schließlich zur Station zurückgingen, waren nur etwas feines Pulver und ein paar Stücke verkohlter Knochen auf dem Boden zurückgeblieben.

7

BLAIR war dabei, den drei gesunden Hunden, die sich noch im Pferch befanden, Blutproben zu entnehmen. Diejenigen, die in der Krankenstation in Käfigen saßen, hatte er bereits überprüft. Ganz in der Nähe verteilte Clark ihr abendliches Futter. Der Pferch wirkte mit nur drei Insassen leer, und die Melancholie des Hundepflegers war fast körperlich spürbar.

Blairs Gesicht hatte seit dem Betreten des Pferchs seine widersprüchlichen Gedanken widergespiegelt. Etwas beschäftigte ihn schon eine ganze Weile. „Sag mal, Clark, ist dir an diesem norwegischen Hund etwas Besonderes aufgefallen? Ich weiß, daß er eine perfekte Imitation eines Hundes war, aber war an ihm denn gar nichts, das dich neugierig gemacht hat? Irgendeine Kleinigkeit?"

Clark hatte inzwischen das Fressen ausgeteilt und wischte sich die Hände ab, während er über die Frage des Biologen nachdachte. Die drei überlebenden Tiere drängten sich um den Freßtrog und stritten sich mit der für sie typischen Begeisterung um die besten Plätze. Daß sie nur noch zu dritt waren, schien sie überhaupt nicht zu bekümmern.

„Nein. Nur daß er sich sehr schnell erholt hat. In jener Nacht, als ich ihn im Aufenthaltsraum fand, hatte er seinen Verband bereits abgestreift. Ich habe die Wunde neu versorgt, ehe ich ihn zu den anderen steckte. Mir fiel auf, daß sie wirklich gut verheilt war, aber mir kam das nicht ungewöhnlich vor. Damals jedenfalls nicht."

Blair war plötzlich aufmerksam geworden. „Du sagtest, als du ihn in jener Nacht im Aufenthaltsraum gefunden hast?"

Der Hundepfleger ging auf den Trog zu und kraulte einen der Hunde liebevoll zwischen den Ohren. „Hm."

„Was hatte er denn im Aufenthaltsraum verloren?"

„Nachdem ich ihn versorgt hatte, dachte ich, ich sollte ihn eine Weile ausruhen lassen. Selbst im gesunden Zustand wäre es ein kräftiger Schock für ihn gewesen, in einen ganzen Pferch voll mit fremden Hunden gesteckt zu werden. Ich verließ den Raum eine Weile, und als ich zurückkam, war er weg."

„Nun, wo war er?" Die Stimme des Biologen klang seltsam, als strengte ihn jedes Wort an. „Wohin ist er denn gegangen?"

Clark hob die Schultern. „Keine Ahnung. Ich hab mich ein paar Minuten nach ihm umgesehen und konnte ihn nicht finden. Da dachte ich mir, er würde schon allein zurechtkommen. Hinaus konnte er ja nicht, und Nauls sperrt die Lebensmittel immer weg. Also machte ich mir seinetwegen keine Gedanken."

Blair zögerte ein paar Augenblicke und fragte dann: „Du sagst, er sei erst ziemlich spät in der Nacht hier in den Hundepferch gesteckt worden?"

Etwas im Ausdruck des Biologen beunruhigte Clark plötzlich. „Nun – hm, ja, das stimmt."

Blair schien seine Instrumente, die Prüfung der zwei kleinen Röhrchen mit frischem rotem Hundeblut vergessen zu haben. Er schien alles vergessen zu haben außer Clark. „Wie lange warst du mit dem Hund zusammen? Allein, meine ich?"

„Äh – er war schwer verwundet. Die Kugel hatte die Arterie an der Hüfte angekratzt. Genau kann ich es nicht sagen. Eine Stunde, eineinhalb." Blair starrte ihn mit großen Augen an. „Was, zum Teufel, siehst du mich so an?"

„Einfach so", murmelte der Biologe. „Laß nur, schon gut." Er ging rückwärts aus dem Pferch hinaus.

Als er im Korridor verschwunden war, wandte sich der verwirrte Clark wieder seinen Tieren zu und schüttelte verwundert den Kopf. „Was ist bloß in ihn gefahren?" Die Ironie dieser Worte wurde ihm dabei nicht klar.

Endlich fand Blair den Stationschef, wie dieser den Korridor in der Nähe des Südeingangs hinunterging. Er mußte sich beeilen, um mit Garry mitzukommen, der zielbewußt auf die Funkstation zustrebte. Der Biologe war bleich, sein Gesicht wirkte besorgt.

„Und ich sage dir", erklärte er eindringlich, „daß er während der Zeit, in der er ganz allein in der Station herumlief, an irgend jemand herangekommen sein könnte. Und ich spreche dabei nicht von den überlebenden Hunden."

„Ist jemand krank?"

„Nein, nein, die Art von Infektion meine ich nicht. Du weißt verdammt genau, was ich meine."

Garry blieb vor der Tür zum Funkraum stehen. Diesmal war ausnahmsweise alles perfekt aufgeräumt und in Ordnung – den Diensthabenden eingeschlossen.

„Schon irgendwie durchgekommen?"

Sanders hob die Schultern und sah die zwei Männer unter der Tür an. „Nichts von McMurdo, wenn du das meinst. Ein paar Sekunden eine argentinische Discostation."

Garry versuchte seine Enttäuschung zu verbergen. „Nun, bleib weiter dran. Ich möchte, daß du dich rund um die Uhr bemühst. Copper soll dir etwas geben, wenn du's brauchst. Wir brauchen hier Hilfe."

„Nein, nein!" Plötzlich wirkte Blair erschrocken. „Hier darf niemand her. Dieser Hund war im ganzen Camp unterwegs."

Garry sah ihn mit gefurchter Stirn an. „Du hast doch selbst gesagt, du verstehst nicht, was hier vorgefallen ist. Du brauchst bessere Geräte und erfahrenen Rat. Wir müssen uns ein paar Experten holen. Das ist nicht persönlich gemeint, aber ..."

„Zum Teufel damit! Das ist mir egal!" schrie Blair. „Ich sage dir nur, daß wir ..."

Bennings bog um die Ecke und unterbrach sie. Während er sprach, wies er immer wieder auf eine komplizierte Karte, die mit hastig hingekritzelten meteorologischen Symbolen bedeckt war. Pfeile, X-Zeichen und Angaben in Millibar bedeckten den ganzen Kontinent so gründlich wie Eis.

„Was hast du denn festgestellt?" fragte ihn Garry.

„Zum Reisen ist's morgen vielleicht okay", erklärte der Wettermann. „Aber anschließend kommt eine ziemlich häßliche nordöstliche Bescherung rein. Jetzt wird es hier unten doch Winter. Wir könnten auf ein paar Tage abgeschnitten sein."

„Verdammte Narren!" Eine neue Stimme schloß sich ihnen jetzt an. Ihr folgte ein eisiger Lufthauch, als die Tür am anderen Ende des Korridors sich öffnete und Fuchs hereingestampft kam. „Die Entdekkung des Jahrhunderts, Artikel in jedem Journal, vielleicht sogar ein Nobel..." Er sah anklagend über die Schulter. „Und alles weggeworfen in einem Augenblick der Panik."

Garry sah an ihm vorbei. Childs zog sich gerade die dicken Schutzhandschuhe aus. Den Schneidbrenner hatte er bereits verstaut. Macready und Copper schoben sich an ihm vorbei. Der Helikopterpilot bemerkte, daß Garry ihn erwartungsvoll ansah, und nickte.

„Ganz sicher?"

Macready knöpfte seinen Schutzmantel auf. „Nichts übrig außer ein bißchen Staub, Chef. Und verdammt wenig davon."

Garry nickte zustimmend.

Blair zupfte an seinem Arm. „Hör mir zu, Garry. Bitte, du mußt ..."

Aber der Stationsleiter sprach mit Macready. „Wenn das Wetter genügend aufklart, ehe Sanders mit jemandem Kontakt bekommt, schicke ich dich und den Doc nach McMurdo hinüber."

„Nein!" Blair war vor Schreck außer sich. „Du darfst niemanden aus dem Camp lassen!"

„Solange dort draußen vierzig Knoten wehen, fliege ich nirgendwohin, Garry. Ganz gleich, wie klar es ist. Ganz besonders nicht bis nach McMurdo hinunter."

„Den Teufel wirst du, Macready!" Blair trat zwischen sie und versuchte verzweifelt, die Aufmerksamkeit des Stationsleiters auf sich zu ziehen. „Versteht ihr denn nicht? Hat denn gar nichts von dem, was ich gesagt habe, einen Eindruck auf euch gemacht? Dieses Ding ist ein Hund geworden, weil es das mußte. Weil sonst im Augenblick nichts zur Verfügung stand. Es wollte kein *Hund* werden."

Garry wirbelte zu ihm herum. Das war das erstemal, daß seine eiserne Selbstkontrolle einen leichten Knacks bekommen hatte. „Verdammt noch mal, Blair! Du hast jetzt schon jeden hier halb hysterisch gemacht. Warum hältst du nicht mal eine Weile die Klappe? Ich erinnere mich sehr wohl an das, was du gesagt hast, und ich glaube auch, die Folgen so gut wie jeder andere zu begreifen. Aber ich bin Stationschef und muß die unangenehmen Entscheidungen treffen. Und meine Entscheidung ist, daß wir hier fachmännische Hilfe brauchen, und zwar je früher, desto besser. Es tut mir leid, wenn sich das nicht mit deinen persönlichen Theorien vereinbaren läßt, aber vielleicht erinnerst du dich freundlicherweise, daß ich hier das tue, was ich für das Beste für alle Betroffenen halte."

„Aber du darfst hier niemanden weglassen!" beharrte Blair eindringlich. „Du darfst ..."

„Hör zu! Mir hängt diese ganze Geschichte langsam zum Halse heraus." Der Stationschef war sichtlich bemüht, seiner Erregung Herr zu werden. „Ich habe hier sechs tote Norweger, eine zerstörte Forschungsstation, die einer befreundeten Nation gehört, eine verbrannte fliegende Untertasse, und ich habe – wenn man Fuchs hört – gerade befohlen, daß *der* wissenschaftliche Fund des Jahrhunderts verbrannt wird. Wie meinst du wohl, daß *mir* zumute ist? Und jetzt hau ab!"

Er wandte sich von dem Biologen ab und nahm sein Gespräch mit dem phlegmatischen Macready wieder auf.

Blair verstummte.

Sein Gesicht war aschfahl, und plötzlich wirkte sein Blick argwöhnisch.

Und da war noch mehr.

Er hatte panische Angst.

DRAUSSEN vor der Station herrschte finstere Nacht. Der Himmel war von den dahinrasenden Wolken verdunkelt, die die Vorboten des Sturms waren, den Bennings vorhergesagt hatte. Kein einziger Stern leuchtete durch die sich sammelnden Wolken; und da war auch keine schöne Aurora, die den Himmel mit ihren zarten Pastellfarben geschmückt hätte.

Kein Laut war zu hören, nur der Wind und das Knattern der Eispartikel gegen die Wellblechwände. Ein schwacher Blitz, wild und weit entfernt, zeichnete einen Augenblick lang die Gebäude des Camps als gespenstische Silhouetten.

In Macreadys Hütte war es wohlig warm. Das grelle Licht der einzigen nackten Glühbirne fiel in gleicher Weise auf Pin-up-Bilder wie auf bunte Reiseplakate.

Im Augenblick lehnte sich der Pilot über den einen Tisch im Raum und brachte vorsichtig an seinem kürzlich reparierten übergroßen Schachbrett eine winzige Schraube an.

Auf der anderen Tischseite hatte seine vollbusige aufblasbare Gefährtin auf dem einzigen anderen Stuhl Platz genommen. Sie war die ideale Schachpartnerin – still, alles andere als streitsüchtig, und dazu kam noch, daß sie ihm nicht an seine geheimen Schnapsvorräte ging.

Sein Sombrero hing über ihrem Rücken und hielt sie aufrecht. Hawaiische Musik quoll melodisch aus dem Stereogerät.

„Alles klar", verkündete er seiner Gefährtin. „Ist auch höchste Zeit, langsam ging mir dieses kleine Brett, das die im Aufenthaltsraum haben, auf die Nerven." Er legte den Schraubenzieher beiseite, hob sein Glas und prostete ihr mit breitem Grinsen zu. „Auf uns, meine Liebe!"

Die aufblasbare Figur bewegte sich leicht in dem warmen Luftstrom, der aus Macreadys Wandheizung wehte. Er stieß mit dem Glas an, das er für sie vorbereitet hatte, und trank einen großen Schluck aus seinem.

Dann setzte er sich in seinem Stuhl zurecht und schaltete die überarbeitete Schachmaschine ein. Ein rotes Bereitschaftslicht blitzte in einer Ecke auf, und er brummte befriedigt.

„Jetzt mach es mir bloß nicht zu schwer, Esperanza!" sagte er zu der Gestalt auf der anderen Seite des Tisches. „Denk daran, daß ich bloß

Anfänger bin! Und denk auch daran, was letztes Mal passiert ist!"

Er gab den ersten Zug ein.

Das Gerät antwortete für Esperanza, deren aufgedunsene Plastiklippen sich nicht bewegen konnten. „Turm nimmt Springer auf d vier, Turm nimmt Bauer auf d zwo, Turm nimmt Dame auf d eins. Schachmatt-matt-matt."

„Verdammt!"

Macready schaltete die Maschine ab und klappte den Deckel auf, unter dem sich die komplizierten Schaltkreise verbargen. Ein Schraubenzieher und ein paar gedruckte Schaltkreise flogen aufs Brett, ohne daß er auf die Figuren geachtet hätte, die er dabei verschob. Macready griff nach seinem Glas und schüttete sich den restlichen Inhalt in die Kehle.

„Tut mir leid, Honey", entschuldigte er sich bei der Plastikdiva. „Ich weiß, daß du dein Bestes gegeben hast. Du mußt dich mit den harten Sachen etwas zurückhalten. Dein Spiel leidet darunter." Er sah sich um. „In ein paar Minuten versuchen wir es noch einmal. Zuerst werden wir deinen Gegner etwas ölen und dann das Brett." Er griff in den Eiskübel, der in der Nähe stand, und brachte die Finger tropfend wieder zum Vorschein. „Daß es hier auch nie Eis gibt", murmelte er verstimmt.

Er schob seinen Stuhl nach hinten, stand resigniert auf und ging zur Tür. Ein kleiner Eispickel von der Art, wie Norris ihn für wichtige Ausgrabungen benutzte, hing an einem Haken an der Wand.

Der Pilot nahm das Werkzeug und entriegelte die Tür. Er ließ sie vom Wind einen Fußbreit nach innen drücken, ehe er den Keil unten zurechttrat.

Fünf Minuten draußen in der antarktischen Nacht, so leicht bekleidet, wie er war, reichten aus, um einen erfrieren zu lassen. Aber er würde nur eine Minute draußen sein. Es gab da einen Eisvorsprung, der bis dicht an die Hüttenwand heranreichte.

Er fing an, mit dem Eispickel darauf einzuschlagen, und hielt den Eiskübel darunter. Während der Arbeit brummte er, und die Haut in seinem Nacken begann bereits taub zu werden.

„In Mexiko und in Tahiti, da haben sie Eis. So viel Eis, daß es ihnen aus den Ohren rinnt."

Er hämmerte weiter mit dem Pickel. Das Eis war hartnäckig.

Ah, Tahiti! dachte er bei sich, während er weiterarbeitete und versuchte, sich mit der Erinnerung zu erwärmen. Dort müßte man einen Helikopter fliegen. Was er auch ein Jahr lang getan hatte, bis es zu Meinungsverschiedenheiten mit dem Inhaber der Touristenfluggesellschaft gekommen war und er sich einen neuen Job hatte suchen müssen.

Grün und warm, das war Tahiti. Keine Schlangen und keine Skorpione, gutes Essen, eine ganze Menge glücklicher Touristen, die sich nach Gesellschaft und Trost sehnten. Blumen und Wärme das ganze Jahr hindurch.

Wenn nur das Problem mit dem Französisch nicht gewesen wäre ...

Ein klapperndes Geräusch riß ihn aus seinen Träumen. Er runzelte die Stirn und drehte sich um. Seine Finger waren an den Spitzen schon leicht taub, aber das störte ihn nicht. Er war nicht lange genug im Freien gewesen, um Schaden zu erleiden. Er schob das Eis in den Kübel und ging einen Schritt auf die offene Tür zu.

Da war es wieder: Metall, das an Metall rieb. Seltsam! So spät des Nachts im Freien zu arbeiten erforderte schon einen echten Idioten.

Manchmal versagten die Türschlösser am Hauptgebäude, wenn nämlich das spezielle Schmieröl gefroren oder die Schutzflüssigkeit durch ein Loch abgelaufen war. In dem Fall war es möglich, daß eine Tür zufror und jemand draußen bleiben mußte.

Macready zögerte. Wahrscheinlich war im Elektrosystem etwas kaputtgegangen. Das kam oft vor. Aber solche Schäden waren stets von innen zu reparieren, wo einen das Wetter nicht störte.

Natürlich war es möglich, daß jemand der Attraktionen des Aufenthaltsraums müde geworden war und beschlossen hatte, ein Gerät im Freien zu überprüfen. Vielleicht untersuchte Childs eine Maschine oder ein schlafloser Norris beschäftigte sich mit seinen seismographischen Aufzeichnungen.

Wenn die Tür zugefroren war, dann war es durchaus möglich, daß sie klopften, um jemanden drinnen auf sich aufmerksam zu machen. Doch wenn die anderen in ihren Räumen oder im Aufenthaltsraum waren ... Nun, der Wind war laut, und es war gar nicht so sicher, ob man dann jemanden hörte, der gegen eine Tür schlug.

Verdammt! Und das mußte genau in dem Augenblick passieren,

wo er und Esperanza anfangen wollten. Na schön. Die Dame würde eben warten müssen.

Er ging in seine Hütte zurück, zog den Keil heraus und schob die Tür zu. Etwas widerstrebend stellte er das frische Eis beiseite, zwängte sich in seine Schutzkleidung und trank einen letzten Schluck von der wärmenden Flüssigkeit.

Dann zog er die Tür vorsichtig hinter sich zu und kämpfte sich an den Halteseilen zu dem Hauptgebäude vor. Schnee fegte über die Planken des Gehwegs.

Da war das Geräusch wieder, am hinteren Teil des Hauptgebäudes.

Er wechselte die Richtung und blieb dann stehen. Das Geräusch war verstummt, wiederholte sich auch nicht. Er fluchte leise. Wenn er sich für nichts und wieder nichts vermummt hatte und um diese Zeit ins Freie gegangen war ...

Er schlug einen Bogen in der Finsternis. Die schwachen Umrisse der beiden Helikopter schimmerten im Lichtschein der Außenbeleuchtung. Plötzlich kam ihm ein Gedanke.

Vielleicht war das Geräusch, das er gehört hatte, gar nicht von einem Menschen verursacht worden. Der Wind blies jetzt ziemlich kräftig und wurde stärker. Das war der erwartete Sturm vom Ross-Schelfeis. Möglicherweise hatte sich einer der Spanndrähte gelöst, die die Helikopter festhielten. Ein Kabelende, das vom Wind herumgeweht wurde, konnte durchaus solche metallischen Geräusche erzeugen, wie er sie gehört hatte.

Verdammt! Die Hubschrauber unterlagen seiner Verantwortung. Wo er jetzt schon angezogen war, konnte er ebensogut einmal schnell nachsehen und sich vergewissern, daß alles in Ordnung war. Wenn sich wirklich etwas gelöst hatte, würde er sich eine Menge Ärger ersparen, wenn er es jetzt in Ordnung brachte, ehe der Wintersturm die Station heimsuchte.

Er wechselte die Richtung und ging einen anderen Weg hinunter, auf die Helikopter zu. Zuerst überprüfte er die Spanndrähte in seiner Nähe. Alles schien in Ordnung zu sein; die Drähte dröhnten leise im Wind. Jetzt stand er unmittelbar vor dem Helikopter und bemerkte, daß die Tür ins Cockpit offenstand. Das war seltsam. Und gefährlich. Er ging auf die Maschine zu und öffnete die Tür ganz. Das Cockpit war leer. Natürlich ist es leer, du Idiot, sagte er sich. Er führte seine

Sorge auf Blairs Hysterie am Nachmittag, als dieser mit Garry gesprochen hatte, zurück. Das Ganze war die Schuld des Biologen. Was mußte er alle so verängstigen. Garry hatte da schon recht gehabt. Diese verdammten Eierköpfe. Sollten die doch ihre verrückten Spekulationen für sich behalten.

Er holte eine Taschenlampe heraus, knipste sie an und richtete den Lichtkegel auf das Innere des Cockpits.

Das Armaturenbrett war ein einziges Chaos. Skalengläser waren zersplittert, die Instrumente in Stücke geschlagen, die Konsole selbst an einigen Punkten zersprungen. Den Boden des Cockpits übersäten Stücke der Plastikverkleidung wie olivfarbener Schnee. Die zwei Steuersäulen waren verbogen. Überall hingen Drähte heraus. Ihre freiliegenden Kupferspitzen erinnerten Macready in unangenehmer Weise an die sehnenartigen Gebilde, die die zwei Hunde miteinander verbunden hatten.

Ungläubig ließ er den Lichtstrahl über die Stätte der Zerstörung wandern und versuchte, das Ausmaß des Schadens abzuschätzen. Dann erschreckte ihn ein weiteres unerwartetes Geräusch.

Die Explosion kam aus der Nähe des Zentralbaus des Lagers. Es war ein leises Geräusch, vom Wind gedämpft. Trotzdem erkannte er, daß es sich um einen Schuß handelte.

Herrgott, dachte er, was nun? Er ließ die Taschenlampe im Cockpit liegen, vergewisserte sich, daß die Tür fest schloß, und stolperte den Weg, den er gekommen war, zurück, auf den Zentralbau zu.

Im Inneren angelangt, folgte er den verwirrten Stimmen und Rufen der Männer, die nur halb wach waren. Als er um eine Ecke bog, wäre er fast mit Palmer und Bennings zusammengestoßen.

„Mac, bist du okay?" schrie ihm sein Assistent zu. Palmer rannte an ihm vorbei, ohne eine Antwort abzuwarten. Er wirkte wesentlich nüchterner, als dies bei ihm normal war. Bennings hielt Schritt mit ihm, und Macready rannte hinter den beiden her.

„Ja, bei mir ist alles klar. Was, zum Teufel, geht hier vor? Ich dachte, ich hätte einen Schuß gehört."

„Das ist Blair", erklärte der jüngere Mann, während sie durch den Korridor rannten. „Er läuft Amok."

„Er ist in der Funkkabine", fügte Bennings hinzu. „Und er hat eine Waffe. Ich hörte, er hat Sanders ziemlich übel zugerichtet."

Wieder bogen sie um eine Ecke, wobei Macready im Laufen seine Schutzkleidung ablegte.

Nervöse Männer drängten sich um den Eingang des Funkraums. Macready ging langsamer. Er stellte fest, daß niemand in der Nähe der offenen Tür stand.

Garry spähte um die Ecke. Ein Schuß, der in dem engen Korridor erschreckend laut klang, zwang ihn, den Kopf wieder zurückzuziehen. Jetzt war das Geräusch von zerbrechenden Plastikteilen zu hören.

Der Stationsleiter sank auf die Knie. Diesmal konnte er hineinspähen.

Sanders lag ganz in der Nähe auf dem Boden. Er stöhnte und hielt sich mit beiden Händen den Schädel. Er blutete. Blairs verstörte Blicke suchten den Korridor in Augenhöhe ab, und so bemerkte er den sich an den Boden pressenden Garry nicht. Der Biologe zielte mit einer kleinen Pistole auf die Tür, in der anderen Hand schwang er ziemlich ungeschickt eine Feueraxt und schlug damit auf die komplizierte Funkanlage ein.

Garry zuckte zusammen, als er sah, welchen Schaden Blair bereits angerichtet hatte. Sanders schien nicht schwer verletzt, aber der Tonfall des Biologen und sein wirrer Blick überzeugten den Stationschef, daß es wohl klug sein würde, keine hastigen Bewegungen zu machen.

„Wenn mich jemand stört, bring ich ihn um!“ schrie der Wissenschaftler in den Korridor hinaus.

Whamm! Der Verstärker war jetzt nur noch Schrott.

„Keiner betritt oder verläßt dieses Camp!“

Macready wandte sich an seine Kollegen. „Ich hab etwas Komisches gehört, also ging ich nachsehen. Er hat auch einen der Hubschrauber ziemlich übel zugerichtet. Childs, sieh dir den anderen und den Traktor mal an. Vielleicht hat er sich die auch schon vorgenommen.“

Der Mechaniker nickte und rannte den Korridor hinunter.

Wieder krachte die Axt auf die Funkgeräte herunter und verwandelte ihre Bestandteile in Schrott.

„Ihr haltet mich für verrückt!“ brüllte Blair, der immer noch die Pistole auf den Eingang richtete. „Schön. Denkt, was ihr wollt! Die meisten von euch wissen gar nicht, was hier vorgeht. Aber ich bin verdammt sicher, daß einige von euch es wissen."

Wieder hallten laute Schläge durch den Gang.

„Das hintere Fenster", schlug Norris leise vor. „Zwei von uns könnten ihn vielleicht überwältigen."

„Vielleicht auch nicht", wandte Macready ein. „Zu gefährlich."

„Ich hör euch da draußen schon flüstern!" schrie Blair. „Flüstert ruhig weiter! Aber hört mir, um Gottes willen, zu! Ihr glaubt wohl, dieses Ding möchte zu einem Tier werden? Hunde schaffen die tausend Meilen bis zum Meer nicht. Und um diese Jahreszeit gibt es keine Raubmöwen zu imitieren und auch keine Pinguine so weit landeinwärts. Nichts. Nur uns. Begreift ihr denn nicht? Es muß sich in uns verwandeln!"

Wieder krachte die Axt auf etwas Empfindliches, Unreparierbares herunter.

Ein kalter Lufthauch kündigte Childs' Rückkehr an. Er trat hinter Macready, keuchend. Schneeflocken hingen an seinem Bart. Was er zu berichten hatte, war erschreckend. „Er hat die beiden Hubschrauber erwischt *und* den Traktor."

„Den Traktor auch?" fragte Bennings ungläubig.

Childs nickte heftig. „Ich weiß noch nicht, wie schlimm es ist. Der Traktor sieht so aus, als wäre er in besserem Zustand als die Hubschrauber. Eine stabilere Konstruktion und einfacher gebaut. Ich hab nicht nachgesehen, ob er unter die Motorhaube gekommen ist. Ich dachte, ich könnte hier vielleicht helfen." Er machte eine resignierte Handbewegung. „Obwohl das wahrscheinlich schon bald egal ist."

Macready sah, wie der Stationsleiter seine Magnum herauszog. „Garry, warte noch!"

Der andere blickte auf, die Pistole schußbereit. „Hast du einen Vorschlag, Mac?"

Der Pilot sah zu Norris hinüber. „Sicherungskasten."

Der Geophysiker sah den Stationsleiter an. Garry überlegte kurz und nickte dann zustimmend. Norris rannte den Korridor hinunter. Macready eilte in die entgegengesetzte Richtung. Der Aufenthaltsraum war verlassen. Er holte sich einen der Kartentische, klappte dessen Beine ein und rannte wieder zurück zur Funkzentrale.

Blair redete immer noch auf sie ein und schwang dabei seine Axt.

„Versteht ihr denn nicht?“ schrie er, ohne damit zu jemand Bestimmtem zu sprechen. „Wenn eine Zelle von diesem Ding in einem Wirtskörper durchkäme, könnte es jedes Lebewesen auf der Erde infizieren. Nichts könnte es aufhalten. Nichts! Das einzige, was es braucht, ist irgendein Lebewesen mit einem halbwegs vernünftigen Gehirn. Einen Vogel, eine Maus, irgend etwas. Natürlich wäre ein Mensch besser, viel besser.“ Ein Kichern entrang sich dem verzweifelten Biologen. „Und dieses Ding ist *sehr* effizient.“

Macready balancierte den Tisch auf seiner Gürtelschnalle und schob sich näher an den Türrahmen heran. Er gab sich Mühe, seine Stimme verständnisvoll klingen zu lassen.

„Ich bin es, Blair, Macready. Schau, vielleicht hast du mit all dem, was du sagst, recht. Vielleicht verstehen wir dich nicht. Aber du mußt bedenken, daß die meisten von uns keine ausgebildeten Wissenschaftler sind. Wir sind dazu da, euch Forschungsjungs das Holz zu hacken und das Wasser zu bringen. Du mußt also versuchen, es uns zu erklären. Aber nicht so. Wir müssen es besprechen, von Angesicht zu Angesicht, wie vernünftige Männer. Wie kannst du von uns erwarten, daß wir uns vernünftig benehmen, wenn du das nicht tust?“ Seine Hände umspannten die Tischplatte. „Ich bin unbewaffnet, Blair, und komme jetzt rein.“

„Nein, das wirst du nicht!“ In der Stimme des Biologen schwang Panik mit. „Niemand kommt herein! Ich vertraue keinem von euch.“

Macready zählte die Sekunden. Norris müßte inzwischen den Sicherungskasten erreicht haben. Da der Chef immer noch seine Magnum hatte, bedeutete das, daß Blair nichts Größeres als eine der kleinen Zweiundzwanziger besaß, die man gewöhnlich zum Scheibenschießen benutzte.

Die Tischplatte würde zwar ein Zweiundzwanziger-Kaliber nicht völlig aufhalten, aber sie würde die Kugel ablenken oder zumindest etwas verlangsamen. Und der sich bewegende Tisch würde ein lausiges Ziel abgeben.

„Wenn du recht hast“, rief er durch die Tür, „müssen wir alle zusammenhalten!“

„Zusammenhalten?“ wiederholte Blair. „Haha! Das ist großartig, Mac. Das ist wirklich komisch. Zusammenhalten! Sicher tun wir das.

Wie die Hunde. Erinnerst du dich an die Hunde?" Sein Ton wurde drohend. „Ich werde nicht so enden."

Die Lichter gingen aus. Macready duckte sich und stürzte sich in den plötzlich dunkel gewordenen Raum, während Blairs Pistole aufbrüllte.

In dem Augenblick, bevor die Dunkelheit sich über das Camp senkte, hatte Macready den Biologen vor der zerstörten Funkkonsole stehen sehen, die Pistole in der einen, die Feueraxt in der anderen Hand.

Der Tisch traf gegen etwas Hartes, Bewegliches, und sie gingen zu Boden. Macready schlug mit der rechten Hand um sich und tastete mit der anderen. Er stieß auf etwas Weiches und vernahm ein schmerzhaftes Stöhnen. Seine andere Hand kroch an einem Arm hinauf, bis sie etwas Metallisches erreichte.

Inzwischen half ihm bereits ein halbes Dutzend anderer, während der Rest der Männer sich auf den schreienden, verstörten Biologen warf.

Macready, Fuchs und Dr. Copper zerrten den mit glasigen Augen um sich blickenden Blair zum Werkzeugschuppen, der etwa fünfundsiebzig Meter vom Hauptgebäude entfernt lag.

Blair taumelte, ohne Widerstand zu leisten, mit und machte keine Schwierigkeiten.

Die Wolken hatten sich inzwischen zu einer solide wirkenden Masse verdichtet, die alle Sterne verdeckte. Es sah so aus, als würde Bennings' Vorhersage eintreffen. Der Wind hatte nicht sehr zugenommen, aber es war entschieden kälter geworden. Bald würden sie neben den Schneebrillen auch Masken tragen müssen, wenn sie ins Freie wollten.

Der Schuppen war größer als der Macreadys und besaß zwei Fenster mit Dreifachscheiben wie die Fenster im Hauptkomplex. Childs hatte schon vorher eine tragbare Elektroheizung eingeschaltet. So war die Temperatur im Schuppen angenehm. Die Werkbank würde eine Weile nicht benutzt werden, nicht, solange Blair sich in dem Raum befand.

Fuchs und Macready ließen den Biologen vorsichtig auf die einzige Pritsche hinunter, die im Raum stand. Blair schien über das, was er getan hatte, verblüffter als seine Begleiter.

Copper half mit, ihm die Außenbekleidung auszuziehen. Ohne Parka, Handschuhe und Daunenweste würde der Biologe nicht versuchen, irgendwohin zu gehen. Dann rollte Copper den rechten Ärmel des Mannes hoch und betupfte seinen Arm mit einem Desinfektionsmittel. Blair ließ sich das Beruhigungsmittel ohne Protest spritzen.

Der Arzt zog die Nadel heraus, betupfte die Einstichstelle ein zweites Mal und verstaute die Spritze wieder in ihrem Behälter. Dann griff er nach Blairs Handgelenk und sah auf die Uhr, während der Biologe ihn anblinzelte.

„Warum bin ich hier?"

„Das ist zu deinem eigenen Schutz, Blair", erwiderte Copper mit strenger Stimme, ohne den Blick von der Uhr abzuwenden.

„Und hauptsächlich auch zu unserem Schutz", fügte Macready hinzu.

Copper hatte inzwischen Blair den Puls gemessen und wandte sich jetzt zum Gehen. Fuchs folgte ihm.

Macready blieb an der Tür stehen. „Willst du etwas Bestimmtes zum Abendessen?"

Die niedergeschlagene Gestalt, die mürrisch auf der Pritsche saß, gab keine Antwort. Blair blickte nicht auf, sondern starrte ins Leere.

Macready hob die Schultern, schloß sorgfältig die Tür hinter sich und vergewisserte sich, daß das Schloß funktionierte. Copper hatte sich bereits in Richtung Hauptgebäude in Bewegung gesetzt.

Fuchs schloß sich Macready an. Er nahm eines der Bretter, die sie mitgebracht hatten, und begann damit das erste Fenster zuzunageln. Im Schuppen blieben ein paar kleinere Werkzeuge. Sie würden vielleicht ausreichen, um die Glasscheibe zu zerbrechen, aber die kräftigen Bohlen, die die Männer jetzt festnagelten, würden Widerstand leisten. Bei dem Geisteszustand des Biologen war es durchaus vorstellbar, daß er auch ohne Schutzkleidung einen Ausbruchsversuch machen würde. Die Bohlen würden das verhindern.

„Laß einen Spalt offen, damit er uns sehen kann!" wies Macready den Biologieassistenten an. „Wir wollen nicht, daß er das Gefühl bekommt, eingeschlossen zu sein. Er ist ohnehin schon paranoid genug. Außerdem weiß er wahrscheinlich gar nicht, was er getan hat."

„Wetten?" Fuchs trieb einen Nagel schräg in das dünne Metall und das Holz dahinter. „Das kannst du ja Sanders sagen."

„Du weißt, was ich meine", sagte Macready.

Plötzlich erschienen hinter der Scheibe Blairs benommene Züge. Macready legte den Hammer weg und hob seine Stimme, so daß man ihn hinter dem Glas hören konnte.

„Wie geht's dir denn dort drinnen, alter Junge? Das ist nichts Persönliches. Ich tue nur meine Arbeit. Ich wollte nicht so kräftig zuschlagen, aber du weißt ja, wie das ist. Ist schwierig genug, höflich zu sein, wenn dir einer die Knarre ins Gesicht hält. Copper sagt, nach einer Weile wird bei dir wieder alles in Ordnung sein. Er glaubt, das war nur der Druck, unter dem du gestanden hast. Niemand macht dir zum Vorwurf, was du getan hast. Ich zumindest nicht. Hier kann jeder selbst unter normalen Umständen durchdrehen. Und wenn man dazu noch in einem Außerirdischen herumstochert ..."

Blairs Antwort war durch das dicke Glas kaum zu hören. „Ich weiß nicht, wem ich vertrauen kann, Mac."

Er weinte fast.

„Ich weiß, was du meinst, Blair." Macready zwang sich, leutselig zu wirken. „Vertrauen ist heutzutage etwas Rares. Vertrau einfach auf den Herrgott!"

Eine Weile blieb der andere stumm. Macready wollte gerade das erste Fenster verlassen und sich dem zweiten zuwenden, als Blairs ängstliches Flüstern zu ihm drang.

„Paß auf Clark auf!"

Macready zögerte. „Was?"

„Clark. Paß gut auf ihn auf!"

Durch das beschlagene Glas konnte Macready sehen, wie der Blick des Biologen verstohlen nach links und rechts wanderte, als hätte er Angst, daß noch etwas ihn belauschen könnte.

„Frag ihn, warum er den Hund nicht gleich in den Pferch gebracht hat!"

Das Gesicht verschwand.

„He, Blair!" rief Macready.

„Wovon, zum Teufel, redest du? Blair?"

Aber er konnte den Biologen nicht dazu bewegen, noch etwas zu sagen.

8

EINE große Grube im Schnee diente dem Camp als Müllkippe für nichtbiologische Abfälle. Die Grube lag ein Stück abseits und war mit einem Holzbrett abgedeckt, um zu verhindern, daß jemand versehentlich hineinstürzte.

Menschliche Abfallprodukte wurden anders behandelt; das hatte die Erfahrung gelehrt, die sich während einer Generation moderner arktischer Forschertätigkeit gebildet hatte. Sie wurden chemisch behandelt und dann in Behältern zwischengelagert, um später viel weiter vom Camp entfernt vergraben zu werden.

In den meisten Fällen reichten für solche Zwecke einfache Sickergruben aus, nicht aber in der Antarktis, nicht, wo alles sofort hart gefror und sich hartnäckig weigerte, sich zu zersetzen. Man mußte also sehr vorsichtig sein mit seinen Abfallprodukten, sonst blieben sie einem erhalten und suchten einen heim.

Jetzt ist nicht mehr viel Tageslicht, so weit im Süden, dachte Bennings, als er den Abfallbehälter umdrehte. Er war auf einem Handkarren befestigt, der mit Kufen ausgestattet war.

Er zog den Karren rückwärts von der Grube weg und trat die Tür zu. Dann rieb er sich die behandschuhten Hände, während er zum Himmel aufblickte.

Bald würde der Winter den südlichen Kontinent erreichen, und dann würde es wirklich kalt werden. Die Männer würden sich in ihren Zufluchtsort zurückziehen müssen und warten, bis die Sonne zurückkehrte.

Palmer und Childs arbeiteten an dem weniger beschädigten Helikopter. Garry hatte immer noch die Hoffnung, es würde gelingen, einen von ihnen rechtzeitig zu reparieren, um zum McMurdo-Sund zu fliegen, wo der Pilot Informationen weitergeben, Vorräte und fachmännischen Rat erhalten und zumindest ein neues Funkgerät eintauschen konnte. Das alte war bloß noch ein Haufen scharfzackiger Plastikteile. Allein schon der Gedanke, ein altes Instrument zu reparieren, wäre unsinnig gewesen. Aber die elektronischen Einrichtungen des Camps waren ohnehin alle auf Festkörperbasis konstruiert, und so bestand der Ansatz zu einer Chance, eine rudimentäre Sendeeinheit herzustellen.

Unglücklicherweise war die Aufgabe, ein Dutzend Chips und andere winzige regenbogenfarbene Komponenten zu etwas zusammenzustecken, das auch nur entfernt einer Funkanlage ähnelte, etwas für jemanden, der die Talente eines Ausbilders in den Bell-Labors und eines Meisters im Zusammensetzen von Puzzlespielen in sich vereinigte.

Sanders hatte keines dieser Talente. Außerdem schmerzte sein Kopf immer noch.

Er schob sich den Verband zurecht, den man ihm um die Stirn geschlungen hatte, und versuchte, dem Chaos einen Sinn abzugewinnen. Von Zeit zu Zeit versagten ihm seine Augen den Dienst; und die Winzigkeit einiger Komponenten machte ihm die Aufgabe nicht gerade leichter.

Diejenigen Bauteile, die Blairs Zerstörungswut überlebt hatten, lagen sorgfältig geordnet vor ihm auf dem Schreibtisch und wirkten wie Zuckerstückchen. Auf jedes einzelne Teil war eine Nummer gestempelt. Rings um den Haufen waren Komponententräger angeordnet. Die Träger waren ebenfalls mit Nummern bedruckt. Leere Fassungen starrten ihn an und verlangten nach Ersatz. Man brauchte bloß die Nummern auf den Ersatzmodulen mit jenen auf den Trägern zu verbinden.

So einfach war das.

„Ich will sehen, was ich machen kann", erklärte Sanders Norris. „Ich habe Garry gesagt, daß ich es versuchen werde. Aber die meisten dieser Einheiten", und dabei machte er eine weit ausholende Handbewegung, die den größten Teil der beschädigten Anlage umschloß, „sind für Fabrikreparaturen bestimmt. Ich habe keine Vorrichtungen, um Mikrominiaturschaltkreise zu reparieren."

Dicht bei seiner rechten Hand lag ein Vergrößerungsglas. Sanders griff danach und begann mit halbem Herzen nach der Bruchstelle zu suchen, an der ein Träger mit einem anderen verbunden werden sollte.

„Die haben mir auf der Funkerschule nicht viel über die Reparatur von diesen Dingern beigebracht."

Norris grinste und schlug ihm leicht auf eine Schulter. „Stimmt. Die haben dir auch nicht viel davon beigebracht, wie man damit umgeht."

Sanders antwortete mit einer Bemerkung in spanischer Sprache, die Norris nicht verstand. Er war allerdings der Meinung, daß es sich nicht um eine technische Anmerkung handelte.

In der Dunkelheit des antarktischen Winters reduzierte sich der Morgen auf eine Erinnerung an eine andere Welt. Der menschliche Körper funktionierte nach einem vorgegebenen Zeitplan, nicht nach den Verhältnissen. Wenn die Zeit zum Frühstück kam, mußte man ohne das behagliche Erlebnis eines wärmenden Sonnenaufgangs auskommen. Nauls gab sich die größte Mühe, dies durch ein Büfett mit Eiern, Speck, Toast, Gelee, Butter, Bratkartoffeln und warmem und kaltem Haferbrei auszugleichen.

Ein solches Festessen war ebenso notwendig wie willkommen. Unterhalb von sechzig Grad südlicher Breite verschwanden die Kalorien ebenso schnell wie die Zivilisation. Auf keiner der vielen internationalen Stationen, die über den ganzen antarktischen Kontinent verteilt waren, gab es beleibte Forscher oder Arbeiter. Selbst wenn man sein ganzes Leben lang Übergewicht gehabt hatte, dann sorgte ein einjähriger Aufenthalt in der Antarktis dafür, daß sich das überschüssige Gewicht verflüchtigte. Das war ein Phänomen, das bereits die ersten Forscher bemerkt hatten.

Die einzigen, die in der Antarktis ihr Gewicht behalten konnten, waren die Seehunde und die Wale. Die meisten Männer und Frauen, die sich in der Nähe des Südpols aufhielten, waren sich freilich darin einig, daß es angenehmere Methoden gab, um abzunehmen.

Die Messehalle war ein langer, schmaler Raum, nicht viel breiter als die Korridore, die sie mit dem Rest des Camps verbanden. Im Augenblick füllte sie sich mit hungrigen, halbwachen Männern.

Copper hielt Nauls auf, als der Koch gerade eine weitere Ladung Toast und Biskuits hereinbrachte. Der Arzt legte eine unschuldig aussehende blaue Kapsel auf das Tablett.

Nauls studierte sie und lächelte dann dem Arzt zu. „He, ich hab heute meine Vitamine schon genommen."

„Es ist nicht für dich", erklärte ihm Copper. „Tu das in Blairs Saft, ehe du ihm sein Tablett bringst."

„Du glaubst immer noch, daß er gefährlich ist?"

„Hoffentlich nicht. Aber er braucht mehr als einen Abend, um abzukühlen, sowohl im emotionellen als auch im physischen Sinn. Das wird ihm dabei behilflich sein." Er schob die Pille etwas von den Toastscheiben weg.

Nauls hob die Schultern. „Du bist der Arzt."

Er setzte gerade das Tablett auf dem Tisch ab, um die Pille einzustecken, als Clark ins Zimmer hereinplatzte. Alle drehten sich um, um den Hundepfleger anzustarren. Die Gespräche verstummten. Er war bleich und außer Atem.

„Die Hunde ...", keuchte er.

Ohne das näher zu erläutern oder auf eine Antwort zu warten, wirbelte er herum und schoß wieder in den Korridor hinaus.

„Lieber Himmel! Was jetzt?" murmelte jemand und ließ die Eier und den Kaffee stehen.

Der Hundepferch war leer. In dem Metalltrog lagen Reste von Trokkenfutter. Die große Wassertonne war bis zum Rand voll. Nirgends Anzeichen, die auf eine Störung hindeuteten.

Am anderen Ende des Pferchs war die Hundetür. Sie führte zu einer schmalen Rampe, die draußen an die Oberfläche kam. Clark benutzte sie, um die Hunde hinauszulassen, wenn die Zeit wieder einmal gekommen war, sie etwas zu bewegen. Auf die Weise brauchte er sie nicht den halben Weg durch das Camp zu führen. Der Wind pfiff durch die Ritzen der Tür.

Clark und Garry untersuchten den Riegel, der die Tür normalerweise verschloß. Er war sorgfältig konstruiert, um auszuschließen, daß ein Hund zufällig die Tür öffnete.

„Nicht abgebrochen?" fragte der Stationsleiter mit leiser Stimme, während er prüfend über die Innenisolierung des Metalls strich.

„Nein." Clark tippte auf den Riegel. „Der war weit offen, als ich heute morgen hereinkam. Ich weiß, daß ich zugeriegelt habe. Ich prüfe das immer, ehe ich zu Bett gehe."

Garrys Blick wanderte zur Decke. „Außenkleidung. Gehen wir hinauf und sehen uns um."

Die Tagespflichten waren für den Augenblick vergessen, als die Männer sich in ihre schwere Schutzkleidung zwängten.

Man konnte draußen sehen, aber nur ganz schwach. Der vom Wind aufgepeitschte Schnee verdunkelte den grellgelben Lichtschein, der von den Argonlampen ausging, die den ganzen Komplex umgaben.

Doch der Schnee war hell, und die Hundespuren waren deutlich auf dem Boden zu sehen. Sie führten von der Rampe geradewegs hinaus in die Finsternis.

Die Männer sammelten sich, während Clark sich hinabbeugte.

„Drei Sätze von Pfotenabdrücken“, verkündete er. „Sie sind alle drei gemeinsam losgezogen.“

Macready stand in der Nähe und schrieb etwas auf einen kleinen Block.

Copper starrte nordwestwärts in die letzten Überreste des Tageslichts, wobei er seine Schutzbrille halb abdeckte, um sie vor den wehenden Eispartikeln zu schützen. „Wie lange, glaubst du, daß die schon weg sind?“

Clark überlegte. „Ich habe sie nicht mehr gesehen, seit ich gestern abend den Riegel überprüfte. Das könnten gut zehn oder zwölf Stunden sein.“

Macready blickte von seiner Liste auf. Sein Gesicht wirkte grimmig, als er Coppers Blick folgte. „Weit können die doch in dem Wetter nicht gekommen sein. Wahrscheinlich mußten sie, kurz nachdem sie weggerannt sind, anhalten und irgendwo für die Nacht unterkriechen.“ Einige der Männer wandten sich dem Piloten zu.

„Du denkst doch nicht daran, selbst hinter ihnen herzufliegen?“ fragte ihn Garry. „Ich weiß, daß ich dich in letzter Zeit ziemlich hart angepackt habe – mit der Fliegerei in schlechtem Wetter und so, Mac ...“

„Verdammt! Natürlich fliege ich denen nach“, brauste Macready auf und steckte den Stift weg.

„Wozu denn, zum Teufel?“ Norris musterte den Piloten, als hätte Macready gerade einen unnötigen Trip in die siebente Etage von Dantes Inferno vorgeschlagen. Dann fuhr er fort: „Selbst wenn Blair recht hat und einer von denen kein – kein Hund mehr ist, werden sie dort draußen einfach umkommen. Es gibt keine Nahrung, nicht einmal einen einsamen Pinguin. Nicht einmal eine verdammte Spinne. Die haben im Umkreis von tausend Meilen nichts als Eis und Felsgestein zu erwarten.“

„Außerdem“, warf Palmer mit ungewohntem Scharfblick ein, „werden die Hubschrauber noch tagelang nicht fertig sein, falls sie das je werden."

Macready ignorierte die beiden und reichte Bennings die Liste, die er vorbereitet hatte. „Beschaffe diese Sachen aus dem Lager, dann treffen wir uns drüben bei den Schneemobilen!"

Garry starrte den Piloten ungläubig an. „In so einer Kiste fängst du sie doch nicht, bei dem Vorsprung, den die haben."

„Wie ich schon sagte, die haben sich wahrscheinlich den größten Teil der Nacht irgendwo zusammengekuschelt, um sich zu wärmen. Und wir wissen, daß sie schon die ganzen zehn oder zwölf Stunden weg sind." Er sah seinen Assistenten scharf an. „Palmer, wie lange brauchst du, bis du diese Vierzylindervergaser auf die Brummer montiert hast?"

„Wozu? O ja, versteh schon." Palmer lächelte und genoß die Gelegenheit, die sich ihm bot. Er hatte das schon immer mit den Schneemobilen versuchen wollen, aber sowohl Garry als auch Mac hatten es verboten. Jetzt würde er Gelegenheit dazu bekommen. Das war zwar nicht dasselbe, wie an dem Motorblock einer Corvette herumzubasteln, aber trotzdem würde es Spaß machen.

„Dann fang an!" drängte ihn Macready.

Der jüngere Mann drehte sich um und trabte auf den großen Vorratsschuppen zu.

„Childs, du kommst mit! Wir haben zu tun." Macready legte dem großen Mechaniker einen Arm um die Schultern, worauf die zwei, angeregt miteinander plaudernd, davonschlenderten.

Etwas verwirrt blickte ihnen der Rest der Männer nach. Eis und Schnee wirbelten um sie herum. Garry rief dem Piloten nach: „Was wirst du denn tun, wenn du sie eingeholt hast?"

Bennings las die Liste, die Macready ihm gegeben hatte. „Du grüne Neune!" murmelte er laut.

Der Stationschef blickte zu ihm hinüber und sah auf die Liste. „Was ist das denn?"

Bennings reichte sie ihm. „Was auch immer er vorhat, er fackelt nicht lange."

Garry studierte die Liste und blickte dann nach links und anschließend in die Höhe. Aber die zwei Männer waren bereits nicht mehr zu sehen. Die Dunkelheit und der Schnee hatten sie verschluckt.

CHILDS arbeitete schnell. Er war vertraut mit dem Gerät, das Macready angefordert hatte; und darüber hinaus hatte er einiges davon in letzter Zeit benutzt. Die Veränderungen, die er vornahm, waren nicht kompliziert, nur in höchstem Maße ungesetzlich. Aber Garry wußte Bescheid und hatte keine Einwände gehabt; bis jetzt nicht.

Wahrscheinlich denkt er sich, daß wir ja schließlich auch die Folgen tragen, dachte der Mechaniker, während er eine Schraube anzog. Wahrscheinlich hat er auch recht. Aber Childs fand, Macready hatte noch mehr recht. So, wie Childs es sah, hatten sie keine Wahl. Wenn diese Hunde jetzt – nun, eben etwas *anderes* waren, nicht Hunde, und wenn sie es fertigbrachten, sich in ein anderes Camp einzuschleichen, das nichts argwöhnte ...

Childs kam aus einer Umgebung, wo Leute gestorben waren, weil niemand sich einmischen, weil niemand ein persönliches Risiko eingehen wollte, bloß um den Nachbarn zu helfen. Diese Umgebung hatte ihn krank gemacht; deshalb hatte er sie verlassen, sobald er alt genug dazu gewesen war. Er würde nicht zulassen, daß hier das gleiche geschah.

Er zog die Schraube eine letzte halbe Drehung an, legte dann den Schraubenzieher beiseite und hob den Schneidbrenner hoch. Ihn fest in der linken Hand haltend, öffnete er die neuen Ventile mit der rechten.

Ein kurzes, stotterndes Geräusch war zu hören. Aus der Düse schob sich unsicher eine kleine Flamme. Er zog den Hebel langsam zurück, den er am Metall befestigt hatte.

Plötzlich erhob sich im hinteren Teil des Schuppens ein brüllender Lärm, und ein Feuerstrahl schoß fünf Meter über das dunkle Eis hinweg.

Childs schaltete den Schneidbrenner ab und wählte mit gerunzelter Stirn aus der Kiste, die zu seinen Füßen stand, ein anderes Werkzeug. Der Bogen war zu weit. Ich muß ihn etwas enger bekommen, dachte er.

Macready kam aus dem Schuppen herausgeschlendert und trat hinter ihn. Der Mechaniker blickte von seiner Arbeit auf. „Hast du das gesehen?"

Der Pilot sah über das Eis. „Ja. Sieht ganz gut aus."

„Wenn ich das Feld noch etwas einenge, gewinne ich vielleicht zusätzlich ein bis zwei Meter."

Macready legte Childs eine Hand auf die Schulter. „Laß nur! Mir ist es lieber, wenn ich ein größeres Feld habe."

„Gut. Du bist der Boß." Childs legte den Schraubenschlüssel zurück und erhob sich. „Wie kommt Palmer zurecht?"

Macready blickte zum Schuppen zurück. „Der ist fast fertig. Wenn der Bursche high ist, schafft er mehr als die meisten mit einem klaren Kopf."

„Wenn es hier klare Köpfe gäbe", konterte Childs verärgert, „dann brauchten wir das nicht zu tun."

Darauf hatte Macready keine Antwort.

Palmer stand über den Motor des Schneemobils gebeugt. Er hatte die Motorhaube hochgeklappt, und man konnte seinen Kopf nicht sehen; man konnte nur hören, daß er in den Eingeweiden der Maschine herumwühlte.

Das andere Schneemobil stand ganz in der Nähe, ein wenig umgebaut und fahrbereit. Anstelle des zweiten Sitzes hatte man es mit einem Behälter aus Fiberglas versehen.

Eine Schubkarre auf Kufen glitt in den Raum. Bennings blies sich in die behandschuhten Hände – eine eher reflexartige denn sinnvolle Geste – und schloß die Schuppentür hinter sich. Er zog sich die Handschuhe aus und schlenderte zu Palmer hinüber.

„Kommst du vorwärts?"

Palmer blickte zu ihm auf. „Fast fertig." Sein Gesicht war mit Öl verschmiert.

Die Hintertür des Schuppens öffnete sich und ließ mit Childs und Macready einen weiteren eisigen Luftstrom herein. Der Mechaniker hatte den Schneidbrenner vom Tank gelöst und trug ihn vorsichtig in einer Hand.

Macready bemerkte den Meteorologen sofort. „Hast du das Zeug gekriegt, Bennings?"

„Garry hat zuerst ein wenig herumgedruckst, aber nur ein wenig." Er deutete auf den Schubkarren, den er mitgebracht hatte.

„Sehr gut." Macready ging darauf zu und schlüpfte aus seinem Parka.

Childs faltete den dicken Schlauch zusammen, der an dem Brenner befestigt war, und verpackte ihn in dem Behälter auf dem bereitstehenden Schneemobil.

Der Pilot öffnete den Deckel des Schubkarrens, warf einen kurzen Blick auf den Inhalt und schob dann einen Anhängeschlitten hinter das andere Schneemobil. Ein biegsames Kabel verband die beiden Fahrzeuge.

„Letzte Überprüfung!" verkündete Bennings, der in einer Liste las.

Es war dieselbe Liste, die Macready ihm etwas früher gegeben hatte.

„Eine Schachtel Dynamit, bereits scharf, eine Schachtel Thermit, dito, drei Schrotgewehre, eine Schachtel Leuchtraketen, zwei Leuchtpistolen, dreißig Kanister Benzin – und eine Kiste medizinischen Alkohol." Er steckte die Liste ein und sah zu Macready hinüber. „Du willst es wohl betrunken machen, wenn du es nicht in die Luft jagen kannst?"

Macready überzeugte sich, daß die Anhängerkupplung festsaß, und ignorierte die Bemerkung des Meteorologen.

„Gut. Laden wir ein."

Die Sonne ging um diese Jahreszeit in den Südpolarregionen eigentlich gar nicht auf. Sie lugte nur zögernd über das Eis und verbrachte ein paar Stunden damit, am Horizont entlangzukriechen, bis sie – allem Anschein nach von der Mühe erschöpft – abrupt wieder in der anhaltenden Nacht verschwand.

Die Schneemobile polterten gleichmäßig über die im Zwielicht liegende Landschaft. Ihre Motoren dröhnten ob der ungewohnten zusätzlichen Kraft, was Palmers Bemühungen und dem Einbau der größeren Vergaser zuzuschreiben war.

Bennings steuerte die eine Maschine, die den Anhänger zog, während Macready und Childs auf der zweiten Maschine Platz genommen hatten.

Von Zeit zu Zeit hielten sie an, um die Spur zu überprüfen. Der Schnee pfiff rings um sie, aber die Flocken waren winzig und blieben nicht auf dem Boden liegen.

Die Hunde waren schnell gerannt. Ihre Pfotenabdrücke lagen weit auseinander. Bis jetzt waren die Spuren sichtbar geblieben. Das konnte nicht ewig so bleiben, das wußten die Männer. Bald würden der Wind und der Schnee sie verwischen. Die Frage war, wer länger aushielt – die Hunde oder die Spuren.

Macready überprüfte das Terrain regelmäßig mit dem Feldstecher. Ansonsten wechselten sich die drei Männer beim Fahren ab.

Jetzt zeigte sich rechts von ihnen etwas Dunkles, Unregelmäßiges auf dem Eis. Macready tippte Childs auf eine Schulter und versuchte dabei die Balance auf dem Rücksitz zu halten.

„Dort drüben ist etwas!" schrie er, um sich über das Motorengeräusch hinweg Gehör zu verschaffen. „Dort drüben!" Er deutete ein paarmal, um die Richtung anzugeben.

Childs nickte und lenkte das Fahrzeug leicht nach rechts. Bennings, der links von ihm fuhr, paßte sich seinem Kurs an.

Bald konnte man es ohne Feldstecher erkennen. Die beiden Schneemobile verlangsamten ihre Fahrt.

Es war von Hundespuren umgeben. Die Abdrücke lagen dicht beieinander, überlagerten sich. Anzeichen eines kurzen, aber intensiven Kampfes, bei dem der Schnee aufgewühlt worden war. Der dunkle Klumpen waren die halb aufgefressenen Überreste eines Hundes. Seine Hinterbeine und der Unterteil seines Körpers waren völlig abgenagt. Aufgerissenes Fell wehte im Wind. Die obere Körperhälfte, vom Brustbein aufwärts, fehlte.

Macready drehte sich langsam im Kreis. Er suchte zuerst mit bloßem Auge, dann mit dem Feldstecher. Nirgends war eine Spur von dem fehlenden Kadaverstück oder den beiden Begleitern des Hundes zu sehen.

Childs starrte angewidert auf den halbzerfetzten Hundekadaver.

Macready schob den Feldstecher ins Etui zurück und ging in den Schnee hinaus, den immer noch sichtbaren Spuren folgend. Sie waren jetzt schmaler geworden.

„Vielleicht das Abendessen", murmelte er.

Der undeutlich erkennbare Horizont zeigte nichts außer einem tief herunterhängenden Himmel.

„Hunde fressen einander nicht auf." Bennings trat nach dem gefrorenen Kadaver. „Ich bin da kein Fachmann wie Clark, aber soviel weiß ich. Ein Hund würde eher verhungern als seinesgleichen fressen."

„Ich weiß", sagte Macready leise.

Childs hatte sich von dem Kadaver entfernt und kam jetzt zu ihnen zurück. „Wo ist die andere Hälfte?"

„Hier ist sie nicht", erklärte Macready. „Ich hab mich mit dem Glas umgesehen. Wahrscheinlich haben sie sie mitgenommen."

„Für die nächste Mahlzeit?" Childs spuckte in den Schnee.

„Ich denke schon. Siehst du, das ist es, was Garry nicht bedacht hat. Ein Hund schafft keine tausend Meilen. Ein Hund, der von einem oder zwei anderen lebt ..." Er ließ das Offensichtliche unausgesprochen. „Sehr bequem, wenn man Lebensmittelvorräte hat, die auf den eigenen Beinen mitlaufen."

Er ging zum Anhänger des Schneemobils, klappte den Deckel auf, holte einen Zehnliterkanister mit Benzin heraus, schraubte den Verschluß ab und sah zu Bennings hinüber. „Wo führen diese Spuren hin?"

„Nirgends", erwiderte der Meteorologe. „Nur geradewegs zum Meer."

„Das ist immerhin etwas."

Der Pilot goß stumm den Inhalt des Kanisters über die Überreste des Hundes. Die Männer traten zurück. Macready zog ein zusammengeknülltes Stück Papier aus der Tasche seines Parkas, zündete es mit seinem Feuerzeug an und warf es auf den Kadaver. Knochen und Haut fingen sofort Feuer und brannten im stetig wehenden Wind gleichmäßig.

„Fahren wir weiter!" meinte er schließlich.

Etwas von der ursprünglichen Begeisterung seiner Begleiter hatte sich gelegt.

Sie hatten bereits eine beträchtliche Strecke zwischen die Wärme und Behaglichkeit der Außenstation und sich gebracht. Jetzt hatten die abgenagten Überreste des Schlittenhundes sie erneut daran erinnert, wie gefährlich der Gegner war, den sie verfolgten.

„Vielleicht sollten wir es uns noch einmal überlegen, Mac", murmelte Childs und deutete mit einer Kopfbewegung zum Horizont hin. „Die könnten uns Stunden voraus sein."

Bennings warf einen Blick auf die klägliche Sonne. „Wird auch bald dunkel werden. Heute nacht bekommen wir mindestens vierzig Grad minus."

Macready, der bereits im Sattel des Schneemobils Platz genommen hatte, das den Anhänger zog, ignorierte sie beide. „Ihr könnt ja umkehren, wenn ihr wollt. Ich fahre weiter."

Seine Begleiter wechselten unsichere Blicke und gingen dann zu der anderen Maschine.

„Er ist verrückt, daß er weitermachen möchte", murmelte Childs unzufrieden.

Bennings kletterte hinter dem Mechaniker auf den Rücksitz. „Vielleicht nicht. Vielleicht sind wir die Verrückten, weil wir ans Umkehren denken."

„Ach, Schnauze!" Childs ließ den Motor an.

Die Sonne, die die Farbe von abgestandenem Himbeereis angenommen hatte, glühte nur leicht, während die Schneemobile den immer schwächer werdenden Hundespuren folgten. Und plötzlich wechselte die Spur völlig unerwartet die Richtung.

Macready bremste und hielt an. Childs und Bennings fuhren neben ihn. Die beiden Motoren brummelten im Leerlauf vor sich hin.

„Was ist denn, Mac?" wollte der Mechaniker wissen.

Der Pilot brach sich den Schnee aus dem Bart. Die Spuren liefen auf einen niedrigen Hügelkamm zu. Es war jetzt sehr kalt.

„Die biegen dorthin ab." Childs erhob sich im Sattel und starrte in die Richtung, in die Macready wies. „Meinst du, wir kommen da weiter?"

„Solange es nicht zu steil wird", erklärte Macready. „Seid ihr immer noch dabei?"

Childs sah sich nach Bennings um.

Der Meteorologe nickte. „Zum Teufel! Heute ist es zum Umkehren ohnehin zu spät. Wir können ebensogut weiterfahren, bis wir zum Schlafen anhalten. Wir können ja morgen früh besprechen, was wir machen."

„Einverstanden." Macready setzte sich wieder und lenkte seine Maschine auf die Hügelkette zu.

Das Terrain war unebener, als der Pilot angenommen hatte. Aus der kleinen Schlucht, die sie erforschten, stiegen hohe Eisklippen auf. Vor Jahrtausenden waren hier seismische Kräfte und die Schubkraft der Gletscher am Werk gewesen.

Macready kam sich wie eine Ameise vor, die über einen zerbrochenen Spiegel kriecht.

Seit sie in die Schlucht eingedrungen waren, hatten sie die Scheinwerfer des Schneemobils gebraucht. Die Sonne lieferte hier nicht einmal so viel Licht, daß man die eigenen Füße sehen konnte. Aber wenigstens die Hundespuren zeichneten sich deutlich ab. Die Klippen hatten sie vor Schneeverwehungen geschützt.

Bennings fühlte sich in dem Labyrinth nicht wohl. Draußen auf der Eisfläche konnte einen nichts anspringen, einen nichts überraschen. Er war nicht in der Stimmung für Überraschungen.

Was habe ich überhaupt hier verloren? dachte er. Ich sollte im Camp sein, das Anemometer ablesen und das Barometer beobachten, Hochs und Tiefs ausrechnen und die Prozentveränderungen in den Temperaturgradienten auf Kurvenblätter malen und sie mit alten Daten in den Handbüchern vergleichen. Statt dessen erfriere ich hier auf der Jagd nach ein paar Hunden, die vielleicht gar keine Hunde mehr sind, weil ihre DNS durch das Eindringen von etwas verändert worden ist, das hunderttausend Jahre alt ist und damals im Eis begraben und nun von ein paar übereifrigen, arglosen Norwegern ausgegraben wurde, die –

Er blinzelte. Sie verlangsamten ihre Fahrt. Er versuchte, an Childs' breiten Schultern vorbeizusehen.

Unmittelbar vor ihnen, im Scheinwerferkegel, saß ein einzelner Schlittenhund. Bennings wußte nicht, ob er Angst oder Befriedigung empfinden sollte.

Dem Hund schien ihr Kommen überhaupt nichts auszumachen. Er saß mitten in der kleinen Schlucht, den Rücken den sich nähernden Männern zugewandt, und nagte zufrieden an der oberen Hälfte des Hundekadavers, den sie draußen auf der Ebene gefunden hatten.

Das Fehlen jeglicher Furcht und auch jeder anderen erkennbaren Reaktion machte Macready doppelt vorsichtig. Er stoppte sein eigenes Fahrzeug und hob eine Hand. Childs und Bennings kamen neben ihm zum Stillstand.

Macready deutete auf das Tier. Es war höchstens zwanzig Meter von ihnen entfernt und ließ durch nichts erkennen, daß es sie wahrgenommen hatte.

„Was haltet ihr davon?"

„Das ist schon einer von unseren, keine Frage", murmelte Childs. „Der nagt seinen Kumpel ab, wie du gesagt hast."

Macready suchte sorgfältig den Rand der Schlucht ab, zuerst die rechte Seite, dann die linke. Zwischen den Eiszacken war nichts zu sehen. Nichts bewegte sich.

„Warum, zum Teufel, sitzt der einfach so da?"

„Wen kümmert das schon?" Bennings fror zu sehr, um sich mit komplizierten Gedanken abgeben zu wollen. „Brennen wir ihn nieder und fahren wir weiter."

„Ich weiß nicht ...", begann Macready.

Bennings unterbrach ihn. „Spiel jetzt bloß nicht den Schlauen, Mac! Entweder machen wir den hier jetzt fertig, oder ich nehme mir eins der Mobile und kehre um."

Childs war bereits dabei, den Brenner herauszuholen und ihn an den Tank anzukoppeln. Macready hob die Schultern und bewaffnete sich mit einer Thermitbombe.

Als Childs fertig war, drückten sie sich eng an die Eisklippen, der eine rechts, der andere links. Bennings hielt bei den Schneemobilen Wache, falls der Hund im letzten Augenblick versuchen sollte, an ihnen vorbeizurennen.

Als Childs und Macready sich ihm näherten, ignorierte sie der Hund weiterhin. Er schien ganz auf seine Mahlzeit konzentriert.

Die Augen des Mechanikers suchten die Landschaft ab, versuchten, die Dunkelheit hinter dem Tier zu durchdringen, den Bereich, den die Scheinwerfer der Schneemobile nicht erreichten.

„Wo ist der andere, Mac? Wo, zum Teufel, ist der andere?"

Macready rief nach hinten: „Da ist nur einer, Bennings! Paß auf den anderen auf!"

Der Meteorologe rief zurück, daß er verstanden habe. Er holte eine Taschenlampe heraus und ließ ihren Lichtkegel über die Felsen zu seiner Rechten tanzen.

Macready redete auf den Hund ein, während er gleichzeitig in vier Richtungen zu sehen versuchte. Seine Stimme klang angespannt, eindringlich. „Wo ist denn dein Kumpel, Junge? Hm? Kannst es uns ruhig sagen. Der Mensch ist ja schließlich der beste Freund des Hundes, weißt du? Wo ist er denn hin?"

Das Tier zeigte keine Reaktion. Macready holte unsicher die eigene Taschenlampe heraus und ließ ihr Licht über Spalten und mögliche Verstecke in der Klippenwand schweifen. Nichts.

„Verdammt noch mal! Childs, gib Feuer! Hör nicht auf, bis wir ihn zu Asche verbrannt haben. Den anderen finden wir später."

Childs betätigte das Ventil. Die Flamme zuckte aus der Öffnung.

Bennings' ganze Aufmerksamkeit galt der Klippenwand, als etwas an seinen Knöcheln zupfte. Er blickte nach unten und hatte gerade noch Zeit, einen Schrei auszustoßen, bevor sein Körper hinabgezogen wurde. Die Taschenlampe entfiel seinen Händen. Binnen Sekunden waren nur noch sein Kopf und seine Schultern über dem Eis zu sehen.

Childs und Macready wirbelten herum, als sie den Schrei hörten, und rannten zu ihrem Begleiter zurück. Jetzt war nur noch sein Kopf sichtbar.

Macready stolperte, der Schnee brannte ihm im Gesicht, als er stürzte.

Etwas machte hinter ihm ein Geräusch, und es war nicht der Wind. Er hatte noch nie ein solches Geräusch gehört. Es hörte sich so an, als würde etwas abgebrochen, das weder aus Holz noch aus Plastik war. Er dachte an die knusprige Schwarte eines Schweinebratens, die jemand mit der Hand zerdrückte.

Macready wälzte sich herum. Der Hund saß immer noch von ihm abgewandt, aber er hatte zu fressen aufgehört. Die Haare seines Fells standen ihm zu Berge wie die Stacheln eines Stachelschweins. Und während er ihn anstarrte, gab der Hund ein Knurren von sich, ein kehliges, gar nicht hundeähnliches Geräusch. Dann drehte er sich herum. Die Haut platzte ihm auf, das Maul riß, während etwas in ihm sich abmühte herauszukommen – wie ein Schmetterling, der aus seinem Kokon kriecht.

Nur daß an der Metamorphose, die der Hund durchmachte, überhaupt nichts Attraktives war.

„Childs!"

Der Mechaniker blieb stehen, die Finger am Schalter des Brenners, unsicher, wem er zuerst helfen sollte. Bennings war immer noch zu sehen. Er hatte es geschafft, einen Arm wieder herauszuziehen, und krallte sich verzweifelt an der glatten Eisfläche fest. Jedesmal, wenn seine Schultern sich hoben, zerrte ihn etwas Unsichtbares wieder unter den Schnee.

Childs trat einen Schritt auf Macready zu, seine Aufmerksamkeit wurde zwischen seinen beiden Begleitern hin und her gerissen. Der Hund veränderte sich immer noch. Er war größer und dunkler geworden. Plötzlich machte er einen Satz, obwohl kein Hund in dem Schnee sechs Meter weit springen konnte.

Childs reagierte instinktiv, als das Ding den gestürzten Macready angriff. Er öffnete das Ventil weit. Sein Feuerstrahl traf das Hundeungetüm mitten im Sprung. Es wurde zurückgeworfen – ein flammender Pelzball.

Das Tier heulte vor Schmerz und gab dabei Geräusche von sich, wie sie noch nie ein Hund ausgestoßen hatte. Es war ein schrilles Kreischen, das Macready an Fingernägel erinnerte, die über eine Schiefertafel kratzten.

Er richtete sich halb auf, kniete jetzt, beschäftigte sich mit dem Thermitkanister und schleuderte ihn an den Schneemobilen vorbei. Von der Gewalt des Wurfs wurde er erneut zu Boden gerissen.

Der Kanister landete etwa einen Viertelmeter vor dem sich krümmenden, brennenden Hundeding und explodierte. Nun war das kleinere Feuer von weißen Flammen eingehüllt.

Childs drehte sich um und eilte auf Bennings zu. Das Eis unter dem Meteorologen wurde aufgeworfen.

Macready rappelte sich hoch und überholte den Mechaniker. Er packte ihn am Parka und versuchte ihn zurückzuziehen.

„Was ist denn?" Childs versuchte, den kleineren Mann abzuschütteln.

Aber der Pilot ließ nicht locker. „Bleib stehen! Sonst erwischt es dich auch noch! Verdammt!"

Childs fluchte und blieb stehen.

Plötzlich verschwand Bennings' Kopf ganz unter der Oberfläche, von etwas weggerissen, das immer noch unsichtbar war. Das Eis brodelte immer noch wie kochendes Wasser. Das, was sich unter der Eisfläche bewegte, kam auf die zwei Männer zu und entfernte sich dann wieder von ihnen.

Der Körper des unglücklichen Meteorologen tauchte kurzfristig auf, wurde aber ebenso schnell wieder hinuntergezogen.

Macready und Childs warteten, ob er noch einmal auftauchte, konnten aber ihrem Begleiter nicht helfen.

„Was tun wir denn?" rief der entsetzte Childs. Er versuchte, mit seiner Taschenlampe den Bewegungen des unbekannten Wesens unter der Eisfläche zu folgen.

„Woher, zum Teufel, soll ich das denn wissen?“

Plötzlich brachen Bennings' Kopf und Schultern dicht bei den Schneemobilen durch das Eis. Etwas hielt ihn fest, obwohl sie im fernen Licht der Scheinwerfer nicht sehen konnten, was es war. Auf Childs wirkte es wie die Fänge eines Hundes, bloß daß kein Hund, der je gelebt, ein so breites Maul gehabt hatte.

Bennings' dicke Schutzkleidung begann zu zerreißen, und die Haut darunter zerplatzte. Die mächtigen Kiefer, die ihren Kumpel gepackt hatten, drehten den Körper herum. Eine Schlange dreht ihr Opfer immer, um es vom Kopf her zu verschlucken, dachte Macready benommen. Bennings' Gesicht verschwand im fließenden, sich bewegenden Maul.

Macready drehte sich um und rannte auf den Anhänger des Schneemobils zu.

Während des Laufens rief er über die Schulter zurück: „Verbrenn sie!“

„Aber Bennings ...“, wollte Childs protestieren.

Macready hätte seine eigene Stimme nicht wiedererkannt. „Siehst du denn nicht, daß er erledigt ist? Tu es, solange wir noch eine Chance haben!“

Bennings! Verdammt, Bennings! Childs' Zähne knirschten. Bennings ist tot, Mann, und dieses Ding lebt noch. Er schaltete den Brenner ein.

Der mächtige Feuerstrom traf die undefinierbare Masse, von der Bennings jetzt ein Teil war. Der hochragende Klumpen aus schwarzem Fleisch flammte auf, und das Eis rings um ihn begann zu schmelzen. Ein klagender Kreischton erfüllte die Nacht.

Macready arbeitete wie ein Irrer am Anhänger des Schneemobils und holte einen Benzinkanister nach dem anderen heraus, die er auf das Eis warf.

Etwas, das so hart wie Stahl war, schoß aus dem Boden. Es hatte Knöpfe, scharfe Vorsprünge und so etwas wie lange, steife Haare, die darüber verteilt waren. Es verfehlte Macready knapp und glitt durch die Fiberglasverkleidung des Anhängers.

Macready warf sich zur Seite. Ein Bein des Dings befreite sich von dem zersplitternden Fiberglas und schlug um sich, versuchte etwas zu packen.

Der Pilot hetzte über den Schnee, schraubte zwei Kanister auf und schüttete ihren Inhalt über das tastende Glied. Dann rannte er weiter und schüttete den Rest über die größere Masse, die Childs jetzt aus dem Eis herausschmolz.

Die Kanister gingen hoch wie kleine Bomben und hüllten das um sich schlagende, zuckende Ungetüm unter dem Schnee weiter in Flammen ein. Hinter ihnen brannte das andere Hundeding weiter. Das dauernde Kreischen und Heulen hallte schrecklich von den Wänden der kleinen Schlucht wider und betäubte die zwei Männer fast.

Macready warf den letzten Kanister in die Flammen und packte Childs am Arm. „Das reicht, Mann."

Der Mechaniker sah und hörte ihn nicht. Mit glasigen Augen fuhr Childs fort, mit dem Feuerstrahl die bereits kochende Masse zu bestreichen. Ein Teil von Bennings' brennendem Skelett war in den Flammen sichtbar. Falls das andere Ding ein Skelett besaß, so konnte Macready es jedenfalls nicht ausmachen. Das Inferno war fast zu grell, als daß man hinschauen konnte.

Schließlich mußte Macready vor den Mechaniker hintreten und ihm den Brenner mit beiden Händen entreißen. „Childs, das genügt! Wir haben es!"

Langsam blickte der Hüne auf ihn hinab und blinzelte. „Ja, ja, in Ordnung, Mac."

Er schaltete den Gaszufluß zum Brenner ab. Dann standen sie dicht nebeneinander da, und in ihren Gesichtern spiegelte sich das Licht der ersterbenden Flammen.

Als die Flammen schließlich langsam kleiner wurden, hörte auch das Kreischen auf. Bald hörten sie es nur noch weit entfernt, schwach und nicht mehr so bedrohlich. Wenige Minuten später verstummte es völlig.

Die zwei Feuer glimmten noch eine Weile weiter. Macready und Childs warteten, bis die Asche schwarz geworden war. Dann schüttete der Pilot noch ein paar Liter Benzin über die letzten dunklen Flecken und zündete sie an.

Danach blieb nichts mehr zurück, was hätte brennen können, nur Eis und Felsgestein.

Der Anhänger war ein Wrack. Das Bein, das Macready beinahe

aufgespießt hätte, hatte nicht nur den Behälter, sondern auch eine der Kufen zerschmettert.

Macready koppelte ihn ab und verstaute den Rest ihrer Vorräte in dem Behälter über dem Soziussitz des Schneemobils.

Dann fuhren sie auf dem Weg zurück, den sie gekommen waren. Sie jagten durch die Schlucht zu der Gletscherebene. Es wäre vernünftiger gewesen, bis zum Morgen zu warten. Vernünftiger, ja, aber keiner der beiden Männer hatte die leiseste Absicht, auch nur noch einen Augenblick länger in jener Schlucht zu verbringen, die jetzt die Geister zweier Ungeheuer bewohnten, wie sie kein Alptraum schlimmer hervorbringen konnte.

Macready und Childs zogen es vor, das Risiko einzugehen, draußen auf dem sauberen und ebenen Eis zu erfrieren.

9

AM DARAUFFOLGENDEN Tag zeigte sich nur der oberste Rand der Sonne und signalisierte damit den Beginn der Frühlings-Tagundnachtgleiche; und den Anfang von sechs Monaten völliger Dunkelheit.

Die Männer hatten sich im Aufenthaltsraum versammelt. Clark saß auf einem Stuhl, umgeben von seinen jetzt argwöhnischen Kollegen. Der Hundepfleger wirkte erschöpft und war auf seine Verteidigung bedacht.

„Ich sage euch", erklärte er mindestens zum zehntenmal, „ich erinnere mich nicht daran, daß ich den Riegel des Pferchs offengelassen habe."

Childs stand dicht neben ihm. Er hielt den Schweißbrenner in der Hand, den er heruntergedreht hatte, für den Fall, daß es sich als notwendig erweisen sollte, ihn im Inneren einzusetzen. Er fuchtelte damit vielsagend vor Clarks Nase herum.

„Das ist doch Unfug! Nachdem diese Hunde abgehauen waren, hast du uns gesagt, du würdest das immer nachprüfen."

„Das tue ich auch immer." Clark kaute auf seiner Unterlippe herum und gab sich Mühe, sicher zu klingen. Es gelang ihm aber nicht, dazu war dieser Schweißbrenner zu nahe. „Sie müssen die Tür aufgemacht haben, nachdem ich sie für die Nacht geschlossen hatte."

„Du hast sie offengelassen", sagte Childs anklagend, „damit sie herauskonnten."

Clark hielt seine Empörung zurück, ebenso die sarkastische Antwort, die ihm automatisch in den Sinn kam. Sarkasmus war jetzt nicht angezeigt, wenn man den Gesichtsausdruck der Männer betrachtete, die ihn umringt hatten. Childs war anzumerken, daß er mit Vergnügen den Schweißbrenner im Inneren eines Raumes ausprobieren würde, wenn Clark ihm auch nur den geringsten Anlaß dafür bot.

„Wenn ich etwas zu verbergen gehabt hätte, hätte ich euch anderen dann gesagt, daß sie weg sind?" argumentierte er. „Hätte ich euch gesagt, daß ich den Riegel regelmäßig noch einmal überprüfe, wenn ich ihn vorher absichtlich offengelassen hätte? Seid doch vernünftig!"

„Das erklärt immer noch nicht, weshalb du diesen zugelaufenen Hund nicht sofort in den Pferch gebracht hast", meinte Garry.

„Ich hab euch doch gesagt, daß ich ..." Er hielt inne und schob zornig die Düse des Schweißbrenners weg. „Nimm das Ding von meinem Gesicht weg, ja?"

Childs packte den Hundepfleger mit einer Hand am Kragen und hob ihn aus dem Stuhl. Der Mechaniker war in höchstem Maße gereizt; das war seit der Rückkehr ins Camp so. Er mußte immer noch an Bennings denken und fragte sich, ob sie es geschafft hatten, ihn zu töten, solange er noch Bennings war.

„Sag du mir nicht ..."

Nauls stellte sich zwischen sie und herrschte den Mechaniker an. „Reiß dich zusammen! Du bist hier nicht Richter und Henker in einer Person."

Childs ließ den Hundepfleger widerstrebend los.

Clark sank in seinen Stuhl zurück und ließ den Mechaniker nicht aus den Augen, während er zu Nauls sprach.

„Danke", sagte er erleichtert.

Jetzt wandten sich Childs' Zorn und Enttäuschung dem Friedensbringer zu. „Wen willst du denn schützen? Ich versuche euch klarzumachen, daß dieser Hurensohn einer von denen sein könnte. Willst du vielleicht, daß eines von diesen Biestern, die jede Gestalt annehmen können, in deiner Küche herumwühlt, Mann?"

Garry trennte die beiden. Keiner bemerkte Macready, der die Konfrontation vom Korridor aus beobachtete. Er war draußen gewesen, hatte auf dem Müllplatz herumgewühlt und trug nun ein Bündel unter dem Arm.

„Jetzt hört schon auf, verdammt!" herrschte der Stationschef die zwei Kampfhähne an. Er gab sich Mühe, mit gleichmäßiger Stimme zu sprechen. „Wenn wir uns so benehmen, kommen wir nicht weiter. Indem wir streiten, beweisen wir überhaupt nichts. Wenn Blairs Theorie stimmt, daß dieses Ding in Zellstrukturen bis hinauf zum Gehirn eindringt, hätte dieser Hund an jeden herankommen können. Zeit genug hatte er. Eine ganze Nacht."

„Und wenn er Clark erwischt hat oder sonst jemand", warf Copper ruhig von seinem Platz in der Nähe des großen Kartentisches ein, „dann hätte Clark oder irgend jemand sonst auch an jemand anderen herankommen können."

„Das ist genau richtig", entschied Macready.

Ein paar Blicke wandten sich ihm zu, als er in den Raum trat. Aber das Hauptaugenmerk galt immer noch dem Arzt, der seine Spekulation weiterführte.

Copper räusperte sich. „Was ich sagen will, ist, daß theoretisch jeder von uns jetzt das sein könnte, was dieses Ding war. Es lernt schnell. Verdammt schnell sogar. Und wenn es muß, kann es sehr subtil sein. Es kann sich Zeit lassen. So, wie es die zwei veränderten Hunde getan haben."

Norris schüttelte den Kopf. Er rieb sich die Brust und schnitt eine Grimasse, als es weh tat; der Schmerz wollte nicht nachlassen. „Das ist zuviel, um alles auf einmal in sich aufzunehmen, Doc. Das mit den Hunden kapiere ich. Das habe ich gesehen. Aber einige von uns zu übernehmen und es vor dem Rest geheimzuhalten? Zum Teufel, wir kennen uns doch alle. Wenn irgendein fremdes Wesen die Kontrolle über Clark übernommen hätte ..."

Der Hundepfleger zuckte zusammen, als er seinen Namen hörte.

„... oder Childs oder mich oder sonst einen, würde sich derjenige dann nicht verraten? Würde der Fremde nicht einen Fehler machen, etwas offensichtlich Falsches tun, das wir anderen bemerken würden?"

Copper lächelte bitter. „Wenn es genug Hund werden kann, um einen anderen Hund zu täuschen – trotz des scharfen Hundesinnes –, warum soll es nicht auch ein Mensch werden können? Dieses Ding ist hier in einem außerirdischen Fahrzeug angekommen. Es ist kein Tier. Es ist hochintelligent und extrem anpassungsfähig. Zum Überleben braucht es nur einen organischen Wirt, über den es die Kontrolle übernehmen kann. Warum soll das nicht ein Mensch sein?"

„Das ist einfach verrückt", argumentierte Norris schwach. „Das kann ich nicht glauben. Nicht, solange man mir keine stärkeren Beweise als ein paar verrückt gewordene Schlittenhunde vorlegt."

Macready schob den Sombrero, den er trug, nach hinten. „Nun, jetzt kannst du es glauben."

Er warf das schmutzige Bündel, das er trug, auf den Kartentisch. Es war das zerfetzte Paar Unterhosen, das Nauls in dem Abfallbehälter in der Küche gefunden hatte.

„Nauls hat das gestern gefunden. Erinnert ihr euch? Es ist zerfetzt, genauso wie die Kleidung des Norwegers, die wir mitgebracht hatten. Mit Bennings' Kleidern geschah dasselbe. Anscheinend imitiert dieses Ding keine Kleider. Nur Fleisch und Blut."

„Alles Organische", murmelte Copper.

Er zog ein Hosenbein hoch und zupfte an der langen Unterhose, die er darunter trug. „Perlon. Künstlich. Wenn es Wolle wäre, könnte das Ding das vielleicht auch imitieren."

Die Männer blickten von einem zum anderen, stumm, dachten nach.

Macready nahm die zerfetzte Unterhose und warf einen Blick auf das Etikett. „Das ist auch Perlon, Doc, aber es gibt noch viel wichtigere Informationen als das."

„Zum Beispiel?" fragte Norris herausfordernd.

„Die Größe, zum Beispiel. Sieben."

Er grinste bösartig und studierte die nervöse Gruppe von Männern, die ihn umgab. Schließlich blieb sein Blick an dem einen hängen, der in ihrer Mitte saß.

„Welche Größe trägst du denn, Clark?"

Der Hundepfleger rutschte unruhig auf seinem Stuhl herum. „Und wenn ich das trage?" konterte er.

„Ja", fügte Norris hinzu, „was, wenn er Größe sieben trägt? Ich trage auch sieben."

„Acht", meinte Childs selbstgefällig.

„Sieben", sagte Copper.

„Und ich auch." Macreadys Blick wanderte durch den Raum. „Die meisten von uns tragen diese Größe."

Das Gefühl der Unruhe im Raum nahm zu. Macready ließ die Männer eine Weile schmoren, ehe er fortfuhr.

„Ich bezweifle, daß es mehr als einen oder zwei von uns erwischt hat. Höchstens zwei. Für mehr hatte es keine Zeit. Außerdem glaube ich nicht, daß wir dann jetzt hier stehen und darüber debattieren würden. Wir würden alle versuchen, uns gegenseitig die Köpfe abzuschießen wie diese armen verdammten Norweger. Oder wir würden es nicht versuchen, was noch schlimmer wäre. Aber jemanden hat es ganz bestimmt erwischt." Er ließ das ein wenig einsickern, ehe er hinzufügte: „Jemand in diesem Raum ist nicht das, was in seinem Paß steht."

Sanders versuchte nicht einmal, seine Angst zu verbergen. „Was werden wir tun?"

Norris wandte sich an Copper. Fuchs stand neben dem Arzt; er machte ein nachdenkliches Gesicht.

„Gibt es irgendeinen Test?" fragte der Geophysiker. „Wenn dieser Fremdling die Zellstruktur und andere biologische Funktionen so radikal verändert, wie Blair anscheinend glaubt, dann müßte es doch ganz bestimmt eine Methode geben, die Veränderungen festzustellen. Eine Methode, um herauszufinden, wer was ist."

„Vielleicht ein Serumtest", flüsterte Copper schließlich. „Ja, das könnte gehen."

„Richtig!" Fuchs' Begeisterung war echt. „Warum nicht?"

„Was ist ein Serumtest?" wollte der Stationsleiter wissen. „Und wieviel Arbeit macht er?"

„Ein ganz einfacher Blutgruppentest", erklärte Copper. Die Männer drängten sich um ihn, um besser zu hören. „Wie Blair schon erklärte, ruft das Ding grundlegende Veränderungen in der Zellstruktur seiner Wirtskörper hervor. Ich glaube, man würde das sofort feststellen, wenn man irgendeine Körperflüssigkeit analysierte – das Blut oder den Urin. Ein Bluttest wäre einfacher und außerdem nicht so leicht zu fälschen. Und was die Arbeit angeht", sagte er an Garry gewandt, „wir mischen das Blut von irgend jemandem mit dem Blut eines anderen, von dem wir sicher wissen, daß er nicht angesteckt wurde. Wenn wir nicht die richtige Serumreaktion bekommen, so ist das ein guter Hinweis darauf, daß die Person, der das Blut entnommen wurde, nicht normal ist."

„Aber die Übernahme durch dieses Ding ist vollständig, bis hin zu den Barthaaren", wandte Macready ein.

„Aber nicht bis hin zu den Follikelzellen, wenn wir eines jener Haare richtig analysieren könnten. Ich kann mir nicht vorstellen, daß es seine neue Zellstruktur genügend verändern könnte, um einen so grundlegenden Test zu bestehen. Es ist jedenfalls den Versuch wert. Der Test ist einfach und geht schnell. Wenn es nicht funktionieren sollte, können wir immer noch etwas anderes ausprobieren."

„Das klingt gut, Doc. Nur etwas scheint mir schwierig", sagte Childs.

„Und was?"

Childs musterte die besorgten Gesichter. „Wessen Blut werden wir denn als normal erkennen können?"

Copper lächelte. „Das ist einfach. Wir haben Blut auf Lager." Er sah den Stationsleiter an. „Wie steht's, Garry, soll ich die Vorbereitungen treffen? Fuchs kann mir assistieren."

Garry überlegte und wandte sich dann an den Biologieassistenten, dem man die Ungeduld ansah. „Was meinst du, Fuchs?"

„Ich halte das für eine verdammt kluge Idee, Chef. Blair wäre der erste, der zustimmen würde."

Der Stationsleiter schien sich in seiner Haut nicht ganz wohl zu fühlen. „Unglücklicherweise ist unser Seniorbiologe im Augenblick nicht in der Lage, Testprozeduren oder irgend etwas rational zu beurteilen. Aber wenn du mit dem einverstanden bist, was der Doc ..."

„Ganz bestimmt." Fuchs nickte heftig.

„... dann werden wir es probieren. Wie du schon sagtest, Doc, wenn uns dieser Test nicht weiterführt, können wir immer noch etwas anderes ausprobieren. Wie lange brauchst du, um alles vorzubereiten?"

Copper überlegte und schätzte dann vorsichtig: „Zwei Stunden sollten reichen. Vorausgesetzt, ich – werde nicht gestört."

„Jemand wird die ganze Zeit bei euch beiden bleiben. Fangt an!"

Garry nahm einen Schlüssel von dem Ring, der an seinem Gürtel hing, und reichte ihn dem Arzt. Copper und der junge Biologe setzten sich in Richtung auf die Krankenstation in Bewegung.

Der Rest der Männer drängte sich im Aufenthaltsraum. Sie redeten vergnügt miteinander.

Jetzt, wo sie herausfinden würden, wer echt war und wer nicht, lockerte sich ihre Spannung sichtbar.

„Wie ist dieses Ding je an die drei Hunde herangekommen?" fragte Palmer Macready. „Ich dachte, wir hätten es rechtzeitig aufgehalten."

„Copper ist sich nicht sicher, aber er glaubt, sie könnten während des Kampfes im Pferch funktionierende Stücke von ihm verschluckt haben."

„Und das genügt?"

„Ich wüßte nicht, weshalb nicht." Dem Piloten schien die Angst seines Assistenten gutzutun. „Es gibt keinen Grund, weshalb es dich nicht von innen übernehmen können sollte. Ich würde sogar meinen, daß das viel leichter wäre. Die sehnenähnlichen Organe würden sich bei weitem nicht so weit ausdehnen müssen, wenn sie in deinem Magen zu wachsen beginnen, anstatt ..."

Palmer wandte sich ab und fügte dann etwas kläglich hinzu: „Schon gut. Tut mir leid, daß ich gefragt habe. Ich will glauben, was Copper gesagt hat."

„Zumindest finden wir jetzt vielleicht heraus, ob diese Hunde das letzte waren, was es erwischt hat", murmelte Macready finster. „Vielleicht hatte es in jener Nacht nicht genug Zeit, noch etwas anderes zu übernehmen."

„Garry!" Der Schrei hallte aus dem Korridor, schwach, aber gebieterisch. „Ihr anderen auch! Kommt her!"

Macready sah Palmer scharf an. Der gelbliche Farbton war inzwischen wieder aus seinem Gesicht verschwunden.

„Das ist Copper!"

Alle rannten den Korridor hinunter und bogen in Richtung Krankenstation ab. Fuchs und Copper standen vor dem offenen Kühlschrank.

In dem Schrank sah es katastrophal aus. Zerbrochenes Glas und vertrocknetes Blut verkrusteten die Regale. Jede Flasche und jeder Behälter war geöffnet, umgekippt und zerschlagen worden.

Copper starrte das Werk der Zerstörung ungläubig an. Seine bisher eiserne Haltung war dahin; sein Gesicht war bleich. „Jemand hat sich Zutritt verschafft und sich an das Blut herangemacht. Da ist kein Gramm mehr, das man gebrauchen könnte."

„Du lieber Gott!“ flüsterte Nauls. Er sah seine Kollegen an. „Ein Hund könnte so etwas nicht tun. Den Riegel an einem Pferch zu öffnen ist eine andere Sache. Aber einen versperrten Kühlschrank aufzubrechen ... Und das hieße ...“

Macready schob sich nach vorn und untersuchte die offenstehende Tür. „Wie hat man sie denn aufgebrochen?“

„Das ist es ja gerade“, sagte Copper langsam. „Man hat sie nicht aufgebrochen. Jemand hat sie geöffnet und sie dann wieder geschlossen und sogar wieder abgesperrt. Wenn jemand die Tür aufgebrochen hätte, dann hätte ich es schon lange bemerkt.“

Sanders hatte sich von dem Kühlschrank zurückgezogen, als wäre dieser ein lebendes Wesen. Jetzt hatte er die Wand erreicht und preßte sich mit dem Rücken dagegen. Er flüsterte etwas in spanischer Sprache und versuchte, Abstand zwischen sich und seinem nächsten Nachbarn zu halten.

Etwas mußte geschehen, und zwar schnell, das wußte Macready. Vielleicht hatte es in dem norwegischen Lager auch so angefangen. Das Ding brauchte sich nicht einmal selbst zu zeigen. Es brauchte einen bloß wissen zu lassen, daß es da war. Dann würde bald der Wahnsinn die Macht über die menschlichen Überlebenden ergreifen, und sie würden sich selbst zu Wesen machen, mit denen man leicht fertig werden konnte.

Er fragte sich, ob das Ding ein Gefühl für Ironie, einen Sinn für Humor hatte, und entschied, daß das wahrscheinlich nicht der Fall war. Du mußt reden, sagte er sich. Irgend etwas sagen, egal was, nur ruhig bleiben. Sorge dafür, daß ihr Verstand arbeitet, daß ihre Gedanken von ihren wirren Vermutungen abgelenkt werden.

Er trat vor. „Nun, wir wollen das einmal logisch angehen. Wer hat Zugang zu dem Kühlschrank?“

Copper überlegte einen Augenblick. „Ich glaube, ich bin der einzige, der, abgesehen von Garry, dazu befugt ist, ihn zu öffnen“, erklärte er dann.

Der Stationsleiter nickte. „Und ich habe den einzigen Schlüssel. So ist die Vorschrift.“ Er wies auf den Kühlschrank. „Dort werden auch Drogen aufbewahrt.“

Blicke wanderten herum und richteten sich auf den Stationsleiter, aber keiner sprach das aus, was er dachte. Noch nicht.

„Hätte dieser Serumtest wirklich funktioniert?" fragte Macready den Arzt.

„Ich glaube schon. Sonst hätte ich ihn nicht vorgeschlagen. Das war kein Trick, dieses Ding dazu zu zwingen, sich zu offenbaren, falls du darauf hinauswillst."

„Jemand anderer hat ganz bestimmt gedacht, daß der Test funktionieren würde." Norris musterte seine Kollegen und deutete auf den verwüsteten Kühlschrank. „Wenn wir einen Beweis brauchten, daß der Test funktioniert hätte, dann haben wir den jetzt."

Macready überlegte immer noch. „Wer hätte den Schlüssel sonst noch benutzen können, Chef?"

„Äh – im Augenblick fällt mir niemand ein", erwiderte Garry langsam. „Wie gesagt, der Doc und ich sind die einzigen, die dazu befugt sind, ihn zu öffnen. Ich gebe Copper den Schlüssel immer, wenn er etwas braucht."

Der Pilot sah Copper an. „Hätte ihn dir jemand wegnehmen können, Doc?"

„Ich wüßte nicht, wie. Wenn ich ihn nicht mehr brauche, gebe ich ihn immer sofort Garry zurück." Er lächelte verzerrt. „Ich habe immer Angst, ich könnte ihn verlieren oder irgendwo verlegen und vergessen, was ich damit gemacht habe. Da es der einzige Schlüssel ist, achte ich immer besonders sorgfältig darauf, daß Garry ihn bekommt."

„Wann hast du ihn das letztemal benutzt?"

Copper trat von einem Fuß auf den anderen und starrte auf den Boden. Er versuchte, sich zu erinnern. „Vor ein oder zwei Tagen, denke ich."

Garry begann die fragenden, argwöhnischen Blicke zu bemerken, die auf ihn gerichtet waren. „Ich nehme an – es ist möglich, daß jemand ihn mir entwendet hat."

„Du trägst doch deinen Schlüsselring immer am Gürtel eingehakt", meinte Childs anklagend. „Wie könnte ihn dir da jemand wegnehmen, ohne daß du es merkst?"

Der Stationsleiter klang verwirrt, was für ihn sehr ungewöhnlich war. „Ich nehme an, im Schlaf. Hört mal, ich bin nie an diesem Kühlschrank gewesen."

Keiner sagte etwas. Alle fuhren fort, den obersten Verwalter der

Station anzustarren. Sanders zwängte sich in eine Ecke. Er schwitzte.

„Copper ist der einzige, der damit zu schaffen hat", fügte Garry hinzu.

Jetzt konzentrierte sich die Aufmerksamkeit der Männer wieder auf den Arzt.

„Augenblick mal, Garry! Du bist einige Male in der Krankenstation gewesen." Fuchs gab sich Mühe, in der wachsenden Panik Vernunft zu bewahren. „Ich glaube, wir können den Doc von jedem Verdacht freisprechen. Er ist schließlich derjenige, der an den Test gedacht hat."

„Vielleicht hat das Ding den Test vorgeschlagen, um auf das hier hinzuweisen." Norris deutete auf den Kühlschrank. „Und um damit den Verdacht von sich selbst abzulenken." Dabei sah er Copper scharf an.

Macreadys Stimme klang zweifelnd: „Unnötig. Viel besser, den Test überhaupt nicht vorzuschlagen. Hättest du daran gedacht?"

Fuchs schüttelte den Kopf. „Menschliche Psychologie ist nicht mein Fach."

„Damit scheint der Doc auszuscheiden. Für den Augenblick jedenfalls. Er hat ja die ganze Geschichte aufgebracht."

„Na und?" Childs sah so aus, als wollte er irgend etwas niederbrennen. „Soll ihn das schon von jedem Verdacht reinwaschen? Bockmist! Vielleicht hat Norris recht. Vielleicht wird uns dieses Ding dauernd zwei Schritte voraus sein. Es wird uns ständig im Kreis herumjagen, bis es irgendwann spät in der Nacht beschließt, dem Ganzen ein Ende zu machen und ..."

Aus dem hinteren Teil des Raumes war ein unartikuliertes Stöhnen zu hören. Die Männer drehten sich um und konnten gerade noch Sanders verschwinden sehen. Sie eilten hinter ihm her.

„He, Sanders!" rief Garry dem fliehenden Funker nach. „Dreh jetzt nicht durch! Wir müssen beieinanderbleiben und uns Klarheit verschaffen. Es will uns trennen!"

Sanders blieb nicht stehen, wurde auch nicht langsamer. Er konnte nicht mehr besonders klar denken. Er wünschte sich verzweifelt, wieder zu Hause in Los Angeles zu sein, auf der Universität. Irgendwo, bloß nicht da, wo er jetzt war, in einer Falle am tiefsten Punkt der Welt, mit einem Ding, das jede Gestalt annehmen und sogar der beste Freund von einem sein konnte.

Er rannte durch Korridore, riß Türen auf und knallte sie hinter sich zu. Rufe wurden hinter ihm laut.

Sie waren hinter ihm her. Die *Dinger*. Vielleicht waren sie inzwischen schon alle übernommen worden und hatten nur mit ihm gespielt. Das war es! Sie hatten sich an seiner Furcht geweidet, hatten mit ihm gespielt, bis der richtige Augenblick gekommen war.

Und nun würden sie sich alle rings um ihn sammeln, alle, und ihn in ihrer Mitte festhalten, und dann würden sie sich vor seinen Augen verwandeln. Dünne weiße Fäden würden aus ihnen herauswachsen, wie es bei dem Hund gewesen war, und diese Fäden würden in seinen unglücklichen Körper eindringen. Unterdessen würden die Männer, die keine Männer mehr waren, auf ihn herunterlächeln, würden lächeln, während etwas in ihn hineinglitt und sein Gehirn übernahm und seinen Körper, Zelle für Zelle für Zelle …

Er schrie, als er in den kleinen Lagerraum hineinplatzte. Die Vitrine an der Wand enthielt die Waffen, die der Station zugeteilt waren. Man hatte sie bereitgestellt für den Fall, daß die Männer zum Spaß ein wenig schießen wollten oder falls die Biologen irgendein Versuchstier brauchten.

Unter den verschiedenen Waffen befanden sich auch die drei Schrotgewehre, die Macready, Bennings und Childs auf ihrer letzten Hundejagd mitgehabt hatten. Jetzt hingen sie wieder an ihren Haken, gesäubert und den nächsten Sommer erwartend. Nur daß der Sommer sechs lange schwarze Monate entfernt war und Sanders *jetzt* eine Waffe brauchte.

Er versuchte die Tür des Wandschranks zu öffnen und stellte fest, daß sie versperrt war. Die Stimmen waren jetzt lauter geworden, wurden begleitet von den Tritten vieler Füße.

Sanders sah sich wild im Raum um und griff nach einer Rohrzange, die auf dem Tisch lag.

Beim dritten Schlag zersprang die Glasscheibe des Schranks, beim vierten ging sie in Scherben. Er griff hinein, holte eines der Gewehre heraus und eine große Schachtel mit Munition.

Verzweifelt mühte er sich ab, die Waffe zu laden. Es handelte sich um ein großes Kaliber. Die Mündung war riesig. Ein Schuß aus diesem mächtigen Lauf würde ausreichen, auf kurze Distanz selbst ein *Ding* aufzuhalten.

Seine zitternde Hand riß am Deckel des Kartons, drehte ihn um. Die Patronen fielen ihm in die Hand, hüpften über den Boden. Er zwängte die vorn mit Plastik versehenen Geschosse eines nach dem anderen in die Waffe.

Dann waren die Männer da. Garry zog seine allgegenwärtige Magnum heraus und richtete sie auf den Funker. „Sanders! Leg das weg! Sofort!"

Sanders blickte zu ihm auf, die Pupillen geweitet. Er zitterte heftig. Eine Patrone fiel ihm aus der Hand, rollte vor Garrys Füße. „Nein! Das tue ich nicht."

„Dann kriegst du das in den Schädel."

Der Stationsleiter sprach ganz langsam, damit ihn der Funker auch ganz bestimmt verstehen konnte. Seine Magnum war unverwandt auf ihn gerichtet.

Keiner zweifelte daran, daß Garry es ernst meinte.

Sanders' Blick wanderte an dem Stationsleiter vorbei, hin zu den Männern, die sich hinter ihm im Korridor drängten.

„Laßt ihr zu, daß der Befehle gibt? Ich meine, vielleicht ist er selbst eines von diesen Dingern. Was ist denn mit dem Kühlschrankschloß?" Sein Blick wanderte verstört zu Garry zurück. „Wie steht's denn, Mann? Kannst du dich da herausreden?"

Ein paar Köpfe wandten sich Garry zu. Einen Augenblick lang war die Schrotflinte vergessen. Keiner von ihnen verschloß sich der Tatsache, daß Sanders vielleicht recht haben konnte.

„Die Waffe weg!" sagte der Stationsleiter noch einmal. Seine Stimme klang jetzt besänftigend. „Leg die Knarre weg, dann reden wir von dem Kühlschrank! Aber wir können doch nicht als Freunde miteinander reden, wenn wir die Waffen aufeinander richten, oder? Bitte, Sanders! Ich verstehe, wie dir zumute ist. Wir sind alle durcheinander. Aber wir stecken da alle gemeinsam drin."

Nicht alle, verbesserte ihn Macready stumm. Einer von uns hat ganz andere Gefühle.

Sanders dachte über das, was Garry gesagt hatte, nach, wobei die Magnum immer noch, ohne zu zittern, auf seinen Kopf zielte. Dann sah er die Männer an, die hinter dem Stationsleiter warteten. Er mußte etwas tun.

Plötzlich warf er die übrigen Patronen, die er noch in der Hand hielt, nach der zerbrochenen Vitrine. Die Männer zuckten instinktiv zusammen. Dann drehte er sich um und lehnte die Schrotflinte vorsichtig gegen eine Wand. Er stand noch einen Augenblick reglos da. Die Muskeln in seinem Gesicht arbeiteten. Und dann brach er in Tränen aus.

Nauls rollte auf ihn zu und versuchte ihn zu beruhigen.

Während die anderen ihm zusahen, ließ Garry langsam die Magnum sinken und schob sie ins Halfter zurück. Er atmete tief durch und drehte sich zu ihnen um. Seine Stimme klang eindringlich.

„Ich weiß nicht, was mit Copper ist. Ich jedenfalls war nicht an diesem Kühlschrank. Wie ihr alle ganz genau wißt, nehme ich nichts, was stärker als Aspirin ist."

„Aber der Doc hat doch gesagt, er hätte dich schon ein paarmal in der Krankenstation gesehen?" erinnerte ihn Childs.

Garry klang etwas gereizt, als er dem Mechaniker antwortete: „Sicher bin ich dort gewesen. Ich war auch draußen im Reparaturschuppen, obwohl ich kein Mechaniker bin, und in der Funkkabine war ich auch, obwohl ich nicht mit Sanders zusammenarbeite. Ich bin in jedem Korridor und auf jedem Gang in diesem Stützpunkt gewesen. Genau wie die meisten von euch. Und? Das beweist doch überhaupt nichts."

Keiner widersprach.

„Aber ich denke, euch allen wäre wohler, wenn eine Weile jemand anderer hier die Leitung hätte." Er zog die Waffe wieder aus dem Halfter und musterte den Kreis besorgter Gesichter, die ihn umgaben. Schließlich suchte er sich eines davon aus.

„Ich kann mir nicht vorstellen, daß irgendeiner etwas gegen dich einzuwenden hätte, Norris."

„Tut mir leid, Chef. Ich muß mit allem Respekt ablehnen." Er grinste verlegen und klopfte sich auf die Brust. „Ich glaube nicht, daß ich es schaffen würde. Mir war in letzter Zeit gar nicht gut. Ihr wißt ja Bescheid, wie es um mein Herz steht. Ich glaube, du solltest jemanden aussuchen, der einiges verträgt, wenn es drauf ankommt."

Childs griff nach der Waffe. „Ich nehme sie!"

Macready kam ihm zuvor. „Nimm's mir nicht übel, Childs, aber was Norris da in puncto Belastbarkeit gesagt hat, war sehr vernünftig. Vielleicht sollte es jemand sein, der ein wenig ausgeglichener ist."

Childs funkelte ihn an, sagte aber nichts. Macready sah seine Kollegen an. „Hat jemand was einzuwenden?"

Fuchs wich seinem Blick aus.

Macready sprach ihn an: „Nun, wenn du was zu sagen hast, dann sag es! Jetzt ist nicht die Zeit, um auf die Gefühle von irgendeinem Rücksicht zu nehmen."

Fuchs' Worte kamen zögernd. „Zuerst hat Childs nach der Knarre gegriffen, dann du, Mac. Ihr beide seid draußen gewesen, weit vom Lager entfernt. Und ihr hattet Kontakt mit diesem Ding. Genau wie Bennings. Nur daß Bennings nicht zurückgekommen ist." Er blickte auf und starrte den Piloten an. „Woher wissen wir, daß das Ding euch nicht beide übernommen hat?"

„Das weißt du nicht. Niemand weiß im Augenblick viel. Und niemand wird es wissen, bis wir herausfinden, wie man die Anwesenheit dieses Dings testen kann."

Er hielt die Waffe locker in der Hand. „Aber ich will nicht darauf bestehen. Hat jemand einen besseren Vorschlag?"

Unsichere Blicke wanderten im Kreis herum. Jeder beargwöhnte seinen Nachbarn. Jeder wurde scharf gemustert. So etwas wie einen engen Freund gab es jetzt nicht mehr.

„Ich denke – du bist ebenso sicher wie jeder andere", räumte Fuchs schließlich ein. Er zwang sich zu einem besänftigenden Lächeln. „Tut mir leid, Mac. Ich mußte es sagen."

„Ich nehm's dir nicht übel. Ich weiß genau, was du empfindest."

„Gut. Was jetzt?" wollte Norris wissen.

Macready überlegte. „Zuerst einmal bleiben wir alle beieinander. Gehen wir in den Aufenthaltsraum zurück und besprechen es! Alle. Und wir sollten uns auch alle Mühe geben, unsere Gefühle etwas unter Kontrolle zu halten. Wenn wir nämlich durchdrehen" – er blickte bedeutungsvoll auf den immer noch schluchzenden Sanders –, „dann spielen wir diesem Ding genau in die Hand."

Sie strebten zum Aufenthaltsraum zurück und versammelten sich um den Tisch in der Mitte. Und währenddessen wuchs ihre Furcht. Das erzeugte nicht gerade eine entspannte Atmosphäre. Aber wenigstens hatte keiner mehr eine Schrotflinte oder eine Magnum in der Hand.

„Nach dem, was wir wissen", erklärte Macready, „nimmt sich dieses Ding einen nach dem anderen vor. Erinnert euch, Blair hat gesagt, es braucht eine Stunde, um die Übernahme komplett durchzuführen. Es trachtet danach, einen allein zu erwischen, um an diesem arbeiten zu können."

„Denk an das, was Bennings passiert ist!" erinnerte Childs den Piloten. „Er hat sich vor unseren Augen verändert, und es hat nur Minuten gedauert, nicht eine Stunde."

„Ja, aber da war es in Eile. Und das Ding hat sich nie von ihm gelöst", erwiderte Macready. „Es kann in ein paar Minuten einiges bewirken und alles kaputtmachen, aber um es perfekt zu machen, braucht es länger."

Childs überlegte und nickte dann langsam.

„Wir bleiben also, so gut es geht, beisammen", fuhr Macready fort. „Und zwar, bis wir ganz sicher sind, daß keine Gefahr mehr besteht. Niemand geht irgendwohin, um etwas zu tun. Das gilt auch für die Routinearbeiten auf der Station. Nur wenn ihn einer begleitet. Wir tun alles zu zweit oder zu dritt, wo immer das möglich ist. Wenn wir uns trennen müssen, dann sollte das nur für kurze Zeit sein, und die Betreffenden sollten wenigstens in Sicht- oder Hörweite voneinander bleiben."

Childs wies in eine Ecke, wo Garry, Clark und der Arzt standen. „Einverstanden, Mac. Aber was machen wir mit diesen dreien?"

„Wir haben doch Morphium, oder?" Macready sah zu Fuchs hinüber.

„Dafür bin ich wieder nicht zuständig, aber ich denke schon, daß welches da ist."

„Gut. Dann pumpen wir sie damit voll. Wir bringen sie hier im Aufenthaltsraum unter, lassen die ganze Zeit das Licht brennen und beobachten sie."

Plötzlich schien Palmer etwas einzufallen. „Morphium?" Er biß sich auf die Unterlippe, und seine Augen traten hervor. „Weißt du, ich war doch auch ziemlich nahe bei diesem Hund."

Macready und die anderen ignorierten ihn.

„Wir sollten in Schichten schlafen", schlug Norris vor.

„Gute Idee!" pflichtete der Pilot ihm bei. „Die Hälfte von uns sollte immer wach bleiben. Das dürfte nicht schwierig sein. Draußen ist jetzt ohnehin täglich vierundzwanzig Stunden Nacht. Das wird jeden davon abhalten, zu einem anderen ins Bett zu kriechen. Oder in jemanden hinein."

Dank Nauls' Zureden war Sanders beträchtlich ruhiger geworden. „Wie werden wir denn herausfinden, wer ... Ihr wißt schon. Wer wer ist?"

„Das ist die große Frage." Macready sah zu Fuchs hinüber. „Du bist unsere letzte Verbindung zur Biologie. Kannst du dir irgendeinen anderen Test einfallen lassen, den wir ausprobieren könnten? Vielleicht etwas, woran dieses Ding noch nicht gedacht hat, wie das bei dem Serum ja der Fall war."

Fuchs überlegte. „Ich will es versuchen. Aber ich könnte schon Coppers Hilfe brauchen."

„Das kannst du dir gleich aus dem Kopf schlagen, Mann", erwiderte Childs scharf. „Wenigstens so lange, bis wir wissen, wer an dem Kühlschrank war."

Copper warf ihm einen verletzten Blick zu.

„Wenn dieses Ding sich in sich selbst verwandelt", fuhr Macready fort, „in seine natürliche Form, dann geht das zuerst ganz langsam. Die Meta... Matamor..."

„Metamorphose", sagte Fuchs.

„Ja, danke. Die Metamorphose dauert eine Weile." Er sah zu Childs hinüber. „Erinnerst du dich, wie es versuchte, sich in sich selbst zu verwandeln und gleichzeitig Bennings zu übernehmen?"

Childs lief es bei dem Gedanken an den Kampf in der Schlucht eiskalt über den Rücken. „Ja, ich erinnere mich. Es wand sich und schlug um sich."

„Es versuchte, sich in seine eigene Gestalt zurückzuverwandeln", sagte Macready und nickte. „Die übrigens ein gutes Stück größer als ein Mensch sein muß. Das paßt zu dem, was Blair gesagt hat, daß die Zellstruktur von dem Ding flexibel ist, sich ausdehnen oder zusammenziehen kann. Nach dem, was Childs und ich gesehen haben, ist dieses Ding in seiner natürlichen Form viel größer als ein Hund oder ein Mensch. Aber es braucht Zeit, um sich zu verwandeln, genauso wie es Zeit braucht, um jemanden zu übernehmen. Und während es dabei ist, sich zu verändern, werden wir mit ihm fertig, glaube ich. Wie gesagt, Childs und ich haben es ja schon einmal geschafft."

„Bennings nicht", murmelte Norris.

„Es hatte uns überrascht", wandte Macready ein. „Wir waren nicht mit der Umgebung vertraut und hatten nicht damit gerechnet." Er schlug mit der Faust auf den Tisch. „Das hier ist *unser* Camp. Hier wird das Ding es nicht so leicht haben, uns zu überraschen. Wenn Blair recht hat und es eine Stunde braucht, um etwas anderes zu übernehmen, dann braucht es etwa dieselbe Zeit, um sich voll zu entwickeln. Und deshalb kehren wir, ganz gleich, was der einzelne tut, alle zwanzig Minuten in diesen Raum zurück zur Überprüfung. Wenn irgendeiner länger weg ist, töten wir ihn."

„Ziemlich extreme Reaktion, nicht wahr?" meinte Norris.

Macready starrte ihn an. Seine Augen blickten kalt. „Es gibt für keinen einen Grund, diesen Termin zu verpassen."

Selbst Sanders nickte zustimmend, er hatte sich inzwischen beruhigt und hatte sein inneres Gleichgewicht wieder zurückgewonnen. „Daß mir keiner zu lange auf dem Klo bleibt!" witzelte er. „Das wäre nicht der richtige Ort, um zu sterben."

Ein paar lachten schwach.

„Also gut!" Macready wandte sich zum Gehen. „Wir haben noch viel zu tun. Diese Station wird nicht von selbst laufen. Kein Grund, die Arbeit liegenzulassen. Solange Fuchs sich nicht einen Test ausgedacht hat ..."

10

PALMER arbeitete angestrengt am Motor des Kurzstreckenhelikopters. Gelegentlich warf er einen nervösen Blick über die Schulter, wo in einiger Entfernung Sanders und Macready als verschwommene Silhouetten vor dem Müllplatz zu sehen waren. Dann wandte er sich wieder seiner Arbeit zu und blickte mit gerunzelter Stirn auf den Motor und den Haufen Teile, die in der Nähe über den Boden verstreut lagen.

„Verdammt, wo ist denn der Magnet? Man findet hier nichts mehr."

COPPER, Clark und Garry saßen schwermütig nebeneinander auf der großen Couch im Aufenthaltsraum. Norris hatte die Arzttasche auf dem Kartentisch geöffnet und bereitete ungeschickt drei Spritzen vor. Er war unerfahren, hatte seit seiner Militärzeit nichts mehr mit Erster Hilfe zu tun gehabt, und die lag weit zurück.

Fuchs konnte ihm nicht helfen. Der Biologieassistent war im Labor tätig und versuchte, sich einen neuen Test auszudenken. Das hatte Vorrang. Nicht daß er Norris viel hätte helfen können. Er war es gewöhnt, mit Gewebekulturen und Deckgläsern zu arbeiten, nicht mit Spritzen.

Copper rutschte auf den Polstern zur Seite und lächelte freundlich. „Wenn du willst, mach ich das", sagte er zu dem Geophysiker. „Sonst brichst du mir noch die Nadel im Arm ab oder verpaßt die Vene."

Childs richtete den Brenner auf ihn. „Halt du dich da raus! Der schafft das schon. Der macht seine Sache wirklich gut." Er lächelte Norris aufmunternd zu.

„Da bin ich nicht so sicher", meinte Norris zögernd.

„Dann mußt du dir eben Mühe geben, Mann", riet der Mechaniker. „Du schaffst es schon." Er widmete den drei Männern auf der Couch ein dünnes Lächeln.

Copper funkelte ihn an.

DER Wind pfiff um Macready und versuchte in die Wärme seiner Kapuze einzudringen. Das einzige Licht kam von den Taschenlampen, die er und Sanders in Händen hielten.

Der schwache Schein der Außenbeleuchtung des Camps reichte kaum bis zur Müllkippe. Sie konnten Palmer jedoch an den Helikoptern arbeiten hören.

Er drehte einen Haufen feuchter Pappe um und trat ihn zur Seite. „Schau dich auch nach Schuhen um!" ermahnte er seinen Begleiter. „Und nach verbranntem Stoff! Alle Art von Kleidung, die nicht bloß abgetragen ist."

NORRIS hatte inzwischen das Morphium mit einem Minimum an Schmerzen für seine Kameraden injiziert und anschließend den Radioraum aufgesucht. Er verstand sich viel besser auf Elektronik als auf Medizin und war froh, wieder an etwas arbeiten zu können, das sich nicht beklagen würde, wenn er einen Fehler machte.

Er zog den Stöpsel des immer noch unbrauchbaren Kopfhörers heraus und rieb sich die Brust. Hin und wieder rief Childs ihm etwas zu, dann meldete er sich.

Er zog das Plastikröhrchen aus der Hemdtasche und schluckte zwei von den kleinen weißen Pillen. Der Schmerz in seiner Brust ließ nach. Dann machte er sich wieder an die Arbeit.

Nauls rollte durch das Labyrinth von Gängen und überprüfte die einzelnen Abfallbehälter sowie verschiedene Regale, Schränke und alle anderen Stellen, an denen das Ding vielleicht Beweismaterial hätte verbergen können.

In regelmäßigen Abständen meldete er sich bei Childs oder Fuchs.

Macready, der von draußen hereinkam, lief ihm über den Weg. Der Koch sah ihn gelangweilt an. „Dieses Ding ist viel zu schlau, um seine Kleider irgendwo hinzuwerfen, wo wir sie finden können, Macready."

„Such weiter!"

„Ja. Macht wirklich Spaß."

„Willst du tauschen? Ich suche eine Weile hier drinnen, und du kannst hinausgehen und dir den Hintern abfrieren."

„Danke, aber ich muß mich um meine Küche kümmern."

Er rollte davon.

Fuchs saß am Schreibtisch im Labor und brütete über einem aufgeschlagenen Buch. Ein paar weitere Bände lagen in der Nähe aufgeschlagen und übereinandergestapelt. Das weiche Licht aus der Leselampe beleuchtete die Seiten, verschaffte aber seinen Gedanken keine Erleuchtung.

Macready steckte den Kopf herein. „Wie läuft's denn, Fuchs?"

„Nichts bis jetzt." Fuchs blickte auf. „Aber mir ist da eine Idee gekommen. Wenn die Hunde sich verwandelt haben, weil etwas, das sie verschluckt haben, sie von innen heraus übernommen hat, dann sollte vielleicht besser jeder sein Essen selbst machen. Oder wir essen aus Dosen. Nicht daß ich Nauls nicht vertraue, aber an den Kochkessel könnte jeder heran."

„Kapiert. Gute Idee, Fuchs. Mach weiter!"

Macready deutete mit einer Kopfbewegung auf die aufgeschlagenen Bände, die auf dem Schreibtisch lagen. „Ich weiß nicht, wie lange die Leute noch zusammenhalten."

„Richtig."

Der Pilot verschwand, und Fuchs wandte sich müde wieder seiner Arbeit zu.

Die Sirene heulte draußen und gab sich redlich Mühe, das Windgeräusch zu übertönen. Sie verkündete das Ende einer zwanzigminütigen Arbeitsperiode. Sanders wandte sich von der Müllkippe ab. Wenigstens roch das Zeug nicht; dafür war es zu kalt.

Palmer schloß sich ihm an, und sie gingen gemeinsam auf den Eingang zu. Er trug ein größeres Stück des Motors unter dem Arm.

Sanders warf einen mißtrauischen Blick darauf. „Wozu ist das, Mann? Willst du drinnen daran arbeiten?"

„Nein. Im Gegenteil", erklärte ihm Palmer. Er schob sich das schwere Metallstück unter dem Arm zurecht. „Das ist Macreadys Idee. Damit keiner auf die Idee kommt, einen kleinen Abstecher zu machen."

„Oh!" Sanders nickte.

Macready erwartete sie. Er hielt den zwei Männern die Tür auf, als sie in den Korridor hineinstapften. Childs arbeitete ganz in der Nähe. Er war gerade dabei, sich ein neues Ventil für den großen Brenner auszuwählen.

Palmer ging auf den Mechaniker zu und ließ das schwere Maschinenteil auf die Werkbank fallen. „Mann! Das Biest ist schwer. He, Childs? Wo ist der Magnet vom Helikopter eins?"

Childs blickte auf und musterte das neue Ventil, das er sich ausgewählt hatte. „Ist er nicht dort draußen?"

Er klappte den Deckel der Kiste zu und ging in den Korridor hinaus.

Palmer schrie ihm nach: „Nein, draußen ist er nicht, du Schlaukopf! Hätte ich dich sonst gefragt?"

Eine Hand berührte ihn an der Schulter. „Beeil dich, Palmer, sonst kommen wir zu spät!" erinnerte ihn Macready.

Jetzt tauchte Norris auf und ließ ein paar Funkgerätteile neben das Maschinenteil fallen.

Macready schloß die Tür ab, und dann eilten sie alle hinter dem Mechaniker her.

„Ich hab dich mit Childs reden hören", sagte Macready zu Palmer. „Fehlt was?"

„Ah – laß nur! Nicht wichtig." Er schob sich die Kapuze seines

Parkas in den Nacken und begann, die Knöpfe aufzumachen. „Ich hab einen Mordshunger. Was gibt's zum Abendessen?"

„Was du willst."

Palmer sah ihn mit gerunzelter Stirn an. „Das klingt aber seltsam."

„Wird dir auch wahrscheinlich nicht sonderlich schmecken. Das ist die neue Vorschrift hier. Ab sofort Selbstbedienung. Aus Sicherheitsgründen."

„Was heißt Sicherheit?"

„Für dich selbst. Nur Konserven, bis Fuchs ein narrensicherer Test eingefallen ist. Außer du hast Lust, so wie die Hunde zu enden."

„O ja, kapier schon", erwiderte Palmer.

Aber die Vorstellung, auf unbestimmte Zeit auf Konserven angewiesen zu sein, anstatt Nauls' herzhafte Kost zu genießen, würde die Stimmung im Camp nicht gerade heben.

„Anschließend fängst du an, die Schneemobile zu zerlegen, verstanden?" fuhr Macready fort.

Sie folgten einer Biegung des Korridors und ließen den Geräteraum hinter sich.

„Tut mir leid, Leute." Nauls rollte auf den Herd zu, auf dem Dosen in verschiedenen Farben und Größen standen. „Befehl von Macready."

„Ist schon gut, Nauls", beruhigte ihn Fuchs. „Ist ja zu unserem eigenen Vorteil."

„Ja. Mir tut es bloß leid, daß alle diesen Dreck in Dosen essen müssen."

Childs kaute theatralisch an seiner Mahlzeit herum und meinte dann nachdenklich: „Eigentlich ist mir gar kein so großer Unterschied aufgefallen."

Er duckte sich, wich dem Löffel aus, den der Koch nach ihm warf, und lachte vergnügt.

Nauls hatte nur noch eine Mahlzeit zuzubereiten. Er überprüfte seine Arbeit mit mehr als der üblichen Sorgfalt. Schließlich war das jetzt alles, was er noch zu tun hatte, sah man davon ab, daß er darüber wachen mußte, daß niemand den Herd beschädigte oder sich an einem Dosenöffner verletzte. Ansonsten hatte er bezüglich Blair einige Schuldgefühle. Den meisten ging es so. Auch wenn der Biologe vielleicht verrückt geworden war, so traf das nicht für seinen Appetit zu.

Hackbraten, Kartoffeln, Erbsen, Brot und Butter – alles da. Die anderen spielten mit ihren Dosen und sahen neidisch zu, wie Nauls Folie über das Tablett zog und es dann in einen Isolierbehälter schob. Der Koch schlüpfte in seine Schutzkleidung und rollte auf den nächsten Ausgang zu. Dort blieb er stehen, um die Rollschuhe abzulegen, öffnete dann die Tür und streckte den Kopf in den Wind hinaus.

Das war seine zweite Dienstzeit in der Antarktis, aber Männer, die schon drei Einsätze hinter sich hatten, versicherten ihm, daß man sich nie an den Polarwinter gewöhnte. Im Sommer ging es ja noch, wenn man zu Bett ging, während es draußen hell und sonnig war. Damit konnte man zurechtkommen. Aber er mochte es nicht, in völliger Dunkelheit aufzuwachen. Man hatte dabei immer das Gefühl, die Welt sei gestorben.

Als er sich dem Werkzeugschuppen näherte, glaubte er ein Geräusch wahrnehmen zu können, ein Pochen in der Ferne.

„Beruhige dich, Mann!" murmelte er, dem Schuppen zugewandt.

Die Notwendigkeit, ins Freie hinausgehen zu müssen, hatte jegliches Mitgefühl, das er für Blair empfunden hatte, wieder ausgelöscht.

„Da habe ich dein Essen. Der alte Nauls vergißt dich schon nicht. Mann, du weißt ja gar nicht, wie gut du es hast. Die anderen fressen alle aus Dosen. Und du hast deinen persönlichen Leibkoch", rief er Blair zu.

Er blieb vor der Tür stehen. Das Pochen von drinnen war jetzt sehr laut. Unsicher blieb er stehen und stellte das Tablett ab, um durch das winzige Fenster in der Tür zu blicken.

Der Lärm kam von Blair, und er erzeugte ihn mit einem Hammer, nicht mit den Fäusten. Es war ein leichter, kleiner Hammer, keineswegs schwer genug, um damit die dicken Bohlen zu durchbrechen, die der Koch und Macready vor den Fenstern angebracht hatten.

Aber Blair versuchte auch gar nicht auszubrechen. Er nagelte von innen neue Bretter vor die Tür, und wenn Nauls auch keineswegs ein ausgebildeter Mediziner war, so konnte er an dem Gesichtsausdruck des Biologen doch erkennen, daß der alles andere als kuriert war.

„He", schrie er, „was machst du denn da, Mann?"

„Hier kommt keiner rein!" schrie Blair hysterisch. „Keiner! Das kannst du denen sagen."

Nauls schüttelte betrübt den Kopf, hob die Klappe hoch, die man unten aus der Tür herausgeschnitten hatte, und schob das Tablett durch die Öffnung.

„Wer, glaubst du denn, möchte da zu dir hinein? Ich ganz bestimmt nicht, Mann."

Das Tablett kam wieder herausgeschossen. Es glitt über den vereisten Weg und kippte um. Die Folie verrutschte, und das Essen flog durch die Gegend. Ein Teil davon spritzte auf Nauls' Mantel.

„Was soll denn ...?"

„Und ich will auch kein Essen mit Beruhigungsmitteln mehr!" schrie Blair. „Ich weiß schon, was ihr vorhabt. Bildet euch bloß nicht ein, daß ich das nicht weiß. Ihr seid alle so schlau. Wenn einer versucht, hier hereinzukommen ... Ich habe hier ein Seil. Ehe es mich erwischt, hänge ich mich auf."

„So? Versprichst du das?"

Nauls drehte sich um, hob das Tablett auf und ging brummend wieder zum Hauptgebäude hinüber.

Die Zeit verstrich, aber keineswegs langsam. Die Spannung war spürbar, obwohl jeder sich große Mühe gab, sie vor den anderen zu verbergen.

Die alltäglichen Arbeiten boten eine willkommene Abwechslung. Sie lenkten von dem Schrecklichen ab, das vielleicht immer noch über ihrem Camp schwebte. Die Witze, die die Männer rissen, klangen gezwungen, ebenso das Gelächter, mit dem sie aufgenommen wurden.

Jedes Wort, jede Bewegung wurde beobachtet und beargwöhnt, hinter allem steckte verzweifelte Angst.

Palmer arbeitete an dem zweiten Schneemobil. Er hatte sämtliche Zündkerzen aus beiden Fahrzeugen herausgeschraubt, die Vergaser zerlegt und die Treibstoffilter entfernt und versteckt. Jetzt baute er die Motoren aus. Sie würden gemeinsam mit den wichtigsten Bauteilen der Helikopter und des Traktors unter Verschluß genommen werden. Die Schrauben und Muttern zur Befestigung der Motoren würden an einem anderen Ort versteckt werden.

MACREADY ging kein Risiko ein. Er schnitt in dem Ballonturm mit einem Küchenmesser jeden einzelnen der riesigen, nicht gefüllten Wetterballons in Streifen. Keiner konnte sagen, wie lange sie isoliert bleiben mußten oder wann Fuchs einen neuen Test entwickelt hatte.

Es war unwahrscheinlich, aber immerhin war es möglich, daß zufällig eine vor Kälte halb erstarrte Möwe oder ein Fregattvogel ihr Camp erreichte.

Es war besser, keinerlei Risiken einzugehen. Vögel konnte man nicht verfolgen.

Jetzt war er mit dem letzten Ballon fertig und stand zögernd vor den Wasserstoffflaschen, die in der Nähe gelagert waren, bis er entschied, daß es nicht notwendig war, sie zu entleeren. Im ganzen Camp gab es nichts, aus dem das Ding sich heimlich eine geeignete Hülle machen konnte.

DIE Stereoanlage in der Küche heulte, und die rhythmischen, wilden Klänge lockerten ein wenig die Spannung und verbanden sie mit einer Welt, die Millionen Meilen entfernt zu sein schien. Nauls summte vor sich hin, während er die Teller aus der Spülmaschine nahm und sie auf dem Regal stapelte.

CHILDS seufzte. Er kratzte sich mit einer Hand am Ohr und blätterte mit der anderen in einem Magazin. Der Schneidbrenner mit der blitzenden neuen Düse lag dicht neben ihm.

Clark, Copper und der frühere Stationsleiter dösten auf der Couch. Bald würde die Wirkung des Morphiums nachlassen. Norris würde ihnen dann eine neue Dosis verpassen; das wußte Childs.

Clark bewegte sich, richtete sich auf und murmelte mit belegter Stimme: „Ich muß mal raus, Childs."

Der Mechaniker legte das Magazin weg, führte den Hundepfleger zum anderen Ende des Raums und öffnete ihm die Tür.

„Beeil dich aber!" Clark taumelte in die kleine Kammer. Ein paar Sekunden verstrichen, und die Lichter begannen zu flackern. Childs sah sich besorgt um. Einen Augenblick gingen sie ganz aus, dann brannten sie wieder.

„O nein!" stöhnte der Mechaniker. „Nein – nicht jetzt, Mann."

Als sie das zweitemal erloschen, blieben sie aus. Und gleichzeitig mit dem Licht war noch etwas anderes verschwunden: Der Generator summte nicht mehr.

„Childs!" Das war Nauls aus der Küche. „Kurzschluß?"

„Nein", widersprach Childs. „Dann wäre das Licht sofort ausgeblieben. Dann hätte es auch kein Flackern gegeben. Hör mal – hörst du es nicht?"

„Ob ich was höre, Mann?" kam die Antwort. „Gar nichts höre ich."

„Das meine ich ja. Der Generator summt nicht mehr. Der Schalter für den Hilfsgenerator ist im Korridor in deiner Nähe. Gegenüber der Küchentür. Schalt ihn ein!" Er stolperte in der Finsternis herum und fluchte, als er gegen den Kartentisch stieß. „Wo ist die verdammte Taschenlampe?"

Etwas fiel vom Tisch auf den Boden. Das Magazin wahrscheinlich. „Bei euch dort drüben alles in Ordnung?"

Ein Kichern ertönte von der Couch; es klang gereizt und ängstlich.

„Laß das, Copper!" Childs zögerte. Die Taschenlampe sollte in der Ecke liegen, auf einem Regalbrett. Er tastete sich an der Wand entlang. „Nauls, was brauchst du so lange? Der Schalter ist genau vor der Tür."

„Ich weiß", kam nervös die Antwort. „Ich habe ihn gefunden und umgelegt, aber es passiert nichts."

„Das ist unmöglich, Mann!" Inzwischen hatte er das Regal erreicht und tastete zwischen den Büchern und Spielen herum. Keine Taschenlampe!

Er wandte sich um und schlurfte vorsichtig zum Kartentisch zurück. „Okay, Clark, raus mit dir aus dem Klo!"

„Da muß ein Kurzschluß sein oder so etwas!" schrie Nauls vom Korridor herüber.

Childs ignorierte die Klage des Kochs. Er wollte jetzt eine Antwort aus der Toilette.

„Clark! Hörst du mich, Clark? Komm raus da!"

Als immer noch keine Antwort kam, tastete Childs auf dem Tisch herum, bis er den Brenner fand. Die Flamme sprang beruhigend schnell an. Blaues Feuer erleuchtete den Aufenthaltsraum und verbreitete ein gespenstisches Licht. Er ging auf das Klo zu, aber etwas, das er nur undeutlich sah, ließ ihn stocken und den Brenner auf die Couch richten. „Wo – wo ist Garry?"

Der Stationsleiter war verschwunden. Copper starrte benommen auf das leere Kissen neben sich.

Er und Childs waren jetzt allein.

„Verdammt!" Der Mechaniker tastete nach der tragbaren Sirene und knipste sie an, dankbar, daß sie batteriebetrieben war.

Palmer blickte von dem in der Dunkelheit nicht mehr sichtbaren Schneemobil auf, das er fast völlig zerlegt hatte. Macready und Sanders kamen aus der Müllgrube und wechselten mit dem Hilfspiloten Blicke. Kurz darauf eilten sie alle drei auf den nächsten Eingang zu. Sie orientierten sich mit ihren Taschenlampen.

Childs zuckte bei jedem Geräusch zusammen und versuchte, mit dem Brenner die Finsternis zu durchdringen. „Wo bist du, Garry? Daß du dich keinen Zoll bewegst, Copper!"

Wieder kicherte der Arzt, ganz laut. Das trug nicht gerade dazu bei, den ohnehin schon angeschlagenen Gemütszustand des Mechanikers zu verbessern.

„Nauls, bring eine Taschenlampe, verdammt!"

Der Koch ließ von dem unbrauchbaren Schaltkasten ab und kehrte in die Küche zurück. Er tastete die vertrauten Schränke ab, bis er eine bestimmte Schublade gefunden hatte. Seine Hände wühlten in ihr herum, ertasteten Löffel, Gabeln und Messer – alles, nur das nicht, was er suchte.

„Jemand hat sie mir weggenommen. Ich kann sie nicht finden."

„Clark!" Childs richtete seinen Brenner auf die Toilettentür. „Kommst du jetzt raus, oder willst du, daß ich dich hole?"

Macready, Sanders und Palmer taumelten in den Korridor und stießen aneinander, als sie sich in dem unerwartet finsteren Gang zu orientieren versuchten.

Macready schloß die Tür hinter ihnen. Ihre Taschenlampen lieferten das einzige Licht.

„Was ist hier los?" rief Macready.

Als die Außenbeleuchtung erloschen war, hatte er mit Schwierigkeiten gerechnet, nicht aber mit dieser völligen Dunkelheit.

„Weiß einer, was passiert ist?"

„Macready? Bist du das?" Das war Norris.

„Ja! Palmer und Sanders sind auch da. Was, zum Teufel, geht hier vor?"

„Ich glaube, es ist der Generator", antwortete der Geophysiker. „Es gibt nirgends Saft."

„Und was ist mit dem Hilfsgenerator?"

„Keine Ahnung. Ich weiß nur, daß es keinen Strom gibt."

Macready wandte sich an seinen Assistenten. „Gut, Palmer, das sehen wir uns an."

„Macready!"

„Bist du das, Childs?"

„Ja. Ich bin immer noch im Aufenthaltsraum."

„Bei dir alles klar?"

„Ja, mir fehlt nichts. Aber Garry ist verschwunden."

„Mist!" Der Pilot überlegte einen Augenblick. Aber jetzt gab es Wichtigeres. „Nun, bleib am Ball! Halte durch!"

„Ja – danke." Die Stimme des Mechanikers hallte freudlos durch den Korridor. „Wie steht's mit Saft?"

„Palmer und ich kümmern uns drum."

Der Lichtkegel ihrer Taschenlampen wirkte fahl, als die zwei Männer die kurze Treppe zum Generatorraum hinunterstolperten. Unten zögerte Macready. Dann drehte er sich und ließ den schwachen Lichtkegel in der Finsternis kreisen. „Sanders? Wo ist Sanders?"

Sie untersuchten die Treppe, dann den Boden und schließlich die Wände des Generatorraums.

Sanders war verschwunden.

Palmer machte einen Schritt rückwärts, in die Richtung, aus der sie gekommen waren, und fragte ohne Begeisterung: „Soll ich ihn suchen gehen?"

„Nein. Nicht jetzt", sagte Macready ungeduldig. „Zuerst müssen wir dieses Biest hier wieder in Gang bringen. Dann können wir anfangen, Leute zu suchen."

Sie gingen auf die stumme Masse aus Metall zu. Der Generator hockte wie ein gepanzerter Saurier mitten im Raum. Die Luft war mit dem beißenden Gestank von Dieselöl geschwängert, aber der Geruch verflüchtigte sich schnell.

Palmer inspizierte die Maschine im Licht seiner Taschenlampe. Der Lichtkegel verhielt an einer Stelle ganz unten.

„Die Treibstoffpumpe ist verschwunden." Panik klang in seiner Stimme mit. „Du mußt im Lager eine neue Einheit suchen, Mac.

Wenn wir dieses Ding nicht schnell wieder in Gang bekommen, friert es uns ein und springt nie wieder an."

„Was ist mit der Hilfspumpe?"

„Von der weiß ich nichts."

„Bist du sicher mit der Pumpe? Sonst fehlt nichts?"

Der Scheinwerferstrahl tastete über den Generator. „Ich glaube nicht. Sonst sehe ich nichts. Eigentlich ist ja Childs dafür zuständig."

„Childs hat zu tun", erinnerte Macready seinen Assistenten. „Bleib hier! Ich bin gleich wieder da."

„Willst du meine Lampe?"

Macready warf einen Blick auf den schwachen Lichtkegel der seinen. „Nein, behalt sie nur! Sieh nach, ob sonst nichts defekt ist."

Er drehte sich um und hastete die Treppe hinauf, ohne sich darum zu kümmern, daß er in der Finsternis stolpern könnte.

Palmer wartete. Dann kam ihm in den Sinn, daß er an der am tiefsten gelegenen und am meisten isolierten Stelle des Camps ganz allein war.

Zum Teufel! Denk an was anderes! sagte er sich.

Die Taschenlampe fest in einer Hand, legte er sich auf den Rücken und schob sich unter den Generator. Er konnte die Zeit nutzen und sich vergewissern, daß alles andere funktionsfähig war. Immerhin mußte er ja damit rechnen, daß Macready eine Weile fortblieb. Palmer begann wie wild, Schrauben festzuziehen, gleichgültig, ob sie nun locker saßen oder nicht.

CHILDS ging im Aufenthaltsraum auf und ab und schlug die Hände über der Brust zusammen, um sich warm zu halten. Die Temperatur sank schnell.

Die antarktische Nacht sog die Wärme wie ein Blutegel aus dem Camp, trotz der mehrfachen Isolierschichten. Nur der Brenner auf dem Kartentisch erzeugte etwas Wärme. Der blaue Schein der Flamme reichte kaum bis zu den Wänden hin. Copper saß allein auf der Couch. Wenigstens hat er mit diesem infernalischen Kichern aufgehört, dachte Childs.

Macready kam aus dem Lagerraum geschossen, eine neue Pumpeneinheit unter dem Arm. Er kollidierte mit jemandem.

„Wer – wer ist das? Wer da?"

Keine Antwort. Die undeutliche Silhouette rannte den Korridor hinunter.

„Sanders? Bist du das? Schon wieder ausgeflippt, Mann? Schon gut. Ich bin's, Macready! He, wer ...?"

Eine schwache Stimme kam aus der anderen Richtung. „Mac?" Palmer klang ängstlich. „Bist du das, Mac? Wo, zum Teufel, bleibt die Pumpe?"

„Komme schon!"

Er warf einen letzten Blick in den Korridor, sah aber nur Finsternis. Dann rannte er zum Generatorraum.

Er war so darauf bedacht, die Treibstoffpumpe zu schützen, daß er in seiner Hast beinahe gestürzt wäre. Palmers Licht leuchtete unter dem Generator hervor. Macready ließ sich auf die Knie nieder und schob die Einheit dem anderen Piloten hin. Palmer kam zum Vorschein und half ihm, den Karton aufzureißen.

„Wird das gehen?" fragte ihn Macready.

Palmer musterte die Einheit, die jetzt vor ihm lag.

„Das ist nicht dieselbe."

„Verdammt!" Macready richtete sich auf. „Dann sehe ich noch mal nach."

„Nein, nein." Palmer packte ihn am Arm und hielt ihn zurück. „Ich meine, sie stammt von einem anderen Hersteller als die fehlende Einheit. Sie paßt schon."

Macready atmete erleichtert auf. „Mensch, Palmer, jag mir bitte nicht so einen Schreck ein!"

„Halt mir die Lampe, ja?" Palmer griff unter den Generator, holte seine Taschenlampe heraus und reichte sie Macready. Dann zwängte er sich wieder unter den Generator.

„Ein wenig höher, Mac!"

Macready hob den Scheinwerferkegel etwas an. Palmer arbeitete konzentriert.

Ihr Atem begann bereits zu gefrieren. Die Temperatur sank immer tiefer.

Macready hielt die Lampe so ruhig, wie er nur konnte, während Palmer mit immer klammeren Fingern arbeitete.

„Da hat sich eindeutig jemand daran zu schaffen gemacht."

„Werden wir es hinkriegen?"

„Hoffe schon. Noch eine Viertelstunde." Palmers Stimme begann zuversichtlicher zu klingen. „Ich möchte wissen, was aus dem Hilfsaggregat geworden ist. Was ich nicht verstehe, ist ..."

Ein schreckliches, dröhnendes Kreischen unterbrach ihn. Macready erstarrte. Diese Laute hatte er jetzt schon zweimal gehört – einmal auf dem Band, das sie aus dem norwegischen Lager mitgebracht hatten, und einmal weit draußen auf dem Eis.

Er dachte an Bennings und spürte, wie sein Herz anfing, wild gegen seine Rippen zu schlagen.

11

NOCH nie in seinem ganzen Leben hatte Macready sich so gefreut wie in dem Augenblick, als die Lichter wieder angingen. Palmer kroch unter dem jetzt summenden Generator hervor und klopfte sich den Staub von den Hosen.

„Das sollte so lange halten, bis Childs es richtig verschrauben kann. Wohin jetzt?"

„Aufenthaltsraum", sagte Macready knapp.

Es widerstrebte ihm, den Generatorraum zu verlassen, aber er mußte sich damit begnügen, ein schweres Vorhängeschloß an der Tür anzubringen.

Als sie ankamen, war der Aufenthaltsraum überfüllt. Das Gedränge war nach den langen Minuten, die sie allein mit dem Generator verbracht hatten, beruhigend. Ein Mann studierte den anderen. Palmer, Nauls und Sanders hielten großen Abstand zwischen sich und allen anderen.

Norris und Childs benutzten Nylonseile dazu, den Arzt, Clark und Garry an die Couch zu fesseln.

Macready machte sich Vorwürfe, daß er das nicht schon früher angeordnet hatte. Jetzt war es zu spät. Er verdrängte den Gedanken daran, was hätte passieren können, wenn er keine Ersatzpumpe für den Generator gefunden hätte.

Während Norris und Childs mit den drei Gefangenen beschäftigt waren, hantierte Macready an den kleinen Propanbrennern, die er aus dem Lager mitgebracht hatte, herum. Der Umgang mit ihnen würde gefährlich sein, trotzdem hatte er mehr Vertrauen zu den improvisierten Flammenwerfern als zu den Schußwaffen.

„Wo waren die Taschenlampen?“ fragte ihn Sanders. „Was ist aus den ganzen Taschenlampen geworden, Mann?“

„Vergiß die verdammten Taschenlampen!“ herrschte Macready ihn an. „Wo, zum Teufel, warst du?“

„Ich – ich hab wieder die Nerven verloren, Mac. Bin einfach losgerannt und habe versucht wegzukommen. Tut mir leid.“

„Schon gut!“ Macready stand auf, griff sich einen der kleinen Brenner und sah zu Palmer hinüber. „Ich glaube, die werden funktionieren. War eine gute Idee.“

„Danke, Mac. Aber als ich die Brenngasventile aus dem Lager holte, ist mir noch etwas aufgefallen. Das hat mich daran erinnert, daß ich den Magnet vom Helikopter eins nicht finden konnte. Da fehlt massenhaft Zeug. Kabel, Drähte, Chips – aller möglicher Scheiß. Zuerst hab ich mir nichts dabei gedacht, bis mir dann das fehlende Teil von dem Hubschrauber eingefallen ist.“

„Das ist komisch.“ Nauls löste sich von der Wand und rollte in die Mitte des Raums. „Mir fehlt in der Küche auch alles mögliche. Ich hab nichts darüber gesagt, weil ich es nicht für wichtig hielt. Ich meine, was, zum Teufel, will denn einer mit einem Mixer anfangen?“

Macready sah sich im Raum um, zählte die Köpfe. „Hat einer Fuchs gesehen? Oder gehört?“

Das hatte keiner. Man konnte das ebenso an ihren Gesichtern ablesen wie aus ihrem Schweigen entnehmen.

Childs funkelte den früheren Stationsleiter an, während er ihm die Arme hinter dem Rücken fesselte. „Wo warst du denn, als die Lichter ausgingen, Chef?“

Garry war von dem Morphium immer noch benommen. „War dunkel. Licht finden ...“

„Du verlogenes Schwein!“

Garry kämpfte gegen die Fesseln an und richtete sich auf. Seine Worte verschwammen ineinander, klangen undeutlich. „Bist du verrückt?“ Er packte Childs mit der noch freien Hand am Kragen.

„Hinsetzen!“ Der Mechaniker verpaßte Garry mit seiner mächtigen rechten Pranke einen Hieb, dem der andere nur teilweise ausweichen konnte. Dafür zog Garry jetzt den Kopf ein und rammte ihn dem

Größeren in den Leib. Die beiden fielen rückwärts über die Couch und hätten beinahe Copper mitgerissen.

Macready und Norris traten sofort in Aktion, wobei sich der Pilot Childs schnappte, während Norris den benommenen Garry zur Seite zog.

„Ganz ruhig, Chef! Das genügt jetzt. Ruhig, sage ich!"

Irgendwie schaffte es Macready, Childs zur Seite zu schieben. „Aufhören, Mann! Hast du gehört? Das ist es genau, was *es* haben will. Kämpfst du für das Ding oder dagegen?"

Childs hob eine Faust und starrte den Piloten ausdruckslos an, während er seine Worte verdaute. Dann senkte er die Faust langsam und atmete tief ein. Als er wieder sprach, klang seine Stimme verlegen. „Tut mir leid, Mac. Ich hab nicht nachgedacht."

Aber er starrte den einstigen Stationsleiter weiterhin böse an.

Ein polterndes Geräusch von oben unterbrach sie. Heftiger Wind fegte über das Dach. Macready blickte zur Decke empor und ließ Childs los.

„Hört ihr das?" Er sah sich im Raum um. „Ich hab mir Bennings' Aufzeichnungen angesehen. Der Sturm muß jeden Augenblick loslegen. Wir haben also nicht viel Zeit."

„Zeit wozu?" wollte Norris wissen.

Macready ging zum Kartentisch hinüber und begann, die tragbaren Schneidbrenner zu verteilen. Den ersten schob er Norris hin.

„Wir müssen Fuchs finden, und wenn wir ihn finden, töten wir ihn", sagte er.

Sanders blickte schockiert auf. „Warum?"

„Wenn er immer noch einer von uns wäre, dann wäre er inzwischen zurückgekehrt. Die Lichter sind lange genug an. Er ist nicht gekommen. Das bedeutet, daß er entweder nicht kann oder nicht will, weil er nicht mehr Fuchs ist. Und wenn aus ihm ein solches Ding geworden ist, dann müssen wir ihn finden, ehe er sich in das verwandelt – in was immer er sich auch verwandeln kann." Er überlegte einen Moment. „Wißt ihr, was ich denke? Ich glaube, es ist es jetzt leid, hier herumzuspielen. Es weiß, daß es hier in der Klemme sitzt. Also hat es keinen Anlaß, sich zu verstecken, in der Hoffnung, einen Helikopter oder ein Schneemobil stehlen zu können. Die sicherste Methode für sein Überleben ist jetzt, dafür zu sorgen, daß wir es nicht verbrennen können. Und das bedeutet, daß es uns erledigen muß. Wenn es das als Mensch nicht schafft, so könnte es sein, daß es jetzt versucht, uns in seiner wahren Form anzugreifen. Denkt daran, wir haben weniger als eine Stunde Zeit! Ich wünschte, ich wüßte, wieviel weniger." Er blickte nach rechts. „Nauls, du und Childs und ich, wir kümmern uns um die Schuppen draußen."

Er warf Palmer und Sanders Brenner zu.

„Ihr zwei sucht das Hauptgebäude ab. Bleibt beisammen!"

Palmer musterte den Funker mißtrauisch. „Ich gehe nicht mit Sanders."

Sanders' Kopf fuhr zu dem Hilfspiloten herum. „Stimmt etwas an mir nicht, Mann?"

Palmer ignorierte ihn und wich seinem Blick aus. „Ich gehe nicht mit ihm. Ich gehe mit Childs."

„Und wer sagt, daß ich möchte, daß du mit mir gehst?" knurrte Childs.

Macready trat zwischen sie. Er war am Ende seiner Geduld. „Hört auf! Dafür ist jetzt keine Zeit. Wie oft muß ich euch denn noch sagen, daß ihr euch genauso benehmt, wie das Ding es will. Jeder hat Angst vor dem anderen. Das ist ja paranoid. Wir schneiden einander die Hälse ab, und das Ding sitzt daneben und lacht sich dumm und dämlich."

Palmer sah plötzlich wie ein kleiner Junge aus, den man mit der Hand im Bonbonglas erwischt hat. „Ja, ich weiß. Trotzdem gehe ich nicht mit Sanders."

„Schon gut, schon gut." Macready versuchte gar nicht erst, seinen Ärger zu verbergen. „Sanders, du kommst mit uns! Norris, du bleibst hier!" Dann wandte er sich an die Männer, die gefesselt auf der Couch saßen. „Wenn sich einer von denen bewegt, brennst du ihn nieder. Und wenn du irgend etwas hörst, die kleinste Kleinigkeit, die nicht koscher klingt, läßt du die Sirene heulen! Wir treffen uns in jedem Fall in zwanzig Minuten wieder hier." Er senkte die Stimme bedeutungsvoll. „Und jeder paßt auf jeden anderen auf. Laßt euch nicht wild machen! Streitet nicht miteinander! Nur aufpassen müßt ihr." Seine Augen suchten die seiner Freunde. „Alles klar? Dann wollen wir gehen."

Die drei Männer blieben oben an der Treppe stehen. Der Wind

heulte unheilverkündend. Zumindest brannte die Beleuchtung draußen wieder, wenn man auch immer noch Taschenlampen brauchte, um den hölzernen Steg zu beleuchten.

„Paßt jetzt gut auf!" warnte Macready. Ein kräftiger Windstoß unterstrich seine Worte. „Der Sturm ist in wenigen Minuten da. Ich möchte nicht hier draußen festsitzen, wenn es losgeht. Sanders, du siehst dir den Chemieschuppen an!"

Der Funker nickte und setzte sich nach rechts in Bewegung. Er ging über einen hölzernen Steg, der unter einem halben Zoll Schnee vergraben war.

„Komm, Nauls!" Begleitet von dem Koch, kämpfte der Pilot gegen den Wind. Er hatte vielleicht einen Meter zurückgelegt, als er ausglitt und beinahe gestürzt wäre. Der Lichtkegel seiner Taschenlampe war zu schwach.

„Anzünden!" rief er Nauls zu.

Der Koch nickte. Jeder zog eine Fackel aus der Tasche und entzündete sie. Ihr kräftiger Schein bot ihnen Licht.

Sie schlurften auf Blairs Schuppen zu.

Die Haltetaue, die den Weg flankierten, waren das einzige, was ihnen die Richtung wies.

Childs öffnete vorsichtig die Tür und spähte in den Raum. Leer! Er schloß die Tür leise, ging ein paar Schritte den Gang weiter hinunter und zog die Trennwand auf. Der Korridor vor ihm lag ebenfalls verlassen da.

„Was haben wir eigentlich diesem Ding angetan?" fragte eine Stimme dicht hinter ihm.

Der Mechaniker wirbelte herum und funkelte Palmer an. Der Pilot hatte zu sich selbst gesprochen und war ein paar Schritte hinter seinem Kollegen zurückgeblieben.

Die abrupte Bewegung Childs' ließ Palmer erschrocken stehenbleiben. „Was ...?"

„Geh nicht hinter mir!"

„Geh nicht hinter ..." Dann dämmerte es ihm. Normalerweise konnte Palmer seine Gedanken für sich behalten, aber nicht jetzt. „Ja. Hast recht." Er ging ein paar Schritte vor, bis er neben der Wand stand, dem Mechaniker schräg gegenüber. „Ist's so besser?"

„Viel besser." Childs nickte und ging an der Trennwand vorbei in den nächsten Abschnitt des Korridors. Beide waren jetzt darauf bedacht, nebeneinander zu bleiben. Dies führte zu einer ruckartigen, schwerfälligen Art der Fortbewegung, die keineswegs dazu beitrug, die Spannung zwischen beiden zu beseitigen.

DER Wind strich heulend um die Wände des Schuppens, als Nauls und Macready vor der Tür stehenblieben. Der Pilot sah sich nach links und rechts um.

Keines der Bretter vor den Fenstern schien bewegt worden zu sein.

„Leise!" bedrängte ihn Nauls. „Vielleicht geht das Ding hier draußen herum und belauscht . . ."

Macready schüttelte den Kopf. „Dafür ist es viel zu schlau. Und wenn es das nicht wäre, könntest du es trotzdem nicht hören", meinte er barsch. „Nicht bei dem Wind."

Nauls leckte sich über die Lippen und verfluchte sich sofort, als sich eine Eiskruste darauf bildete.

Er beäugte die dicken Bohlen, mit denen die Schuppentür vernagelt worden war.

„Was tun wir dann? Gehen wir hinein?"

„Nicht, wenn wir nicht müssen."

Das kleine, in die Tür eingelassene Guckloch war völlig beschlagen. Macready versuchte mit zusammengekniffenen Augen hindurchzusehen, während Nauls hinter ihm herumtanzte, aus Nervosität und um sich warm zu halten.

„Siehst du etwas?"

Macready starrte noch einen Augenblick durch das Guckloch und schüttelte schließlich den Kopf. „Zu stark beschlagen. An den Seitenfenstern könnte es besser sein. Komm!"

Dicht an die Wand gepreßt, schoben sie sich links um die Ecke. Im Schutz des Schuppens war die Stärke des Windes nicht so zu spüren.

Die Lücken zwischen den kräftigen Stützbalken waren ebenfalls beschlagen, aber nicht so stark wie das Glas in der Tür. Macready spähte hinein.

Blair saß an dem Tisch in der Mitte, im Schein der schwachen Glühbirne, die von der Decke hing, kaum zu sehen. Er löffelte etwas aus einer Dose. Eine Schlinge hing von einem der Deckenbalken herunter, jederzeit bereit. Macready brachte den Mund ganz nahe ans Glas, achtete aber darauf, es nicht zu berühren.

„He, Blair!"

Der Biologe sprang auf, stieß dabei seinen Stuhl um und verschüttete den Inhalt der Konservendose. Sein erregter Ausdruck strafte seine scheinbare Gelassenheit Lügen. Sein Blick forschte verstört, woher der Ruf gekommen war, bis er schließlich das Fenster erfaßte.

„Mac, bist du das?"

„Ja. Ich und Nauls. Ganz ruhig bleiben, Blair!" Der Biologe schien sich daraufhin etwas zu entspannen. Er ging ans Fenster und starrte hinaus.

Seine Augen waren rot und blutunterlaufen, sein Haar war wirr und seine Kleidung in Unordnung. Macready fand, daß er schrecklich aussah.

„Was wollt ihr, Mac?"

„Ist Fuchs hier draußen gewesen?"

Macready studierte den anderen eindringlich und versuchte herauszufinden, ob ein neuer Anfall bevorstand. Doch er konnte es nicht erkennen und wünschte sogar, Copper wäre zugegen. Aber Copper stand unter Verdacht.

„Ich habe es mir anders überlegt", sagte Blair zu Macready. „Ich – ich möchte gern wieder zurück. Ich will nicht mehr hier draußen bleiben. Ich höre hier draußen so komische Dinge."

Ich wette, daß du die hörst, dachte Macready. Das Schlimme ist nur, daß du sie schon gehört hast, ehe man dich hier hineingesteckt hat.

„Ich hab dich gefragt, ob du Fuchs gesehen hast."

Blair strengte sich sichtlich an, über Macreadys Frage nachzudenken. „Fuchs? Nein, Fuchs ist es nicht. Ihr müßt mich wieder hineinlassen. Ich tue keinem etwas zuleide. Das verspreche ich. Ihr habt inzwischen die Gewehre alle versteckt. Ganz sicher habt ihr das. Ich – ich kann nichts mehr beschädigen."

„Wir werden sehen, Blair." Macready wandte sich vom Fenster ab. „Wir müssen zuerst ein paar andere Dinge überprüfen."

Nauls folgte dem Piloten, der sich zielstrebig von dem Schuppen entfernte.

Blairs panikerfüllte Stimme verfolgte sie. „Ich verspreche es! Ich fühle mich jetzt viel wohler! Ich bin ganz in Ordnung. Ich tue alles, was ihr sagt. Laßt mich nicht hier! Mac, laß mich nicht hier draußen!"

Den Rest seiner Schreie verschluckte der Wind, während Macready und Nauls ihre Schritte etwas beschleunigten.

NORRIS war müde. Die letzten paar Tage waren anstrengend gewesen. Er war ein gutes Stück älter als die meisten anderen und auch nicht so gesund wie sie. Er teilte seine Aufmerksamkeit zwischen dem unter Morphium stehenden Trio auf der Couch und den Männern, die den Aufenthaltsraum betraten und verließen.

Ein dumpfer Schmerz pulsierte in seiner Brust. Er rieb sich nachdenklich das Brustbein.

„Ich fange an, mir deinetwegen Sorgen zu machen", sagte Copper mit belegter Stimme von der Couch her. „Man sollte ein EKG von dir machen."

Norris nahm verlegen die Hand von der Brust und versuchte gleichgültig zu klingen. „Wir sollten uns im Augenblick über etwas anderes Sorgen machen."

Der Arzt gähnte, was nicht nur den Drogen zuzuschreiben war. Er war ebenfalls erschöpft. „Gut. Sobald wir das hier hinter uns haben, machen wir gleich das EKG."

Norris nickte zustimmend.

Draußen vor der Tür, die in Richtung Küche lag, war ein Geräusch zu hören. Er zuckte zusammen. Da war es wieder! Ein schwaches, mechanisches Geräusch. Ein Relais, das umschaltet, entschied er und entspannte sich wieder.

Dann wanderte sein Blick zu dem Arzt zurück, und er murmelte: „Sobald wir das hier hinter uns haben ..."

DER Wind draußen war jetzt noch stärker geworden. Macready und Nauls mußten die Haltetaue benutzen und sich daran vorwärts ziehen. Sie kamen quälend langsam voran, und der Pilotenschuppen schien endlos weit entfernt zu liegen.

Sie benutzten sowohl ihre Taschenlampen als auch die Fackeln. Daß sie nicht die einzigen Lebewesen weit und breit waren, verriet das stumpfe, orangefarbene Licht der Außenbeleuchtung, das sich vergeblich bemühte, das dichte Schneetreiben zu durchdringen.

Ein heftiger Windstoß warf Macready um. Er klammerte sich mit beiden Händen am Seil fest, während ihm die Beine weggerissen wurden.

Vergeblich stemmte er seine Stiefel gegen den Schnee. Er lag auf dem Rücken, halb auf dem Bretterweg, halb im weißen Nichts. Der Wind zerrte an ihm, versuchte seinen Griff zu lösen.

Nauls blieb stehen, als die Taschenlampe und die Fackel des Piloten zu ihm hingefegt wurden. Er stürzte sich auf das Licht, packte mit der anderen Hand das Seil und schaffte es, die Lampe aufzufangen, ehe der Wind sie wegtrug.

Macready kämpfte darum, wieder auf die Beine zu kommen. Ihm war schmerzlich bewußt, wie verletzbar er jetzt war, wo er so auf dem schlüpfrigen Eis lag.

Nauls kam auf ihn zu, hangelte sich am Seil entlang. Der Pilot starrte den jüngeren Mann durch seine Schutzbrille an. Der Koch wirkte in seinem vom Schnee verkrusteten Parka und den Stiefeln wie eine surreale Vision.

Dann neigte Nauls sich herab und reichte ihm die Lampe. Bemüht, sich seine Erleichterung nicht anmerken zu lassen, schaffte Macready es endlich, sich wieder in die Höhe zu ziehen.

„Danke!" rief er in den Wind. Nauls nickte nur.

Gemeinsam setzten sie ihren Marsch zu dem Schuppen fort.

NORMALERWEISE liefen die Elektrokabel parallel an der unteren Küchenwand entlang, wie zwei silberne Pythonschlangen. Jetzt waren sie verdreht und zerrissen, als wäre zwischen ihnen eine kleine Bombe detoniert. Nacktes Kupfer schimmerte im fluoreszierenden Licht.

Childs und Palmer versuchten, sich einen Überblick über den Schaden zu verschaffen.

„Die Hilfsversorgung", murmelte Childs zornig und stocherte an einem Kabel herum. „Deshalb ist das Hilfsaggregat nicht angesprungen."

„Die Hilfskabel", wiederholte Palmer. Er beugte sich hinab und fühlte sich verraten. „Jemand hat sie abgeschnitten."

„Abgeschnitten, daß ich nicht lache!" Childs richtete sich auf und sah sich in der verlassenen Küche um. Die vertrauten Essensgerüche und Nauls' Stereomusik fehlten ihm. „Auseinandergerissen hat man sie."

„Können wir das richten?"

„Wahrscheinlich. Wir müssen die abgerissenen Enden abschneiden und die Drähte sauber verspleißen. Wenn wir Zeit haben." Er wandte sich zum Gehen. „Komm! Ich habe gesagt, die Reservebatterien seien wahrscheinlich in Ordnung. Ich will es genau wissen."

Sie gingen zum Lager.

TROTZ des immer stärker werdenden Orkans schafften es Macready und Nauls, den höchsten Punkt des kleinen Hügels zu erreichen. Der Schuppen bot ihnen einigen Schutz. Es war sehr dunkel. Das schwache Licht vom Hauptgebäude war jetzt durch das Schneetreiben überhaupt nicht mehr zu sehen.

Macready machte eine Handbewegung, und Nauls baute sich auf der abgelegenen Seite der Tür auf. Die behandschuhte Hand des Piloten schob den schweren Riegel in die Höhe. Dann atmete er tief durch, stieß die Tür auf und trat ein. Als erstes knipste er den Lichtschalter neben der Tür an, aber an der Decke flammte kein freundliches Licht auf. Sein Blick wanderte nach oben. Da war kein Beleuchtungskörper mehr. Der war verschwunden, ebenso der größte Teil des Dachs.

Erschrocken trat er in den Raum. Der Wind war hier drinnen fast so stark wie draußen, jetzt, da kein Dach mehr auf dem Schuppen lag. Das ganze Innere war mit Schnee gefüllt und ein Chaos – ob es nun der Wind verursacht hatte oder etwas anderes, wußte er nicht.

Er hörte, daß Nauls ihm etwas zurief.

„Wo ist das Dach?" Der Koch hatte unter der Tür gestanden und nach oben geblickt. Jetzt trat er ein und drehte sich langsam im Kreis. „Hat das der Sturm getan?"

Macready schüttelte den Kopf. Bevor sie die Tür geöffnet hatten, hatte er Angst gehabt, jetzt begann er zornig zu werden. „Möglich, aber unwahrscheinlich", sagte er zu seinem Begleiter. „Das muß eineinhalb Tonnen gewogen haben. Ich hatte es so beschwert, daß es einem Orkan bis zu zweihundertfünfzig Kilometer in der Stunde Widerstand hätte leisten können. Diese ‚Brise', die wir da haben, ist bei weitem nicht so stark."

Sie inspizierten die Ruine, die einmal Macreadys Zuflucht gewesen war. Sein überdimensionales Schachbrett war ein Klumpen aus rotem und schwarzem Plastikmaterial. Es lag in einer Ecke, in die man es geworfen hatte. Figuren waren im Schnee zu sehen. Sie lagen über den ganzen Boden zerstreut, dort ein Bauer, da ein zerbrochener König.

Nauls trat einen Stuhl um. Dabei schoß etwas Blasses, Aufgedunsenes unter ihm hervor. Er stieß einen halberstickten Schrei aus und schlug instinktiv mit seiner Fackel danach.

Er traf die aufblasbare Dame in der Mitte. Ein scharfer Knall ertönte.

Macready wirbelte herum, als er das schußähnliche Geräusch hörte, während Nauls stolperte und zu Boden fiel.

Vom Wind erfaßt, fegte das Stück Latex durch das fehlende Dach und verschwand in der Nacht.

„Mist!" murmelte Macready, wenn auch Nauls nicht sagen konnte, ob er das sagte, weil er seine Gefährtin verloren hatte oder weil er dem falschen Alarm aufgesessen war.

Der Koch rappelte sich auf und klopfte sich den Schnee von dem zerdrückten Parka.

„Verdammte Weiber!" brummte er finster. „Ich hab noch nie gewußt, was die als nächstes tun."

IM KORRIDOR war es kalt. Der Generator mühte sich immer noch ab, die ursprüngliche Temperatur wiederherzustellen, die durch den kurzzeitigen Ausfall abgesunken war.

Palmer stand daneben, während Childs die Schlösser aufsperrte, die das Gewächshaus sicherten. Das nahm einige Zeit in Anspruch. Dem Piloten war das Warten unangenehm. Er hätte es bei weitem vorgezogen, im Aufenthaltsraum zu warten. Aber Befehl war eben Befehl. Wenigstens hatte Mac ihn nicht gezwungen, mit dem nervösen Sanders zu gehen.

Schließlich drehte Childs das letzte Kombinationsrad und zog die schwere Tür auf. Ein unerwarteter Windstoß trieb ihnen Schnee entgegen, und die zwei Männer traten überrascht zurück. Childs zog den Kopf ein und preßte sich gegen den Türrahmen. Palmer hielt sich dicht bei ihm.

„Meine Babys", murmelte der Mechaniker und trat, den Wind und die Kälte ignorierend, in den umgebauten Lagerraum. Das Oberlicht war zerschlagen worden. Der Boden war mit Glassplittern übersät, von denen einige noch an dem handgeschweißten Metallrahmen klebten. Die Pflanzen waren erfroren. Ihre Köpfe berührten den Boden; das Gewicht des Eises, das sich auf ihnen gebildet hatte, zog sie herunter.

Palmers Augen weiteten sich, als er das erste Loch in der Decke entdeckte und dann den Wald aus kleinen grünen Stalagmiten. „Jemand ist eingebrochen", flüsterte er voll Angst, „oder aus."

Childs schien ihn nicht zu hören.

„Wie man nur so etwas tun kann!"

Ein ganzes Jahr Freizeitarbeit, die ganze Mühe, die er in die improvisierte Hydroponikanlage gesteckt hatte, alles beim Teufel. Er trat einen Schritt weiter in den Raum hinein.

Palmer verlieh die Angst die notwendige Kraft, und er packte zu und zerrte den Mechaniker zurück.

„Childs – nicht!"

Der Hüne fuhr herum. „Laß mich los, Mann, ehe ich ..." Er hob drohend eine Faust.

„Nein, nein!" Palmer ließ Childs' Hemd los und redete auf ihn ein. „Du darfst nicht dort drin bleiben." Sein Blick wanderte zu dem Loch im Dach. „Du darfst den Pflanzen nicht nahe kommen. Sie sehen aus, als wären sie erfroren, aber sicher wissen wir das nicht. Die Pflanzen leben. Dieses Ding kann alles Lebende imitieren, erinnerst du dich? Jedes organische Gebilde."

Childs zögerte, trat nachdenklich einen Schritt zurück. „Was wird es denn tun, wenn es eine Pflanze ist? An meinem Bein hinaufwachsen?"

„Ich weiß es nicht. Aber wir dürfen nichts riskieren."

Palmer trug einen der tragbaren Brenner, die Childs und Macready hergerichtet hatten. Er überprüfte das Zuflußventil, während er den Brenner in den Raum richtete.

„Wir müssen sie verbrennen."

Childs' Blick verengte sich. „Augenblick mal, du dummer ..."

Er trat einen Schritt auf den Piloten zu.

Palmer wich ihm aus und schaltete den Brenner ein. Ein dünner Feuerstrahl zischte an dem Mechaniker vorbei. Das Eis schmolz sofort, und die Pflanzen darunter fingen Feuer, brannten wie dünne graue Kerzen. Ein würziger Rauch trieb in den Korridor hinaus.

Childs versetzte Palmer einen Stoß und fing an, auf den Flammen herumzutanzen, in dem verzweifelten Versuch, das Feuer zu ersticken.

„Du dummer, blöder Hundesohn ..."

Palmer schrie. Er hatte sich abgewandt, und dabei war sein Blick auf die Tür gefallen, die den Korridor abschloß. Die Tür hatte sich auf ihren Scharnieren nach innen gedreht und war jetzt halb geschlossen.

Childs hörte zu stampfen auf und blickte entsetzt an dem Piloten vorbei.

Hinter der Tür starrte sie die gefrorene Leiche von Fuchs an. Eine Axt hatte sich in seine Brust gegraben und spießte ihn an das Holz. Seine Augen waren noch geöffnet. Gemeinsam mit seinem Gesichtsausdruck spiegelten sie wirksam das wider, was ihn getötet hatte.

Palmer schrie immer noch.

Norris hörte es und sprang von seinem Sitz im Aufenthaltsraum auf. Seine Vernunft kämpfte gegen seine Befehle an. Er sah zu der Couch hinüber. Seine drei Schutzbefohlenen waren immer noch wirksam gefesselt und in ihrem Morphiumschlaf befangen.

Trotzdem hatte Macready ihm Anweisung erteilt, den Raum nicht zu verlassen. Er entschied sich dafür, Alarm zu geben.

Sanders war mit seiner Arbeit draußen fertig und im Lagerraum eingetroffen. Jetzt blickte er entsetzt auf die Leiche des jungen Biologen, während im Hintergrund die Sirene heulte. Er packte die Axt mit beiden Händen und versuchte sie herauszureißen. Aber sie ließ sich nicht bewegen.

Der Funker gab auf. Er trat einen Schritt zurück und musterte Childs' hünenhafte Gestalt. Dann meinte er pointiert: „Wer das getan hat, muß ganz schön Kraft gehabt haben."

Childs trat an die Leiche heran und inspizierte das grauenhafte Bild aus der Nähe. Er ballte eine Hand zur Faust und hämmerte auf den Axtstiel ein. Dieser zitterte etwas, lockerte sich aber nicht. Als Childs sich dann wieder dem Funker zuwandte, klang seine Stimme eher gedämpft als beleidigt. „So stark ist keiner, Junge."

„Ich bin gerade zurückgekommen und hab die Sirene gehört", erklärte Sanders.

„Was ist mit Macready und Nauls?“ Palmer gab sich große Mühe, die Leiche nicht anzusehen.

„Ich glaube, die kommen auch gleich. Die waren dicht hinter mir.“

Childs nickte nachdenklich. „Schon gut. Ihr kennt ja die Befehle. Sobald die Sirene ertönt, sieht jeder zu, daß er in den Aufenthaltsraum kommt. Ich möchte nur wissen, wer die ausgelöst hat.“

Palmer senkte den Blick. „Norris hat mich wahrscheinlich schreien hören.“

„Ja, und er weiß nicht, warum. Vernünftige Reaktion.“ Er schlug dem Piloten auf die Schulter. „He, vergiß es, Mann! Es ist ohnehin ein Wunder, daß wir nicht alle herumrennen und uns die Lunge herausschreien. Gehen wir! Wir können ja unterwegs ein paar Räume überprüfen.“

Sie rissen beim Zurücklaufen sämtliche Türen auf, an denen sie vorbeikamen, und sahen in die Räume hinein, auch in die, die sie vorher schon überprüft hatten. Aber trotz des vorübergehenden Gefühls, sich nahe zu sein, das sie beide in dem Lagerraum empfunden hatten, hielt Palmer immer noch Abstand von Childs, Childs hielt Abstand von dem Piloten, und Sanders hielt Abstand von ihnen beiden.

„Ich verstehe einfach nicht“, sagte Palmer während des Laufens, „warum es nicht die Kontrolle über Fuchs übernommen hat? Ist es denn nicht darauf aus, zusätzliche Rekruten zu bekommen?“

Childs überlegte, während er die Tür einer Abstellkammer öffnete. Sie enthielt ein paar Blechkübel voll Sand und einen großen Feuerlöscher. Das war alles. Er knallte sie zu und ging zur nächsten Tür.

„Ich schätze, dazu hatte es nicht genug Zeit. Wie lange war der Generator ausgefallen? Dreißig Minuten? Zwanzig? Dieser Bastard braucht eine Stunde, vielleicht auch mehr, um die Kontrolle über jemanden zu übernehmen. Erinnerst du dich? Vielleicht hatte es mit der Übernahme angefangen, und als es dann wieder hell wurde, hatte es die Wahl, sich zu verstecken und das zu Ende zu bringen, was es angefangen hatte, oder abzuhauen und weiterhin in Deckung zu bleiben. Auf jeden Fall konnte es nicht gut Fuchs herumstehen lassen, damit er uns anderen sagen konnte, wer der geheimnisvolle Gast ist. Also hat es ihn erledigt.“

„Aber warum Fuchs?“ wollte Sanders wissen.

Der nächste Raum enthielt Stahlkanister, kalte Luft und nichts Lebendes. Sie eilten weiter.

„Warum nicht Macready oder dich oder mich? Die Lichter im ganzen Camp waren aus. Es hätte jeden von uns packen können."

„Vielleicht war von uns anderen keiner zugänglich oder im Augenblick allein", mutmaßte Childs. „Aber wetten würde ich nicht darauf, daß das der Grund war." Er bemühte sich, Ordnung in seine Gedanken zu bekommen. „Fuchs sollte sich doch einen neuen Test für dieses Ding einfallen lassen, erinnert ihr euch? Vielleicht war er etwas auf der Spur. Da haben es diese Bastarde mit der Angst zu tun bekommen und ihn beiseite geschafft. Vielleicht haben sie gar nicht versucht, ihn zu übernehmen. Vielleicht war es wichtiger für sie, ihn loszuwerden." Er blieb plötzlich mitten im Korridor stehen und drehte sich um. „He, wo ist ...?" Er sah zu Sanders hinüber. „Hast du nicht gesagt, Nauls und Macready kämen dicht hinter dir?"

Sanders sah sich ebenfalls um. Dicke Schweißtropfen standen ihm auf der Stirn. „Ja. Ja, doch. Ich hab sie gesehen, ehe ich die Treppe hinunterging. Ich konnte ihre Lichter auf mich zukommen sehen."

„Nun, wo, zum Teufel, sind sie dann?" Einen Augenblick lang standen sie wie erstarrt da, dann rannten sie rufend den Korridor hinunter.

„Macready!" schrie Palmer.

Childs blieb an einem Nebenkorridor stehen und rief in ihn hinein: „Nauls! Macready!" Keine Antwort. Sie fuhren noch ein paar Minuten fort, zu suchen und zu schreien, bis sie schließlich die Außentür erreichten, durch die Sanders hereingekommen war. Ihre Rufe verstummten. Die drei Männer wechselten verstörte Blicke.

„Was nun?" flüsterte Palmer und starrte die Tür an.

Childs griff nach der Klinke. Seine Hand schwebte zögernd darüber, während ihn widerstrebende Gefühle hin und her rissen.

Dann zog er die Hand zurück und sagte entschlossen: „Die Sirene heult noch. Ihr kennt die Befehle. Zurück in den Aufenthaltsraum!"

Widerstrebend trennten sie sich von der Tür und von dem, was auf der anderen Seite liegen mochte. Während sie den Weg zurückeilten, den sie gekommen waren, fuhren sie fort, nach den zwei Männern zu rufen, die mit Sanders draußen gewesen waren. Nur mit dem Unterschied, daß sie diesmal keine Antwort erwarteten.

DRAUSSEN tobte der jetzt zu seiner vollen Stärke angeschwollene Sturm, und sein anhaltendes Heulen drang selbst in den abgedichteten und mehrfach isolierten Aufenthaltsraum. Sonst herrschte drinnen Stille.

Die Männer sahen einander an, blickten auf die drei dösenden Männer auf der Couch, sahen in alle Richtungen, nur nicht auf das dicke Fenster, hinter dem sich nur die Finsternis und hin und wieder ein paar Eispartikel zeigten.

Childs ging auf und ab. Er schlug mit der Faust in regelmäßigen Abständen in die offene Hand.

„Laß das!" sagte Palmer schließlich. „Du machst mich nervös." Im gleichen Augenblick wurde ihm die Ironie dessen, was er gesagt hatte, klar, und er stieß ein kurzes Lachen aus.

Der Mechaniker fuhr herum und ging auf Norris zu. „Wie lange waren die jetzt draußen?"

„Kann ich nicht genau sagen", erwiderte Norris vorsichtig. „Ich hab nur so beiläufig auf die Uhr gesehen, als sie hinausgingen."

Er sah auf die Digitalanzeige.

„Dann mußt du eben schätzen. Wir müssen es wissen."

Der Geophysiker überlegte. „Vierzig – fünfundvierzig Minuten."

„Bist du sicher, daß es nicht länger war? Eine Stunde vielleicht?"

Norris fühlte sich sichtlich unbehaglich. „Ich hab dir doch gesagt, daß ich nicht genau hingesehen habe. Könnte schon sein."

Das Schweigen lastete schwer im Raum, als die Männer einander ansahen.

Childs ging auf die Tür zu. „Dann fangen wir jetzt besser an, die Außenluken dichtzumachen."

„Bist du auch sicher, Childs, daß das richtig ist?" fragte Palmer.

Der Mechaniker blieb stehen und starrte zu Norris hinüber, der schließlich widerstrebend nickte. „Was würde Macready tun, Palmer?"

Der Pilot dachte an seinen Freund und Vorgesetzten.

„Ja, du hast recht", sagte er dann gepreßt. „Ich fange an der Nordseite an, und du und Sanders, ihr könnt den Süden und Osten übernehmen."

„Vergißt du da nicht etwas?" Childs warf ihm einen eigentümlichen Blick zu.

„Ich ... Oh, natürlich. Wir müssen zusammenbleiben. In dem Fall sollten wir besser anfangen."

Childs starrte ihn immer noch an.

„He, ich habe es doch bloß einen Augenblick vergessen."

„Dann versuch es nicht wieder zu vergessen, verstanden?" Childs setzte sich in Bewegung.

Sie waren fast mit dem Abschließen fertig, als ein schwacher Ruf von Norris sie erreichte.

„He, ihr alle – kommt mal her!"

„Verdammt! Was ist jetzt wieder?" brummelte Sanders.

Er zog den Innenriegel der Tür auf, die sie gerade erreicht hatten, und lief hinter seinen zwei Kollegen her.

Als er in den Hauptgang kam, sah er Norris und die anderen an einem der Fenster neben der Tür.

„He, was ist denn los?" Sanders schob sich auf das Fenster zu und versuchte, an Childs und den anderen vorbeizusehen. Palmer sah sich nach ihm um und deutete auf das beschlagene Fenster.

Vor dem schwarzen Hintergrund der Polarnacht war undeutlich eine Gestalt zu erkennen. Sie taumelte auf das Gebäude zu, hangelte sich an den Halteseilen vorwärts. Hin und wieder zwang ein besonders kräftiger Windstoß die Gestalt stehenzubleiben.

Dann wartete sie, bis der Windstoß sich etwas gelegt hatte, ehe sie weitertaumelte.

„Wer ist das?" flüsterte Childs. „Nauls oder Macready?"

„Das kann man noch nicht genau sagen." Palmer wandte den Blick nicht vom Fenster. „Aber in einer Minute wissen wir es."

Die Silhouette rückte näher, wurde größer, wenn auch nicht deutlicher, bis sie aus dem Blickfeld verschwand. Dann war von der anderen Seite der Tür her ein gleichmäßiges Pochen zu hören.

Childs hob seinen Brenner und trat ein paar Schritte zurück. Er gab Norris mit einer Kopfbewegung ein Zeichen. Der Geophysiker schob die Riegel zurück und zog am Türgriff.

Eisiger Wind, Hagel und Nauls drängten herein.

Norris warf hastig sein ganzes Gewicht gegen die Tür, schlug sie wieder zu und schob dann sofort die Riegel vor. Sanders mußte ihm helfen.

Völlig erschöpft kniete Nauls auf dem harten Boden, den Kopf geneigt, die Hände auf die Knie gestützt. Die Männer sammelten sich um ihn und musterten ihn scharf.

„Wo ist Macready?" fragte Palmer.

Der Koch hob den Kopf. Sein Ausdruck unter dem Eis, das auf seinem Gesicht und dem Rand seiner Kapuze schmolz, war grimmig. Er riß sich die Schneebrille herunter, warf sie beiseite und griff dann vorn in seinen Parka. „Ich hab ihn bei seiner Hütte von der Leine abgeschnitten", murmelte er, wobei er immer noch im Ausschnitt seines Parkas herumsuchte.

Childs starrte ihn verständnislos an. „Ihn abgeschnitten?"

„Das mußte ich." Der Koch schluckte. „Als wir in seinem Bau herumstocherten, habe ich das da gefunden." Er zog ein dickes Bündel Kleidung aus seinem Jackett. Es war zerrissen, an den Rändern geschwärzt und ließ deutlich erkennen, daß man versucht hatte, es zu verbrennen.

Er klappte den Kragen um. Auf dem Namensschild stand: R. J. MACREADY.

Norris und die anderen drängten sich um ihn. Jeder inspizierte das Kleidungsstück aufmerksam.

Nauls atmete tief durch und richtete sich dann mühsam auf. „Es steckte alles in seinem alten Propanofen. Ich glaube nicht, daß er gesehen hat, wie ich es fand. Genauer gesagt, ich weiß sogar, daß er es nicht gesehen hat, sonst wäre ich jetzt nicht hier, um es euch zu zeigen."

Die Männer inspizierten immer noch das belastende Beweisstück, doch es fiel ihnen schwer, zu glauben, was sie sahen.

„Ich sorgte auf dem Weg zurück dafür, daß ich vor ihm an die Leine kam, hielt den Mund – und habe ihn dann abgeschnitten."

Sanders war noch nicht überzeugt. „Ich kann es nicht glauben. Macready?"

Nauls nickte langsam. „Ich weiß, es ist schwer, aber das erklärt eine ganze Menge. Er ist einer von denen. Kein Wunder, daß wir so lange im Kreise herumgerannt sind. Erinnert ihr euch, wie er Garry die Pistole und das Kommando abgenommen hat? Er hat mit uns gespielt. Er ist schon einer von denen, ganz bestimmt."

„Wann, glaubt ihr, daß es ihn erwischt hat?" fragte Sanders, der wieder schreckliche Angst hatte. Endlich hatte er es geschafft, die

Kontrolle über sich zurückzugewinnen, und jetzt dies. Macready war so ziemlich der einzige Mann im Camp gewesen, dem er wirklich vertraut hatte.

„Das kann irgendwann gewesen sein", murmelte Palmer niedergeschlagen. „Und irgendwo."

Childs sah Nauls mit gerunzelter Stirn an. Irgend etwas hatte ihn beunruhigt, seit der erschöpfte Koch in den Korridor getaumelt war. „Wenn es ihn wirklich erwischt hat."

Nauls drehte sich zu ihm um. „Hör zu, Mann ..."

„Als die Lichter ausgingen", murmelte Palmer.

„Das wäre der perfekte Zeitpunkt gewesen", fügte Norris hinzu.

„Richtig", pflichtete Palmer ihm bei. „Garry war verschwunden. Und Sanders", fügte er dann hinzu.

„Du Schwein, Palmer!" Der Funker sprang wutentbrannt seinen Ankläger an.

Childs und Norris mußten die beiden Männer trennen.

„Jetzt geht das wieder los", sagte der Geophysiker, der schwer atmete. „Wir tun genau das, was es will. Könnt ihr zwei Schwachköpfe das nicht begreifen? Ich glaube nicht ..."

Ein erneutes Hämmern an der Tür unterbrach ihn und ließ alle zurückspringen.

Nauls kauerte sich hinter alle anderen und starrte, von Schrecken erfüllt, die Tür an.

Der Klang von Macreadys Stimme zwischen dem Klopfen war unverkennbar. „Aufmachen!"

Niemand gab Antwort. Norris und Childs hoben ihre Schweißbrenner, richteten sie auf die Tür und zogen sich dabei gleichzeitig langsam im Korridor zurück.

„He!" fuhr die Stimme fort. „Aufmachen, ich bin's, Macready!" Dann fing das Hämmern wieder an. „Kommt schon, verdammt! Die Leine ist mir abgerissen. Ich mußte wie ein Seehund kriechen. Laßt mich rein!"

Nauls' Flüstern hallte gespenstisch durch den Korridor. „Alles Quatsch! Der weiß verdammt genau, daß ich sie abgeschnitten habe. Abgerissen! Daß ich nicht lache!"

Die Männer berieten mit leiser Stimme, was sie tun sollten.

„Machen wir doch auf!" schlug Palmer vor und deutete auf ihre

Brenner. „Wir haben ihn ja im Schußfeld, wenn er irgend etwas versucht."

Childs funkelte ihn an und ignorierte das Poltern an der Tür. „Zum Teufel, nein! Ich war draußen auf dem Eis, als es Bennings erwischt hat. Ihr könnt euch gar nicht vorstellen, wie schnell sich diese Fangarme bewegen können. Die Tür bleibt verschlossen, Mann."

Sanders zitterte. Es war ihm völlig gleichgültig, ob es jemand bemerkte. „Glaubst du, daß er sich in eines von diesen Dingern verwandelt hat?"

Norris sah auf die Uhr. „Dazu hatte er nicht genug Zeit."

„Woher weißt du das, Mann?" fragte ihn der Funker.

„Blair hat gesagt, daß es wenigstens eine Stunde dauert."

„Blair weiß gar nichts. Blair ist verrückt. Vielleicht dauert es keine Stunde. Vielleicht nur dreißig Minuten."

„Das war bis jetzt die beste Schätzung, die wir hatten", wandte Norris ein. „Zum Teufel, die *einzige* Schätzung ist es, die wir haben. Ich gebe ja zu, daß ich nicht genau weiß, wie lange er draußen war, aber ich glaube nicht, daß es schon eine Stunde her ist."

Childs starrte die Tür an und sprach zu sich: „Bei diesem Wetter hätte ein Mensch es ohne Leine nicht geschafft."

Der Wind heulte, als wollte er unterstreichen, was der Mechaniker gesagt hatte.

„Wo seid ihr denn alle?" wollte Macready von der anderen Seite wissen. Seine Stimme klang schwach, müde. „Ich bin schon halb steif gefroren."

Palmer machte zögernd einen Schritt auf die Tür zu. „Machen wir auf."

„Warum bist du denn so verdammt scharf darauf, ihn hereinzulassen?" fragte Childs giftig.

Palmer zitterte leicht. „Er ist so nahe. Wenn er sich verwandelt hat, ist das unsere beste Chance, ihn zu verbrennen."

Childs legte sein Veto ein. „Nein. Warum es riskieren? Lassen wir ihn doch einfach dort draußen erfrieren."

Sanders' Stimme klang brüchig, als er sprach: „Und wenn wir uns irren? Was ist, wenn das dort draußen der wirkliche Macready ist, der versucht hereinzukommen? Was ist, wenn wir unrecht haben?"

„Dann haben wir eben unrecht", erklärte Childs kalt.

Sie warteten. Einige Minuten verstrichen. Das Pochen ließ nach und hörte schließlich ganz auf.

„Vielleicht ist er bewußtlos", sagte Sanders. „Wir könnten die Tür öffnen und schnell nachsehen."

Norris schüttelte den Kopf. „Wenn du so verdammt neugierig bist, dann sieh doch zum Fenster hinaus!"

Sanders zögerte und trat dann vor. Er drückte sein Gesicht gegen die Innenscheibe und drehte es zur Seite, um die Türschwelle sehen zu können. „Ich sehe nichts."

Palmer trat vor und spähte zum anderen Fenster hinaus. „Ich auch nicht. Wenn er vor der Tür zusammengebrochen ist, dann wäre er außerhalb unserer Sichtweite. Und dort draußen ist es dunkler als im Schlafzimmer einer Hexe."

Ein gedämpftes Geräusch drang zu ihnen. Alle drehten sich um, als der Klang von zersplitterndem Glas zu hören war.

Palmers Augen traten hervor. „Das Fenster zum Lagerraum G. Das ist keine Dreifachscheibe!"

Sanders preßte sich neben der Tür gegen die Wand. „Was machen wir jetzt? Was sollen wir jetzt machen?"

„Reiß dich zusammen, Mann!" befahl Norris. „Wenn du jetzt durchdrehst, hat keiner Zeit, dir die Hand zu halten."

Der Funker nickte langsam, atmete tief ein und kämpfte um sein Gleichgewicht.

Die Finger des Geophysikers verkrampften sich um seinen Brenner. Er starrte entschlossen den Korridor hinunter. „Also gut. Jetzt haben wir keine Wahl."

Er und Childs gingen voraus, die anderen hielten sich dicht hinter ihnen.

In dem Lagerraum herrschte völlige Dunkelheit. Macready fluchte verbissen, während er nach einem Lichtschalter suchte. Er war schwach.

Vor der Tür klangen Stimmen.

„Was ist dort draußen los?" schrie Macready zornig. „Warum hat keiner mich reingelassen? Daß mir bloß keiner von euch sagt, daß ihr mich nicht gehört hättet!"

Palmer stand neben der Tür, den Brenner auf sie gerichtet, während Childs versuchte, den Türknopf zu drehen. Abgesperrt.

„Verdammt!“ murmelte der Mechaniker, der sich plötzlich erinnerte. „Er hat die Schlüssel.“

„Gibt es keine Reserveschlüssel?“

Childs’ Blick drückte Zweifel aus. „Garry könnte irgendwo welche verstaut haben. Aber der ist jetzt so mit Drogen vollgepumpt, daß er nicht klar denken kann. Außerdem können wir nicht so lange warten.“ Er sah sich im Gang um, ging dann zielbewußt auf die andere Seite und riß eine Feueraxt aus ihrer Halterung.

Norris, Palmer und die anderen traten zurück und machten ihm Platz, während er auf die Tür einschlug.

Von der anderen Seite war Macreadys verwirrte, aber gleichmäßige Stimme zu hören: „He! Was, zum Teufel, macht ihr denn?“

„Du bist ein toter Mann, Macready.“ Childs hob die Axt und schlug erneut zu. „Oder ein totes Sonstwas – was auch immer du sein magst.“

„Seid ihr alle verrückt geworden?“

„Nein“, sagte der Mechaniker, ohne in seiner Tätigkeit innezuhalten, „und wir werden auch nicht zulassen, daß du uns verrückt machst.“

Die Axt biß sich tief in das weiche Holz.

Macready gab keine Antwort, aber sie konnten ihn drinnen rumoren hören.

Geh hinaus! dachte Palmer eindringlich. Geh hinaus und erfriere, damit wir es nicht tun müssen!

„Wir haben deine Kleider gefunden“, sagte Childs. „Die, die du verbrennen wolltest.“

„Was für Kleider?“ wollte Macready wissen.

„Gib auf, Macready!“ Der Mechaniker schwang die Axt wie ein Irrer. „Es hat dich erwischt. Es ist alles vorbei.“

„Jemand versucht mich reinzulegen, du verrückter Bastard! Versucht mich reinzulegen!“ Sie konnten hören, wie er drinnen zwischen den Geräten wühlte.

Childs flüsterte Palmer und Norris seine Anweisungen zu, während er sich auf die letzten Schläge vorbereitete.

„Geht jetzt ganz langsam vor! Ihr müßt gut aufpassen. Die sind raffiniert. Er könnte versuchen, sich von der Decke herunterzulassen oder so etwas. Also seht nicht nur geradeaus! Fertig?“

Beide Männer nickten. Ein letzter Schlag mit seiner Axt, und das Holz gab nach. Childs versetzte der Tür einen kräftigen Tritt und trat zur Seite. Palmer trat in die Bresche, den Finger am Abzug des Brenners. Norris war dicht hinter ihm.

Sie erstarrten beide gleichzeitig und blickten wie gebannt nach vorn.

Macready stand vor ihnen, eine brennende Fackel in der linken Hand. Haar und Bart waren vom Schnee weiß, aber seine Augen blickten klar. Wangen und Nase waren von Erfrierungen gezeichnet. Unter den rechten Arm hatte er sich eine Schachtel mit der Aufschrift DYNAMIT geklemmt. Der Deckel der Schachtel war abgerissen, und der Pilot hielt die prasselnde Flamme gefährlich dicht an die freigelegten roten Zylinder.

Die einzelnen Lunten waren auf eine Länge von einem Viertelzoll abgeschnitten.

„Wenn mir einer zu nahe kommt", sagte er drohend, „geht das ganze Camp hoch."

12

KEINER der Männer schien besonders darauf erpicht, Macreadys Entschlossenheit auf die Probe zu stellen. Sie standen da, starrten ihn wie gebannt an und warteten hilflos darauf, was er als nächstes unternehmen würde.

„Legt die Brenner auf den Boden und tretet zurück! Ganz langsam! Keine schnellen Bewegungen, sonst wird uns allen ganz schnell warm! Zum letzten Mal!"

Ohne Macready aus den Augen zu lassen, beugte Norris sich hinab und stellte vorsichtig den Schneidbrenner auf den Boden. Childs legte seine Axt daneben, und Sanders und Palmer schlossen sich ihm an. Sie schoben sich rückwärts in den Gang hinaus.

Macready ging auf sie zu, zwang sie, den Rückzug fortzusetzen. „So ist's gut. Nur weiter zurück!"

Jetzt waren sie alle draußen im Korridor und bewegten sich auf den Aufenthaltsraum zu. Sie waren noch nicht weit gegangen, als Macready die Stirn runzelte und sich über die Schulter umsah.

„He, wo sind die an–?"

Nauls und Norris kamen aus dem Lagerraum geschossen und stürzten sich auf den Piloten. Sie waren nach draußen gerannt und durch das eingeschlagene Fenster des Lagerraums zurückgekehrt. Hände griffen nach der Fackel.

Macready warf Nauls von seinem Rücken und rammte Norris eine Schulter in den Leib, so daß dieser unsanft gegen die Wand krachte. Nauls machte eine Rolle, packte Macready an den Beinen und riß ihn zu Boden. Die anderen rannten weiter.

Aber Macready hatte immer noch die Fackel und das Dynamit und machte jetzt Anstalten, die beiden zusammenzubringen. „So wahr mir Gott helfe", schrie er sie an, und seine Stimme überschlug sich dabei, „ich meine es ernst!"

Nauls ließ schnell die Beine des Piloten los und wälzte sich zur Seite.

„Ganz ruhig bleiben, Mann!" versicherte ihm der Koch verzweifelt. „Wir sind noch ganz weit weg von dir, Mann. Cool bleiben!"

Er richtete sich halb auf, kniete jetzt, schob sich auf den Rest der Gruppe zu und machte mit beiden Händen besänftigende Bewegungen.

„Ja, Mann, wirklich", fügte Palmer erschrocken hinzu, ohne dabei den Dynamitbehälter aus den Augen zu lassen. „Beruhige dich!"

„Wenn mich noch einer anfaßt", warnte sie Macready, und seine Blicke huschten von einem Gesicht zum nächsten, „dann gehen wir hoch!"

Norris lag immer noch auf dem Boden, dort wo er hingefallen war, nachdem er gegen die Wand prallte. Jetzt hustete er scharf und begann um Luft zu ringen. Sein ganzer Körper zitterte leicht, dann schien alles in ihm zum Stillstand zu kommen.

Nauls kroch zu dem Geophysiker hinüber, schüttelte ihn und blickte dann zu seinen Kollegen hin. „Ich glaube, der atmet nicht mehr."

Er neigte sich hinab und legte ein Ohr auf Norris' Brust.

Macready stand auf und beobachtete den Koch. In seiner Stimme schwang leichte Besorgnis mit. „Geh den Doc losbinden, und schaff ihn her! Bring die anderen auch!" Er grinste drohend. „Von nun an kommt mir keiner mehr aus den Augen."

Alle setzten sich in Bewegung, und er gestikulierte drohend mit der Fackel herum.

„Nein, Childs – du und Sanders, ihr bleibt hier! Du gehst, Palmer! Aber fix!“

Der Hilfspilot nickte und war froh, die Chance zu bekommen, etwas Abstand zwischen sich und das Dynamit zu legen. Er eilte den Korridor hinunter.

Sie warteten.

Nauls saß dicht neben Norris' regloser Gestalt. Er starrte Macready anklagend an. „Er atmet nicht mehr. Du hast ihn umgebracht!“

„Halt den Mund, Nauls! Du redest zuviel!“

Dann kam Palmer zurück. Er stützte den Arzt, dem er einen Arm um die Schultern gelegt hatte. Garry und Clark hatten sich genügend erholt, um etwas unsicher hinter ihm herstolpern zu können.

Copper warf einen Blick auf Macready und nahm die kampfbereite Stellung des Piloten, die Fackel und die Schachtel mit Dynamit in sich auf. „Mac, was in ...?“

„Laß die vergnügte Begrüßung, Doc! Spar dir das für später!“ Er deutete auf Norris.

Copper nickte verständnisvoll und kniete neben dem Geophysiker nieder. Nauls rutschte zur Seite. Der Arzt zog dem Mann die Lider hoch, horchte an seiner Brust und sah dann wieder zu Macready hinüber. „Er muß in die Krankenstation. Schnell! Die einzige Chance."

Macready nickte und sah die anderen an. „Childs, Sanders, Nauls – hebt ihn auf, und tragt ihn hin! Und alle bleiben vor mir, wo ich sie deutlich sehen kann, ist das klar? Ich will nicht, daß einer sich in eine offene Tür zwängt und wartet, bis ich vorbeikomme. Ich könnte stolpern oder nervös werden – oder beides."

NORRIS' Körper wurde auf den Untersuchungstisch gelegt. Die Kühltruhe stand dahinter und erinnerte alle an das letzte Mal, als sie sich in diesem Raum versammelt hatten.

Copper drehte sich um, um nach etwas zu greifen, und wäre beinahe gestürzt. Er war von dem Morphium immer noch benommen. Palmer und Sanders stützten ihn. Macready stand in einer Ecke, den Rücken an der Wand, und sah zu.

Copper schob Norris eine Sauerstoffmaske über das Gesicht und griff ein paarmal vergeblich nach dem Regulator, der an dem Zylinder befestigt war, ehe er ihn schließlich in die Hand bekam. Er drehte am Ventil, worauf ein zischendes Geräusch den Raum erfüllte. Die Skala an dem Regulator erwachte zum Leben.

Über Norris gebeugt, riß der Arzt dem Mann das Hemd auf und zerrte ihm das Unterhemd weg. Die Arbeit schien ihm Mühe zu bereiten; die in seinem Kreislauf befindliche Droge behinderte ihn. Er blickte nicht zu Macready auf, als der Pilot zu sprechen begann, sondern arbeitete weiter an seinem Patienten.

„Ihr Lieben habt euch also eine kleine Gerichtsverhandlung geleistet. Vielleicht muß ich dich rein aus Prinzip töten, Nauls."

Der Koch spuckte nach ihm. „Bei Norris hast du das vielleicht schon geschafft." Hinter ihm bestrich Copper die Brust des Geophysikers mit einer schimmernden, öligen Substanz.

Macready gestattete sich ein leichtes Grinsen. „Ist es der Jury je in den Sinn gekommen, daß sich jeder Klamotten von mir hätte beschaffen und so herrichten können, daß sie mich belasten?"

Seine Stimme klang beiläufig, aber seine Haltung wirkte keineswegs gleichgültig. Die Fackel war dem Dynamit immer noch gefährlich nahe.

„Das nehmen wir dir nicht ab“, brummte Childs verdrießlich.

„Hört auf, euch zu streiten, und helft mir!“ schrie Copper sie an. „Einer soll den Defibrillator herrollen!“

„Den was?“ fragte Childs.

„Die Maschine dort drüben! Schnell!“ antwortete Copper.

Nach einem vorsichtigen Blick auf den Piloten griff Sanders bedächtig nach den Handgriffen des Wagens und schob ihn langsam, um Macready nicht zu erschrecken, auf den Tisch zu. Copper kletterte auf den Tisch und setzte sich rittlings auf Norris' Brust.

Copper und der unbewegliche Norris auf dem Tisch sowie Sanders, der dicht neben dem Defibrillator stand, schirmten Clark vor Macreadys Blicken ab. Seine Hand wanderte unauffällig auf das Tablett mit den chirurgischen Instrumenten, das auf der zweiten Etage des Wagens lag. Er betastete sie ruhig und schob eine glitzernde Zange, eine Klammer und eine Pinzette beiseite, wobei er die ganze Zeit Macready und das Drama, das sich auf dem Tisch abspielte, im Auge behielt. Keiner sah, wie sich seine Finger um das Heft des blitzenden Skalpells schlossen. Langsam drehte er es um, schob die Klinge in seinen Ärmel und hielt den Griff in der Hand verborgen.

Jetzt wandte sich Copper nach rechts. „Palmer, dreh den Sauerstoff einen Strich weiter! Auf neun! Und halte ihm die Maske über dem Gesicht fest, daß er sie nicht abwerfen kann.“ Der Hilfspilot gehorchte. „Childs, du packst seine Schultern!“

„Geht klar.“ Der Mechaniker trat an die Stirnseite des Tisches, sorgsam darauf bedacht, Macready nicht zu nahe zu kommen. Seine mächtigen Hände schoben sich zu beiden Seiten an Norris' Kopf vorbei, dann lehnte er sich vor und setzte sein ganzes Gewicht ein.

Copper griff nach dem Wagen und nahm sich zwei handtellergroße Gummiauflagen, die mit dicken Kabeln mit der Maschine verbunden waren.

Währenddessen lächelte Childs Macready bedeutungsvoll zu. „Irgendwann wirst du schlafen müssen.“

Copper sah zu ihm hinüber. „Sei still!“ Er nickte Sanders zu. „Schalt das Ding ein!“

Sanders' Finger schoben den Schaltknopf nach vorn. Ein Warnlicht unter dem Schalter flammte auf, und ein gleichmäßiger Summton ertönte aus der Maschine.

„Jetzt mußt du ihn festhalten, wenn nötig, mußt du kräftig zudrükken!" wies Copper den Mechaniker an.

„Ich hab einen ganz leichten Schlaf, Childs." Macready erwiderte das Lächeln.

„Mund halten, Macready!"

So beschäftigt er auch war, fand Copper doch noch die Energie, zornig zu sein.

Er beugte sich vor und drückte die zwei gummigepolsterten Kontaktplatten auf die Brust des Geophysikers. Norris' Körper bäumte sich auf, als der Strom durch ihn zuckte.

Ein leises Knistern war zu hören, dann ein seltsames Zirpen hinter der Sauerstoffmaske.

Copper entfernte die Platten. Norris' Brust bewegte sich nicht.

Der Arzt sagte eindringlich zu Sanders: „Noch einmal! Diesmal mehr Strom!"

Der Funker starrte das komplizierte Instrument verständnislos an.

Copper lehnte sich zurück und deutete auf eine Skala: „Dort neben dem Hauptschalter ist eine Skala. Jetzt steht sie auf drei. Dreh sie auf sechs!"

Sanders nickte und tat, was ihm aufgetragen war.

Wieder ein Summton aus der Maschine. Copper versetzte der bloßen Haut ein paar Stromstöße. Sanders sah besorgt zu. Ebenso wie Clark, der das Skalpell im Ärmel und in der Hand verborgen hatte. Jetzt schlich er so unauffällig wie möglich um den Tisch herum. Niemand achtete auf ihn.

„Und wenn jemand versucht, mich aufzuwecken", sagte Macready gerade gleichmütig, „dann wird wahrscheinlich mein kleiner Wecker hier losgehen und jeden in den Schlaf versetzen."

Er tippte mit der immer noch brennenden Fackel gegen die Dynamitschachtel. Palmer zuckte zusammen.

„Verdammt noch mal, Macready, jetzt reicht's!" schimpfte Copper.

Wieder drückte er die Kontaktplatten auf Norris' Brust. Und diesmal gab es eine Reaktion. Sie war ebenso explosiv und gewalttätig, wie sie unerwartet war. Norris' Körper bäumte sich auf dem Tisch so auf, daß er den Arzt fast zu Boden geworfen hätte. Er sah nun wie ein

Rodeoreiter aus, der auf dem sich hochstemmenden Körper des Geophysikers herumgeschleudert wurde.

Dann erfüllte ein Knirschen den Raum, das diesmal nicht von dem Defibrillator herrührte. Norris' Brustbein zersprang wie das Trockenbett eines Sees in der Sahara. Die Haut schälte sich ab und fiel in Streifen herunter. Die Sauerstoffmaske wurde zur Decke geblasen, während Palmer zurückfuhr, um möglichst viel Distanz zwischen sich und die sich unnatürlich aufbäumende Leiche zu legen. Ein Geräusch kam aus Norris' Mund, aber es wurde nicht von dem Menschen erzeugt, den sie als Norris gekannt hatten. Es war ein zorniges, miauendes Geräusch.

Copper sprang von dem sich hochbäumenden Körper und landete unsanft auf dem Boden. Keiner machte Anstalten, ihm zu helfen. Alle waren sie wie gebannt von der Verwandlung, die die plötzlich wieder aktiv gewordene Gestalt des Geophysikers durchmachte.

Sanders hatte den Defibrillator einfach im Stich gelassen und drückte sich gegen die nächste Wand. „*Madre de Dios!* Was ...?"

Das Ding, das einmal Norris gewesen war, veränderte sich vor ihren Augen.

Diesmal war es nicht wie im dunklen Hundepferch oder in jener schrecklichen Nacht draußen auf dem Eis. Die Lichter der Krankenstation brannten hell. Sie konnten ganz deutlich jede Einzelheit der ekelerregenden Metamorphose sehen.

Kleidung zerriß, als die organische Materie darunter anschwoll. Ein Schuh platzte auf wie eine Melone und fiel vom Tisch. In der sich ausdehnenden Socke wurde eine einzelne Kralle sichtbar.

Andere Gliedmaßen begannen schnell Form anzunehmen: ein scheußliches Sortiment an Haken, Ausbuchtungen und knopfartigen Gewächsen, die ihre Entwicklung keiner irdischen Evolution zu verdanken hatten.

Macready hatte das Dynamit und die Fackel auf den Boden gelegt. Er rannte jetzt mit einem der Schneidbrenner auf den Tisch zu und schob alle anderen beiseite.

„Aus dem Weg!"

Ein Feuerstrom schoß auf das Ding zu, das auf dem Operationstisch tanzte. Der Körper schien außerstande, dem Strom auszuweichen, sei es nun, weil er noch nicht vollständig war oder weil die wiederholten

Stromstöße aus dem Defibrillator seine Fähigkeiten beeinträchtigt hatten. Das konnte Macready nicht sagen – und es interessierte ihn auch nicht im Moment. Das Feuer breitete sich auf dem Tisch aus.

Zischend fielen die kaum noch erkennbaren Überreste von Norris' Körper auf den Boden.

Macready trat einen Schritt zurück und fuhr fort, den Feuerstrahl aus seinem Schneidbrenner darüber kreisen zu lassen.

Irgendwie brachte es die flammende Protoplasmamasse fertig, sich aufzurichten. Einen Augenblick lang überragte sie ihn. Dann drehte sie sich um und taumelte ein paar Meter auf die Tür zu, auf Dingen, die keine Beine waren.

Ein schwarzgelber Schleim explodierte in den zerfetzten Hosen und verbreitete sich über den Boden. Macready richtete methodisch seinen Flammenstrahl darauf.

Das Monster taumelte rückwärts und brach über dem Defibrillator zusammen. Dort lag es, zuckte mit scheußlichen Bewegungen und brannte lichterloh.

Die Männer sahen zu, wie das Ding zu einer formlosen Masse aus brennendem Protoplasma zerschmolz. Dichter Rauch stieg auf. Macready wurde an eine Magnesiumfackel erinnert oder an die weißen Phosphor-AP-Bomben, die das Militär gelegentlich in Vietnam eingesetzt hatte.

Feuerlöscher wurden aus ihren Wandhalterungen gerissen und eingesetzt. Der Defibrillator war ein Wrack, verbrannt und halb verkohlt, die Plastikverkleidung über den Skalen war teilweise zerschmolzen. Der Operationstisch befand sich in kaum besserem Zustand.

Während sie arbeiteten, mußten sie rauchenden Pfützen aus schwarzer, klebriger Masse ausweichen, die immer noch auf dem Boden brannten und erregt zuckten. Schließlich starben auch sie, und das leise Miauen verhallte.

Alle Blicke wandten sich Macready zu, der zurückgetreten war und jetzt wieder die Schachtel mit Dynamit in der Hand hielt. Die Fackel war inzwischen ausgebrannt, aber er hielt den Brenner bereit. Das würde etwas langsamer gehen, aber nicht langsam genug.

„Alle in den Aufenthaltsraum!" befahl er und brach damit das Schweigen. „Keine dummen Tricks, ist das klar? Ich habe eine Idee."

Sie schlurften zusammen aus dem Raum, als gehörten sie alle zu einem Körper. Einige drehten sich um, um einen Blick auf den rauchenden Operationstisch zu werfen. Keiner sagte etwas oder brachte Einwände gegen Macreadys Befehl vor. An die Stelle ihres ursprünglichen, gegen den Piloten gerichteten Zorns war ein dumpfer Schrekken getreten.

Macready wartete, bis er sicher war, daß alle, die in der Krankenstation gewesen waren, sich im Aufenthaltsraum befanden. Dann schob er sich selbst hinein, den Rücken stets einer Wand zugekehrt. Er stellte die Schachtel mit dem Dynamit ab und zog mit der freien Hand Garrys Magnum aus seiner Jackettasche. Der Rest der Mannschaft drängte sich in der anderen Hälfte des Raums und beobachtete ihn. Er stellte das Dynamit auf einen der Kartentische, wo jeder es deutlich sehen konnte.

„Was hast du vor, Macready?" fragte ihn Clark. „Hoffentlich taugt es was."

„Oh, nichts sehr Kompliziertes!" Der Pilot grinste. „Nur ein kleiner Test, den ich mir ausgedacht habe. Manchmal hilft einem die Erfahrung weiter als ein Universitätsstudium."

„Wovon redest du denn, Macready?" murmelte Copper mutlos.

„Wirst's gleich sehen, Doc, wie die anderen auch."

Er drehte an der Düse des Brenners, den er in der Hand hielt, so daß die Flamme jetzt nur kurz, dafür aber sehr intensiv brannte.

„Was ist das denn für ein Test?" wollte Palmer interessiert wissen.

Nach der Episode in der Krankenstation wirkte er niedergeschlagen. Alle Männer hatte eine Art dumpfer Verzweiflung erfaßt. Es war noch nicht Hoffnungslosigkeit. Noch nicht. Es war eher das Gefühl, daß sie jetzt endgültig jegliche Kontrolle über die Chancen zu überleben verloren hatten, daß ihr Schicksal in der Hand von etwas lag, das nicht menschlich war.

Nur Macready schien noch nicht resigniert zu haben und kampfbereit zu sein. Angesichts der Meinung, die sie im Augenblick von ihm hatten, entmutigte das die anderen nur noch mehr.

„Was für ein Test?" wiederholte Macready grimmig. „Ich bin sicher, daß einige von euch es schon wissen."

In dem Raum gab es eine Menge Schnüre, Stücke von verschiedener Länge und den Rest der großen Spule, von der man sie abgeschnitten hatte. Man hatte die Schnur geholt und dazu benutzt, Clark,

Garry und Copper zu fesseln. Macready schob sie mit dem Fuß zu seinem Assistenten hinüber. Sie rollte vor die Füße des jungen Mannes.

„Palmer, du und Copper, ihr fesselt jetzt alle anderen, so daß keiner loskommen kann. Ich werde euch beobachten."

„Wozu?" Childs hatte mit dem Gedanken gespielt, den Piloten anzuspringen, aber das Dynamit und der Schneidbrenner legten ihm Zurückhaltung auf. Aber jemand würde ziemlich bald etwas versuchen müssen. Wer wußte schon, was Macready vorhatte?

„Zu eurem Nutzen", entgegnete der Pilot.

Das klang gar nicht sarkastisch.

Garry sah die anderen an. „Packen wir ihn gemeinsam! Er wird uns nicht in die Luft jagen."

„Verdammt will ich sein, wenn ich das nicht tue", sagte Macready munter.

Childs trat einen Schritt vor. „Mich fesselst du nicht."

„Dann werde ich dich töten müssen."

Childs erwiderte den Blick des anderen und nickte. „Dann töte mich."

Macready hob den Lauf der 44er, bis die Waffe geradewegs auf Childs' Stirn zielte. „Es ist mir ernst."

Das Klicken, als der Hahn gespannt wurde, hallte laut durch den Raum.

„Ich glaube, das stimmt", sagte Childs leise.

Der Pilot zögerte, sein Finger lag am Abzug.

Da war eine Bewegung, die er aus den Augenwinkeln wahrnahm. Ein Augenblick, in dem sein Gehirn einige Vorgänge gleichzeitig registrierte.

Clark – Licht auf Metall – Skalpell – komm ...

Er wirbelte herum und feuerte zweimal in schneller Folge. Der mächtige Schlag der Magnum schleuderte den Hundepfleger zurück und riß ihn herum. Er griff sich an den Leib, prallte von einem Stuhl ab und brach zusammen.

Fast im gleichen Augenblick richtete Macready die Waffe wieder auf die übrigen. Der Brenner schwebte gefährlich nahe neben dem Dynamit.

„Tut's nicht!" warnte er sie.

Ein paar von den Männern waren ihm näher gerückt. „Palmer, an die Arbeit!"

Der Hilfspilot griff benommen nach der Schnur und begann, nach einem ungläubigen Blick auf seinen Vorgesetzten, die anderen an Sessel und Couches zu fesseln. Es ging ziemlich langsam, und er entschuldigte sich bei jedem einzelnen, während er die Knoten straffzog. Copper arbeitete stumm.

„Fertig", verkündeten beide Männer schließlich.

„Nicht ganz." Macready winkte mit der Magnum. „Jetzt fesselst du Copper und dann Clark."

Palmer runzelte verwirrt die Stirn, nachdem er einen Blick auf den Hundepfleger geworfen hatte. Clark lag immer noch dort, wo er hingefallen war. Er blutete, bewegte sich aber nicht.

„Wozu? Er ist tot."

Macready schüttelte den Kopf. „Du vergißt schnell, nicht wahr, Palmer? Norris hat auch ziemlich tot ausgesehen. Kugeln können diese Dinger nicht töten. Sie sind ihnen nur unangenehm. Feßle ihn!"

Als auch das getan war, winkte er Palmer zur Tür und lächelte den anderen zu. „Daß mir keiner Dummheiten macht. Ich bin gleich wieder zurück. In viel weniger als einer Stunde", fügte er bedeutsam hinzu.

Die zwei Männer waren nur wenige Minuten weg. Palmer stellte einen weiteren Karton mit Dynamit auf den Tisch.

Er entfernte sich dann einige Schritte von Macready und wartete auf weitere Befehle.

„Gut. Jetzt bindest du den Doc wieder los!"

Palmer gehorchte. Der Arzt rieb sich die Handgelenke.

„Tut mir leid, Doc. Ich glaube, daß du in Ordnung bist. Du hast Norris' Tarnung auffliegen lassen und das Ding dazu gebracht, sich zu offenbaren. Ich glaube nicht, daß du diesen Defibrillator eingesetzt hättest, wenn du einer von denen wärest. Aber hundert Prozent sicher kann ich nicht sein. Noch nicht."

Copper sah ihn mit einem schwachen Lächeln an und ging auf die kleine Schachtel zu, die der Pilot neben die zwei Kartons mit Dynamit gestellt hatte. Er musterte sie neugierig.

Unterdessen holte Macready einen Bunsenbrenner aus der Schachtel und befestigte einen langen Gummischlauch an einem Gasventil.

Er benutzte den Schneidbrenner dazu, den Bunsenbrenner anzuzünden.

Sanders schloß die Augen, als der Brenner aufflammte. Er befand sich immer noch in der Nähe des Dynamits. Macready schien das nichts auszumachen.

Jetzt legte er die Magnum weg und benutzte sein Taschenmesser dazu, den Mehrfachstecker vom Ende eines Verlängerungskabels zu entfernen. Dann schnitt er die Isolierung auf, um den Draht freizulegen. Dabei hielt er die ganze Zeit den Schneidbrenner unter dem linken Arm und ließ die anderen nicht aus den Augen. Schließlich wies er Copper an, Palmer zu fesseln.

„Wir hätten ihn anspringen sollen." Childs ärgerte sich über seine eigene Unentschlossenheit.

„Vielleicht", murmelte Sanders. „Jetzt ist es zu spät."

Macready war jetzt fertig. Der Bunsenbrenner zischte gleichmäßig.

„Was hast du vor, Mac?" Palmers Blick wirkte gequält. Wahrscheinlich schmerzten seine Fesseln.

„Wir werden jetzt jedem etwas Blut abzapfen", verkündete der Pilot.

Nauls stieß ein scharfes, humorloses Lachen aus. „Und was wirst du damit tun? Es trinken?"

Macready ignorierte ihn.

„Als ich mit ansah, was mit Norris dort hinten geschah", dabei deutete er über seine Schulter in die Richtung der Krankenstation, „und mich daran erinnerte, was in der Nacht auf dem Eis geschah, als eines von diesen Dingern Bennings tötete, kam mir die Idee, daß vielleicht jede Zelle dieser Bastarde ein Ganzes ist. Jede Zelle ist autark und kann, wenn sich die Notwendigkeit dazu ergibt, auch unabhängig handeln. Also ein Lebewesen für sich. Wenn ein Mensch blutet, dann ist das ein Verlust von Flüssigkeit, aber Blut von einem dieser Dinger wird sich verselbständigen. Erinnert ihr euch daran, was Blair gesagt hat? Daß nämlich jede Zelle unabhängig übernommen wird? Jede einzelne Zelle wird eine neu aktivierte, individuelle Lebensform mit dem eingebauten Bestreben, sich selbst vor Schaden zu beschützen. Erinnert ihr euch an diese kleinen Stücke von Norris, wie sie sich wanden und diese schrecklichen Laute von sich gaben? Anscheinend versucht selbst ein Fragment von einem dieser Dinger, wenn man es angreift, zu überleben. Selbst eine Probe seines Blutes. Natürlich gibt es kein höheres Nervensystem, kein Gehirn, das einen natürlichen Instinkt wie diesen unterdrücken könnte, wenn es im Interesse des größeren Ganzen läge, das zu tun. Die Zellen müssen instinktiv handeln. Sich vor dem Erfrieren schützen, beispielsweise, oder vor dem Verbrennen. Einer Verbrennung, wie sie beispielsweise von einer heißen Nadel ausgehen könnte."

Er wandte sich an den Arzt.

„Copper, du wirst uns die Ehre erweisen."

„Du hast gesagt, deiner Meinung nach sei ich sicher – wegen der Sache, die in der Krankenstation geschehen ist", entgegnete Copper.

Macready nickte. „Ich habe gesagt, daß ich das glaube. Aber ich möchte es genau wissen."

Copper stellte fest, daß die Düse des Schneidbrenners die ganze Zeit, seit er Palmer gefesselt hatte, auf ihn gerichtet gewesen war, entschied sich aber, nichts dazu zu sagen. Offensichtlich hatte Macready nicht die Absicht, ihm zu vertrauen, bis er seinen kleinen Test abgelegt hatte. Es hatte keinen Sinn, sich ihm zu widersetzen.

„Gut. Ich tue, was du sagst, Mac." Er hob das Skalpell auf, das Clark fallen gelassen hatte, und ging auf einen Stuhl zu. „Tut mir leid, Sanders! Ich habe keine andere Wahl."

„Schon gut, Doc."

Der Funker schnitt eine Grimasse, als Copper leicht mit dem Skalpell einen seiner Finger ritzte. Ein Blutstropfen bildete sich auf seiner Haut und fiel in die Schale, die der Doktor unter die kleine Schnittwunde hielt.

Die anderen starrten wie gebannt darauf.

„Jetzt die anderen!" befahl Macready ungeduldig.

Die Schachtel, in der er den Bunsenbrenner gebracht hatte, enthielt auch für jeden im Raum eine Glasschale.

Copper ging von einem zum anderen, entnahm jedem eine kleine Menge Blut und trug die Glasbehälter dann zum Tisch, wo er jeden kennzeichnete.

Als letzter war Garry an der Reihe. Copper markierte die Schale und wischte das Skalpell an einem Tuch ab. „Das ist der letzte."

„Nicht ganz", sagte Macready und schob dem Arzt eine frische Glasschale hin. „Jetzt du!"

Copper ritzte sich gehorsam in den Finger und sah zu, wie das Blut ins Glas tropfte.

„Schieb es hierher!" wies Macready ihn an.

Der Arzt tat, wie ihm befohlen war.

„Und jetzt tritt zurück! Ganz nach hinten, dort zu den anderen!"

Copper gehorchte. Auf seiner Stirn standen Schweißtropfen. Beinahe wäre er über Childs' Füße gefallen.

„Und zuallerletzt euer sehr Ergebener." Macready drückte das Skalpell gegen den eigenen Daumen und sammelte das Blut in einer letzten Schale. Dann hielt er den nackten Kupferdraht, der aus dem abgeschnittenen Ende der Verlängerungsschnur ragte, in die Flamme des Bunsenbrenners.

Die Männer sahen gespannt zu, wie der Draht zu glühen begann. Macready hielt ihn in den blauen Teil der Flamme und richtete dabei den Schneidbrenner auf den Arzt.

Als der Draht glühte, zog der Pilot ihn aus der Flamme und näherte ihn der Schale, die die Probe von Coppers Blut enthielt. Seine Augen waren starr auf den Arzt gerichtet, der ihn ebenso intensiv fixierte. Sein Finger lag dicht am Abzug des Schneidbrenners.

Ein leises Zischen war zu hören. Macready erhitzte den Draht aufs neue und wiederholte das Experiment. Wieder nur das Zischen, das war alles. Das Blut in der Schale hatte normal reagiert.

Beide Männer seufzten erleichtert.

„Ich denke, du bist in Ordnung, Doc."

Coppers Erleichterung war spürbar, und seine Antwort war fast witzig.

„Danke." Er zitterte.

„Wie gesagt", wiederholte Macready, „ich glaube nicht, daß du Norris unter Strom gesetzt hättest, wenn du einer von denen gewesen wärst." Er gönnte dem Älteren ein schwaches Lächeln. „Es ist nett, wieder genau zu wissen, daß jemand nicht mehr ist, als was er sein soll. Hier, hilf mir!" Er reichte ihm den Brenner. „Paß auf sie auf! Und vergiß das Dynamit nicht."

Copper nickte und richtete entschlossen das ihm wenig vertraute Instrument auf die gefesselten Männer, während Macready seine eigene Schale an den Tischrand schob, wo jeder sie deutlich sehen konnte.

„Jetzt werde ich euch allen zeigen, was ich bereits weiß, doch was ihr anscheinend nicht glauben könnt." Er erhitzte den Draht und schob die Spitze in sein Blut. Dasselbe harmlose Zischen, das sie bei Coppers Schale gehört hatten. Ebenso wie bei Copper wiederholte er den Vorgang. Gleiches Resultat.

Childs wandte sich ab. Er konnte dem Piloten nicht in die Augen sehen. „Hat überhaupt nichts zu bedeuten. Alles bloß Bockmist."

„So? Wir werden sehen." Er musterte die Schalen und wählte die nächste. „Probieren wir's bei Clark."

Er erhitzte den Draht erneut und steckte ihn ins Blut. Wieder ein Zischen – sonst nichts.

Childs blickte zu ihm auf. „Nach deiner Überlegung bedeutet das, daß Clark menschlich war, stimmt's?" Macready nickte langsam. „Das macht dich zum Mörder."

Macready ignorierte ihn und sah die Gruppe an. „Jetzt Palmer." Er zog die entsprechende Schale vor und hielt den Draht in die gleichmäßige Flamme des Brenners.

Garry rutschte unruhig auf der Couch herum. Seine Arme begannen sich zu verkrampfen. „Reiner Unsinn, wie Childs sagt. Beweist überhaupt nichts."

Macready sah den ehemaligen Stationsleiter mit einem bösen Grinsen an. „Ich hab mir schon gedacht, daß du es so sehen würdest, Garry. Du warst ja der einzige, der an das Blut in dem Kühlschrank rankonnte." Er hielt den Draht in Palmers Schale. „Dich nehmen wir als letzten dran."

Ein schreckliches Kreischen erfüllte den Raum, scharf, durchdringend – und unerwartet.

Es kam von der roten Flüssigkeit in der Schale, die wie eine Amöbe versuchte, an den senkrechten Wänden des Glases emporzukriechen.

13

Mit unvorstellbarer Gewalt schoß Palmer aus seinem Sitz heraus, geradewegs auf Macready zu. Er zerrte dabei die Couch, an der Garry und Childs immer noch festgebunden waren, mit sich. Sein Gesicht platzte auf, und etwas kämpfte, um hinter der menschlichen Maske hervorzubrechen. Er prallte gegen Macready und warf ihn über den anderen Kartentisch.

„Copper!" schrie der Pilot, während er nach hinten umkippte.

Der Raum war von Schreien und Flüchen erfüllt, während die gefesselten Männer gegen ihre Bande ankämpften. Schreie, Flüche und ein tiefes, unmenschliches Brüllen.

Der Arzt versuchte, einen Feuerstrahl loszuschicken, kam aber mit den Schaltern des Schneidbrenners nicht zurecht. Unterdessen hatte das sich beständig verwandelnde Ding, das einmal Palmer gewesen war, seine Bande gesprengt und sprang jetzt den älteren Mann an.

Macready stürzte sich auf Palmers Rücken, und jetzt rollten alle drei über den Boden. Er hieb auf Palmers Schädel ein, bis ein riesenhafter, noch nicht ganz ausgeformter Arachnidenarm aus dem Hemd herausplatzte und den Piloten über den Linoleumboden schleudern ließ.

Die vorübergehende Ablenkung des Dings ließ Copper Zeit, mit dem Brenner klarzukommen. Er riß ihn herum und versuchte, damit zu zielen. Ein unheilvolles Knacken war zu hören, so als würde Plastikmaterial zersplittern.

Palmers Mund platzte auf. Ein neuer Mund, dunkel, glasig wirkend und schrecklich, schob sich vor, schnappte nach dem Kopf des Arztes und schlang ihn in sich hinein.

Der Brenner flog davon und prallte von einer Wand ab. Das Palmer-Ding richtete sich auf und schlang seine länger werdenden Arme um den herunterhängenden, zuckenden Körper des unglücklichen Arztes.

Der Rest der Männer war hysterisch. Sanders weinte und betete zugleich. Er weigerte sich, die Augen zu öffnen, hoffte, daß das Schreckliche, wenn er es nicht ansah, verschwinden würde.

Macready schüttelte das, was seine Gedanken behinderte, ab und rutschte über den Boden auf den Schweißbrenner zu. Er hob ihn hoch, zielte und feuerte.

Nichts geschah. Der Aufprall gegen die Wand hatte das Gerät beschädigt. Enttäuscht sprang er hinter Palmer und begann, auf den sich verschiebenden, sich immer noch verändernden Schädel einzuhämmern. Das Hemd, das Palmers Rücken bedeckte, explodierte dem Piloten ins Gesicht und legte diesmal nicht einen Arm, sondern die Anfänge eines zweiten Kiefers frei. Etwas wie ein Tentakel schoß aus dem sich vergrößernden Schlund hervor und griff nach Macready. Er konnte ausweichen, warf sich nach hinten und stieß dabei gegen den überladenen Tisch. Als der Bunsenbrenner ihm die Hand verbrannte, schrie er erschrocken auf.

Er kämpfte um sein Gleichgewicht, tastete nach der ihm am nächsten stehenden Schachtel mit Dynamit und zog drei Stangen heraus. Dann hielt er die drei kurzen Lunten an den zischenden Brenner. Sie fingen sofort Feuer.

Palmer drehte sich ungeschickt im Kreise. Der Körper des Arztes hing ihm schlaff aus dem Mund und nahm dem Ding das Gleichgewicht, als es sich umdrehte, um Macready anzugreifen. Der zweite Mund spuckte und schnaubte, während er fortfuhr, eine andere Gestalt anzunehmen.

Der Pilot wich aus und duckte sich. Er wurde von dem herumwirbelnden Körper Coppers zur Seite gestoßen. Das Ding versuchte zu entscheiden, was es mit dem Doktor anfangen sollte, während es sich gleichzeitig auf Macready konzentrierte und sich in seine natürliche Gestalt verwandelte.

Macready wartete, bis es nur noch einen knappen Meter von ihm entfernt war, ehe er die bereits entzündete Rolle mit Explosivstoff in den sich noch weiterentwickelnden Schlund hineinschleuderte.

Von den Lunten war nichts mehr übrig, als der Pilot kehrtmachte, sich auf die Couch warf und Garry und Childs mit seinem Körper deckte.

Ein dumpfes Wuummm war zu hören. Teile von Gliedern, Haut und halb ausgebildeten fremdartigen Organen mit unbekannter Zweckbestimmung flogen nach allen Richtungen. Es gab erstaunlich wenig Blut oder sonst irgendeine Art von Flüssigkeit.

Aber von etwas anderem gab es eine ganze Menge.

Fetzen von verbranntem Fleisch fielen von der Decke und regneten auf die betäubten Männer herunter.

Macready stieg von seinen zwei hilflosen Schützlingen herab. Er zitterte heftig. „Seid ihr beiden in Ordnung? Childs? Garry?"

Beide nickten.

Nachdem er sein Gleichgewicht wiedergefunden hatte, zog Macready einen der beiden übriggebliebenen Schneidbrenner zu sich heran und verbrachte dann ekelhafte zehn Minuten damit, jedes einzelne Fragment des Dings, das noch Lebenszeichen von sich gab, zu verbrennen. Als das geschehen war, nahm er auf einem übel mitgenommenen Stuhl Platz und wartete.

Nach einer Weile hatte er sich genügend beruhigt, um mit dem Test fortzufahren. Copper war jetzt nicht mehr zugegen, um ihm zu helfen.

Seine Hand zitterte immer noch leicht, als er den Draht im Brenner erhitzte. Gott sei Dank war die Flamme während des Kampfes nicht ausgegangen oder der Schlauch aus der Wand gerissen worden. Wäre das geschehen, hätte der Raum sich mit Gas gefüllt, das sich bei der Explosion entzündet hätte, und dann wären alle ihre Sorgen jetzt vorbei. Weil es dann mit uns allen vorbei gewesen wäre, dachte er.

Er warf einen Blick auf die Markierung der Glasschale: Nauls. Copper hatte das geschrieben. Copper gab es jetzt nicht mehr.

Hör auf, darüber nachzudenken! befahl er sich. Es ist noch nicht vorbei.

Er sah zu dem Koch hinüber.

Nauls schloß die Augen und spannte die Muskeln an, als Macready den heißen Draht in die Flüssigkeit tauchte. Ein schwaches, keineswegs bedrohliches Zischen war zu hören.

Macready atmete langsam aus, und Nauls schlug die Augen auf.

Auf den obligatorischen zweiten Versuch verzichtete er. So, wie Palmers Blut reagiert hatte, schien ihm das jetzt nicht mehr notwendig.

Er ging um den Tisch herum und band den Koch los, wobei er mit dem Brenner auf die anderen zielte. Nauls nahm den Brenner in Empfang und übernahm die Wachpflichten, während der Pilot an den Tisch zurückging und den Draht erneut erhitzte.

Sanders war der nächste. Macready führte den Test durch und wurde wieder mit einem Zischen belohnt. Der Funker verlor die Kontrolle über sich und schluchzte auf den Knien.

Macready nickte Nauls zu, worauf dieser zu dem verwirrten Sanders hinüberging und ihn losband.

„Komm schon, Mann!" sagte er zu ihm. „Reiß dich zusammen! Dafür haben wir keine Zeit. Du bist sauber, aber wir sind noch nicht fertig."

Sanders nickte, wischte sich das Gesicht mit den wieder freien Händen ab und erhielt ebenfalls einen von den kleinen Schneidbrennern.

Childs sah die zwei jüngeren Männer mit stoischer Miene an, als sie ihre Waffen auf ihn richteten. Dann wanderte sein Blick zu Macready hinüber.

„Bring's hinter dich, Mann!"

Der Draht tauchte in die Schale ein, und das inzwischen vertraute harmlose Zischen war zu hören. Die Muskeln des Mechanikers entspannten sich.

„Hurensohn ..."

Childs konnte den Satz nicht zu Ende sprechen; die Worte gingen im Zischen des Bunsenbrenners unter.

Plötzlich wurde ihm bewußt, neben wem oder was er möglicherweise saß. Er versuchte wegzurutschen, und seine Pupillen waren plötzlich geweitet.

„Schafft mich – schafft mich hier weg, schneidet mich los, verdammt! Jemand soll mich losschneiden!"

Nauls beeilte sich, dem Wunsch nachzukommen, und begann mit dem Skalpell an den Schnüren zu sägen, während Sanders und Macready mit schußbereiten Brennern danebenstanden.

Garry ignorierte die Hysterie des Mechanikers und bewegte sich nicht. In seiner Hast, die Couch und damit die Nähe des früheren Stationsleiters zu verlassen, wäre Childs beinahe hingefallen.

„Benzin!" sagte Macready unbewegt.

Sanders eilte hinaus und kam binnen Minuten mit einem Kanister zurück, dessen Inhalt er Garry über den Kopf goß.

Garry saß reglos auf der Couch und starrte vor sich hin. Der Funker trat zwei Schritte zurück und hob seinen Brenner, das Gesicht von Angst erfüllt, aber dennoch bereit.

Keiner atmete. Childs hatte sich auch einen Brenner gegriffen. Sein Finger lag auf dem Auslöser, während er Garry erwartungsvoll anstarrte.

Macready machte sich bereit, während er langsam den erhitzten Draht in die letzte Schale hielt.

Er erzeugte die beruhigenden Zischlaute von verdampfendem Blut.

Der Pilot runzelte die Stirn und versuchte es ein zweites Mal, erhielt aber dasselbe Resultat. Das Blut verdampfte einfach, deutete durch nichts an, daß es irgend etwas anderes als normales menschliches Blut war.

Alle atmeten erleichtert auf. Sanders brach erneut zusammen, diesmal vor Freude. Childs ließ sich erschöpft in einen leeren Sessel fallen, während Macready sich das Gesicht abwischte.

Dann folgte ein langes Schweigen.

„Ich weiß, daß ihr alle eine Menge durchgemacht habt", sagte Garry schließlich leise, „aber wenn ihr die Zeit findet, wäre es mir eigentlich recht, wenn ich nicht den Rest des Winters hier gefesselt auf der Couch verbringen müßte."

Childs fing zu kichern an. Zum erstenmal seit Tagen lösten sich auch Macreadys Züge. Nauls runzelte die Stirn über Childs' unkontrolliertes Gelächter.

Der Wind heulte über ihren Köpfen und zerrte am Dach. Er hatte nie aufgehört, aber während der letzten angsterfüllten Stunden hatten sie ihn völlig vergessen. Jetzt war er eine freundliche Erinnerung an Bedrohungen, die ganz normal waren.

Der Koch stellte seinen Brenner ab und ging zu Garry hinüber, um ihn loszubinden, wobei er in Richtung auf Childs murmelte: „Gut, Mann, wir sind alle glücklich. Das ist genug."

Childs würgte sein Lachen hinunter und wischte sich die Tränen aus den Augen. Er setzte sich auf und grinste Macready zu.

Und dann verschwand das Grinsen plötzlich. Der Pilot starrte stumm und mit steinernem Gesicht zum Fenster hinaus. Schnee und Eis prasselten gegen die drei miteinander verbundenen Glasscheiben.

Childs runzelte die Stirn und brachte dieses Starren mit etwas lange Vergessenem in Verbindung. Seine Augen weiteten sich, als er sich erinnerte.

Macready hatte als erster an ihn gedacht.

„Blair", flüsterte er.

DER Wind heulte und griff nach den drei Männern, die sich an den Haltetauen entlanghangelten. Jeder trug eine Taschenlampe, eine Fackel und einen Schneidbrenner. Außerdem war Macreadys Parka mit genügend Dynamit gefüllt, um die ganze Station in die Luft zu jagen.

Die Fackeln flackerten schwach in dem Orkan, waren aber wesentlich heller als die Lichtkegel der Taschenlampen. Eis verkrustete in den Bärten, stach in die Gesichter der Männer und versuchte über ihren Schneebrillen zuzufrieren.

Es war nicht weit zu dem Werkzeugschuppen, wo sie Blair gefangengesetzt hatten, aber der Sturm ließ die Distanz kilometerweit erscheinen. Eisiger Wind peitschte den Männern ins Gesicht und versuchte, ihre behandschuhten Hände von den lebensrettenden Haltetauen wegzureißen, um sie wild kreiselnd in die antarktische Nacht hinauszutragen.

Zwanzig Meter vom Hauptgebäude entfernt verschluckte der wirbelnde Schnee bereits das orangerote Glimmen der Außenbeleuchtung.

Ohne die Fackeln und Taschenlampen wäre das Trio, das sich hügelaufwärts auf den Schuppen zubewegte, völlig blind gewesen.

Macready und Childs hatten jetzt den Schuppen fast erreicht und blieben stehen, um sich zu orientieren. Nauls prallte von hinten gegen sie. Die Männer wechselten Blicke, aber keiner sagte etwas.

Sie konnten den Schuppen nun deutlich erkennen. Die kräftigen Bohlen, die den Eingang sichern sollten, lagen im Schnee verstreut. Die Tür schlug im Wind und knallte immer wieder gegen die Vorderwand des Gebäudes.

Sie blieben vor dem Eingang stehen und versuchten, sich gegen den Wind zu stemmen.

Macready und Childs hielten die Brenner bereit und hoben die Fackeln.

„Siehst du etwas?“ schrie Childs.

Der Wind ließ seine Stimme scheinbar aus weiter Ferne kommen, obwohl sie dicht nebeneinanderstanden.

„Nein.“

Macready machte eine Geste mit seiner Fackel, und Childs nickte. Sie traten gemeinsam ein.

Im Inneren des Schuppens blies der Wind nicht so. Im Gegensatz zu Macreadys altem Schuppen war das Dach hier noch intakt. Sie gingen in dem Raum herum. Der Tisch stand immer noch in der Raummitte und etwas abseits die Pritsche. Sie sahen zwei pyramidenförmig angeordnete Türme mit Konservendosen, einen sauberen Stapel Ersatzdecken und einen großen Behälter mit Trinkwasser. Aus dem tragbaren Propanofen strömte Wärme in den Raum. Alles schien normal ... nur – die Tür war aufgebrochen worden, und von Blair war keine Spur zu sehen.

Childs stolperte in der Finsternis und stieß einen leisen Fluch aus. Er sah nach unten, nach dem Hindernis, über das er gestolpert war, und kniete plötzlich nieder.

„He, Mac! Kommt her!"

Sie eilten zu ihm und starrten alle nach unten. Das lose Dielenbrett, in dem sich sein Stiefel verfangen hatte, ließ sich leicht hochheben. Ebenso einige andere Bretter in der unmittelbaren Umgebung.

Nauls richtete den Strahl seiner Taschenlampe nach unten, während Childs und Macready ihre Fackeln über die Öffnung hielten. Statt Eis war ein großes Loch zu sehen.

Der Koch ließ seine Taschenlampe kreisen, konnte aber keine Seitenwand entdecken.

Doch in dem Loch war etwas Großes, Nichtorganisches. Es reflektierte das Licht.

Macreadys Stimme klang gedämpft. „Heben wir die restlichen Bretter hoch."

Childs beugte sich hinab, um mitzuhelfen.

Sie brauchten nicht lange, um den Rest des Bodenbelags zu entfernen. Sämtliche Dielen waren gelockert worden, man hatte die Nägel herausgezogen und die Dielenbretter dann wieder hingelegt. Nur ein gelockertes Brett wie das, über das Childs gestolpert war, hätte den Beobachter warnen können, daß in dem Werkzeugschuppen etwas nicht stimmte.

Schließlich fanden sie sich unter der Tür des Schuppens wieder. Der ganze Innenraum des Schuppens war unterhöhlt. Der metallische Gegenstand füllte die Höhlung fast ganz aus. Er war primitiv, hatte aber Stromlinienform. In einer Ecke lagen ein paar Wellblechplatten. Die Wellen waren geglättet und die Bleche wie ein Sandwich übereinandergelegt, um dicke Platten zu bilden. Nirgends waren Spuren von Schrauben oder Schweißnähten zu erkennen. Der Gegenstand zeigte noch genügend Lücken, was bedeutete, daß er nicht fertiggestellt war.

„Was ist das?" murmelte Nauls.

„Alles, was verschwunden war", erklärte Macready. „Die Magnete, Elektronikteile und all die anderen Geräte. Ich wette, daß dein Rührwerk auch irgendwo dort drinnen steckt. Der Motor jedenfalls. All das verschwundene Zeug ist – in das – hineingearbeitet worden."

„Eine Art Raumschiff", flüsterte Childs ehrfurchtsvoll.

„Hoffentlich nicht", konterte Macready. „Wenn es so clever ist, dann können wir aufgeben." Er neigte sich in das Loch hinein, bewegte seine Fackel und beleuchtete so verschiedene Partien des unfertigen Fahrzeuges.

„Ich bin ganz bestimmt kein Ingenieur, aber von Flugmaschinen verstehe ich ein wenig. Ich kann mir nicht vorstellen, wie es die Wände dick genug kriegt oder woher es die chemischen Stoffe bekommt, um genügend brauchbaren Treibstoff herzustellen. Aber es ist natürlich möglich, daß es keine dicken Wände braucht. Vielleicht benutzt es statt dessen eine Art von Energieschirm. Vielleicht klettert es nur an Bord und wünscht sich irgendwo anders hin. Die Raumschifftheorie gefällt mir nicht."

„Was ist es dann?" fragte Childs.

Macready fuhr fort, das Gebilde im Fackelschein zu mustern. „Eine Art Luftschiff ist es ganz bestimmt. Oder eine Kurzstreckenrakete. Ein raffinierter Hundesohn ist das! Stück für Stück hat er es zusammengesetzt. Und die ganze Zeit über haben wir uns um den armen eingesperrten, verrückten Blair Sorgen gemacht. Ich wette, der war schon eine ganze Weile nicht mehr Blair." Er zog den Kopf aus dem Loch und nickte in Richtung Hauptgebäude. „All die anderen – Palmer, Norris, die Hunde –, die waren bloß Ablenkungsmanöver, um uns von hier fernzuhalten, um uns zu beschäftigen, damit das Ding in Frieden an dem da arbeiten konnte. Und beinahe hätte es geklappt. Wenn uns nicht der neue Test eingefallen wäre."

Nauls starrte in das Loch. „Wohin wollte es denn?"

„Irgendwohin, bloß nicht hierbleiben", antwortete Macready. Er knöpfte seinen Parka auf, suchte darin herum und brachte ein Bündel Dynamit zum Vorschein. „Aber es wird es nicht schaffen."

Ein Kreischen, durchdringend und weit entfernt, von dem Orkan halb erstickt, ließ Macready zusammenzucken.

„Schnell!" drängte Childs.

Macready nickte und zündete die Lunte mit dem Feuerzeug an. Sie schoben sich rückwärts aus der Tür, und er warf den Sprengstoff in die Grube.

Sie klammerten sich an die Taue, sowohl, um Halt zu finden, als auch, um die Orientierung nicht zu verlieren, als das Eis hinter ihnen aufbrach. Selbst über das Tosen des Orkans hinweg hörte es sich befriedigend laut an. Bruchstücke von Metall und Holz regneten rings um sie herab.

„Das wär's dann wohl", murmelte Nauls.

Childs tippte ihn an einer Schulter an. „Paß auf, wo du hintrittst!"

Ein Windstoß warf ihn zur Seite, als er versuchte, um den Koch herumzugehen. Seine Stiefel glitten auf der glatten Eisfläche aus. Er packte mit beiden Händen nach dem Seil, während er auf die Knie fiel, versuchte, sich Halt zu verschaffen.

Und dann war das Seil plötzlich weg. Das Ende pfiff an dem Mechaniker vorbei. Der Wind ließ ihn hinterhertorkeln.

Macready klammerte sich an sein eigenes Stück Leine, als er Childs in der Finsternis verschwinden sah. Etwas stieß von hinten gegen ihn, und er schrie. Es brüllte zurück, während es im Schnee davonglitt.

Lebe wohl, Nauls!

Wieder war das Kreischen zu hören, diesmal lauter. Es war irgendwo hinter ihm.

Verzweifelt kämpfte Macready darum, sich zu orientieren. Dort mußte das Hauptgebäude sein, direkt vor ihm. Er glaubte, den schwachen Lichtschein der Außenbeleuchtung ausmachen zu können, war aber nicht sicher. Vielleicht brachten ihn die Erschöpfung und die Kälte dazu, Lichter zu sehen, wo es keine gab. Er quälte sich auf Händen und Knien weiter und hoffte, in der richtigen Richtung zu kriechen.

Das grauenhafte, durchdringende Heulen rückte näher. Verfolgte es ihn, oder bewegte er sich darauf zu? Er erinnerte sich an das, was Copper widerfahren war, erinnerte sich an das halb geformte Scheusal, das sich aus jenem gähnenden Mund schob, ehe er das Dynamit hineingestopft hatte.

Vielleicht war es jetzt dicht hinter ihm, tastete im Schnee um sich, suchte ihn, wartete darauf, sich um ein Bein von ihm zu schlingen und ihn hinunterzuziehen, hinunter in –

Er verpaßte den Eingang zum Hundepferch und seine Außentür,

verpaßte Nauls, der über den Rand kroch und die offene Rampe hinuntertorkelte, in die Sicherheit.

Aber er stieß auf das Hauptgebäude. Verzweifelt fing er an, sich an der Wand entlangzutasten. Das Fenster des Lagerraums, durch das er sich Zutritt verschafft hatte, mußte in der Nähe sein, ein Stück weiter rechts.

Dann stürzte er. Es war ein unerwarteter Fall. Die gefrorenen, halb verbrannten Pflanzen, auf denen er landete, dämpften seinen Sturz nicht. Er überschlug sich und hielt sich die schmerzende Schulter.

Rasch richtete er sich wieder auf, sah sich um und erkannte das zerbrochene Oberlicht, durch das er gestürzt war. Er versuchte sich zu orientieren. Wo, zum Teufel, war er? Das Vorratslager konnte es nicht sein. Oh – natürlich! Childs' verbotener, aber tolerierter „Garten". Er stolperte weiter und lehnte sich gegen die offene Tür, während er langsam wieder zu Atem kam.

Etwas stöhnte über ihm, und gleich darauf war ein klirrendes Geräusch zu hören. Er blickte zum Oberlicht auf. Etwas bog die stählernen Streben nach außen, vergrößerte die Öffnung, damit es hereinkonnte.

Er rannte auf die Tür zum Korridor zu. Fuchs' gefrorene Leiche stand dort, immer noch von der Axt an das Holz geheftet. Der Leichnam blockierte den Türgriff.

Plötzlich wurde das splitternde Geräusch hinter ihm lauter. Ein Blick nach hinten zeigte ihm etwas Schwarzes, Knolliges, das in dem Gartenraum um sich schlug.

Ohne zu merken, daß er leise stöhnte, schaffte es Macready schließlich, Fuchs weit genug wegzuschieben, um die Tür zu öffnen. Dann knallte er sie hinter sich zu und legte den Riegel vor.

Er rannte den Korridor hinauf, glitt rutschend um Biegungen, nahm immer zwei Stufen gleichzeitig und versperrte jede Tür, die er passierte.

Sein Herz hämmerte gegen seine Rippen, während er auf den Aufenthaltsraum zurannte.

Etwas prallte an der nächsten Kreuzung gegen ihn, und er schrie auf.

„Verdammt, Mann!" rief Nauls, dem fast Tränen in den Augen standen. „Kannst du nicht aufpassen, wo du hintrittst?"

„Herrgott!" Macready musterte den Koch von oben bis unten.

Sie waren nicht sehr lange getrennt gewesen, jedenfalls nicht lange genug, daß eine Übernahme hätte stattfinden können.

„Wo, zum Teufel, kommst du denn her?" fragte Macready.

„Bin ins Hundehaus gefallen", erklärte Nauls, der nach Atem rang. „Und du?"

Macready blickte nach hinten, in die Richtung, aus der er gekommen war. Im Korridor hinter ihnen war's noch still.

Er wußte, daß es nicht lange so bleiben würde.

„Ich bin durch Childs' Oberlicht hereingekommen. Du weißt schon, das über dem kleinen Raum, den er und Palmer in ihren Privatgarten verwandelt hatten. Das Ding war dicht hinter mir."

Das Wissen, wie nahe es ihm tatsächlich gewesen war, ließ das Blut eisig durch seine Adern rinnen. Er fror viel mehr als bei dem kurzen Aufenthalt im Freien.

„Was tun wir jetzt?" Nauls zitterte förmlich danach, daß der andere ihm gut zureden möge.

Das konnte Macready nicht, aber er hatte eine Idee.

„Wir wissen, daß es die Kälte nicht mag. Es kann sie ertragen, aber nur eine Weile. Wir haben sein Transportmittel gesprengt, und das bedeutet, es kann sich nicht lange herumtreiben und so aussehen, wie es ist. Es muß einen anderen lebenden Körper finden, den es übernehmen kann. Komm!" Er eilte weiter.

Im Aufenthaltsraum angekommen, machten sie sich daran, Benzin in leere Flaschen zu gießen. Sie arbeiteten schnell. An sich hatten sie noch drei von den kleinen Schneidbrennern gehabt; die lagen jetzt jedoch alle irgendwo draußen im Schnee; sie hatten sie verloren, als das Halteseil durchtrennt worden war; und keiner von beiden verspürte die geringste Lust, hinauszugehen und sie zu suchen. Die Molotowcocktails würden als Ersatz dienen müssen.

Garry war in der Nähe damit beschäftigt, einen dünnen Draht zwischen zwei batteriebetriebene Generatoren zu spannen. Sanders hatte es übernommen, den letzten Molotowcocktail herzustellen. Er hielt den Trichter in einer Hand und leerte den letzten Tropfen Benzin aus dem letzten Kanister in ein Glas. Das Gefühl, tätig zu sein, erzeugte neuen Mut in ihm.

Macready saß am Kartentisch und war mit ein paar leeren Gelatinekapseln beschäftigt, die er aus der Krankenstation mitgebracht hatte.

Eine gefüllte Injektionsspritze lag neben ihm. Er injizierte einen Teil des Inhalts der Spritze in eine Kapsel, legte sie vorsichtig beiseite und nahm sich die nächste vor.

Nauls kam mit einer weiteren Schachtel Dynamit hereingerollt. Wieder im Besitz seiner Rollschuhe zu sein stärkte sein Selbstvertrauen, so, wie die Arbeit mit dem Benzin Sanders gestärkt hatte. Er stellte die Schachtel neben die anderen.

Im Aufenthaltsraum war jetzt genügend Explosivstoff, um den ganzen Gebäudekomplex fast bis nach Feuerland zu blasen.

Nauls sah zu Macready hinüber. „Was machen wir denn mit Childs?"

„Childs kannst du vergessen. Der ist weg." Macready sagte das, ohne von seiner Arbeit aufzublicken. „Wenn er noch die Kontrolle über sich hätte, dann hätte er schon vor einer Stunde hierher zurückgefunden."

„Das weißt du nicht sicher." Der Koch stemmte mit einem kleinen Brecheisen den Deckel von der Dynamitkiste hoch. „Hast du vergessen, wie lange du dort draußen gesteckt hast, ehe wir dich wieder hereinließen?"

„Du meinst, ehe ich mich selber hereinließ", erinnerte ihn Macready. Er schüttelte bedauernd den Kopf und lehnte damit ab, die Angelegenheit noch einmal in Betracht zu ziehen. „Er ist zu lange draußen gewesen. Das Ding dort draußen hat zu viel Zeit gehabt, um sich mit ihm zu beschäftigen. Wenn es ihn finden konnte. Der Wind hat ihn ziemlich schnell vor sich hergeblasen. Er könnte unterdessen schon auf halbem Weg zum Pol sein."

„Aber das *wissen* wir nicht", wandte Nauls ein. „Warum sollte es sich mit ihm abgeben? Er steckt dort draußen im Schnee, allein und unbewaffnet. Wäre es nicht logischer, ihn zu ignorieren und sich erst um uns zu kümmern?"

„Verdammt, woher soll ich das wissen?" antwortete Macready mürrisch. „Ich denke nicht so, wie es denkt. Aber in einem Punkt hast du ganz bestimmt recht."

„Und was ist das für ein Punkt?"

„Es bereitet sich darauf vor, sich um uns zu kümmern."

Jetzt schaltete Garry sich ein. „Mach die Lunten kurz, Nauls! Dann gehen die schneller los, wenn wir sie brauchen."

Der Koch nickte, bedachte den gleichgültigen Macready mit einem finsteren Blick und wandte sich wieder den Dochten zu, die aus jedem Molotowcocktail herausragten.

Garry stand auf und überzeugte sich, daß der Draht, den sie quer über den Eingang zum Aufenthaltsraum gespannt hatten, straff war. Die beiden Generatoren waren zu beiden Seiten des Türrahmens aufgestellt, so daß man sie von draußen nicht sehen konnte. Macready war inzwischen mit den Kapseln fertig.

Er bemühte sich jetzt, einen schweren Schrank vor einen der Seiteneingänge zu schieben.

Sanders stellte den letzten Benzinkanister weg und starrte auf den Haupteingang und die fast unsichtbare Drahtsperre. „Und wenn es nun nicht kommt?"

Macready stemmte eine Schulter gegen den schweren Schrank. „Es wird kommen. Es braucht uns. Wir sind die letzten Lebewesen, die es in seine Gewalt bringen kann. Hilf mir mal, ja?"

Sanders kam dem Wunsch nach. Als der Schrank an Ort und Stelle stand, machten sie sich daran, einen der schweren Videoschränke vor die zweite Tür zu schieben. Sie mußten einen zusätzlichen Schrank danebenschieben.

Bei einem der Videobänder handelte es sich um einen Film namens „Weltrauminvasion". Keiner kam auf die Idee, Witze darüber zu reißen.

Macready wandte sich seinem Helfer zu und wies mit dem Daumen auf die letzte nicht verbarrikadierte Öffnung. „Du und Nauls, ihr blockiert die Westseite, die Messe und die Küche!"

Nauls sah den Piloten an, als hätte der plötzlich den Verstand verloren. „Bist du verrückt geworden? Vielleicht ist es schon dort drinnen."

„Das Risiko müssen wir eingehen", erwiderte Macready gleichmütig. „Wir müssen es zwingen, daß es an der Ostseite zu der Tür hereinkommt, die wir für es vorbereitet haben."

„Warum ich?" wollte Nauls wissen.

Macready starrte ihn an. „Warum nicht du?"

„Gut, gut. Spar dir diesen Was-bist-du-Blick!"

Er ging auf die Tür zu.

Sanders leckte sich über die Lippen und versuchte, in Macreadys

Logik irgendeine Schwachstelle zu finden, irgendeinen Fehler. „Es könnte auch auf die Idee kommen, uns abzuwarten."

Macready schüttelte den Kopf. „Nein, glaube ich nicht. Es ist ja schon einmal erstarrt." Er wies auf das Fenster und den heulenden Polarsturm, der draußen wütete. „Vielleicht ist es hier jetzt nicht so kalt, wie es vor hunderttausend Jahren war, aber ich wette, daß es jedenfalls kalt genug ist. Es könnte wieder einfrieren. Und diesmal könnte es für immer sein. Es muß also hereinkommen."

„Gut", meinte der Funker, „dann wartet es eben drinnen."

Macready lächelte. „Dann haben wir es. Sobald ihr, du und Nauls, zurückkommt, werde ich den Generator hochjagen." Er deutete auf die rechteckigen Metallgebilde, die in einer Ecke aufgestapelt waren. „Garry und ich haben sämtliche tragbaren Heizgeräte hierhergeschleppt. Es wird zu uns kommen müssen oder erfrieren."

Er drehte sich um und fing an, eine kleine Couch zu der Tür zu schieben, die von den Videoschränken versperrt wurde. „Wir können die tragbaren Heizgeräte damit betreiben." Er deutete mit einer Kopfbewegung auf die Generatoren, die mit einem dünnen Draht verbunden waren. „Wir können hier so lange sitzen bleiben, wie es nötig ist, länger als es. Aber ich glaube nicht, daß wir lange warten müssen. Es ist nicht dumm; es wird sich ausrechnen, daß seine Möglichkeiten beschränkt sind. Oh, es wird kommen, ganz bestimmt!"

Sanders erschien neben Nauls unter der Tür.

„Augenblick!"

Macready schob die Couch zurecht und ging dann zu dem Kartentisch zurück, wo er die Kapseln vorbereitet hatte.

Er reichte jedem von ihnen einen der hellroten Behälter. Sie sahen wie gewöhnliche Pillen gegen Erkältung aus.

„Natriumzyanid", sagte er leise. „Wenn es euch erwischt, dann nehmt davon eine zwischen Wange und Gaumen und beißt kräftig zu. Dieses Ding kann nichts kontrollieren, das tot ist. Wenn es das könnte, würde Fuchs jetzt nicht die Tür im Korridor G verzieren."

Sanders und Nauls musterten die Kapseln stumm.

„Wenn es euch erwischt, so, wie es Copper erwischt hat, dann beißt zu. Dieses Zeug wirkt angeblich schnell und schmerzlos. Man hat mir in Vietnam so etwas Ähnliches gegeben. Ich hätte nie gedacht, daß ich einmal hier so etwas brauchen würde. Los jetzt!"

Sie verschwanden im Korridor. Macready lauschte, bis das Poltern von Nauls' Rollschuhen verklungen war.

Schließlich wandte er sich um und überprüfte die Dochte der Molotowcocktails.

Garry leitete jetzt Strom durch den Draht am Haupteingang. Die Generatoren summten. Es knisterte in der Luft, und es gab genügend Rauch und Funken.

„Sieht gut aus", beglückwünschte ihn Macready.

„Tausend Volt." Garry sah auf die Skala an einem der Generatoren. „Das sollte genügen. Jedenfalls ist es wesentlich mehr, als der Doc dem Ding verpaßt hat, das versuchte, wie Norris auszusehen."

Nauls schob den tragbaren Herd auf geölten Rädern herein, die trotzdem quietschten. Er schaffte es, ihn unter der versperrten Küchentür festzukeilen. Auf der anderen Seite des Raums rollte Sanders einen der Kühlschränke vor eine zweite Tür. Als er den richtigen Platz gefunden hatte, beugte er sich hinunter und stellte die Rollen mit Fleischermessern fest.

Plötzlich drangen Geräusche herein. Es waren summende, gurgelnde Geräusche.

Sanders erstarrte und drehte sich zu Nauls herum. „Hörst du das?"

Nauls sah zu ihm hinüber. „Ob ich was höre?"

Jetzt kamen die Geräusche von überall her. Sie klangen vertraut, drangen aus den Stereolautsprechern, die an beiden Enden der Küche angebracht waren. Elektrische Gitarren, Trommeln, eine Orgel, Synthesizer.

Jemand hatte das System, das das ganze Camp umfaßte, auf maximale Lautstärke geschaltet.

Derselbe Krach dröhnte im Aufenthaltsraum. Macready und Garry starrten benommen die drei Lautsprecher an, die an den Wänden befestigt waren.

Der Pilot schrie dem anderen etwas zu. Garrys Lippen bewegten sich, aber alles, was Macready hören konnte, waren verstärkte Elektronikgeräusche.

Keiner konnte den anderen hören.

14

Die Musik erfüllte die Korridore, die leeren Schlafräume, das Lager und die Waschräume. Sie drang durch die Wände und ließ den Boden erzittern.

Abgesehen von Childs, der das Lautsprechersystem gewartet hatte, kannte Nauls es besser als sonst irgend jemand in der Station. Er schrie, um den Lärm zu übertönen, und deutete in die Richtung des Aufenthaltsraums.

„Es ist im Pub!" schrie er seinen Begleiter an. „Es hat die Stereoanlage eingeschaltet."

Sanders sah ihn mit aufgerissenen Augen an und versuchte zu verstehen. „Was sagst du?"

Nauls ging auf ihn zu. „Es ist zwischen uns und dem Aufenthaltsraum. Wie sollen wir zurückkommen?"

Sanders schüttelte den Kopf. Er wirkte verängstigt und konfus. „Ich kann dich nicht hören, Mann!"

Im Aufenthaltsraum fluchte Macready beharrlich, während er zuerst den einen und dann den anderen Lautsprecher aus der Wandhalterung riß. „Was machen die dort hinten?" fragte er den Stationsleiter und deutete mit einer Kopfbewegung in Richtung Küche.

Die Musik kam jetzt nur noch aus dem einen verbliebenen Lautsprecher, aber ihre dröhnenden Kreischtöne hallten weiter durch den Rest der Station.

Garry stand dicht neben dem Eingang, über den der Draht gespannt war, und spähte den Korridor hinunter. Nauls' Stimme war für ihn nur als ein verzerrtes Klagen zu hören.

„Was sagt er?" fragte Macready, der gerade den letzten Lautsprecher herunterriß.

Garry schüttelte den Kopf. „Ich kann es nicht verstehen."

„Macready", heulte Nauls in der Küche, „wir sind abgeschnitten!" Er lehnte sich vorsichtig in den Korridor hinaus. „He, könnt ihr mich dort vorn nicht hören?"

Etwas krachte im hinteren Teil der Küche gegen die Tür.

Nauls drehte sich um und sah gebannt zu, wie sich ein großes, sensenähnliches Gebilde durch das massive Holz schob und zu sägen begann. Die Schnittränder bedeckten sich mit schwarzem Schleim. Das Sägeblatt selbst wies eine Schattierung von nichtmetallischem Rot auf. Seltsame Farbe für ein Messer. Das Geräusch von zersplitterndem Holz wurde im wesentlichen von dem Lärm aus den Stereolautsprechern verdeckt.

Mit hervortretenden Augen deutete Sanders zitternd auf die sich auflösende Tür. Ein zweites Messer erschien neben dem ersten und mit ihm mehr von der schmierigen schwarzen Substanz.

Nauls zog sich von der zersplitterten Tür zurück, als ihm klar wurde, daß die zwei Klingen keine Messer waren. Es waren Fingernägel.

Sanders hatte sich mit dem Rücken gegen die dritte Tür gelehnt, als ein weiteres Klauenpaar krachend durch das dünnere Holz fuhr und sich um seinen Hals legte. Er wehrte sich kurz dagegen, während er nach hinten gerissen wurde.

Ein wehmütiger Ausdruck spiegelte sich in seinem Gesicht, als er auf die Zyanidkapsel biß, kurz bevor er durch die zerbrochene Tür gezerrt wurde.

Nauls hielt nicht viel von überflüssigen Gesten. Sanders war hinüber. Die andere Tür zersplitterte, als er durch den einzigen noch verbleibenden Ausgang davonrollte. Geduckt sauste er in den Korridor hinaus. Seine Rollschuhe ließen die Funken stieben.

Im Aufenthaltsraum übertönte ein vertrautes, an den Nervenenden zerrendes Kreischen die Musik. Es war scharf und lauter denn je.

Macready bückte sich, kroch unter dem Draht durch und spähte den Korridor hinunter. Keine Bewegung war zu sehen. Die kleinen Lautsprecher in den vielen Räumen spielten ihre elektronische Höllenmusik.

Nauls war ein einziges Mal in seinem Leben so gerast wie jetzt. Das war in Chicago gewesen. Eine Rockergang – die Crips – war hinter ihm hergewesen. Sie waren schnell, aber nicht so schnell wie ein verängstigter Teenager auf Rollschuhen. Es war spät gewesen. Er hatte in jener Gegend nichts zu suchen gehabt, aber seine Neugierde hatte die Oberhand über die Vernunft gewonnen.

Er war an ihrer Straßenecke vorbeigerast, hatte sie wütend und erschrocken hinter sich gelassen, und dann war er dahingerollt, bis er glaubte, die Beine müßten ihm abfallen. Um Zäune herum, durch verlassene Straßen, immer wieder über Randsteine springend. Er war durch die leere nächtliche Stadt dahingeflogen.

Jetzt lehnte er sich in eine Kurve und trat mit den Beinen aus, während er den Korridor hinunterfegte. Nicht mehr weit, sagte er sich verzweifelt, nicht mehr weit bis nach Hause. Zur Delancy Street – oder zu dem Aufenthaltsraum.

Seine Augen waren glasig. Sanders' Körper flog unmittelbar vor ihm aus der Korridorwand. Ein dicker, mit Knollen übersäter Arm spießte ihn wie eine Fliege an die gegenüberliegende Wandverkleidung.

Nauls rutschte und verlor das Gleichgewicht, als er anzuhalten versuchte. Er wurde gegen die nächste Wand geworfen. Die Zyanidkapsel flog ihm aus dem Mund. Er achtete nicht darauf. Der Rest von dem, was den Funker getötet hatte, fing jetzt an, durch die Wand hindurchzubrechen.

Nauls rappelte sich hoch und setzte sich wieder in Bewegung, sprang über das sich biegende, massige Glied und rollte über den Boden, so, wie man es ihm im Gymnastikunterricht beigebracht hatte. Dann war er wieder auf den Füßen und raste wie ein Akrobat auf die nächste Biegung zu.

Macready war im Korridor und wollte zur Küche. Er war nicht sehr weit gekommen, als Nauls um die Ecke herum auf ihn zugeschossen kam.

„Zurück!" schrie der Koch ihn an.

Macready verlangsamte seinen Lauf, blieb aber nicht stehen.

„Der Generator ...", begann er.

„Scheiß auf den Generator!" Nauls schoß an der nach ihm greifenden Hand des Piloten vorbei. Die Musik wurde von Zischlauten und unheimlichem Knurren übertönt. Etwas wie ein gemächlich dahintrottendes Erdbeben wälzte sich den Korridor entlang.

Macready machte kehrt und rannte hinter Nauls her.

Nauls erinnerte sich gerade noch an den Draht und duckte sich unter ihm hinweg, als er in den Aufenthaltsraum rollte. Macready war dicht hinter ihm. Er keuchte wie eine heißgelaufene Dampfmaschine, während der Koch auf der Couch zusammenbrach.

„Was ist dort hinten passiert?" fragte Garry ihn leise.

Nauls sah zu ihm hinüber. Er stieß nur Satzfetzen aus. „Sanders erwischt ... Hat seine Kapsel geschluckt, das arme Schwein. Der nächste Weltkrieg könnte diesem Ungeheuer nichts anhaben. Kann durch die Wände gehen. Und groß ist es! Viel größer, als wir dachten. Vielleicht hatte es nicht seine volle Größe erreicht – ehe es damals einfror. *Überall* ist das Biest."

„Beruhige dich, und geh an deinen Platz!" sagte Macready.

Garry arbeitete an den Generatoren und machte sie einsatzbereit. „Ich treib das, so hoch ich kann. Wir müssen riskieren, daß es durchbrennt. Das sollte genügen."

Nauls nickte zustimmend.

Und dann verstummte plötzlich die laute Musik, die die ganze Station zum Beben gebracht hatte. Etwas hatte sie abgeschaltet. Oder vielleicht war das Band abgelaufen.

Garry flüsterte dem Piloten zu: „Lichter aus!"

Macready nickte und legte den Hauptschalter an der Wand um. Jeder Mann nahm die vorher vereinbarte Position ein, als der Aufenthaltsraum in Finsternis getaucht wurde. Über ihnen heulte der Wind.

Ihre ganze Aufmerksamkeit konzentrierte sich auf die Tür mit ihrer Drahtfalle, obwohl sie nach Nauls' Bericht, wie das Ding in der Küche angegriffen hatte, nicht versäumten, auch die zwei blockierten Eingänge oder die Wände zu beobachten.

Sie warteten in der Dunkelheit, daß das Ding kam. Stille lastete rings um sie her.

Als einige Zeit verstrichen und nichts geschehen war, fragte Garry: „Wie lange ist es jetzt her?"

Macready sah auf die schwach leuchtenden Zeiger seiner Uhr. „Etwas über zwei Stunden, denke ich."

Hinter ihm hauchte Nauls voll Hoffnung: „Vielleicht kommt's gar nicht. Vielleicht wartet es ab, läßt uns zappeln, wie du vorhin gesagt hast. Solange der Generator an ist, ist's im Rest der Station noch ziemlich warm."

„Dann müssen wir Jagd darauf machen", erklärte Macready.

„Ich wette, daß es deine letzte Jagd ist."

„Schsch!" Garry versuchte sie zum Schweigen zu bringen. „Horcht!"

In der gespenstischen Stille hörten sie deutlich, wie in der Ferne eine Tür geöffnet und dann wieder geschlossen wurde. Dann ein zweitesmal, etwas näher. Diesmal war im Hintergrund ein raschelndes Geräusch zu hören.

Macready und Nauls vergrößerten den Abstand zwischen sich. Jemand gluckste leise. Kurz darauf kratzte etwas tastend an der Tür.

Garrys Finger krampften sich um den Generatorschalter. Das Kratzen verstärkte sich, wurde lauter.

Macready flüsterte: „Wartet! Wartet, bis es durch die Tür kommt!"

Garry nickte. Seine Handflächen auf dem Hauptschalter waren feucht.

Das Kratzen war jetzt in ein gleichmäßiges, anhaltendes Pochen übergegangen. Die Tür war schwerer als die meisten in der Station. Nauls und Macready zündeten leise zwei der Molotowcocktails an und konzentrierten sich auf den Eingang.

Die Tür ächzte, als etwas Schweres sein Gewicht dagegenwarf. Der Raum begann zu beben. Staub fiel aus den Ritzen der vibrierenden Decke.

Macready hob einen Arm und zielte mit dem schwach flackernden Molotowcocktail.

Plötzlich gab das Dach nach, und *es* ließ sich in ihre Mitte fallen.

Instinktiv zuckten die drei vor der dunklen Masse zurück, die jetzt die Mitte des Raumes ausfüllte. Während er rückwärts taumelte, schleuderte Macready seinen Molotowcocktail. Nauls folgte seinem Beispiel. Beide trafen dicht an der rechten Seite des Dings auf. Einen Augenblick lang konnten sie es deutlich sehen. Es war eine dauernd seine Form verändernde gelatineartige Masse, deren Silhouette sich im Flammenschein abzeichnete. Und es war wütend.

Garry hetzte auf die Tür zu. Als er sprang, platzte etwas aus der Mitte der wogenden Masse heraus und durchbohrte ihn. Die übrigen zwei Drittel des riesigen Körpers folgten der tastenden Zunge – oder dem Tentakel oder was immer es auch sonst war – und umschlangen den hilflosen Garry, ehe er die Tür aufbekommen konnte.

Ein chitinartiges Glied peitschte um sich und fegte Nauls beiseite.

Macready wich einem zweiten ähnlichen Glied aus, stürzte sich auf den Generator und legte den Schalter um.

Strom floß durch die Drähte und richtete Garry mit barmherziger Geschwindigkeit hin. Eine der Krallen des Dings, die in Garrys Leib und der Tür steckte, zuckte zurück. Die Tür löste sich aus ihren Scharnieren, und die Klaue, die drinsteckte, schmetterte sie zu Boden, versuchte sie abzuschütteln.

Nauls hetzte verzweifelt durch das entstandene Loch. Aber für Macready war dieser Fluchtweg abgeschnitten. Das wogende, kreischende Monster befand sich zwischen ihm und dem Ausgang. Macreadys Gehirn arbeitete fieberhaft. Er wußte, die Giftkapsel lag innen an seiner rechten Wange. Die anderen zwei Türen waren verbarrikadiert, und zwar zu gut, als daß er sich schnell genug einen Fluchtweg hätte schaffen können.

Das Fenster!

Macready sprang darauf zu und riß wild am Feuerhebel, der sich verklemmt hatte, da er bisher noch nie benutzt worden war. Er setzte sein ganzes Gewicht im zweiten Versuch ein und sprang beiseite, als das schwere dreischeibige Glas in den Raum polterte. Etwas schlug gegen seinen Stiefel, als er in den Sturm hinaushetzte.

ZERSCHLAGEN, blutend und ein Bein hinter sich herziehend, kroch Nauls durch den Korridor. Nicht nur sein Bein, sondern auch sein Geist hatte Schaden genommen, denn er war sicher, das Geräusch eines Motors zu hören. Das mußte die reguläre Pendelmaschine sein, die gekommen war, um sie von hier wegzutragen, in die Sicherheit, weg von dem fremden, abstoßenden Monster, das in seiner Suche nach den letzten Menschen, die es übernehmen konnte, die ganze Station in Stücke reißen würde.

Aber die Maschine war erst in einigen Monaten fällig. Im Winter kam sie nur an den seltenen klaren Tagen. Und jeder konnte draußen den Sturm heulen hören, ihn heulend, kreischend und pfeifend näher und näher kommen hören.

Die Furcht ließ ihn schneller kriechen, ließ ihn den Schmerz in seinem Bein vergessen. Er wußte nicht, daß es gebrochen war, spürte nur, daß jedesmal, wenn er aufzustehen versuchte, ein Feuerstrahl durch das Bein schoß und ihn wieder umwarf.

Die Duschkabine – in der Nähe. Er kroch hinein und sperrte die Tür hinter sich ab. Das Gurgeln, das ihn verfolgte, wurde lauter. Nauls lehnte sich gegen den Toilettensitz und sah sich verzweifelt um. Er saß jetzt in einer winzigen Schachtel aus Holz gefangen. Es gab kein

Fenster, nur ein dünnes Ventilatorgitter. Eine hübsche kleine Schachtel, mit einem Bändchen darum, für Weihnachten, ein magerer kleiner Truthahn, der darauf wartete, daß Vater ihn tranchierte.

Das Gurgeln hörte auf der anderen Seite der Tür auf. Jetzt war ein Kratzen auf Holz zu hören. Ein leises Stöhnen stieg aus den Tiefen von Nauls' Kehle auf, ein Laut, den er nicht kontrollieren konnte und auch gar nicht zu kontrollieren versuchte. Er begann, an dem verwitterten Holz zu reißen, das die Hinterwand der Kabine bildete. Blut quoll ihm unter den Nägeln hervor, während er sich an der widerspenstigen Vertäfelung festkrallte.

Ein mächtiger Schlag ließ die Tür erbeben, als er ein Brett herauszerrte. Es zerbrach. Etwas Dunkles fing an, durch das Holz zu kommen.

Nauls preßte sich das ausgezackte Ende eines großen Holzsplitters an die Kehle und drückte zu.

DAS Motorengeräusch dröhnte laut durch das verlassene Labor. Eben noch standen die Wände, im nächsten Augenblick schienen sie zu explodieren, als der Traktor durch die Mauer brach und mit seiner mächtigen Schaufel den halben Raum zertrümmerte. Glas und Holz zersplitterten. Der Kühlschrank kippte wie ein Spielzeug zur Seite.

Macready saß auf dem Fahrersitz. Seine Augen flackerten wild. Sein Ausdruck glich dem, den man gewöhnlich bei Insassen einer Irrenanstalt sieht.

Er war zum Lagerraum gerannt, hatte sich dort durch das zerbrochene Fenster Zugang verschafft und die Schachtel mit den Zündkerzen und dem Verteilerfinger geholt, die man aus dem Motor des Traktors ausgebaut hatte. Instinkt und Glück hatten ihn trotz des Sturms zum Reparaturschuppen geführt.

Die Erfrierungen an seinen freiliegenden Wangen und Fingerspitzen wirkten wie eine schwarze Kriegsbemalung. Eine Dynamitstange steckte wie ein schwarz-roter Strich zwischen seinen Lippen. Auf dem Sitz neben ihm standen zwei große Metallzylinder mit der Aufschrift HYDROGEN. Es gab keine Wetterballons mehr, die man, mit dem Wasserstoff gefüllt, in den antarktischen Himmel hätte aufsteigen lassen können. Macready hatte sich eine andere Verwendung für das Gas ausgedacht.

Er ließ den Traktor mahlend zum Stillstand kommen. Schnee umwirbelte ihn. Er nahm die Dynamitstange aus dem Mund und lächelte. Zumindest war er halb verrückt.

„Gut, du Biest!" schrie er ins Innere der Station. „Jetzt sind nur noch wir beide da – du und ich! Paß gut auf! Wir bauen jetzt ein wenig um. Wird Zeit, ein wenig frische Luft hereinzulassen! Du magst doch die Luft in diesem Land, oder?"

Er lehnte sich im Fahrersitz zurück, ließ den Motor aufheulen und jagte den mächtigen Traktor durch die nächste Wand in die Krankenstation.

Medizinische Gerätschaften und Vorräte flogen durch die Luft. Der Operationstisch wurde gegen die Wand gedrückt.

Der Traktor war dafür konstruiert, Tonnen von massivem Eis und Felsgestein zu bewegen. Die vorgefertigten Wände wurden von den schweren Ketten wie Stanniolpapier zerknittert.

Als nächstes kam die Versammlungshalle dran – Tische, Stühle und Lautsprecher zersplitterten unter der gnadenlosen Schaufel. Macreadys Stimme übertönte den Wind. Er sang ein munteres mexikanisches Volkslied, während er das Camp demolierte. Aber seine Augen suchten jeden Winkel ab, und ihnen entging nichts.

Weiter ging's durch die Küche. Gas zischte aus einem abgebrochenen Rohr, und einen Augenblick lang lag der Geruch von Propan in der Luft, ehe der Wind ihn wegfegte.

Der geistesgestörte Troubadour auf dem Fahrersitz des Traktors sang weiter.

Ein krallenbewehrter Arm schob sich um eine Ecke, entfernte sich zum erstenmal von einer menschlichen Gestalt, anstatt sich auf sie zuzubewegen.

Macreadys Stimme hallte durch den Korridor.

„Sing doch mit, wenn du den Text kennst, alter Junge! Mexiko würde dir gefallen. Dort ist's nett und warm. Dort gibt's kein Eis, in dem du ein paar tausend Jahre feststeckst. Dort möchtest du gerne hin, oder? Würdest gern in meinen Körper hüpfen und dich dann an den Strand legen und dir ein paar Señoritas schnappen, die du übernehmen kannst? Jammerschade, daß du nie dort hinkommen wirst!"

Ein paar weitere Räume wurden demoliert, ehe er das Pub erreichte. Er bremste den Traktor ab und fuhr ein paar Meter zurück.

„Kleine Zwischenstation – aus medizinischen Gründen“, verkündete er dem Sturm, der immer noch sein munteres Lied hinaustrug.

Irgendwie hatte eine Flasche Jim Beam das Chaos unversehrt überlebt.

„Magst du Whisky?“ schrie er die Überreste der Station an, während er den Korken herauszog. „Komm, trink einen Schluck mit mir! Wird dir guttun! Werden dir Fänge auf der Brust wachsen!“

Er trank einen gehörigen Schluck und spürte, wie der Alkohol feurig durch seine Kehle rann und sich in seinem Magen sammelte. Es war ein herrliches Gefühl.

Der Traktor krachte in den Aufenthaltsraum. Die Maschine fing zu mahlen an. Sie polterte noch ein paarmal unregelmäßig und blieb dann unter dem Loch in der Decke stehen, das das Ding geschaffen hatte.

„Verdammt!“ murmelte der Pilot, immer noch ein Lächeln im Gesicht. „Jetzt ist der Sprit alle. Na schön. Zeit für einen kleinen Spaziergang.“

Während er geistesabwesend an den Ventilen der Wasserstoffkanister herumdrehte, suchten seine Augen das Loch in der Decke, die übrigen Türen und die zerstörten Möbel im Raum ab. Vom Wind aufgepeitschte Eispartikel stachen ihm ins Gesicht. Er warf einen Blick auf seine Hände. Seine Fingerspitzen waren so schwarz, als hätte er Kohle getragen.

Unbewußt zuckte er zusammen. Nicht vor Schmerz, dafür waren sie schon zu gefühllos, aber ob des Wissens, was mit ihnen geschehen konnte.

Dann lehnte er sich zurück und lachte. Da saß er und sorgte sich um seine Fingerspitzen wie eine verdammte Schönheitskönigin. Sein Blick schweifte über die ihn umgebenden Ruinen.

„Süßer, hier wird's bald mächtig kalt werden. Du solltest besser etwas unternehmen, ehe ich dir auch wegsterbe. Dann steckst du nämlich wirklich fest. Ich meine, ich bin die einzige Person, die noch da ist. Und jeder weiß, daß Amerikaner besser als Norweger schmekken, stimmt's?“

Er kippte die Flasche und trank einen kräftigen Schluck. Die Scheinwerfer des Traktors brannten immer noch und beleuchteten das ihn umgebende Chaos.

„Ich weiß schon, daß du sauer bist, weil wir dir deine Reise vermasselt haben, stimmt's? Hübsches kleines Spielzeug, das du da hattest. Aber für eine Stewardeß wäre kein Platz gewesen. Und für die Beine war auch nicht besonders viel Platz. Nicht gerade feudal."

Der Traktor begann leicht zu zittern, und er verstummte, lauschte. Dann blickte er zu dem Loch im Dach hoch und sah sich in dem verwüsteten Aufenthaltsraum um. Schließlich zog er sein Gasfeuerzeug aus der Tasche, schnippte es an und hielt die Flamme, von einer Hand geschützt, in die Nähe des kurzen Dochts, der aus der einen Dynamitstange herausragte.

„Aber dein wirkliches Problem", fuhr er fort, bemüht, seine Stimme gleichgültig klingen zu lassen, „ist dein Aussehen."

Das Zittern wiederholte sich. Diesmal war es etwas kräftiger. Etwas pochte in der Finsternis. Es war ein gleichmäßiges, regelmäßiges Geräusch, das von ringsum zu kommen schien. Er brauchte einen Augenblick, um zu begreifen, daß es sein eigener Herzschlag war.

„Nur zu, Junge!" murmelte er aufmunternd. „Ich weiß schon, daß du da bist. Hier ist Papa! Kommt mich nur alle besuchen!"

Der Boden schwankte leicht unter dem Traktor. Er stand da und suchte die dunklen Stellen ebenso ab wie die, die von den Scheinwerfern des Traktors beleuchtet wurden. „Komm nur! Komm, gib mir Händchen, Dummkopf!" flüsterte er angespannt.

Der Traktor wurde ein paar Zoll in die Höhe gehoben. Macready verlor das Gleichgewicht und stolperte nach vorn, mit den Armen um sich schlagend. Er blickte in die Maschine hinein und auf etwas, das vielleicht ein Gesicht hätte sein können.

Eine Klaue zuckte auf ihn zu; sie schnitt das Steuerrad auseinander, verfehlte aber sein Gesicht, als er sich nach hinten warf.

Er trat auf das Gaspedal, und der Traktor machte einen Satz. Als er unter dem Loch in der Decke war, sprang er hoch und packte den Rand des Loches.

Vor ihm platzten das Gesicht und die Arme des Dings durch die Motorverkleidung. Die Klauen verfehlten seine Beine. Er kroch aufs Dach. Ein enttäuschtes Zischen hallte durch den Raum unter ihm.

Macready hielt sich auf dem zitternden Dach fest. Es drohte jeden Augenblick einzustürzen. Er zündete die kurze Zündschnur an dem Dynamit an und warf die Stange in das Führerhaus des Traktors.

Die Hälfte des grotesken Dings schoß aus der Öffnung hinter Macready heraus und kreischte wütend. Etwas Flexibles, Zähes peitschte vor, schlang sich zweimal um die Brust des Piloten, drückte zu und riß ihn zurück.

In diesem Augenblick gab es eine ungeheure Explosion, die Wasserstofftanks entzündeten sich und jagten fünfzehn Meter hoch einen weißen Feuerball in den Nachthimmel. Mit den Flammen vermischten sich die verkohlten Überreste des Dings.

Die Gewalt der Explosion erfaßte Macready von hinten und schleuderte ihn vom Dach. Er fiel in den Schnee. Das abgerissene und jetzt leblose Glied war noch um ihn geschlungen und brannte ebenso wie der Rückenteil seines Jacketts. Er riß das Glied ab, warf es beiseite und wälzte sich dann im Schnee, bis die letzten Flammen an seinem Rücken erstickt waren.

Vom Camp war nicht mehr viel übrig. Eine Hälfte davon waren geschwärzte, rauchende Ruinen, der Rest, dank Macreadys Arbeit mit dem Bulldozer, ein Trümmerhaufen. Der Sturm hatte sich etwas gelegt. Immer noch brennende Feuer beleuchteten die Ruinen, und über ihm tanzten die Südlichter.

Macready stolperte, in ein paar dicke Decken gehüllt, durch die Stätte der Verwüstung. Er wußte noch nicht, ob die Ersatzparkas auch verbrannt waren oder unter dem Schutt begraben lagen oder einfach irgendwo darauf warteten, daß man sie fand. Aber die mehrfache Isolierung der Decken hielt den Wind und den größten Teil der Kälte von ihm fern.

Vor Schmerz krümmte er sich zusammen. Es war schwierig, von einer glühenden Stelle zur nächsten zu humpeln und dabei den Feuerlöscher einigermaßen exakt einzusetzen. Er murmelte irgend etwas, obwohl da niemand war, der ihn hätte hören können. Schließlich gab er auf und warf den Feuerlöscher beiseite. Er prallte klirrend gegen etwas Metallisches: die Überreste von Nauls' Kochherd.

Das Pub war im großen und ganzen von den Flammen unberührt geblieben; offenbar hatte eine gütige Vorsehung entschieden, daß er jetzt, da er das Ding erledigt hatte, den Rest der Nacht in angenehmer Trunkenheit verbringen durfte.

Macready lächelte dünn. Die Aussicht auf ein fünf Monate dauerndes Besäufnis tat ihm gut.

Er lehnte sich gegen die Bar und zündete sich eine Zigarre aus dem unbeschädigten Vorrat des Pubs an. Seine Hände waren dick umhüllt. Er hatte keine Handschuhe gefunden, aber dafür in den Überresten der Krankenstation genügend Isolierband. Er paffte an der Zigarre und goß sich einen Doppelten in ein Glas, das nur leicht angeschlagen war.

Etwas packte ihn an einer Schulter und drehte ihn herum. Er war zu erschöpft, um schreien zu können.

Ein Gesicht starrte ihn an: Childs. Weiße und schwarze Flecken überzogen die freiliegende Haut, und an dem wolligen Bart des Mechanikers hingen Eiszapfen.

„Hast du – hast du es getötet? Ich habe eine Explosion gehört."

Childs' Mund arbeitete nicht sonderlich gut. Seine Lippen waren aufgeplatzt und mit getrocknetem Blut verklebt. Eine schwache Windbö ließ ihn taumeln.

Der Mangel an Nahrung und die Kälte hatten seine Kräfte ernsthaft beeinträchtigt.

„Ich denke schon", erklärte Macready.

„Was soll das heißen: ‚Du denkst schon'?"

Childs stolperte ein paar Schritte rückwärts.

Sie musterten einander argwöhnisch, und der Ton ihrer Stimmen klang wachsam.

Macready war plötzlich voll da. „Ja, ich hab's erwischt." Er gestikulierte mit einem Finger vor dem Gesicht des Mechanikers herum. „Alles abgefroren."

Childs hielt seinen Abstand ein und zeigte ihm seine aufgedunsene, fahle Hand. „Die werd ich wohl ganz verlieren." Er trat zuerst mit dem rechten, dann mit dem linken Fuß auf. Seine Bewegungen waren unsicher. „Ich glaube, meine Zehen sind auch schon hinüber."

Macready hatte einen der Kartentische geborgen und ihn in der Nähe aufgestellt.

Er trug die Flasche und das Glas hinkend hinüber und setzte sich auf den einzigen Stuhl, den es gab. Die Rückenlehne war gesprungen, aber die Beine waren noch intakt.

Auf dem Tisch stand ein Schachbrett, dessen Anschlußkabel locker herunterhing. Wie durch ein Wunder hatte die Schachtel mit den Figuren, die unter dem Schutt begraben gewesen war, das Inferno überlebt. In der Nähe lagen auch ein paar Stapel Spielkarten. Macready war dabei, ein einziges komplettes Spiel daraus zu machen.

Die beiden Männer fuhren fort, einander mißtrauisch zu beäugen. „Du bist also der einzige, der es geschafft hat?" fragte Childs.

Macready war dabei, die Schachfiguren aufzustellen. Winzige Magnete hielten die einzelnen Figuren trotz des beständig wehenden Windes an dem Metallbrett fest.

„Nicht der einzige, wie es scheint."

Childs fand ein paar Decken und umhüllte seinen Oberkörper damit. „Durch das Feuer ist die Temperatur im Camp gestiegen. Aber die Wärme hält nicht lange." Er deutete mit einer Kopfbewegung auf die fehlende Wand des Pubs.

„Auch wir werden nicht lange aushalten."

„Vielleicht sollten wir versuchen, eines der Funkgeräte herzurichten, dann könnten wir Hilfe herbeiholen."

„Vielleicht sollten wir das besser nicht."

„Dann schaffen wir es nie", meinte der Mechaniker ruhig.

Macready paffte an der Zigarre, bis die Spitze rot glühte. Dann griff er in die Ansammlung von Gegenständen, die er zusammengetragen hatte. Er holte ein kleines, zylindrisches Metallgebilde heraus.

„Schau, was ich gefunden habe! Der funktioniert."

Er stellte den Schneidbrenner vorsichtig neben sich auf den Tisch. „Vielleicht sollten wir es nicht schaffen", fügte er nachdenklich hinzu.

Childs musterte den Brenner. „Wenn du über irgend etwas beunruhigt bist, dann sollten wir vielleicht deinen Bluttest machen."

„Wenn wir irgendwelche Überraschungen füreinander haben", antwortete der Pilot, „dann wären wir jetzt ganz bestimmt nicht in dem richtigen Zustand, um etwas zu unternehmen. Die Tests haben Zeit." Er wartete einen Augenblick und fragte dann vergnügt: „Spielst du Schach?"

Childs musterte den Piloten und suchte dann in den Trümmern außerhalb des Pubs herum. Nach einer Weile kam er mit einem zweiten Stuhl zurück, der sich noch in einigermaßen brauchbarem Zustand befand.

Er stellte ihn auf die andere Seite des Tisches. „Ich schätze, ich werd's lernen", meinte er.

Der Pilot grinste und reichte dem Mechaniker die Flasche. Childs lehnte sich zurück und trank die Hälfte von dem, was noch da war. Als er die Flasche abstellte, lächelte er.

Rings um sie schwelten die Feuer weiter, auf einem Meer aus gefrorenem Wasser. Rote Glutfetzen, die der Wind in die Höhe hob, stiegen träge in den Nachthimmel auf. Das gespenstische Band der südlichen Aurora zog über ihnen seine Pirouetten und verdeckte viele der Sterne, die nach dem Sturm herausgekommen waren.

Macready schob einen Bauern zwei Felder nach vorn ...

Alan Dean Foster

„Es ist schwer für die Leser, sich mit einem Supermann zu identifizieren", hat der bekannte SF-Schriftsteller John W. Campbell einmal zu Alan Dean Foster gesagt, als dieser am Beginn seiner schriftstellerischen Karriere stand. Inzwischen ist Foster ein Erfolgsautor, dessen Romane in zwölf Sprachen übersetzt werden und ein millionenfaches Publikum finden. Doch den Rat seines Freundes hat der gebürtige New Yorker nicht vergessen. „Am liebsten schreibe ich über gewöhnliche Menschen, die mit außergewöhnlichen Ereignissen konfrontiert werden", verrät der Vierundvierzigjährige – wobei es wohl das SF-Genre mit sich bringt, daß man „außergewöhnlich" des öfteren auch mal durch „außerirdisch" ersetzen darf. Foster, der sich selbst gern scherzhaft als Outsider und Fremdling auf unserem Planeten bezeichnet, brachte 1982 zu Papier, was schon Jahrzehnte durch die SF-Welt geisterte: Das Ding aus einer anderen Welt.

Bereits 1938 hatte John W. Campbell unter dem Titel „Who goes there?" eine siebzigseitige Novelle veröffentlicht, in der eine Antarktisexpedition ein eingefrorenes Monster aus dem Weltall auftaut, das imstande ist, seine Form beliebig zu verändern, so daß bald keiner der Expeditionsteilnehmer mehr weiß, wer von ihnen noch ein Mensch ist. Die Erzählung wurde von den „Science Fiction Writers of America" zum besten Kurzroman aus der Zeit vor 1965 gewählt und im Jahre 1951 von Christian Nyby und Howard Hawks zum erstenmal auf die Leinwand gebracht. Während diese erste Verfilmung stark von der Vorlage abwich – so erscheint das „Ding" hier als Wesen mit menschlichem Erscheinungsbild, das am Ende in eine elektrische Falle gelockt werden kann –, war die zweite Verfilmung 1981 unter der Regie von John Carpenter eine ziemlich originalgetreue Umsetzung der ursprünglichen Novelle. Mit erheblichem maskenbildnerischem Aufwand wurde ein amorphes Fleischklumpenmonster geschaffen, das die Zuschauer das Gruseln lehren sollte. Wie schon bei anderen Weltraumklassikern wie „Alien", „Outland" oder „Das schwarze Loch" ist es Alan Dean Foster auch diesmal gelungen, im Buch zum Film die Spannung des packenden Kinothrillers einzufangen.

Die Irrfahrten des Mr. Green
von PHILIP JOSÉ FARMER
Ins Deutsche übertragen von Wulf H. Bergner
Illustrationen:
Hans-Günter Hauptmann

1

Alan Green hatte zwei Jahre lang ohne Hoffnung gelebt. Seitdem das Raumschiff auf diesem unbekannten Planeten abgestürzt war, hatte er sich mit seinem Schicksal abgefunden. Die Chancen dafür, daß innerhalb des nächsten Jahrhunderts ein zweites Raumschiff hier landete, standen eins zu einer Million. Folglich hatte es wenig Sinn, nur herumzusitzen und auf die Rettung zu warten. Obwohl Green davor zurückschrak, mußte er sich an den Gedanken gewöhnen, den Rest seines Lebens hier zu verbringen. Er mußte das Beste aus dieser Lage machen – und das war nicht leicht, denn er war bald nach dem Absturz eingefangen und als Sklave verkauft worden.

Jetzt hatte er plötzlich wieder Hoffnung.

Die Hoffnung kam, einen Monat nachdem er Aufseher der Küchensklaven des Herzogs von Tropat geworden war. Sie kam, als er beim Frühstück hinter der Herzogin stand und die Arbeit der anderen Sklaven überwachte.

Die Herzogin Zuni hatte dafür gesorgt, daß er aus den Reihen der gewöhnlichen Sklaven in diese angesehene, aber auch gefährliche Position aufsteigen konnte. Gefährlich deshalb, weil die Herzogin sehr eifersüchtig und egoistisch war, so daß die ersten Anzeichen mangelnder Aufmerksamkeit dazu führen konnten, daß Green verschiedene Gliedmaßen oder gar das Leben verlor. Er wußte, wie es seinen beiden Vorgängern auf diesem Posten ergangen war, und achtete deshalb auf jede Geste, auf jeden unausgesprochenen Wunsch der Herzogin.

An diesem schicksalhaften Morgen stand er hinter ihr an einem Ende der langen Tafel und beaufsichtigte die Sklaven, die bei Tisch servierten, Fliegen verjagten, den Hausgott auf seinen Platz setzten und eine Art Musik machten. Von Zeit zu Zeit beugte er sich über die rabenschwarzen Haare der Herzogin, flüsterte ihr Liebesgedichte ins Ohr, pries ihre Schönheit, beklagte ihre scheinbare Unerreichbarkeit und beteuerte, wie leidenschaftlich er sie verehre. Zuni lächelte oder dankte ihm mit einigen kurzen Worten – oder sie kicherte nur über seinen merkwürdigen Akzent.

Der Herzog saß am anderen Ende der langen Tafel. Er übersah Greens Bemühungen, wie er auch den Geheimgang ignorierte, durch den Green in die Zimmer der Herzogin gelangen konnte. Das erforderte der Anstand, der aber auch verlangte, daß er den wütenden Gatten spielte, wenn es Zuni einfiel, Green aus Langeweile oder Unzufriedenheit öffentlich vorzuwerfen, er habe sich ihr unsittlich genähert. Das allein genügte, um Green nervös zu machen. Aber noch mehr als den Herzog fürchtete er Alzo.

Alzo war der Wachhund der Herzogin, ein riesiger Bullenbeißer mit zottigem rötlichem Pelz. Der Köter haßte Green geradezu leidenschaftlich und knurrte dumpf, wenn Green sich über die Herzogin beugte oder eine zu hastige Bewegung machte. Gelegentlich erhob er sich, um Greens Beine zu beschnüffeln. Green trat dabei jedesmal der Schweiß auf die Stirn, denn der Hund hatte ihn bereits mehrmals gebissen, sozusagen aus Spaß. Das war schon unangenehm genug, aber Green mußte zudem befürchten, daß die Eingeborenen merken würden, wie schnell seine Wunden heilten; sie heilten fast über Nacht, so daß er den Verband vorsichtshalber einige Tage länger getragen hatte.

Auch jetzt schnüffelte dieser widerliche Köter an Greens Waden, als wolle er ihn absichtlich erschrecken. In diesem Moment beschloß der Raumfahrer, das Biest eines Tages umzubringen, obwohl ihn das den Kopf kosten konnte. Als er eben zu diesem Entschluß gekommen war, ließ ihn plötzlich eine Frage der Herzogin den Hund völlig vergessen.

„Liebster", sagte Zuni und unterbrach den Herzog, der eben mit einem Handelsherrn sprach, „was ist mit den beiden Männern, die in einem großen Eisenschiff vom Himmel gefallen sein sollen?"

Green hielt den Atem an, während er auf die Antwort des Herzogs wartete.

Der Herzog, ein untersetzter Mann mit weißen Haaren, dichten Augenbrauen und Doppelkinn, runzelte die Stirn.

„Männer? Wahrscheinlich eher Teufel! Können Männer in einem eisernen Schiff durch die Luft fliegen? Die beiden behaupten sogar, sie kämen von den Sternen, und du weißt selbst, was das bedeutet. Oixrotl hat prophezeit: *Ein Dämon wird kommen, der sich als Engel ausgibt.* Nein, bei diesen beiden gibt es nicht den geringsten Zweifel! Sie sind sogar so gerissen, daß sie behaupten, nicht Dämonen oder Engel, sondern Menschen zu sein! Kein schlechter Trick, wenn du mich fragst. Damit täuschen sie die meisten, aber die wirklich Intelligenten fallen nicht darauf herein. Ich bin froh, daß der König von Estorya sich nicht hat täuschen lassen."

Zuni beugte sich eifrig vor. Ihre braunen Augen blitzten, und sie fuhr sich mit der Zunge über die roten Lippen. „Oh, dann hat er sie schon verbrennen lassen? Wie schade! Er hätte sie doch erst ein bißchen foltern können."

Als Green das hörte, war er einmal mehr froh, daß er diesen Leuten nie verraten hatte, woher er wirklich kam. Sie hielten ihn alle für einen der vielen Sklaven aus dem Norden.

Der Handelsherr Miran ergriff das Wort. „Ich bitte um Verzeihung, Hoheit, aber der König von Estorya hat nichts dergleichen getan. Die Gesetze von Estorya schreiben vor, daß alle angeblichen Dämonen zwei Jahre im Gefängnis bleiben müssen. Schließlich weiß jeder, daß Dämonen ihre menschliche Gestalt nicht länger als zwei Jahre beibehalten können. Nach Ablauf dieser Zeit nimmt der Dämon wieder seine natürliche Form an, die schrecklich anzusehen ist."

Miran verdrehte sein eines intaktes Auge, bis nur noch das Weiße sichtbar war, und machte das Zeichen gegen böse Geister – die Faust geballt, den kleinen Finger abgespreizt. Jugkaxtr, der Hauspriester, kroch eilends unter den Tisch und blieb dort betend hocken, weil er wußte, daß die Dämonen ihm unter dem dreimal gesegneten Holz nichts anhaben konnten. Der Herzog leerte sein Weinglas in einem Zug, um sich zu beruhigen, und rülpste ungeniert.

Miran wischte sich die Stirn ab und fuhr fort: „Ich habe natürlich nicht viel erfahren, weil wir Händler so mißtrauisch beobachtet werden, daß wir kaum wagen, den Hafen oder den Marktplatz zu verlassen. Die Estoryaner verehren eine weibliche Gottheit – lächerlich, nicht wahr? – und essen Fisch. Sie hassen uns Tropatianer, weil wir Zaxropatr, den Mann aller Männer, verehren und ihre einzigen Fischlieferanten sind. Aber sie schwatzen gern und erzählen alles, wenn man ein paar Runden Wein ausgibt."

Miran räusperte sich, rückte seinen violetten Turban und die gelbe Robe zurecht, zog leicht an seinem goldenen Nasenring und nickte, als wolle er seine Worte damit unterstreichen. Green senkte den Kopf und sah, daß Zuni ungeduldig mit dem rechten Fuß wippte. Er stöhnte innerlich, denn er wußte, daß sie das Gespräch auf andere Themen bringen würde, die für sie interessanter waren – ihre Kleider, der Zustand ihres Magens und ihr Teint. Und die anderen konnten nichts dagegen tun, denn die Dame des Hauses bestimmte, worüber beim Frühstück gesprochen wurde. Mittags und abends dagegen stand dieses Recht theoretisch den Männern zu.

„Die beiden Dämonen waren sehr groß, so wie Ihr Sklave Green hier", fuhr Miran fort, „und sie sprachen kein Wort Estoryanisch. Jedenfalls versuchten sie diesen Eindruck zu erwecken. Als König Raussmigs Soldaten sie gefangennehmen wollten, zogen sie merkwürdige Pistolen, mit denen sie nur zu zielen brauchten, um ihre Gegner zu töten. Überall lagen Tote, aber die tapferen Soldaten griffen weiter an, bis die Kraft der Zauberpistolen erschöpft war. Die Dämonen wurden überwältigt und in den Turm der Graskatzen gesperrt, aus dem bisher weder Mensch noch Dämon entkommen ist. Dort bleiben sie bis zum Fest der aufgehenden Sonne, dann werden sie verbrannt."

Jugkaxtr betete jetzt noch lauter als zuvor, segnete alle Mitglieder des Haushalts bis hinunter zu Alzos Flöhen und verfluchte alle, die auch nur vom kleinsten Dämon besessen waren. Der Herzog wurde ungeduldig und versetzte dem Priester einen Tritt; Jugkaxtr quietschte, kam unter dem Tisch hervor und nahm seinen Platz wieder ein. Auf seinen fetten Zügen war deutlich zu erkennen, daß er mit sich und der Welt zufrieden war. Green hätte ihm am liebsten ebenfalls einen Tritt versetzt – ihm und allen übrigen Bewohnern dieses Planeten. Kaum vorstellbar, daß seine eigenen Vorfahren einst ebenso abergläubisch, grausam und blutgierig gewesen sein sollten.

Das schwere Parfüm der Herzogin stieg in Wolken zu Green empor und betäubte ihn fast. Es war ein seltenes Parfüm, das Miran ihr als Zeichen seiner Verehrung von seinen Reisen mitgebracht hatte. In kleinen Mengen hätte es wohl betörend und lieblich gewirkt, aber Zuni benützte es reichlich, weil sie hoffte, dadurch die Tatsache verbergen zu können, daß sie bestenfalls einmal monatlich badete.

Sie war so schön, dachte er. Und stank so entsetzlich. Zumindest am Anfang. Inzwischen fand er sie weniger schön, weil er wußte, wie dumm sie war, und sie stank für ihn weniger, weil seine Nase sich daran gewöhnt hatte. Sie hatte sich daran gewöhnen müssen.

„Ich möchte zum Fest der aufgehenden Sonne wieder in Estorya sein", erklärte Miran. „Ich habe noch nie gesehen, wie Dämonen mit dem Auge der Sonne verbrannt werden. Das Auge ist eine große Linse, wissen Sie. Mit etwas Glück komme ich vor Beginn der Regenzeit nach Hause. Diesmal mache ich hoffentlich noch bessere Geschäfte als letztesmal, denn ich habe Verbindung zu mehreren einflußreichen Persönlichkeiten aufgenommen." Er machte eine kurze Pause und fügte dann rasch hinzu: „O ihr Götter, ich prahle nicht, sondern preise nur, was ihr für euren bescheidensten Anbeter Miran tut!"

„Bringen Sie mir bitte wieder Parfüm mit", sagte die Herzogin. „Und das Kollier hat mir wirklich gut gefallen."

„Diamanten, Smaragde, Rubine!" rief Miran begeistert aus. „Ich sage Ihnen, die Estoryaner sind unvorstellbar reich! Auf dem Marktplatz gibt es mehr Edelsteine als Wassertropfen in einem See! Ah, wenn sich der Kaiser doch dazu überreden ließe, eine große Flotte auszuschicken und die Mauern von Estorya zu stürmen!"

„Er erinnert sich recht gut, was der Flotte seines Vaters zugestoßen ist, die mit diesem Auftrag entsandt wurde", knurrte der Herzog. „Der Sturm, der seine dreißig Schiffe zerstört hat, ist zweifelsohne von Priestern der Göttin Hooda heraufbeschworen worden. Ich bin jedoch davon überzeugt, daß das Unternehmen erfolgreich gewesen wäre, wenn der Kaiser auf die Vision geachtet hätte, die er am Vorabend des Angriffs hatte. Damals erschien ihm der große Gott Axoputqui und ..."

Green verlor das Interesse an dieser Unterhaltung. Statt dessen überlegte er angestrengt, wie er nach Estorya gelangen konnte, wo das eiserne Schiff der Dämonen stand, das nur ein Raumschiff sein konnte. Das war seine einzige Chance. Die Regenzeit würde bald einsetzen – und dann verließ drei Monate lang kein Schiff mehr den Hafen.

Er konnte natürlich zu Fuß aufbrechen und in Richtung Estorya marschieren. Tausende von Meilen durch unzählige Gefahren, ohne wirklich zu wissen, wo die Stadt lag ... Nein, Miran war seine einzige Hoffnung.

Aber wie sollte er seine Flucht bewerkstelligen? Green bezweifelte, daß er sich an Bord schleichen konnte. Die Schiffe wurden vor dem Start gründlich durchsucht, denn es gab genügend Sklaven, die auf diese Idee kamen. Er sah zu Miran hinüber – klein, dick, hakennasig, einäugig, mit vierfachem Kinn und einem schweren Goldring in der Nase. Der Bursche war gerissen – bestimmt viel zu gerissen, um die Herzogin dadurch zu verärgern, daß er ihrem offiziellen Liebhaber zur Flucht verhalf. Aber vielleicht ließ er doch mit sich reden, wenn Green ihm etwas Wertvolles zu bieten hatte? Miran hielt sich für einen eiskalten Geschäftsmann, aber Green wußte, daß sein scheinbar undurchdringlicher Panzer eine schwache Stelle aufwies: Miran konnte nicht widerstehen, wenn es um viel Geld ging.

2

Der Herzog erhob sich, und alle anderen folgten seinem Beispiel. Jugkaxtr sprach ein kurzes Gebet und setzte sich wieder, um einen Knochen abzuknabbern. Die übrigen verließen den Raum. Green ging vor Zuni her, um sie vor Hindernissen auf dem Weg zu warnen und etwaige Attentatsversuche zu verhindern. Dabei wurde er von hinten am Knöchel gepackt und stolperte; er fiel jedoch nicht schwer, denn trotz seiner einsfünfundachtzig und seiner hundertneunzig Pfund war er ziemlich gelenkig. Aber er stand mit zornrotem Gesicht auf, weil die anderen lachten und er sich über Alzo ärgerte, der ihn wieder einmal zu Fall gebracht hatte. Am liebsten hätte er einem der Wachtposten den Speer entrissen, um den Köter zu durchbohren. Aber das hätte Greens Ende bedeutet, und er durfte sich jetzt keine falsche Bewegung mehr leisten. Nicht mit der Rettung vor Augen!

Er grinste also nur verlegen und ging weiter vor der Herzogin her, während die anderen ihr folgten. Am Fuß der großen Steintreppe, die in den ersten Stock des Schlosses führte, trennten sich ihre Wege: Green sollte auf dem Markt für den nächsten Tag einkaufen; Zuni wollte sich in ihre Gemächer zurückziehen und dort bis mittags schlafen.

Green stöhnte innerlich. Wie lange würde er diese Belastung noch durchhalten? Er mußte die halbe Nacht mit ihr aufbleiben und tagsüber seine offiziellen Pflichten erfüllen. Zuni schlief genug, um wieder frisch zu sein, wenn er zu ihr kam, aber Green konnte sich nie richtig ausruhen. Er hatte zwar nachmittags frei, aber dann mußte er sich um seine Familie kümmern. Und Amra, seine Sklavenfrau, und ihre sechs Kinder verlangten viel von ihm. Sie waren noch tyrannischer als die Herzogin, falls das überhaupt möglich war.

Wie lange noch, großer Gott, wie lange noch? Die Situation war unerträglich, und Green hätte auch ohne die Nachricht von einem gelandeten Raumschiff seine Flucht vorbereitet. Lieber ein schneller Tod auf der Flucht als ein langsamer vor Erschöpfung.

Er verbeugte sich vor dem herzoglichen Paar und folgte Miran durch den Hof, über die Zugbrücke und in die engen Gassen der Stadt Quotz hinein. Dort bestieg der Handelsherr seine prächtig verzierte Rikscha, die von zwei Matrosen seines Schiffes *Glücksvogel* gezogen wurde. Die Menschen auf der Straße machten Platz, denn zwei weitere Matrosen liefen voraus, riefen Mirans Namen und knallten mit langen Peitschen.

Green überzeugte sich davon, daß er nicht beobachtet wurde, und lief dann hinter der Rikscha her. Miran ließ halten und fragte nach seinem Begehr.

„Ich bitte um Verzeihung, Euer Ehren, aber darf ein elender Sklave sprechen, ohne deswegen getadelt zu werden?"

„Ich vermute, daß du bestimmte Absichten verfolgst", antwortete Miran und betrachtete Green mit seinem einen Auge.

„Mein Vorschlag hat mit Geld zu tun ..."

„Ah! Trotz deines Akzents sprichst du wie die goldene Trompete von Mennirox, der mein Schutzpatron ist. Sprich weiter!"

„Euer Ehren, ich muß darauf bestehen, daß Sie bei Mennirox schwören, meinen Vorschlag unter allen Umständen geheimzuhalten."

„Er bringt Geld? Viel Geld für mich?"

„Ja."

Miran sah zu seinen geduldig wartenden Matrosen hinüber. Er hatte die Gewalt über Leben und Tod der Angehörigen seines Klans, aber er traute ihnen trotzdem nicht. „Bevor ich diesen Eid ablege, muß ich mehr wissen. Können wir uns heute abend zur Stunde des Weinglases im Haus der Gleichheit treffen? Und könntest du wenigstens andeuten, worum es sich handelt?"

„Gut, wir treffen uns dort", stimmte Green zu. „Es handelt sich um den getrockneten Fisch, den Sie den Estoryanern verkaufen."

„Ausgezeichnet. Ich bin pünktlich da. Fisch, was? Ich muß weiter. Zeit ist Geld. Volle Kraft voraus, Jungs!"

Green hielt die nächste Rikscha an und ließ sich in die Polster sinken. Als stellvertretender Haushofmeister stand ihm reichlich Geld zur Verfügung. Außerdem hätte es einem Mann in seiner Position schlecht angestanden, zu Fuß durch die Stadt zu gehen. Sein Wagen kam gut voran, denn jeder kannte die herzogliche Livree, den rotweißen Dreispitz und das ärmellose Leinenhemd mit dem Wappen auf der Brust – rote und grüne konzentrische Kreise, die ein schwarzer Pfeil durchbohrte.

Während die Rikscha zum Marktplatz strebte, war Green in Gedanken versunken. Die größte Schwierigkeit bestand darin, daß die beiden Gefangenen in Estorya nicht sterben durften, bevor er sie befreien konnte, sonst war er nicht weiter als jetzt. Er hatte keine Ahnung, wie man ein Raumschiff steuerte; er war nur Passagier eines Raumfrachters gewesen, der auf ungeklärte Weise explodiert war. Green hatte das zerstörte Schiff in einer automatischen Notlandekapsel verlassen, die ihn hierhergebracht hatte und vermutlich noch immer in den Hügeln lag, wo er sie zurückgelassen hatte. Er war fünf Tage lang umhergeirrt und fast verhungert, bevor er auf einige Bauern gestoßen war, die ihn den Soldaten der nächsten Garnison übergeben hatten, weil sie ihn für einen entlaufenen Sklaven hielten. In der Hauptstadt Quotz wäre Green fast freigelassen worden, weil keiner der Einwohner beweisen konnte, daß dieser Mann sein Sklave war. Greens Körpergröße, seine blonden Haare und die Tatsache, daß er den hiesigen Dialekt nicht beherrschte, wurden jedoch als Beweis dafür angesehen, daß er aus einem Land im Norden stammte. Folglich mußte man ihn zu einem Sklaven machen, falls er noch keiner war.

Green war denn auch prompt als Sklave verkauft worden. Er hatte ein halbes Jahr im Steinbruch und ein Jahr auf der Werft gearbeitet. Dann hatte die Herzogin ihn zufällig gesehen, und er war ins Schloß versetzt worden.

Auf den Straßen wimmelte es von untersetzten, dunkelhäutigen Einheimischen und großgewachsenen, hellhäutigen Sklaven. Die Einheimischen trugen je nach Beruf verschiedenfarbige Turbane; die Sklaven hatten Dreispitze auf. Gelegentlich ritt auch ein Priester mit spitzem Hut, achteckiger Brille und Spitzbart vorüber. Händler standen in den Türen ihrer winzigen Läden und priesen ihre Ware an: Tuch, Pergament, *Grixtr*-Nüsse, Messer, Schwerter, Helme, Medikamente, Bücher, Gewürze, Parfüms, Tinte, Teppiche, Getränke, Wein, Bier, Gemälde und alles andere, was diese Zivilisation hervorbrachte.

Green wunderte sich zum tausendstenmal über diesen Planeten, dessen einzige Großtiere Menschen, Hunde, Graskatzen, kleine Hirsche und eine sehr kleine Pferderasse waren. Hier gab es überhaupt kaum Säugetiere, aber dafür um so mehr Vögel. Da Ochsen und Pferde nicht oder nur in unzureichender Anzahl zur Verfügung standen, mußten Hunde und Menschen die meiste Arbeit leisten, was den Fortbestand der Sklaverei begünstigte.

Die Rikscha erreichte nun das Hafengebiet und kam auf den breiteren Straßen rascher voran. Hier beförderten riesige Wagen, die von zwanzig und mehr Sklaven gezogen wurden, Frachtstücke zu und von den Schiffen. Die Straßen mußten breit sein, damit die Fußgänger zwischen Wagen und Hauswänden nicht zerquetscht wurden. In dieser Gegend stand auch der sogenannte Pferch, in dem die Dockslaven lebten. Früher waren die Sklaven hier tatsächlich für die Nacht eingesperrt worden, aber schon der Vater des jetzigen Herzogs hatte die Mauer niederreißen und an ihrer Stelle neue Häuser errichten lassen. Das Ganze erinnerte Green an eine Arbeitersiedlung irgendwo auf der Erde: kleine Häuser in militärisch ausgerichteten Reihen.

Er überlegte kurz, ob er Amra besuchen sollte, ließ den Plan jedoch wieder fallen. Sie würde nur wieder einen Streit mit ihm anfangen, und er mußte sich dann mit ihr versöhnen, anstatt auf dem Markt einzukaufen. Er haßte diese Auftritte, während Amra sie wirklich genoß, da sie die geborene Schauspielerin war.

Green sah nach links, wo sich die großen Lagerhäuser erhoben. Dort wimmelte es von Sklaven, und riesige Winden, an denen Männer wie am Ankerspill eines Schiffs arbeiteten, hoben und senkten schwere Lasten.

Das war eine Gelegenheit, viel Geld zu verdienen – er brauchte nur die Dampfmaschine zu erfinden. Holzbefeuerte Autos konnten die Rikschas ersetzen; Dampfmaschinen würden mühelos Lasten heben; die Räder der Schiffe würden von einer Maschine angetrieben ...

Aber sobald er dem Herzog beschrieb, wie etwas schneller, besser oder einfacher zu machen sei, stieß er auf alle möglichen Hindernisse, von denen die Tradition das größte darstellte. Neue Erfindungen wurden nur akzeptiert, wenn die Götter einverstanden waren. Die Entscheidung der Götter wiederum wurde von den Priestern interpretiert. Und die Priester klammerten sich an alles Bestehende wie ein Geizhals an sein Geld. Green hätte sich gegen diese Theokratie auflehnen können, aber er wollte nicht gern als Märtyrer sterben.

Er vernahm eine vertraute Stimme hinter sich, die seinen Namen rief.

„Alan! Alan!"

Er zog die Schultern hoch, als könnte er sich dahinter verstecken, und überlegte, ob er die Stimme überhören sollte. Aber die Leute drehten sich bereits nach ihm um, und die Frauenstimme rief jetzt: „Alan, bleib sofort stehen, du nichtsnutziger Tagedieb!"

Green gab dem Rikschamann, der bereits spöttisch grinste, einen Wink und ließ kehrtmachen. Zwanzig Meter von ihm entfernt stand Amra mit seiner einjährigen Tochter auf dem Arm. Hinter ihr warteten ihre übrigen fünf Kinder: die beiden Söhne des Herzogs, die Tochter des ausländischen Prinzen, der Sohn des Kapitäns aus dem Norden, die Tochter des Tempelbildhauers. Ihr Aufstieg und Fall und allmählicher Wiederaufstieg zeigte sich an den Vätern, die zugleich einem Querschnitt durch die Gesellschaftsstruktur des Planeten entsprachen.

3

IHRE Mutter war eine Sklavin aus dem Norden gewesen; ihr Vater hatte als Freier eine Wagnerwerkstatt in Quotz betrieben. Beide Eltern waren an der Pest gestorben, als sie fünf Jahre alt war. Daraufhin war sie von einer Tante in der Sklavensiedlung großgezogen worden. Der Herzog war auf die fünfzehnjährige Amra aufmerksam geworden und hatte sie ins Schloß geholt. Dort brachte sie seine beiden Söhne – inzwischen zehn und elf Jahre alt – zur Welt, die nun bald in den herzoglichen Haushalt übersiedeln und im Laufe der Zeit einflußreiche Posten übernehmen würden.

Einige Jahre nach Beginn seiner Liaison mit Amra hatte der Herzog Zuni geheiratet, und ihre Eifersucht zwang ihn dazu, Amra loszuwerden. Sie war in die Sklavensiedlung zurückgekehrt, und der Herzog war vermutlich nicht allzu traurig gewesen, sie auf diese Weise zu verlieren, denn Amras stürmisches Temperament ließ sich mit seinem Wunsch nach Ruhe und Frieden nicht vereinbaren.

Wenig später war sie traditionsgemäß einem zu Besuch in Quotz weilenden ausländischen Prinzen empfohlen worden. Dieser Prinz war länger als vorgesehen geblieben, weil er sich nicht von ihr trennen konnte, und der Herzog hatte ihm Amra schenken wollen. Das stand jedoch nicht in seiner Macht, denn eine Frau, die einem Bürger ein Kind geboren hatte, durfte nicht außer Landes gebracht werden – auch wenn sie nur eine Sklavin war. Amra weigerte sich, und der Prinz hatte ohne sie heimkehren müssen, allerdings nicht ohne ein Andenken an seinen Besuch zu hinterlassen.

Der Kapitän hatte sie gekauft, aber auch diesmal kam ihr das Gesetz zu Hilfe. Er durfte sie nicht mit sich nehmen, da sie sich erneut weigerte, ihre Heimat zu verlassen. Unterdessen war sie reich geworden – Sklaven durften Eigentum und selbst andere Sklaven besitzen –, und sie wußte, daß ihr die beiden Söhne des Herzogs später wertvoll sein konnten.

Der Tempelbildhauer hatte sie als Modell für seine große Marmorstatue der Fruchtbarkeitsgöttin genommen. Das war nur gerechtfertigt, denn Amra war selbst nach irdischen Begriffen eine Schönheit, was hier, wo die meisten Frauen plump und häßlich aussahen, um so mehr auffallen mußte. Aber Amra war nicht nur schön, sie besaß auch eine gewisse Ausstrahlung, der sich kein Mann entziehen konnte.

Green war manchmal stolz darauf, daß sie ihn als Lebensgefährten gewählt hatte – ausgerechnet ihn, obwohl er hier fremd war und den hiesigen Dialekt nur unvollkommen beherrschte. Aber gelegentlich hatte er das Gefühl, Amra sei einfach zuviel für ihn, und dieses Gefühl kehrte in letzter Zeit immer häufiger zurück. Es schmerzte ihn, sein Kind zu sehen, denn er liebte es und wußte, daß er es vermissen würde. Wie sich die Trennung von Amra auswirken würde, konnte er noch nicht beurteilen. Sie übte ohne Zweifel eine gewisse Wirkung auf ihn aus, aber das ließ sich auch von einem Kinnhaken oder einer Flasche Wein sagen.

Er kletterte aus der Rikscha, umarmte Amra und küßte sie. Dabei war er einmal mehr froh darüber, daß sie eine Sklavin war, denn Sklavinnen trugen keinen Nasenring.

Amra machte sich wieder los. „Von dir lasse ich mich nicht hereinlegen", begann sie. „Du wolltest einfach vorbeifahren. Gib den Kindern einen Kuß! Was ist mit dir – hast du mich satt? Du hast mir doch erzählt, du müßtest das Angebot der Herzogin annehmen, um am Leben zu bleiben. Ich habe dir damals halbwegs geglaubt, aber wenn du so an mir vorbeischleichst, glaube ich gar nichts mehr. Was ist überhaupt los mit dir? Bist du ein Mann oder nicht? Fürchtest du dich vor einer Frau? Du brauchst gar nicht den Kopf zu schütteln. Du bist ein Lügner! Komm mit nach Hause, dann lasse ich den guten Wein heraufholen, den du neulich ..."

„Bei allen Göttern, Amra!" unterbrach er sie. „Ich weiß, daß wir uns zwei Tage lang nicht gesehen haben, aber du kannst diese achtundvierzig Stunden nicht in zehn Minuten nachholen. Und du sollst mich nicht vor den Kindern schelten. Du weißt, daß es nicht gut für sie ist, weil sie das nur dazu verführt, deine verächtliche Art nachzuahmen."

„Ich? Verächtlich? Dabei bete ich den Boden unter deinen Füßen an! Ich erzähle den Kindern ständig, was für ein prächtiger Mann du bist, obwohl es natürlich schwer ist, sie davon zu überzeugen, wenn du persönlich erscheinst. Trotzdem ..."

Green wußte, daß er sie irgendwie zum Schweigen bringen mußte, sonst stand er in einer halben Stunde noch immer an der gleichen Stelle. Am besten sprach er schneller und lauter als sie, obwohl das nicht leicht war; andererseits empfand sie keinerlei Respekt für einen Mann, der vor ihrem Mundwerk kapitulierte, so daß Green drastische Schritte unternehmen mußte.

Er erreichte sein Ziel, indem er Amra kräftig umarmte. Dabei begann das Baby zu kreischen, weil es zwischen ihnen eingequetscht wurde. Während Amra die Kleine zu beruhigen versuchte, berichtete Green, was sich inzwischen im Schloß ereignet hatte.

Sie betraten Amras Haus, gingen durchs Büro, in dem sechs Angestellte und Sekretäre arbeiteten, ließen das Wohnzimmer links liegen und nahmen in der Küche Platz. Amra klingelte und sagte Inzax, einer hübschen Blondine, sie solle einen Liter Chalousma aus dem Keller holen.

Dann steckte einer der Angestellten den Kopf zur Tür herein und meldete, ein gewisser Sheshyarvrenti, der Zahlmeister eines Schiffs aus Andoonanarga, sei wegen einiger seltener Vögel hier, die sie vor sieben Monaten bestellt habe.

„Er soll sich ein bißchen gedulden", entschied Amra und schickte den Angestellten fort.

Green nahm seine Tochter Paxi auf den Schoß, während Amra ihre Gläser füllte.

„So geht es einfach nicht weiter", stellte sie fest. „Ich liebe dich, aber du hast nie Zeit für mich. Du mußt dich irgendwie von der Herzogin trennen. Ich will dich hier im Haus haben."

Green konnte unbesorgt zustimmen, da er ohnehin nicht mehr lange in Quotz bleiben wollte. „Du hast recht", pflichtete er ihr deshalb bei. „Ich muß nur noch eine gute Ausrede finden." Er betastete seinen Nacken, wo ihn das Richtschwert durchtrennen würde. „Die Ausrede muß aber wirklich gut sein ..."

Amra strahlte, hob ihr Glas und sagte: „Auf das Wohl der Herzogin, die hoffentlich bald von Dämonen fortgeschleppt wird!"

„Sei lieber vorsichtig, solange die Kinder zuhören", mahnte Green. „Wenn die Herzogin so etwas zu Ohren bekommt, wirst du bei der nächsten Hexenjagd verbrannt."

„Sage nichts gegen meine Kinder!" erwiderte Amra stolz. „Sie sind zu gerissen. Sie schlagen ihrer Mutter nach. Sie wissen, wann man den Mund halten muß."

Green leerte sein Glas und stand auf. „Ich muß weiter."

„Kommst du heute abend nach Hause? Die Herzogin gibt dir doch sicher wenigstens einen Abend in der Woche frei!"

„Keinen einzigen. Und ich kann dich heute abend nicht besuchen, weil ich ins Haus der Gleichheit muß. Es handelt sich um ein Geschäft, weißt du."

„Oh, natürlich! Du kümmerst dich doch nie um etwas, und bevor du etwas unternimmst, sind Jahre verstrichen, und ich ..."

„Wenn das so weitergeht, bin ich in einem halben Jahr tot", versicherte er ihr. „Ich bin müde! Ich muß einmal richtig ausschlafen."

Ihr Zorn verwandelte sich sofort in Mitgefühl. „Armer Liebling, warum schläfst du nicht hier, bis es Zeit ist, ins Schloß zurückzukehren? Ich kann deinem Geschäftsfreund mitteilen lassen, daß du erkrankt bist."

„Nein, ich muß mit Miran sprechen", wehrte er ab.

„Worum handelt es sich?"

„Das ist ein Geheimnis, das vorläufig noch niemand erfahren darf."

„Und was soll das sein?" wollte sie wütend wissen. „Ich möchte wetten, daß es sich um eine Frau handelt!"

„Mein Problem besteht darin, daß ich mir die Frauen vom Leibe halten muß, anstatt ihnen nachzulaufen", erklärte Green ihr geduldig. „Nein, Miran hat mich bei allen seinen Göttern schwören lassen, daß ich nichts verrate, und ich will diesen Schwur natürlich halten."

„Ich weiß genau, was du über unsere Götter denkst", sagte Amra. „Gut, du kannst jetzt gehen, aber ich warne dich! Ich bin eine ungeduldige Frau; ich gebe dir eine Woche Zeit, die Herzogin zu überzeugen, dann beginne ich selbst einen Angriff."

„Das ist nicht notwendig", antwortete Green. Er küßte sie und die Kinder und verließ das Haus. Nur gut, daß es ihm gelungen war, Amra eine Woche hinzuhalten! Wenn er seinen Plan nicht innerhalb dieser Zeit verwirklichte, war er ohnehin verloren. Dann mußte er die Stadt zu Fuß verlassen und sich in das Xurdimur wagen, selbst wenn auf den Grasebenen Wildhunde, menschenfressende Graskatzen, Kannibalen und zahllose andere Gefahren lauerten.

4

JEDE Stadt und jedes Dorf des Kaiserreiches hatte sein Haus der Gleichheit, hinter dessen Mauern es keine gesellschaftlichen Unterschiede gab. Green wußte nicht, woher diese Einrichtung stammte, erkannte jedoch ihre Ventilfunktion. Hier konnte ein Sklave seinen Herrn öffentlich beschimpfen, ohne eine Strafe erwarten zu müssen. Selbstverständlich konnte sich sein Herr auf gleiche Weise revanchieren, denn auch der Sklave stand hier nicht mehr unter dem Schutz der

Gesetze. Erstaunlicherweise waren Gewalttätigkeiten im Haus der Gleichheit selten, obwohl sie nicht bestraft wurden. Der Täter mußte aber damit rechnen, daß die Verwandten des Opfers an ihm Rache nehmen würden.

Green hatte sich nach dem Abendessen entschuldigt und behauptet, er müsse mit Miran wegen einer Ladung Gewürze sprechen. Nachdem Zuni ihre Erlaubnis gegeben hatte, verließ Green das Speisezimmer, indem er rückwärts ging und sich dabei immer wieder verbeugte. Allerdings geriet ihm dies nicht sehr elegant, denn Alzo weigerte sich, ihm Platz zu machen. Als Green über ihn stolperte, knurrte der Hund, zeigte die Zähne und schien sich auf ihn stürzen zu wollen. Green zeigte ebenfalls die Zähne und knurrte. Die Tischgäste brüllten vor Lachen, und der Herzog kam selbst heran, um den Köter wegzuzerren.

Green schluckte seinen Zorn hinunter, dankte dem Herzog für sein Eingreifen und verließ den Raum. Als er zum Haus der Gleichheit unterwegs war, schwor er sich nochmals, diesen Köter eines Tages mit bloßen Händen zu erwürgen. Erst auf der langen Fahrt beruhigte er sich wieder einigermaßen.

Der große Innenraum war an diesem Abend überfüllt. Männer in langen Abendroben und Frauen in Masken drängten sich um die Spieltische, die Bars und die abgeteilten Kampfbahnen. In einer Ecke hatten sich zahlreiche Zuschauer versammelt; dort trugen zwei Weizenhändler einen Faustkampf aus, nachdem sie sich bei einem Geschäft in die Haare geraten waren. Aber die meisten Zuschauer verfolgten lieber einen Kampf zwischen Mann und Frau. Die linke Hand des Mannes war gefesselt, und die Frau hatte einen Knüppel als Waffe erhalten, wodurch gleiche Voraussetzungen für beide geschaffen worden waren.

Bisher hatte der Mann schlechter abgeschnitten, wie blutende Wunden am Kopf und blaue Stellen an den Armen zeigten. Falls es ihm gelang, seiner Frau den Knüppel zu entreißen, konnte er mit ihr tun, was er wollte; glückte es ihr jedoch, ihm den rechten Arm zu brechen, war er ihr ausgeliefert.

Green machte einen weiten Bogen um die Kampfbahnen, weil ihn diese barbarischen Auseinandersetzungen anwiderten. Er fand Miran an einem Tisch, wo er mit einem Kapitän des Klans Axucan würfelte.

Der andere hatte eben verloren und bezahlte Miran sechzig *Iquogr* – selbst für einen Handelsherrn ein kleines Vermögen.

Miran nahm Greens Arm, was er außerhalb des Hauses der Gleichheit nie getan hätte, und führte ihn zu einer mit Vorhängen verschließbaren Nische. Sie losten die Getränke aus; Green verlor, und Miran bestellte einen Krug Chalousma.

„Für mich nur das Beste – wenn ein anderer dafür zahlt", sagte Miran jovial. „Aber Spaß beiseite, wir sind geschäftlich hier. Worum handelt es sich?"

„Du mußt erst schwören, daß du kein Wort weitererzählst", verlangte Green. „Außerdem mußt du schwören, meine Idee nicht später zu verwenden, falls du sie jetzt ablehnst. Und drittens mußt du schwören, mich nicht hinterher umzubringen oder auszusetzen, damit du den Gewinn allein einstreichen kannst."

Miran verzog keine Miene, aber als das Wort „Gewinn" fiel, lächelte er zufrieden. Er griff in die Falten seiner Robe und holte eine goldene Statue des Schutzpatrons des Klans Effenycan hervor. Diese Statue hielt er in der Hand, während er feierlich sagte: „Ich schwöre bei Zaceffucanquantr, daß ich deine Wünsche in dieser Angelegenheit erfüllen werde. Möge er mir Läuse, Lepra und Lungenentzündung schicken, wenn ich diesen Schwur jemals breche."

Green nickte zufrieden. „Du mußt vor allem dafür sorgen, daß ich an Bord deines Windrollers versteckt bin, wenn du nach Estorya abfährst."

Miran verschluckte sich und hustete, bis Green ihm auf den Rücken klopfte.

„Ich verlange schließlich nicht, daß du mich zurückbringst!" erklärte er ihm. „Hör zu, hier ist meine Idee. Du willst eine Ladung getrockneter Fische an Bord nehmen, weil die Estoryaner sie aus religiösen Gründen zu jeder Mahlzeit essen müssen."

„Richtig, ganz recht. Weißt du, mir ist selbst nicht klar, warum sie ausgerechnet eine Fischgöttin verehren. Sie leben fünftausend Meilen vom Meer entfernt und scheinen nie zur See gefahren zu sein. Aber trotzdem wollen sie Salzwasserfische, anstatt in den Seen ihres Gebiets zu fischen."

„Das braucht uns nicht zu kümmern", wehrte Green ab. „Ist dir klar, daß frische Fische in den Augen der Estoryaner wesentlich größere Zauberkräfte besitzen? Aber bisher haben sie mit den geräucherten vorliebnehmen müssen, die ihr Händler ihnen liefert. Was würden sie wohl für lebende Salzwasserfische bezahlen?"

Miran rieb sich die Hände. „Tatsächlich, wenn man es recht überlegt ..."

Green skizzierte seinen Plan. Miran war völlig verblüfft. Allerdings wunderte er sich vor allem darüber, daß er nicht schon selbst auf diesen Gedanken gekommen war. Das gab er offen zu.

Green trank einen Schluck Wein. „Vermutlich haben die Leute sich ähnliche Fragen gestellt, als das Rad erfunden wurde. Eine ganz einfache Sache – aber niemand ist vorher darauf gekommen."

„Noch mal, damit wir uns richtig verstehen", sagte Miran. „Ich soll eine Wagenkarawane mit wasserdichten Tanks ausrüsten und damit Seefische hierher transportieren? Und die Wagen werden an Bord meines Windrollers gebracht, wo sie im Zwischendeck in Spezialhalterungen Platz finden, und du zeigst mir, wie man Meerwasser analysiert, damit ich den Estoryanern diese Formel verkaufen kann, die dann ihrerseits Salzwasserfische in Tanks am Leben halten können?"

„Richtig."

„Hm!" Miran rieb sich nachdenklich die Hakennase mit seinem rechten Zeigefinger, an dem ein großer Solitär blitzte. Das eine Auge beobachtete Green aufmerksam; daneben bedeckte eine weiße Augenklappe die leere Höhle, die eine Musketenkugel der Vings zurückgelassen hatte.

„Ich muß in spätestens vier Wochen aufbrechen, wenn ich vor Beginn der Regenzeit Estorya erreichen und wieder zurückkommen will. Wir müßten also die Tanks bauen, sie ans Meer schaffen, dort mit Fischen füllen und hierher transportieren. Inzwischen könnte die andere Hälfte der Besatzung das Deck umbauen. Wenn meine Leute Tag und Nacht arbeiten, müßte es zu schaffen sein."

„Wirklich rentabel ist natürlich nur die erste Fahrt", warf Green ein. „Du kannst nicht damit rechnen, daß du keine Nachahmer findest. Die anderen Schiffseigner hören bestimmt davon und ..."

„Ich weiß, ich weiß", wehrte Miran ab. „Aber was ist, wenn die Fische sterben?"

Green zuckte mit den Schultern. „Das ist natürlich möglich. Du gehst ein gewaltiges Risiko ein. Aber das ist doch bei jeder Fahrt ins

Xurdimur der Fall, nicht wahr? Wie viele Windroller kommen zurück? Und wie viele haben bereits vierzig erfolgreiche Fahrten hinter sich wie du?"

„Nicht viele", gab Miran zu.

Er hockte vor seinem Weinglas und starrte Green nachdenklich an. Green gab sich gelassen, obwohl sein Herz wie rasend schlug.

„Du verlangst viel", stellte Miran schließlich fest. „Sollte der Herzog je erfahren, daß ich einem wertvollen Sklaven zur Flucht verholfen habe, würde er mich mit Vergnügen foltern lassen. Und der Klan Effenycan würde vermutlich das Recht verlieren, Windroller zu besitzen, und müßte in den Hügeln leben. Oder der Klan müßte sich Piraten anschließen – und das ist kein sehr einträgliches Geschäft, obwohl viele das Gegenteil behaupten."

„In Estorya würdest du zehnmal mehr als sonst einnehmen."

„Richtig, aber wenn ich daran denke, was die Herzogin sagen wird, sobald feststeht, daß du geflohen bist! Oh, oh, oh!"

„Ich sehe keinen Grund, weshalb du mit meiner Flucht in Verbindung gebracht werden solltest. Täglich verlassen zehn oder zwölf Windroller den Hafen. Außerdem bin ich ihrer Meinung nach bestimmt in die Berge geflohen, wo sich die meisten entlaufenen Sklaven versteckt halten."

„Ja, aber ich muß nach Tropat zurück. Und die Angehörigen meines Klans, die in nüchternem Zustand äußerst schweigsam sind, haben alle den gleichen Fehler – sie sind ausgesprochene Säufer. Irgend jemand würde alles ausposaunen, wie ich die Trunkenbolde kenne."

„Ich färbe mir das Haar schwarz, schneide es kurz wie ein Tzatlam und komme als Matrose an Bord", schlug Green vor.

„Um bei mir anheuern zu können, müßtest du Mitglied meines Klans sein."

„Hm. Nun, wie steht es mit der Adoption durch Blutsbrüderschaft?"

„Wie steht es damit? Ich kann dich nicht vorschlagen, solange du nicht etwas Bedeutendes für unseren Klan getan hast. Augenblick! Spielst du ein Musikinstrument?"

„Ich bin ein wunderbarer Harfenist", log Green prompt. „Wenn ich spiele, streckt sich selbst eine hungrige Graskatze zu meinen Füßen aus und leckt mir aus reiner Zuneigung die Zehen."

„Ausgezeichnet! Nur wäre es wohl kaum allein reine Zuneigung, denn schließlich ist bekannt, daß Graskatzen die Zehen eines Menschen für die größte Delikatesse halten und immer zuerst fressen – noch vor den Augen. Hör zu, damit du weißt, was du zu tun hast, denn wir setzen unter allen Umständen pünktlich Segel ..."

5

DIE folgenden drei Wochen verstrichen unendlich langsam für Green, obwohl er fast ununterbrochen beschäftigt war. Er mußte Miran alle technischen Einzelheiten des geplanten Projekts erklären, und er mußte die Herzogin bei guter Laune halten, was nicht einfach war, da er in Gedanken immer wieder zu seinem Fluchtplan zurückkehrte, dessen schwache Stellen nur allzu deutlich ins Auge fielen. Trotzdem wußte er, daß er Zuni nicht verärgern oder langweilen durfte. Aus dem Gefängnis würde er unmöglich fliehen können.

Noch schlimmer war, daß Amra mißtrauisch wurde. „Du verheimlichst mir etwas", warf sie Green vor. „Ich weiß genau, daß dich etwas beschäftigt. Was hast du vor?"

„Ich bin nur müde, sehr müde", antwortete er scharf. „Ich möchte ab und zu etwas Ruhe, damit ich mich ein bißchen erholen kann."

„Das ist nicht alles!" Amra legte den Kopf zur Seite, kniff ein Auge zu und war selbst dann noch schön. „Willst du etwa weglaufen?" fragte sie plötzlich.

Green wurde blaß. Der Teufel sollte die Weiber holen!

„Sei doch vernünftig", antwortete er mit mühsam beherrschter Stimme. „Ich kenne die Strafen, mit denen entflohene Sklaven zu rechnen haben. Warum sollte ich außerdem fortlaufen? Du bist die begehrenswerteste Frau, die ich kenne. (Das war die Wahrheit.) Allerdings ist es nicht immer ganz leicht, mit dir zu leben. (Sehr vornehm ausgedrückt.) Ohne dich wäre nichts aus mir geworden. (Richtig, aber er wollte nicht immer hier leben.) Und es ist unvorstellbar, daß ich mich von dir trennen wollte." (Das war sehr wohl vorstellbar, denn er konnte sie aus zwei Gründen nicht mitnehmen: Amra wäre auf der Erde nur unglücklich, und sie würde ihre Kinder mitnehmen wollen, was die Flucht unweigerlich zum Scheitern bringen mußte.)

Trotzdem hatte er ein schlechtes Gewissen bei der Sache. Er verließ Amra nicht gern, aber die Trennung von seiner Tochter Paxi fiel ihm noch schwerer. Einige Tage lang überlegte er sogar, ob er sie nicht entführen sollte. Schließlich kam er jedoch wieder von dieser Idee ab; es war bestimmt fast unmöglich, Paxi vor Amras wachsamen Augen zu entführen, und er hatte kein Recht, ein kleines Kind den Gefahren der Flucht auszusetzen. Außerdem durfte er Amra das nicht antun ...

Zum Glück schienen seine Argumente Amra überzeugt zu haben – sie sprach jedenfalls nicht wieder von ihrem Verdacht. Green war froh darüber, denn seine Verbindung mit dem Handelsherrn Miran ließ sich nicht geheimhalten. Die ganze Stadt wußte, daß irgend etwas vorbereitet wurde. Die Wagenkarawane, die zur Küste aufbrach, hatte offenbar eine Menge Geld gekostet. Aber was sollte das alles bedeuten?

Miran und Green schwiegen hartnäckig, und der Herzog machte keinen Versuch, seinen Sklaven auszuhorchen, obwohl dies in seiner Macht gestanden hätte. Miran hatte ihm eine Gewinnbeteiligung versprochen, und der Herzog war ganz zufrieden damit, weil er auf diese Weise seine Kollektion von Glasvögeln vergrößern konnte. Zehn Säle des Schlosses waren bereits mit dieser Sammlung gefüllt, die er im Lauf der Jahre zusammengetragen hatte. Alle Vögel kamen aus den Werkstätten der Glasbläser von Metzva Moosh.

Green war anwesend, als der Herzog die geplanten Ankäufe mit Miran besprach.

„Hören Sie gut zu, Kapitän", mahnte der Herzog und hob den Zeigefinger, um seine Worte zu unterstreichen. Seine Augen blitzten dabei mit ungewohntem Feuer. Weder guter Wein noch seine Frau noch die Verbrennung eines Ketzers riefen die gleiche freudige Erregung hervor, die den Herrscher bei der Erwähnung eines Glasvogels aus Metzva Moosh befiel. „Ich will zwei oder drei, aber nicht mehr, weil ich mir nicht mehr leisten kann. Alle aus der Werkstatt des großen Glasbläsers Izan Yushwa und ..."

„Als ich zuletzt in Estorya war, lag Izan Yushwa angeblich im Sterben", warf Miran ein.

„Ausgezeichnet! Wunderbar!" rief der Herzog. „Dann sind seine letzten Werke um so wertvoller! Die Estoryaner bieten bestimmt viel für alles, was jetzt noch geliefert wird, aber Sie müssen einfach mehr bieten, Kapitän. Zahlen Sie jeden Preis, damit ich einen Vogel bekomme, den er kurz vor seinem Tod geschaffen hat!"

„Aber Sie haben mir kein Geld gegeben, mit dem ich die Vögel kaufen kann", stellte Miran fest.

„Selbstverständlich nicht. Sie schießen den Betrag vor, und wenn Sie zurückkommen, treibe ich genügend Geld auf, um die Vögel zu bezahlen."

Miran verzog das Gesicht, aber Green ahnte, daß der dicke Handelsherr bereits überlegte, wieviel er auf den ursprünglichen Preis aufschlagen würde.

Green hatte nichts gegen dieses Hobby des Herzogs einzuwenden, aber jetzt ärgerte er sich darüber, weil er wußte, daß das Volk die neuen Glasvögel mit einer allgemeinen Steuererhöhung bezahlen würde.

Die Herzogin langweilte sich wie üblich bei dieser Unterhaltung und sagte plötzlich: „Liebster, können wir nicht am Wochenende auf die Jagd gehen? Ich bin in letzter Zeit so unruhig und kann nicht mehr schlafen. Meine Verdauung wird immer schlechter, und ich glaube, daß ich frische Luft und Bewegung brauche." Dann folgte eine genaue Schilderung ihrer Verdauungsstörungen, bei der Green blaß wurde, obwohl er inzwischen an einiges gewöhnt war.

Der Herzog sah flehentlich zum Himmel auf. Bis zu seinem dreißigsten Lebensjahr war er gern auf die Jagd gegangen, aber seitdem hatte er wie alle Aristokraten seiner Zivilisation erheblich Fett angesetzt und war faul geworden. Fett verlängerte angeblich das Leben, und ein dicker Bauch bewies eine vornehme Abstammung und eine gefüllte Börse. Dies und die Tatsache, daß alle reichen Männer wesentlich jüngere Frauen heirateten, hatte zu einer anderen Institution geführt: junge Sklaven als ständige Begleiter junger Frauen, die einen reichen Mann geheiratet hatten.

Deshalb sah der Herzog jetzt zu Green hinüber. „Kann er nicht die Jagd leiten?" fragte er hoffnungsvoll. „Ich habe so viel zu tun."

„Du sitzt nur auf deinem weichen Kissen und starrst deine Glasvögel an", warf sie ihm vor. „Nein!"

„Schon gut", meinte er resigniert. „Ich habe einen Sklaven im Kerker, der hingerichtet werden soll, weil er seinen Vorarbeiter geschlagen hat. Wir können ihn als Beute nehmen, aber ich finde, daß er zwei Wochen Zeit haben muß, um gründlich zu trainieren. Sonst ist es nicht sportlich genug, weißt du."

Die Herzogin runzelte die Stirn. „Nein, das dauert mir zu lange. Ich kann diese Untätigkeit nicht länger ertragen."

Sie sah zu Green hinüber. Er spürte, daß sein Magen sich verkrampfte. Sie hatte sein geringes Interesse offenbar bemerkt. Die geplante Jagd sollte ihm zeigen, welches Schicksal ihn erwartete, falls er nicht schon bald wesentlich amüsanter für sie wurde.

Dieser Gedanke erschreckte ihn allerdings weniger als die Tatsache, daß Miran am kommenden Wochenende nach Estorya abfahren wollte. Er hatte ebenfalls an Bord sein wollen, aber statt dessen würde er nun die Herzogin auf die Jagd begleiten.

Green sah bittend zu Miran hinüber. Der Handelsherr zuckte jedoch nur leicht mit den Schultern, als wollte er sagen: „Was kann ich dafür?"

Im Grunde genommen hatte er sogar recht. Miran konnte sich nicht der Jagdgesellschaft anschließen, nur um Green die Chance zu geben, sich später unbemerkt an Bord des *Glücksvogels* zu schleichen. Er mußte am festgesetzten Tag aufbrechen, sonst begann die Regenzeit, bevor er den heimatlichen Hafen wieder erreichte.

6

DEN ganzen nächsten Tag lang war Green zu sehr mit der Vorbereitung des Jagdausflugs beschäftigt, um Zeit für trübselige Gedanken zu haben. Aber als es dunkel wurde, begann er, sich mit seiner Lage zu befassen. Konnte er sich nicht einfach krank stellen und zurückbleiben?

Nein, unmöglich. Kranke waren angeblich von Dämonen besessen und wurden im Tempel von Apoquoz verwahrt. Dort blieben sie hinter Schloß und Riegel, bis der Gott der Heilkunst sich ihrer angenommen hatte. Unglücklicherweise war der Aufenthalt im Tempel fast immer tödlich, denn wer nicht schon krank war, wurde bestimmt angesteckt.

Nun brauchte sich Green deswegen keine Sorgen zu machen, denn er trug wie alle Menschen der Erde ein chirurgisch eingepflanztes

Protoplasmawesen, ein sogenanntes Symbiont, in seinem Körper, das automatisch eindringende Krankheitskeime analysierte und Antikörper erzeugte. Daß es Abwehrstoffe produzierte, machte sich durch erhöhten Appetit und leichtes Fieber bemerkbar; diese Erscheinungen verschwanden jedoch schon nach wenigen Stunden. In den vergangenen zwei Jahren hatte dieses System mindestens vierzigmal eingegriffen, und Green vermutete, daß er in jedem dieser Fälle tot gewesen wäre, wenn es nicht in seinem Körper gelebt hätte.

Dieses Wissen half ihm jedoch nicht weiter. Wenn er sich krank stellte, wurde er eingesperrt und konnte nicht an Bord des Windrollers gehen. Nahm er jedoch an der Jagd teil, fuhr der *Glücksvogel* ebenfalls ohne ihn ab.

Und wenn er am Tag zuvor verschwand und sich an Bord versteckte? Auch nicht sehr aussichtsreich. Die Herzogin würde als erstes den Windbrecher schließen und alle Windroller nach blinden Passagieren durchsuchen lassen. Unter diesen Umständen würde Miran so lange aufgehalten werden, daß er gar nicht mehr abfahren konnte.

Aber warum sollte er nicht einige Tage früher verschwinden, so daß Miran genügend Zeit hatte, um die Ladung zu verstauen? Darüber mußte er morgen mit dem Handelsherrn sprechen. Falls Miran sich dazu überreden ließ, würde Green in vier Tagen verschwinden – dann blieben drei Tage bis zur Abfahrt, in denen der Windroller beladen werden konnte. Zum Glück brauchten die Tanks nicht entleert zu werden, denn schließlich sah jeder, daß der Flüchtling sich nicht zwischen den Fischen versteckt hatte.

Green nickte zufrieden, weil er endlich einen Ausweg gefunden hatte, und sah auf Quotz hinab, das im Licht der beiden Monde vor ihm lag. Die Straßen und Gassen der Stadt waren unbeleuchtet, und aus den Fenstern drang lediglich ein schwacher Lichtschimmer, denn sie waren aus Angst vor Dieben, Vampiren und Dämonen mit schweren Läden geschützt. Nur hier und dort leuchteten Fackeln auf, wenn Sklaven einen betrunkenen Edelmann nach Hause geleiteten.

Jenseits der Stadtmauern war der Einschnitt zwischen den Hügeln zu erkennen, den eine gewaltige Ziegelmauer verschloß. Die Windroller wurden durch eine Öffnung in der Mauer geschleppt; dahinter begann plötzlich die große Ebene, als habe ein Landschaftsgestalter die Hügel flach gedrückt und sämtliche Unebenheiten beseitigt.

Nach Westen hin erstreckte sich die riesige Grasebene, die bei den Eingeborenen Xurdimur hieß, zehntausend Meilen weit und flach wie ein Teich. Nur hier und dort gab es in dieser Eintönigkeit kleine Unterbrechungen: Waldstücke, Ruinen verlassener Städte, Wasserlöcher, Nomadenzelte, Wildherden, Graskatzen und die geheimnisvollen „schwebenden Inseln", große Felsbrocken, die der Sage nach aus eigener Kraft über die Ebene schwebten. Eigentlich typisch für diesen Planeten, daß die größte Gefahr für Windroller nur in den Köpfen der abergläubischen Bevölkerung existierte.

Das Xurdimur war ein verblüffendes Phänomen, das auf keinem anderen Planeten, den Menschen entdeckt hatten, zu beobachten war. Wie sollte man sich zum Beispiel die völlig glatte Oberfläche erklären, obwohl Wind, Sonne und Regen theoretisch dafür sorgten, daß eine Erosion in Gang kommen mußte? Das Gras hielt den Boden allerdings zusammen, und Green hatte gehört, daß die Wurzeln eine einzige verfilzte Masse bildeten. Aber wie stand es mit den Winden? Wie konnten sie zehntausend Meilen weit mit unverminderter Kraft wehen, ohne durch Höhen- oder Temperaturunterschiede verstärkt zu werden? Andererseits, wie wehte der Wind über den Ozeanen der Erde so gleichmäßig, daß dort früher Segelschiffe verkehren konnten? Green wußte es nicht. Aber er war sicher, daß es das Xurdimur eigentlich nicht geben durfte. Schon die Tatsache, daß hier Menschen lebten, schien völlig unerklärlich. Die Menschheit war über die gesamte Galaxis verstreut, und die ersten Raumfahrer der Erde hatten festgestellt, daß jeder vierte bewohnbare Planet von Menschen besiedelt war.

Selbstverständlich existierten unzählige Theorien, die diese Tatsache erklären sollten. Alle gingen jedoch von der Voraussetzung aus, daß die Menschheit ursprünglich nur einen Planeten bewohnt und von dort aus die Galaxis besiedelt habe. Später mußte eine rückläufige Entwicklung eingesetzt haben, die damit endete, daß jede Rasse für sich die Raumfahrt beherrschen lernte, nachdem sie zunächst in einen halbwilden Zustand zurückgesunken war. Allerdings wußte niemand eine Erklärung für diesen Vorgang, und selbst die besten Wissenschaftler konnten nur Vermutungen anstellen.

Ungelöst war bisher auch das Sprachenproblem. Falls die Menschheit früher einmal tatsächlich nur einen Planeten bewohnt hatte, war doch anzunehmen, daß Spuren der dort gesprochenen Ursprache in jeder neuen Sprache zu finden sein mußten. Aber das war eigenartigerweise nicht der Fall. Auf jedem Planeten stand ein neuer Turm von Babel, überall gab es zehntausend verschiedene Sprachen und Dialekte. Die Wissenschaft konnte beweisen, daß Russisch und Englisch und Schwedisch und Persisch zur indogermanischen Sprachfamilie gehörten, aber bisher war noch kein Planet entdeckt worden, dessen Bewohner sich in einer Abart dieser arischen Ursprache verständigten.

Green dachte an die beiden Raumfahrer, die in Estorya gefangengehalten wurden. Er konnte nur hoffen, daß es ihnen nicht allzu schlecht ging. Vielleicht litten sie in diesem Augenblick auf der Folterbank, wenn es den Priestern eingefallen war, die Dämonen auf die Probe zu stellen ...

Bei dem Gedanken an die Folter richtete Green sich unwillkürlich auf und streckte Arme und Beine aus. In einer Stunde erwartete ihn die Herzogin. Er würde dann durch die Geheimtür des Nordturms gehen, die Wendeltreppe hinaufsteigen und so die Gemächer der Herzogin erreichen. Dort würde ihn eine der Hofdamen empfangen und bei Zuni anmelden; die gleiche Hofdame würde später lauschen, um dem Herzog Bericht erstatten zu können. Zuni und Green durften sich nicht anmerken lassen, was sie wußten, sondern waren verpflichtet, die betreffende Hofdame als ihre Vertraute zu behandeln. Sobald die große Glocke auf dem Tempel des Zeitgottes Grooza erklang, würde Green sich von seiner Bank erheben, um diese mühselige Aufgabe zu erfüllen. Hätte Zuni andere Interessen außer ihrer Verdauung, ihrem Teint und seichtem Palastgeschwätz gehabt, wäre alles weniger schlimm gewesen. Zudem schwatzte sie ununterbrochen, und Green durfte um Himmels willen nicht einschlafen. Sonst wäre sie tödlich beleidigt gewesen und hätte nicht eher geruht, bis er ...

7

DER kleine Mond berührte den Horizont im Westen, und der große hatte seinen Zenit fast erreicht, als Green erwachte. Entsetzt sprang er auf: Er war eingeschlafen und hatte Zuni warten lassen!

„Mein Gott, was wird sie sagen?" fragte er sich laut. „Was soll ich ihr nur erzählen?"

„Du brauchst mir gar nichts zu erzählen!" antwortete sie dicht hinter ihm. Green drehte sich erschrocken um und sah Zuni neben der Bank stehen. Sie trug einen weiten Umhang, aber ihr blasses Gesicht leuchtete unter der dunklen Kapuze, und der volle Mund war leicht geöffnet. Ihre weißen Zähne blitzten auf, als sie ihm jetzt vorwarf, er liebe sie nicht, er langweile sich bei ihr, er liebe eine andere Frau – vermutlich ein Sklavenmädchen, ein faules, dummes und oberflächliches hübsches Mädchen. Wäre die Lage nicht so ernst gewesen, hätte Green über diese zutreffende Schilderung ihrer selbst gelächelt.

Er versuchte, ihren Redeschwall einzudämmen, hatte jedoch keinen Erfolg dabei. Sie kreischte ihn an, er solle gefälligst schweigen, und als er warnend einen Finger an die Lippen legte, sprach sie um so lauter.

„Du weißt genau, daß du nach Einbruch der Dunkelheit deine Gemächer nur in Begleitung des Herrschers verlassen darfst", sagte Green und hielt ihren Arm am Ellbogen fest, um sie zur Geheimtür zu führen. „Wenn die Wache dich hier sieht, gibt es große Schwierigkeiten. Komm, wir verschwinden jetzt."

Unglücklicherweise hatten die Wachtposten sie bereits gesehen. Am Fuße der Treppe unter ihnen erschienen Fackeln und blitzende Harnische, und Waffen klirrten. Green versuchte, Zuni rascher mitzuziehen, denn sie hätten noch genügend Zeit gehabt, um die Geheimtür zu erreichen. Aber die Herzogin riß sich los und kreischte: „Faß mich nicht an, du elender Sklave aus dem Norden! Die Herzogin von Tropat läßt sich nicht von einem blonden Ungeheuer fortzerren!"

„Verdammt noch mal!" knurrte Green und gab ihr einen kräftigen Stoß. „Du blöde *Kizmaiaz!* Schneller, sonst muß ich dir Beine machen! *Du* wirst schließlich nicht gefoltert, wenn sie uns hier finden!"

Zuni riß sich los. Ihr Mund bewegte sich, aber zunächst war kein Ton zu hören. „*Kizmaiaz!*" wiederholte sie dann empört. „Selbst *Kizmaiaz!*"

Dann begann sie plötzlich zu schreien. Bevor Green ihr den Mund zuhalten konnte, raste sie an ihm vorbei zur Treppe. Er stand zunächst wie erstarrt, setzte sich aber gleich darauf in Bewegung und rannte los – nicht hinter ihr her, denn das wäre unsinnig gewesen, sondern auf die Geheimtür zu. Das Spiel war aus, und er brauchte sich nicht zu bemühen, den Wachtposten zu erklären, was wirklich vorgefallen war. Nun hatte die letzte Phase begonnen, mit der die Entwicklung ihren Abschluß finden würde.

Die Herzogin würde den Wachen erzählen, daß er in ihre Gemächer eingedrungen sei und sie auf den Wehrgang gezerrt habe – offenbar mit der Absicht, ihr dort Gewalt anzutun. Selbstverständlich würde niemand fragen, weshalb er in diesem Fall nicht in ihrem Zimmer geblieben war, anstatt sie nach draußen zu zerren, wo die Wachen aufmerksam werden mußten. Jedenfalls würden die Wachtposten, die ebenfalls genau wußten, was hier gespielt wurde, Green festnehmen und zum Verlies schleppen. Absurd war dabei vor allem, daß die ganze Stadt – und natürlich auch Zuni – innerhalb weniger Tage glauben würde, die Herzogin habe die Wahrheit gesagt. Je näher Greens Hinrichtung rückte, desto mehr würden ihn die Bürger hassen, und die Sklaven würden einige Zeit nichts zu lachen haben, bis sich dieser Zorn wieder gelegt hatte.

Green hatte jedoch nicht die Absicht, sich erwischen zu lassen. Seine Flucht kam einem Eingeständnis seiner Schuld gleich, aber das spielte jetzt keine Rolle mehr.

Er schloß die Geheimtür hinter sich ab, schob den schweren Riegel vor und lief die Wendeltreppe hinauf, die zum Schlafzimmer der Herzogin führte. Die Wachen mußten einen Umweg machen; er hatte mindestens zwei Minuten Vorsprung, bis sie das Vorzimmer erreichten und die Gemächer der Herzogin zu durchsuchen begannen. Green hatte schon früher eine solche Situation in Gedanken durchgespielt und mehrere Möglichkeiten in Betracht gezogen. Jetzt brauchte er nur noch die beste Lösung in die Tat umzusetzen – aber das war leichter gesagt als getan.

Green rannte die Wendeltreppe so schnell hinauf, daß ihm schwindlig wurde; auf der obersten Stufe angekommen, mußte er sich am Geländer festhalten, sonst wäre er nach links gefallen. Dann holte er tief Luft, trat durch die Tür in den nächsten Raum und blieb horchend stehen. Zum Glück hielt sich niemand im Nebenzimmer auf.

Er drehte sich nach der Tür um, durch die er das Zimmer betreten hatte, schloß sie ab, ließ den Schlüssel stecken und schob die bereitstehende Mauerattrappe vor die Tür, die nun von innen her nicht mehr erkennbar war. Green hatte allen Anlaß, dem ursprünglichen Erbauer des Schlosses dankbar zu sein, der diesen Geheimgang vorgesehen hatte. Ohne ihn hätte er nicht fliehen können.

Fliehen? Bisher hatte er die unvermeidbare Gefangennahme nur hinausgeschoben. Aber er wollte sich ihr möglichst lange entziehen und sich dann so energisch seiner Haut wehren, daß die Angreifer ihn umbringen mußten.

Aber zuerst brauchte er eine Waffe. Da er die Gemächer der Herzogin seit langem kannte, wußte er genau, wo Waffen zu finden waren. Er durchquerte zwei große Räume, die nur ungenügend mit Öllampen beleuchtet waren, und betrat das dritte Zimmer. Dort hing ein prächtiger Säbel an der Wand, den die besten Schmiede von Talamasko in wochenlanger Arbeit hergestellt hatten. Zuni hatte ihn anläßlich ihrer Hochzeit von ihrem Vater geschenkt bekommen; sie sollte ihn ihrem ältesten Sohn weitergeben, wenn dieser volljährig geworden war. Auf dem Säbelkorb war der Wahlspruch *Lieber tot als entehrt* eingraviert.

Green befestigte die Säbelscheide an seinem breiten Ledergürtel, ging an den luxuriösen Toilettentisch, zog eine Schublade auf und nahm einen Dolch heraus. In der gleichen Schublade fand er auch eine große Steinschloßpistole mit Elfenbeingriff. Er lud die Pistole mit Pulver und einer Bleikugel, die er in einem Fach entdeckte, und füllte einen Lederbeutel mit Munition. Nachdem er so bewaffnet war, trat er auf den Balkon hinaus, um sich einen Überblick über die Lage zu verschaffen.

Drei Stockwerke tiefer lag der Wehrgang, den er vor wenigen Minuten verlassen hatte. Zuni und die Wachtposten starrten nach oben. Als Green auf dem mondhellen Balkon erschien, stieg ein Schrei aus allen Kehlen zu ihm auf. Einige der Soldaten hoben ihre Musketen, aber Zuni rief ihnen zu, sie sollten Green lebendig fangen. Green lief es dabei kalt über den Rücken, als er den rachsüchtigen Ton ihrer Stimme hörte. Er hatte schon zu viele öffentliche Hinrichtungen gesehen, um nicht genau zu wissen, was sie mit ihm vorhatte.

In diesem Augenblick konnte er sich nicht länger beherrschen, als er sah, wie verräterisch und brutal Zuni war. Er hob die Pistole und zielte auf die Herzogin. Der Schuß knallte unglaublich, und als die Rauchwolke sich allmählich verzog, sah er Zuni und die Soldaten hastig in Deckung laufen. Er hatte natürlich nicht getroffen, denn als Sklave war ihm der Umgang mit Feuerwaffen verboten gewesen. Aber selbst ein guter Schütze hätte sein Ziel wahrscheinlich verfehlt, weil die Steinschloßpistolen so ungenau schossen.

Als Green seine Waffe erneut laden wollte, hörte er einen Schrei über sich, sah auf und erkannte den Herzog, der sich über das Balkongeländer lehnte. Er hob die Pistole, und der Herzog lief schreiend in sein Zimmer. Green lachte und freute sich, daß der Herzog, der sonst mit seiner Tapferkeit prahlte, vor einer leeren Pistole davongelaufen war. Nun mußte der Herzog darauf bestehen, daß er möglichst schnell ermordet wurde, damit er nichts weitererzählen konnte.

Green runzelte die Stirn. Was würde geschehen, wenn die Soldaten diesen Befehl des Herzogs bekamen, der den Anweisungen der Herzogin widersprach? Die armen Kerle würden nicht wissen, was sie tun sollten. Selbstverständlich ging der Befehl des Mannes vor – aber eine Frau konnte rachsüchtig sein und später jene bestrafen lassen, die Green getötet hatten.

In diesem Augenblick schrak er zusammen und wurde blaß. Er hörte lautes Bellen in seiner Nähe. Nicht draußen vor der Tür, sondern im Zimmer!

Er warf sich mit einem Fluch herum und sah den riesigen Körper durch die Luft fliegen. Die weißen Reißzähne blitzten, und die Augen leuchteten im Mondschein grünlich auf.

Selbst in diesem angsterfüllten Moment fiel ihm ein, daß er die kleine Tür vergessen hatte, die in die große eingelassen war, damit Alzo nach Belieben kommen und gehen konnte. Und wo für einen großen Hund Platz war, konnten auch Soldaten durchkriechen!

Green streckte instinktiv die Hand mit der Pistole aus und betätigte den Abzug. Die Pistole ging nicht los, denn sie war nicht geladen, aber ihr Lauf geriet dem Hund zwischen die kräftigen Kiefer und lenkte Alzo von seinem eigentlichen Ziel ab. Statt Greens Kehle zu zerfleischen, bekam Alzo nur das Handgelenk des Mannes zu fassen. Green wußte, daß der Hund ihm den Arm durchbeißen konnte, und war deshalb verblüfft, als das Handgelenk kaum blutete und nicht ernstlich verletzt war, als Alzo zurückwich.

Der Pistolenlauf hatte den Köter offenbar so sehr gestört, daß er zunächst die Waffe loswerden wollte.

Die Pistole fiel klappernd auf die Balkonfliesen. Alzo schüttelte den Kopf und schien nicht gemerkt zu haben, daß er das unangenehme Ding bereits nicht mehr zwischen den Zähnen hatte. Green raffte sich auf, behielt Alzo im Auge und stürzte sich auf ihn, als der Hund sich knurrend zum Sprung duckte. Ein gutgezielter Fußtritt genügte, um Alzo zur Seite zu werfen. Green faßte den buschigen Schwanz, wich den Zähnen aus, die nach seinen Knöcheln schnappten, und zog den Schwanz nach rechts. Alzo drehte sich deshalb ebenfalls nach rechts, um Green in die Hand zu beißen, erwischte ihn jedoch nicht und begann wütend zu kläffen. Als er dann den Versuch auf der anderen Seite wiederholte, richtete Green sich plötzlich am Balkongeländer auf, holte Schwung und warf Alzo über die Brüstung.

8

DAS schreckliche Knurren verwandelte sich in ein verzweifeltes Jaulen, als der Hund durch die Luft segelte. Green beugte sich über das Geländer, sah ihm nach und bemitleidete ihn nicht im geringsten. Alzos Jaulen verstummte, als er gegen eine Zinne des Wehrgangs prallte, nochmals in die Luft geschleudert wurde und jenseits der Mauer in der Dunkelheit verschwand.

Aber Green hatte keine Zeit, diesen Triumph zu genießen. Wenn der Hund durch die kleine Tür paßte, konnten auch Soldaten hindurchkriechen. Green rannte ins Zimmer und machte sich darauf gefaßt, dort vor einem Dutzend Bewaffneter zu stehen. Aber der Raum war leer. Vermutlich hatten sie Angst, er könnte sie nacheinander außer Gefecht setzen, wenn sie durch die niedrige Tür krochen.

Dann erzitterte die Tür in den Angeln. Die Soldaten hatten sich für eine weniger mutige, dafür aber sicherere Methode entschieden und setzten einen Rammbock ein. Green lud seine Pistole und verschüttete dabei zuerst eine Ladung Pulver, weil seine Hände unkontrolliert zitterten. Er schoß, und als der Pulverdampf sich verzog, sah er, daß die Kugel ein großes Loch in die Türfüllung gerissen hatte.

Die Stöße gegen die Tür hatten aufgehört, und Green vernahm

hastige Schritte, nachdem der Rammbock zu Boden gefallen war. Er lachte in sich hinein. Da die Soldaten noch immer auf Befehl der Herzogin handelten und ihn lebend gefangennehmen wollten – der Herzog hatte offenbar noch keinen Gegenbefehl erteilen können –, verspürten sie offenbar keine Lust, seiner Pistole mit blanken Schwertern entgegenzutreten. In ihrer Angst hatten sie anscheinend sogar vergessen, daß Green einige Zeit brauchte, um die Pistole zu laden – und in dieser Zeit hätten sie in das Zimmer eindringen können.

„Das nenne ich wahres Leben!" sagte Green laut und versuchte dabei festzustellen, ob seine Stimme zitterte. Trotzdem genoß er diese Situation, in der er beweisen konnte, was in ihm steckte, obwohl er sein Leben lang dazu erzogen worden war, jeder tätlichen Auseinandersetzung aus dem Weg zu gehen, allen Streit zu vermeiden und niemals aggressiv zu sein.

Green rollte die Teppiche zurück, die durchs Zimmer zum Balkon führten, denn er wollte für seinen Anlauf festen Boden unter den Füßen haben, falls er versuchen mußte, das Balkongeländer und den Wehrgang mit einem Sprung zu überwinden und im Wassergraben zu landen. Dabei mußte alles beim ersten Versuch klappen, sonst lag er schließlich mit gebrochenen Knochen auf den harten Steinplatten. Er hatte allerdings nicht die Absicht, diesen Sprung vorschnell zu wagen – aber vielleicht war das später der letzte Ausweg.

Er ging wieder an den Toilettentisch und holte den ganzen Pulversack heraus, der mindestens fünf Pfund wog; er fand eine Zündschnur, steckte sie in den Sack und band ihn fest. Unterdessen kamen die Soldaten zurück, hoben den Rammbock und machten sich wieder daran, die Tür aufzubrechen. Green hielt sich nicht damit auf, nochmals zu schießen, sondern setzte die Zündschnur an der nächsten Kerze in Brand. Dann schlich er an die Tür, stieß den Durchschlupf für Alzo auf und warf den Pulversack in den Korridor hinaus, den das zweite Vorzimmer gemeinsam mit dem ersten bildete. Gleichzeitig drückte er sich an die Wand, obwohl nicht zu erwarten war, daß die Explosion die massive Tür zertrümmern würde.

Draußen herrschte tiefes Schweigen, und die Soldaten schienen vor Schreck erstarrt zu sein. Dann folgte eine donnernde Explosion. Der Raum erzitterte, die Tür wurde aus den Angeln gerissen und fiel nach innen, Putz rieselte von den Wänden, und der Raum füllte sich mit schwarzem Qualm. Green stürzte sich in die Wolke, rutschte auf Händen und Knien weiter, fluchte erschrocken, als sein Säbel am Türrahmen hängenblieb, riß sich los und stürmte durch den dichten Rauch, der das Vorzimmer füllte. Er stolperte über den Rammbock, trat auf einen gefallenen Soldaten, mußte schmerzhaft husten und hastete trotzdem weiter, bis er mit dem Kopf gegen eine Wand stieß.

Dort tastete er sich nach rechts weiter, wo er die Tür vermutete, erreichte sie und stellte fest, daß der Pulverdampf auch den nächsten Raum füllte. Erst als er die gegenüberliegende Tür vor sich hatte, wagte er, sich kurz umzusehen. Der Rauch war hier nicht so dicht und zog durch die offene Tür in den Korridor ab. Da Green niemanden zwischen sich und der Tür sah, trat er über die Schwelle. Links von ihm führte der Gang zu einer Treppe, auf der sich vermutlich bereits Dutzende von Soldaten drängten. Der Weg nach rechts führte zu einer anderen Treppe, an deren Ende das Appartement des Herzogs lag. Green hatte keine andere Wahl. Er mußte diese Treppe benützen.

Zum Glück hingen im Korridor noch immer so dichte Rauchwolken, daß niemand sah, wohin er sich jetzt wandte. Die Soldaten mußten glauben, er halte sich weiterhin in den Gemächern der Herzogin auf. Green konnte nur hoffen, daß der Anblick der zusammengerollten Teppiche sie auf die Idee bringen würde, er sei vom Balkon gesprungen. In diesem Fall würden sie sofort den Wassergraben nach ihm absuchen; und wenn sie ihn dort nicht fanden, würden sie hoffentlich glauben, er sei entweder ertrunken oder bereits in der Dunkelheit entkommen.

Green hielt seinen Dolch in der rechten Hand und tastete sich an der Wand entlang weiter. Als seine Fingerspitzen den Arm eines Soldaten berührten, duckte er sich sofort und rannte in dieser Haltung auf die Treppe zu. Der Rauch nahm rasch ab, so daß er die erste Stufe rechtzeitig sah, bevor er über sie stolperte. Unglücklicherweise standen dort jedoch auch der Herzog und ein weiterer Mann.

Die beiden starrten Green fassungslos entgegen, als er aus der Rauchwolke ins Licht ihrer Fackeln kam. Er stieß dem Soldaten seinen Dolch in die Kehle, bevor der andere mit dem Schwert ausholen konnte. Der Herzog wollte an ihm vorbei, aber Green stellte ihm ein Bein, riß ihn wieder hoch und drehte ihm den Arm auf den Rücken. Er freute sich, als der Herzog laut stöhnte, denn er erinnerte sich an die unzähligen wehrlosen Opfer, die der Herzog hatte foltern lassen.

„Los, die Treppe hinauf!“ zischte Green und stieß den Herzog vor sich her. Unterdessen hatte sich der Rauch weiter gelichtet, so daß die Soldaten merkten, daß hier etwas nicht in Ordnung war. Ein Schrei stieg auf, dann näherten sich Green rasche Schritte von hinten. Er drehte sich um, stellte den Herzog schützend vor sich und befahl ihm: „Sag ihnen, daß ich dich umbringe, wenn sie nicht verschwinden.“

Gleichzeitig drückte er dem Herzog die Spitze seines Dolchs in den Rücken, um seinem Befehl Nachdruck zu verleihen. Der Herzog zitterte und erstarrte dann, bevor er sagte: „Das tue ich auf keinen Fall. Dadurch würde ich mich selbst entehren.“

Green mußte diesen Mut bewundern, obwohl seine Lage dadurch nicht besser wurde. Er durfte den Herzog keinesfalls schon jetzt umbringen, denn damit hätte er seinen einzigen Trumpf aus der Hand gegeben. Deshalb nahm er den Dolch zwischen die Zähne, zog dem Herzog die Pistole aus dem Gürtel und schoß über seine Schulter hinweg.

Der Feuerstrahl aus der Pistole versengte das Ohr des Herzogs und entlockte ihm einen lauten Schrei, der fast im Knall des Schusses unterging. Der nächste Mann ließ seinen Speer fallen, warf die Hände in die Luft und sackte zusammen. Seine Kameraden blieben wie angenagelt stehen. Offenbar galt der Befehl der Herzogin noch immer, Green nicht zu töten. Und nun war der Herzog kaum imstande, anderslautende Befehle zu erteilen, denn der neben seinem Ohr abgefeuerte Schuß hatte ihn leicht betäubt.

„Zurück, sonst bringe ich den Herzog um!“ rief Green den Soldaten entgegen. „Der Herzog wünscht, daß ihr euch bis zur Treppe zurückzieht und uns in Ruhe laßt, bis er nach euch schickt!“

Im flackernden Lichtschein der Fackeln sah er den verblüfften Gesichtsausdruck der ersten Soldaten. Erst dann fiel ihm auf, daß er den Befehl auf englisch gegeben hatte. Er übersetzte ihn rasch und sah zu seiner Erleichterung, daß die Soldaten sich langsam zurückzogen. Dann schleppte er den Herzog die Treppe hinauf in den ersten Raum seines Appartements, verriegelte die Tür und lud die Pistole wieder.

„Bisher hat alles geklappt!“ sagte er auf englisch. „Aber was nun, kleiner Mann?“

Das Appartement des Herzogs war luxuriöser als Zunis und größer, denn es enthielt nicht nur zahlreiche Jagdtrophäen – darunter auch Menschenköpfe –, sondern auch seine Sammlung von Glasvögeln. Es war leicht zu erkennen, woran sein Herz hing, denn auf den Trophäen hatte sich Staub angesammelt, während die Vögel offenbar täglich poliert wurden. Green lächelte bei diesem Anblick. Bei einem Kampf auf Leben und Tod kommt es darauf an, die verwundbarste Stelle des Gegners zu erkennen und ihn dort zu treffen ...

9

KAUM zwei Minuten später war der Herzog mit einigen Jagdpeitschen, die an den Wänden gehangen hatten, an einen Sessel gefesselt.

Der Herrscher hatte sich inzwischen von seinem Schock erholt. Er kreischte jetzt jedes Schimpfwort hervor, das er kannte, und drohte mit allen raffinierten Foltern, die ihm gerade einfielen – und sein Wissen auf diesem Gebiet war umfangreich. Green wartete schweigend, bis der Herzog so heiser war, daß er kaum mehr sprechen konnte. Dann teilte er ihm gelassen mit, was er zu tun beabsichtige, falls der Herzog ihm nicht zur Flucht verhelfe. Um seine Entschlossenheit zu unterstreichen, nahm er einen Morgenstern von der Wand und schwang die mit Stacheln besetzte Keule einmal im Kreis. Der Herzog riß die Augen auf und wurde dann leichenblaß. In dieser Sekunde verwandelte sich der stolze Herrscher, der nicht daran dachte, sich vor einem Sklaven zu demütigen, in einen zitternden alten Mann.

„Ich zertrümmere jeden Vogel, der hier ausgestellt ist", erklärte Green. „Und ich öffne auch den Schrank, der hinter diesem Katzenfell in die Wand eingelassen ist, und hole deinen kostbarsten Besitz heraus – den Glasvogel, den du nicht einmal dem Kaiser gezeigt hast, weil der Kaiser eifersüchtig werden und ihn als Geschenk von dir verlangen könnte. Ja, ich meine den Vogel, den du nur nachts aus dem Schrank nimmst, um dich heimlich an seiner Schönheit zu erfreuen!"

„Das hat dir meine Frau erzählt!" keuchte der Herzog. „O dieses dämliche Weibsbild!"

„Richtig", stimmte Green zu. „Sie hat mir viele Geheimnisse erzählt, denn sie ist dumm, faul, unberechenbar, schwatzhaft und deshalb die richtige Gefährtin für dich. Deshalb weiß ich, wo du den schönsten Glasvogel versteckt hast, den Izan Yushwa aus Metzva Moosh je geblasen hat. Dieser prächtige Vogel hat deine Untertanen eine Menge Geld gekostet und ist mit den Tränen und dem Schweiß Tausender bezahlt worden. Aber ich würde keine Sekunde zögern, ihn notfalls zu zerstören, obwohl Izan Yushwa nicht mehr lebt, so daß der Vogel nie ersetzt werden könnte."

Die Augen des Herzogs drohten vor Entsetzen aus den Höhlen zu treten.

„Nein! Nein!" sagte er mit zitternder Stimme. „Das wäre unvorstellbar, ein Sakrileg, eine Gotteslästerung! Hast du denn keinen Schönheitssinn, degenerierter Sklave, daß du das schönste Erzeugnis menschlicher Kunstfertigkeit für immer zerstören würdest?"

„Ich würde es tun, darauf kannst du dich verlassen!"

Die Mundwinkel des Herzogs sanken nach unten; er weinte plötzlich.

Green war dieser Anblick peinlich, denn er konnte sich vorstellen, wie stark eine Gemütsbewegung sein mußte, um diesen Mann dazu zu bringen, vor seinem Gegner zu weinen. Die Menschen waren eigentlich recht seltsame Lebewesen! Dieser Mann würde sich eher die Kehle durchschneiden lassen als um Gnade flehen – aber wenn seine kostbaren Glasvögel bedroht wurden ...

Green zuckte mit den Schultern. Warum sollte er zu ergründen versuchen, was den Herzog bewegte? Wichtig war nur, daß er den Mann dadurch in der Hand hatte.

„Wenn du deine Vögel retten willst, mußt du dich an das halten, was ich dir jetzt erkläre." Er beschrieb dem Herzog genau, was er in den nächsten zehn Minuten zu tun und zu sagen hatte. Dann ließ er ihn einen heiligen Eid schwören, Green nicht zu verraten.

„Um ganz sicherzugehen", fügte Green hinzu, „nehme ich den seltenen Vogel mit. Sobald feststeht, daß du mich nicht betrogen hast, lasse ich ihn dir wieder zukommen."

„Kann ich mich darauf verlassen?" flüsterte der Herzog mit heiserer Stimme.

„Ich setze mich mit Zingaro, dem Makler der Diebesgilde, in Verbindung", erklärte Green. „Er bringt dir den Vogel zurück – natürlich gegen entsprechende Belohnung. Aber bevor wir uns einigen, mußt du noch schwören, daß meiner Frau Amra nichts geschieht, daß sie weiter in Quotz leben kann, als sei nie etwas passiert."

Der Herzog schluckte schwer, leistete dann aber den verlangten Eid. Green war zufrieden, denn damit war Amras Zukunft gesichert, obwohl er sie und die Kinder verließ.

Eine Stunde später kam Green wieder aus seinem Versteck im Kleiderschrank des Herzogs hervor. Diese Stunde war ihm endlos lang erschienen, denn obwohl der Herzog alle heiligen Eide geschworen hatte, war er ein geborener Verräter und Betrüger.

Green hatte sich den Schweiß von der Stirn gewischt, während er das Gespräch zwischen dem Herzog, den Soldaten und der Herzogin verfolgte.

Zum Glück war der Herzog ein guter Schauspieler, denn er überzeugte alle, daß es ihm gelungen sei, Green zu überlisten, ein Schwert zu ergreifen und den Sklaven zum Sprung übers Balkongeländer zu zwingen. Einige Soldaten hatten natürlich einen mannsgroßen Gegenstand beobachtet, der vom Balkon herab in den Wassergraben gefallen war. Offenbar hatte der Sklave sich beim Aufprall das Rückgrat gebrochen oder war ohnmächtig geworden und ertrunken. Jedenfalls war er nicht wieder aufgetaucht.

Bei der Schilderung dieses Vorfalls mußte Green unwillkürlich lächeln. Er und der Herzog hatten gemeinsam eine große hölzerne Statue des Gottes Zuzupatr mit Waffen beschwert, damit sie nicht auf dem Wasser trieb, und dann über den Balkon gestürzt. In der allgemeinen Aufregung und im Mondschein war die Götterstatue offenbar für einen Mann gehalten worden.

Nur Zuni war ganz und gar nicht zufrieden. Sie benahm sich unmöglich und warf dem Herzog vor, seine Blutgier und Unbeherrschtheit hätten sie um das Vergnügen gebracht, den Sklaven ausgiebig foltern zu lassen, der ihr Gewalt anzutun versucht habe. Der Herzog lief allmählich rot an und brüllte plötzlich, sie solle endlich aufhören, sich in aller Öffentlichkeit wie ein Marktweib zu benehmen, und sofort in ihre Gemächer zurückkehren. Damit sie merkte, daß dieser Befehl ernst gemeint war, gab er ihr zwei Soldaten als Eskorte mit.

Zuni war jedoch zu dumm, um den Ernst der Lage zu erkennen und zu sehen, wie dicht das Schwert des Scharfrichters bereits über ihrem Nacken hing. Sie kreischte weiter, bis der Herzog den Soldaten ein Zeichen gab, die sie daraufhin an den Armen packten – Green vermutete es jedenfalls, denn die Herzogin schrie, sie sollten gefälligst ihre schmutzigen Finger von ihr lassen – und hinausschleppten. Selbst dann dauerte es noch einige Zeit, bis der Herzog wieder mit Green allein war.

Der Kleiderschrank wurde geöffnet, und Green sah den Herzog vor sich stehen. Auf dem Sessel neben ihm lagen die grüne Robe eines Priesters, die geweihte achteckige Brille und eine Maske für die untere Gesichtshälfte. Diese Maske wurde gewöhnlich getragen, wenn der Priester im Auftrag eines hohen Würdenträgers unterwegs war. Solange sie das Gesicht bedeckte, durfte der Priester nicht sprechen; das sollte garantieren, daß nur der rechtmäßige Empfänger die Nachricht erhielt. Auf diese Weise brauchte Green nicht mit peinlichen Fragen zu rechnen.

Er legte Robe, Brille und Maske an, zog die Kapuze über den Kopf und steckte den Glasvogel in den weiten linken Ärmel. Die geladene Pistole fand ihren Platz im anderen Ärmel, wo er sie leicht erreichen konnte.

„Sei vorsichtig!" mahnte der Herzog mit einem Blick ins Treppenhaus. „Der Vogel darf unter keinen Umständen zu Schaden kommen! Zingaro soll ihn in eine Kiste mit Seide und Sägemehl packen, damit er nicht zerbricht. Ich zähle die Sekunden, bis er endlich wieder in meinen Händen ist ..."

Und ich, dachte Green, zähle die Sekunden, bis ich weit weg in Sicherheit bin, bis ich Quotz an Bord eines Windrollers verlassen habe ...

Er versprach nochmals, sein Wort zu halten, solange der Herzog nicht wortbrüchig wurde, fügte jedoch hinzu, er werde sich gegen einen möglichen Verrat absichern. Dann schlüpfte er in den Korridor hinaus und schloß die Tür hinter sich.

Nun war er auf sich selbst angewiesen, bis er den *Glücksvogel* erreichte.

10

EIGENTLICH war es nicht weiter schwierig, zum Standort des Windrollers zu gelangen, aber Green mußte sich erst seinen Weg durch die Straßen bahnen. Die Detonationen und das Geschrei aus dem Schloß hatten die ganze Stadt geweckt, so daß die erregte Menge alle Gassen und Straßen füllte. Green drängte sich mit gesenktem Kopf durchs Gewühl und kam verhältnismäßig rasch voran.

Schließlich hatte er die Ebene und den Windbrecher vor sich. Um ihn herum ragten die hohen Masten der Windroller in den Nachthimmel auf. Green erreichte den *Glücksvogel,* ohne von den vier Wachtposten angehalten zu werden, an denen er vorbei mußte. Der Windroller selbst lag in einem Dock, in das ihn eine Sklavenmannschaft geschleppt hatte. Von dem Dock aus führte eine Gangway an Deck, und hier hielten zwei Matrosen Wache – einer an jedem Ende der Gangway. Die beiden trugen die vertraute Kleidung mit gelben, violetten und roten Streifen. Sie kauten *Grixtr*-Nüsse, die Lippen und Zähne grün färbten.

Als Green entschlossen die Gangway betrat, sah ihm der erste Posten zweifelnd entgegen und legte die Hand an seinen Dolch. Offenbar hatte Miran nichts von einem Priester erwähnt, aber der Matrose wußte, was die Maske bedeutete, und wagte deshalb nicht, den Fremden anzuhalten. Auch der zweite Mann konnte sich nicht rascher entschließen. Green schlüpfte an ihm vorbei, betrat das Zwischendeck und ging nach achtern, wo er an die Kabine des Kapitäns klopfte. Die Tür wurde aufgerissen, Licht fiel nach draußen, dann erschien Miran auf der Schwelle.

Green schob ihn beiseite und trat in die Kabine. Miran griff nach seinem Dolch, ließ jedoch die Hand sinken, als er den Eindringling erkannte, der jetzt seine Verkleidung abwarf.

„Green! Du hast es geschafft! Das hätte ich nie für möglich gehalten!"

„Bei mir ist alles möglich", antwortete Green bescheiden. Er setzte sich an den Tisch und schilderte mit leiser, vor Erschöpfung geschwächter Stimme, wie er entkommen war. Der Kapitän lachte schallend, schlug Green auf den Rücken und versicherte ihm, wie stolz er darauf sei, einen Mann wie ihn an Bord zu haben.

„Jetzt müssen wir einen Schluck Wein aus Lespaxia trinken, der sogar besser als Chalousma ist", meinte er. „Ich habe ihn für Ehrengäste reserviert."

Green streckte die Hand nach dem angebotenen Glas aus, aber seine Finger erreichten es nicht mehr, denn er sank schnarchend am Tisch zusammen.

DREI Tage später saß Green am gleichen Tisch vor einem Glas Wein aus Lespaxia und wartete darauf, daß Miran ihm mitteilen würde, er dürfe jetzt die Kabine verlassen. Am ersten Tag hatte er gründlich ausgeschlafen, gut gegessen und auf Nachrichten aus der Stadt gewartet. Gegen Abend war Miran zurückgekehrt und hatte berichtet, daß in der Stadt und der näheren Umgebung eifrig nach ihm gefahndet werde.

Der Herzog würde natürlich darauf bestehen, daß auch die Windroller gründlich durchsucht wurden, und Miran fluchte, weil diese Verzögerung seine Pläne durchkreuzen konnte. Sie durften nicht länger als drei Tage warten. Die Fischtanks waren installiert; die Lebensmittelvorräte waren ergänzt worden; die Matrosen wurden aus verschiedenen Kneipen zusammengeholt und ausgenüchtert. Das große Fahrzeug mußte in spätestens zwei Tagen durch den Windbrecher geschleppt werden, damit es die Segel für eine neue gefährliche Reise setzen konnte.

„An deiner Stelle würde ich mir deswegen keine Sorgen machen", sagte Green zu Miran. „Paß auf, morgen kommt die Nachricht aus den Hügeln, daß Green von einem Angehörigen des Klans Axaquexcan umgebracht worden ist, der erst die Belohnung haben will, bevor er den Kopf des toten Sklaven abliefert. Der Herzog gibt sich bestimmt damit zufrieden und läßt die Windroller doch nicht durchsuchen."

Miran rieb sich die Hände, denn er liebte Intrigen.

Am zweiten Tag wurde er jedoch sichtlich nervös, obwohl Greens Voraussage pünktlich eingetroffen war. Anscheinend fand er Greens Anwesenheit in seiner Kabine lästig. Er wollte ihn nach vorn in eine Mannschaftsunterkunft schicken, aber Green weigerte sich und erinnerte den Kapitän an sein Versprechen, ihm in dieser Kabine Asyl zu gewähren. Dann holte er sich eine weitere Flasche Wein aus dem Versteck, das er inzwischen kannte, und trank sie gelassen. Miran starrte ihn böse an, sagte jedoch nichts, weil Green als sein Gast tun und lassen konnte, was ihm Spaß machte – innerhalb gewisser Grenzen.

Am dritten Tag war Miran nur noch ein Nervenbündel. Er wanderte in der Kabine auf und ab, wollte dann aber etwas frische Luft schnappen und ging deshalb schließlich an Deck. Green hörte seine Schritte stundenlang über sich. Am vierten Tag war er schon im Morgengrauen auf den Beinen und gab der Mannschaft Befehle. Wenig später nahm Green eine langsame Vorwärtsbewegung wahr und hörte draußen die anfeuernden Rufe der Vorarbeiter, als die Sklaven an den Schleppleinen zogen.

Der Windroller bewegte sich langsam vorwärts. Green warf vorsichtig einen Blick aus dem quadratischen Bullauge über seiner Koje. Er stellte fest, daß ihre Geschwindigkeit nicht mehr als fünf oder sechs Meter in der Minute betrug. Bei diesem Tempo würden sie den Windbrecher in etwa einer Stunde erreichen. Die Zeit verstrich quälend langsam, und Green kaute sich die Nägel ab, denn er machte sich darauf gefaßt, daß plötzlich Soldaten hinter dem *Glücksvogel* auftauchen würden, um den Windroller anzuhalten, auf dem ein entflohener Sklave versteckt war.

Aber die Soldaten kamen nicht, und Green atmete erleichtert auf, als die Sklaven ihre langen Schleppleinen aufrollten. Miran gab einen Befehl, der Erste Offizier wiederholte ihn, zahlreiche Füße trampelten übers Deck, rauhe Männerstimmen brüllten im Chor. Green hörte, daß die Segel gesetzt wurden; dann schwankte das Fahrzeug im Wind, und die großen Räder begannen sich zu drehen. Der *Glücksvogel* war unterwegs!

Green öffnete die Kabinentür einen Spaltbreit und sah ein letztes Mal zu Quotz hinüber.

Die Stadt blieb pro Stunde fünfzehn Meilen hinter dem Windroller zurück und wirkte aus dieser Entfernung entzückend mittelalterlich und romantisch.

„Und damit verabschieden wir uns von Quotz“, murmelte Green im Stil eines Logbuchschreibers vor sich hin. „Der Teufel soll die Stadt und ihre Bürger holen!“

Obwohl er in der Kabine bleiben sollte, bis Miran ihn holen ließ, öffnete er die Tür und trat aufs Deck hinaus ...

... und wäre fast ohnmächtig zu Boden gesunken.

„Hallo, Liebling", sagte Amra.

Green hörte nur undeutlich, daß die um sie herum aufgebauten Kinder ihn ebenfalls begrüßten. Er schwankte und mußte sich an der Kabinentür festhalten. Vielleicht waren daran der Wein und die Überraschung schuld, aber wahrscheinlich hatte er nur Angst, mehr Angst als damals im Schloß. Und er schämte sich, weil Amra herausbekommen hatte, daß er sie verlassen wollte; er schämte sich sehr, weil sie ihn trotzdem so liebte, daß sie ihm gefolgt war. Es mußte sie einige Überwindung gekostet haben, ihren Stolz zu vergessen.

Aber das würde er alles später zu hören bekommen. Im Augenblick war Amra seltsam ruhig und friedfertig. Sie erklärte Green nur, daß Zingaro, der Makler der Diebesgilde, ein alter Freund von ihr sei; sie hätten als Kinder bereits miteinander gespielt und sich seitdem geschäftlich in jeder Beziehung geholfen. Deshalb war es nur logisch, daß Amra von einem Sklaven an Bord des *Glücksvogels* gehört hatte, der Zingaro einen Vogel für den Herzog übergeben hatte. Amra war mißtrauisch geworden und hatte Zingaro so lange ausgefragt, bis sie sicher wußte, daß Green dieser entlaufene Sklave war. Dann hatte sie die Angelegenheit selbst in die Hände genommen, war zu Miran gegangen und hatte ihm gedroht, der Herzogin Greens Aufenthaltsort zu verraten, wenn er sie und ihre Familie nicht mitnehme.

„Hier bin ich, dein treues Weib", sagte sie und breitete die Arme aus.

„Ich bin überwältigt", antwortete Green, diesmal ohne zu übertreiben.

„Warum umarmst du mich dann nicht?" rief Amra. „Warum starrst du mich nur an, als sei ich aus dem Grab auferstanden?"

„Vor diesen Leuten?" fragte Green verwirrt und sah sich um. Der Kapitän, sein Erster Offizier, die Matrosen, ihre Familien auf dem Zwischendeck – Dutzende von grinsenden Gesichtern auf allen Seiten. Nur die Rudergänger waren so mit dem großen Steuerrad beschäftigt, daß sie keine Zeit für derartige Ablenkungen hatten.

„Warum nicht?" antwortete Amra. „Von jetzt an lebst du einige Monate lang hier auf Deck mit diesen Leuten zusammen. Warum schämst du dich also vor ihnen? Warum umarmst du mich nicht? Oder willst du mich nicht hierhaben?"

„Daran hätte ich nie gedacht", versicherte er ihr, trat vor und nahm sie in die Arme. Oder ich würde es dir jedenfalls nicht sagen, fügte er im stillen hinzu.

Immerhin war es schön, sie wieder in den Armen zu halten und zu wissen, daß es auf diesem gottverlassenen Planeten wenigstens einen Menschen gab, der ihn liebte. Wie hatte er nur glauben können, er würde das Leben hier ohne sie ertragen? Nun, er würde sich eines Tages damit abfinden müssen. Amra hatte keinen Platz an seiner Seite, wenn es ihm jemals gelang, zur Erde zurückzukehren.

11

MIRAN räusperte sich und sagte: „Ihr verlaßt jetzt das Deck und sucht euch mittschiffs einen Platz. In Zukunft betretet ihr das Steuerdeck nur, wenn ich euch holen lasse. Ich lege großen Wert auf straffe Disziplin."

Green folgte Amra und den Kindern die Treppe hinab ins Zwischendeck und merkte erst jetzt, daß Inzax, die hübsche blonde Sklavin für die Kinder, ebenfalls an Bord war. Amra hatte offenbar nicht die Absicht, während der Reise auf den gewohnten Komfort zu verzichten.

Daß Miran auf straffe Disziplin achtete, war nicht ohne weiteres erkennbar, jedenfalls nicht auf den ersten Blick. Katzen und Hunde liefen übers Deck, spielten mit den vielen Kindern oder kämpften miteinander. Frauen saßen in der Sonne, nähten oder hängten Wäsche auf und wuschen Geschirr oder stillten Babys. Hühner gakkerten in Käfigen, die überall herumstanden, und an Backbord wurden sogar etwa dreißig Schweine in einem Pferch gehalten.

Green folgte Amra bis zu einer Stelle, an der ein Sonnensegel aufgespannt war.

„Ist das nicht schön?" fragte sie stolz. „Wir können die Seitenwände herunterlassen, wenn es regnet oder wenn wir allein sein wollen, was dir vermutlich am meisten zusagt, da du in mancher Beziehung so komisch bist."

„Wirklich hübsch", versicherte Green ihr hastig. „Du hast ja sogar Matratzen und einen Herd mitgenommen." Er sah sich um. „Aber wo sind eigentlich die Fischtanks?"

„Miran hat sie wegen der Piraten unter Deck anbringen lassen", erklärte Amra. „Die Besatzung hat die Decksplanken aufgerissen, die Tanks abgeseilt und die Planken wieder angenagelt. Die meisten Leute, die du jetzt hier siehst, schlafen sonst unter Deck – aber dort ist jetzt kein Platz mehr."

Green entschloß sich zu einem kurzen Rundgang. Er mußte seine Umgebung kennenlernen, damit er notfalls wußte, wohin er sich zu wenden hatte.

Der Windroller selbst war etwa sechzig Meter lang und zehn Meter breit. Sein Rumpf hatte die Form eines Bootsrumpfes, und der schmale Kiel ruhte auf vierzehn Achsen. Dicke Taue aus einer zähen, gummiartigen Masse stellten die Verbindung zwischen Achsen und Rumpf her, so daß der Windroller innerhalb gewisser Grenzen beweglich gelagert war. Am Ende der Achsen saßen achtundzwanzig hohe Holzräder mit Hartgummireifen. Das erste Räderpaar wurde mit dem Steuerrad gelenkt und ersetzte das Ruder eines Schiffs.

Der *Glücksvogel* besaß einen hoch aufragenden Bug und ein hohes Vorderdeck, auf dem das Steuerrad angebracht war. Hier standen die beiden Rudergänger mit ihren sechseckigen Brillen und den engen Lederhelmen. Hinter ihnen waren der Kapitän und der Erste Offizier postiert, die abwechselnd auf die Rudergänger und die übrigen Besatzungsmitglieder achteten. Das Mitteldeck lag eine Treppe tiefer; das Achterdeck war wieder erhöht, aber nicht so hoch wie das Vorderdeck.

Die vier Masten waren etwas niedriger als die Masten eines gleich großen Wasserfahrzeugs, weil der Windroller sonst trotz der schweren Achsen und Räder im Sturm umgekippt wäre. Die fehlende Höhe wurde durch die wesentlich längeren Rahen ausgeglichen, die über die Bordwand hinausragten.

In den Augen eines Seemanns wäre der *Glücksvogel* unter vollen Segeln vierschrötig und häßlich gewesen, da auch der Rumpf vor Leinwand strotzte, die an rechtwinklig angebrachten Stangen aufgezogen wurde. Schon der Anblick dieser verrückten Segel hätte einen alten Matrosen zur Verzweiflung gebracht.

Der *Glücksvogel* war insgesamt gesehen ein merkwürdiges Fahrzeug. Hatte man jedoch den ersten Schock überwunden, erkannte man allmählich, daß er ebenso schön wie jeder Klipper war. Und er war auch wehrhaft, denn er trug vierzehn Kanonen auf seinen Decks. An Davits auf dem Achterdeck hingen zwei lange Rettungsroller und eine Gig auf Rädern. Sollte der *Glücksvogel* jemals fahruntüchtig werden, konnte die Besatzung die Reise in diesen kleinen Fahrzeugen fortsetzen.

Green hatte nicht viel Zeit für seine Inspektion. Ihm fiel auf, daß einer der Matrosen ihn beobachtete. Der Mann war dunkelhäutig, hatte jedoch die hellen Augen der Bergbewohner; er bewegte sich wie eine Katze und trug einen langen Dolch am Gürtel. Ein gefährlicher Bursche, überlegte Green sich.

Als der Mann merkte, daß Green ihn absichtlich übersah, baute er sich vor dem Fremden auf und starrte ihm herausfordernd ins Gesicht. Gleichzeitig verstummte die Unterhaltung um sie herum, und die Besatzung sah zu den beiden hinüber.

„Willst du nicht etwas zur Seite treten, mein Freund?" fragte Green lächelnd. „Du versperrst mir die Sicht."

Der andere spuckte *Grixtr*-Saft über Bord. „Ich bin mit keinem Sklaven befreundet. Ja, ich versperre dir die Sicht, und ich will nicht zur Seite treten."

„Anscheinend paßt dir meine Gegenwart nicht", stellte Green fest. „Was ist los? Gefällt dir mein Gesicht nicht?"

„Nein, es gefällt mir nicht. Und ich will keinen stinkenden Sklaven in der Mannschaft haben."

„Nur eine Bitte, weil wir schon bei Gerüchen sind", sagte Green. „Würdest du etwas zur Seite treten, damit du in Lee von mir bist? Ich habe in letzter Zeit viel mitgemacht und habe einen empfindlichen Magen."

„Schweig, Sklave!" brüllte der Matrose. „Benimm dich anständig, sonst werfe ich dich als Leiche über Bord!"

„Ein Mord ist wie ein Geschäft – man braucht immer zwei dazu", sagte Green laut, weil er darauf hoffte, daß Miran sich an sein Schutzversprechen erinnern würde. Aber der Kapitän zuckte nur mit den Schultern. Er hatte sein Bestes getan, und Green mußte nun allein zurechtkommen.

„Richtig, ich bin ein Sklave", gab Green zu, „aber ich bin als Freier geboren und komme aus einem Land, in dem es keine Sklaven gibt, weil jeder Mensch sein eigener Herr ist. Doch das spielt hier wohl keine Rolle. Viel wichtiger ist, daß ich mir die Freiheit verdient habe, weil ich wie ein Krieger darum gekämpft und meine Gegner überlistet habe. Ich möchte als Besatzungsmitglied anheuern und als Blutsbruder in den Klan Effenycan aufgenommen werden."

„Ah, wirklich? Und was hast du uns zu bieten, wenn wir dich annehmen?"

Richtig, was habe ich ihnen zu bieten? überlegte Green. Auf seiner Stirn erschienen winzige Schweißperlen, obwohl der Morgenwind kühl war.

In diesem Augenblick winkte Miran einen anderen Matrosen heran und erteilte ihm einen kurzen Befehl. Der Mann verschwand unter Deck und kam bald darauf mit einer kleinen Harfe zurück. Jetzt erinnerte Green sich daran, daß er Miran erzählt hatte, er sei ein ausgezeichneter Harfenist und Sänger – also genau der Mann, den der Klan bereitwillig aufnehmen würde, weil er die Langeweile an Bord verscheuchen konnte. Unglücklicherweise war Green jedoch nicht imstande, auf irgendeinem Instrument auch nur eine richtige Note zu spielen. Trotzdem nahm er die Harfe aus der Hand des Matrosen entgegen und zupfte ernst an einer Saite. Dann runzelte er die Stirn, drehte an den Wirbeln, zupfte nochmals und gab das Instrument zurück.

„Tut mir leid, aber darauf spiele ich nicht", erklärte er hochmütig. „Habt ihr keine bessere an Bord?"

„Zu Hilfe, ihr Götter!" kreischte ein Mann in seiner Nähe. „Das ist meine Harfe! Sie gehört mir, dem Barden Grazoot! Sklave! Taubstummer Sohn einer taubstummen Mutter! Diese Beleidigung sollst du mir büßen!"

„Nein, das ist meine Sache", mischte sich der Matrose ein. „Ich will selbst feststellen, ob diese Landratte in unseren Klan aufgenommen werden kann."

„Nur über meine Leiche, Bruder Ezkr!"

„Wie du willst, Bruder Grazoot!"

Die beiden gerieten sich in die Haare, bis Miran selbst auf dem Zwischendeck erschien. „Das ist eine Schande!" brüllte er. „Zwei

Angehörige meines Klans prügeln sich vor einem Sklaven! Entscheidet euch rasch, sonst lasse ich euch beide über Bord werfen. Von hier aus könnt ihr leicht nach Quotz zurückmarschieren."

„Wir werden gleich sehen, wer die Ehre hat", meinte Ezkr und holte zwei Würfel aus seiner Geldtasche. Wenige Minuten später hatte er vier von sechs Würfen gewonnen. Green war ziemlich enttäuscht, denn er hätte lieber den Harfenisten als Gegner gehabt, wenn er schon unbedingt kämpfen mußte. Und Ezkr schien fest entschlossen zu sein, Green in dieser Überzeugung zu bestätigen, als er nun verkündete, wie der Sklave seine Eignung zu beweisen habe.

12

EINEN Augenblick lang überlegte Green, ob er den *Glücksvogel* verlassen und allein weitermarschieren sollte.

Auch Miran protestierte laut. „Das ist doch lächerlich! Könnt ihr nicht wie normale Menschen auf Deck kämpfen und zufrieden sein, wenn einer dem anderen eine Fleischwunde zufügt? Du bist einer meiner besten Leute, Ezkr, und wer soll an deine Stelle treten, wenn du ausrutschst und abstürzt? Etwa Freund Green hier?"

Ezkr achtete nicht auf die Einwände des Kapitäns, weil er wußte, daß die Gesetze des Klans ihm recht gaben. „Jeder kann mit dem Dolch zustechen", sagte er nur. „Ich möchte sehen, wie dieser Green in der Takelage zurechtkommt. Er soll über die Rahe gehen, damit wir sehen, welche Farbe sein Blut hat."

Richtig, dachte Green und bekam eine Gänsehaut. Wenn ich abstürze, kannst du dich selbst von der Farbe überzeugen!

Er bat Miran um Erlaubnis, in sein Zelt zurückkehren zu dürfen, um dort zu seinen Göttern zu beten. Miran nickte, und Green wies Amra an, die Seitenwände herabzulassen, während er auf die Knie sank. Als sie nicht mehr beobachtet werden konnten, gab er ihr ein langes Turbantuch und schickte sie hinaus. Sie sah ihn überrascht an, aber als er ihr erklärte, was sie zu tun hatte, lächelte sie und küßte ihn.

„Du bist ein kluger Mann, Alan. Ich habe richtig gewählt, als ich dich genommen habe, obwohl ich jeden anderen hätte haben können."

„Für Komplimente ist später Zeit, wenn wir wissen, ob die List gewirkt hat“, wehrte Green ab. „Geh hinaus und tue, was ich dir gesagt habe. Wenn dich jemand fragt, was du am Herd willst, behauptest du einfach, ich brauchte das Zeug für mein Ritual.“ Als sie hinausschlüpfen wollte, fügte er noch hinzu: „Die Götter sind oft nützlich – wenn es sie nicht gäbe, müßte man sie erfinden.“

Amra warf ihm einen bewundernden Blick zu. „Oh, Alan, du erfindest immer so originelle Redensarten!“

Er zuckte mit den Schultern, als sei ihm der Ausspruch ganz zufällig eingefallen.

Eine Minute später kam Amra zurück und hatte den Turban um etwas gewickelt, das nachgiebig, aber schwer war. Wieder eine Minute darauf trat Green mit Lendenschurz, Ledergürtel, Dolch und Turban aus dem Zelt. Er stieg wortlos die Strickleiter bis zum Topp des nächsten Mastes hinauf. Ezkr folgte dicht hinter ihm.

Je höher er kletterte, desto mehr schwand sein Mut. Der Windroller tief unter ihm wirkte jetzt fast wie ein Kinderspielzeug; die nach oben gewandten Gesichter waren nur weiße Punkte. Der Wind pfiff durch die Takelage, und die Masten, die von unten aus so dick zu sein schienen, waren hier oben nur schwankende dünne Stangen.

Nach einer endlosen Kletterei bis fast zu den Wolken erreichte Green schließlich doch die oberste Rahe. Der Mast war ihm schon zerbrechlich vorgekommen, aber die Rahe war kaum mehr als ein Zahnstocher über dem Abgrund! Und er sollte bis ans äußerste Ende balancieren, zurückkommen und sich den Weg nach unten freikämpfen!

„Wenn du kein Feigling bist, stehst du auf und gehst hinaus!“ rief Ezkr.

„Stöcke und Steine zerbrechen meine Beine“, antwortete Green, ohne ihm zu erklären, was er damit meinte. Er rutschte vorsichtig nach vorn und blieb in der Mitte der Rahe sitzen, nachdem er den Fehler gemacht hatte, einen Blick nach unten zu werfen.

„Weiter!“ brüllte Ezkr.

Green gab eine unfreundliche Antwort.

Ezkr lief rot an, stand auf und balancierte über die Rahe. Green beobachtete ihn verblüfft. Der Mann ging tatsächlich aufrecht! Ezkr blieb zwei Meter von ihm entfernt stehen und sagte: „Nein, du willst mich nur ärgern, damit ich den Kampf hier beginne und vielleicht abrutsche, weil du einen besseren Halt hast. Nein, so dumm bin ich nicht. Du mußt versuchen, an mir vorbeizukommen."

Er drehte sich um und ging an den Mast zurück; dort blieb er stehen und beobachtete Green, der langsam bis ans Ende der Rahe rutschte, sich umdrehte und ebenso langsam zurückkam.

Als Green nur noch wenige Meter von Ezkr entfernt war, machte er halt und wickelte seinen Turban auf.

„Was soll das?" fragte Ezkr mit gerunzelter Stirn. Bisher war er überlegen gewesen, weil er wußte, was er zu erwarten hatte. Aber jetzt ...

Green zuckte mit den Schultern und wickelte den Turban vorsichtig ab. „Ich möchte nichts verschütten", sagte er dabei.

„Was?"

„Das!" rief Green und schleuderte seinen Turban ruckartig nach vorn.

Der Turban selbst war zu kurz, um das Gesicht des Matrosen zu berühren. Aber der darin enthaltene Sand flog in Ezkrs Augen, bevor der Wind ihn zerstreuen konnte. Amra hatte einen halben Eimer Sand vom Herd geholt, der in Flußsand eingebettet war, damit die Glut länger warmhielt. Der Sand hatte den Turban zwar schwer gemacht, aber seine Wirkung war diese kleine Anstrengung wert.

Ezkr schrie auf, bedeckte seine Augen mit den Händen und ließ seinen Dolch fallen. Green schob sich an ihn heran und rammte ihm die Faust in den Magen. Als Ezkr zusammensank, fing er ihn auf und hielt ihn fest. Ein Handkantenschlag in den Nacken genügte, um den Mann zum Schweigen zu bringen. Green legte den Bewußtlosen auf die Seite und schob ihn zurecht, bis er über der Rahe im Gleichgewicht hing. Mehr konnte er nicht für ihn tun. Er hatte nicht die Absicht, ihn nach unten zu schleppen, sondern wollte nur selbst wieder heil nach unten kommen. Wenn Ezkr abstürzte, hatte er eben Pech gehabt.

Amra und Inzax warteten auf Deck, als Green langsam herabstieg. Als er wieder halbwegs festen Boden unter den Füßen hatte, gaben seine zitternden Knie nach. Amra merkte es rechtzeitig und umarmte ihn wie einen siegreichen Helden, obwohl sie ihn in Wirklichkeit stützen mußte.

„Danke", murmelte Green. „Ich brauche dich als Stütze, Amra."

„Nach dieser Leistung würde jeder eine Stütze brauchen", antwortete sie einfach. „Du weißt, daß ich immer für dich da bin, Alan."

Die Kinder starrten ihn bewundernd an und kreischten dabei: „Das ist unser Daddy! Er hat gewonnen! Er ist schnell wie eine Graskatze, beißt wie ein Wildhund und spuckt Gift wie eine fliegende Schlange!"

Im nächsten Augenblick fielen die Männer und Frauen des Klans über ihn her, beglückwünschten ihn zu seiner Leistung und nannten ihn ihren Bruder. Nur die Offiziere des *Glücksvogels* und die Familienangehörigen seines Gegners Ezkr waren anderweitig beschäftigt – sie kletterten den Mast hinauf, um den Unterlegenen abzuseilen.

Auch ein anderer Mann blieb abseits, anstatt Green zu beglückwünschen: Grazoot, der Harfenist, den Green beleidigt hatte. Er stand allein auf dem Achterdeck und brütete vor sich hin. Green überlegte sich, daß er diesen Mann im Auge behalten mußte – besonders nachts, wenn man einen Schlafenden ermorden und über Bord werfen konnte. Er wünschte sich jetzt, er hätte das Instrument weniger kritisiert, aber in der Eile war ihm nichts Besseres eingefallen. Nun mußte er Grazoot irgendwie versöhnen.

13

Die nächsten zwei Wochen brachten viel Arbeit und wenig Schlaf, denn Green mußte lernen, wie man in der Takelage arbeitete. Er kletterte nicht gern hinauf, stellte jedoch fest, daß die Arbeit dort oben ihre Vorteile hatte – er konnte dort ab und zu ein paar Minuten ungestört schlafen. Es gab überall Krähennester, in denen Musketenschützen postiert wurden, wenn es zum Kampf mit Piraten kam. Green zog sich in einen dieser Ausgucke zurück und schlief sofort ein, während sein Stiefsohn Grizquetr für ihn Wache hielt und ihn mit einem Pfiff weckte, wenn der Bootsmann in ihre Nähe kam.

Eines Nachmittags schrak Green wieder einmal auf, als der Pfiff ertönte. Der Bootsmann hatte jedoch unterwegs haltgemacht und verbesserte gerade die Arbeit eines anderen Matrosen. Green konnte nicht wieder einschlafen und beobachtete statt dessen eine Herde *Hoober,* die vor dem Windroller die Flucht ergriff. Die Pferdchen mit dem orangeroten Fell und den weißen oder schwarzen Mähnen lebten in riesigen Herden zusammen, die sich wie in diesem Fall bis zum Horizont erstreckten.

Und was sich auf diesem Planeten bis zum Horizont erstreckte, mußte wirklich groß sein. Green hatte noch nie eine so topfebene Landschaft gesehen und konnte kaum glauben, daß sie sich so über Tausende von Meilen erstreckte. Von seinem Krähennest aus sah er jedenfalls nur eine weite, gleichförmige Grasebene. Die Grashalme waren über einen halben Meter hoch und etwa zwei Millimeter stark; sie waren auffällig hellgrün, trugen während der Regenzeit weiße und rote Blüten und dufteten angenehm.

Plötzlich veränderte sich das Bild vor Greens Augen. Das hohe Gras endete abrupt, als sei am Vortag eine gigantische Mähmaschine vorbeigekommen, und ein gepflegter Rasen begann. Hier schien das Gras nur noch zwei Zentimeter hoch zu sein. Und der Rasenstreifen war mindestens eine Meile breit und reichte bis zum Horizont.

„Was hältst du davon? “ fragte er Amras Sohn.

Grizquetr zuckte mit den Schultern. „Ich weiß nicht recht. Die Matrosen behaupten, daß hier ein *Wuru* gegrast haben muß – ein Tier in der Größe unseres Schiffs, das nur nachts zum Vorschein kommt. Es lebt von Gras, ist aber bösartig und zertrümmert Windroller, wenn sie in seine Nähe kommen."

„Glaubst du das?" fragte Green und beobachtete ihn aufmerksam. Grizquetr war ein intelligenter Junge, den er zum Skeptiker erziehen wollte. Vielleicht wurde der Junge dadurch zum ersten Wissenschaftler dieses Planeten.

„Ich weiß nicht, ob die Geschichte wahr oder erlogen ist. Alles ist möglich, aber ich kenne niemand, der mit eigenen Augen ein *Wuru* gesehen hat. Und wo hält es sich tagsüber auf, wenn es nur nachts unterwegs ist? Hier in der Ebene gibt es kein geeignetes Versteck."

„Ausgezeichnet", sagte Green lächelnd. Grizquetr erwiderte das Lächeln. Er verehrte seinen Stiefvater und war glücklich, wenn er von ihm gelobt wurde.

„Nur weiter so", ermunterte Green den Jungen. „Halte dich immer an Tatsachen und laß dir nichts erzählen, wofür es keinen Beweis gibt. Und berücksichtige vor allem, daß ein neuer Beweis alte Theorien über den Haufen werfen kann." Er grinste verlegen. „Manchmal könnte ich die guten Ratschläge selbst brauchen. Als ich zum erstenmal von dieser seltsamen Erscheinung gehört habe, wollte ich nicht daran glauben. Ich habe sie für ein Phantasieprodukt gehalten, aber jetzt frage ich mich doch, ob es dieses *Wuru* ..."

„He!" unterbrach Grizquetr ihn.

„Was ist los?" wollte Green wissen.

„Am Horizont hinter uns! Ein Segel! Das ist ein fremder Windroller!" Auch andere hatten das Fahrzeug bemerkt, und als kurz darauf ein zweites Segel auftauchte, breitete sich Unruhe auf dem Schiff aus.

Überall ertönten laute Rufe. Ein Trompeter blies Alarm. Miran brüllte durch ein Megaphon und erreichte schließlich, daß alle Männer ihre Posten einnahmen. Kinder und schwangere Frauen wurden unter Deck gebracht. Die Geschützbedienungen rollten Pulverfässer an die Kanonen. Matrosen mit Musketen besetzten die Krähennester. Die Toppsgasten nahmen ihre Plätze ein, und da Green sich bereits an seinem befand, konnte er die Vorbereitungen zum Kampf in aller Ruhe beobachten. Er sah, wie Amra die Kinder nach unten schickte und dann Leinwand in Streifen riß, die für Verbände gebraucht wurden. Dabei sah sie kurz auf und winkte ihm zu. Er winkte ebenfalls und kassierte dafür einen Anpfiff des Bootsmanns. „Green, du meldest dich später bei mir und bekommst eine zusätzliche Wache!"

Green stöhnte und wünschte sich, der Bootsmann fiele aus den Wanten und bräche sich sämtliche Knochen im Leib. Wenn er noch mehr Schlaf verlor ...!

Im Laufe des Tages kamen die fremden Schiffe kaum näher. Daher wurde der Alarm vorläufig wieder abgeblasen. Die Kinder kamen an Deck zurück, und die Frauen kochten das Essen. Selbst als die schnellen Schiffe der Verfolger so nahe waren, daß sie an der Farbe ihrer Segel deutlich als Piraten zu erkennen waren, wurden die Gefechtsstationen nicht wieder besetzt. Miran schätzte, daß es Nacht werden würde, bevor die Vings in Kanonenschußweite heran waren.

„Die Nacht hilft uns und behindert die Piraten", stellte er fest und ging nervös auf dem Vorderdeck auf und ab. „Der große Mond geht erst eine Stunde nach Einbruch der Dunkelheit auf. Und vielleicht bewölkt sich der Himmel. Sieh nur!" rief er dem Ersten Offizier zu. „Bei Mennirox, ist das nicht ein Wolkenschleier im Nordosten?"

„Bei allen Göttern, ich glaube, es ist wirklich einer!" antwortete der

Erste Offizier, der nicht das geringste Anzeichen einer zunehmenden Bewölkung entdecken konnte.

„Ah, Mennirox schützt seine Anbeter!" sagte Miran. *„Wer dich liebt, soll daraus Gewinn ziehen,* Buch der Wahren Götter, Kapitel zehn, Vers acht. Und Mennirox weiß, daß ich ihn mit Zins und Zinseszins liebe!"

„Richtig", stimmte der Erste Offizier zu. „Was hast du jetzt vor?"

„Sobald wir nach Sonnenuntergang nicht mehr zu sehen sind, machen wir einen Bogen nach Steuerbord und schneiden ihnen den Weg ab. Wir wissen, daß sie ziemlich dicht nebeneinander fahren, weil sie uns einholen und von beiden Seiten unter Feuer nehmen wollen. Sie sollen ihre Chance haben, aber bevor sie diese Gelegenheit ausnützen können, werden wir schon verschwunden sein. Wir segeln nämlich zwischen ihnen hindurch und nehmen beide unter Feuer. Bis sie zurückschießen, sind wir nicht mehr zwischen ihnen." Er schlug sich vor Begeisterung auf die Schenkel. „Und dann schießen sie sich vielleicht gegenseitig in Trümmer, weil jeder den anderen für uns hält! Hohoho!"

„Dabei sind wir aber auf Mennirox angewiesen", stellte der Erste Offizier fest, der blaß geworden war. „Wenn wir in der Dunkelheit zwischen die beiden Schiffe geraten, brauchen wir schon viel Glück, um nicht mit ihnen zusammenzustoßen. Und du weißt selbst, daß wir erledigt sind, wenn das passiert! Eine Kollision wäre das Ende!"

„Richtig, aber mit uns ist es ohnehin zu Ende, wenn wir es nicht mit einem Trick dieser Art versuchen. Die Piraten holen uns bei Tagesanbruch ein, setzen sich neben uns und beginnen zu schießen. Und selbst wenn wir verzweifelt kämpfen, unterliegen wir schließlich ihrer größeren Feuerkraft – und was dann geschieht, weißt du selbst. Die Vings machen nur Gefangene, wenn sie sich bereits auf der Heimreise befinden."

„Wir hätten das Angebot des Herzogs annehmen und in Begleitung seiner Kriegsschiffe fahren sollen", murmelte der Erste Offizier. „Schon eine Fregatte würde alles zu unseren Gunsten verändern."

„Was? Sollen wir diesem Banditen, der sich Herzog nennt, den halben Gewinn dieser Reise in den Rachen werfen, damit er uns ein Kriegsschiff leiht? Hast du den Verstand verloren, Erster?"

„Na, dann bin ich wenigstens nicht der einzige", entgegnete der

Erste Offizier und sprach dabei in den Wind, so daß Miran ihn nicht verstand. Aber die Rudergänger hatten das Gespräch verfolgt und berichteten der übrigen Besatzung davon. Fünf Minuten später war das ganze Schiff informiert.

„Miran ist natürlich ein alter Geizhals", sagten die Matrosen. „Aber wir sind seine Verwandten; wir kennen den Wert des Geldes. Und hat der fette alte Knabe nicht wirklich Mut? Welcher Klan außer dem Klan Effenycan hat einen Kapitän, dem dieser Trick eingefallen wäre? Und wenn er wirklich nur hinter dem Geld her wäre, würde er dann den *Glücksvogel,* die ganze Fracht, sein eigenes kostbares Blut und das noch kostbarere Blut seiner Verwandten aufs Spiel setzen? Nein, Miran hat zwar nur ein Auge, einen Bauch und ein schreckliches Temperament, aber als Kapitän ist er unübertrefflich. Trinken wir also noch einen Schluck auf sein Wohl!"

Grazoot stimmte seine Harfe und sang das Lieblingslied des Klans. Es schilderte, wie der Stamm vor einer Generation aus den Bergen in die Ebene gekommen war. Und wie die Effenycaner sich hinter den Windbrecher der Stadt Chutlzaj geschlichen hatten, um dort ein großes Schiff zu stehlen. Und wie sie seitdem über die weiten Grasebenen gesegelt waren, bis das gestohlene Schiff in einer Schlacht mit einer Flotte der Krinkaner zerstört worden war. Und wie sie ein feindliches Schiff geentert, die Männer getötet und die Frauen gefangengenommen hatten, bevor sie vor den Augen der ganzen Flotte davongesegelt waren. Und wie sie die Frauen in ihren Klan aufgenommen und geheiratet hatten, so daß jetzt das Blut der Krinkaner auch in ihren Adern rollte. Und daß der Klan drei große Windroller besaß – oder sie bis vor zwei Jahren besessen hatte, als die beiden anderen im Monat Eiche davonfuhren und nicht wieder auftauchten; aber die beiden würden eines Tages mit reicher Ladung zurückkommen. Und der Klan stand jetzt unter dem Befehl von Kapitän Miran, diesem gewaltigen, schlauen, frommen und glücklichen Mann, den die Götter liebten.

Green mußte zugeben, daß Grazoot eine schöne Baritonstimme hatte, und er verstand jetzt auch, warum diese Leute so arrogant und mißtrauisch und tapfer waren. Wäre er auf diesem Planeten zur Welt gekommen, hätte er sich wohl auch kein schöneres Leben als das an Bord eines Windrollers vorstellen können. Aber natürlich nur, wenn er genügend Schlaf bekam.

Ein Schuß ließ Green aufschrecken. Er hob den Kopf und sah eine Kanonenkugel an sich vorbeifliegen. Sie kam nicht so nahe, daß er erschrocken gewesen wäre, aber als er sah, wie sie sich an Steuerbord in die Erde bohrte, begann er zu verstehen, welchen Schaden ein Zufallstreffer anrichten konnte.

Der Kapitän des Ving-Schiffes unternahm jedoch keinen zweiten Versuch. Er war ein gerissener Pirat, der seine Munition nicht unnütz verschoß. Anscheinend hatte er gehofft, das verfolgte Schiff zu einer Salve herauszufordern, die Pulver verbrauchte und nutzlos war, weil die Sonne in wenigen Minuten untergehen würde. Miran zuckte nur mit den Schultern. Er brauchte keine Feuerpause anzuordnen, denn seine Männer hätten es nie gewagt, eine Kanone ohne seine Anordnung abzuschießen. Er wiederholte nur, daß niemand ein Licht zeigen oder laut sprechen dürfe.

Dann warf er einen letzten Blick auf die Position der Verfolger, die jetzt rasch in der Abenddämmerung untertauchten, und schätzte ihren Kurs. Der Wind blies unverändert stark und trieb die drei Schiffe mit achtzehn Meilen vor sich her.

Miran sprach leise mit dem Ersten Offizier und anderen Schiffsoffizieren, die dann in der Dunkelheit verschwanden, um die Mannschaft einzuweisen. Der Kapitän blieb mit den Rudergängern auf dem Vorderdeck zurück und erteilte seine Befehle mit fester Stimme. Er schien genau zu wissen, was er tat, und wenn er in der Dunkelheit unsicher wurde oder an seinen Entscheidungen zweifelte, ließ er es sich jedenfalls nicht anmerken.

„... sechs, sieben, acht, neun, zehn. Jetzt! Ruder hart backbord! Hart backbord!"

Green hockte im Vortopp und hatte das Gefühl, der Mast unter ihm müsse brechen, als der Windroller eine enge Kurve beschrieb und kurz völlig zum Stillstand kam und dann *rückwärts* zu rollen begann. Die Segel füllten sich im Wind und wurden gegen die Masten gedrückt, während die Matrosen erbittert fluchten und sich in der Takelage festhielten.

„Was hat er eigentlich vor?" erkundigte Green sich.

„Ruhe!" flüsterte der Bootsmann neben ihm. „Miran will rückwärts fahren."

Green holte tief Luft, schwieg aber gehorsam. Er versuchte sich vorzustellen, wie der *Glücksvogel* jetzt aussah. Die Rudergänger taten ihm leid, weil sie nicht tun durften, was ihre Ausbildung ihnen vorschrieb. Es war schon schlimm genug, daß sie nachts zwischen zwei anderen Schiffen hindurchsteuern sollten. Aber das alles in umgekehrter Richtung! Nun mußten sie nach Backbord steuern, wenn ihr Instinkt ihnen „Steuerbord" zurief. Aber Miran hatte diese Gefahr bestimmt erkannt und warnte die Rudergänger davor.

Allmählich wurde Green klar, was nun geschah. Der *Glücksvogel* rollte rückwärts mit gleichem Kurs wie zuvor weiter – aber wesentlich langsamer, weil die Segel in dieser Position dem Wind weniger Angriffsfläche boten. Deshalb mußten die Ving-Schiffe sie bald einholen, da sie zudem bei diesem Manöver viel Boden verloren hatten. Die Piraten würden sie einholen, kurze Zeit auf gleicher Höhe bleiben und dann den Abstand vergrößern. Allerdings nur unter der Voraussetzung, daß Miran seine eigene Geschwindigkeit und den Kurvenradius richtig geschätzt hatte. War seine Schätzung falsch, mußte der Zusammenprall unmittelbar bevorstehen.

„O Booxotr", flehte der Bootsmann. „Sei uns gnädig, und hilf uns heute, sonst verlierst du deinen Anbeter Miran!"

Green erinnerte sich, daß Booxotr der Gott der Verrücktheit war. Dann spürte er plötzlich eine Hand auf seiner Schulter.

„Siehst du das?" flüsterte der Bootsmann. „Sie sind schwärzer als die Nacht."

Green starrte in die angegebene Richtung. Bildete er sich alles nur ein – oder sah er tatsächlich einen dunklen Schatten an Steuerbord? Und einen zweiten an Backbord?

Miran hatte die Schatten ebenfalls gesehen und befahl laut: „Kanoniere, feuern!" Entlang der Reling glühten jetzt Lunten auf, die unter Körben versteckt gewesen waren, damit die Piraten nicht vorzeitig gewarnt wurden. In den Kanonendonner mischte sich der Knall zahlreicher Musketen, mit denen die Besatzung ausgerüstet war.

Dann herrschte wieder Dunkelheit, aber das tiefe Schweigen war gebrochen. Matrosen brüllten durcheinander, und die Decks erzitterten, als die schweren Kanonen jetzt wieder in Schußposition gerollt wurden. Die Piraten hatten bisher noch nicht geantwortet. Offenbar waren sie völlig überrascht.

Miran ließ zum zweitenmal feuern.

Als Green seine Muskete nachlud, spürte er deutlich, daß der *Glücksvogel* nach Steuerbord schwenkte, obwohl er noch immer rückwärts rollte.

„Was soll das?" rief er.

„Du Narr, wir können doch nicht die Segel einholen, anhalten und wieder Segel setzen", antwortete der Bootsmann. „Dann würden wir trotzdem rückwärts fahren. Wir müssen wenden, solange wir noch Fahrt machen – und das tun wir jetzt."

Green nickte langsam. Die Vings waren an ihnen vorbei, so daß keine Kollisionsgefahr mehr bestand. Und sie selbst konnten nicht ewig rückwärts segeln. Deshalb war es besser, jetzt einen anderen Kurs zu wählen, der von den Piraten fortführte.

In diesem Augenblick wurde vor ihnen an Backbord geschossen. Die Matrosen des *Glücksvogels* klatschten nur deshalb nicht Beifall, weil Miran gedroht hatte, er werde jeden auf der Ebene aussetzen, der ihre Position verrate. Trotzdem lachten alle in sich hinein. Der gerissene Kapitän hatte jetzt seine beste Falle zuschnappen lassen: Die beiden Piraten beschossen sich gegenseitig, ohne zu ahnen, daß ihr Angreifer längst achteraus davonrollte.

14

MÜNDUNGSFEUER und Kanonendonner zeigten weitere fünf Minuten lang, daß die Vings sich noch immer gegenseitig beschossen. Dann herrschte plötzlich Schweigen. Die beiden Piraten hatten einander entweder erkannt oder waren zu der Überzeugung gekommen, daß dieses Nachtgefecht wenig sinnvoll war. Falls sie sich getrennt hatten, war nichts mehr von ihnen zu befürchten, denn Piratenschiffe griffen nie allein an.

Wenig später rissen die Wolken auf, und die beiden Monde zeigten sich am Himmel. Die Piratenschiffe waren nicht mehr zu sehen und wurden auch bei Tagesanbruch nicht wieder gesichtet. In geringer Entfernung zeigte sich ein anderes Segel, das jedoch nur Green erschreckte; die erfahrenen Matrosen wußten sofort, daß es sich nur um ein Schwesterschiff handeln konnte. Sie behielten recht: Es war ein Handelsschiff aus der Stadt Dem im Herzogtum Potzihili.

Green freute sich über dieses zufällige Treffen. Jetzt konnten sie gemeinsam weitersegeln und waren so vor Piraten sicher. Aber Miran dachte anders. Als er hörte, daß das andere Schiff ebenfalls nach Estorya unterwegs war, ließ er möglichst viele Segel setzen, um schneller zu werden.

„Ist er denn verrückt geworden?" flüsterte Green einem Matrosen zu.

„Wie ein *Zilmar*", antwortete der andere und meinte damit ein fuchsähnliches Tier, das in den Bergen lebte. „Wir müssen Estorya zuerst erreichen, wenn wir unsere Ladung gut verkaufen wollen."

„Unsinn!" protestierte Green. „Das andere Schiff hat doch keine lebenden Fische an Bord! Es kann uns keine Konkurrenz machen!"

„Richtig, aber wir wollen schließlich auch andere Waren verkaufen. Außerdem liegt das Miran einfach im Blut. Er wäre wahrscheinlich drei Tage krank, wenn ihn ein anderer Kapitän überholen würde."

Green zuckte mit den Schultern und sah wortlos zum Himmel auf. Dann machte er sich wieder an die Arbeit. Er hatte noch viel zu tun, bevor er endlich schlafen durfte.

Die Tage und Nächte brachten Arbeit, Schlaf und gelegentlich Jagdausflüge in der Gig, von denen die Jäger frisches Fleisch mitbrachten. Um Wasser brauchte sich niemand zu kümmern, denn es regnete täglich zweimal eine halbe Stunde lang mittags und abends, so daß die Wassertanks stets gefüllt waren. Diese regelmäßigen Schauer verblüfften Green. Wolken zogen auf, regneten ab und verschwanden wieder. Das war alles recht praktisch, aber trotzdem unerklärlich.

Von Zeit zu Zeit durfte Green auch von der Reling aus Zielübungen veranstalten, wenn Graskatzen oder Wildhunde in der Nähe waren. Die Hunde jagten in Rudeln bis zu zwanzig Stück und wagten sich dicht an den *Glücksvogel* heran; manchmal rannten sie sogar zwischen den Rädern hindurch. Die Matrosen wußten Schauermärchen von Schiffsbesatzungen zu erzählen, die irgendwo auf der Ebene gestrandet und von Wildhunden angefallen worden waren. Green zuckte bei diesen Schilderungen mehrmals zusammen und übte noch eifriger weiter. Obwohl er sonst nichts von einer Jagd aus reinem Vergnügen hielt, machte es ihm nichts aus, diese wolfsähnlichen

Tiere abzuschießen. Seitdem Alzo ihn täglich gequält hatte, haßte er alle Hunde mit einer Leidenschaft, die einem zivilisierten Menschen schlecht anstand. Daran war allerdings auch die Tatsache schuld, daß jeder Hund an Bord ihn zu beißen versuchte, wenn er in seine Nähe kam. Green hatte ständig Bißwunden an den Beinen, die ihn an diese Zusammenstöße erinnerten.

Immer wieder geschah es, daß der Windroller erst durch kniehohes Gras fuhr und dann plötzlich eine weite Rasenfläche erreichte, auf der das Gras kaum zwei Zentimeter hoch stand. Green wunderte sich jedesmal darüber, hatte es jedoch längst aufgegeben, die Besatzung danach zu fragen. Von den Matrosen hörte er nur verschiedene Varianten der alten Geschichte, daß dieser gepflegte Rasen ein Nebenprodukt der Freßgier eines *Wurus* sei.

Eines Tages fuhren sie an einem Wrack vorbei. Der angekohlte Rumpf war auf die Seite gekippt, und daneben leuchteten Knochen in der Sonne. Green stellte fest, daß Masten, Räder und Kanonen des Windrollers fehlten. Ihm wurde erklärt, daß die Wilden, die hier ein Nomadenleben führten, das Wrack ausgeplündert hatten.

„Sie benützen die Räder für ihre eigenen Fahrzeuge, die eigentlich nur große Plattformen sind – sozusagen Landflöße", erklärte Amra ihm. „Sie leben darauf und verlassen sie nur, um zu jagen. Einige von ihnen verzichten jedoch sogar auf diese Plattformen und wohnen auf ‚schwebenden Inseln'."

Green lächelte nur, schwieg jedoch wohlweislich, weil er wußte, wie diese Leute auf Widerspruch reagierten.

„Hier sind nicht viele Wracks zu sehen", fuhr Amra fort. „Aber das liegt nicht etwa daran, daß es nur wenige gibt. Es gibt sogar viele, denn von zehn Windrollern kommen nur sechs von einer Fahrt zurück."

„Was? Wie kommt es dann, daß sich überhaupt noch Besatzungen finden, die für diese Reisen anheuern?"

„Du darfst nicht vergessen, daß die Männer von jeder Fahrt reich zurückkommen. Sieh dir zum Beispiel Miran an. Er muß in jedem Hafen, den er anläuft, verschiedene Steuern und Abgaben entrichten. Im Heimathafen muß er sogar noch mehr bezahlen. Und er muß mit den Angehörigen seines Klans teilen, obwohl ihm ein Zehntel des Gewinns von Anfang an zusteht. Trotzdem ist er der reichste Mann von Quotz und könnte selbst den Herzog in die Tasche stecken."

„Richtig, aber meiner Meinung nach ist er trotzdem verrückt, wenn er das alles aufs Spiel setzt, nur um vielleicht ein noch größeres Vermögen zu erwerben", protestierte Green. Dann runzelte er nachdenklich die Stirn. Weshalb hatten die Wikinger Amerika entdeckt? Warum hatte Kolumbus Westindien erreicht? Oder weshalb trotzten Hunderttausende von Menschen den Gefahren des Alls? Wie stand es zum Beispiel mit ihm selbst? Hatte er nicht einen gutbezahlten Job auf der Erde aufgegeben, um innerhalb weniger Jahre auf einem anderen Planeten viel Geld zu verdienen? Wenn dieses Unglück nicht passiert wäre ...

Andererseits gab es natürlich auch Pioniere, die nicht nur aus reiner Geldgier handelten. Einige von ihnen waren abenteuerlustig – aber auch sie zogen mit der Hoffnung aus, irgendwo in der Wildnis ein Dorado zu finden. Die Geldgier überwand mehr Hindernisse als reine Neugier.

„Man müßte annehmen, daß hier mehr Wracks zu finden wären, obwohl die Ebene so riesengroß ist", fuhr Amra fort. „Aber die Nomaden und Piraten rauben alle Wracks innerhalb weniger Tage aus."

„Verzeihung, daß ich dich unterbreche, Mutter", sagte Grizquetr, „aber neulich hat mir ein Matrose interessante Einzelheiten berichtet. Auf einer seiner Fahrten hat er drei Tagereisen außerhalb von Yeshkayavach einen von Piraten ausgeplünderten Windroller gesehen. Als ihr Fahrzeug eine Woche später die gleiche Stelle passierte, waren alle Trümmer verschwunden – sogar die Knochen der toten Matrosen. Und das hat ihn an eine Geschichte erinnert, die sein Vater erzählt hatte. Der Windroller seines Vaters scheint demnach vor vielen Jahren fast in ein riesiges Loch mitten auf der Ebene gestürzt zu sein. Das Loch hatte mindestens sechzig Meter Durchmesser, und seine Ränder waren wie der Krater eines Vulkans aufgewölbt. Zunächst glaubte die Besatzung auch an einen Vulkan, obwohl derartige Naturerscheinungen noch nie im Xurdimur beobachtet worden sind. Dann trafen sie jedoch ein anderes Schiff, dessen Mannschaft mit eigenen Augen gesehen hatte, wie das Loch im Boden entstanden war. Ein riesiges Ding war vom Himmel gefallen ..."

„Ein Meteor", warf Green ein.

„... und hatte sich in die Erde gebohrt. Nun, das war keine schlechte Erklärung, aber der verblüffende Teil kommt noch. Als das

Schiff vier Wochen später an der gleichen Stelle vorbeikam, war das Loch verschwunden. Es war aufgefüllt worden, und das Gras wuchs dort so reichlich, als sei der Boden nie zerwühlt gewesen. Wie erklärst du dir das, Stiefvater?"

„Es gibt mehr Dinge zwischen Himmel und Erde, als sich die Wissenschaft träumen läßt, Horatio", antwortete Green nonchalant, obwohl er das Gefühl hatte, diesmal nicht ganz richtig zitiert zu haben.

Amra und ihr Sohn starrten ihn an. „Horatio?"

„Ach, lassen wir das."

„Der Matrose glaubt, daß in diesem Fall Götter am Werk waren", fuhr Grizquetr fort. „Seiner Meinung nach arbeiten sie nachts und befreien die Ebenen von allen Hindernissen, damit die wahren Gläubigen ungestört segeln können."

Green nickte ernsthaft und stand auf. „Ich habe jetzt Wache", erklärte er, küßte Amra, das Kindermädchen und die Kinder und verließ das Zelt. Er ging langsam übers Deck und überlegte dabei, was Amra sagen würde, wenn er ihr mitteilte, woher er wirklich stammte. Würde sie begreifen, daß es Hunderttausende von anderen Welten gab, die aber trotzdem so weit voneinander entfernt waren, daß ein Mensch eine Million Jahre lang zu Fuß gehen mußte, um nur die Hälfte der Entfernung zwischen zwei Planeten zurückzulegen? Oder würde sie wie ihre Landsleute reagieren und ihn für einen Dämon in Menschengestalt halten? Im Grunde genommen war das sogar verständlich, denn Amra besaß keine wissenschaftliche Vorbildung und glaubte deshalb sofort an Geister und Dämonen, wenn ihr etwas unerklärlich war.

Green stieß mit jemand zusammen und entschuldigte sich unwillkürlich auf englisch.

„Du brauchst nicht in deiner Teufelssprache zu fluchen!" knurrte Grazoot, der kleine Harfenist.

Ezkr stand hinter ihm und flüsterte: „Er bildet sich ein, daß du dir alles gefallen läßt, Grazoot, weil du damals ruhig zugehört hast, als er deine Harfe beleidigt hat."

Grazoot richtete sich empört auf. „Ich habe diesen Sohn eines *Izzots* nur deshalb nicht abgestochen, weil Miran Duelle verboten hat!" behauptete er.

Green sah von einem zum anderen. Die beiden hatten sich offenbar gegen ihn verbündet. „Tretet zur Seite!" forderte er sie unwirsch auf. „Ihr haltet mich von der Arbeit ab. Das ist Miran bestimmt nicht recht."

„Ach was!" sagte Grazoot. „Glaubst du, daß Miran sich etwas aus dir macht? Du bist ein miserabler Matrose, und es tut mir leid, daß ich dich Bruder nennen muß. Aber ich spucke jedesmal dabei aus, Bruder."

Er spuckte tatsächlich aus, und Green war kurz davor, wütend zu werden. Dann beherrschte er sich jedoch und kletterte die Strickleiter zum Krähennest hinauf.

„He, Green, ich habe letzte Nacht meinen Schutzheiligen im Traum gesehen!" rief Grazoot hinter ihm her. „Er hat mir prophezeit, daß du aus der Takelage fallen und dir sämtliche Knochen im Leib brechen wirst!"

Green blieb kurz stehen. „Dein Heiliger soll sich ja nicht hier oben sehen lassen, sonst bekommt er einen Schlag auf die Nase!" antwortete er laut.

Die auf Deck versammelten Matrosen schüttelten empört die Köpfe. „Lästerer!" brüllte Grazoot. „Ist dir nichts heilig?" Er wandte sich an seine Kameraden. „Habt ihr das gehört?"

„Ja", antwortete Ezkr und trat einen Schritt vor. „Ich habe alles gehört. Andere Leute sind schon für weniger auf den Scheiterhaufen gekommen."

„O Tonuscala, strafe seinen übermütigen Stolz! Laß ihn auf das Deck stürzen, damit seine Knochen zersplittern! Zeig ihn allen Menschen als warnendes Beispiel, damit sie wissen, daß man die wahren Götter nicht ungestraft verspottet!"

„*Tahkhai*", murmelten die anderen. „Amen."

Green wußte, daß er in eine Falle gegangen war und sich nun seiner Haut wehren mußte. Die beiden würden nachts durch die Takelage klettern, um ihn aus seinem Krähennest zu stürzen. Sein Tod ginge dann auf das Konto des erzürnten Gottes. Und wenn Amra versuchte, Ezkr und Grazoot vor Gericht stellen zu lassen, würde sie wenig Erfolg damit haben. Miran selbst wäre vermutlich nur erleichtert, auf diese Weise einen lästigen Mann losgeworden zu sein.

Diese und ähnliche Gedanken beschäftigten Green, als er im Krähennest hockte und auf die Ebene hinaussah. Kurz vor Sonnenuntergang brachte Grizquetr ihm eine Flasche Wein und sein Abendessen in einem zugedeckten Korb. Green aß und erzählte ihm gleichzeitig von seinem Verdacht.

„Mutter vermutet einen ähnlichen Anschlag“, erklärte ihm der Junge. „Sie ist wirklich gescheit, und sie hat die beiden verflucht, falls du zu Schaden kommen solltest.“

„Ausgezeichnet. Das hilft bestimmt. Sag ihr, daß ich ihr dankbar gewesen bin, während ihr mich vom Deck kratzt.“

„Wird gemacht“, antwortete Grizquetr und mußte sich beherrschen, um nicht laut zu lachen. „Mutter läßt dir auch das hier schikken.“ Er nahm das Tuch ganz vom Korb ab. Green riß die Augen auf und pfiff leise durch die Zähne.

15

„EINE Signalrakete!“

„Richtig. Mutter sagt, daß du sie aufsteigen lassen sollst, wenn du eine Bootsmannspfeife an Deck hörst.“

„Hält sie mich für verrückt? Bin ich denn übergeschnappt, daß ich freiwillig solche Dummheiten mache? Dafür muß ich zehnmal Spießruten laufen. Nein, das kommt nicht in Frage. Ich weiß noch, wie die armen Kerle aussehen, wenn sie zehnmal durch die Gasse gelaufen sind.“

„Mutter läßt dir ausrichten, daß später niemand beweisen kann, wer die Signalrakete hat aufsteigen lassen.“

„Vielleicht. Gut, meinetwegen. Aber warum soll ich sie anzünden?“

„Sie beleuchtet das ganze Schiff eine Minute lang, so daß jeder sehen kann, daß Ezkr und Grazoot in den Wanten sind. Das bringt das ganze Schiff in Aufruhr, und wenn festgestellt wird, daß jemand zwei Signalraketen gestohlen hat, von denen eine in Ezkrs Seekiste entdeckt wird, dann ..., nun, du weißt selbst ...“

„Wunderbar!“ rief Green. „Du kannst deiner Mutter sagen, daß sie die wunderbarste Frau dieses Planeten ist! Das ist allerdings kein allzu großes Kompliment, wenn man es recht überlegt. Halt, Augenblick!

Was ist mit der Bootsmannspfeife? Weshalb pfeift er, um mich zu warnen?“

„Mutter pfeift an seiner Stelle“, erklärte Grizquetr ihm. „Mein jüngerer Bruder Azaxu und ich beobachten die beiden Verdächtigen und melden Mutter, wenn sie zu klettern beginnen. Sie wartet, bis die beiden etwa halb oben sind, und gibt dir dann das Signal.“

„Diese Frau hat mir bereits ein dutzendmal das Leben gerettet“, murmelte Green. „Was täte ich nur ohne sie?“

„Das meint Mutter auch. Sie hat gesagt, daß sie gar nicht weiß, weshalb sie dir nachgelaufen ist, als du uns verlassen wolltest, denn sie ist eine stolze Frau. Und sie hat es nicht nötig, hinter einem Mann herzulaufen; sogar ein Prinz hat sie gebeten, mit ihm zu kommen und in seinem Palast zu leben. Aber sie hat es getan, weil sie dich liebt – und das ist dein Glück, denn sonst wärest du längst tot, weil du so dumm bist.“

„Oh, hat sie das wirklich gesagt? Nun, äh, hmmm ...“

Green schämte sich und war trotzdem wütend auf Amra, die eine so schlechte Meinung von ihm hatte. Er sah Grizquetr nach, der wieder nach unten kletterte, beobachtete den Sonnenuntergang und sah die Nacht heraufziehen. Als der gewohnte halbstündige Regen begann, rechnete er damit, daß Ezkr und Grazoot nun nach oben klettern würden. Amras Pfiff würde jedoch erst einige Zeit später ertönen. Wenn die beiden schlau waren, stiegen sie nicht geradewegs nach oben, sondern begannen achtern, kletterten höher als Green und kamen zu ihm herüber. Dabei mußten sie an anderen Matrosen vorbei, die ebenfalls in Krähennestern Wache hielten. Aber Ezkr und Grazoot wußten genau, wo diese Krähennester zu finden waren, und sie wußten auch, daß sie in der Dunkelheit ungesehen daran vorbeiklettern konnten. Der Wind in der Takelage und das Knarren und Ächzen der Masten und Rahen übertönten jedes leise Geräusch, das sie vielleicht machen würden.

Green zog den Kopf zwischen die Schultern ein und ging einmal rund um sein Krähennest. Er strengte die Augen an, als könne er die Dunkelheit mit reiner Willenskraft durchdringen. Aber er sah nichts, gar nichts ... Halt! Was war das? Die vagen Umrisse eines weißen Gesichts?

Er starrte den hellen Fleck an, der plötzlich wieder verschwand, seufzte schwer und merkte nun, daß er für einen Moment unbeweglich an der gleichen Stelle gestanden hatte. Wenn er inzwischen von hinten angegriffen worden wäre …

Nein, das schien ihm unmöglich. Wo er kaum einen Meter weit sah, erkannten seine beiden Gegner auch nicht mehr. Aber andererseits brauchten sie nichts zu sehen. Sie kannten die Takelage so gut, daß sie das Krähennest auch mit verbundenen Augen erreicht hätten. Und dann genügte ein rascher Dolchstoß, um ihm den Garaus zu machen.

Green glaubte zu wissen, daß es darauf ankam, die Signalrakete möglichst rasch aufsteigen zu lassen, wenn der Pfiff ertönte. Vielleicht hatte Amra sich getäuscht und die Zeit unterschätzt, in der er noch ungefährdet war? Vielleicht hatten die beiden das Krähennest schon fast erreicht? Vielleicht tasteten sie schon jetzt nach ihm?

Er schrak zusammen, als das Trillern der Bootsmannspfeife an sein Ohr drang. Zunächst war er wie erstarrt, aber dann begann er fieberhaft zu arbeiten. Er steckte die Eisenspitze am Ende des Raketenstocks in den hölzernen Boden des Krähennests und schlug mit Stahl und Feuerstein Feuer. Als der Zunder glimmte, hielt er ihn an die Zündschnur, die im Nieselregen wie ein gegrillter Wurm zu brutzeln begann. Dann stellte er sich zur Vorsicht hinter den Mast, denn diese primitiven Raketen waren unzuverlässig, und er mußte damit rechnen, daß sie wie eine Handgranate explodierte.

Green hatte eben erst die Deckung erreicht, als die Rakete leise zischend in den Nachthimmel aufstieg. Er hob den Kopf und sah den weißen Lichtschein, der sich über das ganze Schiff ergoß. Dann suchte er Ezkr und Grazoot, aber die beiden waren nicht dort, wo er sie vermutete – wenige Meter vom Krähennest entfernt –, sondern noch weit unter ihm. Sie sahen wie Fliegen aus, die in ein Spinnennetz geraten waren.

Er war so erleichtert, daß er am liebsten laut gelacht hätte. Aber in dieser Sekunde stieg ein Schrei von Deck auf. Der Erste Offizier und die Rudergänger alarmierten die restliche Besatzung.

Green folgte ihren ausgestreckten Armen mit den Augen und erstarrte. Hundert Meter vor ihnen bewegte sich ein baumbestandener Hügel auf Kollisionskurs!

16

DANN verlosch die Signalrakete und hinterließ nur ein weißes Nachleuchten auf der Retina – und panisches Entsetzen im Gehirn.

Green wußte nicht, was er davon halten sollte. Zunächst hatte er geglaubt, der Windroller laufe mit vollen Segeln auf ein in den Karten nicht verzeichnetes Hindernis zu. Aber dann war ihm klargeworden, daß er sich getäuscht hatte – daß dieser bewaldete Hügel sich ebenfalls bewegte. Die ganze Masse, die sogar aus mehreren Hügeln zu bestehen schien, war übers Gras in ihre Richtung geschwebt. Bevor die Dunkelheit wieder herabsank, hatte er noch erkannt, daß sie einen Berg aus Felsen und Erde vor sich hatten, auf dem Bäume wuchsen.

Mehr hatte er vorläufig nicht wahrgenommen. Aber er konnte selbst das nicht glauben, denn ein Berg bewegte sich schließlich nicht aus eigenem Antrieb über eine Ebene.

Die Rudergänger schienen nicht von derartigen Zweifeln geplagt zu werden, sondern reagierten so entschlossen, als liege das Hindernis wirklich vor ihnen. Green spürte, daß der Mast nach Backbord überhing, und merkte, daß der Wind jetzt aus anderer Richtung kam. Der *Glücksvogel* lief nach Südwesten, um dieser „schwebenden Insel" auszuweichen. Unglücklicherweise war es so finster, daß die Besatzung die Segelstellung nicht verändern konnte, selbst wenn sie blitzschnell aufgeentert wäre.

Green hatte nur für ein Stoßgebet Zeit – diesmal war nicht mehr davon die Rede, daß er einem Gott die Nase blutig schlagen wollte –, bevor er gegen die Wand des Krähennests geschleudert wurde. Überall rissen straffgespannte Taue, zersplitterten Rahen und Stengen, knickten selbst Masten; in dieses Chaos mischten sich noch die Schreckensschreie der Menschen an Deck. Green schrie ebenfalls auf, als sein Mast nach vorn sank, und klammerte sich verzweifelt an der Wand des Krähennests fest, die jetzt den Boden bildete.

Der Mast bewegte sich eine Minute lang nicht mehr, sondern hing in einem Gewirr aus Leinen und Rahen fest. Green hoffte schon, das Schlimmste sei nun überstanden. Diese Hoffnung wurde jedoch enttäuscht, denn die Insel setzte sich nach dem Zusammenstoß wieder in Bewegung und saugte alles auf: Räder, Achsen, Kiel, Planken, Ladung, Kanonen und Menschen.

Green verlor den Halt, wurde fortgerissen und flog weit durch die Luft. Er beschrieb einen weiten Bogen und schien sogar Höhe zu gewinnen, was ihm eine optische Täuschung zu sein schien. Dann fiel er zur Erde zurück und machte sich darauf gefaßt, beim Aufprall zerschmettert zu werden. Was sollten da die Arme helfen, die er schützend vors Gesicht hielt?

Plötzlich wurde sein Körper von zahlreichen, rasch aufeinander folgenden kurzen Schlägen getroffen. Green ahnte, daß er zwischen Bäume geraten war, deren Zweige seinen Fall verlangsamten. Er wollte sich festhalten, rutschte ab und stürzte weiter.

Längere Bewußtlosigkeit.

Er konnte nicht beurteilen, wie lange er ohnmächtig gewesen war, als er sich langsam aufrichtete. Das Wrack des *Glücksvogels* lag etwa dreißig Meter von ihm entfernt. Von seinem erhöhten Platz aus sah er nur die vordere Hälfte des Windrollers; das Fahrzeug war offenbar in der Mitte auseinandergebrochen, und die Insel hatte den hinteren Teil unter sich begraben. Green stellte fest, daß es nicht mehr regnete. Die Wolken waren abgezogen, und die beiden Monde standen am Himmel. Die Sicht war gut.

Im Wrack des *Glücksvogels* gab es noch Überlebende: Männer, Frauen und Kinder, die sich jetzt aus dem Gewirr zersplitterter Masten, zerrissener Leinen und geborstener Planken zu befreien versuchten. Überall ertönten Schreie, Flüche und Hilferufe, die das allgemeine Chaos noch vergrößerten.

Green stöhnte leise, als er sich aufrichtete. Er hatte heftige Kopfschmerzen. Ein Auge war so geschwollen, daß er nichts damit sah. Er schmeckte Blut im Mund und spürte mit der Zunge, daß ein Zahn fehlte. Sein Brustkorb tat weh, wenn er einatmete. Das linke Kniegelenk war überdehnt worden, und seine rechte Ferse war gefühllos. Trotzdem stand er auf. Amra und Paxi und die anderen Kinder befanden sich vielleicht zwischen den Trümmern, wenn sie nicht im Augenblick des Zusammenpralls achtern gewesen waren. Das mußte er feststellen. Selbst wenn er ihnen nicht mehr helfen konnte, gab es genügend andere, die auf seine Hilfe angewiesen waren.

Er humpelte langsam durch die Bäume. Dann sah er einen Mann hinter einem Busch hervortreten, den er zunächst für einen Überlebenden hielt, der im Schock davongelaufen war. Green wollte ihn schon ansprechen, aber dann kam ihm der andere doch eigenartig vor. Er kniff die Augen zusammen. Richtig, der Mann trug einen Federkopfschmuck und hielt einen langen Speer in der Hand. Und als seine rechte Schulter jetzt vom Mondlicht beschienen wurde, leuchteten rote, weiße, schwarze, gelbe und grüne Streifen auf. Der Mann war von Kopf bis Fuß mit verschiedenfarbigen Streifen bemalt!

Green ging hinter einem Busch in Deckung. Von dort aus sah er auch die anderen, die hinter Bäumen standen und das Wrack beobachteten. Immer mehr versammelten sich in der Dunkelheit unter den Zweigen, bis etwa fünfzig bemalte und bewaffnete Männer schweigend das Wrack und die Überlebenden anstarrten. Schließlich hob einer von ihnen seinen Speer und stieß einen lauten Kriegsruf aus. Die anderen stimmten ein und folgten ihm, als er zum Wrack rannte.

Green sah nur eine Minute lang zu und schloß dann die Augen. „Nein, nein!“ flüsterte er vor sich hin. „Sogar die Kinder!“

Als er wieder hinsah, stellte er fest, daß er sich zum Glück geirrt hatte. Die Wilden hatten nicht alle Überlebenden abgeschlachtet; nach dem ersten Ansturm schonten sie besonders die jüngeren Frauen und alle Kinder. Die marschfähigen Überlebenden wurden von einem halben Dutzend Bewaffneter fortgeführt; die Schwerverwundeten wurden auf der Stelle umgebracht.

Green war erleichtert, obwohl er eben diese schreckliche Szene miterlebt hatte. Amra lebte noch! Sie trug Paxi auf dem linken Arm und zog mit dem anderen Soon, die Tochter des Tempelbildhauers, hinter sich her. Bestimmt hatte sie Angst, aber sie ließ sich nichts anmerken und beobachtete die Wilden völlig gelassen. Dicht hinter ihr stand Inzax, das blonde Kindermädchen.

Green überlegte sich, daß es vermutlich am besten war, Amra und den Wilden in angemessener Entfernung zu folgen. Aber bevor er sich fortschleichen konnte, erschienen die Frauen und Kinder der Wilden mit Fackeln in den Händen. Zum Glück kamen sie ihm nicht zu nahe. Sie stürzten sich auf die Toten, führten einen Kriegstanz vor den Leichen auf und imitierten dabei die schrillen Schreie der erwachsenen

Krieger. Dann begann die eigentliche Arbeit – das Tranchieren der Gefallenen. Diese Wilden waren Kannibalen! Sie entzündeten ein Feuer und nahmen ein Mitternachtsmahl ein, bevor sie schließlich aufbrachen und das übrige Fleisch mitschleppten.

17

Green blieb weit genug hinter den Wilden und ihren Gefangenen zurück, um rechtzeitig in Deckung gehen zu können, falls sich einer der Krieger umdrehte. Der Pfad führte zwischen knorrigen Bäumen und dichtem Unterholz hindurch über weichen Boden, dessen oberste Schicht aus vermoderten Blättern bestand. Green schätzte, daß er einschließlich aller notwendigen Umwege mindestens anderthalb Meilen zurückgelegt hatte, als er plötzlich die Lichtung erreichte. Hier stand ein Dorf mit zehn strohgedeckten Hütten. Sechs davon waren ziemlich klein, und es war zunächst nicht ersichtlich, welchen Zwecken sie dienten. Die übrigen vier waren größer und wurden offenbar als Gemeinschaftsquartier benutzt. Sie waren um den Mittelpunkt des Dorfes gruppiert, den eine große Feuerstelle bildete, über der ein Eisenkessel hing. Hier und dort waren Tongefäße aufgestellt, die Regenwasser auffangen sollten. Vor jedem Haus stand ein bunter Totempfahl inmitten mehrerer Stangen mit Menschenköpfen.

Die Gefangenen wurden in eine der kleineren Hütten gesperrt. Einer der Krieger setzte sich mit dem Rücken zur Tür als Wachtposten vor die Hütte. Die anderen begrüßten die alten Frauen und die Kleinkinder, die zurückgeblieben waren. Obwohl Green ihre Sprache nicht verstand, ahnte er, daß die Krieger schilderten, was sie in der Umgebung des Wracks gefunden hatten. Einige der alten Frauen holten Holz und fachten ein Feuer unter dem Eisenkessel an; andere brachten kostbare Trinkgefäße – vermutlich Beutestücke aus anderen Wracks –, die sie mit selbstgebrautem Bier füllten. Ein Junge kam mit seiner Trommel ans Feuer und schlug einen monotonen Rhythmus. Die Wilden wollten offenbar ein rauschendes Fest feiern.

Nach dem dritten oder vierten Becher standen die Krieger jedoch auf und verschwanden im Wald, so daß nur ein Mann zurückblieb, der die Gefangenen bewachte. Alle Kinder über vier Jahre folgten ihnen, obwohl die Krieger nicht etwa langsam gingen, damit die Kleinen mit ihnen hätten Schritt halten können.

Green wartete, bis er annehmen konnte, daß die Männer außer Hörweite waren. Dann erst erhob er sich leise. Seine Muskeln peinigten ihn bei jeder Bewegung, und er hatte stechende Schmerzen im Kopf, am Knie und am Knöchel. Aber er achtete nicht darauf, sondern humpelte am Rand der Lichtung entlang, bis er die Rückseite einer der großen Hütten erreichte.

Er zwängte sich durch einen Spalt in der Rückwand und schlich nach vorn zur Tür. Im Innern der Hütte war es heller als erwartet, denn durch mehrere Dachluken schienen die Monde herein. Hühner gackerten schläfrig, aber zum Glück nur leise, und ein kleines Schwein grunzte fragend. Plötzlich strich etwas Weiches an seinem Knöchel vorbei. Green sprang erschrocken zur Seite, und sein Herz, das bereits vor Aufregung rascher als gewöhnlich schlug, begann förmlich zu rasen. Er bückte sich, hörte ein leises Miauen und hätte vor Erleichterung am liebsten laut aufgelacht. Dann streckte er die Hand aus und sagte: „Komm, Miez, Miez ...“ Aber die Katze stolzierte mit hochmütig erhobenem Schwanz an ihm vorbei zur Tür hinaus. Ihr Anblick erinnerte Green daran, daß die Wilden anscheinend keine Hunde hielten. Er hatte noch keine gesehen und hätte sie bestimmt gehört; außerdem hätten sich diese widerlichen Bestien längst an seine Fersen geheftet.

Er schlich durch den langen Raum. Von den Deckenbalken hingen teilweise aufgerollte Vorhänge herab, die vermutlich ganz heruntergelassen werden konnten, so daß jede Familie nach Belieben einen Privatraum für sich hatte. Auch Lebensmittel hingen an den Balken: Gemüse, Früchte und mehrere Sorten Wild. Green sah keine menschlichen Körperteile darunter und vermutete deshalb, daß die Wilden nicht aus Grundsatz, sondern aus religiösen Gründen Kannibalen waren.

Jedenfalls konnte es nicht schaden, etwas getrocknetes Fleisch mitzunehmen. Er steckte einige Streifen in die Tasche an seinem Gürtel, nahm ein Messer und einen Speer von einem Regal an der Wand und verließ die Hütte durch den rückwärtigen Ausgang. Die Wilden feierten offenbar in der Nähe des Wracks, denn er hörte weit entfernte Stimmen und Trommeln.

„Ausgezeichnet“, murmelte er vor sich hin. „Je betrunkener sie sind, desto besser für mich.“

Er hielt sich im Schatten der Bäume und schlich an die Rückwand der Hütte, in der die Gefangenen untergebracht waren. Von dort aus stellte er fest, daß nur sechs alte Frauen – mehr konnte der Stamm vermutlich nicht ernähren – und zehn oder zwölf Kinder am Feuer zurückgeblieben waren. Die Kinder waren von der allgemeinen Aufregung so erschöpft, daß sie jetzt schliefen. Wirklich gefährlich konnte ihm außer dem Wachtposten nur der etwa zehnjährige Junge werden, der mit seiner Trommel am Feuer hockte. Green verstand zunächst nicht, weshalb der Junge zurückgeblieben war, als die Krieger zum Wrack gingen. Aber dann fiel ihm der starre Blick des Jungen auf, und er ahnte, daß er blind sein mußte.

Nachdem Green geklärt hatte, wo sich die Zurückgebliebenen aufhielten, kroch er zur Hütte und untersuchte die Rückwand. Sie bestand aus in die Erde gerammten Planken, die mit Seilen zusammengebunden waren. Green konnte durch zahlreiche Ritzen ins Innere sehen, erkannte in der Dunkelheit jedoch nur vage Schatten. Er drückte das Gesicht an eine dieser Ritzen und flüsterte: „Amra!“

Jemand holte tief Luft. Ein Kind begann zu weinen. Dann herrschte wieder Ruhe.

„Alan!“ antwortete Amra leise. „Bist du wirklich da?“

„Für was hältst du mich – für den Geist deines Vaters?“ antwortete Green ungeduldig. „Hör zu und wiederhole, was ich jetzt sage, damit ich weiß, daß du mich verstanden hast.“

Sie hatte ein gutes Gedächtnis und wiederholte jedes Wort. Green nickte zufrieden. „Ausgezeichnet. Ich gehe jetzt.“

„Alan!“

„Ja?“

„Falls es nicht klappt ..., falls dir etwas zustößt ... oder mir ..., du mußt daran denken, daß ich dich liebe ...“

Er seufzte. Selbst in dieser Lage hatte Amra nichts anderes im Kopf!

„Ich liebe dich auch, aber das allein hilft uns nicht weiter.“

Bevor sie antworten und noch mehr wertvolle Zeit vergeuden konnte, kroch er um die nächste Ecke davon. Als er die zweite Ecke erreichte, hinter der er für den Wachtposten und die alten Weiber sichtbar sein würde, machte er halt und begann die Sekunden zu zählen. Nachdem fünf endlose Minuten vergangen waren, stand er auf und bog mit stoßbereitem Speer um die Ecke.

Der Wachtposten trank eben aus seinem Becher. Er sackte zusammen, als Greens Speer ihm durch die Luftröhre oberhalb des Brustbeins drang. Der Becher fiel ihm aus der Hand, und die gelbliche Flüssigkeit ergoß sich über die Beine des Mannes.

Green zog seinen Speer zurück, drehte sich um und hätte jeden verfolgt, der jetzt zu fliehen versuchte. Aber die alten Weiber steckten ihre Köpfe am Feuer zusammen, schwatzten laut und sahen nicht in seine Richtung. Der blinde Junge spielte weiter mit seiner Trommel und starrte blicklos ins Feuer. Nur ein dreijähriges Mädchen beobachtete Green; es hatte den Daumen im Mund und starrte den Fremden mit großen Augen an, ohne jedoch einen Ton herauszubringen.

Green legte warnend einen Finger an die Lippen und schob den Riegel an der Tür zurück. Amra trat ins Freie und hob den Speer des Wachtpostens auf. Inzax bekam Greens Messer, und Aga, die kräftige Frau eines Rudergängers, die in Verteidigung ihrer etwas zweifelhaften Ehre bereits einen Matrosen des *Glücksvogels* umgebracht hatte, erhielt das Messer des Toten.

Inzwischen hatte das Geschwätz der alten Weiber aufgehört. Als Green sich jetzt umdrehte, stießen die Frauen schrille Schreie aus. Sie wollten fliehen, aber Green, Amra, Inzax und Aga holten sie mühelos ein. Keine der Alten erreichte mehr lebend das schützende Dunkel des Waldes.

Green trieb dann die Kinder und den blinden Jungen zusammen, um sie in die Hütte zu sperren. Er mußte Aga daran hindern, diese Gefangenen zu töten, und freute sich darüber, daß Amra keine Miene machte, sich an dem beabsichtigten Morden zu beteiligen.

„Ich könnte nie ein Kind umbringen, selbst wenn es diesen Wilden gehört", sagte Amra, die seinen anerkennenden Blick richtig verstanden hatte. „Es wäre, als hätte ich Paxi vor mir."

Green sah, daß eine der Frauen seine Tochter im Arm hielt. Er ging zu ihr hinüber, nahm ihr Paxi ab und küßte die Kleine. Soon, die Tochter des Tempelbildhauers, kam schüchtern heran und blieb neben ihm stehen. Er küßte sie ebenfalls. „Du bist schon groß, Soon", meinte er dann. „Glaubst du, daß du Mutter folgen und Paxi tragen kannst? Mutter hat schon ihren Speer."

Das hübsche rothaarige Mädchen nickte und nahm ihm Paxi ab.

Green sah nachdenklich zu den größeren Hütten hinüber und überlegte sich, ob er sie in Brand stecken sollte. Er ließ den Plan wieder fallen, als er feststellte, daß der Wind die Funken zu der Hütte tragen würde, in der die Kinder eingesperrt waren. Außerdem hätte ein Feuer zwar die Krieger für einige Zeit abgelenkt, aber später um so sicherer dazu geführt, daß die Flüchtlinge verfolgt worden wären. Unter Umständen fing auch der Wald Feuer, und Green wollte sein einziges Versteck nicht abbrennen. Er schickte einige Frauen in die nächste große Hütte und wies sie an, möglichst viele Lebensmittel und Waffen herauszuholen. Kurze Zeit später konnten sie aufbrechen.

„Wir folgen diesem Pfad, der uns auf die andere Seite der Insel bringen muß", erklärte Green den Frauen. „Hoffentlich finden wir dort einen oder mehrere kleine Windroller, mit denen wir fliehen können. Ich nehme an, daß die Wilden Segelfahrzeuge besitzen."

Der Pfad war ebenso schmal und gewunden wie der, auf dem sie gekommen waren. Er führte zum Westrand der Insel, während die Krieger sich in Richtung Osten entfernt hatten.

Zunächst ging es zwischen großen Felsbrocken hindurch bergauf. Von Zeit zu Zeit lag ein kleiner See am Weg; hier hatte sich Regenwasser gesammelt und größere Tümpel gebildet. Einmal sprang ein Fisch aus dem Wasser, fiel klatschend zurück und erschreckte die Flüchtlinge. Die Insel schien ziemlich autark und kaum auf Lebensmittel von außen angewiesen, denn hier gab es Fische, Hasen, Vögel, Rehe und verschiedene Haustiere, aber auch mehrere Gemüse- und Obstsorten. Green schätzte die Gesamtfläche der Insel – falls das Dorf ungefähr im Mittelpunkt lag – auf vier Quadratkilometer. In diesem unzugänglichen Gebiet mußte sich ein Flüchtling verstecken können.

Richtig, *ein* Flüchtling – aber nicht mit sechs Frauen und acht Kindern.

18

NACH einem anstrengenden Marsch erreichten sie den höchsten Punkt eines Hügels und standen dort plötzlich auf einer Lichtung. Unmittelbar vor ihnen erhob sich ein Wald von Totempfählen, die im Mondschein schimmerten. Dahinter lag der dunkle Eingang einer großen Höhle.

Green verließ den Schatten der Bäume, um zu erkunden, was vor ihnen lag. Dann kam er zurück und berichtete: „Dort vorn neben dem Höhleneingang steht eine kleine Hütte. Ich habe durchs Fenster gesehen. Eine alte Frau schläft darin, aber ihre Katzen sind hellwach und wecken sie wahrscheinlich."

„Auf allen Totempfählen sind Katzen abgebildet", stellte Aga fest. „Offenbar ist das hier ihr Heiligtum. Vermutlich darf es nur die alte Priesterin betreten."

„Vielleicht", meinte Green. „Aber die Wilden halten hier auch religiöse Zeremonien ab. Am Höhleneingang liegt ein großer Schädelhaufen, und ich habe einen blutbefleckten Pfahl gesehen." Er runzelte nachdenklich die Stirn. „Wir haben die Wahl zwischen zwei Möglichkeiten", fuhr er dann fort. „Wir können an den Rand der Insel gehen, auf die Ebene hinabspringen und dort auf gut Glück weitermarschieren. Oder wir verstecken uns hier in der Höhle und hoffen, daß uns dort niemand sucht, weil das Heiligtum tabu ist."

„Aber dort suchen sie doch bestimmt zuerst!" wandte Aga ein.

„Wir dürfen nur die Alte nicht aufwecken", erklärte ihr Green. „Wenn die Krieger später nach uns fragen, weiß sie von nichts und schickt sie wieder fort."

„Und wie steht es mit den Katzen?"

Green zuckte mit den Schultern. „Das müssen wir eben riskieren. Vielleicht beruhigen sie sich, sobald wir in der Höhle verschwunden sind."

Damit meinte er das Jaulen der Katzen, das immer lauter wurde.

„Nein!" sagte Aga. „Das Gejaule alarmiert die Wilden!"

„Schon möglich", antwortete Green. „Ich weiß nicht, was du vorhast, aber ich verstecke mich jedenfalls in der Höhle. Ich bin zu müde, um noch weiter zu fliehen."

„Wir sind auch zu müde", stimmten die anderen Frauen zu. „Wir können nicht weiter."

Dann herrschte Schweigen, und dieses Schweigen wurde von einer Männerstimme gebrochen.

„Erschreckt bitte nicht", flüsterte die Stimme. „Bleibt ganz ruhig. Ich bin's ..."

Miran trat hinter ihnen aus dem Schatten hervor und legte warnend einen Finger an die Lippen. Er war nicht mehr der elegante Kapitän eines Windrollers und der gutgekleidete Patriarch des Klans Effenycan, sondern nur noch ein zerlumpter Schiffbrüchiger. Aber er trug einen Lederbeutel in der rechten Hand, und Green ahnte, daß Miran nicht nur mit heiler Haut davongekommen war, sondern auch ein Vermögen in Form von Edelsteinen gerettet hatte.

„Seht nur", sagte Miran und machte eine Bewegung mit dem Beutel, „noch ist nicht alles verloren!"

Green dachte zunächst, der Kapitän meine damit die Juwelen. Aber Miran hatte sich umgedreht und winkte jemand zu sich heran.

Aus der Dunkelheit kam Grizquetr hervor. In seinen Augen standen Tränen, als er zu seiner Mutter eilte und sie umarmte.

Amra begann leise zu weinen. Bisher hatte sie den Schmerz über den Verlust ihrer drei Kinder unterdrückt, die sie vielleicht nie wiedersehen würde. Sie hatte nur daran gedacht, ihr eigenes Leben und das Leben der beiden Mädchen zu retten. Aber als nun ihr ältester Sohn wie von den Toten auferstanden ins Licht trat, ließ sie ihren Tränen freien Lauf.

„Ich danke euch, ihr Götter, daß ihr mir meinen Sohn zurückgegeben habt", schluchzte sie.

„Warum haben die Götter deine beiden anderen Kinder umgebracht, wenn sie doch so wunderbar sind?" fragte Miran böse. „Und warum haben sie die Angehörigen meines Klans getötet? Warum haben sie den *Glücksvogel* zertrümmert? Warum haben sie ..."

„Halt's Maul!" zischte Green. „Dafür haben wir jetzt keine Zeit. Wir müssen zusehen, daß wir hier mit heiler Haut herauskommen. Später können wir noch genug philosophieren und weinen."

„Mennirox ist ein undankbarer Gott", murmelte Miran. „Dabei habe ich immer reichlich geopfert!"

Amra trocknete ihre Tränen. „Wie seid ihr entkommen?" fragte sie. „Ich dachte, die Wilden hätten alle überlebenden Männer umgebracht?"

„Fast alle", antwortete Grizquetr, „aber ich bin durch ein Luk zu den Fischtanks hinuntergeklettert, die umgefallen waren. Dort habe ich mich versteckt; es war dunkel und naß, und die Wilden haben mich nicht gefunden, obwohl sie mich später bestimmt entdeckt hätten. Deshalb bin ich an der entgegengesetzten Seite über Bord geklettert und wollte im Gras am Rand der Insel entlangkriechen. Mir ist fast das Herz stillgestanden, als ich mit dem Kopf voran gegen Miran geprallt bin, der sich dort ebenfalls versteckt hatte."

„Ich bin durch den Aufprall vom Vorderdeck geschleudert worden", fügte der Kapitän hinzu. „Ich hätte mir sämtliche Knochen im Leib brechen müssen, bin aber auf einem Segel gelandet, das noch zwischen den geknickten Fockmastrahen ausgespannt hing. Es hat mich wie eine Hängematte aufgefangen. Von dort bin ich ins Gras gefallen und habe mich bis an den Rand der Insel vorgearbeitet. Einige Male bin ich fast abgestürzt und wäre auch gefallen, wenn ich ein Pfund schwerer ..."

„Hör zu, Stiefvater!" unterbrach Grizquetr ihn aufgeregt. „Diese Insel ist das *Wuru!*"

„Was soll das heißen?" fragte Green kopfschüttelnd.

„Ich bin ganz bis an den Rand der Insel gekrochen, weil ich dachte, ich könnte mich vielleicht darunter verstecken. Aber das war unmöglich, denn die Unterseite ist völlig glatt – im Mondschein war sogar die andere Seite zu erkennen. Und das ist nicht einmal alles! Weißt du noch, wie hoch das Gras hier überall war? Es ist aber nur vor der Insel so hoch, denn unter ihr wird es geschnitten. Oder vielmehr nicht geschnitten, denn es verschwindet einfach und löst sich in Luft auf! Dabei bleibt nur ein zwei Zentimeter hoher Rasen zurück!"

„Dann ist die Insel also tatsächlich ein Rasenmäher", stellte Green verblüfft fest. „Wirklich interessant, aber damit können wir uns später beschäftigen. Vorläufig ..."

Er ging auf die kleine Hütte neben dem Höhleneingang zu. Als er die Tür fast erreicht hatte, liefen mehrere große Katzen an ihm vorbei und verschwanden im Wald. Wenige Sekunden später kam Green lachend zurück. „Die Priesterin hat einen in der Krone und ist völlig hinüber. In der Hütte riecht es wie in einer Brauerei. Sogar die Katzen sind beschwipst. Sie haben ihre Schüsseln ausgetrunken und balgen sich jetzt in der Hütte. Wenn die Alte davon nicht aufwacht, brauchen wir nicht besonders vorsichtig zu sein."

„Ich habe schon gehört, daß diese alten Priesterinnen oft heimlich trinken", warf Amra ein. „Sie führen ein einsames Leben, denn das Heiligtum ist tabu und wird nur zu bestimmten religiösen Anlässen besucht. Deshalb haben sie nur ihre Flasche und ihre Katzen, die ihnen Gesellschaft leisten."

„Ah", sagte Miran, „du denkst an die Geschichte von Samdroo, dem seefahrenden Schneider. Richtig, das ist zwar angeblich nur ein Kindermärchen, aber ich glaube allmählich, daß doch mehr dahintersteckt. Immerhin beschreibt er einen ganz ähnlichen Hügel und eine ähnliche Höhle. Er behauptet auch, jede Insel weise eine Höhle dieser Art auf ..."

„Du redest zuviel", unterbrach Aga ihn grob. „Komm, wir wollen die Höhle besichtigen."

Green spürte, was diese Aufforderung bedeutete. Miran hatte sein Gesicht verloren, weil er das Schiff eingebüßt und den Tod zahlreicher Angehöriger verschuldet hatte. Für Aga und die übrigen Frauen war er jetzt nicht mehr Kapitän Miran, der wohlhabende Patriarch, sondern einfach Miran, der schiffbrüchige Matrose. Ein dicker alter Matrose, sonst nichts.

Er hätte das Gesicht wahren können, wenn er Selbstmord begangen hätte. Aber er hatte weiterleben wollen, und die Frauen verachteten ihn deshalb um so mehr. Miran schien sich darüber im klaren zu sein, denn er antwortete nicht, sondern trat mit gesenktem Kopf zur Seite.

Green ging zehn Meter in die Höhle hinein, drehte sich um und sah den Eingang noch immer deutlich hinter sich. Jemand hustete laut. Er wollte die anderen warnen und mußte selbst ein Niesen unterdrücken.

„Staub."

„Ausgezeichnet", meinte Green. „Vielleicht kommen sie nie hierher."

Der unterirdische Gang bog plötzlich rechtwinklig nach links ab. Ab hier war es stockfinster. Die Gruppe machte halt.

„Was sollen wir tun, wenn die Wilden Fallen aufgestellt haben?" flüsterte Inzax ängstlich.

„Das müssen wir eben riskieren", sagte Green entschlossen. „Wir tasten uns weiter und zünden nach der nächsten Biegung eine Fackel an. Dann dringt der Lichtschein nicht nach draußen."

Er ging an der Wand entlang weiter. Als er unerwartet stehenblieb, stieß Amra in der Dunkelheit mit ihm zusammen.

„Was gibt's?" fragte sie besorgt.

„Die Wand besteht nicht mehr aus Fels, sondern aus Metall. Das kannst du selbst fühlen.“ Er nahm ihre Hand und führte sie.

„Du hast recht“, sagte Amra. „Ich spüre den Übergang und den Unterschied zwischen Stein und Metall!“

„Der Boden besteht auch aus Metall“, warf Soon ein, „und der Staub ist verschwunden.“

Green ging weiter und erreichte nach zehn Metern die nächste Biegung, die diesmal nach rechts führte. Hier ließ er eine der Frauen eine mitgenommene Fackel anzünden. In ihrem flackernden Licht betrachteten sie den großen unterirdischen Raum, in dem sie jetzt standen.

Überall nur blankes Metall an Decke, Wänden und Fußboden. Kein Möbelstück irgendwelcher Art. Und kein Staubkorn.

„Dort drüben führt eine Tür in den nächsten Raum“, sagte Green. „Kommt, wir sehen uns weiter um.“

Er nahm der Frau die Fackel ab, ging voran und blieb auf der Schwelle stehen.

Dieser Raum war noch größer als der erste. Aber er war sozusagen eingerichtet. Und die Rückwand bestand nicht aus Metall, sondern aus Erde.

Als sie den Raum betraten, wurde es plötzlich hell darin.

Soon kreischte und klammerte sich verzweifelt an ihre Mutter. Die übrigen Kinder begannen zu weinen, und die Erwachsenen reagierten auf verschiedene Weise erschrocken. Nur Green blieb ruhig; er wußte, was geschehen war, aber die anderen hatten noch nie von einer Fotozelle gehört und waren deshalb so entsetzt.

Green fürchtete in diesem Augenblick nur, daß die Schreckensschreie außerhalb der Höhle zu hören sein würden. Deshalb beeilte er sich, den Frauen zu versichern, die Erscheinung sei nur ein harmloser Zaubertrick, der in seiner Heimat zu alltäglichen Dingen gehöre. Sie ließen sich dadurch beruhigen, blieben jedoch vorsichtshalber in seiner Nähe.

„Die Wilden haben auch keine Angst davor“, erklärte Green ihnen. „Sie kommen gelegentlich hierher. Der Altar vor dem Erdwall stammt vermutlich von ihnen, und die vielen Knochen beweisen, daß hier Menschenopfer stattgefunden haben.“

Er suchte nach einer zweiten Tür, ohne sie zu finden, und konnte kaum glauben, daß es keine zweite Tür geben sollte. Irgendwie hatte er das Gefühl, vor großen Entdeckungen zu stehen. Diese unterirdischen Räume und diese Beleuchtung zeigten deutlich, daß hier eine Zivilisation existiert haben mußte, die durchaus mit seiner vergleichbar war.

Green ahnte, daß das Antischwerkraftfeld der Insel entweder mit Atomenergie oder durch Energie aus dem Magnetfeld des Planeten aufrechterhalten wurde. Er konnte sich allerdings nicht vorstellen, weshalb die ganze Maschine mit Erde, Felsen und Bäumen bedeckt war. Aber er hatte von Anfang an gewußt, daß er irgendwo auf einen solchen Raum stoßen würde. Aber wo befand sich das dazugehörige Kraftwerk? Und der Kontrollraum? Oder eine Kombination dieser beiden? Lagen sie hinter einer Tür, die sich nur mit einem Schlüssel öffnen ließ?

Zunächst mußte er die Tür finden.

Er untersuchte den eisernen Altar, der aus einer tischgroßen Plattform in einem Meter Höhe bestand, auf der ein Eisengestell angebracht war, das an einen Stuhl erinnerte. Aus der Rückenlehne ragte eine zolldicke Eisenstange in die Höhe; die Stange war beweglich gelagert und wurde hinter der Stuhllehne von einer Eisengabel festgehalten. Sobald die Eisengabel entfernt wurde, mußte die Stange zurückfallen und den Erdwall berühren; das kürzere Ende schwenkte in diesem Augenblick jedoch nach oben und würde den Rücken desjenigen berühren, der auf diesem Stuhl saß.

„Merkwürdig", sagte Green. „Wenn hier nicht Katzenköpfe und Knochen zu sehen wären, würde ich gar nicht wissen, daß es sich um einen Altar handelt. Knochen! Und sie sind alle angekohlt, verbrannt." Er betrachtete wieder die Stange. „Hmmm, sobald man die Eisengabel entfernt, sinkt die Stange zurück und berührt die Wand. Aber was hat das alles zu bedeuten?"

Amra zeigte ihm ein langes Seil, das sie in der Nähe der Tür entdeckt hatte.

„Ja? Aha! Wenn ich das Seil vorn an die Stange binde, kann ich sie damit hochhalten, während ein anderer die Eisengabel herausnimmt. Lasse ich das Seil los, sinkt die Stange durch ihr eigenes Gewicht rasch herab. Ich kann sie aber ebensogut in gleicher Stellung festhalten, bis der andere Mann, der die Eisengabel entfernt hat, sich wieder bei dem Mann mit dem Seil in Sicherheit befindet. Ah, der arme Kerl, der auf dem Stuhl sitzt! Jetzt ist mir alles klar."

Er hob den Kopf. „Aga!" rief er laut. „Zurück von der Wand!"

Aga hatte Amras Speer vom Boden aufgehoben und trat jetzt damit vor die Wand hinter dem Altar. Als Green sie anrief, blieb sie kurz stehen, sah erstaunt zu ihm hinüber und ging weiter.

„Du hast etwas übersehen", antwortete sie. „Die Wand besteht nicht aus fester Erde. Das Zeug ist ganz weich und flauschig. Es besteht eigentlich nur aus Staub. Vielleicht können wir uns hier einen Weg bahnen. Auf der anderen Seite ..."

„Aga!" brüllte Green. „Keine Bewegung!"

Aber sie hatte bereits ihren Speer gehoben und stieß damit zu, um ihm zu beweisen, wie leicht dieses Zeug zu entfernen war.

Green riß Amra und Paxi mit sich zu Boden.

Blitz und Donner erfüllten den Raum und blendeten und betäubten ihn. Trotzdem sah er deutlich, wie Aga von einem weißen Blitzstrahl getroffen wurde und erstarrte.

19

DANN verschwand Aga in einer dichten Staubwolke, die sich über sie hinweg in den Raum ergoß. Zur gleichen Zeit strahlte die Wand eine fast unerträgliche Hitze aus. Green öffnete den Mund, um Amra zu warnen, aber in diesem Augenblick füllten sich Mund und Nase bereits mit Staubteilchen. Er nieste, hustete krampfhaft und hatte Tränen in den Augen. Der Staub fiel so dicht, daß er schon halb damit bedeckt war. Obwohl er kaum einen klaren Gedanken fassen konnte, war er seinem Schicksal dafür dankbar, daß er ausgeatmet hatte, als die Hitzewelle ihn erreichte. Hätte er eingeatmet, wären seine Lungen verbrannt, und er wäre tot gewesen. Wo die Haut nicht von Kleidungsstücken bedeckt war, hatte er offenbar leichte Verbrennungen davongetragen.

Green richtete sich langsam auf und kroch auf den anderen Raum zu, in dem der Staub weniger hoch liegen würde. Er berührte Amras Arm – vermutlich war es ihrer, denn sie hatte neben ihm gelegen – und wollte sie dadurch auffordern, ihm zu folgen. Dann tastete er nach dem Kind auf ihrem Arm und wußte, daß es Paxi war, denn keines der anderen Kinder hatte einen Schal um den Kopf.

Er hustete wieder, zog Amra hinter sich her und ging in die Richtung, in der er den Ausgang vermutete. Er wußte noch, daß er zur Tür hin gefallen war; wenn er jetzt geradeaus weiterging, mußte er sie erreichen.

Wenig später merkte er jedoch, daß er in die entgegengesetzte Richtung gegangen war, denn er stolperte über eine Leiche. Als er den versengten Körper berührte und auch den Speer fand, wußte er sicher, daß er Aga gefunden hatte.

Nun wandte er sich in die andere Richtung und zog Amra wieder hinter sich her. Diesmal stieß er auf die Wand, tastete sich daran entlang weiter und erreichte endlich die Tür. Er stellte fest, daß der nächste Raum kaum weniger staubig war, und durchquerte ihn so rasch wie möglich. Die Luft in dem unterirdischen Gang war erheblich besser, und Green erkannte sogar die Umrisse seiner Begleiter, als es nach der ersten Biegung heller wurde.

Trotzdem husteten sie krampfhaft weiter. Ihre Augen tränten heftig. Green gönnte sich noch keine Pause, sondern schlich durch den Tunnel, bis er den Höhlenausgang vor sich sah.

Seine Befürchtungen waren gerechtfertigt gewesen. Im Mondschein erkannte er eine gebückte Gestalt, die in seine Richtung starrte. Green hielt sie für die Priesterin, die er bereits gesehen hatte. Zu ihren Füßen hockten vier oder fünf Katzen.

Er mußte sich durch sein Husten verraten haben, denn die Priesterin drehte sich plötzlich um und lief fort. Green zog sein Stilett und rannte hinter ihr her, um sie aufzuhalten, obwohl er nicht wußte, was das nützen sollte. Die Wilden würden ohnehin früher oder später zum Heiligtum auf dem Hügel kommen, um sie zu fragen, ob sie die Flüchtlinge gesehen habe. Und wenn sie die Priesterin nicht fanden, würden sie sofort erraten, was geschehen war. Vielleicht ahnten sie es bereits, denn der Donner der Entladung mußte weit zu hören gewesen sein.

Oder vielleicht doch nicht? Die Schallwellen waren zweimal rechtwinklig abgelenkt worden, und Green hatte den Donner wesentlich lauter gehört, weil er dicht vor der Wand gestanden hatte. Vielleicht gab es noch Hoffnung.

Er rannte auf die Lichtung vor der Höhle hinaus. Hinter ihm ging eben die Sonne auf, so daß er den Weg deutlich erkennen konnte. Die alte Priesterin war nicht mehr zu sehen. Nur eine der Katzen, die zurückgeblieben waren, kam heran und rieb sich an Greens Bein. Er bückte sich automatisch, um sie zu streicheln, während er nach einer Spur der Alten suchte. Die Hütte stand offenbar leer. Die Priesterin mußte bergab davongelaufen sein.

Eigenartigerweise rief sie dabei nicht laut um Hilfe, wie Green es erwartet hatte. Er schüttelte den Kopf und eilte weiter.

Die Priesterin lag hundert Meter weiter mit dem Gesicht nach unten auf dem Pfad. Green dachte zunächst, sie stelle sich tot, und drehte sie deshalb vorsichtig und mit stoßbereiter Waffe um. Aber ein Blick genügte, um ihm zu zeigen, daß die Alte sich nicht totstellte, sondern wirklich tot war. Green untersuchte sie flüchtig, fand keine äußerlichen Verletzungen und schloß daraus, daß ihr Herz dieser Anstrengung nicht gewachsen gewesen war.

Irgend etwas berührte seinen Knöchel. Green war so davon überzeugt, daß ein Speer ihn gestreift habe, daß er sich erschrocken umdrehte. Doch sah er nur die Katze, die sich an seinem Bein gerieben hatte, als er aus der Höhle gekommen war. Die Katze war ausgesprochen hübsch und hatte große goldene Augen, die gut zu ihrem seidigen grauen Pelz paßten; sie glich den Katzen auf der Erde und stammte wahrscheinlich von ihnen ab, denn der Mensch hatte seine Haustiere überallhin mitgenommen.

„Du magst mich wohl, was?“ fragte Green die Katze. „Schön, ich mag dich auch, aber nur wenn du mich nicht wieder erschreckst. Ich habe heute nacht schon genug mitgemacht.“

Die Katze kam schnurrend näher.

„Vielleicht können wir uns gegenseitig nützen“, meinte er und hob sie auf seine Schulter, wo sie vor Vergnügen noch lauter schnurrte.

„Ich weiß wirklich nicht, was du an mir findest“, sagte Green zweifelnd. „Mit den roten Augen und dem schmutzigen Gesicht bin ich nicht gerade anziehend. Aber deine Alkoholfahne, die du mir ins Gesicht bläst, ist auch nicht schön. Du gefällst mir übrigens. Wie heißt du eigentlich? Gut, nennen wir dich Lady Luck, damit du mir weiter Glück bringst. Komm, wir gehen wieder zurück und sehen nach, was aus den anderen geworden ist.“

Er fand Amra vor der Höhle, wo sie Paxi zu beruhigen versuchte. Dort saßen auch neun andere Überlebende: Grizquetr, Miran, Soon, Inzax, drei Frauen und zwei kleine Mädchen. Die übrigen Mitglieder der kleinen Gruppe lagen vermutlich tot oder bewußtlos unter dem Staub im Altarraum. Auch die Überlebenden waren keineswegs in glänzender Verfassung.

„Hört zu", sagte Green, „wir müssen unbedingt schlafen. Am besten gehen wir in den ersten Raum und ..."

Die anderen protestierten lautstark und erklärten übereinstimmend, keine Macht der Welt bringe sie dorthin zurück. Green stand vor einer schweren Aufgabe. Er glaubte zu wissen, was sich dort ereignet hatte, konnte es diesen Leuten jedoch nicht erklären. Und selbst wenn ihm das gelang, würden sie ihn in Zukunft mißtrauisch betrachten. Deshalb entschied er sich für eine Notlüge.

„Aga hat zweifelsohne die Dämonen herausgefordert, als sie die Wand berührt hat", begann er. „Ihr habt alle gehört, daß ich sie zweimal davor gewarnt habe. Aber die Dämonen können uns nicht mehr schaden, denn wir stehen jetzt unter dem Schutz dieser Katze, dem Totem der Kannibalen. Außerdem liegt es bekanntlich in der Natur solcher Geister, daß sie lange Zeit verhältnismäßig harmlos sind, nachdem sie ein Opfer gefunden haben. Sie müssen erst Kraft sammeln, bevor sie uns Menschen wieder gefährlich werden können."

Die anderen akzeptierten dieses Märchen widerspruchslos.

„Wenn du vorangehst, kommen wir unbehelligt zurück", sagten sie. „Wir legen unser Schicksal in deine Hände."

Green blieb am Eingang der Höhle stehen und betrachtete ein letztesmal die Umgebung. Von dieser Stelle aus hatte er den größten Teil der Insel vor sich und konnte über die Bäume hinwegsehen. Die Insel mähte jetzt kein Gras, sondern lag auf der Ebene, so daß der Eindruck entstehen mußte, hier erhebe sich ein bewaldeter Hügel. Bei Einbruch der Dunkelheit würde sich die Insel jedoch in Bewegung setzen und pro Stunde fünf Meilen nach Osten schweben; sobald sie dort einen bestimmten Punkt erreicht hatte, würde sie umkehren und nachts nach Westen wandern. Seit wie vielen Jahren? Zu welchem Zweck? Wer hatte sie erbaut? Jedenfalls war anzunehmen, daß ihre Erbauer nicht mit diesem Verwendungszweck gerechnet hatten ...

Sie konnten auch nicht geahnt haben, wie ihre Staubsammler eines Tages verwendet würden. Sie wären bestimmt nicht auf den Gedanken gekommen, daß ihre Nachkommen den ursprünglichen Verwendungszweck vergessen und die Staubsammler als Teil ihres religiösen Rituals verwenden würden, um Menschen zu opfern.

Green führte die anderen in den ersten Raum, streckte sich dort auf dem harten Boden aus und schlief sofort ein. Kurze Zeit später wachte er jedoch wieder auf, weil er das drängende Gefühl hatte, bestimmte Dinge müßten getan werden – und er sei als einziger körperlich dazu imstande.

20

ER ZWANG sich dazu, den Altarraum zu betreten, obwohl er ihn lieber gemieden hätte. Dort erwartete ihn ein schrecklicher Anblick, den er sich allerdings noch gräßlicher vorgestellt hatte. Die Leichen waren zentimeterhoch mit einer grauen Staubschicht bedeckt und wirkten dadurch wie versteinert. In ihrer Nähe roch es durchdringend nach verbranntem Fleisch. Lady Luck fauchte leise, und Green dachte schon, die Katze wolle von seiner Schulter springen und davonlaufen.

„Immer mit der Ruhe", flüsterte er ihr zu und überlegte sich dann, daß die Katze diesen Geruch eigentlich bereits kennen mußte. Ihre Reaktion basierte vermutlich auf früheren Erlebnissen, denn die Katzen mußten eine Rolle bei den Opferzeremonien gespielt haben.

Green näherte sich vorsichtig der Wand hinter dem Altar, obwohl er zu wissen glaubte, daß die von dort ausgehende Gefahr für einige Zeit gebannt war. Der Altar selbst war unbeschädigt; auch der Stuhl und die Eisenstange hatten die Entladung ohne sichtbare Schäden überstanden. Green blieb nachdenklich vor dem Altar stehen und versuchte sich vorzustellen, wie die Menschenopfer vollzogen worden waren.

Die Opfer hatten mit dem Rücken zur Wand gesessen, denn der Stuhl war unverrückbar auf dem Altar befestigt. Sobald die Eisenstange eine Verbindung zwischen Wand und Opfer herstellte, erfolgte eine Entladung, die jedoch nur den Kopf des Opfers erreichte. Ein Beweis für diese Annahme waren die verbrannten Schädel in der

Nähe des Altars; offenbar hatten die Wilden die Körper der Opfer stets nach draußen geschafft.

Green verstand zunächst nicht, wie die Zuschauer der Hitzewelle und dem Staub entgangen waren, die jeden Winkel des großen Raums erreicht haben mußten. Er ging langsam zur Tür zurück und versuchte sich vorzustellen, was bei diesen Anlässen geschehen war. Dann machte er eine überraschende Entdeckung – er sah eine graue Metalltafel an der Wand hängen, drehte sie um und stand vor einem großen Spiegel.

Nun konnte er sich vorstellen, wie die Zeremonie vor sich gegangen war. Das Opfer wurde an den Stuhl auf dem Altar gefesselt, nachdem die Eisenstange mit dem langen Seil verbunden worden war. Die alte Priesterin blieb als einzige bis zuletzt auf der Schwelle des Altarraums zurück, zog dann das Seil zu sich heran und trat um die Ecke in den Nebenraum. Die Zuschauer beobachteten die Entladung im Spiegel, der so aufgestellt wurde, daß er vom Korridor aus sichtbar war und den Altar reflektierte. Unmittelbar nach der elektrostatischen Entladung war nichts mehr zu sehen, weil der Raum in eine Staubwolke gehüllt war.

Green ahnte, wie sehr dieses Bild die Kannibalen beeindruckt haben mußte. Welche bösen Geister und Dämonen ihrer Meinung nach in der Wand hinter dem Altar hausen mußten! Die alten Frauen erzählten ihren Enkeln bestimmt Schauermärchen von einem großen Katzengeist, der dort lebte und von Zeit zu Zeit mit Menschenopfern besänftigt wurde, damit er nicht aus der Wand hervorbrach und die ganze Insel verschlang.

Green wußte, daß es zwecklos war, durch die Wand vordringen zu wollen, obwohl in den nächsten Tagen keine weiteren Entladungen zu erwarten waren. Die angesammelte Staubschicht war vielleicht nur einen Meter dick – vielleicht aber auch zehn.

Aber Green war davon überzeugt, daß er am Ende dieser Ausgrabung mehrere große Staubsammler gefunden hätte. Er wußte nicht, wie sie aussehen würden, denn ihre Form hing vom Schönheitsempfinden der Konstrukteure ab, die diese Maschinen vor Jahrtausenden entworfen hatten. Falls ihre Zivilisation auch nur entfernt der irdischen entsprach, in der Green aufgewachsen war, bestanden diese Staubsammler eigentlich nur aus winzigen Löchern in einer glatten

Wand, hinter der ein Brenner montiert war. Die ersten Maschinen dieser Art waren noch als Büsten, Tierfiguren oder Bücherregale gebaut worden, aber im Lauf der Zeit hatten sich nüchterne Einbausammler durchgesetzt.

Green konnte sich vorstellen, was hier geschehen sein mußte. Irgendein Teil des Brenners mußte versagt haben, aber der eigentliche Sammler hatte weiterhin funktioniert. Obwohl allmählich eine meterdicke Staubschicht vor der Wand entstand, war die Wirkung des elektrischen Feldes kaum beeinträchtigt worden. Zu Beginn waren die Staubsammler selbstverständlich völlig ungefährlich gewesen, aber ihre Konstrukteure hatten offenbar einen Regler vorgesehen, der die Feldstärke je nach den gestellten Anforderungen erhöhte. Damals war jedoch nicht erkennbar gewesen, wie groß diese Anforderungen eines Tages sein würden. Trotzdem waren die Maschinen auch dieser Belastung gewachsen, und als die Wilden diesen unterirdischen Raum entdeckten, standen sie vor einem Rätsel.

Der Tod eines Neugierigen, der die Staubschicht mit einem Metallgegenstand berührt hatte, war für die Kannibalen Grund genug gewesen, in diesem Raum Dämonen zu vermuten. Die weitere Entwicklung, die schließlich zu Menschenopfern geführt hatte, war nur logisch und aus der Religionsgeschichte genügend bekannt.

Green fluchte enttäuscht vor sich hin. Wenn er sich nur einen Weg durch diese Staubschicht bahnen könnte, bevor die nächste Entladung bevorstand! Dahinter mußte die Tür zu einem Kontrollraum liegen, von dem aus die ganze Insel gesteuert werden konnte. Wenn er diesen Kontrollraum erreichen und dort feststellen könnte, wie die Steuerung funktionierte, wäre er in der Lage, die Insel auf den Kopf zu stellen und die Kannibalen abzuwerfen!

Er erinnerte sich an die Geschichte von Samdroo, dem seefahrenden Schneider. Der Sage nach war Samdroo an einer Insel dieser Art gestrandet, hatte eine ähnliche Höhle gefunden und darin ebenfalls zwei große Räume gesehen. Aber er war nicht von einer Wand aus elektrostatisch aufgeladenem Staub aufgehalten worden, sondern hatte den nächsten Raum betreten können, der viele merkwürdige Dinge enthielt. Zu diesen Wundern gehörte ein großes Auge, in dem Samdroo beobachten konnte, was außerhalb der Höhle geschah. Ein anderes Wunder war eine schräge Tischplatte mit vielen runden Gläsern, über die Zacken und Linien glitten. In der Sage wurden diese Dinge nicht erklärt, aber Green hätte selbstverständlich einen Fernsehschirm, Oszilloskope und andere Instrumente erkannt.

Dieses Wissen half ihm leider nicht weiter. Er konnte die Staubschicht nicht mit bloßen Händen forträumen, hatte aber auch keine Zeit, methodisch an die Arbeit zu gehen. Solange er sich auf der Insel aufhielt, schwebte er fünf Meilen pro Stunde nach Quotz zurück, wo eine rachsüchtige Herzogin ihn erwartete; gleichzeitig entfernte er sich immer weiter von Estorya, wo er die beiden Raumfahrer und ihr Schiff zu finden hoffte. Er mußte die Insel irgendwie verlassen und sich nach einem geeigneten Transportmittel umsehen.

Green verließ die Todeskammer und betrat wieder den anderen Raum, wo die anderen noch schliefen. Er wollte sie nicht vorzeitig wecken, ging deshalb auf Zehenspitzen um die Gruppe herum und streckte sich an der Tür zum Gang aus, um dort Wache zu halten.

21

Green träumte, sein Mund und seine Nase seien so voll Staub, daß er ersticken müsse. Er wachte davon auf und stellte fest, daß er tatsächlich Schwierigkeiten beim Atmen hatte, denn die Katze lag auf seinem Gesicht. Er schob sie von sich fort und stand auf.

„Was willst du denn?" fragte er Lady Luck, die leise miaute und mit der Pfote nach ihm schlug.

Die Katze näherte sich langsam der Tür, und Green begriff endlich, daß er ihr folgen sollte. Er nahm seinen Speer mit, ging hinter ihr her durch den Tunnel und erreichte den Höhleneingang. Erst dann hörte er in weiter Entfernung Kanonendonner.

Die Katze miaute klagend. Offenbar hatte sie bereits früher Kanonen gehört, und die Folgen dieses künstlichen Donners hatten ihr mißfallen.

Green trat aus der Höhle und sah zur Sonne auf, die sich bereits wieder dem Horizont näherte, nachdem sie ihren Zenit überschritten hatte. Es war ungefähr vier Uhr nachmittags. Er hatte fast zehn Stunden geschlafen.

Da er von dieser Stelle aus keinen Überblick hatte, kletterte er die

Felsen neben der Höhle hinauf und stand bald auf dem höchsten Punkt des Hügels, einer kleinen Plattform von drei oder vier Quadratmetern. Von hier aus hatte er die gesamte Insel vor sich.

Am Rand der Insel kreuzten drei große Windroller mit schwarzem Rumpf und scharlachroten Segeln. Von Zeit zu Zeit leuchtete ein rotgelber Feuerstrahl an der Bordwand eines der Fahrzeuge auf, einige Sekunden später hörte Green den Abschußknall und sah gleichzeitig, wie die Kanonenkugel einen hohen Bogen durch die Luft beschrieb, bevor sie in der Nähe des Dorfes niederging. Dann verlor einer der Bäume mehrere Zweige, oder eine Staubwolke zeigte an, wo die Kugel auf der Lichtung eingeschlagen hatte. Zwei der großen Hütten wiesen bereits klaffende Löcher in Dach und Wänden auf. Das Dorf selbst war verlassen, denn kein vernünftiger Mensch hätte sich während der Beschießung freiwillig dort aufgehalten. Die Kannibalen schienen wie vom Erdboden verschluckt zu sein, aber das war kaum überraschend, denn im Wald gab es genügend Verstecke.

Green hoffte, daß die Vings bald an Land gehen und die Wilden als Gefangene fortschleppen würden. Dann hätten er und seine Gruppe freie Bahn – es sei denn, die Piraten wollten die Höhle noch am gleichen Tag untersuchen. Taten sie es jedoch nicht, konnten die Flüchtlinge die Insel im Schutz der Nacht verlassen und ihr Glück anderswo versuchen. Green folgte dem Pfad, der vom Hügel hinab ins Dorf führte, langsam mit den Augen. Der Weg war nicht immer zu sehen, aber die Bäume zu beiden Seiten unterschieden sich der Färbung nach deutlich von allen anderen, so daß Green den Pfad ohne große Mühe ausmachen konnte. Jenseits des Dorfes führte der Weg nach Westen an den Rand der Insel weiter.

Dort entdeckte Green zum ersten Mal, seit der *Glücksvogel* gestrandet war, etwas, was ihn wieder Hoffnung schöpfen ließ. Er sah eine schmale Lücke zwischen den Bäumen, die bis zum Rand der Insel reichte, und bemerkte dort drei kleine Windroller. Zunächst fielen ihm nur die Masten auf, aber dann erkannte er auch die gutgetarnten Rümpfe. Wahrscheinlich waren die drei Jachten den Wilden bei ihren Raubzügen in die Hände gefallen. Sie waren so sorgfältig getarnt, daß sie von außerhalb der Insel nicht zu sehen waren.

Green mußte sich beherrschen, um nicht einen Freudenschrei auszustoßen. Nun brauchten sie nicht zu Fuß über die gefährliche Ebene zu wandern, sondern konnten verhältnismäßig bequem und sicher weitersegeln. Während die Kannibalen ängstlich in ihren Verstecken blieben, würde er seine Gruppe durch den Wald zu den Windrollern führen, ohne auf die Beschießung zu achten. Bei Einbruch der Dämmerung würde die Insel sich wieder in Bewegung setzen – dann konnten sie eine Jacht an ihren Davits herablassen und mit ihr davonsegeln.

Als Green zum Höhleneingang zurückkehrte, erwarteten ihn die anderen bereits. Er berichtete, was er gesehen hatte, und fügte hinzu: „Sobald die Vings die Insel besetzen, nützen wir die allgemeine Verwirrung zur Flucht aus."

Miran sah zur Sonne auf und schüttelte den Kopf. „Die Vings greifen jetzt nicht an. Dazu ist es bereits zu spät. Sie wollen einen ganzen Tag Zeit haben. Sie folgen der Insel und besetzen sie erst bei Tagesanbruch."

„Ich gebe zu, daß du mehr Erfahrung hast", erwiderte Green, „aber ich möchte dir trotzdem eine Frage stellen. Warum schicken die Vings nicht nachts ihre kleinen Boote los? Dann könnten sie doch die Insel fast kampflos besetzen."

Miran starrte ihn überrascht an. „Unmöglich! Das wagen nicht einmal die Piraten! Weißt du nicht, daß es nachts auf der Ebene von bösen Geistern und Dämonen wimmelt? Die Vings riskieren keinen Angriff, denn sie können schließlich nicht wissen, welchen Zauber die Kannibalen verwenden, um ihnen nachts zu schaden."

„Richtig, diese vorsichtige Haltung ist mir bekannt – ich hatte sie nur im Augenblick vergessen", antwortete Green. „Aber warum bist du dann nachts über die Insel gewandert, nachdem der *Glücksvogel* gestrandet war?"

„In dieser Lage war die Gefahr für Leib und Leben, die von den Wilden ausging, erheblich größer als die ungewisse Gefährdung durch vielleicht anderweitig abgelenkte Dämonen", erklärte Miran ihm ernsthaft.

„Ich hatte zuviel Angst, um an böse Geister zu denken", gab Amra ehrlich zu. „Bei nüchterner Überlegung wäre ich vielleicht lieber in der Hütte geblieben ... Nein, doch nicht. Ich habe noch nie einen Geist gesehen, aber wir hatten die Wilden deutlich genug vor Augen."

„Gut, ihr könnt euch alle geistig darauf vorbereiten, daß wir trotz aller Geister und Dämonen heute nacht den gegenüberliegenden Rand der Insel erreichen müssen", stellte Green fest. „Wer sich vor der Dunkelheit fürchtet, bleibt hier zurück, bis die Vings kommen."

Er erteilte die notwendigen Befehle und wies seine Gruppe an, sich zum Abmarsch bereitzuhalten. Dann wandte er sich wieder der Beschießung zu, die inzwischen fast aufgehört hatte. Die Windroller der Piraten schossen nur gelegentlich und verbrachten ihre Zeit damit, dicht am Rand der Insel vorbeizufahren.

„Hm, anscheinend wollen sie die Kannibalen nur aus der Reserve locken", murmelte Green vor sich hin. „Sie wissen schließlich nicht, ob nicht im Wald Hunderte von blutgierigen Wilden versteckt sind, die vielleicht nur Speere, vielleicht aber auch Kanonen und Musketen zur Verfügung haben. Sie wollen das Feuer des Gegners herausfordern, um danach beurteilen zu können, wie stark die Besatzung der Insel ist."

Er wandte sich an Miran. „Warum benützen die Wilden eigentlich keine Feuerwaffen? Sie müssen doch im Laufe der Zeit genügend erbeutet haben."

Miran zuckte mit den Schultern, um damit anzudeuten, daß er selbst nur Vermutungen anstellen könne. „Wahrscheinlich sind Feuerwaffen bei ihnen tabu. Jedenfalls leiden sie nun unter den Folgen dieser falschen Entscheidung. Ihr habt gesehen, daß in der ganzen Siedlung kaum fünfzig Männer leben. Kaum fünfzig! Vermutlich ist die ursprüngliche Bevölkerung durch Angriffe anderer Kannibalenstämme, die irgendwo auf der Ebene und auf anderen schwebenden Inseln leben, im Laufe der Zeit dezimiert worden. Jetzt ist der Punkt erreicht, an dem das Aussterben dieses Stammes nicht mehr aufzuhalten ist – selbst ohne die Hilfe unserer Freunde dort draußen." Bei diesen Worten deutete er auf die schwarzen Windroller der Vings.

„Richtig", stimmte Green zu, „und ich vermute, daß tagsüber Graskatzen und Wildhunde auf die Insel kommen, wenn sie sich nicht mehr bewegt. Auch dadurch werden der Bevölkerung große Verluste beigebracht." Er sah zu den Piraten hinüber. „Eigentlich wäre doch zu erwarten, daß die Vings jede Insel einnehmen, auf die sie unterwegs stoßen, um sie als Operationsbasis zu benutzen."

„Das tun sie auch", erklärte Amra ihm. „Seit etwa fünfzig Jahren sind die Vings damit beschäftigt, den wilden Stämmen ihre Inseln abzunehmen. Die besetzten Inseln werden für ihre Zwecke ausgebaut und befestigt, so daß man ohne Übertreibung sagen kann, daß sie das Xurdimur beherrschen. Aber die Inseln haben auch einen Nachteil: Sie sind nicht als Hafen geeignet, denn die Roller müssen ihnen nachts in sicherer Entfernung folgen, solange die Insel schwebt. Die Vings halten Dutzende von Inseln besetzt, werden aber gelegentlich von Windrollern bestimmter Nationen angegriffen und vertrieben. Die Eroberer benutzen die Insel dann selbst als Stützpunkt und überfallen von dort aus die Schiffe anderer Staaten, mit denen sie offiziell befreundet sind. Oh, das Xurdimur ist ein wüstes Gebiet, in dem jeder gegen jeden kämpft, und der Teufel holt die Schwachen! In einer einzigen Nacht kann man hier ein Vermögen erwerben oder das Leben verlieren. Aber das weißt du inzwischen aus eigener Erfahrung."

„Sobald der Mondschein hell genug ist, lassen wir die Wilden und die Piraten hinter uns zurück", versicherte Green ihr tröstend. „Ich hoffe nur, daß keine anderen Windroller der Vings in diesem Gebiet kreuzen."

„Alles geschieht, wie es die Götter wollen", erwiderte Miran. Seine traurige Miene verriet die Überzeugung, daß Green nicht allzuviel von ihnen zu erwarten hatte, nachdem schon er, der Favorit des Gottes Mennirox, so unerhört zu Schaden gekommen war.

Bei Einbruch der Abenddämmerung verließ Green die Höhle und trat in die Dunkelheit und den Regen hinaus. Amra folgte dicht hinter ihm; sie hatte eine Hand auf seine Schulter gelegt und trug mit der anderen ihre kleine Tochter.

Die anderen kamen hinter ihr, so daß eine lange Kette entstand, weil jeder sich mit seiner Hand an der Schulter des Vorhergehenden festhielt.

Die graue Katze steckte in Greens Jacke. Sie hatte ihm klar zu verstehen gegeben, daß sie ihn überallhin begleiten werde. Und Green hatte sich nicht dagegen gewehrt, weil er Lady Luck nett fand.

Die Gruppe bewegte sich langsam und stockend hügelabwärts. Green mußte schon nach zehn Minuten zugeben, daß er die Orientierung verloren hatte. Der Pfad verlief hier so gewunden, daß er nicht mehr beurteilen konnte, ob sie nach Westen oder in eine falsche

Richtung gingen. Das war jedoch nicht weiter wichtig, solange der Weg nur zum Rand der Insel führte. Von dort aus brauchten sie nur weiterzugehen, um irgendwann auf die Jachten zu stoßen.

Aber der Rand der Insel war nicht so einfach zu finden. Green befürchtete, daß sie im Mondschein feststellen würden, daß sie bisher im Kreis gegangen waren. Sobald der erste Mond aufgegangen war, würden sie sich orientieren können – aber dann waren sie auch für die Kannibalen deutlich zu sehen. Und falls sie sich zu diesem Zeitpunkt am Ostrand der Insel befanden, war der Weitermarsch ausgesprochen gefährlich.

Gelegentlich blitzte es, so daß sie ihre nähere Umgebung betrachten konnten. Aber auch diese kurzen Augenblicke, in denen alles hell war, halfen Green nicht weiter. Er sah überall nur Büsche und Bäume.

„Glaubst du, daß wir schon in ihrer Nähe sind?" flüsterte Amra hinter ihm.

Er blieb so plötzlich stehen, daß die anderen gegen ihn prallten. Diesmal blitzte es ganz nahe. Lady Luck fauchte und machte sich noch kleiner. Green streichelte sie geistesabwesend. „Du bringst mir wirklich Glück", lobte er sie dabei. „Ich habe eben das Dorf gesehen. Jetzt weiß ich, in welche Richtung wir weitergehen müssen."

Green machte sich keine Sorgen wegen der Eingeborenen. Seit dem vorläufigen Ende der Beschießung hockten sie vermutlich angsterfüllt in ihren Hütten und beteten zu irgendwelchen Göttern, der Blitz möge sie diesmal verschonen. Er war davon überzeugt, daß ihre kleine Gruppe ungehindert durchs Dorf marschieren könnte. Trotzdem wollte er kein Risiko eingehen und hielt sich deshalb am Rand der Lichtung.

„Jetzt dauert es nicht mehr lange!" versicherte er Amra. „Weitersagen, damit die anderen nicht langsamer werden."

Eine halbe Stunde später wünschte er sich sehnlichst, er hätte zuvor den Mund gehalten. Das Ziel lag vor ihnen. Er hatte den richtigen Weg gefunden, und sie standen nun am Rand der Senke, die er vom Hügel aus gesehen hatte. Aber jetzt runzelte er verblüfft und erschrokken die Stirn.

Ein Blitzstrahl erhellte die Senke, zeigte ihm graue Felsen und beleuchtete die hohen schwarzen Davits.

Die Jachten waren verschwunden!

22

SPÄTER überlegte sich Green, daß dies der Moment gewesen war, an dem er eigentlich hätte zusammenbrechen müssen, als sich seine Hoffnungen im Licht eines einzigen Blitzstrahls in Luft auflösten.

Die anderen machten ihrer Enttäuschung und ihrem Schmerz mit lauten Ausrufen Luft, aber Green war in diesem Augenblick wie gelähmt. Er konnte sich nicht bewegen und nicht sprechen; alles erschien ihm hoffnungslos – was sollten also Bewegungen oder Worte nützen?

Trotzdem war er ein Mensch, und Menschen hoffen selbst dort, wo jede Hoffnung unberechtigt ist. Außerdem durfte er nicht wie erstarrt stehenbleiben, bis der nächste Blitz den anderen vor Augen führte, in welchem Zustand sich ihr Führer befand. Er mußte etwas tun. Welche Rolle spielte es dabei schon, ob es etwas Nützliches war? Wichtig erschien ihm nur, daß überhaupt etwas geschah, und da er nicht sprechen konnte, weil seine Stimme ihm den Dienst versagt hatte, mußte er sich bewegen.

Green gab den anderen ein Zeichen, sie sollten zurückbleiben, und stieg selbst den Abhang hinauf. Am höchsten Punkt verließ er den Pfad und bahnte sich einen Weg nach rechts durchs Unterholz, weil er der Überzeugung war, die Jachten könnten nur dort versteckt sein, falls sie sich überhaupt noch auf der Insel befanden. Schließlich gab es nur zwei Möglichkeiten: Die Vings konnten sie entdeckt haben und hatten eine Gruppe von Männern auf die Insel geschickt, um die Jachten über den Rand schieben zu lassen; in diesem Fall waren die Windroller auf der Ebene zurückgeblieben, als die Insel sich bei Einbruch der Dunkelheit in Bewegung setzte. Oder die Kannibalen hatten ihre Fahrzeuge in Sicherheit gebracht, bevor die Piraten ihren Anschlag ausführen konnten, dann waren die Jachten vermutlich an der weniger steilen Seite der Senke nach oben gezogen worden.

An der Stelle, wo Green ein Seil um einen Baum geschlungen hätte, wenn es darum gegangen wäre, die Jachten nach oben zu ziehen, entdeckte er alle drei Fahrzeuge. Sie lagen nebeneinander am Rand der Senke und waren hinter Büschen versteckt. Nur ihre hohen

Masten waren teilweise sichtbar; selbst ein geübter Beobachter hätte sie jedoch mit abgestorbenen Bäumen verwechseln können.

Green stieß einen Freudenschrei aus, drehte sich um und wollte zu den anderen zurücklaufen. Dabei prallte er gegen einen Baum, richtete sich fluchend auf und betastete seine schmerzende Nase. Im nächsten Augenblick lag er schon wieder ausgestreckt im Gras, weil er über irgend etwas gestolpert war. Von diesem Sturz an schien sich alles gegen ihn verschworen zu haben. Green stolperte nur noch, schlug sich die Schienbeine an, bekam blaue Flecken vom Zusammenprall mit Bäumen und mußte sich von Büschen losreißen. Dazu kam noch, daß es jetzt nicht mehr blitzte, so daß er sich blind durch die Nacht vorwärts tasten mußte. Und Lady Luck, die schon mehrmals klagend gemaunzt hatte, zwängte sich plötzlich ins Freie, sprang zu Boden und verschwand.

Green rief ihr nach, aber sie hatte vorläufig von ihm und seiner blinden Stolperei genug und blieb verschwunden. Nun mußte er sich irgendwie allein zurechtfinden.

Zehn Minuten später, als er gerade gemerkt hatte, daß er sich in der falschen Richtung bewegte und vom Rand der Insel abgekommen war, zogen die dunklen Wolken davon. Nun leuchteten die beiden Monde, und Green sah wieder deutlich, wohin er trat. In kurzer Zeit hatte er die Senke erreicht, wo die anderen auf ihn warteten.

„Warum hast du so lange gebraucht?" fragte Amra. „Wir dachten schon, du seist über den Rand gefallen."

„Das hätte gerade noch gefehlt", murmelte Green vor sich hin. Er war noch immer wütend darüber, daß er sich so verlaufen hatte. Dann berichtete er, wo er die Jachten gefunden hatte, und fügte hinzu: „Wir müssen eine von ihnen nach unten zu den Davits schieben, bevor wir sie auf die Ebene hinunterlassen können. Dazu brauchen wir möglichst viele Helfer, sogar die Kinder!"

Sie stiegen langsam den Abhang hinauf und schoben die erste Jacht mit vereinten Kräften an den Rand der Senke. Green nahm eines der nassen Seile auf und befestigte es an einer schmiedeeisernen Öse am Heck des Fahrzeugs. Das andere Ende wurde um einen Baum geführt, dessen Stamm bereits zahlreiche Kerben von ähnlichen Operationen aufwies. Miran leitete die eine Hälfte der Gruppe, die nur das Seil festzuhalten hatte. Green versammelte die anderen Frauen um sich und schob mit ihrer Hilfe die Jacht über den Rand und den Abhang hinunter, während Mirans Leute langsam das Seil nachließen.

Als die Jacht sich endlich zwischen den Davits befand, mußte sie an vier Seilen aufgehängt und hochgehoben werden. Zum Glück stand für diese Arbeit eine Winde zur Verfügung. Allerdings war sie lange nicht mehr benützt worden und deshalb rostig. Sie ließ sich kaum bewegen und quietschte laut. Der Lärm störte jedoch wenig, denn die Gruppe war schon bisher so laut gewesen, daß nur ein günstiger Ostwind verhindert haben konnte, daß die Kannibalen merkten, wohin die Überlebenden geflohen waren.

Gerade als Green darüber nachdachte, zeigten die Wilden sich erstmals wieder. Grizquetr, der als Wachtposten auf einem Baum hockte, rief plötzlich: „Ich sehe eine Fackel! Sie brennt irgendwo im Wald – ungefähr eine halbe Meile weit entfernt. Oh! Noch eine! Und noch eine!"

„Sind sie auf dem Weg hierher?" wollte Green wissen.

„Ja, sie folgen dem Pfad hierher!" meldete Grizquetr aufgeregt.

Green arbeitete fieberhaft, um die Taue der Davits an den auf Deck vorgesehenen Ösen zu befestigen. Er fluchte leise vor sich hin, weil er mit seinen Fingern nicht rasch genug nachkam. Trotzdem brauchte er für die vier Knoten kaum zwei Minuten, doch selbst diese kurze Zeitspanne erschien ihm wie eine Ewigkeit.

Dann mußte er einige Frauen von Bord schicken, die es sich bereits auf Deck gemütlich gemacht hatten. Nur Frauen mit Kleinkindern und die übrigen Kinder durften an Bord bleiben.

„Wer soll eurer Meinung nach die Winde bedienen?" erkundigte Green sich wütend. „Los, an die Arbeit mit euch!"

„Willst du uns wirklich im Xurdimur zurücklassen, während du selbst auf der Insel bleibst?" erkundigte sich eine der Frauen ängstlich.

„Nein", versicherte Green ihr so ruhig wie möglich. „Wir lassen die Jacht auf die Ebene herab. Dann steigen wir zu den beiden anderen hinauf und schieben sie über den Rand der Insel, damit die Wilden uns nicht darin verfolgen können. Und danach springen wir selbst ab und marschieren zu euch zurück."

Er merkte, daß die Frauen noch immer beunruhigt waren, und rief deshalb Grizquetr zu sich.

„Komm herunter, mein Junge. Du gehst mit an Bord!"

Als Grizquetr vor ihm stand und erwartungsvoll zu ihm aufsah, sagte Green nur: „Ich verlasse mich darauf, daß die Frauen und Kinder bis zu unserer Rückkehr unter deinem Schutz in Sicherheit sind. Abgemacht?"

„Abgemacht", antwortete Grizquetr und richtete sich stolz auf. „Ich bin also Kapitän, bis du zurückkommst?"

„Richtig, du bist Kapitän", stimmte Green zu und klopfte ihm auf die Schulter. „Und ein guter dazu."

Dann ließ er die Winden besetzen, mit denen das Fahrzeug einige Zentimeter hoch in die Luft gehoben wurde. Nun schwenkten die Davits quietschend und knarrend zur Seite, bis der Windroller über dem Rand der Insel hing. Als das Fahrzeug herabgelassen wurde, berührte es den festen Boden mit allen Rädern gleichzeitig. Green wartete nur einen Augenblick lang, bis sicher feststand, daß sämtliche Räder Bodenberührung hatten und sich drehten; dann gab er das vereinbarte Zeichen, und die Frauen an Bord lösten die vier Knoten. Nun konnte er endlich erleichtert aufatmen, denn alle vier Knoten ließen sich mühelos und rasch aufknüpfen, so daß keine Gefahr bestand, daß die Jacht in letzter Sekunde kippte und umgeworfen wurde.

Green sah dem Windroller nach, der jetzt hinter der Insel zurückblieb. Das Fahrzeug wurde immer kleiner und tauchte schließlich in der Dunkelheit unter. Green wandte sich ab, holte tief Luft, lief auf den Hügel und forderte die anderen auf: „Los, kommt mit! Wir haben es eilig!"

Als er den höchsten Punkt des Hügelrückens vor den anderen erreicht hatte, blieb er kurz stehen. Die Fackeln waren inzwischen näher gekommen, und irgendwo auf der Insel erklang ein dumpfer Trommelwirbel.

Lady Luck erschien plötzlich hinter einem Busch, rannte auf Green zu, kletterte an ihm empor und legte sich auf seine Schultern.

„Ah, da bist du wieder, du treulose Bestie!" begrüßte Green sie. „Hast du es nicht mehr ohne mich ausgehalten?"

Lady Luck gab keine Antwort, sondern sah zu den Fackeln hinüber.

„Keine Angst, Kleine", beruhigte Green sie. „Wir sorgen gleich dafür, daß sie uns nicht mehr einholen können."

Inzwischen waren auch die anderen herangekommen, und Green

machte sich sofort mit ihnen an die Arbeit. Eine Minute später rollte die vorderste Jacht hangabwärts. Als das Fahrzeug über den Rand der Insel stürzte und auf der Ebene liegenblieb, mußten sie sich beherrschen, um nicht in laute Begeisterungsrufe auszubrechen. Das war nur eine harmlose Rache für ihre Leiden in der Gefangenschaft der Kannibalen, aber immerhin besser als gar nichts.

„Jetzt noch den letzten Windroller!" befahl Green. „Dann rennen wir bergab, als wären alle Dämonen hinter uns her!"

Sie schoben das Fahrzeug bis zu der Stelle, an der eine letzte Anstrengung genügen würde, um die Jacht davonrollen zu lassen.

In diesem Augenblick tauchten etwa zehn Wilde, die den Fackelträgern vorausgeeilt waren, dicht hinter ihnen auf. Green sah sie einen weiten Bogen machen und vermutete, daß sie vorausgeschickt worden waren, um zu verhindern, daß auch diese Jacht über den Rand der Insel gestürzt wurde. Die Wilden hatten bereits eine Stelle zwischen dem Rand der Insel und seiner Gruppe erreicht; sie waren nicht nur zahlenmäßig überlegen, sondern es waren vor allem starke Männer, während Greens Streitmacht überwiegend aus Frauen bestand. Und sie hatten ihre Speere, während die Schiffbrüchigen nur mit Messern und Dolchen bewaffnet waren.

Green überlegte nicht lange. „Miran bleibt bei mir, die anderen gehen an Bord!" befahl er rasch. „Kein Widerspruch! Los, aufsteigen! Wir fahren durch sie hindurch! Legt euch flach aufs Deck!"

Die Frauen gehorchten wortlos und ließen sich von den beiden Männern an Bord helfen. Dann stemmten Miran und Green sich gegen das Heck der Jacht und versuchten sie in Bewegung zu setzen. Zunächst schien das schwere Fahrzeug sich nicht bewegen zu wollen, so, als sei es noch nicht dicht genug am Rand der Senke.

„Wir müssen es schaffen!" keuchte Green. „Fester, Miran, noch fester!"

Er hatte das Gefühl, sein Schlüsselbein müsse im nächsten Augenblick zersplittern, und die Adern auf seiner Stirn schwollen dick an.

Unter ihnen ertönten die Schreie der Wilden, die jetzt den Hügel heraufstürmten, um ihren Windroller zurückzuerobern.

„Noch mal!" rief Green verzweifelt.

Seine Adern drohten zu platzen, und er war davon überzeugt, daß seine Knie demnächst unter dieser Belastung nachgeben würden.

Aber der Windroller setzte sich jetzt langsam in Bewegung, knarrte etwas, wurde allmählich schneller und rollte schließlich den Abhang hinunter. Green mußte hinterherlaufen, sich mit einer Hand an der Reling festhalten und die andere nach Miran ausstrecken, der zu langsam war.

Zum Glück hatte eine der Frauen an Bord die Geistesgegenwart, Miran an der Schulter zu fassen und aufs Deck zu ziehen. Der dicke Handelsherr stieß einen lauten Schrei aus, als er unsanft über die Reling plumpste, hielt jedoch seinen Beutel mit den Juwelen eisern fest.

Lady Luck hatte ihren Posten auf Greens Schultern bereits verlassen, als er zu schieben begann. Jetzt drängte sie sich wieder an ihn und hatte offenbar Angst, weil die Jacht in allen Fugen zitterte und krachte, während sie bergab rollte.

Green legte schützend einen Arm um die Katze und richtete sich dann auf dem linken Ellbogen auf. Als erstes sah er einen Speer, der geradewegs auf ihn zuflog. Er glaubte, den Luftzug im Gesicht zu spüren, und hörte unmittelbar darauf einen entsetzten Schrei. Anscheinend war die Frau neben ihm getroffen worden, aber er hatte keine Zeit, sich nach ihr umzudrehen. Ein Wilder tauchte neben der Jacht auf, und da das Deck etwa brusthoch über dem Boden lag, sah der Kannibale alles ganz deutlich. Er holte mit seinem Speer aus und warf ihn nach Green.

Nein, nicht nach ihm, sondern nach der Katze! Ein zweiter Krieger, der jetzt erschien, brüllte etwas Unverständliches und warf seinen Speer ebenfalls nach Lady Luck. Offenbar waren Katzen auf dieser Insel nicht mehr tabu; die Eingeborenen waren von ihrem Totem enttäuscht und trachteten deshalb jeder Katze nach dem Leben.

Lady Luck hatte allerdings auch diesmal Glück, denn nur der zweite Speer streifte sie leicht, ohne sie ernstlich zu verletzen. Und bereits im nächsten Augenblick fluchten und schrien die Wilden hilflos hinter der Jacht her, die ihnen davonfuhr.

Das Fahrzeug rollte den Abhang hinunter, ratterte über das letzte gerade Stück und flog mit kaum verminderter Geschwindigkeit durch die Luft. Green streckte sich auf dem Deck aus und hielt sich fest, um nicht über Bord geschleudert zu werden, wenn die Jacht einen Meter tiefer aufkam.

Irgendwie wurde er jedoch hochgehoben, schwebte in der Luft und sah die Decksplanken auf sich zukommen.

Dann herrschte einige Minuten lang Stille, bevor Green aus der Dunkelheit erwachte und feststellte, daß das Zusammentreffen zwischen dem Deck und seinem Gesicht zu unerwünschten Auswirkungen geführt haben mußte. Dieser Verdacht wurde zur Gewißheit, als er einen Vorderzahn ausspuckte. Er spürte jedoch keine Schmerzen, denn die Freude darüber, daß sie den Wilden entkommen waren, wog alles auf. Hinter ihnen entfernte sich die Insel im Mondschein über das Xurdimur, und die Kannibalen brüllten in ohnmächtiger Wut vom Rand aus zu den Flüchtlingen hinüber, ohne jedoch den Mut zu besitzen, von der Insel zu springen und die Verfolgung aufzunehmen. Schließlich war diese Insel ihre Heimat, die sie nicht einfach verlassen konnten, nur um sich an Green und den anderen zu rächen.

„Hoffentlich räumen die Vings morgen gründlich auf", murmelte Green vor sich hin. Er stand mühsam auf und sah sich um. Die Frau neben ihm war wider Erwarten unverletzt geblieben; sie hatte nur erschrocken aufgeschrien, als der erste Speer so dicht an seinem Gesicht vorbeiflog. Die Waffe steckte tief im Fuß des Hauptmastes, und Green mußte sich anstrengen, um die Spitze herauszuziehen.

Er kletterte über Bord und besichtigte die Schäden, die der Aufprall zurückgelassen hatte. Ein Rad fehlte, und die dazugehörige Achse war völlig verbogen. Green schüttelte den Kopf, als er sich an die anderen wandte. „Mit dieser Jacht fährt keiner mehr", stellte er fest. „Kommt, wir gehen zu Fuß weiter."

23

Zwei Wochen später trieb sie ein günstiger Wind auf der anderen Jacht mit fünfzehn Knoten vor sich her. Es war mittags, und die gesamte Besatzung mit Ausnahme der beiden Rudergänger, Miran und Amra, saß beim Essen. Heute gab es *Hoober*-Steaks, da Green wieder einmal auf der Jagd erfolgreich gewesen war. Obwohl sich im Lagerraum der Jacht keine Lebensmittelvorräte befunden hatten, brauchten sie an Bord keine Not zu leiden. Zum Glück waren nämlich die Kannibalen abergläubisch genug gewesen, die Pistolen des früheren Besitzers, ein

Faß Pulver und einen Sack Kugeln in der Kabine zu lassen. Mit diesen Pistolen ging Green auf die Jagd und erlegte bereits am ersten Tag genügend Wild, um alle reichlich zu ernähren.

Amra ergänzte diese eintönigen Fleischgerichte mit einem Grassalat, wie nur sie ihn zubereiten konnte. Und wenn sie von Zeit zu Zeit einen Wald erreichten, ließ Green halten, damit die Besatzung ausschwärmen und Beeren suchen konnte. Von diesen Ausflügen brachten sie auch eine große Pflanze mit, deren Stengel, in Wasser aufgeweicht, eine Art Brotteig ergaben.

Einmal tauchte eine Graskatze hinter einem Baum auf und wollte sich auf Inzax stürzen. Miran und Green schossen gleichzeitig, und das Raubtier sank zehn Meter von der kleinen Blondine entfernt zusammen. Im allgemeinen waren die Graskatzen nur gefährlich, wenn Besatzungsmitglieder die Jacht verließen. Sie machten nie den Versuch, während der Fahrt an Bord zu springen, obwohl sie bestimmt dazu imstande gewesen wären. Gelegentlich folgten sie der Jacht einige Meilen weit, um sich dann stolz abzuwenden.

Green wünschte sich oft, die Wildhunde wären ähnlich veranlagt. Sie waren fast so groß wie Graskatzen und bildeten Rudel von zehn bis fünfzehn Tieren. Green fand sie abstoßend häßlich, wenn sie knurrend und bellend zwischen den Rädern des Windrollers umherliefen, nach den Achsen schnappten und ihre gelblichen Reißzähne fletschten. Manchmal kam einer von ihnen auf die Idee, er könne an Bord springen, um festzustellen, wie die Menschen dort oben schmeckten. Diese Versuche endeten stets damit, daß die Besatzung den Eindringling erlegte und seinen Kadaver über Bord warf. Die übrigen Wildhunde des Rudels stürzten sich dann auf ihren toten Artgenossen, ohne weiter auf den Windroller zu achten, der sich rasch entfernte und außer Sicht kam.

Die Attacken der Wildhunde forderten keine Toten, aber fast jeder an Bord trug eine oder mehrere Narben als Andenken davon. Nur Lady Luck blieb gänzlich unverletzt. Sobald sie in der Ferne ein Rudel hörte, kletterte sie den Mast hinauf und kam erst wieder herunter, wenn die Gefahr beseitigt war.

An diesem Tag waren sie noch nicht belästigt worden. Miran stand auf dem Vorderdeck und richtete seinen Sextanten auf die Sonne. Er hatte das Instrument und mehrere Karten in der Kabine gefunden.

Obwohl er das Alphabet nicht kannte, mit dem die Eintragungen auf diesen Karten erfolgt waren, hatte er sie in Gedanken mit anderen Karten vergleichen können, die er an Bord des *Glücksvogels* zurückgelassen hatte. Er hatte die fremden Ortsnamen durchgestrichen und sie durch die ihm vertrauten Bezeichnungen ersetzt. Green hatte ihn allerdings aus Vorsicht zu dieser Änderung gedrängt, damit er die Karten selbst lesen konnte, und er hatte Miran auch dazu gebracht, ihm und Amra zu erklären, wie der Sextant bedient werden mußte.

Als Green und seine Frau einigermaßen mit diesem Instrument umgehen konnten, kam es zu einem Zwischenfall, der Green dazu zwang, weitere Sicherheitsvorkehrungen zu treffen. Miran und er standen am Heck, während Amra die Jacht in die Nähe einer Wildherde steuerte. Das war ein übliches Manöver – sie folgten den *Hobbers*, bis die Tiere erschöpft waren, und erlegten dann zwei oder drei Tiere. Auch diesmal hob Green seine Pistole und sah dabei aus dem Augenwinkel heraus, daß Miran ebenfalls die Waffe hob und dabei einen Schritt zurücktrat. Green drehte sich nach ihm um und wollte ihn ermahnen, nur zu schießen, wenn er selbst das Wild verfehlt hatte. In diesem Moment sah er die Pistolenmündung auf seinen Kopf gerichtet, duckte sich und war darauf gefaßt, einen Kopfschuß zu bekommen. Aber Miran ließ die Waffe sinken und erkundigte sich arglos, was denn plötzlich in Green gefahren sei.

Green antwortete nicht, sondern nahm Miran nur die Pistole ab und schloß sie im Waffenschrank ein. Weder er noch Miran erwähnten diesen Vorfall anderen gegenüber, und der Handelsherr fragte niemals, weshalb Green ihm keine Pistole mehr in die Hand gab. Allein das überzeugte Green davon, daß Miran ihn „aus Versehen" hatte erschießen wollen.

Um in Zukunft ähnliche „Unfälle" weniger lohnend zu machen, wies Green Amra öffentlich an, ein bestimmtes Besatzungsmitglied erschießen und über Bord werfen zu lassen, falls er plötzlich eines Morgens verschwunden sein sollte. Er nannte keinen Namen, sprach jedoch von „ihm", und da Miran der einzige andere Mann an Bord war, konnte es keinen Zweifel daran geben, wen er meinte.

Von diesem Zeitpunkt an arbeitete Miran bereitwillig mit ihm zusammen und war nach außen hin stets unerschütterlich freundlich. Aber Green beobachtete auch, daß Miran gelegentlich finster zu ihm hinübersah und dabei entweder seinen Dolch festhielt oder den Beutel mit den geretteten Juwelen betastete, den er ständig bei sich trug. Green konnte sich gut vorstellen, daß Miran ihm nach der Ankunft in Estorya eine kleine Überraschung bereiten wollte.

An diesem Tag waren sie zwei Wochen mit der Jacht unterwegs. Miran nahm das nautische Besteck auf, und Green wartete neben ihm, um seine Messungen nachzuprüfen. Falls seine eigenen Berechnungen stimmten, waren sie nur noch zweihundert Meilen von Estorya entfernt. Bei gleichbleibender Fahrt würden sie die Stadt also in etwas mehr als zehn Stunden erreichen.

Miran hatte seine Messung beendet und ging in die Kabine, in der Green die Karten aufbewahrte. Nun war Green an der Reihe. Er wiederholte die Messung und betrat dann ebenfalls die Kabine, um das Ergebnis mit Mirans Position zu vergleichen.

„Wir sind uns also einig", stellte Green fest und deutete auf einen roten Punkt in der Mitte der Karte. „Diese Insel müßte innerhalb der nächsten vier Stunden in Sicht kommen."

„Richtig", stimmte Miran zu. „Das ist ein markanter Punkt, den jeder Kapitän kennt, der je nach Estorya gesegelt ist. Schon mein Großvater hat diesen Punkt hundert Meilen außerhalb der Stadt gekannt. Früher war er eine dieser schwebenden Inseln, die sich aber seit langem nicht mehr bewegt hat. Das ist nichts Außergewöhnliches. Überall im Xurdimur gibt es derartige Inseln, und jede neue Karte verzeichnet einige weitere Hindernisse, wo eine Insel zum Stillstand gekommen ist."

Er machte eine Pause und fügte erklärend hinzu: „Außergewöhnlich ist in diesem Fall nur, daß die Insel nicht von selbst zum Stillstand gekommen ist. Die Estoryaner haben sie durch einen Zaubertrick gefangen und halten sie seitdem fest."

„Was soll das heißen?" fragte Green schnell.

Miran starrte ihn verständnislos an. „Was das heißen soll?" wiederholte er langsam. „Natürlich genau das, was ich gesagt habe, sonst nichts."

„Mit welchem Zauber haben sie die schwebende Insel eingefangen?" erkundigte Green sich.

„Nun, sie haben bestimmte Türme davor aufgebaut, und als die Insel rückwärts ausweichen wollte, haben sie weitere Türme in den

Weg gestellt. Die Türme ließen sich auf Rädern beliebig verschieben. Als die Insel eingekreist war, konnte sie sich nicht mehr bewegen, und sie hat es seitdem nie wieder getan."

„Diese Türme interessieren mich. Woher wußten die Estoryaner, wie sich die Insel aufhalten ließ? Und warum haben sie es nicht mit anderen versucht, nachdem es mit einer geglückt war?"

„Das weiß ich nicht", gab Miran zu. „Aber vielleicht sind daran äußere Umstände schuld, denn die Türme sind riesig, kosten Unsummen und lassen sich nicht allzu schnell bewegen. Vielleicht wollten die Estoryaner nur eine Insel einfangen. Das Wissen stammt von ihren Vorfahren, die Estorya an dieser Stelle gegründet haben. Um die Stadt vor den Inseln zu schützen, mußten sie Türme entlang der Mauer errichten. Aber der Bau hat viel Holz und Geld gekostet, deshalb haben sie vermutlich später das Interesse daran verloren."

Miran deutete auf das Symbol einer Festung neben dem roten Punkt. „Diese Festung bedeutet, daß die Estoryaner hier einen Militärstützpunkt unterhalten. Wir müssen uns dort melden, falls wir in Sichtweite vorbeikommen. Selbstverständlich läßt sich das vermeiden, indem wir sie nördlich oder südlich umfahren. Aber dann müssen wir am Windbrecher der Stadt unsere Papiere vorweisen, und die Inspekteure halten nicht viel von Fahrzeugen, die nicht zuvor in Fort Shimdoog zur freiwilligen Kontrolle gewesen sind, selbst wenn es sich nur um eine kleine Jacht handelt. Die Estoryaner sind von Natur aus äußerst mißtrauisch veranlagt."

Richtig, dachte Green, und ich möchte wetten, daß du die Absicht hast, ihr Mißtrauen zumindest in einer Beziehung noch zu fördern. Er verließ die Kabine und hörte im gleichen Augenblick Amras Stimme vom Ruder her.

„Insel am Horizont!" rief sie ihm zu. „Und eine größere Anzahl von weißen Türmen."

Green äußerte sich nicht dazu. Aber er konnte sich kaum noch beherrschen, je näher sie der Insel und den Türmen kamen. Er ging unruhig auf Deck auf und ab, hielt sich die Hand über die Augen und starrte immer wieder zu den weißen Türmen hinüber. Als sie sich ihnen schließlich so weit genähert hatten, daß ihre Größe und äußerliche Details deutlich erkennbar waren, konnte er seine Begeisterung nicht länger unterdrücken. Er stieß einen Freudenschrei aus, küßte

Amra und tanzte auf dem Vorderdeck herum. Die Frauen beobachteten ihn verlegen, und die Kinder lachten, aber alle fragten sich, ob er plötzlich verrückt geworden sei.

„Raumschiffe! Raumschiffe!" brüllte er auf englisch. „Dutzende von Raumschiffen! Das muß eine Expedition sein! Ich bin gerettet! Raumschiffe, Raumschiffe!"

24

Es war ein herrlicher Anblick: Dutzende von spitzen Nadeln, die bis zu den Wolken aufragten und ihre Teleskopstützen tief ins weiche Erdreich gebohrt hatten! Ihre Rümpfe aus weißem Eternum blitzten in der Sonne und blendeten den Beschauer. Ein prächtiges Bild, das den Fortschritt und das Wissen der größten Zivilisation der Galaxis verkörperte.

Kein Wunder, dachte Green, daß ich tanze und brülle, während die anderen mir besorgte Blicke zuwerfen, als sei ich plötzlich übergeschnappt. Und Amra schüttelt mit Tränen in den Augen den Kopf und murmelt etwas vor sich hin. Aber was weiß sie schon von der Bedeutung dieser weißen Türme?

Woher sollte sie es auch wissen?

„He!" brüllte Green heiser. „He, hier bin ich! Ich stamme von der Erde! Vielleicht sehe ich wie ein Eingeborener aus, weil ich lange Haare, einen Bart und ein schmutziges Gesicht habe, aber ich bin keiner. Ich bin Alan Green, ein Bürger der Erde!"

Selbstverständlich hätte ihn niemand aus dieser Entfernung hören können, auch wenn jemand unter einem der Raumschiffe im Freien gestanden hätte. Aber Green brüllte aus reiner Begeisterung weiter, ohne sich darum zu kümmern, daß er dabei heiser wurde.

Amra unterbrach ihn schließlich. „Was ist mit dir los, Alan? Hat dich der Grüne Vogel der Glückseligkeit gebissen, der manchmal über diese Ebene fliegt? Oder hat dich der Schwarze Vogel des Schreckens berührt, während du nachts auf Deck geschlafen hast?"

Green machte eine Pause und starrte sie nachdenklich an. Sollte er ihr die Wahrheit sagen, da er jetzt die Rettung vor Augen hatte? Natürlich brauchte er nicht zu befürchten, daß sie oder andere ihn davon abhalten würden, mit der Expedition Verbindung aufzunehmen. Jetzt konnte ihn niemand mehr aufhalten, davon war er überzeugt.

Er konnte es nur nicht übers Herz bringen, ihr zu erzählen, daß er sie verlassen wollte.

Er begann auf englisch zu sprechen, hörte wieder auf und machte einen neuen Anfang in ihrer Sprache. „Diese Türme ..., in ihnen haben Männer meines Stammes die Entfernung zwischen den Sternen zurückgelegt. Ich bin damals mit einem Schiff dieser Art hierhergekommen – in einem Raumroller, könnte man sagen. Mein Schiff hatte eine Havarie, und ich mußte auf dieser ... deiner ... Welt niedergehen. Dann habe ich gehört, daß ein weiteres Schiff bei Estorya gelandet war; König Raussmig hatte die Besatzung einsperren lassen und wollte sie dem Sonnengott opfern. Ich mußte also möglichst schnell nach Estorya und habe deshalb Miran dazu gebracht, mich als Passagier an Bord zu nehmen. Darum habe ich dich im Stich gelassen, denn ich ..."

Er sprach nicht weiter, sondern betrachtete verständnislos Amras Gesichtsausdruck. Er sah weder Trauer noch Zorn, sondern nur Mitleid, das er sich nicht erklären konnte.

„Wovon sprichst du überhaupt, Alan?" wollte Amra wissen.

Er wies auf die Raumschiffe. „Sie kommen von Terra, meinem Heimatplaneten."

„Ich weiß nicht, was du unter einem Heimatplaneten verstehst", sagte Amra leise, „aber das dort vorn sind jedenfalls keine Raumschiffe, sondern große Türme, die vor tausend Jahren von Estoryanern erbaut worden sind."

„Was ... was soll das heißen?" stotterte Green fassungslos.

Er sah wieder zu den Nadeln hinüber. Wenn das keine Raumschiffe waren, wollte er alle Segel der Jacht essen. Und die Räder dazu.

Der Windroller wurde von der frischen Brise näher an die Türme herangetrieben. Green stand hinter Amra und bildete sich ein, er müsse demnächst platzen, wenn die aufgestaute Erregung sich nicht irgendwie Luft machte. Schließlich erfolgte die logische Reaktion. Er hatte plötzlich Tränen in den Augen, wollte sie zurückhalten und konnte doch nicht verhindern, daß sie ihm übers Gesicht liefen.

Wie geschickt die Erbauer dieser Türme jedes Detail nachgeahmt hatten! Die Teleskopstützen, die breiten Ruderflächen, die glatten Bordwände und schließlich der nadelspitze Bug – alles das war eine maßstabgerechte Kopie eines großen Raumschiffs. Die Konstrukteure dieser Türme mußten also ein Raumschiff zum Vorbild genommen haben; anders ließ sich diese täuschende Ähnlichkeit nicht erklären.

„Nicht weinen, Alan", mahnte Amra. „Die anderen halten dich sonst für schwach. Ein Kapitän weint nicht."

„Dieser Kapitän tut es aber", erwiderte Green, drehte sich um und ging ans Heck der Jacht, wo er sich über die Reling beugte, damit niemand sein tränennasses Gesicht sah.

Dann spürte er eine Hand auf seiner. „Alan", sagte Amra leise. „Ich muß die Wahrheit wissen. Hättest du mich mitgenommen, wenn die Türme wirklich Schiffe gewesen wären, die zu deinem Heimatplaneten fliegen könnten? Oder findest du noch immer, daß ich ..., daß ich nicht gut genug für dich bin?"

„Sprechen wir jetzt nicht davon", wehrte Green ab. „Ich kann nicht. Außerdem hören zu viele Leute zu. Später, wenn alle schlafen."

„Meinetwegen, Alan."

Sie verließ ihn wortlos, denn sie ahnte, daß er mit seinen Gedanken allein sein wollte. Er war ihr dankbar dafür, weil er wußte, welche Überwindung sie diese Zurückhaltung kostete. Zu jedem anderen Zeitpunkt hätte sie ihm in ähnlicher Lage irgend etwas an den Kopf geworfen.

Nachdem er sich einigermaßen beruhigt hatte, ging er ans Ruder und löste Miran ab. Nun war er zu beschäftigt, um über seine große Enttäuschung nachzudenken. Als sie das Fort erreichten, mußte er sich beim Wachhabenden melden lassen und seine Geschichte erzählen. Das dauerte einige Stunden, denn der Offizier verständigte seine Vorgesetzten, denen Green die gleiche Geschichte erzählen mußte. Miran und Amra wurden ebenfalls ausgefragt. Green hörte besorgt zu, als der Handelsherr die Ereignisse aus seiner Sicht beschrieb, denn er fürchtete, daß Miran den Verdacht äußern würde, Green sei kein gewöhnlicher Mensch wie die anderen. Falls Miran jedoch derartige Absichten hatte, sparte er sich die Enthüllungen bis zu ihrer Ankunft in Estorya auf.

Die Offiziere waren sich darüber einig, daß Greens Bericht das phantasievollste Seemannsgarn sei, das sie bisher gehört hatten. Sie bestanden darauf, ein Bankett für Miran und Green zu geben. Das hatte den Vorteil, daß Green endlich wieder baden, sich die Haare schneiden und sich rasieren lassen konnte. Andererseits mußte er das langweilige Fest ertragen, sich bis obenhin vollstopfen, um seine Gastgeber nicht zu beleidigen, und sogar an einem Wetttrinken mit den jüngeren Offizieren der Garnison teilnehmen. Sein Symbiont konnte zum Glück unglaubliche Mengen Nahrung und Alkohol verarbeiten, so daß Green den Offizieren als eine Art Supermann erschien.

Als der letzte Teilnehmer des Banketts gegen Mitternacht betrunken unter dem Tisch lag, konnte Green endlich den Saal verlassen, um zur Jacht zurückzukehren.

Leider mußte er jedoch den dicken Handelsherrn mit nach draußen schleppen. Vor dem Gebäude sah er einige Rikschafahrer an einem Feuer auf Kunden warten, die so betrunken waren, daß sie weder Geister noch Diebe fürchteten. Er gab einem der Männer ein Geldstück und beschrieb ihm, wo er Miran abliefern solle.

„Und wie steht es mit Ihnen, ehrenwerter Herr? Wollen Sie nicht auch nach Hause fahren?"

„Später", antwortete Green. „Ich mache noch einen kurzen Spaziergang." Bevor die Rikschafahrer weitere Fragen stellen konnten, verschwand er in der Dunkelheit und stieg zum höchsten Punkt der Insel hinauf.

Zwei Stunden später erschien er plötzlich im Mondschein am Windbrecher, ging an den dort vertäuten Windrollern vorbei zur Jacht und kletterte leise an Bord. Ein Blick auf das Deck zeigte ihm, daß alle friedlich schliefen. Er stieg vorsichtig über die Schlafenden hinweg und streckte sich neben Amra aus. Dann legte er die Hände unter den Kopf und sah nachdenklich zu den Sternen auf.

„Alan, du wolltest doch jetzt mit mir sprechen", flüsterte Amra.

Green drehte sich nicht zu ihr um. „Ich wäre früher zurückgekommen, aber die Offiziere haben uns so lange aufgehalten. Ist Miran noch nicht an Bord?"

„Doch, er ist fünf Minuten vor dir eingetroffen."

Er richtete sich auf und starrte sie an. „Was?"

„Ist das außergewöhnlich?"

„Dabei war der Kerl so betrunken, daß er fest geschlafen hat! Dieser verdammte Gauner! Er hat mir etwas vorgespielt! Und er muß ..."

„Was muß er?"

Green zuckte mit den Schultern. „Das weiß ich selbst nicht." Er konnte Amra nicht erzählen, daß Miran ihn verfolgt und einiges gesehen haben mußte, was nicht für seine Augen bestimmt gewesen war.

Er stand auf und starrte die dunklen Gestalten an, die überall auf Deck zu erkennen waren. Miran schlief unter einer Decke am Ruder. Oder er stellte sich jedenfalls schlafend.

Sollte er ihn umbringen? Wenn Miran ihn in Estorya verriet ...

Green setzte sich auf und spielte mit dem Dolch an seinem Gürtel.

Amra schien zu erraten, was er dachte, denn sie fragte: „Warum willst du ihn umbringen?"

„Das weißt du selbst. Weil er mich auf den Scheiterhaufen bringen kann."

Amra holte tief Luft. „Alan, das ist nicht wahr! Du bist doch kein Dämon!"

Green fand diese Idee so lächerlich, daß er sich nicht die Mühe machte, darauf zu antworten. Er hätte es aber tun sollen, denn er wußte, wie ernst diese Leute derartige Dinge nahmen. Im Augenblick war er jedoch noch so mit Miran beschäftigt, daß er Amra völlig vergaß. Er wurde erst wieder auf sie aufmerksam, als er sie schluchzen hörte.

„Keine Angst, sie verbrennen mich bestimmt nicht", sagte er überrascht.

„Nein, das dürfen sie nicht", schluchzte Amra. „Mir ist es gleich, ob du wirklich ein Dämon bist. Ich liebe dich, und ich gehe für dich oder mit dir zum Teufel!"

Green brauchte einige Sekunden, um zu begreifen, daß sie ihn tatsächlich für einen Dämon hielt und trotzdem bei ihm bleiben wollte. Welche Überwindung sie dieser Entschluß gekostet haben mußte! Schließlich war sie von Kindheit an dazu erzogen worden, Teufel und Dämonen und böse Geister zu fürchten, zu hassen und zu verachten. Und nun hatte sie sich selbst überwunden – anstatt Green zu hassen, liebte sie ihn wie zuvor! In gewisser Beziehung war das eine größere Leistung als ein Flug von einem Stern zum anderen.

„Amra“, flüsterte er bewegt und beugte sich über sie, um sie zu küssen.

Zu seiner Überraschung wandte sie sich ab.

„Du weißt doch, daß ich nicht wie Dämonen Feuer spucke“, sagte er halb scherzhaft, halb bemitleidend. „Und ich sauge dir auch nicht die Seele aus dem Leib.“

„Das hast du schon getan“, antwortete sie mit abgewandtem Gesicht.

„Amra!“

„Doch, das hast du getan! Warum bin ich dir sonst gefolgt, als du mich verlassen hast und an Bord des *Glücksvogels* davonfahren wolltest? Und warum will ich noch immer bei dir bleiben, warum würde ich nicht von dir lassen wollen, selbst wenn die Türme deine ‚Raumschiffe‘ gewesen wären? Wie erklärst du dir das? Antworte!“

Sie hatte sich aufgerichtet und starrte ihm ins Gesicht. Er erkannte sie kaum wieder, so sehr waren ihre blassen Züge verzerrt. „Allein während dieser Reise habe ich mir hundertmal gewünscht, du würdest sterben. Warum? Weil ich dann nicht mehr an den Tag zu denken brauchte, an dem du diese Welt für immer verlassen würdest, an dem du *mich* verlassen würdest! Aber sobald du in Lebensgefahr warst, habe ich um dich gezittert, denn ich wollte deinen Tod nicht wirklich. An diesem Wunsch war nur mein verletzter Stolz schuld. Und ich konnte mich nicht mit dem Gedanken abfinden, daß wir eines Tages getrennt sein würden, oder mit der Tatsache, daß du einer überlegenen Rasse angehören mußt, deren Angehörige eher Götter als Dämonen sind! Oh, ich wußte bald nicht mehr, was ich überhaupt noch denken und glauben sollte. Ich konnte Kleinigkeiten ignorieren und zum Beispiel einfach übersehen, wie schnell deine Wunden heilen, ohne daß Narben zurückbleiben. Aber ich konnte nicht übersehen, daß du wußtest, Aga würde sterben, wenn sie die Wand hinter dem Altar berührte. Und mir mußte auch auffallen, daß deine Zähne wieder nachgewachsen sind, die du auf der Flucht von der Insel eingebüßt hattest. Und du hast dich mehrmals allzu deutlich für die beiden Dämonen interessiert, die in Estorya gefangengehalten werden. Und ...“

„Nicht so laut, Amra!“ mahnte er sie. „Du weckst noch alle auf!“

„Schon gut, schon gut. Ich soll lieber schweigen und die Dumme spielen, nicht wahr? Aber das kann ich nicht, dazu bin ich nicht geeignet! Also ..., was hast du vor, Alan?"

„Was ich vorhabe?" wiederholte er langsam. „Nun, ich will die beiden armen Teufel aus der Gefangenschaft befreien und in ihrem Raumschiff fliehen."

„Teufel? Dann sind sie also wirklich Dämonen!"

„Nein, das habe ich nur gesagt, ohne es zu meinen", beteuerte Green. „Ich habe sie als arme Teufel bezeichnet, weil ich mir vorstellen kann, was sie in dem barbarischen Gefängnis zu leiden haben. Die Priester dieses erbärmlichen Planeten sind bestimmt nicht besser als die Kannibalen, denen wir entkommen sind."

„Ja, das ist deine Meinung von uns, nicht wahr? Wir sind alle nur blutgierige, barbarische, schmutzige Wilde."

„Oh, durchaus nicht alle", erwiderte Green lächelnd. „Du zum Beispiel nicht, Amra. Du bist eine wunderbare Frau."

„Warum kann ich dann nicht ...?" Sie biß sich auf die Unterlippe und wandte sich von ihm ab. Sie wollte sich nicht so weit erniedrigen, ihn darum zu bitten, sie mit zu sich nach Hause zu nehmen. Nein, das Angebot mußte von seiner Seite kommen.

Green wußte nicht, was er sagen sollte, obwohl er erkannte, daß er sofort etwas sagen mußte. Doch er konnte sich nicht vorstellen, wie sie sich der irdischen Zivilisation anpassen sollte. Wie sollte er ihr begreiflich machen, daß es auf der Erde nicht üblich war, persönliche Differenzen durch Gewalttätigkeiten zu bereinigen? Oder daß man dort nicht Berufsmörder anheuerte, um jemand beseitigen zu lassen, der einem körperlich überlegen war?

Wie konnte er sie lehren, die gleichen Dinge zu lieben wie er, die Musik und Literatur seiner Zivilisation? Amra war in einer gänzlich anderen Umgebung aufgewachsen und würde in seiner Welt immer eine Fremde bleiben.

Natürlich gab es genügend Frauen auf der Erde und in den Kolonien auf anderen Planeten, die ebenfalls nicht mit Green übereinstimmten, obwohl sie in der gleichen Zivilisation aufgewachsen waren. Aber dabei handelte es sich um reine Geschmacksunterschiede, während bei Amra das Verständnis für die wichtigsten Dinge fehlte, auf denen Greens Leben basierte.

Er sah auf Amra hinab, die ihm den Rücken zukehrte und zu schlafen schien, obwohl er wußte, daß sie nicht schlief, sondern noch immer über das gleiche Problem nachdachte. Dann streckte er sich seufzend neben ihr aus und bemühte sich, nicht mehr an die unausgesprochene Frage zu denken, die er morgen wieder in ihren Augen lesen würde.

25

KURZ nach Tagesanbruch setzte die Jacht erneut Segel und steuerte Estorya an, das hundert Meilen weit entfernt im Westen lag. Heute trieb der Wind sie mit zwanzig Knoten vor sich her. Green ließ alle Segel setzen und übernahm selbst das Ruder. Nun kam es darauf an, einen geraden Kurs zu steuern, denn die Verkehrsdichte hatte erheblich zugenommen. Innerhalb einer Stunde sichteten sie nicht weniger als vierzig andere Fahrzeuge, von denen einige kaum größer als ihre Jacht waren, während andere fast die doppelte Größe des gestrandeten *Glücksvogels* erreichten.

Je näher sie Estorya kamen, desto mehr Jachten erschienen auch in ihrer Nähe. Und als die weißen Türme, die an Raumschiffe erinnerten, am Horizont auftauchten, schwitzte Green bereits, weil die anderen Windroller ständig seinen Kurs kreuzten, so daß er nur mühsam Zusammenstöße vermeiden konnte.

„Der ganze Staat ist von diesen weißen Türmen umgeben, zwischen denen Festungen liegen", sagte Miran. „In diesem Gebiet haben die Estoryaner zahlreiche Farmen angelegt. Die Stadt selbst liegt jedoch auf drei schwebenden Inseln, die vor Jahrhunderten eingefangen worden sind."

Green zog die Augenbrauen in die Höhe. „Tatsächlich? Und wo liegt das Schiff, mit dem die beiden Dämonen vom Himmel gefallen sind?"

Miran ließ sich nicht anmerken, daß er genau wußte, wie sehr Green sich für die sogenannten Dämonen interessierte. „Oh, das Schiff liegt in der Nähe des Königspalasts, aber nicht auf dem Palasthügel. Es ist genau auf der Ebene gelandet."

„Hm. Und die Fremden sollen beim Sonnenfest verbrannt werden?"

„Richtig – falls sie diesen Tag noch erleben."

Green mochte sich nicht vorstellen, daß sie inzwischen gestorben sein konnten. Waren sie jedoch bereits tot, war sein Problem auf einfache Weise gelöst. Dann blieb er hier und versuchte das Beste daraus zu machen. Auch das hatte seine Vorteile. Zum Glück war er mit Amra verheiratet. Sie würde dafür sorgen, daß ihm die Zeit rasch verging, die er auf diesem barbarischen Planeten zubringen mußte.

Aber warum zögerte er dann noch, sie mit zur Erde zu nehmen, falls sich eine Gelegenheit dazu bot? Sie würde jedenfalls keine Langeweile aufkommen lassen. Und er begann erst jetzt zu ahnen, was wirklich in ihr steckte. Wie würde sie sich entwickeln, wenn sie eine entsprechende Ausbildung erhielt?

Was ist plötzlich in dich gefahren, Green? fragte er sich. Weißt du selbst nicht mehr, was für dich am besten ist? Hast du keine ...

„Vorsicht!" rief Miran, und Green riß das Ruder hart nach Backbord herum, um nicht einen kleinen Frachter zu rammen. Dessen Kapitän, der auf dem Vorderdeck hinter seinen Rudergängern stand, beugte sich über die Reling, drohte Green mit der Faust und fluchte laut. Green antwortete auf die gleiche Weise, dachte aber nun nicht mehr über Amra nach, bis er das Fahrzeug durch den Windbrecher gesteuert hatte.

Den Rest des Tages verbrachte er damit, die Hafenkontrolle zu überstehen. Zum Glück hatte ihm der Kommandant der Inselfestung einen Bericht mitgegeben, in dem geschildert wurde, wie Green in den Besitz dieser Jacht gekommen war. Trotzdem mußte er seine Geschichte mehrmals erzählen und konnte das Amtsgebäude erst bei Einbruch der Dunkelheit verlassen. Am Tor wurde er von Grizquetr erwartet.

„Wo ist deine Mutter?" fragte Green ihn.

„Oh, sie hat gleich geahnt, daß du lange aufgehalten werden würdest, deshalb hat sie inzwischen ein Zimmer in einem Gasthaus genommen. So kurz vor dem großen Fest sind kaum noch Zimmer frei, und die wenigen freien sind schwer zu bekommen. Aber du kennst ja Mutter", sagte Grizquetr und kniff ein Auge zu, „sie läßt sich nicht aufhalten und bekommt immer, was sie will."

„Richtig", seufzte Green. „Und wo liegt dieses Gasthaus?"

„Am anderen Ende der Stadt, aber in Sichtweite der Mauer, die um das Himmelsschiff der beiden Dämonen errichtet worden ist."

„Wunderbar! Aber dort müssen Zimmer doch noch seltener sein. Wie hat deine Mutter das geschafft?"

„Sie hat dem Wirt das Dreifache des verlangten Preises bezahlt, der schon hoch genug war. Daraufhin hat er einen Streit mit einem anderen Gast angefangen und ihn an die Luft gesetzt, so daß ein Zimmer für uns frei wurde."

„Ah! Und woher hat sie das Geld gehabt?"

„Sie hat einem Juwelier einen Rubin verkauft. Der Händler ist allerdings nicht ganz ehrlich, glaube ich, und hat ihr nicht den vollen Preis bezahlt."

„Aber woher hat Mutter den Rubin gehabt?" erkundigte Green sich erstaunt.

Grizquetr grinste verschmitzt. „Oh, ich nehme an, daß ein bestimmter einäugiger Mann, dessen Namen ich nicht zu erwähnen brauche, zwei oder drei Rubine im Brustbeutel unter seinem Hemd gehabt hat."

„Ja, das kann ich mir vorstellen", stimmte Green zu. „Ich frage mich nur, wie sie es fertiggebracht hat, den Rubin an sich zu bringen. Miran würde lieber einen Liter Blut als einen seiner kostbaren Edelsteine verlieren."

Grizquetr machte ein nachdenkliches Gesicht. „Ich weiß es nicht", gab er dann zu. „Mutter hat es mir nicht erzählt. Aber ich wüßte auch gern, wie sie das geschafft hat!" Er lächelte hoffnungsvoll. „Vielleicht zeigt sie es mir eines Tages."

„Wir können beide von ihr lernen", stimmte sein Stiefvater zu. Er seufzte schwer. „Nun, ich bin ihr ewig zu Dank verpflichtet, daran läßt sich nichts ändern. Komm, wir fahren zu ihr, bevor sie sich Sorgen macht."

Als sie beide in der Rikscha saßen, die von zwei Männern durch die Straßen gezogen wurde, erkundigte sich Green: „Weißt du, wo Miran steckt?"

„Nein", antwortete Grizquetr. „Er ist ebenfalls im Hafen aufgehalten worden, weil er erklären mußte, was aus seinem Windroller geworden ist. Dann hat er eine Rikscha kommen lassen und ist rasch fortgefahren. Er hatte einen Offizier bei sich – einen Soldaten der Palastgarde."

Green runzelte die Stirn. „So schnell? Weiß er, wo wir wohnen?"

„Nein. Ich habe mich versteckt, so daß er mich nicht sehen konnte. Mutter hat mir gesagt, ich dürfe mich nicht blicken lassen. Sie hat mir erklärt, daß Miran ein Verräter ist und daß er dich haßt, weil er sich einbildet, du hättest ihm Unglück gebracht."

„Das ist noch längst nicht alles", murmelte Green vor sich hin. Er schwieg bedrückt, hing seinen eigenen Gedanken nach und betrachtete die Menschen auf den Straßen. Um diese Jahreszeit wimmelte es in Estorya geradezu von Fremden, denn zu den Matrosen aus aller Herren Länder gesellten sich auch Pilger, die zum Sonnenfest und zur Statue der Fischgöttin gekommen waren. Es waren aber auch genügend Estoryaner zu sehen, die sich nicht nur durch die Kleidung von den fremden Besuchern unterschieden, sondern vor allem durch ihre Tätowierung. Sie alle trugen einen Fisch, einen Stern oder einen raketenförmigen Turm auf den Wangen.

An beiden Seiten der Straße standen kleine Andenkenläden, in denen alle möglichen Artikel verkauft wurden. Green interessierte sich besonders für einen Talisman in Form eines Raumschiffs und kaufte einen. Das fünfzehn Zentimeter hohe Schiff bestand aus weißlackiertem Holz und zeigte zwar die Umrisse, aber nicht die Details eines echten Raumschiffs.

Green schenkte es Grizquetr und lehnte sich in den Sitz zurück, um etwas nachzudenken. Der Talisman hatte ihn nicht enttäuscht, weil er im Grunde genommen nicht mehr erwartet hatte. Vermutlich waren die Nachbildungen zu Anfang genauer gewesen, aber im Laufe der Jahrtausende waren unwichtige Einzelheiten verschwunden. Die Zeit ließ nur die Grundform übrig.

Er fragte sich, wie diese Form überhaupt erhalten geblieben war. Immerhin mußte das Vorbild, ein echtes Raumschiff, seit mindestens zwanzigtausend Jahren verschwunden sein. Aber weshalb war die Erinnerung daran wachgehalten worden?

Dann fiel ihm plötzlich auf, daß die Rikscha stand.

„Die Priester ziehen wieder zum Königspalast, um nachts in Gegenwart des Dämons zu beten", erklärte einer der Rikschamänner und gähnte dabei. „Ich schätze, daß die Verbrennung ohne große Schwierigkeiten über die Bühne geht. Die Priester haben vorausgesagt, daß die Sonne mittags scheinen wird, was sie allerdings seit über tausend Jahren am Festtag tut."

Green beugte sich vor. „*Des* Dämons?" wiederholte er gespannt. „Hat es nicht zwei gegeben?"

„Richtig, ursprünglich waren es zwei. Aber einer ist vorgestern gestorben. Er soll sich aufgehängt haben, heißt es allgemein, obwohl die Priester keine Einzelheiten bekanntgeben. Unsere heiligen Männer haben den Dämonen keine Ruhe gelassen."

„Dämonen?" warf Grizquetr verächtlich ein. „Beweist denn nicht schon die Tatsache, daß einer Selbstmord begangen hat, deutlich genug, daß sie keine Dämonen sind? Schließlich weiß jeder, daß Dämonen sich nicht selbst umbringen können."

„Ganz recht, junger Freund", antwortete der Rikschamann. „Die Priester haben ihren Irrtum bereits zugegeben und bedauern ihn angeblich."

„Wollen sie den anderen Mann nicht freilassen?"

„O nein! Vielleicht ist *er* ein Dämon. Morgen mittag wird er verbrannt, wie es sich für einen Dämon gehört. *Aus Feuer geboren, durch Feuer gestorben*. Kapitel zwanzig, Vers zweiundsechzig. Das hat jedenfalls gestern der Oberste Priester in seiner Predigt gesagt. Ich selbst lese nicht sehr viel; ich habe genug damit zu tun, meine Frau und sechs Bälger durchzufüttern, anstatt ..."

Green hörte nicht mehr zu, so sehr hatte ihn diese Mitteilung erschreckt. War er etwa zu spät gekommen? Was sollte er tun, wenn der Überlebende das Schiff nicht steuern konnte?

Diese und ähnliche Überlegungen beschäftigten ihn während der Weiterfahrt, so daß er kaum auf die Sehenswürdigkeiten achtete, die Grizquetr ihm zeigte. Er hob nur einmal den Kopf, als der Junge ihn am Arm zupfte und sagte: „Sieh doch, dort drüben auf dem Hügel steht der Königspalast! Dahinter steht das Schiff der Dämonen. Von hier aus ist es schlecht zu erkennen, aber morgen siehst du es deutlicher, wenn du zur Hinrichtung gehst."

„Sei nicht so herzlos", mahnte Green. Er warf einen kurzen Blick auf den Palast, der im Licht der untergehenden Sonne fast romantisch wirkte. Vermutlich sah er bei Tageslicht anders aus, wenn der Schmutz und die Abfallhaufen, die man jetzt nur erahnen konnte, deutlicher zu sehen waren.

„Komm, wir haben es eilig", drängte Grizquetr, als die Rikscha vor dem Gasthaus hielt, und zog Green an der Hand hinter sich her.

„Mutter hat eine Überraschung für dich vorbereitet, aber du darfst ihr nicht sagen, daß ich dir davon erzählt habe."

„Das ist aber nett", antwortete Green geistesabwesend. Er befaßte sich in Gedanken noch immer mit dem Selbstmord des einen Mannes. Warum mußte immer etwas dazwischenkommen, warum mußte er stets von Augenblick zu Augenblick improvisieren, warum konnte er nie im voraus wissen, was geschehen würde oder was er demnächst zu tun hatte? Wann würde er endlich ...

„Vater!"

„Was?" fragte Green verwirrt. Er schrak aus seinen Gedanken auf und blieb wenige Meter vom Eingang entfernt stehen. Aus der Dunkelheit tauchte ein graues Etwas auf und sprang auf seine Schulter.

„Lady Luck! Warum zitterst du so?"

„Wir müssen verschwinden, Dad", flüsterte Grizquetr. „Dort kommt Miran aus der Tür! Und hinter ihm Soldaten!" Er stand wie gelähmt und flüsterte nur: „Mutter!"

Green konnte es nicht ertragen zuzusehen, wie Amra, Inzax und die Kinder von den Soldaten abgeführt wurden. Er wandte sich ab, zog Grizquetr zu sich heran und sprach leise auf ihn ein.

„Dreh dich nicht um! Sieh ihnen nicht nach! Wir stehen hier im Halbdunkel, so daß sie uns vielleicht nicht erkennen. Vor allem nicht in diesem Gedränge!"

Eine Minute später beobachteten Mann, Junge und Katze die weitere Entwicklung von der nächsten Straßenecke aus. Die Soldaten requirierten eine Rikscha und setzten die Gefangenen hinein; dann begleiteten sie zu viert den leichten Wagen, der in der Nacht verschwand.

„Jetzt werden sie alle in den Turm der Graskatzen gesteckt", sagte Grizquetr und zitterte dabei vor Wut. „Oh, dieser Teufel Miran! Dieser fette alte Schurke! Er hat behauptet, Mutter sei eine Hexe! Das weiß ich genau!"

„Er hat nicht sie, sondern mich angeklagt", erklärte Green. „Sie gilt folglich als mitschuldig. Nun, wenigstens wissen wir jetzt, wo sie sich vorläufig aufhalten."

„Da! Miran kommt mit fünf Soldaten ins Gasthaus zurück!"

„Sie warten auf uns", stellte Green fest. „Na, dabei wünsche ich ihnen viel Vergnügen. Komm, wir haben viel zu tun. Zuerst kaufen wir Eintrittskarten und besichtigen das Schiff. Ich muß wissen, wo es steht, welcher Typ es ist und so weiter. Zum Glück habe ich dafür noch Geld genug. Aber dann sind wir pleite. Wie steht es mit dir, mein Junge?"

„Ich habe zehn *Axar*."

„Nicht gerade viel, aber wenigstens genug für die Rikschafahrt zum Windbrecher."

Green kaufte zwei Karten an der Abendkasse und stieg dann mit Grizquetr die steile Treppe hinauf. Oben standen sie inmitten einer Menschenmenge auf der Plattform unter einem Holzdach; hier versammelten sich die Neugierigen, die das Dämonenschiff schon vor dem Fest besichtigen wollten. Morgen würden sich die Tore öffnen, so daß die Zuschauer ihre Plätze auf Tribünen in unmittelbarer Nähe des Schiffes einnehmen konnten.

Das Schiff selbst war ein irdisches Kurierschiff für zwei Mann Besatzung. Es stand inmitten der Arena auf acht Teleskopstützen, so daß der nadelspitze Bug zu den Sternen wies. Auf halber Höhe war das Abzeichen der Erdflotte angebracht – eine grüne Kugel, vor der ein Olivenzweig und eine Rakete gekreuzt waren. Green erkannte es auch in der Abenddämmerung ganz deutlich, und sein Heimweh verstärkte sich noch.

„So nah und doch so fern", murmelte er vor sich hin. „Was sollte ich dort, selbst wenn ich es erreichen könnte? Wer garantiert mir, daß der Überlebende der Pilot des Schiffes ist? Schließlich kann es ebensogut der Navigator sein. Trotzdem müßte er das Schiff starten können. Und dann würden wir schon irgendwie nach Hause zurückfinden."

Das war sehr optimistisch gedacht, denn er wußte recht gut, wie kompliziert diese Aufgabe in Wirklichkeit war. Und wenn er Pech hatte, war der Überlebende nicht einmal Navigator. Er konnte ebensogut ein hoher Offizier oder ein Diplomat sein, der mit diesem schnellen Schiff einen Sonderauftrag zu erfüllen hatte.

Und schließlich bestand die Möglichkeit, daß das Schiff hier gelandet war, weil irgend etwas nicht in Ordnung war – daß es nicht mehr starten konnte, selbst wenn es eine vollzählige Besatzung an Bord hatte. Das war eigentlich die einzig logische Erklärung.

Green seufzte und wandte sich an Grizquetr. „Vielleicht ist alles zwecklos, aber wir müssen etwas unternehmen. Komm, wir fahren zum Windbrecher."

„Was willst du dort?" fragte Grizquetr, als sie die Treppe hinuntergingen.

„Nun, wir gehen jedenfalls nicht mehr an Bord der Jacht", antwortete Green. „Dort warten bestimmt schon Soldaten auf uns. Nein, wir bleiben auf der anderen Seite des Windbrechers. Wenn wir dort ein Fahrzeug stehlen, sitzen wir auch nicht tiefer in der Tinte als jetzt."

Der Junge starrte ihn mit großen Augen an. „Was willst du mit einem Windroller?"

„Wir müssen zur Inselfestung Shimdoog zurück", antwortete Green.

„Was? Die Insel ist doch hundert Meilen von hier entfernt!"

„Ja, ich weiß. Und wir kommen diesmal langsamer voran, weil wir gegen den Wind kreuzen müssen. Das kostet viel Zeit, aber uns bleibt nichts anderes übrig."

„Wie du meinst, Vater", stimmte Grizquetr zu. „Was gibt es auf Shimdoog?"

„Nicht auf. In."

Grizquetr war ein intelligenter Junge. Er schwieg eine Minute lang, und Green sah seinem Gesicht an, daß er intensiv nachdachte. Dann sagte er langsam: „Auf Shimdoog muß es eine Höhle wie auf der Kannibaleninsel geben. Und du hast sie aufgesucht, als wir dort übernachtet haben. Ich erinnere mich noch daran, daß ich aufgewacht bin und gehört habe, daß Mutter dich vor Miran gewarnt hat."

Er machte eine Pause und fragte dann: „Warum sind nicht schon andere in die Höhle vorgedrungen, wenn der Eingang offensteht?"

„Weil die Priester von Estorya das Betreten verboten haben", erklärte Green. „Das ist bereits so lange her, daß sie wahrscheinlich selbst keinen Grund mehr dafür angeben könnten. Aber die historischen Gründe sind nicht schwer zu rekonstruieren. Die Insel war vermutlich von Kannibalen bewohnt. Als die Estoryaner sie eroberten, wurden die Wilden vertrieben oder ausgerottet. Später stellte sich heraus, daß die Höhlenöffnung ein Heiligtum der Wilden gewesen war. Da sie glauben mußten, die Höhle stecke voller Dämonen, sperrten sie den Eingang mit einer Mauer ab und stellten davor eine Statue der Fischgöttin auf, die das gleiche Symbol in der Hand hält, das hier überall auf den Straßen verkauft wird – eine Abbildung des Raumschiffs, das in Estorya gelandet ist."

Green hielt eine Rikscha an und erzählte weiter, während sie durch die belebten Straßen fuhren. Hier herrschte solcher Lärm, daß er unbesorgt sprechen konnte.

Als sie die Nordecke des Windbrechers erreichten, hatte er Grizquetr alles erzählt, was der Junge vorläufig wissen mußte. Falls die Fahrt nach Shimdoog erfolgreich war, würde er ihm sogar noch mehr erzählen.

Vorläufig mußte er das Problem lösen, ein geeignetes Fahrzeug aufzutreiben. Zum Glück entdeckten sie schon bald eine kleine Jacht, die allen Anforderungen genügte. Der Windroller gehörte vermutlich einem reichen Mann, denn vor einem Feuer im Windschatten des Rumpfes hockte ein Nachtwächter. Green ging langsam auf ihn zu, und als der Mann sich mit seinem Speer in der Hand mißtrauisch erhob, versetzte er ihm einen Kinnhaken und sofort danach einen Schlag in den Magen.

Grizquetr kam mit einem Knüppel heran, den er irgendwo zwischen den Windrollern aufgelesen hatte, und hieb ihn dem Mann über den Kopf.

Dann leerte Green ihm die Taschen und nahm den Brustbeutel an sich, in dem er mehrere Goldmünzen fand.

„Wahrscheinlich die Ersparnisse eines ganzen Lebens", stellte er fest. „Ich nehme ihm nicht gern alles weg, aber wir brauchen das Geld. Grizquetr, erinnerst du dich an die Sklaven, die wir vorhin in der Matrosenkneipe gesehen haben? Lauf zu ihnen und biete ihnen zwei *Danken,* wenn sie uns durch den Windbrecher schleppen. Sag ihnen, daß wir soviel bezahlen, weil es schon so spät ist – und damit sie den Mund halten."

Der Junge nickte und rannte davon. Green zog den Bewußtlosen hinter eine Hütte, fesselte und knebelte ihn dort und bedeckte ihn mit einem alten Segel.

Kurze Zeit später kam Grizquetr mit sechs lärmenden Männern zurück, die intensiv nach billigem Fusel rochen.

Green überlegte zunächst, ob er sie irgendwie zum Schweigen bringen sollte, aber dann fiel ihm ein, daß es bestimmt natürlicher wirkte, wenn sie lachten und sangen. Die Estoryaner waren in festlicher Stimmung, und diese Jacht war nicht die einzige, die in der Nacht vor dem Fest zu einer Mondscheinkreuzfahrt auslief.

Sobald sie den Windbrecher hinter sich hatten, warf Green den Sklaven die beiden versprochenen Goldmünzen zu und rief: „Amüsiert euch, Freunde!“ Dann fügte er leise hinzu: „Denn morgen kann schon der letzte Tag eures Lebens sein.“ Er stellte sich vor, was alles passieren würde, falls sein Unternehmen Erfolg hatte. Vorläufig konnte er noch nicht beurteilen, welche Entwicklung er damit in Gang brachte. Aber er hatte bestimmt nicht gelogen, als er Grizquetr erzählt hatte, im Innern der Insel seien Dämonen gefangen.

26

KURZ vor Tagesanbruch rollte die Jacht vor der hohen Mauer an der Nordseite der Insel Shimdoog aus. Green hatte die Segel eingezogen und lenkte das Fahrzeug jetzt geschickt an der Mauer entlang, bis es zum Stillstand kam. Als die Räder sich nicht mehr drehten, steckte er Lady Luck in einen Beutel an seinem Gürtel und ermahnte sie, keinen Laut von sich zu geben. Dann kletterte er den Mast hinauf. Der Junge folgte ihm, und sie krochen beide auf eine Rahe hinaus. Am äußersten Ende band Green ein Tau fest, warf es über die Mauer und ließ sich daran auf der anderen Seite herab.

Nachdem Grizquetr die Mauer auf gleiche Weise überwunden hatte, horchten sie gespannt, ohne jedoch ein Alarmsignal zu hören. Offenbar waren sie nicht gesehen worden.

Der große Mond sank hinter ihnen zum Horizont herab und leuchtete noch hell genug, so daß sie rasch vorankamen. Green ging über die Hügel voraus und näherte sich in gerader Linie der höchsten Erhebung der Insel. Dabei blieb er zweimal stehen, um Grizquetr vor Wachttürmen zu warnen, die auch nachts besetzt waren. Lady Luck schien instinktiv zu wissen, daß jeder Laut lebensgefährlich sein konnte. Ihre Augen glühten, und ihre weißen Zähne blitzten, aber sie fauchte fast lautlos.

Sie sahen die Feuer der Wachen und hörten Männerstimmen, wurden aber selbst nicht gesehen. Allerdings war es sehr zweifelhaft, ob die Wachtposten überhaupt nach Eindringlingen Ausschau hielten, denn sie erwarteten wohl kaum, daß ein vernünftiger Mensch durch die Dunkelheit schleichen würde. Jeder wußte schließlich, daß dort Dämonen und böse Geister auf leichtsinnige Sterbliche warteten.

Als sie den letzten Abhang hinaufstiegen, flüsterte Green dem Jungen zu: „Diese Insel entspricht genau der anderen, die wir bereits kennen. Ich bin davon überzeugt, daß alle diese Inseln einander ähnlich sind; sie bestehen jeweils aus etwa fünf Quadratkilometer Eternum oder einem ähnlichen Metall. Und auf allen befinden sich Felsen, Bäume, Büsche und Tiere. Ich vermute, daß ihre Erbauer sich aus ästhetischen Gründen dafür entschieden haben. Schließlich sieht eine große Metallfläche mit einigen Erhebungen nicht gerade schön aus und würde außerdem in der Sonne zu stark blenden."

„Hm", antwortete Grizquetr, der nicht begriff, was Green meinte.

„Weißt du übrigens, daß ich damals recht gehabt habe, als ich die Inseln spöttisch als übergroße Rasenmäher bezeichnet habe?"

„Was?"

„Ja! Zu Anfang müssen wesentlich mehr solche Inseln existiert haben, damit das Gras auf der Ebene nie höher als einige Zentimeter wachsen konnte, damit keine Abfälle herumlagen, damit die Wälder nicht über bestimmte Grenzen hinauswuchsen und so weiter. Aber dann gab es keine Wartungstechniker mehr, die erforderlichen Instandsetzungsarbeiten wurden nicht mehr durchgeführt, und die Inseln blieben eine nach der anderen liegen, so daß es heute nur noch ein paar hundert gibt. Vielleicht sind es auch mehr, das kann ich nicht beurteilen. Jedenfalls wurden alle bewegungsunfähigen Inseln von anderen beseitigt, die noch funktionierten."

„Beseitigt?"

„Richtig, denn für mich steht fest, daß die Inseln nicht nur Rasenmäher waren, sondern auch die Ebene sauberhielten. Sie sollten Hindernisse aller Art beseitigen, und eine bewegungsunfähige Insel wäre ein derartiges Hindernis."

„Vielleicht begreife ich alles erst später", meinte Grizquetr leise. „Ich muß wohl ziemlich dumm sein, Vater."

„Keineswegs", versicherte Green ihm. „Im Laufe der Zeit lernst du mehr und begreifst dann, was das alles zu bedeuten hat. Ich hätte es schon erraten müssen, als ich die Erzählungen der Matrosen hörte. Erinnerst du dich an die Sache mit dem Meteor, der ein großes Loch in die Ebene gerissen hatte? Und daß ein geheimnisvolles Ding dieses Loch aufgefüllt und mit Gras bedeckt hat? Und dann die Geschichte von gestrandeten Windrollern, die mit der toten Besatzung an Bord spurlos verschwinden. Und schließlich die Sage, in der berichtet wird, was Samdroo in der Höhle auf einer schwebenden Insel entdeckt hat. Das große weiße Auge, durch das er nach draußen sehen konnte, und die anderen Dinge waren keineswegs Erfindungen eines bösen Zauberers, wie es allgemein heißt. Jeder Terraner hätte einen Bildschirm und Radar und Meßinstrumente und Steuervorrichtungen erkannt."

„Erzähle mir mehr davon", bat Grizquetr.

„Wir müssen erst über die Mauer."

Green stand jetzt vor einem Steinwall, der mindestens zwölf Meter hoch aufragte. Dieser Wall umgab das oberste Drittel des Hügels und versperrte ihnen den Weg zum Höhleneingang.

„Früher war dieses Hindernis bestimmt schwer zu überwinden, aber jetzt ist der Mörtel überall abgebröckelt, und wir können uns an Ranken festhalten. Bleib dicht hinter mir, Grizquetr. Ich weiß noch genau, an welcher Stelle ich zum erstenmal hinaufgeklettert bin."

Green erstieg einen kleinen Absatz, griff nach einer dicken Ranke und zog sich daran hinauf, so daß er den nächsten Mauervorsprung mit einer Hand erreichen konnte. Der Junge folgte seinem Beispiel, ohne eine Sekunde zu zögern.

Sie erreichten die Mauerkrone vor Anstrengung keuchend und machten dort eine kurze Pause, um sich das Blut von den zerschundenen Fingerspitzen zu wischen. Nur die Katze hatte die anstrengende Kletterpartie in ihrem Beutel an Greens Gürtel sichtlich genossen. Green deutete schweigend auf die hohe Statue der Fischgöttin, die mit dem Talisman in der Hand zum Höhleneingang wies.

Jetzt schien Grizquetr zum erstenmal Angst zu haben, denn er war dazu erzogen worden, das Übernatürliche zu fürchten und möglichst zu meiden. Die von einer hohen Mauer umgebene Spitze des Hügels, wo seiner Meinung nach Dämonen aller Art hausen mußten, wirkte erschreckend auf ihn. Da Green jedoch keine Anzeichen machte, den Rückzug anzutreten, blieb auch der Junge sitzen, obwohl er lieber wieder nach unten geklettert wäre und sich irgendwo im Wald versteckt hätte.

„Ich möchte wetten, daß Miran mich nur vom Fuß der Mauer aus beobachtet hat“, sagte Green leise. „Mit seinem Bauch hätte er es nie geschafft; er wäre wie ein dicker Käfer heruntergefallen. Allerdings hat er es gar nicht nötig gehabt, mir bis in die Höhle zu folgen. Allein die Tatsache, daß ich dieses Gebiet betreten habe, kann mich schon auf den Scheiterhaufen bringen. Ich hätte ihm den Hals abschneiden sollen, als Amra mir erzählte, daß er mir nachgeschlichen ist. Aber ich konnte es nicht ohne stichhaltigen Beweis tun, und selbst dann wäre ich zu zivilisiert gewesen, um ihn kaltblütig zu ermorden.“

„Du hättest mir davon erzählen sollen“, warf Grizquetr ein. „Ich hätte ihm einen Dolch zwischen die Rippen gestoßen.“

„Ja, ich weiß, und deine Mutter hätte ähnlich gehandelt“, stimmte Green zu. „Komm, wir müssen hinunter.“

Er ging mit gutem Beispiel voran, indem er ein Bein über die Mauerkrone schwang und sich vorsichtig an einer dicken Ranke nach unten ließ. Dieser Teil der Kletterpartie war noch schlimmer als der Aufstieg, aber er hatte nicht die Absicht, Grizquetr davor zu warnen. Bis der Junge zum gleichen Schluß kam, hatte er bereits wieder festen Boden unter den Füßen.

Als endlich beide nebeneinander standen, war Green davon überzeugt, daß er ebenso zitterte wie Grizquetr. Zwölf Meter waren eben doch eine beachtliche Höhe, wenn man sie nachts im Mondschein sah.

„Das war das zweitemal, aber ich bezweifle, daß ich den Mut hätte, es nochmals zu versuchen“, sagte Green.

„Aber wir müssen doch auf dem gleichen Weg zurück, nicht wahr?“

„Oh, wir klettern wieder über die Mauer, aber dann ist sie vielleicht weniger hoch“, antwortete Green geheimnisvoll.

„Was soll das heißen?“

„Nun, ich hoffe, daß sie bis dahin zusammengefallen ist. Das muß sie sogar, wenn wir unser Ziel erreichen wollen.“

Er nahm den verblüfften Jungen an der Hand, führte ihn an der schweigenden Statue vorbei und betrat mit ihm die Höhle. „Wir könnten jetzt etwas Licht brauchen“, sagte er, „aber eine Fackel hätte uns beim Aufstieg behindert, und wir brauchen uns nur voranzutasten, bis wir beleuchtete Räume erreichen.“

Warum ist dieser Gang eigentlich nicht beleuchtet? fragte er sich im stillen. Oder hatten die Wilden hier eine künstliche Höhle erbaut, damit man sich dem *Sanctum sanctorum* nur in völliger Dunkelheit nähern konnte? Green konnte nur Vermutungen anstellen.

Die Staubschicht unter ihren Füßen hörte auf, und sie gingen über glattes Metall. Sie bogen um eine Ecke und befanden sich in einem Raum, der an den unterirdischen Raum auf der Kannibaleninsel erinnerte, aber möbliert war. Vor ihnen auf dem beleuchteten Fußboden lag ein Skelett mit dem Gesicht nach unten. Der Hinterkopf wies ein großes Loch auf.

„Vielleicht liegt es schon seit tausend oder mehr Jahren hier", sagte Green. „Ich wüßte gern, was ihm zugestoßen ist. Aber das werden wir nie erfahren."

„Glaubst du, daß die Göttin ihn umgebracht hat?" fragte Grizquetr atemlos.

„Nein, weder sie noch die Dämonen. Der Mann ist von hinten niedergeschlagen worden, mein Junge. Wenn es einen Mord zu erklären gibt, ist das Übernatürliche nur hinderlich."

Im dritten Raum sagte Green: „Siehst du, hier gibt es keinen Staubwall, der uns aufhalten kann. Die Brenner funktionieren also noch. Ist dir aufgefallen, wie sauber alles ist? Ah, da ist ja schon die Tür!"

Grizquetr sah verblüfft zu ihm auf. „Tür? Ich sehe nur eine glatte Wand."

„Zuerst habe ich auch nicht mehr gesehen", erwiderte Green lächelnd, „aber dann habe ich an Samdroo gedacht, der ..."

„Ich kann dir sagen, wie er den Eingang entdeckt hat!" warf Grizquetr aufgeregt ein. „Ich weiß, woran du denkst; ich weiß, was du getan hast. Du bist vor der Wand stehengeblieben und hast dieses Zeichen gemacht!" Er deutete die Umrisse eines Raumschiffs an. „Und die Wand ist plötzlich zur Seite geglitten, so daß der Eingang offen vor dir lag. Siehst du!"

Ein zwei Meter breites Wandstück glitt lautlos zurück und gab eine runde Öffnung frei.

„Richtig, ich habe mich an Samdroo erinnert, und obwohl ich mir nicht vorstellen konnte, daß mir das weiterhelfen würde, habe ich getan, was er damals getan hat. Die Kannibalen waren hinter ihm her, als er in die Höhle rannte und vor einer glatten Wand wie dieser stand. In seiner Angst vor den bösen Geistern der Höhle zeichnete er das Symbol an die Wand, das verhindern soll, daß sie Menschen berühren. Und dann öffnete sich eine Tür vor ihm, durch die er die Räume des bösen Zauberers betreten konnte, während die Wilden entsetzt zurückblieben ... Und ich habe mir sein Beispiel zu Herzen genommen", fügte Green hinzu. „Anstatt *Sesam, öffne dich* zu sagen, brauchte ich nur das Zeichen zu machen."

„Sesam was?"

„Äh, lassen wir das. Jedenfalls müssen die Wartungstechniker früher dieses Zeichen gebraucht haben, um die Tür zu öffnen. Und wenn das stimmt, müssen sie auch Reparaturen an Schiffen durchgeführt haben, die hier gelandet sind. Vielleicht war dieses Zeichen ein Geheimsymbol ihrer Zunft. Ich weiß es nicht, aber die Vermutung liegt nahe."

Er achtete nicht auf Grizquetrs aufgeregte Fragen, sondern ging in den großen Raum voraus, der spärlicher eingerichtet war, als er vermutet hatte. Im Mittelpunkt des Raums standen ein großes Kontrollpult und ein bequemer Sessel mit breiten Armlehnen. Das Pult enthielt sechs Bildschirme, zahlreiche Oszilloskope und viele Instrumente, deren Verwendungszweck Green nicht einmal erraten konnte. Aber die Hebel und Schalter an den Armlehnen des Sessels waren übersichtlich angeordnet, so daß er glaubte, mit ihnen umgehen zu können. Er setzte sich in den Sessel.

„Ich weiß nur nicht, mit welchem Schalter alles in Betrieb gesetzt wird", sagte er. „Ich habe neulich danach gesucht, ohne einen entsprechenden Schalter zu finden. Trotzdem muß er so deutlich sichtbar angebracht sein, daß er förmlich ins Auge fällt."

Er bewegte vergebens einen der kleinen Hebel an der Armlehne.

„Ich bin eigentlich nur aus diesem Grund zur Jacht zurückgekommen und nach Estorya gesegelt – weil ich den Schalter nicht finden konnte. Ich mußte natürlich in Erfahrung bringen, was dort vor sich ging, damit ich meine Pläne machen oder abändern konnte. Aber ich glaube fast, daß es besser gewesen wäre, einfach blindlings Estorya anzusteuern. Dann wäre deine Mutter jetzt nicht im Gefängnis, und wir brauchten uns nicht zu fragen, wie wir sie daraus befreien sollen."

Er stand aus dem Sessel auf und ging unruhig auf und ab. „Wie verrückt, daß hier alles zu Ende sein soll! Aber was ist schon anderes zu erwarten? Ich muß dieses Rätsel lösen, aber ich bin keineswegs unfehlbar oder allwissend. Die Insel muß weiterhin in Betrieb sein. Ich weiß natürlich, daß sie sich wegen der raketenförmigen Türme nicht bewegen kann. Aber trotzdem müßte irgendwie zu erkennen sein, ob sie noch funktionsfähig ist, wenn nicht gerade sämtliche Sicherungen durchgebrannt sind."

„Was soll das heißen?" fragte Grizquetr verwundert. „Wie können Türme die Insel bewegungsunfähig machen?"

Green blieb stehen und wies auf die Leuchtschirme. „Siehst du das? Normalerweise müßten darauf Schlangenlinien oder bewegliche Punkte oder ein umlaufender Leuchtstrich zu erkennen sein. Die Radarschirme müßten die nähere Umgebung der Insel zeigen. Dadurch wurde früher erreicht, daß die Inseln einen weiten Bogen um jedes Raumschiff machten, das natürlich keine hölzerne Kopie, sondern ein echtes Raumschiff aus Metall war. Schließlich war die Insel als Gärtner, Unkrautvertilger und Müllschlucker gebaut worden; sie entfernte alles von der Ebene, was dort ursprünglich nicht vorgesehen war. Deshalb fallen die Inseln jetzt auch über Windroller her, zerstören sie und desintegrieren die Trümmer. Das ist auch die Erklärung dafür, weshalb die Insel durch einen Ring raketenähnlicher Türme bewegungslos gemacht werden konnte. Ihr Radar stellt fest, daß sie auf allen Seiten umgeben ist, und da sie einen weiten Bogen um alle Raketen machen soll, bleibt sie am gleichen Ort, bis die angeblichen Raketen entfernt werden – oder bis ihre Maschinen nicht mehr funktionieren, weil niemand sie wartet. Selbstverständlich funktioniert die Insel automatisch. Aber hier waren Instrumente und ein Kontrollpult für einen menschlichen Piloten vorgesehen, falls ein Sonderauftrag vorlag oder eine Überführung notwendig wurde. Die Steuerung erfolgt offenbar durch diese Hebel in den Armlehnen des Sessels. Die wichtigste Frage lautet jetzt: Wird die Insel in regelmäßigen Zeitabständen wieder in Betrieb genommen, um festzustellen, ob die raketenförmigen Gegenstände verschwunden sind? Wir wissen jedoch nicht, wie lange es in diesem Fall dauern kann, bis der Betrieb wieder einmal aufgenommen wird. Und wir können hier nicht länger warten! "

Lady Luck miaute. Sie hatte es satt, in diesem Beutel zu hocken und keinen Laut von sich zu geben. Green nahm sie geistesabwesend heraus und setzte sie aufs Kontrollpult. Die Katze streckte sich, putzte eine Pfote und schlug dann spielerisch nach ihrem Schwanz. Dabei strich die Schwanzspitze leicht über den größten Bildschirm.

Unmittelbar darauf ertönte ein Pfeifsignal, während in der Mitte des Kontrollpults ein rotes Licht aufleuchtete. Zwei Sekunden später wurde es auf allen Bildschirmen lebendig.

27

„WUNDERBAR! Herrlich!" rief Green begeistert. Er wollte die Katze streicheln, aber Lady Luck wich erschrocken zurück, sprang zu Boden und rannte davon.

„Komm zurück!" bat Green. „Du brauchst keine Angst zu haben! Du bekommst dein Leben lang jeden Tag soviel Bier und Fisch, wie du überhaupt vertragen kannst!"

„Was ist los?" fragte Grizquetr.

Green ließ sich in den Sessel fallen.

„Nichts! Aber diese wundervolle Katze hat mir gezeigt, wie man die Maschinen in Betrieb nimmt. Man braucht nur mit einer Hand über den Bildschirm zu streichen. Ich möchte wetten, daß die Maschinen auf gleiche Weise stillgelegt werden."

Er berührte den Bildschirm. Das Pfeifsignal ertönte wieder, dann wurden die Leuchtschirme dunkel. Als er die Bewegung wiederholte, war alles wie zuvor.

„Eigentlich ist nichts dabei, aber ich wäre nicht darauf gekommen." Er nickte zufrieden. „Schön, machen wir uns an die Arbeit ..."

Fünf Minuten später hatte er alle Hebel und Schalter probeweise bewegt, kannte ihre Funktionen und traute sich zu, die Insel nach Belieben zu steuern. Er lehnte sich zufrieden in den Sessel zurück und sah zu Grizquetr auf, der hinter ihm stand und ihn beobachtete.

„Was tun wir jetzt?" fragte der Junge.

„Das ist schnell erklärt", antwortete Green. „Ich bewege die Insel, bis alle Soldaten erschrocken und seekrank sind. Dabei fällt bestimmt auch die Mauer am Höhleneingang zusammen. Dann landen wir wieder und geben den Ratten Gelegenheit, das sinkende Schiff zu

verlassen. Und nachdem sie von Bord gegangen sind, fliegen wir mit Höchstgeschwindigkeit nach Estorya."

Sie sahen auf den Bildschirmen, wie Soldaten schreiend und entsetzt über die Ebene davonliefen. Einige Verwundete krochen auf Händen und Knien davon.

„Sie tun mir leid", sagte Green, „aber wenn es Verwundete geben muß, dann lieber nicht auf unserer Seite."

Er deutete auf die Türme und holte sie mit starker Vergrößerung auf den Bildschirmen zu sich heran.

„Solange die Insel noch automatisch gesteuert wurde, konnte sie nicht an den Türmen vorbei. Aber ich habe diese Sperre mit diesem Schalter überbrückt. Jetzt fliegen wir weiter, aber nicht über die Türme hinweg, was leicht möglich wäre, sondern durch sie hindurch."

Ein leichter Stoß, dann waren die Türme verschwunden, und die Insel flog über die Ebene davon. Green steigerte die Geschwindigkeit immer mehr, bis sie seiner Meinung nach etwa hundert Knoten betrug.

„Eines der Instrumente zeigt unsere Geschwindigkeit an", erklärte er Grizquetr. „Aber ich kann mit den Zahlen nichts anfangen, weil die Grundeinheit bestimmt verschieden ist."

Er beobachtete lachend, wie vor ihnen Windroller nach rechts und links flüchteten. „Wenn sie genügend Zeit hätten, eine Nachricht nach Estorya zu schicken, müßten wir es vermutlich mit der gesamten Kriegsflotte aufnehmen", stellte er fest. „Das wäre eine Schlacht! Oder ein Massaker, denn die Insel kann ganze Flotten vernichten."

„Vater", warf Grizquetr ein, „wir könnten das Xurdimur beherrschen und von jedem Windroller Tribut fordern!"

„Natürlich könnten wir das, du kleiner Barbar", antwortete Green lächelnd. „Aber wir wollen nur den Terraner, deine Mutter und deine Schwestern retten. Und dann ..."

„Ja?"

„Was dann kommt, weiß ich noch nicht." Green runzelte nachdenklich die Stirn und begann Grizquetr einiges zu erklären. „Weißt du, mein Junge, vor Tausenden von Jahren muß es hier eine Zivilisation gegeben haben, die viele wunderbare Maschinen besessen hat. Die Menschen sind damals zu den Sternen geflogen, haben andere

Welten wie diese hier entdeckt und haben dort Kolonien gegründet. Ihre schnellen Schiffe konnten den Raum zwischen den Sternen rasch überwinden, so daß die Verbindung nicht abriß. Aber dann muß sich eine Katastrophe ereignet haben. Ich kann mir keinen Grund dafür vorstellen, aber es muß so gewesen sein; wir kennen die Ursache nicht, obwohl die Wirkung klar genug erkennbar ist. Die Verbindung zwischen den Planeten riß ab, und die Kolonien, die vermutlich von Anfang an ziemlich klein gewesen waren, verloren ihre Zivilisation. Wahrscheinlich waren sie auf Nachschub von Menschen und Material angewiesen und konnten nicht plötzlich auf eigenen Füßen stehen, als die Verbindung abriß. Jedenfalls wurde die Weiterentwicklung aufgehalten. Die Kolonien verloren im Laufe der Zeit ihre technischen Errungenschaften, und es dauerte Jahrtausende, bevor sie den früheren Stand wieder erreicht hatten. Einige blieben auf der untersten Stufe technischer und kultureller Entwicklung stehen; andere – darunter auch dein Heimatplanet, Grizquetr – befinden sich in einem Übergangsstadium. Eure Zivilisation entspricht jetzt etwa der irdischen im ersten Jahrtausend unserer Zeitrechnung. Das bedeutet dir nichts, aber ich kann dir versichern, daß das Leben damals ziemlich gefährlich und ..., äh ..., nicht sehr vernunftbestimmt war."

„Das verstehe ich nicht alles", antwortete der Junge. „Aber hast du nicht gesagt, die Weisheit der Alten sei auf deinem Planeten spurlos verschollen? Warum sind dann hier noch Überreste zu erkennen? Diese Inseln müssen doch aus jener Zeit stammen."

„Richtig! Und das ist noch nicht alles. Nicht nur die Inseln, sondern das Xurdimur selbst!"

„Was?"

„Ja, denn für mich steht fest, daß dieser Planet früher ein gigantischer Umschlagplatz und ein Raumhafen erster Ordnung gewesen sein muß. Diese Ebene ist nicht auf natürliche Weise entstanden; sie muß künstlich planiert worden sein. Dann ist hier eine besondere Grassorte ausgesät worden, die den Boden zusammenhalten und die Erosion verhindern sollte. Außerdem wurden diese Inseln in Betrieb genommen, die dafür zu sorgen hatten, daß der Platz stets aufgeräumt war. Stell dir das vor! Wie dicht muß der Verkehr gewesen sein, daß ein Raumhafen dieser Größe erforderlich war! Zehntausend Meilen Durchmesser! Das ist fast unvorstellbar. Damals muß es hier nur so von Raumschiffen gewimmelt haben. Aber das macht es noch schwieriger, eine Erklärung für den Niedergang dieser Zivilisation zu finden. Ob wir je erfahren, was daran schuld war?"

Grizquetr konnte diese Frage natürlich noch weniger als Green beantworten. Beide schwiegen nachdenklich und richteten sich dann gleichzeitig mit einem leisen Schrei auf, als die Türme von Estorya am Horizont erschienen.

„Würde die Insel noch automatisch gesteuert, müßten wir einen weiten Bogen um die Stadt machen", erklärte Green. „Aber jetzt bestimme ich den Kurs, und mir sind die Türme gleichgültig."

„Wirf sie um!"

„Genau das habe ich vor. Aber das hat Zeit bis später. Ich möchte erst ausprobieren, wie hoch wir steigen können."

Er zog einen Hebel zurück, und die Insel stieg senkrecht hoch, ohne ihre Fluglage dabei zu verändern.

„Damals war der Antischwerkraft-Antrieb also schon bekannt", stellte Green fest. „Und die Ingenieure hätten bestimmt auch Raumschiffe modernster Form bauen können. Aber wahrscheinlich war es zu schwierig, die Inseln auf ein anderes Radarbild umzustellen. Vielleicht ..."

Inzwischen war die Stadt unter ihnen ständig kleiner geworden.

„Du kannst mir einen Gefallen tun, Grizquetr", sagte Green. „Lauf hinaus und sieh nach, ob die Mauer schon eingestürzt ist. Und auf dem Rückweg kannst du gleich die Tür zumachen. Es wird jetzt kälter, und die Luft enthält weniger Sauerstoff. Ich vermute, daß wir in einer Art Druckkabine sitzen, aber das muß sich erst herausstellen."

Der Junge kam atemlos zurück. „Die Mauer ist eingefallen!" berichtete er. „Das Standbild der Fischgöttin liegt quer über dem Eingang, aber ich bin daran vorbeigeschlüpft. Für dich ist auch genug Platz, schätze ich."

Green lief ein kalter Schauer über den Rücken. An diese Möglichkeit hatte er nicht gedacht. Wenn die Statue den Eingang versperrt hätte, wären sie in der Höhle verhungert ... Nein, doch nicht! Er hätte die Insel nur auf die Seite zu legen brauchen, bis die Steinmassen in Bewegung gerieten und abrutschten. Trotzdem war ihm nachträglich nicht ganz wohl bei dem Gedanken daran, daß er eine Gefahr dieser Größenordnung einfach übersehen hatte.

Unterdessen war die Insel so hoch gestiegen, daß sie ganz Estorya mit einem Blick übersehen konnten. Der Himmel über ihnen war bereits merklich dunkler.

„Jetzt sind wir hoch genug", stellte Green fest und hielt den Aufstieg an. „Falls jemand nicht rechtzeitig abgesprungen ist, lebt er inzwischen nicht mehr, denn die Luft ist bereits zu dünn. Und ich habe recht gehabt – wir werden automatisch mit Wärme und Frischluft versorgt. Hier ist es eigentlich recht gemütlich, aber ich habe trotzdem Hunger."

„Warum läßt du uns nicht etwas tiefer sinken, damit ich in der Garnisonsküche Essen holen kann?" schlug Grizquetr vor. „Wir sind hier allein, und niemand kann mich aufhalten."

Green nickte begeistert. Er hatte ziemlichen Hunger, denn er mußte immer für zwei essen: für sich und den Symbionten, der ebenfalls Nahrung brauchte, um seine Funktion zu erfüllen. Und wenn er sie nicht erhielt, baute er Greens Körpergewebe ab.

Er ließ die Insel bis in etwa sechshundert Meter Höhe sinken, stand auf und wollte Grizquetr begleiten. An der Tür fiel ihm jedoch ein, daß es eigentlich leichtsinnig war, den Kontrollraum zu verlassen. Was sollte er tun, wenn die Tür sich schloß und geschlossen blieb? Was tat ein Mensch in sechshundert Meter Höhe ohne Fallschirm?

Vielleicht war er nur übervorsichtig, aber er wollte nichts mehr riskieren. Deshalb erklärte er Grizquetr, er wolle inzwischen weitere Pläne machen und könne ihn leider nicht begleiten.

Als der Junge zurückkam, fiel Green über die mitgebrachten Lebensmittel her und erläuterte Grizquetr unterdessen seinen Schlachtplan. „Wir sinken tiefer, sobald wir gegessen haben, und ich schreibe eine Mitteilung, die du über dem Palast abwirfst. Der König wird darin aufgefordert, die Gefangenen vor dem Windbrecher freizulassen, wo wir sie an Bord nehmen können. Weigert er sich jedoch, sinkt unsere Insel auf den Tempel der Fischgöttin herab und bringt ihn zum Einsturz. Sollte ihn das nicht überzeugen, zerstören wir seinen Palast und die vielen Türme an den Grenzen des Landes. Bevor wir die Mitteilung abwerfen, stürzen wir einige um, damit er weiß, daß wir nicht bluffen."

Grizquetrs Augen leuchteten. „Glaubst du wirklich, daß die Insel schwer genug ist, um ein großes Gebäude zum Einsturz zu bringen?"

„Ja, aber ich bin davon überzeugt, daß sie ein Gebäude ebensogut desintegrieren könnte. Offenbar wird das Gras mit einem molekülstarken Strahl ‚gemäht', der die Atomstruktur der Materie auseinanderbricht. Natürlich muß es hier auch andere Maschinen geben, mit denen die Trümmer beseitigt werden, aber ich weiß nicht, wie sie bedient werden."

Grizquetr warf ihm einen tadelnden Blick zu.

„Ich kann nicht alles wissen. Ich bin doch kein Supermann!"

Als der Junge sich nicht dazu äußerte, zuckte Green mit den Schultern und schickte ihn hinaus, um Papier, Schreibzeug und Tinte zu holen. Als Grizquetr damit zurückkam, schwebte die Insel fünfzehn Meter über dem Palast. Green schrieb eine kurze Mitteilung, legte sie in einen verschließbaren Korb und bat Grizquetr, den Korb über der großen Freitreppe abzuwerfen.

„Ich weiß, daß ich viel von dir verlange und dich ständig auf Trab halte", sagte er dabei. „Aber du bist schon groß und stark."

„Natürlich", antwortete Grizquetr stolz, lief hinaus, stolperte und raffte sich wieder auf. Green beobachtete die Menschenmenge, die sich im Palasthof versammelt hatte. Dann sah er den Korb herabfallen und grinste, als einige Priester so hastig Reißaus nahmen, daß sie über die Treppe nach unten rollten.

Er wartete, bis einer von ihnen den Mut aufbrachte, den Korb zu öffnen und die Mitteilung herauszunehmen. Dann ließ er die Insel fünf Meter tiefer sinken. Gleichzeitig sah er, daß Soldaten eine Kanone im Innenhof in Stellung brachten.

„Die Kerle haben Mut", murmelte er vor sich hin. „Oder sie sind verrückt. Na, schießt nur, Freunde."

Sie schossen jedoch nicht, denn ein Priester kam herbeigerannt und hielt sie davon ab. Offenbar war Greens Mitteilung bereits übersetzt worden, und die Estoryaner wollten nicht voreilig handeln.

„Während sie noch überlegen, sollen sie erfahren, was ihnen blüht, wenn sie nicht vernünftig sind", sagte Green zu Grizquetr.

Dann stieß er etwa zwanzig Türme außerhalb des Windbrechers um. Das machte ihm Spaß, und er hätte gern mehr umgeworfen, aber er wollte wissen, wofür die Estoryaner sich entschieden hatten. Die nächsten zehn Minuten über dem Palast verstrichen unendlich langsam.

„Jetzt lege ich ihren Tempel in Trümmer, damit sie sich endlich beeilen", knurrte Green und wollte seine Drohung in die Tat umsetzen.

„Nein, Vater!" rief Grizquetr. „Sie kommen schon! Mutter und Paxi und Soon und Inzax! Und ein Fremder! Das muß der Dämon sein!"

„Unsinn!" schnaubte Green. „Der Mann ist so menschlich wie ich. Und der arme Kerl muß durchs Fegefeuer gegangen sein. Selbst aus dieser Höhe ist zu erkennen, wie schlecht er aussieht. Zwei Soldaten müssen ihn jetzt stützen."

Amra, die Kinder und das Kindermädchen waren zum Glück offenbar unverletzt. Trotzdem verfolgte Green besorgt ihre Fahrt durch die Stadt zum Windbrecher hinaus. Vielleicht wollten die Estoryaner ihr Glück mit einem Überraschungsangriff versuchen, obwohl Green nicht wußte, wie sie ihn überraschen wollten, da er aus seiner Höhe jede Truppenkonzentration sehen mußte. Oder ein fanatischer Priester konnte es sich in den Kopf gesetzt haben, die Gefangenen in letzter Sekunde zu töten.

Keine dieser beiden Möglichkeiten trat ein. Die Gefangenen wurden neben einem der umgestürzten Türme freigelassen, und die Soldaten zogen sich in die Stadt zurück. Grizquetr verließ den Kontrollraum, um die Geretteten zu führen. Eine Viertelstunde später kam er wieder herein.

„Hier sind sie, Vater! Gerettet! Komm, wir steigen, bevor die Estoryaner sich die Sache anders überlegen."

„Nein, wir fliegen in die Stadt zurück", antwortete Green und hielt vergebens nach den anderen Ausschau, die Grizquetr hinter sich gelassen hatte. Er schob einen Hebel nach vorn, und die Insel schwebte auf das Raumschiff zu, dessen Bug hinter der Mauer erkennbar war.

Als Amra und die Mädchen in den Kontrollraum stürmten und ihn umarmen wollten, wehrte er sie mühsam ab und machte ihnen klar, daß er noch zu arbeiten hatte.

Amra lächelte nicht mehr, sondern runzelte die Stirn.

„Soll das heißen, daß du mit dem Dämonenschiff davonfliegen willst?" fragte sie ungläubig.

„Das hängt von bestimmten Faktoren ab, auf die ich keinen Einfluß habe", antwortete Green wahrheitsgetreu.

Der Terraner humpelte, als er den Raum betrat. Er war groß, breitschultrig und hatte eine Hakennase. Diese Nase und der graue Bart verliehen ihm eine gewisse Ähnlichkeit mit dem legendären Abraham Lincoln.

„Kapitän Walzer von der Erdflotte", sagte er mit leiser Stimme.

„Alan Green, Spezialist für Meeresnahrung", antwortete Green. „Können Sie das Schiff fliegen, Kapitän?"

„Ja, ich bin der Pilot. Hassan war Navigator und Nachrichtenoffizier. Der arme Kerl hat ..."

„Ich weiß, aber darüber können wir später sprechen", wehrte Green ab. „Ist das Schiff startbereit?"

Walzer nickte langsam. „Ja, wir könnten sofort starten. Hassan und ich waren mit einem Geheimauftrag unterwegs. Auf dem Rückflug haben wir dieses System entdeckt. Da wir verpflichtet sind, jeden Planeten des Typs E zu registrieren, wollten wir hier landen und uns ein bißchen die Beine vertreten. Wir waren schon so lange unterwegs, daß wir Platzangst hatten und uns am liebsten gegenseitig ermordet hätten. Wenn Sie selbst lange Reisen gemacht haben, wissen Sie, was ich meine. Und in unserem kleinen Schiff sitzt man sich dauernd gegenüber. Normalerweise wird es nicht für lange Reisen benützt, aber ..., nun, das gehört nicht hierher. Jedenfalls wollten wir endlich wieder festen Boden unter den Füßen haben und bildeten uns ein, es sei unsere Pflicht, hier zu landen. Wir haben uns damals für diese Stadt in der Mitte der riesigen Ebene entschieden, wurden dort freundlichst aufgenommen, in Sicherheit gewiegt und hinterrücks überfallen. Den Rest der Geschichte kennen Sie selbst."

Green nickte und sah auf den Bildschirm. „Wir sind da", stellte er fest. „Das Schiff liegt genau unter uns."

Er stand auf und wandte sich zu den anderen. „Aber bevor wir weitere Schritte unternehmen, möchte ich eine Angelegenheit klären, die Amra und mich beschäftigt hat. Hören Sie, Walzer, haben Sie an Bord Ihres Schiffs Platz für Amra, Paxi, Soon, Grizquetr und mich? Und vielleicht auch für Inzax, falls sie uns begleiten möchte?"

Walzer riß die Augen auf. „Nein, selbstverständlich nicht! Menschenskind, ich habe kaum genug Platz für Sie!"

Green zuckte mit den Schultern. „Siehst du?" fragte er Amra. „Das habe ich befürchtet. Ich muß dich zurücklassen." Er machte eine

Pause, schluckte trocken und fügte hinzu: „Aber ich komme zurück! Ich verspreche dir, daß ich zurückkomme! Ich organisiere eine Expedition hierher, nehme selbst daran teil und bleibe bei euch!"

Amra fiel ihm weinend in die Arme, ließ sich trösten und behauptete, sie wisse schon jetzt, daß er nie zurückkehren werde.

„Doch, das kann ich beschwören!" versicherte Green ihr. „Ich bin nicht so dumm, daß ich eine Frau wie dich sitzenlasse!"

Sie lächelte mit Tränen in den Augen. „Aber du bleibst so lange fort, Alan! Mindestens zwei Jahre, nicht wahr?"

„Ja, aber das müssen wir eben ertragen. Und du kommst bestimmt ohne mich zurecht."

„Du mußt mir zeigen, wie die Insel funktioniert", forderte Amra ihn auf. „Bis du zurückkommst, bin ich wahrscheinlich schon Königin des Xurdimur. Wenn ich es richtig anfange und mich mit den Vings verbünde, kann ich sogar ..."

Green unterbrach sie lachend. „Das habe ich befürchtet!"

„Hören Sie", sagte er zu Walzer, „Sie sind zu schwach, um gleich eine lange Reise anzutreten. Können Sie der Insel nicht mit Ihrem Schiff folgen, bis wir tausend Meilen von hier in Sicherheit sind? Dort könnten wir leben, bis Sie wieder bei Kräften sind und Ihre Klaustrophobie überwunden haben. Und ich kann Amra inzwischen zeigen, wie die Insel funktioniert, damit sie während meiner Abwesenheit nicht in Gefahr gerät."

„Einverstanden", antwortete Walzer bereitwillig. „Ich gehe an Bord und folge Ihnen."

Drei Wochen später kletterten die beiden Terraner in das Raumschiff, das sie erst nach vier Monaten subjektiver Zeit auf der Erde verlassen würden. Sie nahmen im Kontrollraum Platz, und Walzer begann mit den Startvorbereitungen.

„Puh!" sagte Green und wischte sich Schweiß von der Stirn und Tränen aus den Augen.

„Eine großartige Frau", meinte Walzer mitfühlend. „Eine wirkliche Schönheit, die jeden beeindrucken muß."

„Und das nicht zu knapp!" stimmte Green zu. „Amra ist eine erstklassige Schauspielerin, die in ihrer jeweiligen Rolle aufgeht."

„Die Kinder sind auch nett", fügte Walzer langsam hinzu, als sei er gespannt auf Greens Reaktion. „Ich kann mir vorstellen, wie sehr Sie sich auf das Wiedersehen mit ihnen freuen."

„Natürlich. Paxi ist meine Tochter, aber ich liebe die anderen deshalb nicht weniger."

„Ah", sagte Walzer. „Sie wollen also tatsächlich zu ihr zurück?"

Green war weder gekränkt noch wütend, weil er bereits erraten hatte, was der andere dachte. „Sie können sich nicht vorstellen, daß ich auf diesem barbarischen Planeten mit dieser Frau leben will, nicht wahr?" fragte er gelassen. „Immerhin denken wir anders, sind anders erzogen worden und benehmen uns unterschiedlich. Meinen Sie das?"

Walzer warf ihm einen forschenden Blick zu. „Richtig", antwortete er gedehnt, „aber Sie wissen natürlich besser, was Sie sich vorgenommen haben." Nach einer Pause fügte er hinzu: „Ich bewundere allerdings Ihren Mut."

Green zuckte mit den Schultern. „Ich habe hier so viel durchgemacht, daß ich keine Angst vor diesem neuen Abenteuer mehr habe."

Philip José Farmer

Philip José Farmer ist wohl eine der eigenwilligsten und schillerndsten Persönlichkeiten unter den Science-fiction-Autoren. 1918 in North Terre Haute, Indiana, als Sohn eines Elektrikers geboren, versuchte er sich in den verschiedensten Berufen – unter anderem als Elektriker, Kinokartenabreißer und Vorarbeiter in einer Drahtfabrik –, ehe er sich zum Besuch eines College entschloß, um dort Englisch zu studieren. Während dieser Zeit unternahm er dann auch seine ersten schriftstellerischen Versuche. Seine Begeisterung für Science-fiction fand jedoch erst einige Jahre später ihren literarischen Niederschlag. Schon als Kind hatte Farmer die Romane berühmter Autoren wie Conan Doyle und Jules Verne regelrecht verschlungen und war bereits früh auf die sogenannten „Pulps", auf billiges Papier gedruckte SF-Magazine, gestoßen. In einer dieser Heftserien veröffentlichte er 1952, zwei Jahre nach Abschluß seines Studiums, seinen ersten Science-fiction-Roman. „The Lovers" („Die Liebenden") erregte ungewöhnliches Aufsehen, denn Farmer brach mit einem ungeschriebenen Gesetz, indem er ein Thema in das Genre einführte, das bislang tabu gewesen war – die Sexualität. Der Erfolg gab ihm jedoch recht: Trotz Ablehnung und Entrüstung einiger Kritiker wurde ihm dafür 1953 der „Hugo Award" als bestem SF-Nachwuchsschriftsteller verliehen.

In der Folgezeit zeigte sich, daß hier ein Autor an das Licht der Öffentlichkeit getreten war, dessen Stärke vor allem im Entwickeln besonders ausgefallener Ideen lag. Ob Farmer nun die fiktiven Biographien von Romanfiguren wie Tarzan schrieb, eine „Fortsetzung" des Klassikers „Moby Dick" in der Zukunft ansiedelte oder in seinem preisgekrönten „Flußwelt-Zyklus" den englischen König Johann Ohneland, den amerikanischen Schriftsteller Mark Twain, den deutschen Jagdflieger Manfred von Richthofen und den österreichischen Komponisten Wolfgang Amadeus Mozart aufeinandertreffen ließ: Immer wieder gelang dem Schriftsteller, etwas völlig Neues, in seiner Art noch nie Dagewesenes zu schaffen. Seine begeisterten Leser dankten es ihm auf ihre Weise: 1978 gründeten sie die „Philip José Farmer Society", einen Verein, der sich ausschließlich Leben und Werk des populären Autors widmet.

Eisiges Paradies Antarktis

Die bedrohte Zukunft eines Lebensraums

Keine andere Region unseres Planeten hat den Forschern länger widerstanden als die südpolare Eiswüste. Abseits gelegen und fremdartig, inspirierte der sechste Kontinent SF-Autoren wie John W. Campbell und Alan Dean Foster zu alptraumhaften Visionen, trieb aber auch Abenteurer und Entdecker zu wahren Verzweiflungstaten beim Vorstoß ins Unbekannte. Was sie fanden, war das kälteste und stürmischste Gebiet auf Erden und doch zugleich eine Welt von einzigartiger Schönheit. „Ich hatte das Gefühl, als wäre ich auf einen anderen Planeten oder in ein anderes Erdzeitalter geraten, von dem der Mensch kein Wissen, an das er keine Erinnerung hat", berichtet Admiral Richard E. Byrd, der 1929 erstmals den Südpol überflog. Heute scheint dieses einst so unberührte Gebiet bedroht, läßt sich seine Zerstörung nur durch eine gewaltige internationale Anstrengung verhindern.

Der Vorstoß des Menschen

Obgleich die Antarktis in der Vorstellung der Menschheit seit über zwei Jahrtausenden existiert, ist es noch keine zweihundert Jahre her, daß russische, amerikanische und britische Seefahrer den Kontinent zum erstenmal sichteten. Schon 1773 hatte Kapitän James Cook den südlichen Polarkreis überquert, dort aber keineswegs das von seinen Zeitgenossen erhoffte sagenhafte „Südland", ein „Eldorado, bewohnt von klugen, freundlichen und zivilisierten Menschen" entdeckt. Cooks ernüchternde Berichte schoben weiterem Entdeckerdrang zunächst einmal einen Riegel vor, bis ausgerechnet die Robbenjäger auf der Suche nach neuen Fanggründen tief in den Süden vorstießen. Zuvor hatten sie in wenigen Jahren auf den Süd-Shetland-Inseln so erfolgreich gewütet – Schiffsladungen von 50000 Robbenfellen waren keine Seltenheit –, daß der Engländer James Weddell 1823 dort keine einzige Robbe mehr vorfand. In jenem Zeitabschnitt näherten sich unabhängig voneinander verschiedene Seefahrer dann auch einem Küstenstreifen des heutigen Grahamlandes, ohne daß sich endgültig ermitteln ließ, wer der erste Entdecker des antarktischen Kontinents war.

1895 erklärt der 6. Internationale Geographenkongreß in London die Erforschung der Antarktis zum vorrangigsten Ziel und bewirkt damit große Popularität für die Losung: „Auf zum Südpol!" Das „heroische Zeitalter" beginnt. Noch im Jahr des Geographenkongresses betreten sechs Norweger den Kontinent im Victoria-Land – ein kühner Schritt für die damalige Zeit, fast mit der Mondlandung unseres Jahrhunderts vergleichbar. 1899 wird die erste Station auf dem antarktischen Kontinent gegründet, und 1911 schließlich kommt es zu jenem Drama, das die ganze Welt in Atem hält: den Wettlauf zum Südpol zwischen dem Norweger Roald Amundsen und dem Engländer Robert Scott.

Die Aufzeichnungen der beiden Männer lassen etwas von dem Ungeheuerlichen der selbstgestellten Aufgabe ahnen. Amundsens Truppe ist unterwegs gezwungen, die Hälfte ihrer Schlittenhunde zu töten und sie nach und nach zu essen. Doch während die norwegische Expedition am 14. Dezember 1911 das ersehnte Ziel erreicht und nach dreitägigem Aufenthalt triumphierend und bei vollen Kräften den Rückweg antritt, treffen Scott und seine Begleiter erst einen Monat später nach 1300 Kilometer Fußmarsch mutlos und krank am Pol ein und finden dort das Zelt des Norwegers.

Scotts Tagebuchaufzeichnungen verdeutlichen das Entsetzen jener Stunden: „Großer Gott, das ist ein grausamer Ort, und es ist schrecklich genug für uns, daß wir uns so abgemüht haben, ohne dann die ersten zu sein ... Jetzt liegt der Heimweg vor uns und ein verzweifelter Kampf. Ich wüßte gern, ob wir das schaffen werden." Geschwächt von Hunger, Kälte und Skorbut, schleppen sich die fünf Männer Tag um Tag voran, bis die Qualen den scheinbar stärksten der Gruppe, Edgar Evans, Mitte Februar in den Wahnsinn treiben.

Genau einen Monat später verliert Scott einen weiteren Mann. Um den hungernden Kameraden nicht länger zur Last zu fallen, verläßt der schwerkranke Lawrence Oates das schützende Zelt und wankt in den mörderischen Schneesturm hinaus. Seine letzten Worte sind unvergeßlich: „Ich geh mal eben nach draußen. Vielleicht bleibe ich eine Weile fort." In Scotts Tagebuch findet sich dazu der Eintrag: „Oates starb wie ein britischer Gentleman." Und am 22. März 1912

Erschöpft und enttäuscht am Südpol. Von links nach rechts: Wilson, Bowers, Evans, Scott und Oates

folgt das verzweifelte Fazit: „Schneestürme, so furchtbar wie immer – Wilson und Bowers unfähig aufzubrechen – kein Brennstoff und nur noch zwei Tagesrationen übrig."

Sieben Tage später schreibt Scott in seinem Zelt zum letztenmal in sein Tagebuch: „Wir können jetzt nicht mehr auf Besserung hoffen. Wir werden bis zum Ende aushalten, aber natürlich werden wir immer schwächer, und das Ende kann nicht mehr fern sein. Es ist schade, aber ich glaube, ich kann nicht mehr weiterschreiben. R. Scott." Und dann fügt der Mann, dem die Antarktis zum Verhängnis wurde, den erschütternden Satz hinzu: „Um Gottes willen, sorgt für unsere Angehörigen!"

Das größte Freiluftlaboratorium der Welt

Kein Zweifel, die grausame Tragödie, die Scott und seine Männer durchlitten, könnte sich so heute nicht mehr zutragen. Ein Netz von rund siebzig Forschungsstationen und Schutzhütten, die Anwesenheit von etwa 3500 Personen während des frostklirrenden Antarktissommers lassen Hilfe in Notlagen leichter erreichbar werden. Die letzte Wildnis der Erde hat damit einen Teil ihres Schreckens verloren, und der Mensch ist emsig dabei, ihre Geheimnisse zu enträtseln. Daß das auf den von 22 Staaten betriebenen Forschungsstationen (darunter erstaunlicherweise auch Länder wie Indien oder Polen) gesammelte Wissen von großem Nutzen sein kann, ist unumstritten. Der deutsche Polarforscher Dr. Heinz Kohnen verdeutlicht dies folgendermaßen: „Die Entstehung der Eiszeit ist bisher ungeklärt. Das langfristige Beobachten des Verhaltens der antarktischen Eiskappe sowie das Ver-

Eine Landschaft wie sonst nirgendwo auf unserem Planeten. Hier zieht ein Schlittengespann an einem gewaltigen Gletscher vorüber.

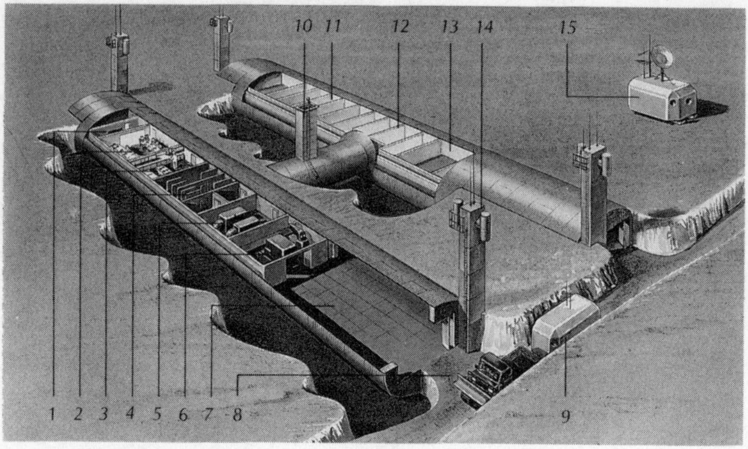

Die deutsche Forschungsstation Georg von Neumayer
1 Funkraum, 2 Messe, 3 Küche, 4 Waschraum, 5 Stromversorgung, 6 Werkstatt, 7 Halle, 8 Zufahrt, 9 Feldstation, 10 Ausstieg, 11 Schlafräume, 12 Krankenstation, 13 Labor, 14 Lüftungsschächte, 15 Überlebensinsel/Flugleitung

stehen ihrer Fluktuation bringen uns diesem Ziel näher und lassen uns die Gefahren menschlichen Eingreifens in die weltweiten Klimaabläufe erkennen. Keine Wettervorhersage ist bisher länger als zwei Tage gültig. Die Antarktis ist die Wetterküche der gesamten Südhemisphäre, die es zu erforschen gilt, um die Wetterabläufe zu verstehen."

Gute Gründe also auch für Forschungsteams der Bundesrepublik, den extremen Bedingungen der Eiswüste zu trotzen, wo Temperaturen von minus achtzig Grad und Stürme mit Geschwindigkeiten von über 150 Stundenkilometern keine Seltenheit sind. Am Ekström-Eisschelf wurde 1981 die erste bundesdeutsche Forschungsstation eröffnet, 1987 und 1988 kamen noch zwei Sommerstationen hinzu.

So nützlich die Arbeit der Geologen, Meteorologen, Physiker und Biologen allerdings auch sein mag, in der extrem empfindlichen antarktischen Umwelt hinterläßt sie zunehmend häßliche Spuren. Weitgehend ungelöst ist das Problem der Müllbeseitigung. So bedeckte die

Müllhalde der australischen Station Casey zeitweise eine Fläche von 2000 Quadratkilometern. Inzwischen versucht die Umweltschutzorganisation Greenpeace die Frevler zum Umdenken zu bewegen. 1989 sammelten Mitglieder der Organisation bei der sowjetischen Station Bellinghausen Massen von Müll in Säcke und zwangen die Verantwortlichen zum Abtransport. Andere Aktionen richteten sich gegen den Bau einer Landebahn für eine französische Station, die die Brutplätze von Tausenden von Vögeln zerstören würde.

Rücksichtslose Plünderung oder Erhaltung als „Weltpark"?

Natürlich dient die Arbeit der zahlreichen Forscher in der Antarktis nicht nur idealistischen oder rein wissenschaftlichen Zielen. Die Arbeit vieler Geologen beispielsweise gilt der Erkundung von Bodenschätzen, auf die sich die Begehrlichkeit zahlreicher Nationen richtet, nachdem die Ressourcen weltweit zur Neige gehen. Bislang wurden bereits Spuren zahlreicher Mineralien entdeckt, darunter Gold, Titan, Zinn, Kupfer, Kobalt und Uran. Als ergiebige Lagerstätten können zum jetzigen Zeitpunkt allerdings nur die Eisenerzvorkommen in den Prince-Charles-Bergen und die Kohlevorkommen im Victoria-Land bezeichnet werden.

Vermutet werden darüber hinaus große Erdöl- und Erdgasvorkommen, deren Abbau allerdings technisch äußerst aufwendig sein dürfte und ein großes Risiko für das Ökosystem der Antarktis darstellen würde. Der Hunger nach Energierohstoffen ist jedoch so groß, daß die Japaner 1980 begonnen haben, gezielt nach Öl zu suchen. Sie wie zahlreiche andere Nationen streben ein Antarktis-Rohstoffabkommen an, mit dem der Plünderung des Kontinents Tür und Tor geöffnet wäre. Nur durch den hinhaltenden Widerstand von Frankreich, Australien und neuerdings auch der Bundesrepublik Deutschland konnte diese verhängnisvolle Weichenstellung bislang verhindert werden.

Daß die Antarktis heute noch als sauberster und schönster Teil der Erde gelten kann, ist indes einem anderen Abkommen zu verdanken: dem Antarktis-Vertrag von 1959, der 1991 zur Erneuerung ansteht.

Forschungsstationen belasten die Umwelt. Greenpeace-Mitarbeiter entnehmen Abwasserproben an der amerikanischen Station McMurdo.

Mit ihm wurde festgelegt, daß kein Land territoriale Ansprüche auf die Antarktis erheben kann, daß Antarktika als Erbgut der gesamten Menschheit gehört. Was der bahnbrechende Vertrag darüber hinaus bewirkte, faßte der Leiter der amerikanischen Verhandlungsdelegation, Hermann Phleger, in folgende Worte: „Mit diesem Abkommen wird zum erstenmal in der Geschichte ein großes Areal der Welt für friedliche Zwecke bestimmt. Es ist das erste Abkommen der Welt, das Atombombenversuche verbietet. Und es ist das erste Abkommen, das große Gebiete für die wissenschaftliche Forschung freistellt."

Die Zukunft der Antarktis bleibt dennoch bedroht. Überfischen der Gewässer, Zerstörung des natürlichen Gleichgewichts durch Abfischen von Krill, vor allem aber Pläne zur Lagerung von Atommüll sind als die drängendsten Probleme anzusehen. Hinsichtlich der Lagerung von Plutoniumabfällen verstieg sich der renommierte Professor Heinz Haber 1987 gar zu folgender These: „An diesem geologisch *sicheren Ort den gesamten Atommüll weltweit unterzubringen, hat im Hinblick auf die Zukunft einen großartigen Vorteil. Wir wissen nämlich gar nicht, welche ungeahnten Fortschritte in der Wissenschaft von unseren Kindern und Enkeln noch zustande gebracht werden. Unsere Nachkommen werden vielleicht in dem Atommüll einen sehr wertvollen Schatz erblicken ..."*

Fürwahr ein grotesk anmutender Gedankengang, weit wahrscheinlicher erscheint da schon, daß Generationen von Nachfahren uns verfluchen würden, sollten wir die Antarktis durch hochgiftigen, Tausende von Jahren strahlenden Plutoniummüll verseuchen.

Bleibt die Hoffnung, daß sich die von Greenpeace und anderen Umweltschutzorganisationen propagierte Idee eines „Weltparks" durchsetzt, eines riesigen Naturschutzgebietes, dessen Biotope intakt bleiben. Hier im tiefen Süden unseres Planeten könnte es gelingen, in einer richtungsweisenden internationalen Anstrengung die längst fällige Versöhnung von Mensch und Natur einzuleiten. Ein derartiger Schritt wäre die Fortführung und Krönung des Antarktis-Vertrages, ein mehr denn je benötigter Sieg der Vernunft über zerstörerische nationale Interessen und Profitgier.